SAMY P.

SCELGO TE Chicago Night Lovers vol. 2

Revisione a cura di Moira Vailati

Illustrazione a cura di Deina Sferlazza

UUID: 3e8b60f8-bfc1-11e6-bc4d-0f7870795abd

Questo libro è stato realizzato con StreetLib Write (http://write.streetlib.com).

Alle mie Beta.
Uniche.
Insostituibili.

Si può essere innamorati di diverse persone per volta, e di tutte con lo stesso dolore, senza tradirne nessuna, il cuore ha più stanze di un casino.

Gabriel Garcia Màrquez - L'AMORE AI TEMPI DEL COLERA

PROLOGO

Seduto sotto il portico della casa di sua sorella, Ray osservò il lago Michigan che giaceva davanti a lui, illuminato dalla luce rossa del sole che si rifletteva sulle sue acque.

Abbassò lo sguardo e si rigirò la fede tra le mani, ripensando a tutto quello che era successo nelle ultime settimane.

Durante tutti gli anni trascorsi con Roxy, con gli alti e i bassi che potevano aver avuto, la sua mente non aveva mai considerato l'ipotesi che potesse accadere qualcosa di simile.

Contemplò quel piccolo cerchio in platino che non aveva ancora osato chiudere in qualche cassetto.

Nonostante tutto il suo cuore apparteneva ancora a lei, non sapeva cosa sarebbe accaduto tra di loro, ma Roxy era e sarebbe rimasta comunque sua moglie per sempre... anche se al momento non faceva più parte della sua vita.

Deglutì, ricacciando indietro quel terribile senso di vuoto che aveva provato fino a pochi secondi prima e che lo aveva distrutto. Respirò a fondo, per il momento era riuscito a confinarlo in un angolo, ma gli attimi che aveva vissuto erano stati dilanianti. Si era abbandonato alla disperazione, si era lasciato precipitare in quel baratro che fino ad allora non aveva mai conosciuto. Dentro di lui sapeva benissimo che sarebbe stato difficile superare tutto.

Molto difficile.

Riguardò di nuovo la fede tra le sue dita. Gli venne quasi voglia di alzarsi e di buttarla nel lago, come se quel gesto potesse cancellare tutto quanto.

Ma non si poteva cancellare nulla.

Anzi, prima o poi avrebbe dovuto affrontare lei e tutte le conseguenze di quanto era accaduto, ma non ora. Non ne aveva la forza.

La strinse per un attimo nella mano e senza pensarci troppo se la infilò di nuovo al dito con un gesto veloce, poi alzò lo sguardo verso l'alto.

Sospirò, vide scendere la sera e il cielo farsi più scuro, sapeva benissimo che tra poco Eve e Max sarebbero arrivati e affrontare loro sarebbe già stato abbastanza duro.

Ripensò a quello che aveva visto la sera precedente... a come subito dopo aveva perso la testa.

Aveva vagato per le strade di Chicago per quasi un giorno, alla fine si era dovuto pur fermare da qualche parte e chissà perché aveva scelto di rifugiarsi proprio lì. Sua sorella e il suo migliore amico vivevano insieme da poco e gli sembrava quasi di invadere la loro quotidianità e il loro spazio. Sorrise mesto. L'amara verità era che al momento non sapeva davvero dove andare e la loro casa gli era sembrata l'unico rifugio possibile.

Sentì il rumore di una macchina sopraggiungere, erano arrivati.

Osservò la Range Rover di Max entrare nel cortile e parcheggiare accanto alla sua Audi.

Il suo amico scese, lo guardò accigliato e gli fece un cenno con la testa per salutarlo. Ray immaginava che probabilmente aveva già intuito cos'era successo, lo conosceva troppo bene. Lo osservò fare il giro dell'auto e aprire la portiera a sua sorella che tardò un po' a scendere.

Quando la vide, con le stampelle e un piede ingessato, pensò che nonostante la sua unione con Max... Eve non era cambiata affatto. Ed era quasi certo che non sarebbe cambiata mai.

Si avvicinarono piano, sua sorella avanzava con qualche difficoltà e Max la scortava attento. Non appena furono a pochi passi da lui e lei un po' più sicura sulle gambe, lo vide lasciarla e raggiungerlo per primo.

«Ehi, amico. E' successo qualcosa?» Max aggrottò le sopracciglia, sospettoso. Sapeva benissimo che la presenza di Ray lì, a casa sua, non significava nulla di buono.

Ray si scosse appena. Non gli rispose, al momento si limitò a guardare Eve e a studiarle il piede ingessato.

«Che hai combinato?» inarcò un sopracciglio, impaziente di sapere cosa le era capitato questa volta.

«Niente di che, sono caduta sulla caviglia che mi sono slogata un po' di tempo fa e stavolta si è rotta» gli sorrise mesta. «Tu, piuttosto. Che ci fai qui?»

Ray attese un attimo, per trovare le parole.

Si accorse che entrambi notarono le sue valigie accatastate sotto il loro portico, quindi non servivano molte spiegazioni per raccontare cosa fosse accaduto.

«Allora?» la voce di sua sorella era rotta dall'emozione, incrinata da una punta di dolore. Sospettava che sotto sotto ci fosse qualcosa di molto grave e lui non poté che confermare i suoi sospetti.

«Allora niente, Eve» la guardò negli occhi mentre il dolore, che sembrava essersi calmato fino a pochi minuti prima, riemerse di nuovo al centro del suo petto, squartandolo «E' finita.»

1.

Alcune settimane prima

Era davvero carina.

Giovane e fresca, pura e innocente.

La contemplò in tutta la sua bellezza, camminava con gli auricolari nelle orecchie, distratta. Chissà che musica le piaceva ascoltare.

Avevano parlato della scuola, lei era arrossita più volte quando lui l'aveva guardata negli occhi.

Sapeva di avere un certo fascino e con le sue vittime lo esercitava nel modo più opportuno.

Questa volta era una ragazzina che non conosceva affatto la vita ed era bastato parlarle nel modo giusto un paio di volte per attirare la sua attenzione.

La osservò arrivare davanti a una piccola villetta, salire le scale e aprire la porta.

Mentre spariva all'interno e la richiudeva alle sue spalle, la solita sensazione di abbandono gli mozzò il respiro. Non poteva più guardarla, non poteva più ammirare quei bellissimi capelli, del colore della notte, raccolti in una semplice coda.

Ripensò ai suoi piccoli seni acerbi sotto la maglietta di cotone.

Ai suoi fianchi stretti.

Sorrise, sadico.

Pazienza, doveva avere pazienza.

Ancora pochi giorni, prima doveva preparare tutto nei minimi dettagli.

Poi sarebbe stata finalmente sua.

Roxy avanzò a grandi passi in corridoio, stringeva tra le braccia quattro corposi fascicoli. Non appena giunse nel suo ufficio li posò con un gesto plateale sulla scrivania, poi si massaggiò la schiena indolenzita.

Con una smorfia maledisse quel maledetto caso.

La stava uccidendo.

Sì sistemò una ciocca sfuggita allo chignon e prese il primo dossier tra le mani. Fece il giro del tavolo e si sedette sulla poltrona, appoggiandosi con la schiena.

Lo sfogliò con attenzione.

La prima delle vittime, una ragazza appena quattordicenne.

Mentre studiava le foto del corpo, pallido e segnato dai lividi della violenza subita, non poté fare a meno di provare un senso di rabbia furiosa. Le aveva già viste tante volte, tutte quante. E ogni dannata volta era impossibile reprimere quel tumulto di sentimenti che le si scatenava dentro.

Chi poteva essere tanto crudele da accanirsi su una povera ragazzina in quel modo?

Legata, stuprata, strangolata. Con una violenza inaudita.

E le lettere che l'assassino incideva sul loro petto, come una sequenza.

M, A, A, H.

E quella rosa nera tra le mani.

Come a identificare il profumo della morte.

Alzò lo sguardo verso gli altri tre fascicoli davanti a lei.

Le aveva tutte uccise così. Tutte.

Quattro ragazze tra i tredici e i sedici anni che abitavano in zone diverse di Chicago.

Tutte con capelli neri e occhi scuri. Studentesse.

Per il resto, nessun indizio che le accomunasse.

Abitudini diverse, gusti diversi.

Vite diverse.

Un po' poco per cercare di scoprire chi fosse l'artefice di quell'orrore.

E troppo poco per provare a proteggere la popolazione da quel maledetto serial killer che stava tramando nell'ombra.

Si morse il labbro.

Avevano indagato su ogni loro abitudine, sui locali e le palestre che frequentavano, sulle scuole.

Non era emerso nulla.

L'ultimo omicidio risaliva a due settimane prima, sapevano già che tra poco avrebbe colpito ancora. Il lasso di tempo tra una e l'altra era sempre stato di circa tre settimane.

I giornalisti li stavano assediando, ormai era diventato un caso su cui la stampa si era gettata senza scrupoli, incurante di scatenare il panico tra la popolazione. Articoli di giornale dove accusavano la procura di non saper fare il proprio lavoro, dove chiamavano in causa ognuno di loro per incolparli del fatto che questo assassino continuava ad agire indisturbato.

Si chinò in avanti e si mise le mani tra i capelli.

Doveva fermare quel pazzo, chiunque esso fosse, altrimenti avrebbe ucciso di nuovo e chissà quante altre volte ancora.

Ma l'amara verità era che non sapeva da dove cominciare.

«Roxy?» la voce di Mark Davis, procuratore di Chicago, la fece trasalire. Sobbalzò sulla sedia e alzò il viso per guardarlo. Lui aggrottò le sopracciglia. «Ti senti bene?»

«Sì, certo.» ricadde indietro, appoggiandosi di nuovo con la schiena alla poltrona in pelle. «È solo che a volte mi sento impotente di fronte a tutto questo. Voglio prenderlo, ma non riesco a trovare nessun indizio su di lui, non lascia mai nessuna traccia.»

«È un criminale bastardo, un violentatore e un assassino. Ed è pure un pedofilo, quindi la peggior specie.» lui serrò la mascella, aveva un'espressione tesa sul volto. «Starà sempre più attento, Roxy. Ha preparato tutto, la meticolosità con cui agisce sulle vittime la dice lunga su come sia fatto e non credo che commetterà mai degli errori.»

Lei si incupì.

«È furbo.» Fece una smorfia mentre fissava il suo capo in viso. «È molto furbo.»

«Già. È un lurido, furbo, bastardo.» lui si passò una mano sul volto, come per scuotersi. «Senti, sono passato per informarti che ho contattato la procura di Washington, la polizia mi ha informato oggi che un paio di anni fa hanno avuto a che fare con un serial killer che aveva lo stesso modus operandi.»

Roxy si sentì gelare. «Sul serio?»

«Sì. Hanno indagato a lungo sul caso, non l'hanno mai preso e alla fine è sparito nel nulla.» Mark fece una smorfia disgustata. «Ancora oggi saltano sulla sedia quando ne sentono parlare. Ne ha uccise sei.»

Lei rabbrividì pensando che lì a Chicago era già arrivato a quattro.

«Credi che anche qui si fermerà... una volta arrivato a sei?» lo guardò seria, si sentì impallidire. Se questa ipotesi era corretta, avrebbero avuto a disposizione circa un mese per trovarlo, prima che si dileguasse chissà dove di nuovo.

«Non ne ho la più pallida idea, Roxy.»

«Cosa possiamo fare?»

«Il loro vice procuratore, Stephen Marshall, sta venendo qui. Coordineremo le indagini e ci fornirà tutti gli elementi su cui hanno lavorato loro, in modo da avere più informazioni possibili.» incrociò le braccia al petto, deciso. «È molto bravo... e credo che voi due insieme abbiate più chances di arrivare a catturare il nostro assassino.»

Lei annuì pensierosa. «D'accordo, sai con precisione quando arriverà?»

«Domani mattina, con il primo volo.»

Detto questo, Mark le fece un cenno veloce di saluto, le voltò le spalle e lasciò il suo ufficio, dirigendosi in corridoio.

Roxy fece un profondo sospiro. Fissò di nuovo la pila di documenti davanti a lei, questa volta con un po' più di ottimismo. Il pensiero di avere accanto qualcuno molto competente e che potesse avere qualche informazione in più sul caso, le dava qualche speranza.

Non le rimaneva che attendere questo Stephen Marshall e iniziare a lavorare insieme a lui.

Ray guardò l'orologio mentre vide avanzare Jack con un uomo su una barella. Aveva finito il suo turno da un pezzo e avrebbe già dovuto essere a casa, ma lavorare al pronto soccorso significava anche questo.

Sospirò, andandogli incontro per vedere di cosa si trattava. Osservò il ferito, era piuttosto dolorante. Diede subito disposizioni.

«Sala emergenza due» indicò con un gesto della testa la stanza giusta, Jack annuì e spinse la barella con disteso sopra il paziente in quella direzione.

Li osservò allontanarsi, poi si schiarì la voce e si passò le dita tra i capelli, stremato.

Doveva tener duro, tra poco sarebbe finalmente andato a casa da Roxy.

Aveva bisogno di stringerla a sé, di essere cullato dalle sue braccia.

La sera precedente avevano litigato di nuovo e negli ultimi tempi capitava un po' troppo spesso. Sembrava difficile capirsi, come se avessero esigenze diverse, ritmi diversi. Certo, si vedevano poco, anche a causa del suo lavoro di medico, in più lei faceva spesso tardi a causa del suo nuovo incarico di vice procuratore.

Quando erano insieme restava davvero poco tempo da dedicare a loro stessi e quando non si addormentavano sul divano, era perché stavano scaricando la tensione discutendo.

Si schiarì la voce e cercò di rimuovere il senso di disagio che gli stava salendo dalla bocca dello stomaco. A volte temeva che sarebbe accaduto qualcosa di brutto tra di loro, ma poi ripensava a tutti gli anni passati insieme e gli ritornava la fiducia. Ne avevano passate tante, ne avrebbero superate ancora di più.

Sarebbe arrivato anche il momento giusto per un figlio, anche se per lui lo era già.

Ma purtroppo non lo era per Roxy... ed era questa la principale causa dei loro continui litigi.

Scosse la testa, cercando di smettere di pensare a tutto questo e si concentrò sul lavoro che lo attendeva.

Si avviò a grandi passi verso la sala emergenza dove aveva indirizzato Jack, appena entrò lui si spostò a lato, per permettergli di esaminare il ferito.

«Che abbiamo, Jack?» lo studiò con attenzione, mentre lui e un altro collega spostavano il paziente sul lettino. Prese la cartella clinica compilata in ambulanza che Jack gli porse subito dopo.

«Paul Marks, sessantatré anni. Stava portando a passeggio il cane quando un'auto l'ha investito mentre attraversava la strada. È cosciente, risponde alle domande, ma lamenta forte dolore a entrambe le gambe.» Jack riprese la lettiga ormai vuota. «In più ha battuto la testa e perso i sensi, ma solo per poco tempo. Gli abbiamo fatto indossare un collare e bloccato il corpo, credo che le gambe siano entrambe fratturate, Ray.»

Lui annuì, poi lo osservò con attenzione. L'avevano già spogliato e coperto con un telo verde.

Si avvicinò e lo scoprì appena, le gambe erano gonfie. Fece una smorfia, poi guardò l'uomo. Non si lamentava, ma l'espressione del suo volto gli fece capire molte cose.

«Chiamate il dottor Price e allertate radiologia.» L'infermiera di turno gli fece un cenno d'assenso con la testa, poi si diresse subito verso il telefono interno. Si voltò a guardare Jack, che lo stava osservando con le sopracciglia aggrottate e una strana espressione sul viso. Incuriosito, chiuse la cartella e lo guardò serio. «Tutto bene, Jack?»

«Lo chiedo io a te, amico. Hai una faccia oggi che non promette nulla di buono.» si grattò la testa, poi fece un sorriso scherzoso. «Meglio girare al largo, vero?»

Ray rise, poi gli piantò una manata su una spalla.

«Esatto. Torna in strada a fare il tuo lavoro, tu.»

«Detta così non è un granché, sai?» gli sfoderò un sorriso a trentadue denti, poi si allontanò subito con la lettiga. «Ma vedrò di farlo, giusto perché sei tu.»

Divertito, Ray gli fece un cenno di saluto con la mano e si avvicinò al paziente. Aveva le labbra serrate, gli occhi chiusi. Era chiaro che stava soffrendo parecchio.

«Buongiorno Paul, sono il dottor Raymond Jones, del pronto soccorso. Come si sente?»

Lui aprì gli occhi.

«Insomma...»

«Ha dolore alle gambe?»

L'uomo annuì.

«Beh, questo è un buon segno.» gli sorrise cercando di rassicurarlo. «Vedremo di darle subito qualcosa per calmarlo. Abbiamo già allertato un ortopedico, sta scendendo.»

L'uomo fece un profondo sospiro, ora che gli aveva liberato il collo riusciva almeno a muovere la testa.

«Avete chiamato il dottor Price?» si informò Ray, voltandosi verso l'infermiera.

«Sì, certo. Sta arrivando.»

Sorrise compiaciuto, sapeva che Max sarebbe arrivato tempestivamente. Se non era impegnato a operare o a fare visite, si presentava sempre in pronto soccorso a pochi minuti dalla chiamata.

A riprova del suo pensiero sentì il rumore della porta che si apriva alle sue spalle e la voce profonda del suo amico e collega che lo raggiungeva.

«Eccomi qui. Mi avete chiamato?» lo guardò avanzare a grandi passi dentro la stanza e posizionarsi accanto al paziente. La sua enorme mole spaventava chiunque, ma non lui. Lo conosceva da quando erano ragazzini e sapeva che Max era una persona buona, capace di grande sacrificio. Ed era anche un vero professionista, bravissimo nel suo lavoro.

Lo ammirava molto, era come un fratello per lui.

«Sì, Max.» sollevò il telo verde, per mostrargli le gambe del paziente. «Il signor Paul Marks, sessantatré anni. È stato investito da un'auto, credo che entrambe le gambe siano fratturate.»

«Danni alla colonna?» lui allungò una mano con le sopracciglia aggrottate, Ray gli porse la cartella.

«Sembra di no. Risponde agli stimoli.» Si voltò a guardare l'uomo che li stava ascoltando attento, mentre stringeva i denti. «È molto dolorante, ma ancora non gli ho somministrato nulla.

Ho preferito aspettare te.»

«Ottimo.» osservò Max studiando la cartella clinica con attenzione voltandosi poi verso l'uomo sul lettino. «Buongiorno, Paul. Io sono il dottor Price, del reparto ortopedia. La porto su da me, le facciamo una TAC, esami del sangue una radiografia alle gambe, cranio e colonna vertebrale. Poi le daremo subito qualcosa per calmare il dolore.»

L'uomo annuì, Max ordinò a un infermiere di prendere la barella dove era sistemato e di portarla in ortopedia. Dopo un breve saluto, si infilò poi in ascensore insieme a loro, dirigendosi in reparto.

Ray rimase a fissare le porte di acciaio che si chiudevano, ma durò solo pochi istanti.

Il suono di un'ambulanza che arrivava alle sue spalle lo costrinse a voltarsi di nuovo. Vide il mezzo fermarsi davanti alla porta a vetro che dava sull'esterno e i colleghi scendere subito di corsa.

Notò un paio di infermieri e un medico che si avviavano verso la porta, già pronti.

Non c'era bisogno del suo aiuto, per oggi poteva dire di aver finito.

Con calma si avviò in spogliatoio, si cambiò velocemente e uscì dall'ospedale, dirigendosi verso casa.

Mentre correva in mezzo al traffico, si rese conto che non aveva nemmeno voglia di mangiare, ma solo di rilassarsi e aspettare Roxy.

Solo *dopo* avrebbero pensato a mangiare.

Non appena arrivò a casa, aprì l'acqua nella vasca da bagno, poi si spogliò con lentezza. Osservò curioso l'orologio, era ormai piuttosto tardi. Avrebbe aspettato sua moglie immerso lì, tanto non avrebbe tardato molto. Mise gli abiti nel cesto della biancheria e prima di immergersi si assicurò che l'acqua fosse ben calda. Vi versò dentro una dose abbondante di bagnoschiuma al sandalo e accese alcune candele che sistemò con cura, appoggiandole sul bordo.

Spense la luce ed entrò nella vasca, assaporando la sensazione dell'acqua bollente che gli scaldava la pelle. Si sistemò, appoggiandosi con la schiena e piegando la testa all'indietro.

Inspirò un paio di volte, poi sentì la chiave nella toppa, che lo avvisava dell'arrivo di sua moglie.

Un tempismo perfetto.

La sentì entrare, chiudere la porta e sfilarsi le scarpe con il tacco a spillo. Poté percepire con chiarezza il rumore che fecero quando Roxy le lasciò cadere sul pavimento. La carezza morbida dei suoi piedi nudi, sul marmo freddo dell'appartamento, gli solleticò le orecchie mentre attendeva il suo arrivo.

Lei scostò appena la porta e quando lo vide immerso nella vasca, si prese qualche minuto per ammirarlo.

Era disteso con gli occhi chiusi, la testa appoggiata al bordo.

Accarezzò con lo sguardo la mascella non troppo squadrata e ricoperta da una leggera barba. Il mento appuntito, le labbra sottili. Il naso importante, proporzionato al suo volto. I bellissimi occhi azzurri, coperti ora dalle sue palpebre. I capelli castani umidi che gli incorniciavano il viso.

I suoi occhi si gustarono il collo forte, il pomo d'Adamo prominente e molto maschile. Ammirò i suoi muscoli tesi, le spalle possenti e i pettorali che emergevano appena dall'acqua, ricoperti da una lieve peluria.

«Roxy, perché non vieni qui con me?»

La sua voce bassa la fece sussultare. Ray aveva ancora gli occhi chiusi, ma le labbra erano piegate in un lieve sorriso.

«Ma come hai capito che ero qui? Non ho fatto rumore.»

Lui aprì gli occhi e la guardò a lungo.

«Perché *ti sento.* Lo sai.» la sua voce roca la riempì di un languore che in sua presenza non era mai sopito, ma latente. «Sempre.»

Bastava un suo cenno per risvegliarla, per *risvegliare il suo corpo.*

Gli sorrise mentre si sfilava la giacca, la camicetta di seta e la gonna, lasciando cadere tutto a terra.

Ray la bevve con occhi avidi mentre si toglieva la biancheria intima con lentezza.

Si sollevò appena, in modo da trovarsi quasi seduto. La accolse mentre entrava nella grande vasca e si sedeva tra le sue gambe aperte, appoggiando la schiena minuta contro il suo torace.

L'acqua li accarezzava piacevole, calda e profumata.

Ray prese un'abbondante dose di crema da bagno, se la spalmò sulle mani e iniziò a massaggiarle le spalle indolenzite, il collo e le braccia. La sentiva tesa, mentre con le dita scivolava sulla sua pelle morbida.

Roxy chiuse gli occhi e assaporò la sensazione di relax che lui le stava donando, grazie al suo esperto massaggio. Le stava sciogliendo con delicatezza tutti i muscoli contratti, risultato di una lunga giornata carica di tensione. La fece alzare seduta e proseguì il massaggio sulla schiena, con i pollici forti le scavava dei cerchi sulla pelle, provando ad ammorbidire la sua rigidità.

E piano piano ci riuscì.

Roxy si ritrovò a ciondolare con la testa, nel momento in cui lui la prese per le spalle e la fece di nuovo distendere sul suo petto.

Le scappò un mugolio soddisfatto, un sorriso languido le increspò le labbra.

«Grazie, amore.» la voce le uscì roca, si strofinò impaziente contro la sua erezione che sentiva crescere lungo la schiena.

Lui non disse nulla, si chiuse in silenzio mentre le sue dita correvano a stuzzicarle i capezzoli irrigiditi. Le muoveva a cerchio, girandoci intorno. Le accarezzava i seni con estrema lentezza, quasi come se fosse soprappensiero.

Roxy voltò appena la testa, per guardarlo.

Notò che aveva un'espressione corrucciata, era serio.

«Ray, che succede?» fece per alzarsi, ma lui la fermò subito.

«Niente, Roxy.»

«Ti prego, parlami.» Gli catturò le mani con le sue, per costringerlo a fermarsi. «Per favore.»

Lui si voltò verso di lei, le sorrise.

«Niente, Roxy. Ripensavo solo a ieri sera. Non mi piace quando litighiamo in quel modo.» sospirò mentre si liberava dalle sue mani gentili e riprendeva ad accarezzare il suo corpo. «Mi lascia addosso brutte sensazioni.»

Lei si ricordò dell'episodio, di quella furiosa litigata che avevano fatto.

I motivi? Sempre gli stessi: il loro stile di vita, il bambino che lui desiderava e lei no...perlomeno non adesso.

Anche lei voleva avere una famiglia, certo. Anche lei voleva coronare il loro sogno. Ma al momento era completamente assorbita dal suo lavoro e non aveva spazio per altre cose.

Soprattutto per un figlio.

Aveva cercato di spiegarglielo, ma lui sembrava non capire.

«Ti prego, Ray.» gli circondò i polsi con le mani, mentre lui continuava ad accarezzarle i seni, leggero. «Non voglio ripensare a ieri sera, entrambi abbiamo avuto una giornata pesante, credo. Cerchiamo di rilassarci un po', per favore.»

Lo sentì fare un lungo sospiro mentre le sue mani diventavano più avide.

Il suo membro rigido premeva ora contro la sua schiena, la

sua bocca si avvicina alla sua pelle. Poteva sentire il suo alito caldo che le sfiorava i capelli, le accarezzava le orecchie.

«Roxy...» la sua voce roca riaccese il fuoco che era in lei. «Ho il terrore di perderti. Ho paura che accada qualcosa tra di noi, ho paura che questi nostri continui litigi ci portino a dubitare di quello che abbiamo costruito e che abbiamo intenzione di creare.»

«Ray, noi ci amiamo e lo sai.» lo guardò decisa. «Anch'io lo temo, a volte. Ma la forza di quello che siamo e di quello che proviamo, mi rende sicura del fatto che niente potrà separarci. Abbiamo attraversato tante prove noi due. Siamo sposati da dieci anni Ray... può capitare un momento di difficoltà dopo così tanto tempo... e io sono convinta che lo supereremo insieme.»

«Dici?» le pizzicò forte i capezzoli, facendola quasi urlare. «A dire il vero, in questa posizione e in questo momento, sono convinto anch'io che potremo superare tutto.»

Roxy trattenne a stento una risata.

«Ma davvero?» inarcò la schiena, uscendo completamente con il petto dall'acqua per provocarlo. Lo sentì gemere mentre le prendeva i seni con entrambe le mani e glieli stringeva con forza.

Ray sentì che non poteva più aspettare, avvicinò il volto al suo e lei girò subito la testa, per offrirgli in risposta le sue labbra.

Fece scivolare la lingua nella sua bocca senza attendere oltre, la baciò avido. Dapprima con lentezza, poi con voracità.

Si abbandonarono alla sensazione sublime di essere l'una tra le braccia dell'altro.

Di appartenersi.

Di essere compagni, confidenti.

Amanti.

E quella sera, per entrambi, era l'unica cosa che contava.

Washington D.C.

«Steve... sul serio devi andare a Chicago?» Natalie lo fissò scocciata, sbuffò e lo seguì come un cagnolino per tutto l'appartamento mentre lui sceglieva le camicie e i completi da mettere in valigia.

«Sì, tesoro. Devo andare a Chicago, hanno bisogno di noi per risolvere un caso importante». Serrò le labbra, non sapeva nemmeno lui perché le parlava dei casi che seguiva, a volte sembrava che non le importasse nulla del suo lavoro.

«Ma sabato prossimo c'è la cena di beneficienza al Palace. Con il governatore, lo sai. È importante che tu ci sia, per la tua carriera.»

Steve prese un paio di magliette dal cassetto e le buttò con forza dentro la sua Samsonite aperta sul letto. Con la coda dell'occhio vide che lei sobbalzò. Respirò, cercando di mantenere la calma.

«Natalie, pensi che a me piaccia spostarmi da qui e andare a indagare in un'altra città, in un'altra procura?» Strinse gli occhi, si avvicinò a lei serio. «Pensi che mi piaccia trovarmi gomito a gomito con un altro avvocato che, con ogni probabilità, ha un modo di lavorare diverso dal mio?»

Lei fece un sorriso forzato. «Conoscendoti, no.»

«Brava. Quindi, se lo faccio, ti assicuro che ho i miei motivi. La persona su cui dobbiamo indagare è un criminale spietato, un uomo che ha violentato e assassinato sei ragazzine qui a Washington. E a Chicago quattro. Per ora.»

La vide serrare le labbra. «Ah.» si passò una mano tra i folti capelli biondi, nervosa «Ricordo, adesso. È *quel caso,* vero?»

«Già...» lui fece un profondo sospiro, osservò le magliette che aveva buttato con forza nella valigia, tutte spiegazzate. Doveva rimanere calmo, ma era difficile riuscirci quando si trattava di *quel caso*. Alzò lo sguardo e incontrò gli occhi verdi di lei che lo fissavano con apprensione. Scosse la testa. «Scusami se ho reagito in quel modo, ma il fatto di non aver mai preso quel criminale mi brucia ancora, lo sai. Anzi, sono davvero furioso con me stesso per non esserci riuscito.»

La attirò a sé e la prese tra le braccia, le accarezzò la schiena con movimenti circolari e lenti, forse più per calmare se stesso che per rassicurare lei.

Natalie non era certo una donna che aveva bisogno di essere rassicurata.

Sorrise sarcastico.

Stavano insieme da due anni, lei era la figlia di un magnate della finanza, si erano conosciuti a una festa.

Lei aveva bevuto un po' troppo quella sera, lui l'aveva accompagnata a casa e il giorno dopo, mortificata, lo aveva chiamato per ringraziarlo. Tra una chiacchiera e l'altra, con la sua esuberanza, era riuscita a strappargli anche un invito a cena.

Si era rivelata una buona compagnia, allegra e piena di vita, mentre lui stava uscendo da una storia lunga, piena di tensioni e di litigi.

Era stato naturale iniziare a frequentarsi e riporre forti aspettative nella loro relazione. Certo, provava affetto per lei. Era bella, dolce e stravedeva per lui. E il sesso andava alla grande.

Ma purtroppo era cresciuta in una famiglia dove non le era mai mancato nulla e forse aveva sempre ottenuto più di quello che le serviva. E questo l'aveva resa una persona poco attenta alle esigenze e ai problemi degli altri.

Lui, invece, amava il suo lavoro e aveva studiato come un pazzo per arrivare a quell'obiettivo, facendo moltissimi sacrifici. Era vice procuratore di Washington e sperava, un domani, di diventare anche procuratore.

Lei, al contrario, voleva che smettesse di fare l'avvocato. Lo vedeva in politica, grazie al padre che aveva conoscenze influenti, cercava in ogni modo di farlo entrare nell'ambiente.

Ma non faceva per lui.

Steve alzò la testa e si guardò intorno, ammirò il lusso di quell'appartamento che la sua fidanzata aveva ricevuto in regalo dal paparino. A volte era davvero troppo per i suoi occhi e si sentiva quasi in colpa per quello che aveva.

In fondo, non se lo era guadagnato davvero.

Era da sei mesi che abitavano lì, insieme. C'erano stati dei momenti durante i quali avrebbe voluto fuggire altri, invece, in cui adorava stare lì. Si rendeva conto che era piuttosto contorto, ma non poteva farci nulla.

Ogni giorno era una continua lotta tra il voler andarsene e il rimanere... e forse quel viaggio a Chicago giungeva anche al momento giusto. Aveva bisogno di staccare, persino da Natalie.

Inoltre, avere l'opportunità di arrestare quel bastardo che gli era sfuggito in passato era un'occasione che non intendeva farsi sfuggire.

Si voltò a guardare la valigia, consapevole del fatto che doveva sbrigarsi. Il mattino seguente aveva l'aereo alle prime luci dell'alba e voleva riposare bene quella notte.

Posò un bacio sui capelli di Natalie, la allontanò appena da lui per rimettersi all'opera.

Quando incrociò il suo sguardo e osservò le sue labbra notò il solito broncio che faceva quando doveva supplicare per qualcosa, come una bambina.

«Che c'è, piccola?»

«Ma... ce la farai a rientrare prima di sabato prossimo?» lei gli fece un sorriso smagliante, i suoi occhi brillarono mentre pensava, con ogni probabilità, alla sontuosa cena di gala con il governatore che la attendeva.

E soprattutto a quale vestito indossare per l'occasione.

E lui pensò, invece, che quello era proprio uno di quei momenti in cui avrebbe voluto scappare via da lì.

2.

Roxy sorseggiò il suo cappuccino, era come piaceva a lei: decaffeinato, ricco di schiuma e soprattutto, ben caldo... quelli della Caffetteria Mokka riuscivano a farlo arrivare da lei, in ufficio, come se fosse stato appena servito al bancone del bar.

Quella mattina si era incontrata là con le sue amiche, a volte si davano appuntamento prima del lavoro, per fare quattro chiacchiere. Aveva approfittato di qualche minuto a disposizione per parlare un po' con Reb del caso del serial killer, visto che lo stavano seguendo proprio nella sua centrale.

Reb le aveva confermato che erano tutti molto turbati, temevano un'escalation di questo assassino. Ma, soprattutto, erano tutti preoccupati del fatto che quel criminale potesse sparire da un momento all'altro.

E al momento non avevano nessun indizio che li potesse condurre a lui.

Sospirò e si diresse verso la grande vetrata del suo ufficio, osservando la città che si muoveva frenetica sotto di lei. Bevve un altro sorso dal bicchiere di carta, al quale aveva tolto il coperchio per gustare bene la schiuma. Rifletté sulle parole di Mark Davis del giorno precedente, quando le aveva detto che a Washington si era fermato a sei vittime e poi era scomparso.

Anche allora, con ogni probabilità, aveva inciso le lettere sui corpi, ma Mark non le aveva accennato nulla al riguardo. Era curiosa di sapere se aveva formato una parola di senso compiuto o no, perché... per il momento... lì non lo aveva ancora fatto.

I suoi pensieri vennero interrotti da un bussare energico alle sue spalle. Si voltò e vide Mark sulla porta aperta del suo ufficio.

«Disturbo?» le fece un sorriso appena accennato.

«Assolutamente no, entra.» avanzò verso di lui per accoglierlo, ma mentre lo stava per raggiungere, una figura maschile emerse dall'ombra, alle sue spalle. Si bloccò subito e guardò lo sconosciuto incuriosita.

Aggrottò le sopracciglia.

L'uomo le sorrise, poi piegò la testa appena di lato. Roxy notò una scintilla divertita nei suoi occhi, non capì affatto da cosa fosse dovuta e la irritò all'istante.

«Roxy, ti presento Stephen Marshall, il vice procuratore di Washington.» Mark si scostò di lato, per lasciar entrare l'uomo in questione. Lei lo osservò con attenzione mentre si dirigeva verso di lei per presentarsi. Aveva un'andatura elegante, spalle larghe e un fisico che, sotto l'abito di alta sartoria, sembrava ben piantato.

«Lieto di conoscerla, signorina...» le porse la mano, rimanendo in attesa.

«*Signora* Jones. Roxanne Parker Jones, prego» gliela afferrò e la strinse con forza, guardandolo negli occhi con un'espressione di sfida.

Lui la scrutò a lungo, la mascella si mosse appena in un guizzo nervoso.

Gli occhi azzurri di lui corsero veloci sul suo viso, accarezzandole con lo sguardo le guance, il profilo del naso e soffermandosi sulla bocca. Le sue labbra si piegarono appena verso l'alto e lei rivide, di nuovo, quella scintilla divertita.

Sfilò subito la mano dalla sua, indispettita, poi girò attorno alla sua scrivania e scostò la poltrona, facendogli cenno di accomodarsi di fronte a lei.

«Se vuole sedersi, possiamo iniziare dando un'occhiata ai fascicoli della polizia» glieli indicò, impilati sul suo tavolo, poi si rivolse a Mark. «Come pensi che ci potremmo organizzare durante le indagini?»

«Quest'ufficio non è abbastanza grande per entrambi, Roxy» lui si guardò intorno con una smorfia. «Stephen si potrà sistemare in quello che c'è qui a fianco, al momento è vuoto. In questo modo potrete stare a stretto contatto e coordinarvi al meglio. Non credi?»

Annuì nervosa.

Non comprendeva il perché, ma il fatto di lavorare *a stretto contatto* con quell'uomo... le metteva addosso una sorta di agitazione che non riusciva a decifrare.

«Bene, ho già illustrato il tutto anche a lui, posso lasciarvi ora. So che darete il meglio insieme.» Mark si avvicinò a entrambi e poi fece un cenno di saluto con la mano. «Forza, prendiamo questo bastardo». Detto questo voltò loro le spalle e lasciò l'ufficio, senza attendere risposta da parte di nessuno dei due.

Steve si girò a osservarlo e lo seguì con lo sguardo fino a che non ebbe varcato la soglia dell'ufficio. Una volta uscito, si girò verso di lei con lentezza e le fece un sorriso. Quindi avrebbe lavorato con quella donna che era di fronte a lui e come aveva appena detto il procuratore... *a stretto contatto.*

Le fissò le labbra, con intensità. Erano carnose, sensuali e ci avrebbe scommesso qualsiasi cosa sul fatto che erano morbide come seta. E quel baffo di schiuma, sopra il labbro superiore, non faceva che accrescere la sua voglia di sentire che gusto avesse quel cappuccino.

Roxy capì che non poteva sopportare oltre quello sguardo sfacciato. «Si può sapere che ha da guardare?» posò il bicchiere del cappuccino sulla scrivania e si puntò i pugni sui fianchi, indispettita.

Lui inarcò un sopracciglio, poi si passò il pollice sul labbro superiore. Subito dopo, fece un cenno con la testa verso di lei, cercando di farle capire la situazione.

Rimase perplessa, ma durò solo un attimo.

Abbassò lo sguardo sul bicchiere del cappuccino che aveva di fronte e osservò la schiuma, soffice e densa.

Imprecò tra sé e senza dire nulla, aprì un cassetto e prese un kleenex. Si tamponò veloce le labbra e la macchia color nocciola che vi rimase sopra le confermò, purtroppo, quello che immaginava. Aveva un bel baffo di schiuma, niente male.

«Mi scusi, io...» cercò di giustificarsi mentre appallottolava il fazzoletto e lo gettava nel cestino. Aveva frainteso e non poteva che essere mortificata.

«Non scusarti...» le sorrise con dolcezza. «Anch'io adoro il cappuccino, ti capisco. Mi sporco sempre. Poi con questi è una tragedia.»

Steve si passò le dita sui baffi sottili, poi sul pizzetto corto e brizzolato che gli ricopriva il mento arrivando fino alle orecchie. Roxy non poté fare a meno di notare che sia la barba che i capelli corti, anch'essi brizzolati, erano tagliati in modo perfetto. Era un uomo curato, il vestito che indossava era senza dubbio su misura. I suoi occhi, azzurri come il ghiaccio, la guardavano con intensità e le sue labbra sottili, ma molto sensuali, erano piegate in un leggero sorriso.

Era un uomo affascinante e lei si ritrovò a sorridere imbarazzata. Non era da lei, doveva riprendere in mano la situazione.

Si schiarì la voce, poi distolse gli occhi da lui e si sedette in poltrona.

«Vogliamo cominciare, signor Marshall?»

Lui annuì appena, si accomodò davanti a lei e si appoggiò con i gomiti sulla scrivania, sporgendosi in avanti. «Certo. Che ne dici di iniziare a darci del tu? Del resto lavoreremo insieme per un po' di tempo, meglio cercare di essere a nostro agio il più possibile, non trovi?»

Roxy sorrise, cercando di stemperare la tensione. «D'accordo. Possiamo iniziare, Stephen?»

«*Steve,* grazie. Mi chiamano tutti così, solo mia madre fa eccezione. E solo in alcuni casi, che è meglio non approfondire troppo» soffocò un sorriso ironico, prese il primo fascicolo e lo sfogliò con noncuranza. «E tu? Preferisci Roxanne o...»

«Roxy.»

Steve alzò lo sguardo, socchiuse appena gli occhi e la osservò con una scintilla nello sguardo.

«Bene, Roxy. Al lavoro allora.»

Da quel momento si immersero entrambi nel caso, Steve volle essere ragguagliato su a che punto fossero le indagini. Esaminò le foto delle vittime, una a una e ricordò ogni minimo dettaglio dello scempio che quell'uomo aveva fatto a Washington.

Non era cambiato nulla: le stuprava, le uccideva strangolandole e incideva sul loro torace una lettera, come fosse stata una firma. I corpi venivano ritrovati proprio come a Washington: lavati con cura, avvolti in un lenzuolo di cotone bianco e con l'immancabile rosa nera stretta tra le dita.

Ma, come allora, nessun altro indizio che potesse aiutarli a capire come le sceglieva, in modo da cercare, se non di precederlo, di arrivare almeno in tempo per fermarlo.

«Come un anno fa, purtroppo. Anche noi non abbiamo mai trovato nulla che collegasse le vittime tra di loro. L'unico elemento in comune era l'aspetto fisico, tutte con capelli e occhi scuri, come qui. E vista la loro giovane età, il fatto che fossero tutte studentesse. Nient'altro...». Alzò lo sguardo e osservò la sua bellissima e nuova collega davanti a lui fare una lieve smorfia, poi mordersi appena il labbro, come le aveva già visto fare alcune volte durante il giorno. Si schiarì la voce nervoso e si allentò il nodo della cravatta, cercando di togliere l'attenzione da quella bocca carnosa e di riportarla sul caso che stavano seguendo. Era evidente che non si rendesse affatto conto di quanto fosse sexy quando lo faceva.

«Esatto.» Roxy drizzò la schiena, lo guardò negli occhi. «Ma c'è anche qualcos'altro, che noto solo ora.»

«Ossia?»

«Il tempo tra un omicidio e l'altro. Qui, come a Washington. Tre settimane.»

«È il tempo che gli serve per reclutarle.» la voce di Steve era gelida, agghiacciante.

Roxy si sentì sbiancare, la gravità di quella affermazione implicava solo una cosa.

«Questo significa che appena uccisa una ragazza...»

«Sì.» lui serrò le labbra. «Appena uccisa una ragazza, sta già scegliendo la prossima. È chiaro.»

«Mio Dio...» lei si abbandonò sulla poltrona, inerme. «Sa già chi sarà la prossima vittima e noi non possiamo fare nulla per fermarlo. Ormai mancano pochi giorni allo scadere delle tre settimane, starà già preparando tutto.» fece un profondo sospiro, demoralizzata.

Steve conosceva bene la sensazione di impotenza che stava provando lei, l'aveva provata anche lui un anno prima. Sapeva che quel bastardo era in giro, che avrebbe ucciso di nuovo. I giorni passavano inesorabili, non si riusciva a fare nulla per fermarlo e ogni volta si trovava il corpo di un'altra ragazza assassinata.

Digrignò i denti dalla rabbia.

Credeva di avere dimenticato certe sensazioni, ma con prepotenza stavano tornando di nuovo. Aveva ancora a che fare con *lui* e stavolta non voleva e non poteva fallire.

«Sì, Roxy.» la voce gli uscì cupa e bassa. «È davvero probabile che stia preparando tutto e che abbia già scelto la prossima vittima. È un bastardo, un fottuto criminale e noi dobbiamo lavorare per riuscire a fermarlo.»

Lei annuì seria. Si sporse in avanti, posò i gomiti sulla scrivania e congiunse le mani davanti al viso, posando poi le labbra sugli indici uniti.

Corse con lo sguardo sulle carte sparse sul tavolo, le studiò a lungo.

«A cosa pensi?» Steve era curioso, la vedeva stringere gli occhi concentrata.

Non gli rispose subito. Stava riflettendo sulle sue parole, sul fatto che dovevano lavorare per riuscire a fermarlo. E forse c'era qualcosa che avevano trascurato, perché qualche elemento in comune doveva esserci per forza, non poteva pensare che cercasse le sue vittime senza avere un piano stabilito.

Dopo alcuni attimi si drizzò con la schiena e lo guardò decisa.

«Tutte queste ragazze uccise qui a Chicago... e tutte quelle uccise a Washington... devono per forza avere qualcosa in comune, Steve. Dobbiamo verificare tutti i posti che frequentavano, le persone con cui si incontravano...» con impazienza prese una cartella e la aprì, estrasse tutti i documenti dall'interno e iniziò a esaminarli, uno a uno. «Deve esserci qualcosa che accomuna le vittime.»

«Hai ragione.» lui annuì, pensieroso.

«Facciamo così: ripartiamo da zero. Analizziamo le vittime, non l'omicidio. Abitudini, posti che preferivano frequentare, hobby, passioni, scuola. Inseriamo i dati tutti insieme ed esaminiamoli, è l'unico modo per trovare qualcosa.»

«Va bene.» lui prese deciso due dei quattro pesanti fascicoli davanti a sé. «Tu crea una cartella in rete, io vado nell'ufficio che mi ha allestito Mark qui a fianco. Inseriamo entrambi i dati e poi ne riparliamo. Nel frattempo contatto la mia procura, mi faccio inviare le cartelle dei sei casi irrisolti di un anno fa, non appena finiremo con questi, inizieremo a studiare anche quelli e confronteremo i dati tra di loro.»

«Ottimo» lei spalancò appena gli occhi, ricordando all'improvviso un particolare. «Anche a Washington incideva le lettere sul petto delle vittime, vero?»

«Sì, certo.» lui annuì serio. «E formò anche una parola compiuta.»

«Quale parola?» Roxy trattenne il fiato, in attesa.

«*FATHER*.» Steve serrò le labbra. «A causa di questo, dopo che quel criminale sparì, provammo a indagare anche sui padri delle vittime. Ma non emerse nulla.»

«Forse il padre aveva abusato di lui, quando era piccolo.»

«Forse...» annuì pensieroso, poi si alzò in piedi deciso. «Ma ora mettiamoci al lavoro, cerchiamo di capire cosa riusciamo a scoprire con questi dati. Non appena avrai creato la cartella sul server, dimmi il nome. Nel frattempo io sento i miei a Washington.»

Roxy annuì, piena di speranza. Finalmente aveva al suo fianco qualcuno che poteva dare una bella svolta alle indagini. E soprattutto che era agguerrito quanto lei.

«Per qualsiasi cosa tu abbia bisogno, io sono qui.» lo guardò compiaciuta. «Buon lavoro.»

«A te» lui le sorrise, le voltò le spalle e uscì dal suo ufficio, dirigendosi subito a destra, verso quello che Mark gli aveva mostrato quella mattina.

Entrò e posò i due dossier che aveva scelto sul tavolo, fece il giro della scrivania e si sedette alla poltrona. Schiacciò il tasto dell'accensione del pc; mentre si avviava e inseriva utente e password, ripensò alla sua nuova collega nell'ufficio lì a fianco.

Mai si sarebbe aspettato di lavorare con una donna... e che

donna.

Aveva pensato di trovarsi di fronte un uomo con qualche anno in più di lui. Lei, invece, era addirittura più giovane e aveva una grinta degna del migliore degli avvocati.

Le poche ore passate insieme gli avevano dimostrato la sua competenza, il suo attaccamento al lavoro e la sua fede nella giustizia.

E non appena l'aveva vista di fronte a lui, quella mattina, era rimasto stregato.

Il suo volto bellissimo, con quegli occhi grigi circondati dalle lunghe ciglia che li valorizzavano ancora di più, il naso piccolo e ben proporzionato, le labbra carnose. I capelli scuri, legati da uno chignon austero dietro la nuca.

Il tailleur nero, serio.

Il tutto era costruito ad arte per smorzare una sensualità mai vista prima, ma senza successo.

Perché, nonostante quella donna facesse di tutto per rimanere seria e impeccabile, emanava un magnetismo a cui, lui era certo, nessun uomo avrebbe potuto rimanere indifferente.

La pelle rosea, le curve nascoste sotto gli abiti.

Il suo *profumo.*

Si schiarì la voce, si portò la mano all'inguine per smorzare con un gesto la mezza erezione che gli stava crescendo nei pantaloni.

Era assurdo, non poteva credere che una donna appena conosciuta... e oltretutto nel bel mezzo di un'indagine così importante... fosse in grado di scatenare in lui tutto questo.

Non aveva mai tradito Natalie, anche se le occasioni non gli erano di certo mancate.

Non aveva mai tradito nessuna, a pensarci bene.

E non voleva certo iniziare ora.

Scosse la testa e riportò con decisione l'attenzione sul computer che si stava avviando. Si ripromise di non pensare più alla sua collega in quei termini, doveva concentrarsi sul caso e basta. Lo aspettava una dura giornata di indagini e di lavoro, era meglio non distrarsi.

Avviò il programma e prese la prima cartella, la sfogliò con attenzione.

La prima vittima.

Gli aspettava l'arduo compito di analizzare tutta la sua vita e gli sembrava di violarla un'altra volta dopo che quel bastardo aveva abusato di lei. Era come entrare nella sua intimità, conoscere i suoi passatempi preferiti, i suoi gusti. La sua giovane vita sentimentale.

Deglutì, poi cercò di soffocare quel senso di fastidio che tutta quella storia gli procurava.

Era un ottimo avvocato ed era lì per quel motivo. Doveva arrestare quello schifoso criminale.

Iniziò a inserire i primi dati e si immerse a tal punto nel lavoro, che non si accorse nemmeno del tempo che passava.

Quando, più tardi, Roxy si fermò un attimo sulla porta a osservarlo, erano infatti trascorse molte ore.

Anche lei si era immersa nelle indagini, ma a un certo punto aveva sentito il bisogno di fare una pausa e di bere un buon caffè, quindi non aveva esitato a raggiungere Steve nel suo ufficio per chiedergli se anche lui ne avesse voglia. Come lei, era da diverso tempo che lavorava in maniera incessante.

Si prese un attimo per osservarlo, prima di porgli la domanda.

Era concentrato sul lavoro, stava sfogliando una cartella e inserendo dei dati nel computer.

Si era tolto la giacca per essere più libero, Roxy notò che aveva arrotolato le maniche della camicia fino ai gomiti, i suoi avambracci muscolosi dalla pelle appena abbronzata svettavano, in contrasto con il bianco candido della stoffa. Indossava un pesante orologio d'acciaio, che rendeva ancora più maschile la sua corporatura. I capelli, seppur corti, erano un po' scompigliati. Segno che ci aveva passato le dita in mezzo più volte.

Intuì che, come lei, era nervoso.

Bussò alla porta, lieve, per attirare la sua attenzione. Lui si voltò subito incuriosito, quando la vide fece un sorriso appena accennato.

«Ehi...» si appoggiò con la schiena alla poltrona, sembrava stanco.

«Che ne dici di un caffè?» gli sorrise, comprensiva. «Credo che abbiamo bisogno entrambi di una pausa.»

Lui fece un sospiro, si srotolò le maniche della camicia e si alzò in piedi.

«Dico che hai avuto un'ottima idea, Roxy.» si aggiustò il nodo della cravatta e prese la sua giacca, appoggiata sullo schienale della sedia. Se la infilò in fretta. «Fammi strada, spero che almeno sia buono, non come quello che abbiamo noi in procura a Washington.»

Risero entrambi mentre uscivano dall'ufficio di Steve e si avviavano in corridoio.

Roxy fece un saluto veloce alla sua segretaria, Mary, che la guardò incuriosita, poi in pochi passi lei e Steve raggiunsero la saletta dove si trovava il bollitore del caffè. Roxy gli indicò il tavolo al centro della stanza, per invitarlo a sedersi.

«Come lo prendi?» si voltò verso di lui mentre si dirigeva verso le caraffe tenute in caldo.

«Decaffeinato. Nero e senza zucchero, grazie.»

Prese due tazze di ceramica e versò in entrambe una dose generosa di bevanda nera e bollente, decaffeinata. Nel suo versò una grande quantità di panna e zucchero, aveva davvero bisogno di una bella carica.

«Hai fame?» si voltò a guardarlo, gli indicò il vassoio coperto da una campana di vetro che custodiva muffin e donuts ricoperti di glassa colorata.

«No, grazie.» lui scosse la testa divertito. «Se mangio una di quelle prelibatezze... rischio di non lavorare più per il resto della giornata.»

Lei sorrise, voltandosi con le tazze e porgendogli la sua. Si sedette al tavolo di fronte a lui e accavallò le gambe, rilassata.

«Anche per me è così, evito di mangiare troppo sul lavoro. Rischio di perdere la concentrazione e non voglio che accada. Poi, negli ultimi tempi, ammetto che mi è anche passato un po' l'appetito.»

«Come mai?» lui la fissò incuriosito, si portò la tazza alle labbra e sorseggiò un po' di caffè. Era ottimo, per fortuna.

«La pressione di questo caso. La stampa.» Roxy abbassò lo sguardo e osservò pensierosa il cerchio della crema di latte bianca nel caffè nero. Immerse il cucchiaino e mescolò lenta, rendendo il colore della bevanda uniforme.

«Ti capisco.» la voce bassa e lugubre di Steve la colpì subito, lei alzò gli occhi e lo guardò in viso, attenta «Ho vissuto la stessa cosa un anno fa, quando accadde a Washington.»

Lei serrò le labbra, dispiaciuta. Immaginava la tensione e la rabbia che doveva aver provato per non essere riuscito a prenderlo e ora, che si ritrovava ad avere a che fare con lo stesso serial killer, era probabile che fosse ancora più deciso di lei.

«Il mio procuratore era stato nominato solo da sei mesi e aveva scelto subito me come suo vice. Ci capitò tra le mani questo caso e la stampa si accanì contro di noi, accusandoci di essere degli incapaci.» Steve iniziò a raccontare, anche se non era un periodo della sua vita che amava ricordare. Posò con forza la tazza sul tavolo e proseguì. «Volevano revocare il mandato alla procura, soprattutto quando compresero che il killer aveva abbandonato Washington e si era diretto altrove... e noi non eravamo riusciti a fermarlo.»

«Ma non l'hanno fatto.»

«No.» sorrise mesto, poi si rigirò la tazza tra le mani, pensieroso. «Non l'hanno fatto e da allora abbiamo dato dimostrazione di essere all'altezza del ruolo, nonostante quel caso irrisolto. Ma ancora mi brucia tanto, Roxy.»

Lei annuì. «Ti capisco. Ho paura che accada anche qui, Steve, ho paura che non riusciremo a prenderlo. Siamo a quota quattro vittime e a Washington si è fermato a sei. Tre settimane tra l'una e l'altra... abbiamo davvero poco tempo a disposizione, considerato che tra pochi giorni colpirà ancora.»

«Circa un mese, a meno che la parola che ci voglia fornire questa volta non sia più lunga.» la guardò con tristezza. «Un po' debole e triste, come speranza.»

«Già. E in più non abbiamo nulla in mano.» aggrottò le sopracciglia inquieta. «E non posso fare a meno di pensare a quella povera ragazza a cui toccherà tra poco... non ci dormo la notte.» le tremavano le mani mentre lo diceva. Cercò di mascherarlo, le portò sulla tazza e la strinse con forza.

Ma Steve se ne accorse, d'istinto gliene prese una e la strinse fra le sue, per confortarla.

«Roxy, ce la faremo.» la guardò in viso, deciso. I suoi occhi glaciali trasmettevano la rabbia che provava, la frustrazione. «Costi quello che costi... dobbiamo farcela. Vaglieremo ogni indizio, ogni elemento. Anche quelli insignificanti. Dobbiamo trovare qualcosa che ci porti a lui, dobbiamo *per forza*.»

Lei annuì risoluta, assorbendo la carica positiva che le stava trasmettendo quell'uomo.

Assaporò la sua stretta decisa, notò la sua mano sottile che spariva tra le sue, nodose e forti, ma delicate al tempo stesso. La sua pelle le donava una bella sensazione: la sentiva piacevole al tatto, calda. Avrebbe voluto restare così il più a lungo possibile.

Ma per dovere e soprattutto per l'imbarazzo che stava iniziando a salirle in gola, sfilò la mano dalle sue e notò che lui non fece nulla per trattenerla. Lo guardò a lungo, gli fece un lieve sorriso.

«Hai ragione. Lo prenderemo, Steve. Ne sono certa.»

Lui annuì, riportò le dita sulla sua tazza in ceramica e la sollevò, portandosela alle labbra.

Quando la rimise sul tavolo, piegò appena la testa di lato e la guardò.

«D'accordo. Rimettiamoci al lavoro allora.» si alzò in piedi e attese che lo facesse anche lei, presero le loro tazze di caffè e insieme si diressero fuori dalla stanza.

Arrivati davanti ai rispettivi uffici si salutarono con un sorriso e si immersero di nuovo nelle indagini.

Ray si frizionò i capelli umidi con l'asciugamano, poi lo gettò nel cesto della biancheria. Si osservò allo specchio, se li spettinò in maniera energica e si passò poi le dita sulla barba incolta. Forse avrebbe dovuto radersi, ma a Roxy piaceva così e spesso gli aveva chiesto addirittura di farsela crescere.

Sorrise, mentre ripensava a quanto fosse bella la pelle arrossata delle sue cosce, quando ci strofinava contro il viso.

Si infilò veloce un paio di boxer e una maglietta, uscì dal bagno e a piedi nudi, si avviò in cucina. Aprì il frigorifero ed estrasse il contenitore con le costine che aveva preparato quella mattina presto, prima di andare al lavoro. Tolse la pellicola, inspirò il profumo della salsa con cui le aveva ricoperte e sorrise soddisfatto: era ottima.

Aprì uno sportello e prese una teglia, poi si voltò per accendere il forno. Gli piaceva farle cuocere piano e a lungo, prendevano tutto il gusto delle spezie e si arrostivano per bene.

Quando si girò per prepararle, lo sguardo gli cadde sul tavolo, dove aveva lasciato la copia del Chicago Tribune uscita quel giorno. Sbuffò dal naso, irritato.

Rilesse il titolo in prima pagina, quello che gli aveva rovinato la giornata.

SERIAL KILLER TERRORIZZA LA CITTA'.
La Procura di Chicago brancola nel buio.
Cittadini abbandonati a loro stessi.

Si accanivano contro il capo della procura, Mark Davis e contro la sua vice, Roxanne Parker Jones. Li accusavano di non essere in grado di svolgere il loro lavoro, puntavano il dito sulla polizia e soprattutto incolpavano i membri del Senato di avere scelto un incapace come procuratore. Li spronavano a porre fine al mandato prima della scadenza.

Lui scosse la testa, indignato.

Se solo avessero capito che la cosa migliore in questi casi è il *silenzio*.

Dovevano lasciarli lavorare, anziché farsi la guerra per la notizia più clamorosa.

E soprattutto non dovevano seminare il panico tra i cittadini.

Oltretutto, lui non era certo un esperto in criminologia o in psicologia, ma con queste notizie caricavano ancora di più l'ego di questo criminale e lo spingevano a delitti sempre più efferati.

Pensieroso, sistemò le costine sulla teglia e si succhiò appena le dita per assaggiare il gusto della salsa. Il sapore, dolce e piccante insieme, gli stuzzicò la lingua.

Sapeva che a Roxy sarebbe piaciuta, le aveva preparate apposta per lei. Voleva che si rilassasse, voleva farle dimenticare tutta la giornata che aveva passato e che sapeva per certo essere stata davvero estenuante. Stava lavorando duramente, stava cercando di non essere schiacciata da questo caso e di non esserlo nemmeno da tutta questa tensione che la circondava.

Si risciacquò le mani sotto l'acqua e l'improvviso suono del forno lo avvertì che era in temperatura. Aprì lo sportello e inserì le costine, selezionò tre ore e mezza di cottura e il gioco fu fatto.

La bottiglia di Merlot era pronta per essere stappata, il gelato era in freezer.

Più tardi avrebbe preparato una fresca insalata e poi non gli rimaneva che attenderla.

Sarebbe riuscito a dare una piega diversa alla sua giornata, ne era certo.

Poi gli venne un'idea, tanto per farla sorridere un po'.

Si avviò in salone e prese in mano il telefonino, facendo scorrere il dito sul display.

Il suono improvviso della notifica di un messaggio sul cellulare colse impreparata Roxy, facendola quasi sobbalzare e distraendola dal lavoro in cui era immersa. Diede un'occhiata veloce all'orologio, si era fatto davvero tardi. Toccò lo schermo del telefono per vedere di chi era e notò che si trattava di Ray. Lo lesse subito.

RAY: Non far tardi. Ho pensato io alla cena.

Sorrise, immaginandolo ai fornelli. Adorava vederlo cucinare, in cuor suo era sempre stata convinta che una delle cose più sexy in assoluto è quella di vedere un uomo che si impegna in quel tipo di arte. Pensò che, da che mondo è mondo, erotismo e cibo avevano sempre avuto un ruolo fondamentale nella vita sessuale di tutti quanti.

ROXY: Mmmh... sono curiosa di sapere che hai preparato di buono.

RAY: Allora sbrigati. Non è che posso aspettarti qui coricato sul tavolo tutta la sera...rischio di prendere freddo... e potrebbero esserci delle conseguenze...sai com'è.

Si portò una mano alle labbra, per soffocare una risata.

ROXY: Arrivo di corsa.

«La persona che è in grado di farti sorridere così, dopo una giornata come questa... si merita un premio, davvero.» la voce di Steve arrivò all'improvviso e lei appoggiò subito il cellulare sulla scrivania, voltandosi di scatto verso di lui.

Era in piedi sulla porta, aveva le mani in tasca, la giacca sganciata e la cravatta un po' allentata. Il volto era stanco, il sorriso tirato.

«Lo merita davvero, sì.» Roxy spense il computer e si alzò in piedi, raccolse i suoi oggetti personali e li mise nella borsetta. Poi alzò lo sguardo e gli sorrise. «Sono una donna fortunata.»

Steve annuì, la osservò dirigersi verso di lui, sinuosa. Si scostò per lasciarla passare, poi si avviarono in silenzio verso l'ascensore, che arrivò quasi subito. Era pieno di colleghi che avevano finito il lavoro, salirono tra di loro e salutarono diverse persone con un cenno del capo e un sorriso, arrivando in pochi minuti nel parcheggio sotterraneo.

«Hai l'auto?» incuriosita, Roxy si informò. Non avevano ancora parlato di come si era sistemato lui a Chicago. «Oppure hai bisogno di un passaggio?»

«No, grazie. Ho noleggiato un'auto, voglio essere indipendente. Mi piace gestirmi a modo mio quando mi sposto e non voglio essere legato agli orari dei mezzi pubblici o impegnare altre persone.»

«Capisco. Hai trovato un appartamento o alloggi da qualche

parte?»

«Ho preso una stanza al Sofitel Water Hotel, me ne hanno parlato bene. Non ho ancora avuto occasione di osservarlo come si deve, stamattina ho lasciato solo i bagagli e i documenti, non sono nemmeno salito in camera. Ma mi è sembrato un ottimo hotel e soprattutto è vicino al lago Michigan; al mattino io mi alzo sempre presto per fare jogging ed è in una posizione perfetta.»

Roxy annuì compiaciuta.

«È un albergo molto bello, hai fatto un'ottima scelta.» infilò le mani nella borsa per estrarre le chiavi dell'auto. «Ti troverai molto bene.»

Lui la guardò rimanendo in silenzio.

«Ci vediamo domani, Steve.» gli fece un cenno con la mano, per salutarlo.

«A domani, Roxy.» lui ricambiò il suo gesto, poi le sorrise. «E... volevo dirti che anche *lui* è un uomo fortunato.»

Le voltò le spalle e si allontanò senza dirle più nulla, anche se avrebbe voluto.

Roxy lo guardò mentre se ne andava e rimase molto colpita dalle sue parole.

In tanti anni, era la prima volta che riceveva attenzioni da un uomo che non fosse suo marito. Aggrottò le sopracciglia e si diresse verso la sua Bmw X5, la aprì con il telecomando. Salì a bordo e si allacciò la cintura. Mentre si dirigeva fuori dal parcheggio e si immergeva nel traffico serale non poté fare a meno di pensare alle parole di Steve, di nuovo.

Anche lui è un uomo fortunato.

Le aveva regalato una strana sensazione.

Piacevole, certo.

Ma anche di disagio.

Non era abituata alle lusinghe, era sempre stata solo con Ray e non aveva mai avuto occhi che per lui. Era lei quella fortunata ad aver trovato un uomo del genere.

Nonostante i loro battibecchi e nonostante le incomprensioni, il loro amore era profondo, la loro unione solida. Questo periodo di crisi che stavano passando era dovuto al terribile caso che lei stava seguendo, ai troppi impegni che avevano entrambi e alla voglia di suo marito di avere un figlio proprio adesso.

Il che era assurdo.

Anche lei era consapevole del fatto che gli anni passavano, ma era convinta che avevano ancora tempo davanti... e non c'era nessuna fretta. Non appena fosse stato il momento giusto se ne sarebbero accorti.

Mosse un po' il collo per sgranchirsi i muscoli tesi, ma servì a ben poco: non appena giunse a casa si irrigidì subito.

Un gruppetto di giornalisti, muniti di macchine fotografiche, assediava l'ingresso del suo palazzo, che per fortuna possedeva un parcheggio sotterraneo come la procura. Purtroppo loro notarono la sua auto e alcuni fecero dei gesti plateali verso di lei.

Imprecò, mentre premeva con forza sull'acceleratore e svoltava subito nell'ingresso riservato agli inquilini. La telecamera riconobbe la sua targa e la sbarra si sollevò all'istante, consentendole di passare. Le due guardie all'ingresso le fecero cenno di entrare, poi li vide nello specchietto retrovisore che si mettevano dietro di lei per bloccare i giornalisti che la stavano seguendo di corsa.

Il cuore sembrava scoppiarle nel petto mentre in velocità arrivava al posto riservato a lei. Parcheggiò con una frenata secca e spense l'auto, afferrando subito il volante con forza.

Non li sopportava più, non riusciva più a tollerare quella situazione. Ma perché non li lasciavano lavorare in pace, perché non capivano che più se ne stavano in silenzio, più sarebbero riusciti a fare bene il loro lavoro?

E perché, soprattutto, non comprendevano che tutto questo clamore non faceva che aumentare l'ego di quel serial killer? Gli stavano regalando una notorietà senza precedenti e ci avrebbe scommesso che lui si gongolava come un pazzo in tutto questo.

Digrignò i denti e picchiò con forza le mani sul volante per scaricare la tensione.

Poi si abbandonò sullo schienale, chiuse gli occhi e inspirò profondamente per calmarsi. Passarono alcuni minuti, quando li riaprì si guardò intorno e vide l'auto di suo marito ferma a lato, parcheggiata di fianco alla sua come sempre.

All'improvviso sentì che l'unica cosa che voleva in quel momento era essere tra le sue braccia, subito.

Scese e si diresse veloce verso l'ingresso, prese al volo l'ascensore e contò i secondi che la separavano dal suo piano.

Non appena arrivò e si avviò in corridoio, assaporò il silenzio che regnava in quel palazzo.

I colori luminosi, le ampie vetrate che davano sulla città. Le bellissime piante verdi lungo il corridoio, che regalavano vita e calore.

Infilò la chiave nella serratura della grande porta blindata ed entrò all'interno.

La prima cosa che sentì fu la musica in sottofondo, era *Keep on loving you* dei *Cigarette after Sex* e la colpì dritto al cuore. Ray sapeva che li adorava e questa era una delle sue canzoni preferite. Posò la borsetta e osservò la stanza, era tutto in penombra, illuminato solo dalle candele.

Poi sentì il profumo che la circondava, sicuramente costine al forno, che stavano cuocendo con lentezza studiata. Erano inconfondibili. Sorrise, tutta la tensione della giornata e tutti i pensieri nefasti che avevano attraversato la sua mente svanirono in un istante.

Ray si stagliò all'improvviso nella penombra mentre usciva dalla porta della cucina. Indossava un paio di pantaloni scuri morbidi e una maglietta chiara e avanzava verso di lei con un sorriso sensuale.

A piedi nudi.

«Bentornata, amore mio.» la prese per la vita e con delicatezza la baciò sulle labbra. «Rilassati e mettiti comoda, manca ancora un po' per la cena.»

Roxy gli sorrise e fece come le aveva detto: si spogliò, fece una doccia veloce e una volta indossati un paio di pantaloni di cotone e una canotta, ritornò in sala da pranzo.

Aiutò Ray ad apparecchiare, parlando del più e del meno. Lui fece alcune battute, facendola ridere diverse volte e lei capì che stava cercando di distrarla. Lo apprezzò moltissimo.

Una volta consumata la cena, si sistemarono in salotto a sorseggiare l'ultimo bicchiere di vino prima di andare a dormire. Ray versò un po' di Merlot nel calice di Roxy, seduta davanti a lui sul pavimento.

«Devo ringraziare Albert che riesce a tenere lontani quei maledetti giornalisti.» Posò la bottiglia sul tavolino in cristallo, poi la guardò negli occhi. «E devo ringraziare anche le guardie.»

Era preoccupato, la situazione a volte era davvero insostenibile. Non gli bastava accanirsi contro di lei sui giornali, ora lo facevano anche nella sua vita, invadendo la sfera privata. Non gli piaceva affatto.

«Sì, Albert è fenomenale. Dovrebbero avere tutti un portiere così» Roxy sorrise, prese il bicchiere e bevve un sorso. Lo posò di nuovo e poi si appoggiò con il gomito al bordo del divano. Era pensierosa, preoccupata.

Ray aveva evitato con cura l'argomento tutta la sera, ma si accorse che sua moglie era molto tesa, aveva bisogno di parlare. E lui era lì anche per quello.

«Come procedono le indagini?» la guardò serio, in attesa della sua risposta.

«Ancora nulla, purtroppo. Oggi è arrivato anche il vice procuratore di Washington, Stephen Marshall.» lei appoggiò il mento sul palmo della mano, lo guardò stanca. «Non so, Ray. Sentire loro che hanno indagato su quest'uomo per mesi e non sono venuti a capo di nulla... mi ha demoralizzata un po'.»

Lui serrò le labbra.

«Immagino tesoro.» allungò un dito per sistemarle una ciocca di capelli ribelle. Voleva farle coraggio, voleva dirle qualcosa per infonderle speranza e forza. «Ben per questo devi essere consapevole del fatto che ora avrete più chances. Loro hanno studiato a lungo quel criminale, forse sono in possesso di elementi che voi non conoscete, come potete avere voi dei dati che non conoscono loro. Insieme farete la differenza, non credi?»

Lei annuì, con un sorriso.

«Anche Steve ne è convinto.»

Ray inarcò un sopracciglio.

«Steve?»

«Il vice procuratore di Washington, Stephen Marshall.» Roxy si drizzò con la schiena. «Te ne ho appena parlato.»

«Già...è vero. Me ne hai appena parlato.»

«Ha già contattato i suoi e richiesto tutta la documentazione dei casi che seguirono loro a suo tempo. Dovrebbero mandarla domani o al massimo entro un paio di giorni. Una volta avuta, uniremo le informazioni con le nostre e cercheremo di tirar fuori qualcosa di buono.»

«Deve essere in gamba anche lui. Vero?»

«Sì, lo è.» Roxy distolse lo sguardo dal marito, fece un sorriso imbarazzato.

Ray strinse gli occhi incuriosito. Sentiva qualcosa di insolito nell'aria.

«E dimmi... com'è questo *Steve*?»

Roxy lo guardò negli occhi all'improvviso «In che senso, Ray?»

«Com'è, lo sai. Alto, basso. Giovane, vecchio. Dimmi.» prese il bicchiere con il vino e lo sorseggiò appena, continuando a studiare la sua espressione. A conferma delle sue sensazioni notò che lei distoglieva lo sguardo, nervosa.

E non gli piacque affatto.

«Credo abbia qualche anno in più di me, non so.» si schiarì la voce. «È molto in gamba, attento al suo lavoro. Vuole prenderlo a tutti i costi, su a Washington hanno rischiato anche grosso per non aver risolto il caso. E sapere che quell'assassino è a piede libero e uccide ancora perché loro non sono riusciti a scovarlo, gli brucia parecchio.»

Ray la guardò con attenzione, studiando il suo comportamento, il modo di parlare.

Sentiva che c'era qualcosa che non andava, ma disse a se stesso che la sua Roxy pensava solo al lavoro e non aveva nulla da temere. Non aveva senso preoccuparsi di un altro uomo che lavorava con lei, quando la cosa davvero importante era prendere quel criminale, a qualsiasi costo.

Le sorrise.

«Sono convinto che ce la farete allora. Senti, che ne dici se ce ne andiamo a letto? Sei stanca e tesa, vai pure avanti. Qui penso a tutto io.» indicò con un gesto della testa il tavolo da sparecchiare, poi le fece una carezza. «Vai, tesoro.»

Lei chiuse gli occhi e si appoggiò al palmo della sua mano forte, coprendola poi con la sua, esile.

Passò qualche secondo, durante il quale lui ammirò la sua bellezza dolce e sensuale. Le sue ciglia lunghe, le sue labbra morbide. La sua pelle di seta, fresca e profumata.

Quando riaprì gli occhi, grigi come l'argento, erano tutti per lui, pieni di gratitudine.

«Va bene» si sciolse dalla sua carezza e si alzò in piedi, come fece anche lui. «A tra poco, allora.»

Gli diede un bacio leggero sulle labbra e gli voltò le spalle, dirigendosi in bagno. Lui la seguì con lo sguardo mentre camminava lenta e chiudeva la porta alle sue spalle.

Di buona lena, in pochi minuti sistemò tutto, sparecchiò e mise i piatti in lavastoviglie. La sentì uscire dal bagno, immaginò fosse già andata a letto. Non vedeva l'ora di stringerla a sé e assaporare la pelle di lei contro la sua.

Ma, non appena giunse in camera, intuì subito che i suoi caldi progetti quella notte sarebbero andati a monte: lei stava già dormendo.

Si sfilò i pantaloni e restò in boxer e maglietta, senza fare rumore scostò le lenzuola leggere e si coricò al suo fianco. Si avvicinò piano, attirandola a lui.

Inspirò a lungo, per catturare l'odore della sua pelle e farsi cullare da lei mentre scivolava verso il sonno. Ma il suo ultimo pensiero fu rivolto a quel tipo, *Steve.*

E chissà perché, non riusciva a levarselo dalla testa.

3.

Si versò il caffè bollente nella tazza di ceramica, poi si avviò lento verso l'ingresso, per respirare una boccata d'aria fresca.

Aprì la porta della piccola villetta che aveva trovato in affitto, circondata da un giardino con il prato ben curato, un bel roseto e tanti bei vasi di fiori. L'immagine perfetta di una vita tranquilla, scandita da ritmi normali. Proprio quello che lui voleva far credere a tutti.

Sorseggiò il caffè e poi abbassò lo sguardo sullo stradello davanti a lui, lastricato di ciottoli bianchi. L'edizione del Chicago Tribune di quella mattina era arrotolata e appoggiata sul gradino dell'ingresso. Si chinò a prenderla e rientrò in casa con calma, si diresse in cucina e posò la tazza del caffè sul marmo grigio della penisola.

Srotolò il giornale e non appena vide il titolo in prima pagina, spalancò quasi la bocca per lo stupore. Dopo un primo momento durante il quale cercò di metabolizzare la notizia, un brivido di eccitazione gli attraversò il corpo. Non poteva crederci, ma guarda un po' chi incrociava di nuovo la sua strada: niente popò di meno che il vice procuratore di Washington, Stephen Marshall.

Si sentiva onorato.

L'articolo spiegava che il famoso avvocato aveva lasciato la città e la sua procura ed era venuto lì, a Chicago, per indagare insieme ai colleghi del posto.

Fece un sorriso sarcastico.

Forse in quel modo si illudevano di riuscire a scovarlo e arrestarlo, certo.

Ma lui era troppo bravo.

Era attento e scrupoloso.

E non lasciava mai tracce.

Osservò quell'uomo di nuovo, la foto dominava la prima pagina. Aveva sempre quello sguardo che ricordava bene, la classe che lo contraddistingueva. Abito, taglio di capelli e barba. Emanava potere, maestria nel suo lavoro e sicurezza.

Il titolo a caratteri cubitali annunciava il suo arrivo e nell'articolo parlavano del suo operato nella capitale, augurandosi che lui e il vice procuratore Roxanne Jones sarebbero riusciti a incastrare il killer che aveva terrorizzato prima Washington e ora Chicago.

Si incupì.

Nessun riferimento a quello che lui aveva commesso un anno prima, nessun riferimento alle sue vittime. Anzi, facevano insinuazioni su come si sarebbero trovati a lavorare insieme due affascinanti vice procuratori come loro.

Speravano che non si distraessero, insinuavano...

Prese il giornale e con una furia senza precedenti lo lanciò lontano, in mezzo alla stanza.

Lo guardò atterrare per terra, mentre una rabbia sorda iniziava a divorargli le viscere.

L'attenzione doveva essere su di lui, non su quegli stronzi di procuratori!

Non poteva ammettere nulla del genere, non ora.

Guardò le sue mani che tremavano in modo folle.

Bramavano carne, sangue.

Sollevò lo sguardo e fissò a lungo l'orologio.

Era ora di agire, ormai.

«Non posso credere che abbiano avuto il coraggio di scrivere un articolo simile!» Steve sventolò il giornale davanti a Roxy, indignato. «Non possono buttarla sul gossip, lui reagirà malissimo!»

Lei serrò le labbra, guardandolo irritata.

Sapeva che lui aveva ragione, in quei mesi, durante i quali i giornalisti si erano solo preoccupati di fare notizia e non delle vittime, aveva provato la medesima frustrazione.

Ripensò al fatto che Steve ci era già passato e che alla fine aveva visto vincere *l'assassino.*

All'improvviso provò una profonda empatia per quell'uomo davanti a lei che aveva buttato con forza il Chicago Tribune sulla sua scrivania e che stava leggendo di nuovo l'articolo incriminato.

«Ma non pensano anche al fatto che noi potremmo avere famiglia? Insinuano cose che non esistono! Tu hai un marito, io...»

D'istinto lei gli posò una mano sull'avambraccio, per confortarlo.

Strinse appena e poté percepire i suoi muscoli tesi e ben delineati sotto la stoffa dell'abito.

Lui si voltò a guardarla, serio.

«Tuo marito... come credi che reagirà?»

«Si arrabbierà a morte.» Roxy sorrise sarcastica. «Non sarà facile spiegargli tutto questo.»

Soprattutto per il fatto che la sera precedente non gli aveva parlato nel dettaglio di Steve. Lui glielo aveva chiesto, ma lei era stata abile a deviare il discorso ed era certa che lui lo avesse notato. E ora quella foto in prima pagina non l'aiutava di certo.

«Mi dispiace.» Steve posò una mano sulla sua, con il pollice le accarezzò le nocche delle dita, le sentì morbide ed esili al tatto.

Roxy alzò lo sguardo e le parve di perdersi in due laghi ghiacciati. Il magnetismo che emanavano la spiazzò, all'improvviso si sentì vulnerabile e la situazione non le piacque affatto.

Fece scivolare via la mano da sotto quella dell'uomo, arretrò di qualche passo e si schiarì la voce.

«Non preoccuparti per me, Steve. Ray è un uomo molto comprensivo e si fida di me. Sa come sono fatti i giornalisti, in un primo momento credo che si arrabbierà, ma non appena gli spiegherò come stanno le cose... sono convinta che capirà.» gli fece un sorriso teso.

Lui socchiuse appena gli occhi e serrò le labbra.

Cos'era accaduto? Non riusciva a spiegarselo. C'era appena stato un momento di intesa tra loro e lui lo aveva *sentito*. Era convinto che lo avesse sentito anche lei, ma questo arretrare repentino e improvviso di Roxy gelò subito l'atmosfera.

Gli sembrava di essere appena stato rifiutato.

Si chiese cosa sarebbe successo se quell'attimo di intesa fosse durato un po' di più e lo sguardo gli cadde sulle sue labbra. Prive di rossetto, carnose.

Immaginò di baciarle.

Qualcosa trasparì dal suo sguardo, perché Roxy deglutì e si schiarì la voce subito dopo. Si allontanò ancora di più, imbarazzata. «Credo che l'unica cosa che dobbiamo fare ora sia rimetterci al lavoro, non credi?» incrociò le braccia al petto, sulla difensiva. «Al momento, Steve, credo sia l'unico modo che abbiamo per fermare quell'uomo.»

«Hai ragione.» lui drizzò la schiena, prese il giornale e fingendo indifferenza lo ripiegò, buttandolo poi nel portariviste a fianco della sua poltrona. «Cerchiamo di concentrarci e non badiamo a quegli idioti.»

Lei annuì, gli fece un gesto con la mano per salutarlo e lasciò in fretta il suo ufficio.

Mentre camminava in corridoio cercò di tenere a freno il suo cuore, che batteva convulsamente nel petto. Non poteva credere al modo in cui l'aveva guardata. L'aveva quasi spogliata con gli occhi, addirittura accarezzandola mentre lo faceva. Non immaginava che quegli occhi dal colore così freddo... potessero emanare tanto calore.

Era ovvio che lei gli piaceva, lo aveva capito... e non solo dalla frase detta tra le labbra la sera precedente nel parcheggio. Lo aveva intuito dai suoi sguardi, dal suo comportamento.

Dal suo modo di parlarle e sorriderle.

Giunse nel suo ufficio, si lasciò cadere nella poltrona e cercò di comprendere le sensazioni che le lasciavano tutto questo.

Imbarazzo.

Vergogna.

Colpa.

Benessere.

...delizia.

Era sbagliato, lei era sposata con Ray e lo amava. Mai prima d'ora si era sentita attratta da un altro uomo, ma la verità era che mai prima d'ora nessuno aveva mai mostrato interesse per lei.

Usciva con le amiche, certo. Andavano comunque sempre a cena fuori e l'unico locale che frequentavano era il Green, dove il proprietario era il loro amico Andy.

Dove andava anche Ray.

Osservò il suo tailleur, oggi grigio antracite. La camicetta di seta bianca accollata, le scarpe con il tacco a spillo ma nere e classiche. Lo chignon ben stretto dietro la nuca. Poco trucco.

Il più anonima possibile.

E anche quando usciva non amava vestirsi in maniera troppo appariscente.

Forse era quello il motivo per cui nessuno si era mai interessato a lei.

Invece, Steve...

«Roxy.» Mark entrò di gran carriera nel suo ufficio, facendola sobbalzare.

«Che succede?» drizzò la schiena attenta.

«Il caso è stato passato all'FBI. Stanno già contattando i loro colleghi di Washington per essere aggiornati, magari possiamo provare a sentirli anche noi più tardi.»

«Certo.» annuì, pensierosa. «Posso provare a sentire Eve, la sorella di Ray.»

«Ottimo.» Mark le sorrise soddisfatto. «Buon lavoro.»

Lo guardò uscire pensierosa.

Con ogni probabilità Eve non le sarebbe stata d'aiuto, la mattina precedente, quando si erano viste in caffetteria, le aveva parlato del caso che stava seguendo: riguardava il Mercy Hospital. E Max la stava aiutando. Eve le era sembrata molto preoccupata per lui, entrambi stavano rischiando davvero grosso.

Vista la situazione aveva la certezza che non avrebbero dato il caso a lei, quello che stava seguendo era già troppo importante. E Dominic, il suo partner, era convalescente per una ferita.

Era comunque sicura che, se l'avesse contattata, sarebbe stata in grado di indirizzarla a chi era stato affidato il caso. Valeva la pena chiederle qualcosa e si ripromise di farlo, più tardi.

Riportò l'attenzione sul suo pc, fece mente locale sui dati che aveva inserito, da confrontare con quelli di Steve. Iniziò a esaminarli e dopo alcuni minuti venne presa dallo sconforto: a parte pochissimi casi di passioni o hobby in comune, per il resto le vittime si differenziavano in quasi tutto.

Certo, andavano tutte a scuola, vista l'età.

Ma per il resto, nulla.

Ed era davvero troppo poco.

Roxy analizzò ogni singola prova trovata in casa delle vittime. Ogni scontrino, ogni oggetto personale. I poster dei loro cantanti preferiti, gli sport che praticavano. Cosa gli piaceva mangiare, che musica ascoltavano.

E più proseguiva, più non riusciva a trovare nulla.

Diverse ore dopo, presa dallo sconforto, si appoggiò alla scrivania con i gomiti e si prese la testa tra le mani.

Le ore continuavano a passare e quel bastardo stava probabilmente seguendo la prossima vittima. Stava pianificando l'omicidio, stava progettando come e dove farlo.

«Ehi...» una voce profonda la riportò alla realtà, alzò la testa e trovò Steve sulla porta del suo ufficio che la guardava serio.

«Ciao.» si abbandonò allo schienale. «Hai bisogno di aiuto? Ti serve qualcosa?»

«No.» lui scosse la testa, con un lieve sorriso. «Volevo solo informarti che sono arrivati i files da Washington. Contengono tutti i dati delle ragazze assassinate là.»

«Oh, questa è una buona notizia.» Roxy sorrise. Era qualcosa in più a loro disposizione, ovvio, ma ormai stava iniziando a perdere le speranze.

«Sì, certo. Ma è una grande mole di lavoro e io avrei davvero bisogno di una pausa prima di mettermi a elaborare quei dati.»

Anche lei ne aveva bisogno, non aveva dubbi. E iniziava ad avere anche fame. Guardò veloce l'orologio, era passata da un pezzo l'ora di pranzo.

«Che ne dici di fare una passeggiata?» lui alzò le spalle, con noncuranza. «È una bella giornata, camminiamo un po' e se vuoi ci possiamo sedere su una panchina a mangiare qualcosa. Entro un'ora saremo di ritorno in ufficio, con le batterie ricaricate.»

Roxy pensò che forse era proprio quello che serviva a entrambi, doveva ammettere che Steve aveva avuto un'ottima idea. Si alzò in piedi, pensando che alla fine un'ora di stacco li avrebbe ritemprati un po'.

«D'accordo. Andiamo.» prese la borsetta e lo raggiunse sulla porta. «Conosco un posto proprio qui sotto, dove fanno degli ottimi hot dog, tipici delle nostre parti. Pieni di sottaceti e da... *trascinare attraverso il giardino*, come diciamo qui.»

«In che senso, *trascinare*?» Steve la fissò perplesso.

«Ti piacciono gli hot dog?» Roxy non esitò. Lo prese per un polso e lo costrinse a seguirla.

«Li adoro.»

«Ottimo.» si voltò e gli sorrise accattivante. «Ora avrai il privilegio di mangiarne uno vero, di Chicago. Non lo dimenticherai mai più, te l'assicuro.»

Il sorriso che le rivolse Steve la spiazzò, facendola quasi arrossire.

Si incupì, perché in fondo non ce n'era motivo.

Era solo un veloce pranzo tra colleghi.

Non c'era nulla di male.

Nascosto dietro il muro di un'abitazione, attendeva.

Era nervoso, ma sapeva che non avrebbe dovuto esserlo. Anche questa volta sarebbe andato tutto bene, come sempre.

Il giorno precedente aveva notato quella stradina nascosta, poco distante e aveva pensato che faceva proprio al caso suo. E quando era giunto lì, poco prima, ci si era infilato dentro e aveva parcheggiato la macchina. Era sceso e si era nascosto più avanti, in attesa di lei.

La ragazza doveva per forza passare di lì, sarebbe stato facile.

E ora eccola, finalmente.

Era giunto il momento che lui desiderava con ardore.

La vide arrivare, con i capelli corvini raccolti in una coda morbida, che le arrivava appena sotto le spalle. Ondeggiava, seguendo la sua andatura leggera.

Aveva le mani in tasca, sembrava pensierosa... e nelle orecchie quegli auricolari che le trasmettevano la solita musica. E la distraevano da tutto quello che le accadeva intorno.

Era perfetto.

Uscì dal suo nascondiglio e le andò incontro, rapito dalle sue movenze morbide. Poteva sentire i palmi delle mani che gli bruciavano, che bramavano il contatto con la sua pelle. Il suo sesso la desiderava, il suo corpo voleva fondersi con lei.

La studiò con attenzione mentre camminava sempre più verso di lui.

Attese, impaziente.

Affrettò un po' il passo, per arrivare a lei più in fretta.

Ormai non resisteva più.

Per poco non si scontrarono, l'una contro l'altro.

La ragazza si spaventò, lui la prese per le braccia sostenendola.

«Josh!» lo guardò, spalancando gli occhi scuri e togliendosi gli auricolari dalle orecchie. «Che ci fai da queste parti?»

«Casey, che sorpresa!» lui le sorrise con calore. «Sono venuto a trovare un amico che abita in questo quartiere, ma sono rimasto a piedi con la macchina, accidenti.»

«No, mi dispiace!» lei fece una piccola smorfia. «Tra l'altro da queste parti non ci sono meccanici.»

«Dio, che sfortuna.» lui scosse la testa, simulando un forte disagio. «Non so che fare. Dovevo portargli alcune cose che ho caricato in macchina e che gli servono entro stasera.» guardò l'orologio, scuotendo la testa. «Non ce la farò mai.»

Lei si dispiacque del suo disagio, quel ragazzo le piaceva ed era tentata di aiutarlo. Si morse l'interno della bocca, pensierosa sul da farsi.

«Dove abita il tuo amico?»

«A due isolati da qui, ma non può scendere ad aiutarmi, è convalescente.»

Lei strinse gli occhi, sorridendo timida. «E cosa devi portargli, hai molte cose?»

«Solo due pile di libri, che però non riesco a trasportare da solo.» si guardò intorno, come per cercare una soluzione. «Se solo avessi qualcuno che...»

«Potrei darti una mano io, se mi dici che non è molto lontano.» la ragazza azzardò, sperando che lui apprezzasse il suo gesto.

Josh spalancò gli occhi e le fece uno splendido sorriso, colmo di gratitudine. «Davvero, lo faresti?»

«Certo.»

«Ma ti ringrazio, sei gentilissima.» la guardò negli occhi, con intensità. «Mi salvi la vita.»

«Ora non esagerare.» lei rise. «Dov'è la tua macchina?»

«È parcheggiata in quella strada, vieni. Ho tutto nel bagagliaio, prendo quello che mi serve e andiamo subito, ci metteremo pochi minuti.» si incamminarono insieme e lui si voltò a guardarla. «Sono in debito con te, Casey.»

«Figurati.» lei arrossì. «È un piacere per me. Davvero.»

La ammirò camminare al suo fianco, le gambe esili, i fianchi stretti. La pelle candida, i capelli lunghi e scuri. Le labbra rosa e piene. La maglietta morbida, che accarezzava i suoi piccoli seni acerbi.

Non vedeva l'ora di toccarla, di farla sua.

Arrivarono alla strada dove aveva parcheggiato, Josh voltò dentro e le indicò la sua auto, una berlina scura.

«Eccola, vieni.» le fece strada, aprì la portiera posteriore e le indicò l'interno. «Io apro il bagagliaio, intanto, tu puoi prendere la scatola che c'è qui sul sedile, è leggera.»

Senza esitare lei fece quanto lui le aveva chiesto, sporgendosi verso l'interno dell'auto.

Ma quando si accorse che non c'era nulla fu troppo tardi.

Un odore dolciastro le invase le narici, qualcosa di morbido premeva contro la sua bocca.

E il buio la avvolse.

«Ora capisco perché li chiamate così questi hot dog!» Steve cercava di mordere il panino succulento, pieno di sottaceti e senape.

Roxy rise, divertita. Avevano proprio fatto bene a uscire, si erano fermati nella piazzetta a fianco dell'edificio, dove c'era un ambulante che preparava dei panini fantastici.

Osservò Steve lottare con il panino, terrorizzato dal fatto che se non fosse stato attento avrebbe combinato un disastro. Una macchia di senape sul suo bel vestito non sarebbe stata certo una bella cosa.

Non appena lo morse, lui rimase subito sorpreso dal suo sapore particolare.

Il gusto pungente della senape, la carne succulenta cotta a vapore. I sottaceti, i pomodori, le cipolle. Un mix davvero indimenticabile, pensò mentre masticava. Roxy aveva ragione.

Deglutì e si pulì le labbra con il tovagliolino bianco.

«Sono davvero eccezionali, complimenti. Certo... rimettersi al lavoro dopo questo ricco pranzo non sarà facile.» sorrise a Roxy mentre prendeva la bottiglietta d'acqua fresca per berne un sorso.

«Mmh, non preoccuparti.» lei scosse la testa mentre osservava bramosa il panino che aveva tra le mani, pronta a morderlo «Dopo faremo due passi, c'è una caffetteria poco lontano da qui, dove servono un ottimo espresso.»

Steve la guardò incuriosito, aggrottò le sopracciglia mentre richiudeva la bottiglietta e la posava a terra, di fianco alla panchina dove erano seduti.

«Hai pensato proprio a tutto, a quanto vedo.»

Lei si voltò a guardarlo, poi sorrise appena.

«Diciamo che è il percorso che faccio di solito quando voglio evadere dalla vita dell'ufficio.» richiuse con delicatezza il panino e se lo sistemò in grembo, poi si girò verso di lui con tutto il corpo, piegando appena le gambe. «Sai, a volte... tra il tribunale, la stampa e le miriadi di casi da seguire... ho bisogno di respirare un po'. Sembra strano, ma quando il tempo me lo permette vengo qui da sola, mi gusto un magnifico hot dog e poi faccio due passi, per bere un caffè.»

«Ti capisco e lo sai.» Steve non poté fare a meno di accarezzare con lo sguardo le sue splendide gambe, che in seguito al suo gesto si erano scoperte appena. Erano ben tornite, lunghe e affusolate. Desiderò passarvi sopra un dito, per sollevare il bordo della gonna e ammirare quelle cosce stupende. Fece un sospiro profondo e riportò lo sguardo sul suo viso, che sotto la luce del pallido sole che lo scaldava era ancora più bello. Si schiarì la voce. «Anch'io mi sento come te, Roxy... e molto spesso. A volte avrei voglia di fuggire, la pressione che sopporto ogni giorno sembra quasi schiacciarmi e togliermi il respiro. Ma per fortuna ho le mie valvole di sfogo e riesco a mantenere un buon equilibrio alla fine.»

«E quali sarebbero queste *valvole di sfogo*?» senza pensare troppo Roxy gli fece la domanda. Quell'uomo la incuriosiva, magnetico e semplice al tempo stesso. Misterioso, ma a volte trasparente nelle sue emozioni.

«Sicura che vuoi saperlo?» lui inarcò un sopracciglio, ammiccando.

Lei si ammutolì, lo fisso interdetta per un attimo, ma quando vide il mezzo sorriso di lui scoppiò a ridere.

«Avanti, non scherzare! Dimmi, sono curiosa.» riprese il panino che aveva smesso di mangiare e lo scartò, mordendolo subito.

«La corsa. Un buon ristorante, una buona bottiglia di vino e un'ottima compagnia.» anche Steve riprese in mano il suo panino, spostò il tovagliolo e si accinse a morderlo. «Alla fine non sono complicate le cose di cui sento il bisogno, come vedi.»

Roxy annuì mentre masticava.

Lui sorrise, poi notò una goccia di senape sul labbro inferiore di lei. Svettava lì, piccola e dorata, in attesa di essere raccolta.

Non riuscì a resistere, allungò un dito verso la bocca carnosa di Roxy e glielo accarezzò, togliendola. E scoprì che aveva ragione. Quelle labbra erano davvero le più morbide che avesse mai toccato prima.

Lei si irrigidì e con lo sguardo seguì il dito di Steve che si allontanava dalla sua bocca e con lentezza raggiungeva le labbra di lui. Lo vide aprire la bocca, infilare il dito all'interno e succhiarlo avido, mentre i suoi occhi incrociavano i suoi.

A Roxy mancò per un attimo il respiro.

Lo sguardo di Steve emanava un fascino che sembrava quasi volerla stregare e purtroppo ci stava riuscendo. Si scosse, sentendosi di nuovo in imbarazzo e in colpa. Si voltò subito dall'altra parte.

Lui stava flirtando, non c'era nessun dubbio ormai.

E non c'entrava il fatto che fosse un uomo affascinante e che fosse abituato a comportarsi in quel modo, no. Lo stava facendo con lei, ormai in modo spudorato.

«Scusami.» la voce profonda ed ironica di Steve la fece voltare di nuovo. «Non ho resistito, volevo sapere se era uguale alla mia.»

Roxy strinse gli occhi, imprecando e ridendo al tempo stesso. Lui la stava guardando con un mezzo sorriso, la punta di malizia che c'era prima nei suoi occhi era scomparsa. Non se la sentì di arrabbiarsi con lui, anche se il suo gesto era stato azzardato.

«E quindi?»

«Quindi mi lamenterò con il cuoco, per forza.» le fece un sorriso smagliante, prima di avventarsi ancora sul suo hot dog. «La tua era davvero molto più buona.»

Ray osservò il giornale di quella mattina e un senso di disagio gli salì dalla bocca dello stomaco, impedendogli di staccare gli occhi dalla foto dell'uomo in prima pagina.

Lo studiò attento, in maniera meticolosa.

Era stato immortalato mentre parlava al telefono e la foto lo ritraeva probabilmente a Washington, durante il suo lavoro. Indossava un completo grigio chiaro, camicia azzurra e cravatta scura. Aveva i capelli brizzolati che portava corti e ben tagliati, la barba curata.

Nonostante lui fosse un uomo sapeva riconoscere la bellezza nel genere maschile e quel Stephen Marshall non era certo uno che passava inosservato.

E quello che insinuavano i giornalisti, poi. Ovvio che cercassero il gossip, volevano denigrare ancora di più il lavoro della procura. Erano degli squali, pronti ad azzannare chiunque.

Questo non era fare notizia, questo era fare *spazzatura*.

Serrò le mascelle nervoso e piegò il giornale.

La cosa che lo irritava di più era il fatto che Roxy non gli avesse parlato di quell'uomo. Anzi, la sera precedente, quando aveva cercato di intavolare il discorso, lei aveva deviato in maniera elegante e lui se n'era accorto, eccome. Ma non ci aveva dato troppa importanza.

E aveva sbagliato, ora se ne rendeva conto.

Guardò l'orologio, lui era in pausa e forse Roxy aveva qualche minuto per parlare. Voleva chiarire la faccenda, sentire la sua voce, essere rassicurato.

Prese il telefono e compose il suo numero di cellulare, fece suonare diverse volte, ma nessuna risposta.

Provò in ufficio. Dopo pochi squilli risposero subito al centralino.

«Procura di Chicago, desidera?»

«Buongiorno, sono Raymond Jones, il marito del vice procuratore Jones. Può passarmela, per favore?» non sapeva perché, ma provava una leggera ansia, come un presentimento.

«Mi dispiace, ma il vice procuratore è uscita per pranzo. Può provare sul cellulare, oppure appena rientra le dirò che l'ha chiamata.»

Ray guardò l'orologio, era tardi per il pranzo.

«È uscita da molto?»

«Da circa mezz'ora, dovrebbe rientrare a breve.»

Lui serrò le labbra. Voleva porre quella domanda, ma tutto dentro di lui gli gridava di non farlo.

Non ascoltò la mente e nemmeno il cuore.

Ascoltò solo l'istinto.

«Può dirmi se è uscita da sola o se era in compagnia di qualcuno? Sa, ho già provato a chiamarla sul cellulare, ma non mi risponde.»

«È uscita con il vice procuratore Marshall.»

Ray chiuse gli occhi, fece un respiro profondo per calmarsi.

«Grazie. Riproverò più tardi.»

«Le riferirò che l'ha cercata.»

«La ringrazio, ma non è urgente. Buongiorno.»

«Buongiorno.» la centralinista riattaccò, cosa che non fece invece Ray.

Rimase lì qualche minuto, ad ascoltare il segnale della linea interrotta dall'altra parte del telefono.

Si era sempre fidato di Roxy, non aveva mai sospettato nulla di strano, ma la verità era che fino a quel momento lei non gliene aveva mai dato motivo.

E ora era arrivato quell'uomo.

Affascinante,

Avvocato, come lei.

E del quale lei ometteva di parlare.

Qualcosa non gli piaceva, doveva capire cosa stava succedendo e subito.

Ma purtroppo oggi aveva il doppio turno in pronto soccorso e non sarebbe tornato a casa prima di sera. Doveva attendere per forza.

Sperava solo che, non appena rientrata in ufficio, lei lo avrebbe richiamato.

Quando le porte dell'ascensore si aprirono, Roxy e Steve avanzarono in corridoio, si sentivano rinati e pronti ad affrontare una nuova giornata.

Lei si sentiva leggera. Avevano riso e scherzato, mangiato un ottimo hot dog e fatto una lenta passeggiata insieme. Avevano bevuto un buonissimo caffè espresso e poi erano rientrati in ufficio. Niente di eccezionale, in effetti, ma le sembrava di aver respirato una boccata di aria fresca, di aver finalmente trovato qualcosa che riuscisse a distenderle i nervi e a ritemprarla.

«Signori, le vostre telefonate.» la centralinista li fermò subito, porgendo loro i biglietti con i messaggi lasciati in loro assenza. «Suo marito l'ha cercata, ma ha detto che non era urgente. E vice procuratore Marshall, l'ha chiamata anche la sua fidanzata, lei ha detto invece che è urgente.»

Roxy si voltò verso Steve, sorpresa.

Era fidanzato, questo non se l'aspettava di certo.

Aveva flirtato con lei, le aveva fatto capire che era in un certo modo *interessato* e ora scopriva che aveva una fidanzata.

Lui alzò lo sguardo e prese i bigliettini, aggrottò le sopracciglia quando vide il messaggio incriminato.

«Se puoi scusarmi, Roxy.» non attese oltre e si allontanò a grandi falcate, sparendo nel suo ufficio senza nemmeno aspettarla.

Lei si sentì delusa, amareggiata.

E per cosa, poi?

Lei era sposata e lui non aveva mai detto di essere single. Certo, era perplessa dal suo comportamento, ma in fondo in fondo non era successo davvero nulla di male, avevano solo scherzato.

Anche se lui in alcune occasioni era andato un po'*oltre*.

Scosse la testa.

Si sentiva una stupida mentre si arrovellava sulla vita di un uomo che non conosceva affatto e che, con ogni probabilità, a breve non avrebbe più fatto parte della sua vita.

Ringraziò la centralinista e si avviò nel suo ufficio con passi lenti. Non appena arrivata alla porta, non poté fare a meno di udire la voce alterata di Steve.

Incuriosita, finse indifferenza e attese un po' prima di entrare.

«Natalie, non so se rientrerò sabato, come te lo devo dire?» Steve era irritato, non poteva credere che lei stesse ancora insistendo per quella dannata cena di beneficienza con il governatore. «Ma non capisci che qui stiamo indagando per salvare delle persone in pericolo? Ci sono cose più importanti di quei party a cui tu vuoi sempre andare, credimi!»

«Ci sono cose più importanti della tua carriera? È questo che stai cercando di dirmi, Steve? Con tutto quello che ho fatto per te, con tutto quello che mio padre sta facendo per...»

«E chi ve l'ha mai chiesto?» Steve sbottò, spazientito. «Ti ho detto diverse volte che non mi interessa la politica! Io sono nato per fare l'avvocato, Natalie. Non potrò mai essere un politico, dal momento che mi interesso di giustizia e soprattutto lotto per farla rispettare.»

«Non parlare in questo modo! Non tutti sono corrotti, mio padre per esempio non lo è... e nemmeno i suoi amici.»

Steve serrò le labbra.

Maledisse la sua bocca e l'opinione che aveva dei politici. Non era corretto parlare così alla sua ragazza e non era corretto parlare così della sua famiglia. In fondo erano brave persone.

«Tesoro, scusami. Sono nervoso e preoccupato per quest'indagine. Sai che non penso che siano tutti così. Ho generalizzato e non volevo accusare nessuno, mi dispiace.»

«Mmh... Sei perdonato.» lei squittì nella cornetta, cambiando opinione con troppa facilità. Poi la sua voce diventò suadente. «Forse dovrei venire a trovarti, magari riuscirei a farti rilassare un po'. Che ne dici?»

Steve sorrise, ricordò il corpo magnifico della sua ragazza, ricordò com'era toccarlo e farci l'amore.

«Potrebbe essere una soluzione, sì.» la voce gli uscì morbida e carezzevole. «Ma sai che mi distrarresti troppo e io ho bisogno di concentrazione, ora.»

La sentì sbuffare, dall'altra parte.

«Oh, sei sempre il solito guastafeste!» un breve attimo di silenzio, poi la solita Natalie riprese il controllo della situazione. «Ora scusami amore mio, ma ho appuntamento dal parrucchiere. Ci sentiamo più tardi? Magari quando rientri in hotel stasera.»

«Certo, contaci.»

«Ti bacio, tesoro. A dopo.»

«A dopo, Nat.» Steve riagganciò, poi pensò che in effetti non sarebbe stato male se lei lo avesse raggiunto lì. Almeno avrebbe smesso di pensare alla donna che lavorava nell'ufficio accanto al suo.

Il corpo della sua ragazza era splendido, ma era certo che quello di Roxy lo fosse ancora di più.

Ma per lui sarebbe rimasto un mistero.

Si grattò il mento, poi drizzò la schiena e cercò di ritrovare la concentrazione, rimettendosi al lavoro.

Roxy, senza fare rumore, entrò nel suo ufficio, dopo aver ascoltato tutta la telefonata.

Non aveva idea di cosa gli avesse detto lei, ma ad un certo punto la voce di Steve aveva assunto un tono morbido e talmente profondo, che lei stessa aveva provato un brivido nella schiena.

Non poté fare a meno di immaginarlo in intimità con una donna, a farci l'amore.

I suoi muscoli tesi, la sua espressione.

I suoi occhi magnetici.

Sicuramente era magnifico.

Si morse il labbro mentre prendeva posto alla sua scrivania e cercava di scacciare quell'immagine bruciante dalla mente.

Si rimise al lavoro, ritrovando con fatica la concentrazione.

Ma, dopo alcune ore, la notizia che più temeva le perforò il cuore come una lama infuocata.

Mark si presentò nel suo ufficio con un tono lugubre.

«Mi dispiace, Roxy. Ha ucciso di nuovo. Siamo a quota cinque.»

4.

«Come?» Roxy sentì il sangue abbandonarle il viso. Perse quasi il contatto con la realtà, riusciva solo a pensare a una cosa.

Cinque vittime.

Mentre loro erano a pranzare all'aria aperta e a ridere del più e del meno, lui stava violentando quella povera ragazza, per poi ucciderla.

Si alzò in piedi, si aggrappò allo schienale della poltrona per non perdere l'equilibrio. Alzò lo sguardo verso Mark che la osservava serio.

«Ha ucciso di nuovo, Roxy. Questa volta si tratta di una ragazza di quindici anni, si chiamava Casey Morgan.». Mark si schiarì la voce, si infilò le mani in tasca e alzò il mento, come per cercare di essere forte. «Il cadavere è stato trovato poco fa, in un magazzino abbandonato fuori città, da alcuni ragazzini. I genitori avevano denunciato la scomparsa alcune ore prima.»

Roxy deglutì, immaginò lo strazio che c'era in quella casa.

«I colleghi sono già sul posto?»

«Sì, certo. Questa volta è intervenuto l'FBI sulla scena del crimine, c'è già la scientifica ed è arrivato anche il medico legale.»

«Hai già informato Steve?»

Mark scosse la testa. «Vieni, facciamolo insieme.»

Si avviarono nell'ufficio a fianco, appena arrivarono sulla porta lo trovarono intento a lavorare. Si era tolto la giacca come era solito fare, aveva arrotolato le maniche della camicia candida fino ai gomiti.

Non avvertì la loro presenza, tanto era concentrato.

«Steve?» Roxy lo chiamò con la voce tremante.

Lui si voltò subito e in una frazione di secondo capì cos'era successo. Non chiese nemmeno conferma, sbatté con forza una mano sulla scrivania.

«Cazzo!» guardò in alto, respirò profondamente per cercare di mantenere la calma. «Quand'è successo?»

«Oggi pomeriggio.» Mark avanzò nel suo ufficio, superando Roxy e sistemandosi davanti a lui. «L'hanno trovata poco fa, in un magazzino abbandonato, stesso modus operandi. Sono già tutti sul posto: FBI, scientifica e medico legale. Ora dobbiamo solo lasciarli lavorare e attendere le prime informazioni.»

«Lo so.» Steve serrò le mascelle, si aggrappò alla scrivania con le mani. Bruciava dalla voglia di correre sul posto, voleva vedere il luogo del crimine, voleva sentire la presenza di quel bastardo, ma non poteva. «Anche se vorrei correre là, puoi scommetterci.»

«Non possiamo fare altro.» Mark si schiarì la voce. «Se non continuare a lavorare nell'attesa che ci forniscano nuovi elementi.»

Roxy entrò nell'ufficio, si fermò a fianco della scrivania, poggiò le mani sul legno scuro e si sporse verso Steve. «A che punto sei con l'inserimento dei dati che sono arrivati da Washington?»

«Sono indietro, purtroppo.» Steve scosse la testa. «Si tratta davvero di una moltitudine di dati, sto andando a rilento.»

«Io ho quasi finito con la mia parte di Chicago. Che ne dici se una volta terminato vengo qui ad aiutarti?» gli propose decisa. «Insieme saremo più veloci. Dobbiamo finire subito, in modo da essere pronti a confrontare tutto il blocco di Washington e di Chicago insieme, con i dati sulla nuova vittima.»

Steve la osservò, studiandola con attenzione. «Quanto ti manca?»

«Dammi dieci minuti, Steve.»

«D'accordo.» si alzò in piedi, energico. «Vai a finire, io faccio scorta di caffè nel frattempo. Preparati, faremo le ore piccole.»

Roxy annuì e si precipitò subito fuori dalla porta. Mark li osservò con un sorriso compiaciuto, era davvero orgoglioso di avere due avvocati così in gamba a lavorare qui nella sua procura, insieme.

«Bravo, Steve. Non fatevi distrarre dalla rabbia e dalla fretta di prenderlo però. Vagliate tutti i dati con precisione, inseriteli e confrontateli. Ci dev'essere qualcosa che accomuna le vittime, per forza.» strinse gli occhi, fissandolo con intensità. «E voi dovete trovarlo.»

Steve annuì, ricambiò il gesto di saluto che gli fece Mark con un cenno della testa e lo osservò lasciare il suo ufficio.

Ripensò a quel bastardo, che ora si stava gustando la vittoria da qualche parte. A quella povera ragazza, alla morte orribile che aveva fatto e ai suoi genitori. All'inferno che stavano vivendo.

Fece un profondo respiro, riempiendo i polmoni d'ossigeno, poi uscì dall'ufficio e si avviò a fare scorta di caffè. Se volevano prenderlo dovevano mettersi subito al lavoro e darci dentro.

Quando Roxy terminò di inserire gli ultimi dati nel sistema, si alzò in piedi e si sgranchì la schiena, pronta a iniziare un duro lavoro con Steve. Sapeva che avrebbe fatto tardi quella sera e doveva avvisare Ray.

All'improvviso si ricordò che lui l'aveva cercata e lei si era dimenticata di chiamarlo. Maledisse se stessa, prese subito il cellulare e compose il suo numero.

Era irraggiungibile.

Senza pensarci troppo chiamò l'ospedale, ma prima che il telefono le trasmettesse il segnale di linea libera, riattaccò. Non voleva disturbarlo al lavoro.

Decise di mandargli un messaggio, per informarlo che quella sera avrebbe tardato. Sapeva che anche lui sarebbe rincasato tardi, avrebbero mangiato qualcosa insieme una volta a casa.

Scrisse velocemente.

Ciao. So che mi hai cercato, scusami se non ti ho richiamato. Stasera dovrò fermarmi in ufficio, se vuoi puoi aspettarmi. Scusami.

Lo rilesse una volta inviato.

Era telegrafico, non sembrava nemmeno che lo avesse scritto lei.

«Allora? Pronta?» la voce di Steve la costrinse a voltarsi e lo vide in piedi, fermo sulla porta. Aveva un'espressione decisa, il volto teso. I muscoli delle braccia svettavano sulla pelle abbronzata, le mani nodose stringevano due tazze di ceramica fumanti, colme di caffè.

«Certo, prontissima.» scostò la sedia e lo raggiunse, prese una delle due tazze e nel farlo le loro dita si sfiorarono appena.

Cercò di non badare al brivido che le causò quel contatto e cercò di ignorare quella lieve morsa che le stringeva il ventre. Non sollevò lo sguardo verso quegli occhi magnetici e trattenne il respiro per non sentire la fragranza che sprigionava la pelle di quell'uomo.

A testa bassa lo precedette nel suo ufficio.

Una volta entrati, lui posò la sua tazza sulla scrivania e prese la poltrona di fronte, spostandola a fianco della sua.

«Prego, avvocato. Si accomodi.» le fece un sorriso accattivante, invitandola a sedersi accanto a lui.

Roxy deglutì, poi accettò il suo invito.

Uscì dalla doccia, si frizionò il corpo possente con un asciugamano morbido che poi lasciò cadere sul pavimento del bagno.

Si avviò in camera da letto e non appena entrò nella stanza prese il telecomando e accese lo stereo. Aveva bisogno di ascoltare musica, voleva rigenerarsi.

Le note del Requiem di Mozart gli provocarono subito un brivido di piacere, per alcuni secondi assaporò la musica cupa e melodica che riempiva la stanza.

Osservò il suo corpo glabro nel grande specchio di fronte a lui. La pelle era ancora arrossata, a causa della temperatura elevata dell'acqua e della spazzola con le setole ispide che vi aveva passato sopra più volte.

Sempre la stessa spazzola.

Quella che gli passava LUI quando era piccolo.

Per depurarlo, diceva.

Per pulirlo.

Per ridargli la sua innocenza.

Come se servisse a qualcosa.

Come se potesse cancellare il fatto che lui se ne era impossessato.

Per sempre.

Ripensò a Casey.

Si leccò le labbra, mentre ricordava il suo corpo.

Su di lei si era accanito con particolare ferocia e non avrebbe dovuto.

Ma la colpa era tutta di Marshall, sua e della Jones.

Si era innervosito e a causa loro aveva perso la sua lucidità.

Quei due avevano attirato l'attenzione di tutti quanti, facendolo scivolare nell'ombra.

Avevano rovinato tutto, avevano sporcato la sua opera.

Doveva fargliela pagare.

Chiuse gli occhi, mentre la musica cambiava e diventava solenne.

Con le mani seguì la melodia, immaginando di accarezzare di nuovo il corpo di Casey, ricordando il momento in cui si era preso la sua purezza. Rivide le lacrime di sangue che erano sgorgate dal suo corpo, costellando il suo giaciglio di rubini rossi.

Sospirò a lungo, riprovando quel brivido che ogni volta lo colmava dentro, ma che sapeva che era destinato a durare ancora poco.

La musica cessò e lui riaprì gli occhi.

Le sue mani si fermarono a mezz'aria, poi ricaddero lungo i suoi fianchi.

L'indomani sarebbe andato al lavoro e aveva già un paio di candidate perfette.

Era giunto il momento di scegliere.

Di nuovo.

«Che diavolo stai dicendo, Eve?» il cuore di Ray stava battendo all'impazzata, mentre parlava con sua sorella al telefono dell'ospedale. «In due giorni come può essere successo tutto questo?»

«Ray... È complicato, non posso spiegarti. Max è stato sequestrato e non abbiamo idea di dove sia, solo questo posso dirti.» sentì la sua voce incrinarsi, stava soffrendo molto, era evidente. «Dio, Ray... io dovevo proteggerlo, stavamo... È tutta colpa mia, solo mia.»

«Eve...» avrebbe voluto averla lì con lui, stringerla tra le braccia per tranquillizzarla. La rivide per un attimo bambina, con quella massa di capelli rossi ribelli e quei grandi occhi verdi che lo fissavano, sempre pieni di sgomento e in attesa di essere rassicurati. «Tu sei un ottimo agente... e lo sai. Sono consapevole del fatto che non mi puoi dire nulla sul caso e già quel poco che so è rischioso per entrambi. Ma una cosa la so... e di questo sono sicuro al cento per cento: tu troverai Max. Sei forte, sei brava. E questo lo sai anche tu.»

«Ray. Non so nemmeno se sia ancora...»

«Zitta.» la ammonì subito lui, interrompendola. «Max è vivo. Lo hanno sequestrato perché cercano informazioni e lui è davvero tosto, credimi. E tu lo sai meglio di me.»

La sentì fare un lungo sospiro.

«Certo, Ray. So che Max è forte.» il tono della sua voce diventò ironico. «In passato ho avuto a che fare con lui, spesso e volentieri. E non sono mai stati degli incontri piacevoli.»

Ray non riuscì a trattenere una risata.

«Ti ricordi quella volta a casa nostra, quando abitavamo ancora in Magnolia Avenue? Quando ti sei arrampicata su quella grande quercia che avevamo in giardino?»

Sentì Eve fare una risata cristallina, mentre ricordava quell'episodio. Era felice di averla distratta, di averle regalato un po' di serenità. Lui era davvero preoccupato per Max e conosceva bene sua sorella, non ci voleva tanto a capire che tra lei e il suo migliore amico era nato qualcosa di serio. E se non si era sbagliato, Eve era di certo più preoccupata di lui.

«Ricordo bene quel giorno, Ray. Non riuscivo a scendere e lui non appena mi vide lassù passò cinque minuti a imprecare, a sgridarmi e a dirmi quanto ero incosciente. Subito dopo, senza nemmeno dire altro, iniziò ad arrampicarsi e io fui colta dal panico.» Eve rise di nuovo. «Non volevo salisse e per quel motivo iniziai a scendere verso di lui comunque, anche se non mi sentivo sicura. Più lui mi diceva di fermarmi, più io scendevo. Mi ferii le mani contro il tronco dell'albero e a un certo punto... mancai la presa.»

«Già. Io da sotto assistei alla scena e mi misi le mani tra i capelli. Ti vidi precipitare giù, franare addosso a Max ed entrambi cadere riversi sul prato.» Ray scosse la testa. «Il suo corpo attutì la tua caduta, ma per fortuna Max non era molto in alto. Riportaste solo alcuni lividi ed escoriazioni, ma la faccia che fece lui quando si alzò da terra e ti trascinò in piedi sollevandoti di peso era impagabile.»

«Davvero. Perché io iniziai a ridere e lui andò su tutte le furie.»

«Si mise a imprecare come un pazzo, ricordi? Te ne disse di tutti i colori. Ma d'altra parte non ascoltavi mai nessuno, tu. Perché avresti dovuto ascoltare proprio lui? Eravate come cane e gatto.» Ray sorrise con tenerezza. «Hai sempre amato il rischio, sei una donna coraggiosa, sorella mia. Incosciente, ma coraggiosa. Per questo sei diventata un ottimo agente dell'FBI.»

Eve smise di ridere dall'altra parte della cornetta.

Passarono alcuni secondi, durante i quali Ray avvertì che lei fece un profondo sospiro.

Un sospiro spezzato.

«Devo trovarlo, Ray.»

«Lo troverai, ne sono certo. Mi fido di te e credo che anche Max si fidi di te, Eve.»

«Sì.» si schiarì la voce, nervosa. «Ora scusami, ma devo proprio andare. Sono arrivati dei colleghi, stiamo cercando di rintracciare insieme alcuni cellulari.»

«Certo, vai. E tienimi aggiornato, per favore.»

Si salutarono in fretta, Ray riattaccò il telefono e guardò l'orologio, era piuttosto tardi. Da Roxy nessuna notizia, non lo aveva richiamato.

Preoccupato, prese il cellulare dalla sua tasca e per scrupolo lo controllò.

Spento.

Era probabile che si fosse scaricata la batteria, quindi lo consegnò all'infermiera in accettazione e le chiese di metterlo sotto carica. Attese qualche minuto, per controllare che si riaccendesse. Non appena accadde, lampeggiò la bustina che segnalava l'arrivo di un messaggio. Fece subito scorrere il dito sullo schermo e il nome di Roxy apparve sul display.

Rincuorato, lo lesse in fretta, ma quello che c'era scritto lo lasciò perplesso.

Non sembrava nemmeno che fosse stata lei a scriverlo: erano due righe digitate in maniera veloce, fredde e distanti.

All'improvviso la sentì lontana da lui, come mai prima d'ora.

L'avrebbe aspettata di certo quella sera.

Dovevano chiarire cosa diavolo stesse accadendo tra loro.

«Roxy, guarda. Due di loro frequentavano un corso in piscina.»

«Sì, certo. Peccato che si tratti di due piscine diverse.» Roxy si abbandonò contro la poltrona, esausta. «Non stiamo arrivando a capo di nulla... deve per forza esserci qualcosa che le accomuna.»

«Allora, ricapitoliamo.» Steve si allentò il nodo della cravatta e poggiò i gomiti sul tavolo. «Intanto, la fascia di età che ci dice?»

«Ci dice che sono tutte studentesse.»

«Giusto.»

«Quindi potrebbe essere un locale che frequentavano dopo la scuola. Tipo un ritrovo per studenti.»

Roxy scosse la testa. «Abbiamo già verificato. Andavano in locali diversi, anche perché le scuole che frequentavano e i quartieri dove risiedevano erano diversi.»

«Luoghi di studio? Andavano forse in qualche parco di Chicago per studiare? Magari le ha scelte lì, seguendole e avvicinandole.»

«Ci ho pensato anch'io. Ho chiesto ai genitori, ma niente di fatto. Non avevano abitudini riguardo a particolari luoghi o locali, Steve.» Roxy si passò la mano sul collo, per massaggiarlo. Era distrutta.

«Stanca?» Steve si piegò verso di lei comprensivo. «È molto tardi, Roxy. Vai a casa.»

Lei alzò lo sguardo, incrociò i suoi occhi. Anche lui era stanco «E tu?»

«Io non ho nessuno che mi aspetta in albergo.» Steve sorrise. «Tu invece hai qualcuno che ti aspetta a casa. Vai, non preoccuparti, io mi fermerò ancora mezz'ora, cercherò di fare mente locale sulle indagini che abbiamo svolto a Washington. Chissà che non mi venga in mente qualcosa.»

Certo, lui non aveva nessuno che lo aspettava... *qui*.

Roxy ripensò alla telefonata che aveva origliato quel giorno, alla voce suadente di Steve. Il tono con cui aveva parlato alla sua donna era davvero pieno di sensualità e sottintesi.

Fece un sospiro.

Lei e Ray non avevano nessun problema da quel punto di vista, per fortuna. L'intesa sessuale era perfetta, unica. Anche dopo tanti anni non era diminuita, anzi. Forse con il passare del tempo si era affinata, era cresciuta ancora di più.

Ma sentire un uomo parlare in un certo modo a una donna... un uomo *diverso* da suo marito... l'aveva incuriosita.

Intrigata.

E subito dopo l'aveva messa a disagio.

Non avrebbe dovuto pensare certe cose, aveva un uomo meraviglioso al suo fianco e...

«Allora?» la voce bassa di Steve la riportò alla realtà. Si scosse, voltandosi verso di lui. «Ti ho detto di andare a casa, Roxy, qui ci penso io. Sei stanca, riposati. Domani dovremo anche parlare con l'FBI e con il medico legale, sarà una giornata davvero intensa.»

Lei annuì, senza replicare.

Si alzò in piedi e prese la borsetta, prima di uscire dall'ufficio guardò Steve con attenzione in viso.

Il suo bel volto era segnato dalla fatica, anche lui aveva bisogno di riposo.

«Steve, non fermarti troppo. Anche tu sei stanco e il fatto che domani sarà una giornata impegnativa vale anche per te.»

«Certo, lo so. Finisco un paio di cose poi vado anch'io. Buonanotte, Roxy.» le fece un cenno di saluto con la testa, poi si voltò verso lo schermo del computer e riprese a studiare i dati.

Roxy lo salutò veloce e poi si diresse con calma verso l'ascensore.

Gli uffici ormai erano deserti, non c'era più nessuno se non la sicurezza a piano terra.

Prese l'ascensore e si diresse nel seminterrato, arrivò nel parcheggio deserto e un senso di disagio le investì il petto. Forse avrebbe dovuto convincere Steve a uscire con lei.

Con passi veloci si diresse verso la sua auto, mentre camminava il suono dei suoi tacchi sul pavimento in cemento risuonava lugubre intorno a lei.

Aprì la borsa ed estrasse subito le chiavi, pronta a balzare in auto. Non si spiegava il perché, ma un senso di angoscia senza nome le stava facendo quasi mancare il respiro, le sembrava di non essere sola.

Quando vide la sua macchina schiacciò subito il telecomando, affrettò il passo e salì a bordo, richiudendosi la portiera alle spalle con un rumore sordo. Premette la chiusura centralizzata, sentendosi un po' più al sicuro.

Le tremavano le mani quando infilò la chiave nella fessura dell'accensione, quasi non riusciva a centrare l'apertura.

Doveva calmarsi, non poteva certo guidare in quello stato. Respirò a lungo, piano, appoggiandosi con la schiena al sedile in pelle. Si guardò intorno mentre si calmava, il parcheggio era deserto, poco distante poteva vedere la macchina di Steve parcheggiata.

Non c'era nessuno.

Si sentì una stupida. La zona era sorvegliata, c'erano le guardie e le telecamere, se qualcuno si fosse introdotto all'interno in quel momento lo avrebbero visto.

Un rumore improvviso la fece sobbalzare, guardò nello specchietto retrovisore e le sembrò di vedere un'ombra. Sussultò per la paura, senza pensarci troppo girò la chiave, mise in moto e con grande velocità uscì in strada, lasciandosi quell'antro buio alle spalle.

Si mise una mano sul petto mentre guidava, le sembrava di morire di crepacuore.

C'era davvero qualcuno o era stata solo suggestione?

Quell'uomo non poteva arrivare a lei, ma poi... perché avrebbe dovuto farlo? Non ne aveva motivo.

Era un pedofilo, un assassino e cercava la notorietà, non la vendetta.

Era sulle sue vittime che si accaniva.

Ripensò a quella povera ragazza uccisa.

Sicuramente stuprata e poi strangolata, come le altre.

E lei non era riuscita a fare nulla per salvarla, nulla.

Si morse il labbro, cercando di trattenere le lacrime.

Ma fu impossibile.

Uscirono all'improvviso, come un fiume senza più argini. Prese il volante con entrambe le mani, cercando di concentrarsi sulla strada che diventava sempre più confusa. Rallentò. Anche se era quasi arrivata a casa non poteva continuare a quella velocità, la vista le si offuscava.

Avrebbe voluto cancellare tutto, ma non era possibile.

Doveva prenderlo, *dovevano* prenderlo.

Non potevano più lasciarlo uccidere in quel modo, non poteva più andare avanti così.

Doveva esserci qualcosa, doveva per forza.

Prese a pugni il volante, in preda a una rabbia senza precedenti. Lacrime amare le solcavano le guance, l'odio verso quel bastardo le divorava lo stomaco. E tra poco sarebbe arrivata a casa, a fare di nuovo i conti con quei giornalisti, sempre appostati come sciacalli davanti all'ingresso del palazzo.

Quando svoltò l'angolo, invece, ebbe una sorpresa: nessuno.

Nessun giornalista sotto casa sua, nessun avvoltoio pronto a correre dietro alla sua auto. Entrò nel parcheggio e le due guardie la salutarono sorridenti.

Perplessa, fermò l'auto nel suo posto e scese, avviandosi subito di sopra.

L'ascensore sembrava non arrivare mai, ancora avvertiva sulla pelle quella brutta sensazione nel parcheggio del palazzo di giustizia. Come se avesse avuto degli occhi puntati su di lei, che la osservavano.

Le porte in acciaio che si aprirono davanti a lei furono come una benedizione. Entrò e premette il tasto del suo piano, sfrecciando veloce verso l'alto. Quando il campanello la avvertì che era arrivata a destinazione e le porte si aprirono di nuovo, si precipitò in corridoio e infilò con un po' di difficoltà le chiavi nella serratura.

Non appena entrò le sembrò di ritornare a respirare, richiuse la porta alle sue spalle e si guardò intorno.

Le luci erano accese, Ray era seduto al tavolo del soggiorno, piegato in avanti e con i gomiti appoggiati sulle ginocchia.

Roxy lo osservò di profilo, aveva la mascella serrata ed era serio.

Temette che fosse successo qualcosa e quella sera non poteva davvero sopportare altro.

La voce le uscì strozzata, impaurita.

«Ray... tutto bene?»

Non appena lui sentì il tono della voce di sua moglie, capì subito che qualcosa con andava. Si voltò di scatto verso di lei e la vide trafelata, i capelli scomposti e il trucco colato sulle guance.

«Cazzo, Roxy!» in un balzo si alzò dalla sedia e la raggiunse, ma non fece in tempo.

La vide accasciarsi sul pavimento, stravolta. In lacrime. Ray la prese tra le braccia e la portò sul divano, sistemandosela sulle ginocchia.

«Amore mio, dimmi che succede, per favore.» era angosciato, terrorizzato «Parlami, ti prego.»

«Oh, Ray...» Roxy singhiozzava. «Ha ucciso ancora, non siamo riusciti a impedirglielo... quindici anni, Ray! Aveva quindici anni!»

Lui se la strinse al petto, per confortarla. «Roxy, mi dispiace tanto. So che state facendo il vostro lavoro, so che lo farete al meglio. Lo prenderete.»

Lei alzò il viso, poi scosse la testa. «Non abbiamo elementi, Ray. Siamo stati tutto il giorno a studiare i dati in nostro possesso, cercando di trovare qualcosa che accomunasse le vittime. Niente da fare.»

«Strano. Non può sceglierle così a caso, non può.»

«Perché dici questo?» Roxy si drizzò sulla schiena, osservandolo incuriosita.

«Perché non sta in piedi.» lui si voltò a guardarla. «Ti immagini un serial killer che gira per la città scegliendo a caso le persone e poi si mette a seguirle? Non la vedo un'ipotesi plausibile, scusami.»

«E quindi? Che pensi che faccia?» Roxy lo guardò seria.

«Mah, credo che comunque le scelga prima. Dove possa entrare in possesso di informazioni che le riguardano.»

Lei lo guardò incuriosita.

«Io non mi intendo di profili criminali, amore mio. Ma un serial killer come quello è meticoloso, studia tutto nei minimi dettagli. Non può scegliere le vittime a caso, c'è un ragionamento a priori. Prima di tutto questo.»

«Lo so. Ma non abbiamo trovato nessuna prova che leghi le ragazze tra di loro.»

«Hai mai pensato che lui possa essere talmente bravo da cancellare tutte le tracce che lo riguardano? Per esempio tessere, o scontrini. Ricevute. In modo che voi non possiate risalire al luogo dove le *recluta*.»

Roxy aggrottò le sopracciglia, poi si passò il dorso della mano sulle guance, per togliere le lacrime. Ray le sorrise con tenerezza, stava combinando un disastro.

«Aspetta, amore. Ti prendo un kleenex.» la scostò dalle sue ginocchia e andò in bagno a prendere la scatola che conteneva i fazzoletti. Glieli porse, poi mentre lei si puliva tornò vicino al tavolo del soggiorno, dove aveva lasciato la copia del Chicago Tribune di quel mattino, aperta in prima pagina. Il volto di quell'uomo, Stephen Marshall, svettava al centro.

«E tu? Dimmi, è successo qualcosa oggi?» la voce di Roxy gli arrivò alle spalle, lo costrinse a voltarsi.

«Perché me lo chiedi?»

«Avevi un'espressione sul viso quando sono rientrata... mi hai fatto preoccupare.»

Ray stette un attimo in silenzio, poi scosse la testa. «Nulla, tesoro. Non è successo nulla.» si voltò e ripiegò il giornale su se stesso, nascondendo la prima pagina. Si girò e tornò da sua moglie, attirandola di nuovo a sé e facendola sedere sulle sue ginocchia. «Ora basta parlare però. Voglio occuparmi un po' di te.»

Lei sorrise e i suoi bellissimi occhi grigi gli scaldarono il cuore, cancellando le preoccupazioni che lo avevano logorato durante il giorno.

Le mise una mano dietro la nuca e la attirò a sé, accarezzandole le labbra con le sue. Le braccia di Roxy che gli circondarono il collo furono la migliore delle risposte per quella notte.

Si accese una sigaretta e inspirò una boccata di fumo a pieni polmoni.

Lo trattenne alcuni secondi poi lo soffiò fuori, creando una nuvola intorno al suo volto.

Iniziò a camminare nella notte, con passo lento.

L'aria fresca gli solleticava la pelle, le luci della Chicago notturna risplendevano nel buio che lo circondava. Si fermò sul marciapiede, poi si voltò appena.

Osservò il grande edificio che aveva appena oltrepassato, rivestito di vetri scuri e alto, che sembrava quasi toccare il cielo. La piazzetta sottostante era deserta, non come nelle ore di punta.

Con lo sguardo corse all'uscita del parcheggio.

Sorrise appena, ricordando con quale velocità lei era salita in auto.

L'aveva osservata nell'ombra.

Era terrorizzata, ma una volta giunta a bordo del suo bel SUV credeva di essere al sicuro.

Ma lui aveva attirato apposta la sua attenzione, dando un calcio contro la porta in metallo pesante.

Lei era partita subito, con grande fretta, ci poteva scommettere qualsiasi cosa che era scoppiata a piangere, dopo.

Donne...

Scosse la testa.

Tutte uguali.

Mentre Marshall, no.

Lui era ancora di sopra in quell'ufficio, a lavorare.

Lo aveva aspettato, ma non era ancora sceso. Doveva rinunciare ormai.

L'indomani lo attendeva una giornata di duro lavoro e soprattutto era venuto il momento di dare un nome alla sua penultima vittima.

Ancora due, poi sarebbero state sette.

E il nome del suo carnefice sarebbe stato finalmente completato.

Gli tornò in mente il suo volto, i suoi occhi che lo guardavano mentre lo violava.

Mentre si prendeva la sua vita e poi la gettava via.

Sporco bastardo.

5.

Roxy si sistemò con cura l'acconciatura, si lisciò il tailleur sul ventre piatto e si diede un'occhiata allo specchio.

Il suo abbigliamento, quella mattina, rispecchiava il suo stato d'animo.

Cupo, triste.

Anonimo.

Avrebbe voluto sparire, in effetti.

Pensare di andare in ufficio quel giorno e proseguire con le indagini, in attesa della telefonata del coroner, le faceva venir voglia di essere ovunque tranne che lì.

Il pensiero che quel bastardo ce l'aveva fatta di nuovo la gettava nello sconforto più nero, nella rabbia più folle e cieca.

Con gli occhi corse alla giacca che le fasciava la vita e il cui orlo le terminava appena sopra i fianchi. La gonna stretta, ma non troppo, che terminava appena sopra il ginocchio, la camicetta bianca di seta accollata. Le scarpe nere, eleganti ma dal taglio classico.

Quando sollevò lo sguardo incrociò gli occhi di Ray riflessi nello specchio, senza far rumore era entrato nella stanza e si era fermato dietro di lei ad osservarla.

«Tesoro, capisco che quella che ti attende non sarà una delle tue migliori giornate, ma se inizi così... non credo la supererai facilmente.» i suoi occhi azzurri la studiarono preoccupati.

Roxy aveva un'espressione mesta sul viso che lui non le aveva mai visto prima. Sembrava sconfortata, abbattuta. Sembrava stesse rinunciando a qualcosa.

«Non so se riusciremo mai a prenderlo, Ray.» lei scosse la testa, piano. «Sono in un momento in cui non riesco a vedere spiragli di luce. In più... lui ha ucciso ancora.»

«Ehi...» Ray si avvicinò, la prese per le spalle e la costrinse a voltarsi verso di lui. «Rivoglio la mia Roxy, ok? Quella combattiva, quella che non si è mai lasciata scoraggiare di fronte a qualsiasi difficoltà. Quella che prima di concedersi a me... mi ha fatto passare le pene dell'inferno.»

Lei non riuscì a trattenere un sorriso, poi guardò il marito negli occhi. Sapeva che voleva risollevarla e gli era profondamente grata per questo, ma la verità era che non le era mai capitata una situazione del genere prima. E forse era arrivato il momento di scoprire che non era in grado di affrontarla.

«Credo di non essere nata per fare l'avvocato, Ray.» fece una smorfia sconsolata. «Sto fallendo su tutta la linea.»

Lui si rabbuiò.

«Non voglio sentirti fare certi discorsi, va bene? Ti sei laureata facendo moltissimi sacrifici perché hai sempre creduto in questa professione, Roxy. E lo hai fatto con il massimo dei voti, ad Harvard. Questo non è da tutti.»

«Anche tu e Max vi siete laureati con il massimo dei voti.» Roxy sorrise.

Ray si rabbuiò, pensando a Max. Non aveva detto nulla a Roxy, non voleva impensierirla. Ma aveva l'intenzione di chiamare subito Eve per avere notizie la mattina stessa, in ospedale, prima di iniziare il suo turno. Cercò di fare l'indifferente.

«Infatti... hai sposato *me.*» le strizzò l'occhio, poi la prese per le spalle e la voltò di nuovo verso lo specchio. «Guarda lì, tesoro: quella non è la Roxy che conosco io. Quello sguardo spento e quegli abiti così anonimi, non ti appartengono.»

Lei strinse le labbra, senza replicare.

«Voglio che ti cambi, che fai un bel respiro e che ripensi a quanto sei in gamba. Mark non ti avrebbe mai scelto come vice procuratore se non fosse così. Lo sai.» le diede una pacca sulle natiche, poi le sorrise accattivante. «E mi dispiace per te, ma io devo andare al lavoro. Altrimenti ti starei già spogliando io, ci puoi scommettere.»

Lei scosse la testa e sorrise. «D'accordo, farò come vuoi.» si voltò verso di lui e gli offrì le labbra per un bacio leggero.

Ma Ray gliele catturò vorace, lasciandosi sfuggire un ringhio selvaggio. La baciò veloce, ma avido. Non appena si scostò da lei, le sorrise.

«Mi raccomando, tira fuori la tua grinta, ok? Ne hanno bisogno tutti.» le accarezzò i capelli e prima di voltarle le spalle le mormorò un saluto frettoloso. «Ciao, amore. A più tardi.»

Roxy lo osservò uscire trafelato, chiedendosi quale fosse il motivo di tanta fretta. Si era rabbuiato quando lei aveva accennato a Max, conosceva abbastanza suo marito per capire che c'era qualcosa che non andava e che probabilmente non le aveva detto.

Si preoccupò, non era da Ray comportarsi in quel modo e pensò che voleva vederci chiaro. Durante il viaggio in auto per andare in ufficio, avrebbe chiamato Eve.

Si guardò a lungo nello specchio, fece un sospiro.

Ray aveva ragione, così conciata non era certo il simbolo della sicurezza e della determinazione.

Arricciò le labbra e si diresse verso il guardaroba, si tolse le scarpe nere e camminò a passo lento, toccando con un dito tutti gli abiti appesi, per cercare quello più adatto.

Si fermò su uno che le piaceva in particolar modo che prese per l'appendiabiti e sfilò dagli altri. Lo guardò a lungo, glielo aveva regalato Ray per il suo compleanno. Sorrise, mentre lo sistemò per potersi sfilare quello che indossava.

Si ricordò delle Jimmy Choo che nella stessa occasione le avevano regalato le sue amiche.

Era un abbinamento perfetto.

L'aspettava una giornata durissima, certo.

Ma lei l'avrebbe affrontata alla grande.

«Steve?» la voce di Roxy gli arrivò ovattata, non riusciva a capire dove fosse.

Alzò la testa, si sentiva tutto indolenzito. Quando aprì gli occhi comprese di essersi addormentato in ufficio la sera precedente.

«Oh, merda.» si sfregò il viso, per cercare di riprendersi. «Ma che ore sono?»

«È presto, sono venuta in anticipo stamattina.» la sentì avanzare all'interno del suo ufficio, cercò di guardarsi intorno e di mettere a fuoco l'ambiente, ma l'unica cosa su cui riuscì a concentrarsi fu la mano di Roxy che posava sulla sua scrivania un bicchiere di carta che conteneva una buona dose di caffè.

Era proprio quello di cui aveva bisogno, gli sembrava di sentirne già il gusto sulla lingua.

«Ho fatto bene a portartene uno, a quanto vedo.» la voce di lei era divertita. «Hai passato la notte qui? Ma come è potuto succedere?»

«Mmh...» Steve si schiarì la voce, poi si appoggiò con la schiena alla poltrona, massaggiandosi le tempie e tenendo gli occhi chiusi. «Mi sono detto: ancora un po', Steve. Ancora un minuto poi vai a casa. Ho chiuso la porta e mi sono concentrato, ma alla fine sono crollato.»

«Non hai nemmeno cenato, scommetto.»

Lui aprì gli occhi e cercò di metterla a fuoco, ma la donna che si trovò davanti non sembrava affatto Roxy. Sbatté le palpebre più volte, per studiarla con chiarezza.

Gli ci vollero solo pochi secondi per comprendere che era davvero lei.

Indossava un tailleur blu avio, la giacca era aperta e si poteva vedere che sotto aveva un magnifico vestito, con una bella scollatura profonda. I capelli li aveva raccolti in modo morbido e alcune ciocche le scendevano come carezze sul collo e sulla nuca. Si era truccata. Niente di troppo appariscente, ma su di lei era come un'esplosione di erotismo allo stato puro.

«Steve?»

«Sì. Scusami.» lui scosse la testa per riprendersi. «Devo sistemarmi, ho bisogno di darmi una rinfrescata.»

«Immagino, non preoccuparti.» lei gli sorrise con dolcezza. «Fai pure con comodo, io intanto mi metto al lavoro. Se vuoi... in sala ristoro hanno appena portato delle ciambelle.»

«Grazie.» prese il bicchiere di carta che lei aveva posato davanti a lui, tolse il coperchio e inspirò il profumo del caffè. «E grazie soprattutto per questo.»

Roxy annuì, poi senza dire nulla si avviò verso la porta dell'ufficio, per dirigersi in corridoio.

Steve non poté fare a meno di ammirarla mentre con passo sinuoso varcava la soglia.

Le gambe affusolate che spuntavano da quella gonna che le fasciava i fianchi in modo perfetto. L'ondeggiare morbido delle sue natiche, i piedi sottili infilati in un paio di scarpe nude dal tacco altissimo.

Le ciocche castane, appena ondulate, che le sfioravano le spalle e la pelle del collo.

Avrebbe voluto arrotolarsele intorno alle dita, poi lasciarle andare e osservarle ricadere soffici.

Avrebbe voluto prendere quelle gambe e accarezzarle dalla

caviglia alla sommità delle cosce, scivolando sotto quella gonna stretta.

Avrebbe voluto...

Il suono del suo cellulare lo fece trasalire, appoggiò il bicchiere di carta sul tavolo e prese il telefono.

Il numero era quello del suo procuratore di Washington. Rispose subito.

«Pronto?»

«Steve, buongiorno.»

«Salve, Paul.»

«Ti ho chiamato per sapere come stanno andando le indagini. Purtroppo abbiamo appreso questa mattina dai giornali che ha ucciso ancora.»

«Purtroppo sì. Si tratta di una ragazzina di quindici anni, il padre ha trovato il cadavere ieri nel pomeriggio.» Steve si massaggiò il mento, pensieroso. «Non so da che parte cominciare, Paul. Sono stato quasi tutta la notte a vagliare i dati in nostro possesso, ho confrontato quelli di Washington con quelli di Chicago, ma non ho trovato nulla.»

«È proprio questo il punto. Ci hai pensato?»

Steve aggrottò le sopracciglia.

«A cosa?»

«Al fatto che... *guarda caso...* non hanno proprio quasi nulla in comune le vittime. E se facesse apposta a sceglierle in base a quello?»

«Dovrebbe avere la possibilità di fare una scelta davvero vasta per poter agire in quel modo, non credi?»

«Certo.»

Steve ragionò un attimo. Dove poteva avere un'opportunità del genere?

«Dove credi che...»

«Non saprei, Steve... ma sicuramente vi sfugge qualcosa. Non puoi indagare di nuovo qui, ma sulle ultime vittime sì. Studiate tutto nei minimi dettagli, sono convinto che troverete delle prove.»

«La scientifica ha perquisito tutte le loro abitazioni, non credo che possa essergli sfuggito qualcosa.»

«Fateli tornare di nuovo, dovete rivoltare ogni singolo angolo e vagliare tutte le ipotesi.»

Steve storse la bocca, era un'iniziativa piuttosto forte.

Dovevano tornare su luoghi che avevano già *violato* con le loro perquisizioni, dove abitavano famiglie che avevano vissuto l'incubo più grande che si potesse provare: la perdita di un figlio.

Dovevano invadere di nuovo la loro privacy, toccare di nuovo il loro dolore.

Era quasi spietato, ma se volevano prenderlo era purtroppo necessario.

«Hai ragione, dobbiamo farlo. Parlerò subito con il procuratore.» Steve fece un sospiro. «Grazie.»

«Non ringraziarmi. Sai quanto voglio che lo troviate anch'io.»

«Lo so, Paul. Ci mettiamo subito al lavoro. A presto.»

«E... Steve?»

«Sì?»

«Attento... con quella vice.»

«Perché?»

«Non hai letto i giornali di oggi? Siete ovunque.»

Ray fissava allibito la prima pagina del Chicago Tribune.

Non poteva credere ai suoi occhi, quello che gli si presentava davanti era assurdo.

Prese una copia e mentre la pagava al negoziante, lo sguardo gli corse alle altre testate esposte.

Erano tutte uguali.

Strinse la mascella, prese il quotidiano che aveva comprato e si avviò verso l'ospedale. Prima di entrare si fermò su una panchina, si sedette e osservò la prima pagina.

Lesse con attenzione, più volte. Ma quello che c'era scritto e soprattutto le foto mostrate non lasciavano dubbi su quanto accaduto.

IL SERIAL KILLER COLPISCE ANCORA: QUINTA VITTIMA.

Mentre lo spietato killer assassinava Casey Morgan, appena quindicenne, i procuratori che indagano sul caso erano nel bel mezzo di un incontro amoroso.

La foto di quella povera ragazza svettava grande, a colori. Due bellissimi occhi scuri, buoni. Capelli neri. Sorrideva serena, sembrava ritratta con altre persone che erano state omesse.

A fianco, varie foto di Roxy e di *Steve Marshall*, intenti a mangiare su una panchina.

Le immagini erano in sequenza: ridevano, mordevano i loro sandwich. Poi lui le passava un dito sulle labbra. Nella foto successiva quel maledetto dito era nella bocca di quell'uomo.

Una tremenda morsa gli strinse la bocca dello stomaco.

Il suo sesto senso lo aveva avvertito che c'era qualcosa di strano, ma non aveva voluto dargli ascolto.

Lesse l'articolo, veloce. Le immagini seguenti li ritraevano mentre passeggiavano insieme, diretti in una caffetteria. Ne uscivano, lui le metteva una mano sulla schiena, lei era sorridente come Ray non la vedeva da molto tempo.

Perlomeno non con lui.

Si sentì invadere da un senso di tristezza, di disagio.

Di inadeguatezza.

Gli faceva male che sua moglie non gli avesse parlato di quel pranzo, lo divorava dentro il fatto che un altro uomo le avesse sfiorato le labbra e avesse una tale confidenza con lei da toccarle la schiena per accompagnarla fuori da un locale.

E lui aveva passato la serata a confortarla, asciugandole le lacrime. E quella mattina le aveva pure suggerito di vestirsi meglio.

Bravo Ray. Sei proprio un coglione.

Sentì la rabbia che affiorava.

Una rabbia cieca e sorda, una rabbia dettata dalla gelosia e dalla paura di perderla.

Una rabbia che lo devastava, alimentata dalla bruciante *bugia.*

Si alzò in piedi e con forza gettò il giornale nel cestino, quasi ringhiando.

«Ehi, amico!» una voce profonda gli fece alzare la testa. Incontrò gli occhi neri di Jack che lo fissavano con attenzione. «Che diavolo ti succede?»

«Cazzo, Jack.» fece un profondo sospiro. «Se avessi qui davanti mia moglie... in questo momento non so cosa le farei.»

Jack lo osservò, indagò sul suo volto sfigurato dalla rabbia. Doveva essere accaduto qualcosa di veramente terribile per ridurre Ray in quello stato.

In tanti anni di servizio insieme, anche se Ray lavorava in pronto soccorso e lui sulle ambulanze e non avevano proprio molte occasioni per incontrarsi, non lo aveva mai visto così. Incuriosito, prese il giornale dal cestino e lesse il titolo.

Osservò le foto.

Serrò la mascella, poi lo gettò di nuovo nell'immondizia e guardò serio Ray.

«Roxy ti ama, lo sai.» si infilò le mani in tasca, noncurante. «Non farebbe mai nulla del genere, Ray. Lo sai come sono fatti quegli sciacalli, ogni scusa è buona per fare uno scoop. È il loro lavoro.»

«Quel cazzo di dito non ce l'hanno messo loro, però.»

«Ray.»

«Ray un bel niente, Jack! Roxy dovrà spiegarmi un paio di cose stasera. E so che avrà una giornata pesante oggi, ma ti dico con sincerità che non mi interessa ormai. Va bene il lavoro, va bene tutto. Ma mi deve delle spiegazioni.»

«Su questo hai ragione, certo.» Jack si spostò di lato vedendo Ray che si accingeva a lasciare la panchina per dirigersi verso l'entrata dell'ospedale. «Non ti ha mai parlato di lui?»

Si avviarono insieme, Ray scosse la testa.

«No. Ho chiesto, quando ho saputo che sarebbe arrivato questo tizio da Washington, ma lei ha glissato con eleganza. Sul momento non ho voluto approfondire, poi ieri ho visto la foto di quel tizio in prima pagina. Mi ero ripromesso di chiederle spiegazioni, ma quando lei è rincasata era distrutta. Ho preferito lasciar perdere.»

«Capisco.» erano arrivati all'ingresso, Jack spinse la porta e si diressero entrambi verso gli spogliatoi.

Ad ogni passaggio notò che i colleghi guardavano Ray, alcuni con curiosità, altri con apprensione.

Era ovvio che avessero letto tutti la notizia sul giornale, come era ovvio che avessero visto le foto che ritraevano sua moglie con quell'uomo.

Con la coda dell'occhio osservò il suo amico, al suo fianco.

Guardava dritto davanti a sé, ma aveva di sicuro notato anche lui le occhiate che gli rivolgevano gli altri.

«Non farci caso, Ray.»

«Certo che no.» gli uscì quasi un ringhio dalla gola. «Sono qui per fare il mio lavoro e non ho nessuna intenzione di farmi distrarre da queste cose. Ho sempre tenuto i miei problemi personali fuori di qui e continuerò a farlo, puoi scommetterci.»

Entrarono in spogliatoio e si diressero entrambi verso i loro armadietti.

«Sei un ottimo medico, Ray. E un ottimo marito, ne sono certo.» Jack si sfilò la giacca leggera, prese quella della divisa e se la infilò. «Vedrai che si risolverà tutto.»

«Certo, Jack. Ne sono sicuro anch'io.» annuì, mentre si infilava la maglia verde dalla testa, si cambiava i pantaloni e le scarpe. Ma quella morsa che gli stringeva la bocca dello stomaco non voleva andarsene, come se si trattasse quasi di un presentimento.

Per la prima volta da quando l'aveva conosciuta, non sapeva più che pensare.

Mark riattaccò il telefono, soddisfatto.

«L'FBI tornerà a casa Morgan. Perquisiranno tutto, da cima a fondo. Abbiamo già disposto di trasferire entrambi i genitori in un hotel poco distante.» fece una smorfia. «So che non è il massimo, ma dobbiamo prenderlo e sono convinto che collaboreranno.»

«Sono convinto anch'io, Mark.» Steve annuì e poi si girò verso Roxy che avevano chiamato in ufficio con loro. «Hai sentito il medico legale?»

«Sì, stanno facendo l'autopsia. Non appena avranno terminato ci chiameranno, li raggiungeremo all'obitorio.» lei fece un sorriso tirato.

«Ottimo.» Mark si appoggiò con la schiena alla poltrona, li guardò serio. «Ora tu, Steve, vai in hotel a darti una rinfrescata e a cambiarti. Tu, Roxy, vieni con me all'FBI, voglio vedere le prove che hanno raccolto ieri sulla scena del crimine. E più tardi ho fissato un appuntamento con Bryan Powell, lo psichiatra criminale. Faremo due chiacchiere e nell'occasione te lo presenterò, Steve.» si voltò verso di lui, che gli fece un cenno d'assenso.

«Abbiamo già parlato con Bryan, abbiamo già un profilo del killer.» Roxy lo guardò perplessa.

«Ci dobbiamo riaggiornare, abbiamo anche i dati che ci hanno fornito da Washington ora. Vedremo se potranno emergere alcune novità.» si schiarì la voce. «Steve, vai. Mi metterò in contatto con il tuo procuratore se dovessi avere necessità di alcune informazioni.»

Lui annuì, poi si alzò in piedi «Ci vediamo più tardi, allora. Per qualsiasi cosa, chiamatemi.» fece un cenno di saluto veloce e poi lasciò l'ufficio, chiudendo la porta alle sue spalle.

Roxy lo seguì con lo sguardo, senza dire nulla.

Ancora le bruciava da morire l'articolo che avevano pubblicato quella mattina sul giornale. Non appena l'aveva visto, pochi minuti prima, aveva compreso subito l'assenza dei giornalisti sotto casa sua la sera precedente. Questa volta non l'avrebbe scampata, avrebbe dovuto affrontare Ray per forza.

«Roxy?» la voce di Mark la riportò alla realtà. Si voltò e incrociò il suo sguardo, quasi paterno.

«Dimmi.»

«Sai cosa voglio dirti. Quell'articolo, Roxy. Gli sguardi che vi rivolgete tu e *lui*.»

Lei si sentì gelare. «Ti sbagli, Mark. Non c'è nulla tra me e Steve, non...»

«Roxy, io conosco Ray e so quanto voi due siate legati. Non so cosa ti stia succedendo, ma ti chiedo solo di non perdere di vista quello che ti circonda. A partire dal tuo matrimonio e fino ad arrivare al tuo lavoro, compreso questo caso su cui stiamo indagando.»

Lei annuì, consapevole del fatto che Mark aveva toccato un nervo scoperto.

Lei *sentiva qualcosa*, non poteva negarlo. Sembrava assurdo, dopo così pochi giorni, ma con quell'uomo c'era un'alchimia incredibile e con tutte le sue forze stava cercando di combatterla.

Ma era evidente che non era passata inosservata.

Forse a nessuno.

Deglutì.

«Mark, ti prometto che svolgerò il mio lavoro con dedizione e che mi concentrerò anche sul mio matrimonio. Non c'è davvero nulla tra me e Steve, devi credermi.»

«Buono a sapersi.» lui annuì compiaciuto. «Ora... se non ti dispiace... dovrei fare alcune telefonate, poi potremo andare insieme al Quartier generale dell'FBI.»

«Certo.» lei si alzò in piedi, congedandosi «A dopo, Mark. Non appena sarai pronto, chiamami.»

Lui le fece un cenno di saluto e prese in mano la cornetta per fare le sue chiamate. Roxy si affrettò a uscire, non voleva trattenersi un minuto di più, l'imbarazzo che provava era quasi umiliante.

Il suo datore di lavoro l'aveva ripresa per la situazione che si stava creando tra lei e Steve.

Se lui se n'era accorto... non osava immaginare cosa si dicessero tra loro i colleghi.

E cosa dicessero i colleghi di Ray in ospedale, alle sue spalle.

Arrivò nel suo ufficio trafelata, si richiuse la porta alle spalle.

Respirò a pieni polmoni, ma non fu sufficiente.

Si tolse la giacca, rimanendo con il vestito smanicato, la gettò su una sedia e avanzò con lunghi passi verso la finestra. La aprì per far entrare un po' d'aria fresca, in cerca di ossigeno.

Era proprio quello che sembrava mancarle, l'ossigeno.

Stava facendo del male a Ray, che era sempre pronto a sostenerla come aveva fatto la sera precedente e quella mattina.

Non avrebbe mai voluto.

La verità era che si sentiva attratta da Steve e non sapeva il perché.

Era un bell'uomo, certo, ma non si trattava solo di quello.

Forse era il fatto che tra loro c'era questa sorta di *sintonia lavorativa*. Quando si immergevano nelle indagini il mondo sembrava scomparire, viaggiavano sulla stessa lunghezza d'onda, pensavano le stesse cose.

Ma doveva ammettere a se stessa che non si trattava solo di lavoro, c'era dell'altro.

Lavorare a contatto con lui la stimolava, certo. Ma stargli vicino le dava i brividi.

Le piaceva ridere con lui, la aiutava a non pensare al caso e ai suoi problemi. La aiutava ad allontanare la mente e il corpo da tutte quelle cose che le toglievano il respiro, che la facevano sentire come rinchiusa in una gabbia.

Steve era *una vera boccata d'ossigeno.*

Sorrise mesta, mentre guardava il paesaggio dalla finestra.

Un bussare deciso la riportò alla realtà.

«Avanti.»

La porta si aprì e Mark le fece un cenno.

«Andiamo, sono pronto.»

Roxy prese la giacca e se la infilò subito, la borsa e lo seguì fuori, dirigendosi con lui all'FBI.

Scivolarono tra il traffico mattutino e una volta arrivati a destinazione entrarono nel reparto che gli era stato indicato, dove stavano seguendo il caso in questione.

Roxy notò la frenesia, il rumore di sottofondo di telefoni che squillavano, l'andirivieni di tanti professionisti che si impegnavano al massimo per contribuire a catturare quel criminale che stava terrorizzando la città.

Notò, a un tratto, un bell'uomo sulla cinquantina, distinto, con corti capelli grigi e con profondi occhi scuri che si stava dirigendo verso di loro. Non appena arrivato, li studiò con attenzione e porse la mano a Mark.

«Lei deve essere Mark Davis, il procuratore distrettuale.»

«Sì, molto piacere.» Mark gliela strinse con energia. «E lei George Murphy, responsabile dell'operazione qui al Quartier Generale.»

«Sono io.» l'uomo si girò verso Roxy. «Lei, il vice procuratore Jones, immagino.»

Roxy annuì. Lui le porse la mano, che lei si affrettò a stringere. «Piacere di conoscerla, agente Murphy.»

«Il piacere è mio. Prego, seguitemi.» voltò loro le spalle e si fece strada attraverso i colleghi che erano immersi nel lavoro. Si diresse verso un ufficio rivestito da un'ampia vetrata, sul fondo della grande stanza.

Entrarono e lui fece loro cenno di accomodarsi su due poltrone davanti a una grande scrivania in legno un po' logora. Richiuse la porta alle loro spalle e fece il giro della scrivania, sistemandosi al suo posto.

«Allora... il dottor Powell sta arrivando, ha avvisato che tarderà qualche minuto. Nel frattempo volevo esaminare con voi le prove che abbiamo trovato a casa della ragazza.» prese una cartella che aveva sul suo tavolo, iniziò a leggere quello che vi era scritto sopra. «Nella sua camera abbiamo trovato uno zainetto che apparteneva a lei, al suo interno c'erano un diario di scuola, un cellulare e alcuni effetti personali di poco conto, come fazzoletti da naso e qualche caramella. C'era un computer, i nostri esperti lo stanno esaminando. Abbiamo esaminato la sua stanza da cima a fondo.» si schiarì la voce, poi voltò la pagina della cartella e continuò. «Andava in piscina ogni lunedì, giocava a pallavolo il sabato. Abbiamo le tessere delle due strutture, frequentava regolarmente i corsi. Amava leggere, abbiamo trovato una grande quantità di libri nella sua stanza, soprattutto libri di mitologia greca. Andava a scuola e aveva ottimi voti. Era una ragazza tranquilla.»

«Andava in piscina?» Roxy intervenne subito, ricordò all'improvviso la conversazione con Steve mentre esaminavano i dati sulle vittime. «Può dirmi che struttura frequentava?»

«Lincoln Park.» le rispose George sfogliando la cartella. «Vi viene in mente qualcosa?»

Roxy arricciò le labbra. Diversa da quella che frequentavano le altre ragazze, quella pista non c'entrava nulla. «No.» scosse la testa, seria. «Altre vittime frequentavano corsi in piscina, ma nessuna in quella struttura.»

Il suono del telefono li interruppe, George rispose subito.

«Bene, fatelo passare.» riattaccò, guardandoli. «Il dottor Powell è arrivato.»

Roxy sorrise. Conosceva bene Bryan Powell, era uno psichiatra molto in gamba. Avevano collaborato insieme alcune volte e si erano incontrati spesso negli ultimi tempi per parlare del caso sul quale stavano indagando.

Si voltò mentre si aprì la porta e incrociò subito lo sguardo limpido e chiaro del medico, dietro gli occhiali dalla montatura sottile in oro che portava sempre. Lui le sorrise con calore, poi chiuse la porta piano e si accomodò a fianco di Mark, salutando tutti con discrezione.

«Allora, dottor Powell. Come le ho già anticipato è a conoscenza che il killer ha colpito ancora. Vogliamo fare un piccolo riepilogo insieme?»

Lui annuì, serio.

«Come abbiamo già detto più volte, si tratta di un uomo giovane, con ogni probabilità la sua età varia da venticinque a trentacinque anni. Di razza caucasica, colto e raffinato. I crimini e il modo in cui li compie fanno pensare a un passato di abusi e visti gli ultimi dati in nostro possesso, credo che la stessa età delle vittime giochi un ruolo molto importante in tutto questo.»

«Pensa sia stato stuprato?» la voce di George lo interruppe, costringendolo a portare l'attenzione su di lui. «Per questo violenta tutte le sue vittime?»

«Credo di sì. E penso che a farlo sia stato qualcuno di molto affascinante, con un forte carisma e con una grande influenza su di lui e forse anche sulla sua famiglia.»

«Pensa a qualcuno di esterno alla famiglia, dunque.» George si informò, di nuovo. «Qualcuno che lo abbia irretito, come fa lui con queste povere ragazze.»

«Esatto. Ho la convinzione che sia anche molto bello e che sia stato questo a far perdere la testa al suo stupratore. E lasciatemelo dire... deve essere stato sottoposto a numerose sevizie, credo desiderasse di essere morto.»

«Per questo le uccide subito.» Roxy intervenne, ripensando ai lividi sulla gola di quelle povere ragazze. «Come per liberarle dal dolore.»

«Proprio così, Roxy.»

«E il suo stupratore? Che fine avrà fatto?» George intervenne, curioso. «Una tale rabbia mi fa credere che non sia mai stato arrestato. Forse addirittura non sa nemmeno dove si trovi in questo momento.»

«Lo dubito anch'io.» Bryan si aggiustò gli occhiali con un dito, poi accavallò le gambe e si appoggiò allo schienale della poltrona. «Mi viene quasi da pensare che cerchi di attirare la sua attenzione. Se non la sua, quella di tutti quanti. Credo che abbia subito un dolore inaudito e che sia stato ignorato in seguito. O addirittura non creduto.»

A quelle parole, nonostante si trovasse di fronte a un criminale capace di violenze efferate, Roxy non poté che provare una profonda pena per quell'uomo o ragazzo che fosse. Commetteva quelle atrocità mosso da una ferocia senza precedenti e questo dimostrava che dentro di lui aveva una rabbia e un rancore che lo stavano divorando.

«Possiamo provare a svolgere qualche ricerca, ma se non è mai stato creduto nessuno avrà mai sporto denuncia. Se la mia teoria è giusta era minorenne e quindi non poté denunciare lui stesso l'accaduto.»

«Certo, Bryan. Ma potrebbe aver parlato con qualcuno della cosa, oltre ai familiari.» Mark lo scrutò con attenzione. «Certo che fare ricerche su qualcosa che *potrebbe aver detto o fatto* non è facile. Anche perché non abbiamo idea di chi sia.»

Roxy strinse le labbra, sconfortata.

Guardò i volti degli uomini presenti con lei in quella stanza, tutti erano preoccupati per l'indagine che sembrava non decollare.

Erano fermi a un punto morto.

Le cose non si stavano mettendo affatto bene, sperava solo che sarebbero arrivate buone notizie dal medico legale più tardi.

«Niente, nessuna traccia... come sempre.» Alisya Cronwell, medico legale, si sfilò i guanti e li guardò.

Roxy osservò il corpo senza vita di Casey Morgan, che giaceva inerme su quella lastra d'acciaio davanti a loro.

La pelle pallida odorava di morte.

Gli occhi chiusi erano immobili, i capelli scuri che le incorniciavano il viso erano tirati indietro, sembravano quasi non esistere. La bocca cerulea le provocò un brivido gelido che le attraversò la spina dorsale.

Si soffermò a lungo sul suo viso, poi esaminò il suo corpo nudo, giovane e innocente.

I lividi sul collo, molto marcati, testimoniavano che aveva premuto sul collo, con forza. I solchi profondi che aveva fatto sul suo giovane petto per incidere la lettera "A" erano la riprova che questa volta era stato molto violento.

Con nessuna vittima si era mai comportato così.

Notò che Bryan girava intorno al cadavere, lo esaminava in maniera accurata.

Lei, Mark e Steve, che li aveva raggiunti lì poco prima, erano immobili ad ascoltare le parole del medico.

«Non so cosa sia successo questa volta, ma ha agito con una crudeltà senza precedenti.» Alisya scosse la testa mentre li guardava. «Le ferite sono profonde, le lesioni molto marcate.»

«Ci sono le solite tracce di nastro adesivo sulle labbra?» Mark intervenne, serio.

«Sì, ci sono. Nessuno poteva sentirla in quel modo. Povera ragazza.» il medico osservò il cadavere con profonda compassione, una lieve smorfia le increspò le labbra.

Seguirono alcuni attimi di silenzio, dove i sentimenti che predominavano il cuore di tutti erano lo sgomento e l'impotenza.

La rabbia.

«So io perché ha commesso tutto questo» la voce di Bryan attraversò l'aria. Gelida, seria. Professionale. «Qualcosa lo deve aver fatto arrabbiare, avete idea di cosa si tratti?»

Si rivolse agli altri, guardandoli uno a uno, anche se lui intuiva già qual era stato l'elemento scatenante. Quello che gli aveva fatto sfogare tutta la sua rabbia su quella ragazzina.

«Penso di saperlo, Bryan.» la voce di Roxy era tremante, aveva compreso in pieno e si sentiva un po' la causa di tutto questo. «Credo sia stato il putiferio scatenato dai giornalisti con l'arrivo di Steve qui a Chicago. Le loro insinuazioni su noi due, il fatto che l'attenzione sia stata spostata su qualcun altro, qualcuno che non fosse lui.»

Bryan annuì. «Dovete fare una conferenza stampa, smentire quanto stanno insinuando loro. E fare in modo che l'attenzione torni su di lui.» guardò Mark dritto negli occhi. «È indispensabile, ora. Altrimenti potrebbe addirittura sfuggirci.»

Roxy si sentì gelare.

«Quando?» Mark avanzò di qualche passo, abbassò lo sguardo sul cadavere davanti a loro. «E soprattutto, cosa dobbiamo dire? Siamo nelle tue mani, Bryan. Brancoliamo nel buio e vogliamo prenderlo a tutti i costi... tutto questo orrore deve cessare subito.»

«Prima possibile, Mark. Vi dirò io cosa dire, faremo in modo di riportarlo su binari dove potremo continuare a indagare.» fece un lieve sorriso. «Tutto questo rafforza anche la mia tesi sul fatto che sta cercando clamore. Vuole essere notato, ma non da noi.»

«Dal suo carnefice?» Steve azzardò, non aveva ancora osato parlare. Si sentiva responsabile per il dolore inimmaginabile che aveva provato quella ragazza e la sua famiglia.

«Certo. La lettera che ha inciso questa volta lo testimonia: "A". Quindi ora abbiamo in ordine, M, A, A, H, A. Sono convinto che sia un indizio sulla persona che sta cercando. È probabile che quest'uomo sia libero e ancora vivo, ma che lui non sappia dove si trovi in questo momento. Sta cercando di farlo uscire allo scoperto, forse.» Bryan rifletté dopo aver pronunciato quelle parole. L'ipotesi era molto plausibile.

«Ma chi potrebbe uscire allo scoperto in casi come questo? Un poliziotto? Un assistente sociale, un avvocato?» Roxy scosse la testa, non aveva idea di chi potesse essere.

«Che Dio mi perdoni.» la voce di Steve fendette l'aria, lugubre. «Un prete.»

Roxy spalancò la bocca, non poteva credere a un'eventualità simile. Ma tutto tornava, tutto...

«Subito in procura, svelti!» Mark li esortò a lasciare l'obitorio. «Organizzeremo una conferenza stampa e voglio che indaghiate su tutte le vittime, anche quelle di Washington. Chiedete ai genitori, voglio sapere la loro religione e soprattutto se sono praticanti.»

Trafelati, abbandonarono subito l'obitorio, in cerca di uno spiraglio di luce.

Una luce terrificante, ma che poteva avvicinarli a lui, finalmente.

«Quindi vieni spesso qui? Non ti avevo mai visto prima.» le sorrise, con dolcezza. «Ma sai, sono stato assunto da poco e il lavoro è davvero impegnativo.»

«Sì, vengo spesso.» la ragazza arrossì. Era giovanissima, aveva corti capelli neri e due grandi occhi scuri che le rendevano il volto di una bellezza disarmante. «Ti avevo visto, i giorni scorsi, tra gli scaffali. Mi chiedevo chi fossi, infatti.»

«Sono solo un ragazzo che deve lavorare, sai com'è. E questo ambiente è il mio preferito, sono felice di aver trovato un impiego qui.»

«Oh, anch'io amo venire qui!» lei si illuminò, sfoderando un sorriso estasiato.

Lui abbassò lo sguardo e fissò il piccolo crocifisso d'argento che portava al collo.

Sorrise.

«Come hai detto che ti chiami?» domandò azzardando. Era presto, si erano appena conosciuti, ma nei suoi occhi aveva visto quella scintilla di apprezzamento che sapeva di trovare sempre negli sguardi femminili.

«Non te l'ho ancora detto, infatti.» la vide arrossire, di nuovo. «Mi chiamo Marie, Marie Fisher. E tu?»

«Piacere, Marie.» le porse la mano, sorridendo «Io sono Josh.»

6.

Un bussare deciso, ma lieve, la fece voltare di scatto verso la porta.

Incrociò lo sguardo di Steve, serio.

«Hai un minuto, Roxy?»

«Certo, accomodati.» gli fece segno di entrare mentre sistemava alcune carte che aveva sul tavolo.

Lui lo fece, richiuse piano la porta alle sue spalle e avanzò con lentezza. Si sedette di fronte a lei e accavallò le gambe, sollevando la cravatta grigia e lisciandosela tra le dita. Ricadde morbida sul suo stomaco, come se fosse una carezza di seta sulla pelle.

Roxy sollevò lo sguardo verso di lui e incontrò i suoi occhi azzurri. Le palpebre erano leggermente socchiuse, i lineamenti del viso contratti. Capì che era teso.

«Che succede, Steve? Dimmi.»

«Tra mezz'ora ci sarà la conferenza stampa.» si sporse appena in avanti verso di lei. «Vorrei parlare con te dell'articolo sul giornale, non abbiamo ancora avuto occasione di farlo da questa mattina.»

Lei sapeva che prima o poi sarebbe arrivato quel momento, ci aveva pensato tutto il giorno.

Serrò le labbra.

«Non c'è niente di cui parlare, Steve. Non è accaduto nulla durante quel pranzo, i giornalisti come al solito hanno travisato alcuni gesti e montato una storia ad arte per fare scalpore.»

Lui si riappoggiò alla poltrona, la guardò serio.

«Ne sei davvero certa? Sei convinta di quello che dici o è solo una risposta preparata per proteggere il tuo matrimonio... e te?»

Lei aggrottò le sopracciglia.

«Che stai dicendo?» scosse la testa, incredula. «Non è accaduto nulla, Steve... e tu lo sai benissimo! Solo perché hai raccolto dalle mie labbra una goccia di senape credi che sia nato non so cosa tra di noi? Beh, ti sbagli di grosso!»

Roxy si alzò in piedi, a grandi passi raggiunse la finestra. «Ma cosa sei, un adolescente? Ci conosciamo da pochi giorni, Steve. Non sai nulla di me, non...»

Una mano forte le prese un braccio, la costrinse a voltarsi. Non si era accorta che lui era giunto alle sue spalle, senza far rumore. Si ritrovò con il viso a pochi centimetri dal suo volto.

Senza rendersene conto, iniziò a tremare.

«Roxy.» i suoi occhi glaciali le accarezzarono il viso, le labbra di lui si piegarono in un lieve sorriso sensuale. «Non puoi negare che c'è una forte attrazione tra di noi e lo sai. Si vede da come ti muovi in mia presenza, da come mi guardi. Da come ti passi la lingua sulle labbra.» le osservò la bocca, rapito dalla sua bellezza. Desiderava baciarla, come mai aveva desiderato di baciare nessuna prima.

Non gli importava di suo marito, non gli importava di Natalie.

L'unica cosa che contava in quel momento era sentire il sapore di quelle labbra. E scoprire se erano davvero così morbide come sembravano. Si morse il labbro inferiore, cercando di trattenersi.

Gli occhi grigi come perle di Roxy lo fissavano rapiti, cupi.

Steve sentiva che anche lei stava provando le stesse cose, ma non era lo scopo che si era prefissato quando era entrato in quella stanza pochi minuti prima.

Posò un dito su quella stupenda bocca, come per cercare di nasconderla il più possibile dalla sua vista.

Roxy sentì un brivido caldo scorrerle lungo la schiena, la

morsa del desiderio stringerle il ventre. Sapeva che era sbagliato, non doveva sentirsi in quel modo. Lottava con tutte le forze per vincere quelle sensazioni che non facevano parte di lei.

Si allontanò da lui, interrompendo il contatto con quel dito.

Steve si incupì, poi sciolse la presa sul suo braccio.

«Roxy, so che entrambi proviamo qualcosa e non puoi negarlo nemmeno tu, ma non è questo il momento più opportuno per capire di cosa si tratti.» abbassò lo sguardo sull'orologio, nervoso. «Quello che voglio dirti è che tra poco ci saranno una massa di giornalisti assatanati che cercheranno di farci la pelle, là fuori. Ci attaccheranno riguardo questa *cosa* e dobbiamo essere pronti a mantenere l'autocontrollo.»

Roxy sapeva che lui aveva ragione. Poteva negarlo allo stremo, davanti ai giornalisti, davanti a tutti. Ma c'era *qualcosa* e doveva essere consapevole di questo e affrontarlo nel modo più corretto di fronte alla stampa.

Annuì, decisa. Ora aveva capito dove lui voleva arrivare.

«Volevi che io mi rendessi conto... e che fossi pronta ad affrontare quegli sciacalli.»

«Esatto, avvocato.» Steve sorrise, si infilò le mani in tasca e fece un passo indietro. «Arriverà il momento in cui affronteremo *meglio* l'argomento, Roxy. Ma ora dobbiamo concentrarci sul caso, sulla procura e sulla nostra immagine. Per noi è di importanza basilare.»

«E *accettare* che esiste *questa cosa* tra di noi... ci farà mantenere la guardia alta.» Roxy fece un sorriso sincero.

Doveva ammetterlo, Steve era davvero un uomo in gamba.

Intelligente.

Bello.

Pericoloso.

Molto pericoloso.

«Allertate chirurgia, subito!» Ray agì in maniera febbrile, la donna che si trovava davanti a lui, inerme, era sua sorella Eve. Aveva una ferita d'arma da fuoco al ventre, profonda e a un primo sguardo sembrava proprio che fosse interessato il fegato.

Non si era mai lasciato prendere dal panico e non lo stava facendo nemmeno ora, nonostante lo sguardo sgomento che gli aveva rivolto Jack quando l'aveva scaricata dall'ambulanza. Era sceso anche Max, con il volto tumefatto e a torso nudo. Si era sentito sollevato di vedere che il suo migliore amico stava bene ed era solo ferito in modo lieve, ma le condizioni di Eve lo avevano subito allarmato.

«Prepariamo subito, portatela su.» insieme ai colleghi la denudarono completamente, il corpo era pallido e non rispondeva agli stimoli.

Ray riuscì a ricacciare indietro la morsa di paura che gli stava salendo dalla bocca dello stomaco, pensò solo a svolgere il suo lavoro. Doveva salvarla, non contava nient'altro.

Una volta pronta la seguì con lo sguardo salire di sopra con i suoi colleghi, poi andò incontro a Max, che era ancora più sconvolto di lui. Lo convinse ad andare a cambiarsi, si sarebbero visti di sopra.

Si separarono e mentre saliva in ascensore ripensò a tutte le volte che lui ed Eve avevano discusso sul suo lavoro. Sul fatto che lei fosse un'incosciente, sul fatto che non avesse il senso del pericolo e si mettesse sempre nei guai.

Ora era su un lettino d'ospedale e questa volta stava lottando per la vita. Aveva perso tanto sangue, troppo. Si mise le mani tra i capelli, li prese con forza e li tirò, con rabbia.

«Stupida, stupida pazza!» la voce gli uscì rabbiosa, per poco non sferrò un pugno contro la parete dell'ascensore. «Devi sempre metterti nei guai, sempre! Mai una volta che fai qualcosa con un po' di criterio, mai!»

Le porte si aprirono all'improvviso e lui si precipitò fuori, diretto verso le sale operatorie.

Lei era già dentro, l'equipe medica si stava preparando per l'intervento.

«Raymond Jones» una voce profonda lo fece trasalire, si voltò e vide il primario di chirurgia in persona che stava per entrare in sala, con la mascherina abbassata sul volto. «Stai tranquillo, ci pensiamo noi. Se vuoi puoi restare qui fuori e osservare dalla vetrata, ti terremo aggiornato.»

«Grazie, professore.»

«Non c'è di che» gli sorrise, poi prese la mascherina e se la alzò sul volto, coprendo bene naso e bocca. Si voltò di schiena e spinse la porta, aprendola e dirigendosi verso il lettino operatorio.

Ray appoggiò la fronte al vetro, osservando ogni minimo dettaglio di quello che accadeva dentro. Non avrebbe voluto perdersi nemmeno un secondo di quell'operazione, ma doveva avvisare i suoi genitori, non sapevano ancora nulla.

E doveva avvisare Roxy.

Fece un sospiro profondo e uscì dal comparto operatorio.

Prese il cellulare e telefonò subito ai suoi, che sapeva già che sarebbero arrivati in pochi minuti.

Poi era il turno di Roxy.

Dopo tutto quello che era accaduto quella mattina non gli andava di sentire la sua voce, era troppo arrabbiato e scosso in quel momento. Ma Eve era sua cognata e aveva il diritto di sapere.

Pensò al da farsi, poi compose il numero della procura, decise di lasciarle solo un messaggio.

Era la soluzione migliore.

«Pronto, procura di Chicago. Desidera?»

«Buongiorno. Sono Raymond Jones, il marito del vice procuratore Jones.»

«Buongiorno, dottor Jones. Mi dispiace, ma se cerca sua moglie, è insieme al il vice procuratore Marshall e al procuratore Davis, stanno tenendo una conferenza stampa nella sala centrale. Ne avranno per un po', è appena iniziata, purtroppo. Si tratta di qualcosa di urgente?»

«No.» si schiarì la voce, nervoso. Era urgente, certo. Ma Eve era in buone mani, non occorreva *disturbare il vice procuratore.* «Può dirle solamente che mia sorella è ricoverata all'ospedale? La stanno operando, non appena uscirà dal lavoro vorrei che venisse qui al Mercy Hospital, grazie.»

«Oh mio Dio, certo. Non si preoccupi, l'avvertirò subito. Spero vada tutto bene.»

«Certo, lo spero anch'io. Buona giornata.» Ray riattaccò, fissò per un attimo il telefono e all'improvviso si sentì *solo.* Sua moglie avrebbe dovuto essere al suo fianco in quel momento. Non a una conferenza stampa con *l'altro.* Perché di questo si trattava, lui se lo sentiva. Quell'uomo si era intrufolato nella loro vita, stava indebolendo ancora di più il loro rapporto, divenuto ormai fragile negli ultimi tempi.

Sentiva che lei gli stava *scivolando via.*

Fece un lungo sospiro, poi si voltò verso quella porta tagliafuoco chiusa, oltre la quale sua sorella stava per affrontare una dura battaglia e lei aveva la precedenza su tutto.

Lui, Roxy e quel Marshall avrebbero dovuto aspettare.

Ora si trattava solo di Eve.

«Come, scusa?» Roxy si sentì quasi mancare alla notizia. «Puoi ripetere?»

Si voltò verso Mark, che si avvicinò preoccupato. Steve le aveva circondato le spalle con un braccio, per sostenerla.

«Ha chiamato suo marito, la sorella si trova in ospedale. La stanno operando, al Mercy Hospital. Ha chiesto di raggiungerlo là.» la centralinista ripeteva le stesse identiche parole pronunciate poco prima da Ray, ma Roxy non riusciva a darvi un senso.

«Roxy, che succede?» la voce di Mark le arrivò di fianco, profonda.

Si girò a guardarlo, poi tornò con lo sguardo sulla centralinista. Era incredula.

«Pare che abbiano ricoverato d'urgenza la cognata, si trova in sala operatoria, ma non sappiamo cosa sia accaduto.» Steve intervenne, senza attendere oltre.

«Ma chi, Eve?» Mark mise una mano sulla spalla di Roxy, per attirare la sua attenzione.

Lei si voltò, annuì appena.

«Roxy, vai subito in ospedale. Ci pensiamo noi qui.» lui alzò lo sguardo verso Steve, che di rimando fece un cenno d'approvazione con la testa. «Non preoccuparti, ci vediamo domani. Facci sapere, mi raccomando.»

«Certo.» si voltò, liberandosi dalla stretta dei due uomini. Fece qualche passo verso il suo ufficio, poi si voltò a guardare entrambi. «Grazie.»

Fu l'unica cosa che disse, prima che Steve la vedesse scomparire dietro la porta. Riemerse dopo pochi secondi, con la borsetta e già le chiavi dell'auto in mano.

Sfrecciò via, salutandoli appena.

Salì in ascensore e non appena le porte si richiusero si mise una mano sulle labbra, cercando di fermare il tremore. Era preoccupata da morire, non aveva sentito Ray e questo la impensieriva ancora di più. Doveva essere grave questa volta. Grave davvero.

Rimasto lì a guardarla, Steve si infilò le mani in tasca, mentre osservava il display dell'ascensore che segnava i piani a ritroso. In pochi minuti sarebbe giunto nel seminterrato, immaginava Roxy che saliva in auto e partiva in fretta.

«Allora, Steve.» Mark richiamò la sua attenzione con un tono perentorio. «Direi che è ora di rimetterci al lavoro, coraggio.»

Lui annuì, si girò su se stesso e si diresse verso il suo ufficio. Mentre oltrepassava quello di Roxy, vuoto, pensò che non sarebbe stata la stessa cosa lavorare senza di lei. Solo il fatto di saperla lì a fianco gli donava un'energia senza precedenti e una carica innaturale.

Entrò nel suo ufficio, si sedette alla poltrona e alzò le braccia, incrociando le mani dietro la testa.

Pensò al da farsi, a come iniziare le ricerche.

Ma continuava a tornargli in mente la conversazione che aveva avuto con lei quella mattina, non riusciva a togliersela dalla testa. Finalmente aveva avuto la conferma che quello che sentiva era vero: Roxy provava qualcosa per lui.

Ma era da pazzi pensare di tentare una storia con lei.

Lei era sposata, lui fidanzato.

Lei di Chicago, lui di Washington.

Non era solo da pazzi.

Era impossibile.

Ma c'era una tale sintonia, una tale attrazione che mai aveva sentito prima, con nessuna. Aveva come l'impressione che lei fosse la donna di cui lui si sarebbe innamorato davvero, quella che mai sarebbe riuscito a dimenticare.

Ma doveva togliersela dalla testa, perché lei non era*sua*, ma di un altro.

Si schiarì la voce, doveva pensare al lavoro, doveva concentrarsi sul caso e basta. Continuare a rimuginare su di lei non serviva a nulla.

Mosse il mouse del pc, riavviando il sistema. Aprì la cartella che conteneva i dati di tutte le vittime, sia quelle di Washington che quelle di Chicago.

Indirizzi, numeri di telefono.

Si grattò il mento, pensando al modo di iniziare il lavoro.

Ma era solo uno: doveva chiamarli tutti.

Roxy passeggiava nervosa nella sala d'aspetto della chirurgia d'urgenza.

Erano passate ore da quando era arrivata e non aveva ancora visto Ray.

Sapeva che era dentro con Max ad assistere, glielo avevano detto Olivia ed Edward, i suoi suoceri.

C'erano anche i genitori di Max, Estelle e Roger e insieme avevano cercato di confortarli in ogni modo, ma erano sconvolti.

Roxy non osava immaginare cosa significasse avere un figlio in pericolo di vita.

All'improvviso sentì un rumore sordo provenire dalla porta che si era spalancata. Ray e Max ne stavano uscendo, sorridenti.

Max aveva il volto tumefatto, un labbro spaccato e diverse escoriazioni sul viso. Roxy aggrottò le sopracciglia preoccupata, ma vederlo con quel sorriso estasiato la tranquillizzò subito.

«L'operazione è andata bene» la voce di Ray era tesa, ma sollevata. «Un nostro collega ci ha fatto un gesto piuttosto eloquente dalla sala operatoria. Ora dobbiamo solo aspettare per avere maggiori dettagli, ma direi che possiamo stare tranquilli.»

Roxy cercò di avvicinarsi a lui, ma notò che suo maritò si allontanò appena.

Si morse il labbro, era evidente che era molto arrabbiato e lei sapeva perché. Quel maledetto articolo sul giornale, quello che era accaduto a Eve e che lei aveva saputo solo molto tempo dopo.

Lo immaginava lì, da solo, a logorarsi preoccupato.

Avrebbe dovuto essere lì con lui.

«Ray.» gli posò una mano su un braccio, per attirare la sua attenzione. Lui si voltò verso di lei, la incenerì con lo sguardo.

«Stammi lontana, Roxy. È meglio.» la sua voce era glaciale, spietata. Non lasciava spazio per ripensamenti e Roxy si sentì morire. Tolse subito la mano, si allontanò di qualche passo e sperava con tutto il cuore che i genitori di Ray non avessero visto nulla, ci mancava solo questo.

Avrebbe quasi voluto andarsene da lì, ma non poteva farlo.

La voce di Max le giunse come un'ancora di salvezza.

«Qualcuno vuole un caffè?»

Lei non ci pensò due volte, si affrettò subito a raggiungerlo.

«Vengo con te, Max.» si incamminarono insieme, allontanandosi dagli altri. Ma lei continuava a sentire due occhi gelidi puntati su di lei, come se stessero perforando la sua schiena.

Poteva scappare, allontanarsi. Ma prima o poi avrebbe dovuto affrontare Ray.

«Allora, come va?» Mark entrò nell'ufficio di Steve, non si era accorto che era al telefono. Con pazienza attese davanti a lui che terminasse la sua chiamata.

«La ringrazio molto e mi scusi se l'ho disturbata. Buona serata.» Steve riattaccò, poi guardò Mark con soddisfazione. «Va molto bene, direi. Ho chiamato tutte le famiglie delle vittime di Washington, e indovina un po'?»

Mark aggrottò le sopracciglia, in attesa della sua risposta.

«Sono tutti cattolici. Praticanti.» Steve si appoggiò alla poltrona, infilò un dito nel nodo della cravatta e lo allentò appena. «Abbiamo visto giusto, non c'è dubbio.»

«*Hai* visto giusto, Steve. Ricorda che l'intuizione è stata tua.» Mark gli sorrise. «Chiamerai anche le famiglie di Chicago?»

In risposta lui abbassò lo sguardo sull'orologio. Si rese conto che era davvero tardi.

«Lo farò domattina. Non posso chiamarli a quest'ora, oltretutto qui gli omicidi sono davvero recenti, non voglio turbarli più del dovuto.»

Mark annuì. «Domani però è sabato.»

«Non fa nulla, porterò gli incartamenti in hotel e lavorerò da là.» Steve alzò le spalle, con noncuranza. Poi si grattò il mento, pensieroso. «Ma la domanda da farsi è un'altra: quale ruolo ha il nostro assassino? Che posizione ha che gli possa permettere di accedere ai dati personali sulle vittime? Perché a questo punto non basta che lui le individui e si metta a seguirle. Se vuole che siano cattoliche le *sceglie prima.*»

«Hai ragione.» Mark serrò la mascella. «Forse lavora in un posto dove le persone devono compilare un questionario informativo.»

«Potrebbe essere.»

«Un ospedale, una clinica di qualsiasi tipo. Una scuola, un corso qualunque. Difficile capirlo senza elementi, Steve.»

«Molto difficile.» Steve abbassò lo sguardo sulla penna che aveva sul tavolo, iniziò a giocarci con movimenti ritmici, pensieroso.

«Certo che almeno ora possiamo dire di avere qualcosa in mano, non credi?»

«Sì.» alzò lo sguardo, fissò Mark in viso. «E da qui dobbiamo andare avanti, senza fermarci. Sono convinto che riusciremo a prenderlo, ma abbiamo davvero poco tempo a disposizione. Ha già ucciso e questo significa che entro tre settimane colpirà di nuovo. E Mark... saremo a sei.»

«Anche se non abbiamo idea di quante saranno, ora. Le lettere incise sui corpi ci dicono ben poco, al momento.» Mark annuì, serio. «Ma dobbiamo fermarlo, Steve. A tutti i costi.»

Steve sbuffò dal naso, fece un sorriso ironico. Con la mente tornò al corpo di quella povera ragazza che avevano osservato quella mattina sul tavolo d'acciaio dell'obitorio. Un brivido gli percorse la schiena, seguito subito dopo da un senso di rabbia. Si sentiva come catapultato nel passato, a un anno prima. A quando avevano seguito il caso a Washington, a quando tutte quelle ragazze si erano susseguite davanti ai loro occhi.

I loro corpi martoriati, la pelle diafana.

Diavolo, se voleva prenderlo.

«Dobbiamo per forza, Mark. Non possiamo lasciare che colpisca di nuovo». Spense il computer, si alzò in piedi e si sistemò la cravatta. Prese la lista dei nominativi e dei numeri di telefono delle vittime di Chicago e la strinse tra le mani. «Domani mi metterò al lavoro, puoi scommetterci. Abbiamo trovato un binario giusto, dobbiamo sfruttarlo.»

Mark annuì, insieme a lui lasciò l'ufficio e si diressero verso gli ascensori, in un ambiente quasi deserto. Tutti erano andati a casa, come sempre loro invece si erano attardati.

«Mia moglie una di queste sere mi farà la pelle.» Mark si sporse in avanti, per premere il tasto dell'ascensore. «Quando ho accettato questo incarico sapevamo entrambi a cosa andavo incontro, ma con questo caso che stiamo seguendo... sto andando davvero oltre.»

Steve si infilò le mani in tasca, sorrise appena. «Purtroppo il nostro ruolo ci riempie di responsabilità verso la società. Svolgiamo un lavoro importante.»

«Sì e sono fortunato del fatto che mia moglie capisca comunque tutto questo. Quando rientro a casa parliamo di tutto quello che mi è accaduto durante la giornata, mi chiede a che punto siamo con le indagini. È preoccupata, come tutti noi.» Mark guardò l'orologio in maniera frettolosa mentre le porte dell'ascensore si aprivano. «Ma non credo che stasera mi abbia aspettato per la cena.»

Steve rise mentre entravano in ascensore e scendevano poi verso il seminterrato. Si salutarono e senza indugiare oltre salirono sulle loro auto per andare a casa.

Durante il viaggio Steve continuò a pensare alle parole di Mark.

Non poteva certo dire la stessa cosa di Natalie. A lei non importava nulla del suo lavoro, quando lui rientrava a casa la sera non gli chiedeva mai com'era andata la giornata. Non partecipava nemmeno in maniera emotiva ai casi che lui seguiva.

Lui invece credeva moltissimo in quello che faceva, il suo lavoro era tutta la sua vita.

Avere al suo fianco una donna che lo assecondava in tutto questo sarebbe stato il massimo. Gli avrebbe dato ancora più motivazione per affrontare al meglio quello in cui credeva.

Avere al suo fianco una donna come Roxy, per esempio...sarebbe stato magnifico.

Fece una smorfia mentre entrava nel parcheggio del Sofitel Water Hotel.

Il problema di fondo era che non sarebbe mai avvenuto. Perché quelle come lei non lasciavano mariti come Raymond Jones.

Un medico. Un uomo con cui, da quel poco che lui aveva potuto capire, lei condivideva tutto.

Pensò che quel Jones era davvero un fortunato bastardo ad aver trovato una donna come lei.

Infatti se l'era sposata.

Sorrise sarcastico, parcheggiò l'auto e scese. La richiuse e mentre si avviava verso la hall sentì il telefono vibrare in tasca. Lo estrasse curioso, pensando che visto l'orario si trattava probabilmente di Natalie.

Ma quando fece scorrere il dito sul display e vide chi gli aveva mandato un messaggio, restò quasi a bocca aperta. *Roxy.*

Lo lesse in fretta, curioso.

ROXY: Ciao. Eve è fuori pericolo, l'operazione è andata bene. Aveva una brutta ferita d'arma da fuoco, ora la terranno per quarantott'ore sotto osservazione, ma la strada è in discesa. Tu? Scoperto qualcosa?

Si fermò in mezzo alla lussuosa hall dell'hotel, ignorando i receptionist che lo fissavano curiosi e le persone che gli passavano affianco.

Rimase con il dito a mezz'aria, sorpreso. Era tardi, lei avrebbe dovuto essere a casa con il marito. Invece scriveva a *lui.*

Le rispose.

STEVE: Ciao. Mi fa piacere sapere che sta andando tutto bene. Vedrai che si riprenderà presto. Io ho sentito le famiglie di Washington, tutte. Ho novità importanti, ma meglio spiegarti a voce. Ci sentiamo domani, se puoi?

La risposta di Roxy arrivò subito.

ROXY: Anche ora, se non ti dispiace. Posso chiamarti o hai da fare?

Lui rimase perplesso. Era in casa da sola.

STEVE: Sono appena arrivato in hotel. Salgo in camera e poi ti chiamo io, se vuoi.

ROXY: Certo. Io sono qui. A dopo.

Senza attendere oltre si diresse verso la reception, si fece consegnare la chiave della stanza e ritirò i messaggi che aveva ricevuto quel giorno, senza preoccuparsi di leggerli.

Salì di corsa in ascensore, fremeva come un ragazzino che stava per andare a un appuntamento con la ragazza che desiderava da tempo. Si sentì uno stupido, ma non poté fare a meno di sorridere.

Uscì dall'ascensore e passò la tessera magnetica, aprendo subito la porta della sua suite. Gettò sul tavolino al centro della stanza i messaggi e prese subito il telefono, componendo il numero.

Lei rispose dopo uno squillo.

«Ciao. Scusa se ti ho disturbato, se avevi da fare qualcosa...»

«No!» lui replicò subito, con enfasi. «Tu non mi disturbi, Roxy, mai. Sono appena rientrato, come al solito mi sono attardato in ufficio per indagare.»

«Allora non devi nemmeno aver cenato, mi dispiace. Io...»

«Ah, non preoccuparti. Ordino qualcosa al telefono dopo, me lo faccio consegnare in camera.» Steve entrò in camera e si sfilò le scarpe, abbandonandole sul pavimento. «Mi fa piacere che tua cognata stia meglio, grazie per avermelo fatto sapere.»

«Grazie... Eve è forte, lo è sempre stata. Ed è un ottimo agente.» la sentì schiarirsi la voce. «Ma dimmi di te, mi hai anticipato di avere novità importanti, spiegami tutto.»

«Già, le ho.» Tenendo il telefono in mano lui si sfilò la giacca, gettandola sul grande letto. Si sciolse il nodo della cravatta e se la sfilò, mandandola a far compagnia alla giacca. Si sganciò i primi bottoni della camicia, fece un profondo respiro, poi si diresse in salotto e si sedette sul comodo e grande divano, per rilassarsi. «Allora, come ti ho già anticipato sono riuscito a chiamare tutte le famiglie di Washington.»

«E che hai scoperto?»

«Ho scoperto che sono tutte cattoliche, Roxy. Cattoliche e soprattutto praticanti.» avvertì il respiro di lei mozzarsi, dall'altra parte della cornetta «Persone che partecipano, a volte anche in maniera molto attiva, all'interno della Chiesa.»

«Ci avevi visto giusto, Steve. Non ci sono dubbi ormai... è stato un prete ad abusare del nostro killer. E lui lo sta cercando.»

«È probabile, sì. Domani mattina voglio chiamare le famiglie delle cinque vittime di Chicago, mi sono portato qui in hotel il tabulato dei loro nominativi e dei numeri di telefono.»

«Ma domani è sabato, Steve. Capisco questa dedizione al lavoro, ma devi anche staccare.»

«E per andare dove? Non ho nessuno qui, Roxy.» sospirò amareggiato. «Nessuno... a parte te. Ma non credo che tu sia disponibile a uscire insieme a me nel weekend.»

Lei rimase in silenzio, vagliando con attenzione le sue parole. Cercò di comprendere se si trattasse di un invito vero, ma alla fine non aveva molta importanza.

Lei non era affatto disponibile.

«Steve. Senti, io...»

«Roxy» lui fece una risata ironica, per sdrammatizzare. Avrebbe davvero voluto poterla portar fuori a cena, poter passare con lei una serata lontano da tutti. Ammirarla fuori dal lavoro, conoscerla. Ma sapeva che non era possibile ed era inutile continuare a sperarci. «Era solo una battuta, scherzavo.»

Lei rise. «Resta il fatto che saperti lì... da solo anche nel weekend... non mi piace per niente. Vorrei chiederti di unirti a noi, magari. Con i nostri amici andiamo spesso in un locale gestito da un nostro amico, ma visti gli ultimi fatti non so se sia il caso, Steve. Scusami.»

«No, hai ragione. Non è proprio il caso.» lui pensò a come sarebbe stato vederla rilassata insieme ad altri, ma soprattutto vedere suo marito che la toccava, la stringeva e magari la baciava persino.

No, non era uno spettacolo a cui voleva assistere.

«Quindi fai sul serio, con i tuoi piani di lavoro per il weekend. Li chiamerai tutti domani?» Roxy cambiò discorso in maniera elegante, riportandolo su binari sicuri.

«Sì, penso proprio che...» Steve venne interrotto da un bussare alla porta deciso. Lo sentì anche Roxy, dall'altra parte della cornetta. «Puoi scusarmi? Hanno bussato.»

«Certo, fai pure.» lei trovò strano che qualcuno bussasse a quell'ora a una camera d'albergo, oltretutto lui le aveva detto pochi minuti prima che doveva ancora ordinare il servizio in camera, quindi non potevano essere loro. Incuriosita, rimase in ascolto.

Quando Steve aprì la porta rimase a bocca spalancata. Due occhi verdi che conosceva bene lo stavano osservando, pieni di soddisfazione.

«Ma... Natalie! Che ci fai, qui?»

«Amore, ti ho fatto una sorpresa!» entrò di slancio e si gettò tra le sue braccia, incollandosi subito con le labbra alle sue e baciandolo con avidità.

Roxy, dall'altra parte della cornetta, rimase pietrificata. La voce della donna le era arrivata chiara e i sospiri che sentiva lasciavano ben pochi dubbi su quello che stava accadendo tra i due.

«Mmh, Natalie» la voce roca e bassa di Steve trasudava desiderio. Era come se fosse infastidito per il fatto che doveva interrompere quel contatto intimo. «Scusami solo un secondo.»

«Ma che succede?» la ragazza si lamentò con voce scocciata, allontanandosi da lui e sciogliendosi dall'abbraccio. Solo allora notò il telefono. Arricciò le labbra stizzita, chiedendosi con chi stesse parlando a quell'ora.

«Scusami, Roxy, Devo lasciarti. Ci vediamo lunedì in ufficio, ti terrò aggiornata sugli sviluppi, se dovessero essercene.» la voce era fredda, frettolosa. Era incredibile come lui avesse cambiato all'improvviso tono e con che facilità. Roxy si innervosì subito.

«Certo, non preoccuparti. A lunedì, ciao.» senza attendere oltre riattaccò subito. Non sentì se lui rispose al suo saluto, non le interessava. Tanto aveva di sicuro altro da fare ora.

Posò il telefono sul letto con forza dove si era seduta. Si prese la testa tra le mani e si appoggiò con i gomiti sulle ginocchia.

Era sola in casa, Ray era andato con Max chissà dove. Era uscito dall'ospedale dicendole che doveva andar via, senza darle spiegazioni e senza dirle a che ora sarebbe tornato. Si sentiva abbandonata, lasciata lì ad aspettare qualcuno che non sapeva quando sarebbe arrivato.

Il peso di quello che era successo negli ultimi giorni, di quel maledetto caso che stavano seguendo, di Eve in quel letto di ospedale, si abbatté su di lei all'improvviso. Le lacrime affiorarono ai suoi occhi, non riuscì a trattenerle.

Pianse, a lungo.

Pianse e si diede della stupida per aver accettato quel maledetto incarico.

Pianse per come stavano andando male le cose tra lei e Ray.

Pianse per Eve e Max che, nel momento in cui si erano trovati e avevano capito di amarsi, avevano quasi rischiato di perdersi per sempre.

Pianse per aver creduto che un uomo come Steve potesse essere davvero interessato a lei e per essersi sentita lusingata da tutto questo interesse che in realtà non esisteva.

Non si riconosceva più, sembrava che avesse perso di vista i suoi punti di riferimento.

Alzò lo sguardo e osservò quella bellissima casa lussuosa che lei e Ray avevano scelto. Ricordò tutti gli appartamenti che avevano visitato insieme, nessuno di loro li aveva colpiti. Ma una volta entrati lì si erano innamorati di quell'ambiente luminoso, di quella vetrata che dava sul Loop. Gli spazi ampi e i colori chiari, che regalavano luce e allegria.

In seguito avevano scelto insieme i mobili e quando avevano finalmente ottenuto le chiavi si erano precipitati lì, erano entrati e avevano chiuso la porta alle loro spalle. Avevano fatto l'amore sul pavimento, mentre i loro gemiti rimbombavano nella casa vuota.

Ricordò la felicità di quei momenti.

Era come se tutto fosse avvolto da una nube ora. Sembrava che nemmeno quei ricordi avessero più un senso, ormai.

Il rumore della chiave che si infilava nella serratura le fece drizzare la schiena all'improvviso: Ray era tornato. In fretta si avvicinò allo specchio della camera, si pulì le tracce di lacrime dalle guance sistemandosi come poteva, poi lo raggiunse nell'ingresso.

Quando incrociò il suo sguardo, capì che la serata non sarebbe stata affatto facile.

I suoi occhi sparavano scintille.

«Ciao...» lo salutò con una voce sommessa, quasi un sussurro.

«Ciao.» Lui la guardò appena, poi gettò le chiavi sul tavolino d'ingresso e si avviò in cucina.

Lei si fece coraggio e lo seguì, arrivandogli alle spalle. Lo osservò mentre apriva il frigorifero ed estraeva una bottiglia d'acqua. La aprì e prese un bicchiere dallo sportello a fianco, ne versò una dose generosa e la bevve avido.

«Tutto bene?» azzardò Roxy. «Dove sei stato?»

Lui non le rispose, mise il bicchiere nel lavandino e ripose la bottiglia in frigorifero. Chiuse lo sportello, rimanendo a fissarlo.

«Ray, ti prego. Parlami.»

Si voltò verso di lei, ma nessuna parola uscì ancora dalle sue labbra.

«Sei stato fuori ore, mi devi una spiegazione, ti prego... dimmi che succede.»

Lui sgranò gli occhi all'improvviso, incredulo.

«Ah, questa è bella. IO ti devo una spiegazione, Roxy? Non so se te ne sei accorta, ma mia sorella è stata ore a lottare per la sua vita, ha rischiato se stessa per salvare Max. Serviva il mio aiuto, mi hanno chiesto un favore e gliel'ho fatto.» si voltò verso di lei, incamminandosi fuori dalla cucina e oltrepassandola. «Questa è la mia spiegazione su dove sono stato, non ti devo altro.»

Lei si voltò e lo seguì in salone, seria.

«Ray, dobbiamo parlare.» Doveva affrontarlo, chiarire tutto. Sapeva che lui era sconvolto per quanto successo quel giorno e lo capiva.

Lui si voltò di colpo verso di lei, era furente.

«Non dobbiamo parlare affatto, Roxy!» si avvicinò, fermandosi a pochi centimetri dal suo viso. «Non voglio sentire nulla, non stasera, chiaro? So solo che mia sorella stava lottando per la vita e tu avresti dovuto essere al mio fianco!»

«Mi dispiace, Ray. Ero a una conferenza stampa, non ne sapevo nulla...»

«Certo, a una conferenza stampa per giustificare quelle cazzo di foto!» le voltò le spalle, dirigendosi in camera. Scomparve dentro la stanza, senza dire altro.

Roxy lo raggiunse, decisa a chiarire la situazione. Quando entrò lo vide fermo, in mezzo alla stanza, le mani sui fianchi.

Guardava il pavimento e faceva lunghi respiri per calmarsi.

Ray sapeva di essere arrabbiato con lei, ma si rendeva anche conto che i suoi sentimenti erano con ogni probabilità amplificati dagli avvenimenti accaduti quel giorno. Doveva calmarsi.

«Ray, credimi. Non è successo nulla tra me e Steve. Nulla.» la sentì arrivare alle sue spalle, sentì la sua mano esile posarsi sulla sua schiena. «Quei maledetti giornalisti travisano sempre le cose, lo sai. Stavamo solo pranzando durante una pausa di lavoro e...»

Lui serrò la mascella, poi si voltò di scatto. «Ma brava, Roxy. E dimmi... il dito se l'è portato alla bocca prima o dopo averlo passato sulla tua?» la guardò stringendo gli occhi, cercando di trattenere la rabbia. La gelosia lo stava facendo impazzire «No perché travisare la realtà o no, le foto sono chiare. E ti giuro che vedere il *suo dito* sulle *tue labbra...* mi ha fatto uscire di testa.»

«Ray, non è successo nulla. Te lo giuro.»

«Roxy, il solo fatto che un altro uomo possa toccarti mi fa impazzire. Tu sei mia moglie, la mia donna, sei tutto. E sei *mia.* Non farmi dubitare di questo, mai.» la voce di lui era bassa, quasi minacciosa.

Roxy ebbe all'improvviso paura di perderlo e quella sensazione la mandò quasi in panico. «Non dubitarne, Ray. Io sono tua e basta. Tua e di nessun altro.»

Lui annuì appena, serio. Sapeva che Roxy lo amava, sapeva che non avrebbe mai fatto nulla per ferirlo. Ma un orribile sospetto gli rodeva la mente da quella mattina. E non poteva non sincerarsene.

«E dimmi, Roxy. Tu provi qualcosa per lui?» la osservò con attenzione, conosceva abbastanza sua moglie per capire quando mentiva.

La vide deglutire, poi leccarsi le labbra.

«No. È solo un collega con cui sto seguendo un caso.» lei si schiarì la voce. «Niente di più.»

Lui chiuse gli occhi per un attimo. Poi la prese per le spalle e con un gesto veloce la attirò a sé, stringendola al suo petto.

«Va bene, Roxy.» le accarezzò la schiena, cercando di tranquillizzare lei e calmare se stesso.

Era convinto che lei non sarebbe mai finita tra le braccia di quell'uomo, ma un senso di inquietudine lo rodeva comunque dentro.

Perché conosceva bene sua moglie.

E sapeva che aveva appena mentito.

7.

LA PROCURA DI CHICAGO SMENTISCE LA LOVE STORY TRA I SUOI AVVOCATI E RIBADISCE CHE LE INDAGINI STANNO PROCEDENDO. NUOVI SVILUPPI SUL CASO DEL SERIAL KILLER.

Seduto sul gradino esterno di casa sua sorrise, mentre sfogliava il giornale di quella mattina.

Era uscito solo per prenderlo e portarlo dentro, con la tazza di caffè in mano, ma non appena aveva visto il titolo in prima pagina non aveva resistito.

Si era fermato lì, si era seduto e aveva posato la tazza di fianco a lui.

Aveva subito iniziato a leggere il giornale.

Quegli stupidi avvocati della procura dicevano che lo avrebbero preso... e ne erano davvero convinti. Ma non avevano proprio nulla in mano, ne era certo.

Non potevano avere nuovi indizi, era sempre stato attento e aveva cancellato ogni traccia come al solito.

Sorrise, compiaciuto.

L'attenzione era tornata su di lui e sapeva che questa era opera di Marshall e della conferenza stampa che avevano indetto.

Avrebbe dovuto ringraziarlo, forse.

Ma quel coglione aveva tentato invano di acciuffarlo anni prima ed era ancora convinto di poterlo fare.

E nessuno poteva arrivare a lui.

L'unica persona che desiderava lo notasse non si era ancora fatta viva, sapeva che se avesse collegato le cose avrebbe capito che si trattava di lui.

Sarebbe uscito allo scoperto, avrebbe cercato di rintracciarlo.

Ma ancora nulla da quel fronte.

A breve avrebbe finito con le lettere e la procura avrebbe completato la parola, come successe a Washington. Le avrebbero unite insieme, ma se ancora non avesse ottenuto nulla si sarebbe spostato, anche se non aveva ancora deciso dove. New York, forse. O Los Angeles, ancora meglio.

«Josh, come stai?» una voce femminile lo distolse dai suoi pensieri, catturando la sua attenzione.

Liza, la sua vicina, stava camminando verso di lui, avanzando a passo sicuro sullo stradello di casa sua. Gli sorrideva, anche se un po' affannata. Aveva appena finito il suo jogging mattutino e lui la osservò con attenzione: i capelli rossi raccolti in una coda di cavallo, gli occhi verdi. Il corpo ben tornito, atletico.

Era una bellissima ragazza e Josh sapeva che aveva un debole per lui.

«Liza, ciao. Io sto bene, oggi è sabato e sono di riposo. Tu?»

«Oh, anch'io» aveva ancora il fiato corto, si mise una mano sul petto prosperoso. «Scusami, ho appena finito la mia sessione di corsa mattutina, devo riprendermi.»

«Certo, tranquilla.» le sorrise sornione.

Lei si illuminò e arrossì appena.

Josh adorava vedere le femmine reagire in quel modo davanti a lui.

Si sentiva potente, forte.

All'improvviso lei abbassò lo sguardo sul giornale e si incupì.

«Hai visto quello schifoso assassino? Mi auguro sia vero che abbiano nuovi indizi. Devono prenderlo e dargli il massimo della pena.»

Lui serrò le mascelle, nervoso.

«Io credo invece che quell'uomo sia molto furbo. Credimi, non riusciranno a prenderlo facilmente.» lui scosse la testa, guardandola dritto negli occhi, serio. «Possono dire quello che vogliono, ma in realtà non

credo abbiano davvero qualcosa in mano.»

«Io spero proprio di sì, invece.» lei aggrottò le sopracciglia, infastidita. «Una persona del genere non merita affatto di rimanere in libertà, mi domando come si possa essere tanto crudeli da accanirsi in quel modo su bambine innocenti.»

Josh ripensò a quando LUI era un bambino innocente.

Ripensò a quello che aveva subito LUI.

Ripensò a quello che aveva fatto quell'uomo a LUI.

Comprendeva quello che provava Liza, perché anche LUI voleva che quell'uomo pagasse, lo voleva più di ogni altra cosa al mondo. E quello era l'unico modo per arrivare a quel bastardo.

Quelle ragazzine erano solo "effetti collaterali", pedine che servivano a lui per raggiungere uno scopo più alto.

E almeno lui non era crudele.

Perché alla fine le liberava da quella sofferenza, non le costringeva a vivere con quel peso nel cuore e nella mente per tutta la vita, come era capitato a lui.

Si alzò e senza dire nulla andò verso il suo cespuglio di rose bianche, davanti a casa.

Accarezzò con lentezza i boccioli che si erano appena schiusi.

Erano perfetti.

Sorrise.

Alzò lo sguardo verso la donna davanti a lui, la osservò a lungo.

«Non lo prenderanno, Liza. Mai. Fidati.»

«Vorrei che tu mi spiegassi queste foto, Steve.» Natalie accavallò le gambe affusolate, aprì il quotidiano e lo stese sul tavolo, accanto al vassoio della colazione.

Steve prese il giornale del giorno prima e lo girò verso se stesso. Guardò a lungo le immagini che lo ritraevano in compagnia di Roxy, mentre le sfiorava le labbra con il dito. E poi quando se lo portava alla bocca.

«Non significano nulla, Natalie. Sai come sono fatti i giornalisti.»

«Non significano nulla dici? Sai che ha detto mio padre quando ha visto quelle foto?» lo prese per un polso, per attirare la sua attenzione. «È andato su tutte le furie, Steve! Per questo ho preso il primo aereo e sono venuta qui di corsa! Ora tu lo chiamerai e gli dirai che quelle foto sono tutta una montatura.»

Steve la guardò in cagnesco.

«Come, scusa?» si alzò in piedi, irritato. «Io non farò proprio nulla! Abbiamo già indetto una conferenza stampa dove abbiamo spiegato tutto quanto. Sono stato chiamato qui per svolgere il mio lavoro ed è quello che sto facendo!»

Natalie lo guardò offesa, incrociò le braccia al petto e alzò il mento in segno di sfida. A volte Steve la irritava proprio, sembrava quasi che non gli importasse nulla di come si sentiva lei.

«Ho dovuto calmare mio padre, Steve... e ti assicuro che non è stato facile. Minacciava di riprendersi la casa e buttarci fuori, se non ti avessi lasciato.» la voce le si ruppe mentre ricordava quel momento. «E non voglio nemmeno pensare di farlo, amore. Non posso vivere senza di te, lo sai.»

Steve si voltò verso di lei, la guardò con tristezza.

La sua ragazza era davvero fragile, succube dei genitori e con poco carattere. Insieme a lui stava imparando a essere un po' più forte rispetto a prima, ma era di indole debole. Sapeva che se si fossero lasciati lei non l'avrebbe superato.

«Io non intendo lasciarti, Natalie e mi auguro che non voglia farlo nemmeno tu.» avanzò verso di lei, si chinò piegando le gambe e le prese le mani che lei aveva posato in grembo. «Sai quali progetti ho su noi due. Progetti che abbiamo deciso di attuare insieme, passi che faremo a tempo debito.»

Lei annuì e lui le accarezzò i capelli, ancora un po' umidi per la doccia che aveva appena fatto.

«Lo so, tesoro. Lo so. Ma ti assicuro che mio padre...» Steve le mise un dito sulle labbra, per farla smettere di parlare.

«Non preoccuparti. Ci penserò io, d'accordo? Farò quello che mi hai chiesto. Non mi piace vederti così, non avevo capito la gravità della situazione. Lo chiamerò più tardi e chiariremo tutto.»

Lei sorrise con dolcezza. Con le dita delicate accarezzò le guance del suo uomo, gli solleticò la barba. Passò la punta dell'indice sul suo naso sottile e arrivò fino alle labbra. Le guardò a lungo, come estasiata. Steve le piaceva da impazzire, adorava ogni particolare di quel viso. Si morse il labbro inferiore e poi fece un sorriso accattivante, come se fosse un richiamo.

Senza indugiare oltre si alzò dalla sedia e lo spinse sul pavimento, facendolo sedere. Ammirò il suo bel fisico scolpito, il torace nudo e i fianchi coperti solo dai pantaloni del pigiama.

Lui le sorrise, conosceva abbastanza la sua ragazza per sapere dove voleva arrivare. Era una bella donna Natalie, bastava che facesse anche solo un gesto e il desiderio di Steve si riaccendeva subito.

La osservò mentre si sedeva a cavalcioni su di lui, le infilò un dito nel nodo della sua vestaglia di seta e con un gesto secco lo sciolse, rivelando il suo corpo nudo in tutta la sua bellezza femminile.

Passò con il pollice sui suoi capezzoli turgidi, li accarezzò con dolcezza e prese i suoi piccoli seni tra le mani, stringendoli appena.

«Steve, ti prego...» Natalie iniziò ad ondeggiare con il bacino in maniera ritmica, sensuale. «Ho bisogno di sentirti mio, ti prego.»

Lui le infilò una mano tra i capelli e la prese per la nuca, attirandola a sé.

Ma mentre con l'altra mano correva ad abbassare i suoi pantaloni per liberarsi, desiderò che fosse *un altro* il corpo che si muoveva su di lui. Immaginò due occhi grigi che lo guardavano, sognò una bocca morbida da baciare, per il momento ancora sconosciuta.

Ma quella donna che desiderava con tutto se stesso non era lì.

Era lontana.

Troppo lontana.

«Che ne dici di fare due passi al Millennium Park?» Ray le sorrise, cercando di trasmetterle più serenità possibile. «Abbiamo tempo, oggi faccio il turno di notte.»

Roxy annuì, non era ancora riuscita a scrollarsi di dosso l'inquietudine della sera precedente, forse una passeggiata e una giornata da soli in tutta serenità l'avrebbero aiutata.

«Certo.» si alzò in piedi, raccogliendo i piatti della colazione. «Vai pure a prepararti, io qui faccio in un attimo.»

«Dai, ti aiuto.» Ray prese le tazze, le mise in lavastoviglie e le prese i piatti dalle mani, inserendo poi anche quelli. «Guarda, abbiamo già fatto, andiamo a preparaci tutti e due, così usciremo in fretta.»

Le mise una mano dietro la schiena e insieme si avviarono in camera.

Roxy scelse un paio di jeans chiari, una maglia morbida bianca con le maniche al gomito e un paio di scarpe da passeggio. Non si truccò, lasciò i capelli sciolti e scelse solo un paio di occhiali da sole scuri. Mentre si sistemava i capelli incrociò lo sguardo di Ray nello specchio: la osservava rapito.

Avanzò verso di lei, la abbracciò da dietro e si perse nei suoi occhi.

Comprendeva quello Steve dentro di lui, comprendeva chiunque la desiderasse. Sua moglie era davvero bellissima ed era una donna forte e determinata.

«Ti amo, Roxy.» le baciò una tempia, chiuse gli occhi per un attimo.

Quando li riaprì notò che anche lei li aveva chiusi e desiderò che quel momento durasse per sempre. Osservò il suo bel volto, i lineamenti delicati.

Le ciglia che tremavano appena, le labbra un po' incurvate verso l'alto.

Non c'era nessuno in quel momento.

Nessun Steve, nessun bambino, nessun killer da catturare.

Erano solo loro due.

La prese per le spalle e la fece girare verso di lui, la strinse forte al suo petto.

Inspirò il profumo dei suoi capelli, sfregò il viso in quella morbidezza.

Dentro di lui era consapevole del fatto che qualcosa si era sgretolato tra di loro. Qualcosa li aveva allontanati e forse era avvenuto in modo graduale, senza che loro se ne accorgessero.

Ma era avvenuto.

Doveva darle tempo, fidarsi di lei e del loro amore. Fidarsi di se stesso e di quello che lei provava per lui, perché aldilà di tutto era certo che lei lo amasse ancora.

Si allontanò appena, le prese il viso e la costrinse a guardarlo. Lei aprì gli occhi, incontrando subito quelli azzurri di lui.

«Allora, andiamo a farci questa bella passeggiata?» Ray le strizzò l'occhio, strappandole un sorriso. «Vedrai che stasera saremo molto più rilassati.»

Risero entrambi, mentre uscivano di casa e si richiudevano la porta alle spalle.

Il sole splendeva alto e l'aria frizzante di quella mattina li accompagnò nei pochi isolati che li separavano dal Millennium Park. Si presero per mano, camminando con lentezza tra le persone che affollavano i marciapiedi e osservando i negozi che brulicavano di acquirenti.

Arrivati al parco si diressero subito verso la Crown Fountain, dove alcuni ragazzini giocavano nella grande pozza d'acqua, per poi gridare allegri non appena le due colonne di vetro si trasformavano in cascate. Si sedettero lì a fianco, osservandoli giocare e ridere felici.

Ray non poté fare a meno di immaginare loro due lì, in un futuro sperava prossimo, a osservare il loro bambino saltare e fare schizzi d'acqua dappertutto.

Si voltò verso Roxy e la vide con un'espressione rabbuiata sul volto. Forse anche lei era stata attraversata da quell'idea, ma di certo non aveva lo stesso effetto sul suo cuore.

Ray soffocò a forza quel senso di disagio e tristezza che gli stava attraversando il petto e cercò di distrarre entrambi.

«Stasera vorrei comunque uscire un po' prima, per il lavoro.» Roxy si voltò verso di lui, curiosa. «Mi piacerebbe fermarmi da Eve per controllare come sta e fare due chiacchiere con il primario.»

Il volto di Roxy si distese, sorrise a suo marito e gli prese una mano tra le sue.

«È ancora in coma farmacologico?»

«Sì... e voglio sapere come sta reagendo alle terapie.» strinse la mano di Roxy, come per cercare conforto. «Stavolta me la sono vista davvero brutta, credevo di perderla.»

«Eve è forte e combattiva, Ray» Roxy drizzò la schiena, in volto un'espressione compiaciuta. «La conosciamo bene. Ha messo a rischio la sua vita per salvare Max e ora sta combattendo per la sua. Supererà tutto con la sua solita tenacia e testardaggine, vedrai che tra non molto la vedremo sorridere in quel letto. Ne sono certa.»

Ray annuì, sapeva che sua moglie aveva ragione. Entrambi conoscevano abbastanza bene quella pazza di sua sorella per sapere che le cose sarebbero andate esattamente in quel modo.

«Già. Tra poco mi ritroverò di nuovo a imprecare come uno scaricatore di porto per le sue malefatte, posso quasi scommetterci. Che dici, devo piuttosto godermi il momento di tranquillità, forse?»

Roxy scoppiò a ridere, lui sfilò le mani dalle sue e la circondò con le braccia, attirandola a sé. Rimasero così alcuni minuti, accarezzandosi la schiena a vicenda, in silenzio. Il primo ad allontanarsi fu proprio lui, Ray.

«Che ne dici, facciamo due passi? Andiamo a prendere un caffè?» le sorrise, facendole un gesto con la testa.

«Perché no? È una bella giornata, godiamocela fin che possiamo.» Roxy si alzò in piedi e porse la mano a suo marito, invitandolo a seguirla. «Vieni con me, conosco un posto qui vicino che vale la pena visitare.»

Ray sorrise, afferrò la mano di sua moglie e si alzò in piedi, avvicinandosi al suo viso.

«Un posto qui vicino che vale la pena visitare?» inarcò un sopracciglio, ironico. «Non tentarmi, Roxanne Parker.»

«Mmh, usi il mio vecchio nome da nubile? Cosa c'è, hai nostalgia del passato?» gli sorrise, accattivante.

«Vediamo... tipo quando andavamo con il mio furgone a fare sesso fuori città? Certo che sì.» le mise un dito sotto il mento, facendoglielo alzare con delicatezza. «Non sarebbe male come idea.»

«No, non sarebbe male...» Roxy socchiuse gli occhi e gli porse le labbra, ma una voce femminile un po' stridula glieli fece spalancare subito, costringendola ad allontanarsi da suo marito per vedere di chi si trattava.

«Roxanne Jones, vero?» una donna splendida, con lunghi capelli biondi e grandi occhi verdi la stava guardando incuriosita. «Steve non voleva, ma siccome vi aveva riconosciuto e continuava a guardarvi sono venuta io a presentarmi. Spero di non avervi interrotto.»

Roxy rimase impietrita mentre osservava la mano che la donna le porgeva con fierezza.

«Io sono Natalie Miller, fidanzata di Stephen Marshall.» La donna le porse ancora la mano, che questa volta lei si affrettò a stringere, ricambiata. «Perdonatemi la sfacciataggine, ma ti ho riconosciuto da lontano, sapete... le foto sui giornali.»

«Già, immagino.» Roxy si sentì a disagio, spostò lo sguardo sull'uomo che l'accompagnava, che continuava a fissarla. «Ciao, Steve.»

«Ciao, Roxy.» lui le fece un cenno con la testa, poi si voltò verso Ray porgendogli la mano. «Ciao, io sono Steve. Io e Roxy collaboriamo...»

«So già chi sei, grazie.» Ray afferrò la mano dell'uomo di fronte a lui e la strinse forte, guardandolo negli occhi. «Come tu sai chi sono io, non servono le presentazioni. Ora scusateci, ma stavamo andando via.»

«Ci dispiace avervi disturbato, forse vi abbiamo interrotto.» Natalie sembrava mortificata, ma Roxy era certa che in fondo ai suoi occhi stesse brillando una scintilla di perfidia.

«Figurati, è stato un piacere conoscerti.» Ray le sorrise con educazione, poi circondò con un braccio la vita di Roxy e guardò l'altro uomo di nuovo in viso «Steve...» gli fece un cenno con la testa e senza attendere altro trascinò via sua moglie con passo deciso.

Roxy si voltò verso di loro e li salutò con la mano, poi mentre camminavano veloci si girò verso Ray.

«Non sei stato molto cortese, Ray.»

«Scusami?» lui si voltò appena, gli occhi infuocati, la mascella contratta. «Perdonami *se non sono stato molto cortese*, Roxy, ma quel cazzo di dito sulle tue labbra mi brucia ancora, sai?»

«Ray...»

«Vorrei non parlarne più, per favore.» lui la zittì subito, continuando a camminare spedito e allontanandosi dalla coppia con cui aveva appena fatto conoscenza. «Avevo in programma una bella giornata da passare con te e voglio che lo sia. Argomento chiuso.»

Roxy abbassò lo sguardo senza rispondere.

Nemmeno lei aveva voglia di parlarne, a quel punto. Era meglio così.

Steve li osservò mentre si allontanavano, strinse gli occhi e infilò le mani in tasca, pensieroso. Quel fortunato bastardo era un uomo davvero diretto e senza mezze misure, non c'era nulla da dire. Se n'era sbattuto altamente delle formalità e dell'educazione e li aveva lasciati lì, allontanandosi subito con lei.

Ma questo significava solo una cosa: *lo temeva*. Non era così sicuro come sembrava e forse, chissà. Era probabile che Stephen Marshall avesse più di una possibilità con Roxanne *Parker*.

«Ehi, sei ancora qui con me, o...?» la voce di Natalie lo riportò alla realtà.

«Certo, tesoro.» le sorrise calmo.

«Che maleducato, vero?» la sua ragazza incrociò le braccia al petto, con un'espressione corrucciata in viso. «Avrebbe almeno potuto fermarsi qualche minuto, invece di andarsene subito così.»

«Già, ma forse avevano da fare.» Steve alzò le spalle, fingendo indifferenza. Sapeva benissimo che con ogni probabilità non avevano da fare, ma il vero motivo era che *il dottor Jones* si sentiva minacciato.

«Lei è molto bella, però.» Natalie fece un piccolo broncio. «Devo preoccuparmi, amore?»

«Ma che dici?» Steve la prese con un braccio e l'attirò a sé, baciandola subito sulle labbra, veloce. «Io amo te, tesoro. Stai tranquilla.»

Ma che bel quadretto.

Diede l'ultimo tiro alla sigaretta ormai finita, poi mentre buttava fuori il fumo la gettò a terra, spegnendola con un piede. Si incamminò piano, con passi lenti si diresse verso la coppia abbracciata che si stava sorridendo. Lui le accarezzava i lunghi capelli biondi, le sussurrava con ogni probabilità parole dolci. E quella stupida ci credeva.

Che ipocrita.

Di proposito gli passò di fianco e gli urtò una spalla. L'uomo si voltò verso di lui, lo guardò corrugando la fronte.

«Mi scusi, non volevo. Ero soprappensiero, sa com'è...» Josh si giustificò, facendogli un sorriso innocente.

«Non preoccuparti, ragazzo. Non c'è problema.» gli mise una mano sulla spalla, poi si voltò e riprese a parlare con la sua donna.

Mentre si allontanava sentiva ancora quella mano sulla pelle che gli bruciava, come se quel contatto di pochi secondi che era appena avvenuto lo avesse marchiato a fuoco.

Marshall lo aveva appena toccato, se solo avesse saputo quanto erano stati vicini... sarebbe andato su tutte le furie. Sorrise sadico, mentre spostava lo sguardo sull'altra coppia, quella che gli interessava di più.

Camminavano spediti, a diversi metri da lui. Ma era tranquillo, non li avrebbe mai persi.

Il modo in cui lei si muoveva era inconfondibile.

Chissà il marito come aveva preso quell'incontro al parco. Soffocò una risata, infilandosi le mani in tasca e accelerando l'andatura. Di certo non ne era stato contento e con ogni probabilità ora stavano litigando.

Che stupidi, loro non avevano idea di cosa fosse davvero il tradimento e il dolore.

Lui sì che lo sapeva... e molto bene.

E doveva andare avanti con il suo progetto, al più presto.

Ancora poco e se tutto fosse andato secondo i suoi piani presto avrebbe lasciato la città.

«Appena arrivata ti telefonerò, d'accordo?» Natalie gli passò una mano su una guancia, come per volerlo trattenere ancora. Odiava andarsene proprio ora, soprattutto dopo che aveva visto di persona quella *Roxanne.* «Tu mi raccomando... cerca di non finire di nuovo sui giornali.»

Steve ripensò al weekend appena trascorso in compagnia della sua ragazza.

Aveva chiamato il padre per farla contenta ed era riuscito a risolvere le cose. Ma non aveva fatto le telefonate che si era prefissato ai genitori delle vittime di Chicago, ogni attimo del suo tempo l'aveva dovuto passare con Natalie.

Sesso, cene fuori.

E poi ancora sesso.

Come se questo stile di vita fosse quello a cui lui aveva sempre aspirato.

«Certo, tesoro. Stai tranquilla.» si sporse verso di lei, per darle un bacio sulle labbra e incitarla ad andarsene.

Quella non era affatto la vita che desiderava per lui, anzi, era nervoso per tutta la situazione e soprattutto per il fatto di aver dovuto accantonare il suo lavoro.

Lei lo baciò, dapprima con delicatezza, poi quasi con disperazione. Lui rispose a quel bacio distratto, con la mente già altrove. Voleva solo ritornare ai suoi ritmi e basta.

Natalie sapeva che era cambiato qualcosa, sentiva che lo stava perdendo.

E ne aveva il terrore.

A malincuore si staccò da lui, lo guardò un'ultima volta e prima di andarsene gli sussurrò un saluto sulle labbra. Scese dalla macchina e non si voltò, non voleva che lui vedesse le sue lacrime.

Steve la osservò avviarsi dentro l'aeroporto, una volta scomparsa dalla sua vista ripartì in fretta per dirigersi in procura. La sua mente iniziò a girare in maniera vorticosa, voleva chiamare i genitori delle vittime di Chicago, voleva la conferma che la strada intrapresa fosse quella giusta.

Ma la verità era che voleva vedere anche Roxy.

Dopo sabato mattina, da quando si erano incontrati al parco, non l'aveva né vista né sentita.

Nei pochi momenti in cui non era stato con Natalie aveva desiderato chiamarla o mandarle un messaggio, ma non aveva osato: temeva di commettere un errore.

Suo marito aveva reagito male e con ogni probabilità avevano litigato.

Immaginava già di vederla arrivare, abbattuta e triste.

Sorrise, sarcastico.

Lui sapeva di certo come consolarla.

Proprio in quel momento giunse in procura, entrò con l'auto nel parcheggio sotterraneo e scese in fretta, chiuse la macchina e salì di sopra di corsa. Salutò tutti in maniera frettolosa, avanzò verso il suo ufficio e oltrepassò quello di Roxy, dando un'occhiata veloce dentro.

Stupito, si fermò un attimo.

Tutto spento, l'ufficio era vuoto. Era davvero strano che non fosse ancora arrivata.

Qualcuno si schiarì la voce alle sue spalle.

Si voltò e vide Mary, la segretaria di Roxy.

«Buongiorno, Mary. Come mai Roxy non è ancora arrivata?»

«Ha chiamato poco fa.» sorrise, mentre entrava nella stanza e posava sulla sua scrivania la posta del giorno. «Ha avvisato che tardava, un contrattempo.»

«Ah, spero nulla di grave.»

«Non l'ha detto.» con un sorriso teso gli porse una busta arrivata per lui quella mattina. «La tua posta, Steve.»

«Grazie.» lui la prese, incuriosito. «Mi domando chi mi possa inviare qualcosa qui, sono arrivato da poco e pochi lo sanno.»

Lei sollevò le spalle e si allontanò da lui, che la osservò incuriosito. Un comportamento strano, Mary era una donna su di età, professionale e gentile. Oggi sembrava addirittura scocciata e irritata.

Scosse la testa mentre osservava la busta nelle sue mani.

Proveniva da Washington, ufficio della procura distrettuale.

Si diresse nel suo ufficio e si sedette al tavolo. Prese il tagliacarte e lo infilò sotto l'aletta, con un colpo secco strappò la busta e l'aprì.

Estrasse la lettera all'interno, la lesse velocemente.

Era una comunicazione di prassi, sapeva che a breve sarebbe arrivata.

Lo avvisavano che tra sei mesi ci sarebbe stato il rinnovo alla procura. Gli descrivevano le modalità: il procuratore distrettuale sarebbe stato nominato dal Presidente e confermato poi con voto del Senato. Steve sapeva che se Paul fosse stato riconfermato lo avrebbe nominato di nuovo come vice procuratore, glielo aveva già espresso a voce più volte.

Sempre se lui avesse deciso di accettare l'incarico.

Il padre di Natalie e Natalie stessa gli facevano molte pressioni per entrare in politica, si sentiva schiacciare da tutta quella insistenza, non era la strada che voleva intraprendere.

Lui amava il suo lavoro.

Si abbandonò sullo schienale della poltrona, desiderando che tutto sparisse.

Chiedendosi se era quella la vita che voleva davvero per lui.

Chiuse gli occhi, poi una voce in lontananza glieli fece riaprire.

«Buongiorno, Mary.» la voce di Roxy gli arrivò attutita, come in un sogno. Il sorriso che era scomparso dalla bocca di Steve riprese forma, fremeva nella speranza di vederla comparire sulla sua porta per un saluto.

Ma lei non lo fece.

Sentì Mary risponderle e la porta di Roxy richiudersi subito dopo.

Pensò che la situazione era forse più grave di quello che pensava, quindi si alzò di scatto e uscì dall'ufficio, una volta in corridoio incrociò lo sguardo incuriosito di Mary.

La ignorò e bussò subito alla porta di Roxy.

«Avanti!» la voce che provenne dall'interno era squillante, non sembrava affatto triste.

Aprì la porta e si trovò davanti a una visione.

Roxy era luminosa, con un tailleur mozzafiato grigio, sopra il ginocchio. Si era raccolta i capelli e truccata, indossava un paio di scarpe nere con un tacco altissimo che le slanciavano le gambe lunghe e ben tornite.

Steve deglutì.

«Buongiorno, Steve. Tutto bene?» gli sorrise, mentre in tutta fretta preparava alcune carte e le inseriva dentro una borsa in pelle.

«Io sì. Tu?»

«Tutto bene, certo. Scusami, ma stamattina devo andare in tribunale per una formalità, avevo un appuntamento fissato da tempo e mi ero dimenticata di dirtelo...» guardò distratta l'orologio. «Dovrei metterci al massimo un paio d'ore, ci vediamo per pranzo.»

«Ah, va bene. Allora, in attesa che tu torni, io proseguirò con le telefonate.» la osservò serio. Di certo non si aspettava un'esplosione di energia di quel genere. «Ti vedo particolarmente in forma stamattina.»

«Oh, sì!» alzò lo sguardo su di lui, gli occhi le brillavano. «Questa mattina sono andata in ospedale per vedere come stava Eve e con grande sorpresa l'ho trovata sveglia... non sai come sono felice!»

Steve sorrise compiaciuto. «Sono molto contento, quindi ora è fuori pericolo.»

«Sì. Eve è forte, si riprenderà bene.» chiuse con un gesto secco la borsa di pelle, la prese per la maniglia e la sollevò. Prese la sua borsetta e gli sorrise. «Ora scusami, ma devo andare. Ci vediamo più tardi.»

«Certo. A dopo, allora. Ciao.»

«Ciao.» Roxy si allontanò da lui, uscendo dall'ufficio. Una volta arrivata sulla porta la voce profonda di Steve alle sue spalle la bloccò.

«Roxy, aspetta.»

Si voltò, guardandolo incuriosita.

«Con Ray... tutto bene? Scusa se mi intrometto, ma...»

«Tutto bene, tranquillo.» gli fece un ampio sorriso, liquidandolo subito. «Ci vediamo più tardi, devo scappare. Scusami.»

Gli voltò le spalle e senza attendere la sua risposta si avviò a passo deciso verso l'ascensore, incrociando lo sguardo accusatorio di Mary. Le sorrise di rimando. Poi appena l'ebbe superata tornò di nuovo seria. Era preoccupata.

Ripensò a quel maledetto articolo e alla conferenza stampa.

Era convinta che stessero tutti parlando di loro in procura. Sentiva addosso gli sguardi dei colleghi mentre camminava lungo i corridoi. La situazione le stava sfuggendo di mano e lei non poteva sopportarlo.

Doveva risolvere la cosa... e il prima possibile.

Ma, sia al lavoro che a casa, sembrava che tutto stesse all'improvviso precipitando.

Mentre attendeva davanti alle porte d'acciaio chiuse ripensò alla domanda di Steve.

La sua voce profonda continuava a martellarle nelle orecchie.

Nella testa.

Nel cuore.

Con Ray... tutto bene?

Aveva risposto di sì, ma non andava affatto bene.

Dopo che si erano incontrati al parco, Ray era stato nervoso e irritato per tutto il giorno. Aveva fatto il turno di notte e la sera era andato via presto per vedere Eve. Le aveva fatto una telefonata frettolosa per rincuorarla sul fatto che stava bene, ma non l'aveva più sentito fino a quando lo aveva visto rientrare al mattino.

Quella notte era stata un inferno per lei: non aveva quasi chiuso occhio, sola, in casa, a rimuginare su quanto stava accadendo alla loro vita di coppia e sul modo in cui stavano affrontando i loro problemi.

Primo tra tutti, non avevano più parlato del bambino, ma era convinta che lui stesse continuando a pensarci.

Poi aveva pensato a lungo sul fatto che non avevano fatto l'amore negli ultimi giorni e questo la preoccupava a morte. Ray era un uomo molto passionale e un comportamento del genere non era da lui.

Poi c'era Steve.

C'era quello che era accaduto in quella piazzetta durante quel maledetto pranzo.

C'era quello che si erano detti il giorno dopo nel suo ufficio.

C'era quello che lei sentiva di provare nei suoi confronti.

Era convinta che si trattasse solo di attrazione fisica, ma qualcosa *c'era*. Lei lo sentiva *bene*.

Durante quella notte passata quasi in bianco aveva desiderato chiamarlo, sentire la sua voce.

Ma lui non era solo. E lei non sapeva nemmeno quando lo sarebbe stato di nuovo.

La comparsa della sua ragazza era stata una doccia fredda, avrebbe voluto chiedergli spiegazioni, chiedergli perché si comportava in quel modo con lei quando aveva una compagna che ora sapeva per certo anche molto bella e sicuramente di successo.

Una donna che non aveva esitato a precipitarsi lì per delineare i confini del suo territorio.

Come a marcare il possesso del suo uomo, come a intimare a Roxy di non toccare, di stare lontana.

Lui era suo.

Scosse la testa mentre entrava in ascensore e premeva il tasto del piano terra.

Come se fosse stato necessario farlo.

Non c'era nulla da intimare, non c'era nulla da ricordare.

Non ci sarebbe *mai stato nulla.*

E desiderava con tutta se stessa che quella brutta storia finisse e che tutto tornasse alla normalità.

8.

Non c'erano più dubbi, ormai.

Steve era convinto che il killer stesse cercando l'uomo che aveva abusato di lui e a questo punto era certo che si trattasse di un prete.

Le lettere incise sul torace delle sei vittime di Washington formavano la parola FATHER. A quei tempi avevano pensato a un uomo vittima di abusi sessuali da parte di un genitore, non avevano certo immaginato che quella parola si riferisse a un prete. Ma ora, dopo gli ultimi dati raccolti, era ovvio che quell'appellativo intendesse qualcos'altro.

Con ogni probabilità, quell'uomo stava fornendo loro il *nome* del suo carnefice.

Le lettere finora lasciate non li aiutavano molto: M, A, A, H, A.

L'ultima, poi, la rivedeva ancora davanti agli occhi: quella "A" incisa sul petto della povera Casey Morgan.

Vedere le foto delle vittime di Chicago era stato difficile, ma vedere di nuovo un cadavere che era stato sottoposto a quello scempio, lo riportava in maniera inevitabile con la mente a un anno prima.

Non era solo difficile.

Era come rivivere un incubo.

Prese in mano le foto di quelle dannate lettere incise su pelle candida, sembrano solchi fatti da un aratro senza vita. Si chiese *quanto* sarebbe durato tutto questo, *quante* ragazze dovevano ancora morire prima che loro giungessero a una conclusione e soprattutto *quando* lui avrebbe colpito ancora.

Non aveva risposte, purtroppo.

Nessuna.

Con rabbia scagliò le fotografie sul tavolo, un paio finirono per terra.

«Merda!» picchiò un pugno sul pesante piano in legno, poi piegò la testa all'indietro e si coprì il volto con le mani. La voce gli uscì come un ringhio, sibilando tra le labbra. «Bastardo figlio di puttana, scommetto che ti stai divertendo, vero?»

Se solo fosse riuscito ad avere un'intuizione, a capire qualcosa che avesse potuto dare una spinta alle indagini...

«Certo che si sta divertendo...» la voce di Roxy gli arrivò all'improvviso, lo colpì secca come una sferzata «Proprio per questo dobbiamo impegnarci e fare in modo che smetta, non credi?»

Steve spostò le mani dal volto, sbatté gli occhi più volte e mise a fuoco l'immagine che aveva davanti. Una Roxy rabbuiata e seria lo stava fissando, in piedi davanti alla sua scrivania. Aveva raccolto anche le due foto che erano cadute sul pavimento e le stava posando sul tavolo insieme alle altre.

«Dov'è finito il famoso viceprocuratore distrettuale di Washington? Quello di cui tutti parlano, in grado di incastrare tutti i criminali più scaltri e furbi...quello che fa tremare il banco dei testimoni quando interroga?»

«Non lo so, dimmelo tu.» Steve rise scuotendo la testa «Non so chi ti abbia raccontato qualcosa del genere, ma io non sono affatto come mi hai dipinto.»

Roxy spostò la sedia e si accomodò, accavallò le gambe e incrociò le braccia al petto.

«So che sei bravo, Steve. Questo è un dato di fatto.»

«Sì, certo... come no. Se lo fossi davvero... quello stronzo di assassino non sarebbe ancora a piede libero... e Casey Morgan e tante altre ragazze sarebbero ancora vive.»

«Quell'uomo è il *male*, Steve. È preparato, ha pianificato tutto. Sappiamo entrambi che non sarà facile prenderlo.» si sporse in avanti, sorridendogli. «Ma l'intuizione sul prete l'hai avuta tu, non io.»

Lui annuì con un sorriso ironico.

«A proposito, a che punto sei arrivato? Sei riuscito a parlare con i genitori delle vittime di Chicago?»

«Sì, ci sono riuscito, Roxy» lui strinse gli occhi appena, come per cercare di soffocare quel senso di disagio che gli metteva addosso quel dannato caso. «Ti confermo che la tesi è valida: sono tutti cattolici.»

«E questo è un ottimo punto di partenza» la voce di Mark irruppe nella stanza, costringendoli a voltarsi entrambi verso di lui. Si accorsero che non era solo: al suo fianco c'era Bryan, che entrambi si affrettarono subito a salutare.

«Buon pomeriggio a voi.» Bryan salutò i due avvocati con un cenno della testa. «La nostra tesi sul fatto che a molestarlo sia stato un prete cattolico prende sempre più corpo. Dobbiamo indirizzare le indagini in quella direzione.»

Steve, nervoso, si alzò in piedi. Andò verso la finestra, si infilò le mani in tasca e fece un profondo sospiro dando loro le spalle.

«Sì, ma da dove iniziamo?» si voltò a guardarli, Mark e Bryan in piedi, Roxy ancora seduta davanti alla sua scrivania. Tutti in attesa, senza sapere come muoversi.

Seguì un lungo silenzio, durante il quale gli occhi di tutti guizzavano dentro quelli degli altri. Steve guardò Roxy, come per cercare un qualcosa che non riusciva a trovare.

All'improvviso, negli occhi di lei, una scintilla.

«Mi viene in mente Boston.» si voltò a guardarli e si alzò in piedi anche lei, in tutta la sua bellezza statuaria. «Ricordate l'inchiesta del 2002, partita dal Boston Globe?»

Tutti annuirono.

Ricordavano bene quei fatti che sconvolsero gli Stati Uniti, in quegli anni. Da quel filone di indagini partì lo scandalo pedofilia nella Chiesa Cattolica, molti preti e vescovi furono allontanati e si allargò anche fuori dallo Stato, investendo l'Europa e altri continenti.

«E se il nostro killer fosse stato una delle tante vittime di quel periodo? Se il suo carnefice fosse tra le persone accusate e condannate per pedofilia?» Roxy si voltò verso Bryan. «Nel tuo profilo psicologico hai detto che la sua età oscilla dai venticinque ai trentacinque anni, giusto?»

«Giusto.» lo psichiatra annuì. «In quegli anni doveva avere circa...»

«...l'età delle sue vittime.» Roxy spalancò gli occhi. «Era intorno ai quindici anni»

«È andata così, me lo sento!» Steve si lasciò sfuggire un ringhio furioso. «Sta cercando il suo molestatore, le lettere che incide sui corpi sono il suo nome e l'età delle vittime è scelta di proposito.»

Bryan annuì.

«E che mi dite dei caratteri somatici delle vittime?» Mark intervenne. «Tutte con capelli neri e occhi scuri, saranno le caratteristiche del nostro assassino o del suo carnefice?»

«Opterei di più per la prima ipotesi» Bryan si aggiustò gli occhiali sottili sul naso e si schiarì la voce. «Non dimentichiamoci che lo sta cercando, vuole attirare la sua attenzione e qual è il modo migliore se non seviziare vittime che somiglino a lui?»

«Sì. Per questo dobbiamo iniziare a indagare subito sul suo passato. Chiediamo urgente accesso ai dati dell'inchiesta di Boston, cerchiamo nomi di preti allontanati e non dalla Chiesa». Steve si avviò veloce alla sua postazione, chinandosi subito verso il pc e prendendo il mouse per riavviare lo schermo in stand-by. «Non abbiamo la certezza che quest'uomo non eserciti più, magari è ancora qui negli Stati Uniti ed è ancora un prete che predica.»

«Io mi auguro con tutto il cuore di no.» Roxy non riuscì a nascondere il suo disgusto. «Se il killer si sta accanendo in questo modo su delle povere ragazze, non oso immaginare come si sia accanito su di lui quel bastardo.»

«Roxy» Steve alzò improvvisamente la testa, serio. «Non dobbiamo provare pena per lui. Avrebbe dovuto farsi curare e forse l'ha anche fatto. Ma ha scelto comunque la vendetta e sta violentando e uccidendo povere ragazzine indifese.»

«Lo so, certo.» lei si rabbuiò in volto «Non provo pena per lui. La provo per Casey e tutte le altre.»

«E allora dobbiamo fermarlo...il prima possibile.» la voce di Mark, austera e ferma, fendette l'aria come una stilettata. «Mettetevi al lavoro, subito. Non deve avere l'opportunità di uccidere ancora e non abbiamo molto tempo.»

«Ciao.» una voce timida gli arrivò alle spalle e Josh la riconobbe subito. Finse comunque di esserne sorpreso e si voltò a guardare la ragazza che lo osservava imbarazzata.

«Ciao... Marie, giusto?»

«Sì.» la ragazza abbassò lo sguardo, arrossendo appena. «Ti ricordi di me.»

«Certo che mi ricordo di te.» le sorrise. «Prendi qualcosa con me? Sono in pausa.»

«No, grazie.» lei scosse la testa, strinse i libri al petto come per proteggersi.

Lui li osservò con curiosità, mentre selezionava un bicchiere di the bollente alla macchinetta automatica.

«Che leggi di bello?» piegò la testa di lato, per cercare di vedere il titolo o l'autore del romanzo. Quando lo notò strinse appena gli occhi. «"D'amore e ombra". Molto bello.»

«L'hai letto?» lei lo guardò stupita.

«Adoro Isabel Allende.» le sorrise, si chinò a prendere il bicchiere bollente e si voltò verso di lei, mescolando lento la bevanda. «Ti stupisce?»

«No, è solo che...è insolito trovare un ragazzo che ami la buona letteratura.» sollevò le spalle, divertita. «Di solito parlano solo di football e motori.»

«So di essere...insolito, proprio come mi hai definito tu.» soffiò sul liquido caldo, sorseggiandolo poi molto piano. «Ma io adoro la letteratura e amo i romanzi, proprio come te. Non lavorerei qui, altrimenti, non credi?»

Ray fissava, ormai da molto tempo, quella pozza d'acqua davanti a lui.

Proprio lì avevano incontrato quello stronzo, due giorni prima. Insieme alla sua fidanzata che, ignara di tutto, cercava di dimostrare che *lui era suo*.

Ma lui aveva visto molto bene gli occhi di quell'uomo e quello Steve non li aveva staccati un solo attimo da sua moglie, osservandola da capo a piedi. Solo quando si era voltato verso lui per presentarsi lo aveva fatto e Ray si era trattenuto dal cavarglieli entrambi.

Pensarla ora, in ufficio con quel tizio, di certo non lo faceva sentire sereno, ma non poteva fare altro se non *continuare a fidarsi di lei.*

Sentiva il morso della gelosia e dell'insicurezza rodergli l'anima, sentiva una frenesia attraversargli i muscoli che non gli permetteva di rimanere fermo.

Proprio per questo motivo era uscito di casa, aveva bisogno di camminare e muoversi un po'.

E soprattutto vedere se riusciva a calmarsi.

Non poteva continuare a essere così teso, non poteva sfiorare il litigio con lei ogni sera.

Si alzò in piedi e passò oltre, immerso nei suoi pensieri oltrepassò il Millennium Park e arrivò fino alle sponde del lago Michigan. Si fermò in un chiosco, prese una bottiglietta d'acqua e con passi lenti si avvicinò ancora di più alle sponde, per ammirare il grande specchio d'acqua.

La aprì e ne bevve un sorso, riavvitò il tappo e strinse gli occhi.

Il pensiero gli tornò inevitabilmente a Roxy.

Strinse le mascelle.

Avrebbe voluto catapultarsi là, ma la ragione gli diceva di non farlo.

Sperava solo che quel caso venisse risolto presto, poi tutto sarebbe finito.

Quello stronzo di avvocato avrebbe fatto ritorno a casa sua e loro si sarebbero presi una vacanza.

Era da tempo che voleva proporlo a sua moglie: lui aveva molte ferie arretrate, lei aveva bisogno di riposo. Era già stato in agenzia e aveva pensato a una seconda luna di miele, in fondo tra qualche mese sarebbe stato proprio il loro decimo anniversario di matrimonio.

Chissà...

Bahamas, Caraibi oppure anche le Isole Fiji.

O magari avrebbero potuto spingersi oltre: Maldive, o anche

le Seychelles.

Sorrise appena, pensando a quello che avrebbero potuto combinare loro due, soli in un posto del genere.

«Che hai da ridere?» una voce femminile, divertita, gli giunse inaspettata. «Spero tu stia pensando alla mia amica Roxy, oppure potrei anche farti molto male, sai?»

Ray riconobbe subito la voce. Si voltò, sorridendo.

«Ciao, Reb.» la osservò da capo a piedi, in tenuta sportiva. «Certo che hai un bel coraggio a fare jogging a quest'ora del pomeriggio.»

«Che c'è di strano? Di certo non trovo nessuno, a quest'ora sono tutti al lavoro...» lei sollevò le spalle, si aggiustò la coda di cavallo e poi allungò le braccia verso l'alto per allungare i muscoli «Tutti a parte te.»

«A parte me, certo.»

«Turno di notte?» Rebecca lo guardò comprensiva.

«Già.»

«Non ti invidio, sai?» incrociò le braccia al petto, spostando il peso da una gamba all'altra. «A me è capitato poche volte, di essere in servizio di notte... e ammetto che è stata davvero dura. Per voi medici è una routine, non so come facciate tu e Roxy.»

«In effetti abbiamo qualche problema, al riguardo.» lui sorrise ironico, scrollando la testa, poi fece un lungo sospiro frustrato. «E non solo riguardo a questo.»

«Ti va di bere qualcosa insieme? Avevo giusto bisogno di fare una pausa.» Reb glielo chiese di getto, anche se forse era un po' azzardato.

Lei e Ray non erano così amici, forse non aveva voglia di confidarsi e di parlare, ma Roxy era una sua cara amica e sapeva cosa stavano passando loro due. E del resto era stato proprio lui ad accennare alla cosa giusto un momento prima.

«Perché no?» lui fece un sospiro breve, seguito da un sorriso tirato, poi le indicò con la testa un punto poco distante da loro. «Andiamo lì, in quel chiosco.»

Si avviarono insieme, trovarono subito un tavolo libero all'aperto. Ray prese un caffè decaffeinato, Reb un frullato di frutta fresca.

Il cameriere si allontanò subito con le loro ordinazioni verso il bancone del bar. Reb lo seguì con lo sguardo, poi si girò verso Ray. Stava fissando un punto lontano, assorto.

«Come vanno le cose, Ray?»

Lui si voltò verso di lei, si appoggiò con la schiena alla sedia in ferro e sorrise.

«Insomma. Presi sempre da tante cose, sia io che Roxy.»

«Questo caso del serial killer...è davvero impegnativo, lo so.»

«Lo sai?»

«Certo, Ray. All'inizio era seguito da noi, in centrale. Ma una volta scoperto che aveva già ucciso a Washington, il caso è passato all'FBI.» si schiarì la voce. «Quell'uomo è davvero spietato e crudele e inoltre è attento e scrupoloso.»

«In procura stanno facendo del loro meglio e Roxy è sempre molto tesa.» Ray cercò di giustificarla, era tutto così difficile. «Ma per ora, purtroppo, nessuna pista davvero chiara da seguire.»

«Lo so, ci siamo viste alla caffetteria Mokka qualche giorno fa. Ne abbiamo parlato e ti confesso che non è solo tesa... è davvero molto frustrata.»

Ray annuì. Reb era un'amica di sua moglie, nei suoi occhi vedeva comprensione, affetto. Parlare un po' con lei della situazione tra loro due forse non era una cattiva idea.

«L'atmosfera a casa, negli ultimi giorni... non è delle migliori.» lui sbuffò dal naso, irritato. «Già stavamo attraversando un periodo di tensione, ma erano cose che credevo avremmo superato, con il tempo...»

«Sì, Roxy me ne ha parlato.»

Ray la guardò negli occhi a lungo. «Ti assicuro, Reb, che voglio fare di tutto per renderla felice. Lei è tutto per me, mi interessa solo che sia serena, soddisfatta e viva la vita che ha sempre desiderato.»

«Lei ha sempre desiderato fare l'avvocato, Ray. Questo lo sai.» Reb si sporse in avanti, appoggiando i gomiti sul tavolino. «Ma ha anche sempre desiderato essere tua moglie e invecchiare insieme a te. Di questo non ne ha mai fatto mistero.»

«Sì, ma negli ultimi tempi non so se...»

«Non dubitarne, Ray. Mai.» proprio in quel momento giunse il cameriere con le loro ordinazioni, Reb si spostò di nuovo per permettergli di sistemare il frullato e il caffè sulla superficie in ferro.

Stettero entrambi in silenzio, mentre Ray si offriva di pagare e il ragazzo prendeva il denaro, allontanandosi subito dopo.

«Lo so che mi ama, Reb. Ma a volte temo che possa accadere qualcosa tra di noi. Qualcosa di irreparabile.»

«Perché?»

«Perché è arrivato questo tizio, questo Stephen Marshall... Hai letto i giornali, no?»

Reb storse la bocca, in una smorfia. «Li ho letti, sì. E non credo a una parola di quello che dicono. Sono tutte montature... Ray, sai come sono fatti.»

«So come sono fatti, certo. E l'ho sempre pensato anch'io, ma il mio istinto mi dice che qualcosa non va. Dammi dello stupido, dammi dell'insicuro, ma dentro di me so che accadrà qualcosa. In più ho visto quell'uomo, Reb.»

«E quindi?»

«E quindi so che ha messo gli occhi su di lei, me ne sono accorto.» Ray serrò le mascelle, ripensando a quell'incontro avvenuto due giorni prima. «Nonostante fosse presente anche la sua fidanzata... ti giuro che non staccava gli occhi da mia moglie.»

Reb aggrottò le sopracciglia, mentre succhiava dalla cannuccia un po' di frullato. Aveva visto le foto, certo, ma non ci aveva dato peso, Roxy non le aveva mai parlato di quel tizio. Era davvero strano.

«Io non credo che Roxy faccia mai qualcosa che possa ferirti, Ray. La conosco abbastanza da poterlo affermare con sicurezza.»

«Anch'io la conosco abbastanza da pensarlo, Reb. So che mia moglie mi ama, di questo sono certo, ma a volte...»

«A volte credo dovresti smettere di pensare, Ray.» Reb gli sorrise, poi bevve un altro sorso di frullato. Si pulì la bocca con un tovagliolino, poi si rigirò il bicchiere tra le mani, pensierosa. Alzò lo sguardo verso il marito della sua amica, che la guardava con apprensione. «È un momento difficile, il caso che sta seguendo è uno dei più tosti mai affrontati finora. Stalle vicino e basta, falle sentire che ci sei. Ha bisogno della tua vicinanza e del tuo amore, ha bisogno della stabilità che le puoi dare solo tu, non di altre frustrazioni.»

Lui sospirò a lungo.

«E se tutto questo non le bastasse più?»

«Non dirlo nemmeno per scherzo!» Reb spalancò i grandi occhi verdi, sporgendosi in avanti «Roxy ha tutto quello di cui ha bisogno con te. Tu la rendi felice, Ray. Sei suo marito, sei l'uomo con cui lei ha deciso di passare il resto della sua vita. Ricordi quanti ragazzi le correvano dietro all'università?»

«Certo, eccome.» Ray face un sorriso ironico, ripensando a quel periodo.

«E lei chi ha scelto, tra tanti?»

«Ha *scelto me.*»

«Esatto.» Reb si rilassò, poi gli sorrise. «Siete una coppia che per tutti noi del gruppo è sempre stata un esempio. Un esempio di amore, di rispetto, di amicizia e di complicità.»

Lui le fece un sorriso tirato, senza rispondere.

«Tua moglie è una gran donna, Ray. E non lo dico perché è mia amica e le voglio bene, lo dico perché è vero. E se finora nessuno ha mai provato a conquistarla, ti assicuro che è stato solo per pura fortuna.» lo vide sollevare gli occhi verso di lei e guardarla in cagnesco. «Succederà ancora, fidati. Un uomo un po' intelligente e con un minimo di audacia non può non desiderare di essere... al *tuo posto.*»

«Vuoi dirmi che sono condannato a una vita di gelosia e di arrabbiature continue?» sorrise ironico, cercando di sdrammatizzare. Ma la verità era che quell'ipotesi gli rodeva l'anima.

«Questo sta a te.» lei sollevò le spalle, con indifferenza. «Perché sta a te fidarti o no della tua donna.»

Ray annuì, mentre osservava la bella ragazza di fronte a lui sorridergli e poi gustare di nuovo il suo frullato. Era particolare, Rebecca. Molto inquadrata, molto razionale. Sempre impostata, con un modo di fare quasi maschile, con ritmi scanditi dalla sua agenda e dal suo irrinunciabile orologio.

Eppure il miglior consiglio in questo momento era arrivato proprio da lei.

Si sporse in avanti, sorridendole grato.

«Dovremmo trovarci un po' più spesso, io e te.» le strizzò l'occhio, con complicità. «Potremmo fare delle belle chiacchierate, non credi?»

«Oh, scordatelo!» con un gesto della mano spazzò via la sola idea di una cosa del genere. «Ne ho già abbastanza dei miei di problemi, senza che debba accollarmi anche i vostri. Consideralo un consiglio gratuito quello di oggi... quando ti ho visto mi sembravi piuttosto disperato, non potevo esimermi dal fare la mia opera di bene quotidiana.»

Ray scoppiò in una risata sonora, piegando la testa all'indietro. Quando riportò lo sguardo su di lei e la vide sorridente non poté trattenersi.

«Grazie, Reb.»

Lei non rispose. Si limitò a fare un sorriso imbarazzato e scosse appena la testa, concentrandosi sul suo frullato. Adorava Ray e Roxy e avrebbe voluto fare di più.

Ma forse qualcosa c'era che poteva fare.

«Senti, Ray...avrei un'idea.»

«Sono davvero tanti, è impossibile riuscire a trovarlo in questo modo.» Roxy scosse la testa sconfortata.

Gli uomini di chiesa coinvolti nell'inchiesta erano davvero moltissimi, anche facendo una ricerca sui nomi e cognomi e su quali avessero al loro interno le lettere che il serial killer aveva lasciato come indizio, non si poteva arrivare a nulla.

«Dobbiamo tentare, Roxy.» Steve analizzò la lunga serie di persone che erano emerse. «Se solo riuscissimo a capire che ruolo aveva quell'uomo, di cosa si occupava...»

«Già, questo potrebbe aiutarci.» Roxy si voltò a guardarlo, pensierosa. «Per esempio potremmo partire dall'inchiostro che utilizza per dipingere di nero le rose che ci fa trovare in mano alle vittime»

«E le lettere...incise sul petto.» le parole uscirono dalla bocca di Steve quasi come un sussurro. «Che fosse qualcuno che si occupava di manoscritti, o qualcosa di simile?»

«Può darsi.» Roxy si massaggiò il collo indolenzito. «O forse il fatto dello scrivere era solo una punizione che gli infliggeva, come una sorta di insegnamento, quando il ragazzo sbagliava o minacciava di rivelare a qualcuno le sevizie a cui era sottoposto. Chissà, tra i vari casi ho letto che si usava perpetrare anche questo tipo di punizioni.»

Steve sospirò frustrato.

«Abbiamo avuto qualche intuizione, ma di certo è ancora troppo poco per arrivare a lui. Dall'FBI ci sono novità?»

«No.» Roxy scosse la testa. «Poco fa, quando sono andata un attimo nel mio ufficio, ho parlato con Mark, che li aveva appena sentiti. Nessun nuovo elemento, nemmeno da parte loro.»

Entrambi fissarono a lungo il tavolo ricoperto di carte. Steve giocava in maniera nervosa con una penna, facendola oscillare in modo ritmico e causando un rumore continuo, che iniziava a diventare fastidioso.

Roxy resistette alcuni minuti, poi lo prese per un polso e gli bloccò la mano.

«Basta, per favore. Mi stanno saltando i nervi.» Si voltò a guardare Steve, stringendo gli occhi.

«Scusami.» lui sfilò il braccio dalla sua presa, si abbandonò sulla poltrona e incrociò le braccia al petto.

Le osservò le spalle sottili, che svettavano sotto la stoffa grigia della giacca. Portava una camicia scura, quel giorno, di seta. Il colletto morbido le accarezzava il collo, qualche ciocca ricadeva sulla sua pelle soffice.

Steve non poté resistere, allungò un dito e lo passò sotto una ciocca di capelli castani, lucidi. Se la arrotolò intorno e nello stesso istante Roxy drizzò la schiena, come sull'attenti.

«Steve, che stai facendo?» si voltò appena verso di lui, con la coda dell'occhio osservò la mano dell'uomo, molto vicina alla sua pelle. «Smettila, subito.»

Il corpo di Roxy era percorso da brividi, poteva sentire ogni singolo capello sfuggito a quella presa solleticarle la pelle e poteva percepire il calore di quelle dita in maniera distinta.

Anche se si muovevano lontane da lei, sembravano come metallo fuso.

Emanavano un calore che mai aveva provato prima, era come se lei fosse una calamita e le volesse attrarre a sé a tutti i costi. Sentiva un richiamo, *voleva essere toccata.*

Deglutì, ricacciando indietro a forza tutte quelle sensazioni che la sconvolgevano.

«Steve, ti prego.» la voce le uscì tremante dalle labbra, mentre lui continuava ad accarezzarle i capelli come inebetito, sfiorandole il collo. «Smettila...»

«Non posso, Roxy.» la voce profonda e maschile di lui era incrinata dal desiderio.

Voleva con tutto se stesso prenderla per la nuca, costringerla a voltarsi verso di lui e catturarle le labbra.

Voleva morderla, baciarla. Esplorare ogni angolo della sua bocca, assaggiare il sapore della sua pelle.

Voleva alzarsi in piedi e costringerla a sedersi sulla scrivania. Le avrebbe allargato le gambe e...

Non riuscì a trattenersi.

Le passò le dita sulla pelle del collo, il contatto con quella seta meravigliosa gli trasmise una scossa elettrica direttamente all'inguine. Serrò le mascelle, mentre la costringeva a girarsi verso di lui.

Quando i loro volti furono vicini, le osservò le labbra. Umide, rosee, da baciare fino a non avere più fiato. I suoi occhi, grigi come l'argento, brillavano di desiderio, ne era certo.

Roxy sbatté le palpebre più volte, socchiuse le labbra per respirare, per cercare quell'ossigeno che in quel momento le mancava.

«Cazzo, Roxy. Non posso fermarmi, non posso...» si avvicinò a lei, la voleva con tutto se stesso.

Un bussare lieve li interruppe, Roxy sobbalzò sulla sedia.

Guardò Steve in viso, come stupita.

Non riusciva a spiegarsi che diavolo stesse succedendo e in che cavolo di guaio si stava andando a ficcare. Con uno scatto si allontanò da lui e sentì la mano dell'uomo scivolare via dalla sua nuca.

Si voltò e incontrò lo sguardo di Mary che li osservava.

Uno sguardo ammonitore, di una persona che aveva visto tutto.

Non c'era dubbio.

«Mary.» Roxy si schiarì la voce, fingendo indifferenza. «Dimmi.»

«Scusate se non ho chiamato, ma l'interno risulta occupato.» indicò con la testa il telefono, che Roxy si affrettò a controllare.

Aveva ragione: nello smistare e studiare le carte sul tavolo si era con ogni probabilità spostata la cornetta, era normale che la sua segretaria non riuscisse a contattarli. Roxy si alzò in piedi e lo rimise subito a posto. Si voltò verso Mary, con aria interrogativa.

«Scusaci. Dimmi.»

«Roxy... c'è Ray, sulla uno.» la donna strinse le labbra. «Te lo passo qui o prendi la chiamata nel tuo ufficio?»

«La prendo di là, grazie.» Roxy si scosse appena, per riprendersi.

Scivolò via dal fianco di Steve, a grandi falcate si diresse verso la porta, trovandosi di fronte a una Mary che la fissava con le sopracciglia aggrottate. Senza dire nulla, la sua segretaria si spostò di lato, per farla passare.

Roxy le voltò le spalle, si infilò nel suo ufficio e si sedette alla sua scrivania, cercando di riprendere il controllo della situazione.

Non poteva credere al ritmo che aveva in quel momento il suo cuore.

Sembrava non volersi fermare nel suo petto.

Sembrava avesse iniziato una corsa che lo avrebbe portato chissà dove.

E lei non voleva saperlo.

Inspirò a pieni polmoni un paio di volte, chiuse gli occhi per calmarsi.

Dopo alcuni secondi il telefono iniziò a squillare e lei prese subito la chiamata.

«Pronto.»

«Ehi, ciao.» la voce di Ray era incrinata, come rotta dall'emozione.

«Ciao...che succede, tutto bene?»

«Certo.» lo sentì schiarirsi appena la voce, come se fosse nervoso «Scusa se ti disturbo, ma volevo chiederti scusa, Roxy. Per ieri, per stamattina... per tutto.»

Il suo tono caldo la avvolse come in un morbido abbraccio. Sentì la sicurezza che solo lui sapeva darle, sentì la familiarità di quel suono dolce, sentì la sintonia che la legava a suo marito.

Sorrise.

«Non preoccuparti, non è colpa tua. Sto passando un periodo...»

«Teso?» lui non la fece finire, completò la sua frase con un tono ironico. «O forse *teso* è dire poco.»

«Già.» Roxy trattenne una risata. «Quindi...mi hai chiamato per scusarti?»

«E per invitarti fuori, stasera.»

«Mmh...» lei si rilassò subito, abbandonandosi sulla poltrona. «E dove vorresti portarmi?»

«Sorpresa.»

Roxy aggrottò le sopracciglia. Strano che suo marito fosse così misterioso, di solito decidevano insieme dove passare la serata.

«Come sarebbe, *sorpresa*?»

«Sarebbe che ho in mente una cosetta.» lo sentì schiarirsi la voce. «E voglio stupirti. A che ora pensi di finire?»

«Non saprei» lei abbassò lo sguardo sull'orologio «Tra un paio d'ore?»

«Ottimo. Vengo a prenderti io in ufficio, ti riaccompagnerò poi domani.»

«Ah... va bene.» non sapeva che pensare, tutta quest'aura di mistero che circondava la proposta la incuriosiva parecchio.

«A dopo allora, amore.»

«Va bene, Ray. A dopo...»

«Ah, senti, Roxy... porterò io gli abiti per cambiarti, salgo in ufficio da te non appena arrivo.» senza dirle altro riattaccò il telefono, lasciandola inebetita.

Abiti per cambiarsi?

Riattaccò il telefono con lentezza, chiedendosi cosa avesse in mente Ray, era tutto molto strano.

«Roxy.» la voce di Mary la costrinse a voltarsi. La donna se ne stava sulla porta, come in attesa di un suo cenno. «Posso entrare?»

«Certo, accomodati.» Roxy le fece segno di sedersi davanti a lei, la osservò chiudere la porta e avanzare verso la sedia. La vide sistemarsi comoda e poi osservarla in viso, seria.

«Senti, tu sai che per me sei come una figlia.» le sorrise, con fare materno. «Sento che devo dirtelo, non posso tacere una cosa simile. Anche perché sono affezionata sia a te che a Ray, vi conosco da tempo e non voglio che...»

«Cosa vuoi dirmi, Mary?»

La donna si schiarì la voce, imbarazzata.

«Circolano voci, su di te e...» fece un cenno con la testa verso l'ufficio a fianco. «Marshall.»

Roxy fece un sospiro. Dopo gli articoli sul giornale immaginava che qualcosa di simile sarebbe accaduto, prima o poi.

«Non è vero niente, Mary.» le sorrise, tentando di rassicurarla. «Io e Steve siamo solo colleghi, stiamo indagando su questo caso e passiamo molto tempo insieme per quel motivo. Se ti riferisci alle foto sui giornali, sai che è tutta una montatura e...»

«Non mi riferisco a quello.» scosse la testa sorridendole. «Non ho dubbi che tu ami Ray e non ho dubbi sul fatto che tra te e *quello* non ci sia nulla.»

«E allora?»

«E allora non ti sei accorta di come ti guarda, vero?»

Roxy si sentì avvampare. Se n'era accorta eccome, certo.

«Bene, vedo che anche tu te ne sei accorta.» il sorriso di Mary diventò tirato, i lineamenti del viso tesi. «Lo immaginavo. È un uomo molto affascinante e avete molte cose in comune.»

«Sì, ma...» cercò di replicare, ma le parole non volevano uscire dalla sua gola.

Mary si alzò in piedi, per congedarsi.

«Stai attenta, Roxy.» si spostò e sistemò la sedia, avvicinandola al tavolo. «Ti dico solo questo: stai attenta.»

Senza dirle altro, si avviò verso la porta, lasciandola lì a riflettere su tutta la situazione che si stava creando all'interno dell'ufficio.

Senza dubbio Mary aveva intuito quanto accaduto poco prima, forse aveva visto anche la mano di Steve che esplorava la sua pelle. Al pensiero di quel gesto e al ricordo della sua voce roca, Roxy sentì un brivido percorrerle la schiena. Strinse i denti, ricacciando via quella sensazione che non voleva provare e che respingeva con tutto il suo corpo.

Doveva concentrarsi sul caso e basta, rimettersi al lavoro senza pensare ad altro.

E doveva farlo capire anche a lui, senza lasciare spazio a nessun tipo di dubbio.

Si alzò in piedi decisa, a grandi falcate uscì dal suo ufficio e si diresse verso quello di lui. Entrò, si sedette di nuovo al suo posto e senza degnarlo di uno sguardo riprese a lavorare. «Allora, dove eravamo rimasti?»

Lui si voltò a guardarla, perplesso. Non poté fare a meno di domandarsi cosa era successo durante quella chiamata del marito, forse avevano litigato. Senza pensarci troppo le passò una mano sulla spalla, per confortarla. «Tutto bene, Roxy?»

Lei si scostò con uno scatto, allontanandosi subito dal suo tocco. Le bruciavano quelle dita su di lei, anche attraverso la stoffa dell'abito poteva sentire il calore della sua pelle.

«Tutto bene, sì.» gli fece un sorriso tirato. «Anzi, rimettiamoci subito al lavoro, per favore. Tra due ore Ray mi verrà a prendere qui in ufficio. Devo uscire presto, stasera.»

Steve spalancò appena gli occhi, colpito dalla sua reazione e dalle sue parole: una cena galante, il marito era dunque passato all'attacco.

«Certo, come vuoi. L'importante è che tu stia bene, mi sembravi solo un po' tesa.» Si drizzò con la schiena e riportò la sua mano forte sul tavolo, prese subito il mouse e si concentrò sullo schermo del computer.

«Non sono tesa, anzi.» Roxy lo disse con un tono carico di sottintesi.

Voleva che lui comprendesse che il merito era di Ray e che lui doveva solo stare al suo posto. Capì che aveva ottenuto il suo scopo, perché notò che lui si voltò appena, la osservò con la coda dell'occhio e fece un lieve sorriso ironico.

«Ottimo, allora.» lui cliccò per aprire il programma di ricerca, che riportava i nomi di tutte le persone coinvolte nell'inchiesta di Washington. Avrebbe fatto come lei voleva, almeno per il momento. Poi avrebbe deciso come comportarsi. «Procediamo, allora.»

«Buonasera, signor Jones» la segretaria all'ingresso della Procura lo salutò cordiale, osservandolo poi curiosa.

«Buonasera.» lui le rivolse un sorriso smagliante, poi si avviò verso l'ufficio di Roxy. Fece un sospiro profondo mentre camminava, sapeva che anche *lui* era là, sapeva che lo avrebbe rivisto di nuovo. Ma questa volta era pronto ad affrontarlo.

Passò davanti all'ufficio di Mark, gli rivolse un saluto con la mano, che lui si affrettò a ricambiare. Era al telefono, sapeva che non appena avrebbe interrotto la chiamata sarebbe andato a salutarlo. Non si vedevano da un po'.

Arrivò all'ufficio di Roxy, diede una sbirciata dentro e lo trovò vuoto. Si girò verso Mary, che lo salutò raggiante, poi gli indicò con la testa l'ufficio di Stephen Marshall.

«Grazie.» le strizzò l'occhio, poi si avviò verso la porta aperta della stanza dove sapeva che avrebbe finalmente trovato sua moglie.

Quando vi giunse, guardò dentro e studiò con attenzione la situazione.

Erano seduti fianco a fianco, alla scrivania dove lavorava *lui*. Il piano di lavoro era ricoperto di carte e documenti, Roxy stava leggendo qualcosa e l'uomo stava invece scorrendo una lista sullo schermo del pc.

Non esitò oltre, bussò alla porta deciso.

Entrambi si voltarono di scatto.

Roxy si illuminò in viso. Marshall, al contrario, si rabbuiò.

«Ray!» lei guardò l'orologio, mentre si alzava in piedi per andargli incontro. «Accidenti, sono già passate due ore...»

Lui allungò un braccio, non appena Roxy gli fu di fronte la prese per la vita e la attirò a sé per un bacio veloce sulle labbra.

«Sì, eccomi qui.» le sorrise, guardandola in viso. Amava quegli occhi, soprattutto in momenti come questo, quando risplendevano come gemme d'argento per lui. «Sei pronta, hai finito?»

«Sì, certo.» lo guardò curiosa, studiando il suo abbigliamento sportivo. Poi abbassò lo sguardo sul borsone di tela che teneva in mano. «Che programmi hai per stasera?»

«Vedrai.» le strizzò l'occhio, poi fece scivolare via il braccio dalla sua vita. La oltrepassò e si diresse verso l'uomo che nel frattempo li aveva osservati con attenzione.

L'uomo che aveva messo gli occhi sulla sua Roxy.

Gli andò incontro con il braccio teso, pronto a stringergli la mano. Lo fissò con un sorriso, ma gli occhi non trasmettevano certo felicità. Erano intimidatori, erano occhi di qualcuno che voleva far capire al suo avversario che aveva intuito il suo gioco.

E che non c'era proprio nessun gioco, da giocare.

Steve si lasciò andare a un lieve sorriso ironico, poi si alzò in piedi e accettò la stretta di mano dell'uomo che aveva di fronte.

«Ciao, Stephen.» gliela strinse vigoroso. «Scusa se quando ci siamo incontrati, l'altro giorno, non ero molto affabile, ma non avevo una buona giornata.»

«Già, ho saputo di tua sorella, mi dispiace.» Steve rispose alla stretta di mano, con forza. «Sono stato contento di sapere che si sta riprendendo, Roxy me lo ha detto stamattina.»

Ray annuì, sciogliendo poi la stretta.

«È una ragazza forte, tornerà presto in forma.» si voltò verso

Roxy, sorridendole accattivante. «Andiamo, allora?»

«Certo» lei osservò ancora il suo borsone, poi gli fece cenno di seguirla nel suo ufficio.

Ray rivolse un cenno di saluto a Steve, che gli rispose di rimando. Li guardò allontanarsi, stringendo gli occhi e serrando le mascelle.

Roxy forse era attratta da lui, ma non lo aveva mai guardato come aveva guardato suo marito pochi istanti prima. Aveva una luce nello sguardo, un sorriso... che non le aveva mai visto prima.

Se voleva averla, avrebbe dovuto lottare duramente e non sarebbe certo stato facile.

Quando sentì la porta dell'ufficio di Roxy richiudersi non poté fare a meno di pensare al fatto che quei due ora erano là dentro, da soli.

Fece una smorfia, poi si sedette di nuovo al suo posto e riprese a lavorare, in attesa di vederli uscire. Al momento non poteva fare altro.

Quando Roxy sentì la chiave girare nella serratura, guardò Ray incuriosita.

«Che hai in mente?» gli fece un sorriso sensuale, piegando appena la testa di lato.

«Niente di compromettente, stai tranquilla.» le porse il borsone, che lei si affrettò a prendere. «Solo uno striptease privato per il sottoscritto, grazie.»

Lei inarcò un sopracciglio, posò la sacca su una sedia e aprì la cerniera, scoprendo subito cosa c'era all'interno. Spalancò la bocca, non riusciva a capire cosa avesse in mente suo marito: gli abiti che doveva indossare per la serata erano un paio di jeans neri piuttosto robusti, scarponcini, una maglietta con le maniche a tre quarti leggera e un giubbotto in pelle pesante. Estrasse tutto dalla borsa, notando un altro giubbotto sul fondo, che era di Ray.

«Dove hai intenzione di portarmi, in montagna?»

Lui sorrise, scuotendo la testa.

«Certo che no. Si tratta di molto meglio...» incrociò le braccia al petto, in attesa. «Avanti, spogliati. Ho fretta.»

Roxy gli sorrise e lo accontentò subito.

Per prima cosa si sciolse i capelli, lasciandoli ricadere in morbide onde sulle spalle.

Si sfilò la giacca con lentezza, la appoggiò allo schienale della sedia.

Si sfilò le scarpe altissime aiutandosi con le punte dei piedi, poi corse con le mani dietro la schiena, sul bordo della gonna, facendo scorrere la cerniera con lentezza. Vide Ray deglutire, con soddisfazione lasciò ricadere l'indumento a terra, rivelando uno slip nero in pizzo e uno splendido paio di autoreggenti.

«Quelle tienile, per favore.» la voce di lui era roca, carica di desiderio.

Roxy annuì, spostò di lato la gonna con un piede e passò alla camicetta, che con lentezza iniziò a sbottonare, scoprendo il suo reggiseno nero, anch'esso in pizzo.

Sbottonò i polsini, mentre la camicetta di seta iniziò a scivolarle lungo le spalle rivelando la pelle morbida e procurandole un'infinità di brividi sulla pelle.

Sentì i capezzoli inturgidirsi e vide con la coda dell'occhio suo marito che portava una mano all'inguine, per sistemarsi. Sorrise, alzò lo sguardo e si leccò le labbra, soffermandosi prima sul suo inguine e poi sul suo volto.

Quando incontrò il suo sguardo si sentì bruciare.

Dentro e fuori.

Ovunque.

Strinse le cosce in maniera istintiva, desiderosa di trovare un po' di appagamento al desiderio che stava divorando il suo ventre. Era troppo tempo che non facevano l'amore e la sintonia che c'era tra loro era elettricità pura che fendeva l'aria. Si poteva quasi arrivare a toccarla con le mani.

E lei voleva farlo.

Avanzò di un passo, ma lui la bloccò con un gesto della mano.

«No, Roxy.» Ray scosse la testa, lento. «Non ora. Più tardi avremo tutto il tempo che vogliamo, a nostra disposizione. E Dio mio, ti giuro che lo sfrutteremo molto bene. Ma ora sbrigati a vestirti, dobbiamo andare.»

Lei fece un sospiro stizzito, poi lasciò cadere a terra la camicetta. Girò intorno alla sedia, voltò le spalle a Ray e si chinò in avanti per prendere i vestiti nel borsone, sentendolo gemere in modo sommesso.

«Dio, che tortura...» lui ammirò il suo fondoschiena perfetto, le sue cosce affusolate rivestite da quella grande striscia di pizzo decorato che le fasciava in maniera sublime. Ringhiò, non riuscendo quasi più a trattenersi. «Sbrigati, cazzo.»

Lei rise divertita. Prese i jeans, la maglietta, gli scarponcini e si infilò il tutto in fretta. Mise gli altri vestiti nella borsa e la richiuse, porgendo a lui il suo giubbotto e tenendo l'altro per sé. Si sistemò i capelli con un gesto veloce e gli sorrise languida.

«Sei stato tu a non voler far nulla.» fece spallucce, prendendolo in giro. «Peggio per te.»

«No, no...» lui si avvicinò al suo viso, accostò le labbra al suo orecchio e il suo alito caldo le solleticò la pelle mentre le parlava. «Più tardi mi prenderò tutto quello che mi spetta, fidati.»

Si allontanò appena, guardandola negli occhi. Poi le catturò le labbra avido, affondando subito la lingua nella sua bocca. La baciò, affamato di lei, della sua passione.

Durò pochi secondi, ma bastò a risvegliare i loro corpi e le loro menti, da troppo tempo lontani l'uno dall'altra. Troppo lontani.

«Cazzo, Roxy. Usciamo, altrimenti...»

«Altrimenti?»

«Altrimenti rovinerò tutta la serata.» si allontanò da lei, si schiarì la voce e portando la mano alle sue spalle girò la chiave, sbloccando la serratura. Senza attendere oltre aprì la porta, uscendo in corridoio.

Lei sorrise, poi lo seguì e salutarono Mary, che li osservava divertita.

«Beh, che dirvi... buona serata, ragazzi.» li guardò con un sorriso radioso, poi con la coda dell'occhio vide l'uomo che era uscito dall'ufficio a fianco e appoggiato allo stipite della porta li osservava con attenzione.

«Stephen, ti ho rivisto con piacere.» Ray gli fece un gesto con la mano, sorridendo appena.

«Certo, anch'io.» lui ricambiò il gesto, poi spostò lo sguardo su Roxy. «Ciao, passa una buona serata e rilassati... Ne hai bisogno.»

Ray cercò di ignorare il tono di complicità che quel tipo aveva usato nel rivolgerle quelle parole.

Si voltò verso sua moglie che sorrise a lui e salutò appena il suo collega.

«Grazie, Steve. Buona serata.» Roxy si rivolse poi verso la sua segretaria «Ciao, Mary. A domani.»

La donna li salutò con un cenno e un sorriso estasiato, ammirandoli poi andarsene per il corridoio. Li vide fermarsi davanti all'ufficio di Mark, che era ancora al telefono. Lo salutarono e proseguirono, verso gli ascensori. Si voltò verso l'uomo che non aveva abbandonato la porta del suo ufficio, che ignaro di essere osservato da lei continuava a seguire con lo sguardo la coppia che se ne stava andando. Notò la sua espressione cupa, le sue labbra serrate. Era chiaro che gli bruciava parecchio.

Come se avesse sentito i suoi pensieri, lui si voltò a guardarla.

Strinse gli occhi, come irritato di essere stato scoperto, poi le voltò le spalle e scomparve nel suo ufficio.

9.

«Allora, dove vuoi portarmi?» Roxy si sentiva eccitata ed elettrizzata come una bambina. Attraversarono il parcheggio sotterraneo della procura e mentre camminavano notò qualcosa in lontananza. Qualcosa che conosceva *molto bene.*

Spalancò la bocca, mentre si avvicinavano sempre di più. Non c'erano dubbi, ormai.

«Ma come hai fatto?» per poco non si mise a saltare. «Come lo hai convinto a prestartela?»

Ray rise di gusto.

«L'hai già riconosciuta, vero? Gli ho detto che dovevo conquistare una *ragazza* e lui si è fatto un po' pregare in verità... ma alla fine ha ceduto.»

Arrivati vicino a lei, Roxy non resistette. Accarezzò il sedile in pelle dell'Harley 1200 Custom del loro amico Andy, era davvero magnifica.

«Lui deve tanto a te ed Eve, è affezionato a voi due.» Roxy si voltò a guardare, adorante, suo marito. «Lo avete aiutato molto, credo che gli abbiate quasi salvato la vita.»

«Già.» Ray si rabbuiò un attimo, ripensando al passato torbido di Andy. Ma era tutto dimenticato, finito. Ed era meglio non rivangare nulla, molte cose non le sapeva nemmeno Roxy.

Si infilò le mani in tasca ed estrasse le chiavi di scorta dell'auto di Roxy, parcheggiata due macchine dopo la moto. Continuò a osservare sua moglie che accarezzava il sellino in pelle, si allontanò appena da lei e aprì il bagagliaio della sua BMW. Posò all'interno il borsone che conteneva i vestiti che lei si era tolta e prese i caschi che aveva lasciato lì, per nasconderli dalla sua vista.

Lei avvertì i movimenti del marito, si voltò a osservarlo e lo vide estrarli e richiudere il portellone. Si incamminò verso di lei, con un sorriso soddisfatto dipinto sul volto.

«Avevi proprio pensato a tutto, vero?» gli sorrise mentre si sistemava la borsetta a tracolla e prendeva il casco che lui le porgeva. Se lo infilò, allacciò la fibbia sotto il mento e si preparò a salire su quella fantastica opera d'arte.

Vide Ray montarvi sopra a cavalcioni, ammirò le sue possenti gambe fasciate dai jeans chiari circondare il metallo cromato e accarezzarlo come velluto. Gli occhi di lei percorsero le sue forti spalle, la giacca in pelle e giunsero a contemplare il suo fondoschiena, appoggiato sul sellino.

Fece un sorriso sensuale. Era la cosa più sexy che avesse mai visto.

Ritornò per un attimo con la mente a quando erano ragazzi, quando con la vecchia moto di Ray macinavano miglia su miglia. Da allora era passato davvero tanto tempo.

Lo vide voltare un po' la testa, per invitarla a salire dietro a lui.

Non se lo fece ripetere due volte: con un balzo montò dietro e sistemò i piedi in posizione sicura. Lo abbracciò stretto, sentendo il suo torace forte e appoggiandosi alla sua schiena.

La sua voce morbida le toccò il cuore. «Sei pronta, piccola?»

«Certo.» Roxy annuì felice. «Sempre.»

Il rombo che seguì l'accensione del motore le entrò dentro il sangue, procurandole un brivido d'eccitazione ormai dimenticato. Comprese, in quell'istante, che il grave errore che stavano facendo lei e Ray – soprattutto lei – era quello di avere dimenticato tutto questo. Si era concentrata troppo sul suo lavoro, sulle sue ambizioni, sui suoi impegni e doveri.

Ma la vita con il suo compagno di sempre era anche questo: libertà, spensieratezza, trasgressione. Lei e Ray si erano divertiti come pazzi all'università, la loro energia era il collante che li aveva attratti l'uno all'altra e che li aveva tenuti uniti durante ogni difficoltà che avevano affrontato.

Era questo che era venuto meno negli ultimi tempi. Si erano allontanati, si stavano perdendo. Avevano dimenticato chi erano.

Avevano dimenticato le ragioni che li avevano portati a *sceglìersi*.

Lo strinse più forte mentre faceva manovra e usciva dal posto dove aveva sistemato la moto. Lui si fermò e prima di ripartire le mise una mano sulle sue, stringendogliele con delicatezza e proseguendo poi con una carezza lunga.

Riportò le mani sul manubrio e con prudenza e studiata lentezza, si avvicinò all'uscita del parcheggio sotterraneo, mettendo poi la freccia per immettersi in strada.

L'aria della sera era fresca, solleticava la pelle. Roxy pensò all'eccitazione che avrebbe provato tra pochi istanti, quando finalmente avrebbe ammirato le ruote di quel bolide baciare l'asfalto sotto di loro.

West Washington Street era piuttosto affollata vista l'ora di punta, dovettero attendere alcuni minuti prima di uscire dal traffico. Ma non appena la strada fu libera, Ray non esitò: diede gas e accelerò subito, infilandosi fluido in mezzo alle auto. Guidava come aveva sempre fatto anche da ragazzo: amava la velocità, amava sentire ruggire il motore, ma era molto prudente. Lo era sempre stato ed era questa una delle cose che Roxy amava in lui.

Al suo fianco si era sempre sentita protetta e al sicuro.

A casa.

Sorrise mentre si stringeva a lui, appoggiò il mento sulla sua spalla, mantenendo lo sguardo sulla strada. Poteva sentire il profumo della sua pelle riempirle le narici e il calore che emanava il suo corpo confondersi con il suo. Si godette appieno quella sensazione, assaporando ogni singolo istante di quel viaggio, ovunque stessero andando.

Voltarono sulla Michigan Avenue, costeggiarono il Millennium Park e poi giù, lungo tutta Randolph Street, diretti verso il lago Michigan. Una volta giunti ai bordi di quella grande e lucente distesa d'acqua, Roxy fu quasi sorpresa di vedere Ray che accostava a fianco di un piccolo bar e spegneva la moto.

Si sporse verso di lui, curiosa.

«Come... tutto qui?»

«Purtroppo sì.» lui poggiò i piedi per terra e le prese una mano, per aiutarla a scendere. La osservò attento compiere quel gesto e poi si slacciò il fermaglio del casco sotto il mento e se lo sfilò. «Andy ha accettato di prestarmela, ma abbiamo solo un'ora. Ti ho portato qui perché era dove venivamo sempre anni fa, avevo voglia di una birra insieme a te e di ammirare la sera che arriva.»

«Mmh, vedrò di accontentarmi, allora.» Roxy sorrise mentre lo guardava sistemare il cavalletto e rendere stabile la moto. Alzò lo sguardo verso di lui, osservandolo scendere e si sistemò come poteva i capelli scompigliati. «Che pensavi di fare, dopo?»

«Vedremo» lui fece un'espressione piena di sottintesi, poi le prese la mano e la condusse verso il chioschetto ai bordi del lago. «Ora godiamoci qualche minuto insieme, da soli.»

Presero due Budweiser, leggere e fresche, poi si sedettero su una panchina lì a fianco, dalla quale si poteva ammirare il lago e tenere anche sotto controllo la moto.

«Come mai quest'idea?» Roxy glielo chiese all'improvviso, era curiosa.

«Volevo passare una serata diversa dal solito, io e te. Credo che abbiamo bisogno di recuperare un po' il nostro rapporto e cercare di essere più sereni, non credi?»

Roxy annuì mentre portava alla bocca la bottiglia di birra e beveva un sorso di liquido amaro. Erano le stesse cose che lei aveva pensato alcuni minuti prima, le stesse riflessioni che aveva fatto su loro due.

Lei e Ray, nonostante tutta la burrasca che potevano avere intorno e nonostante la tensione che poteva esserci tra loro, viaggiavano sempre sugli stessi binari. Erano uniti da una sintonia incredibile, una sorta di legame che li aveva sempre accompagnati in tanti anni.

«Credo che tu abbia ragione.» Si voltò a guardarlo, i suoi occhi azzurri la scaldavano come sempre avevano fatto. «Ci siamo lasciati travolgere da troppe cose e ci siamo concentrati troppo su quello che è al di fuori di *noi.*»

Lui annuì, serrando le labbra. Quello che era *al di fuori* aveva un nome e un cognome, ma non aveva senso parlarne in quel momento. Avrebbe solo contribuito a rovinare una serata che aveva tutti i presupposti per essere *perfetta.*

Avvicinò il volto a quello di sua moglie, bellissima nonostante una giornata di lavoro, sensuale nonostante i capelli scompigliati dal casco e dal breve viaggio in moto.

«Dobbiamo pensare solo a *noi due*, Roxy.» Ray teneva in particolar modo a quel "noi due".

Di proposito aveva rimarcato la voce su quelle parole, facendole capire che era sua intenzione accantonare al momento il discorso *bambino.*

Lei lo comprese immediatamente e gli sorrise con calore. Sapeva che era un grosso sacrificio da parte di Ray, in realtà capiva che lui avrebbe desiderato moltissimo non parlare di loro *due*, ma parlare di loro *tre.* E lei lo amava ancora di più per questo.

Gli prese il mento e lo attirò a sé, con dolcezza gli posò un bacio veloce sulle labbra.

«Grazie, Ray...» la sua voce era un sussurro, quasi incrinata. Carica di emozione.

Lui la guardò per pochi istanti e non seppe dirle altro. «Ti amo, Roxy.» aprì la bocca e le catturò le labbra, aprendole subito con la punta della lingua. Le passò la mano libera dietro la nuca, intrecciando le dita tra i suoi lunghi capelli morbidi. Le accarezzò la testa, mentre la baciava con passione e lei gli rispondeva con un meraviglioso trasporto.

Avrebbe voluto poterla prendere subito, portarla a casa e fare l'amore con lei tutta la notte.

Ma c'era qualcos'altro che aveva preparato per lei stasera... e non poteva rinunciarvi. A malincuore si allontanò dalle sue dolci labbra e le sorrise.

«Dobbiamo andare, tesoro. Altrimenti credo che Andy potrebbe venire a cercarci e ti assicuro che non sarebbe una buona cosa.» risero entrambi, bevvero l'ultimo sorso di birra e riportarono le bottigliette al barista, che li ringraziò.

Rimontarono in sella alla moto, Ray voleva godersela il più possibile prima di restituirla e con lentezza studiata guidò lungo le strade della città verso il Green, il locale di cui Andy era il proprietario. Non appena arrivarono parcheggiò davanti al pub, nel posto di Andy, la chiuse e si avviarono all'interno.

Erano diversi giorni che non si recavano lì e come al solito era molto affollato. Ma l'atmosfera calda e l'ambiente familiare riempirono subito il cuore di Roxy.

«Perché non mangiamo qualcosa qui?» si voltò verso Ray, che la guardò sorpreso. «O hai qualcos'altro in programma?»

«No, no...» lui aggrottò appena le sopracciglia. «Come preferisci, per me va bene.»

Non appena svoltarono l'angolo del bancone e videro Andy che li salutava con un cenno della mano, non poterono fare a meno di vedere anche Rebecca, Kimberly e Tamara. Roxy si illuminò in viso mentre le sue amiche la salutavano e ridevano, sedute sugli sgabelli davanti al bancone.

«Ma guarda, Ray!» si voltò verso di lui, che stava ridendo con aria complice. «Ma tu...lo sapevi?»

«Diciamo di sì.» sollevò le spalle, in segno di indifferenza. Fece appena in tempo a parare il colpo che gli diede Roxy contro il torace, divertita.

«Hai organizzato tutto tu?»

«Più o meno. L'idea è stata anche di Reb, ho pensato che ti volevi rilassare e divertire, per una sera. E per ottenere tutto questo ho accettato di dividerti qualche ora con le tue amiche.»

«Purtroppo ne manca una.» lei si rabbuiò, ripensando a Eve in quel letto di ospedale.

«È in buone mani, fidati.» Ray le sorrise sereno, sapeva che con ogni probabilità Max era con lei, quella sera. «E credimi, sta recuperando molto bene. A breve sarà dei nostri.»

Giunsero davanti a Andy e Ray con un gesto gli lanciò le chiavi dell'Harley, lui le prese al volo guardandolo cupo.

«È tutta intera?» la sua voce bassa era quasi minacciosa.

Andy incuteva davvero timore, a volte: pelle nera come il carbone, occhi scurissimi, rasato quasi a zero e con una fisicità spaventosa. Ma, per chi lo conosceva bene, non era un mistero quanto il suo cuore in realtà fosse davvero grande.

«Più o meno, dai. Un graffietto o due.» Roxy intervenne, rispondendo al posto di Ray. Lui spalancò la bocca e incrociò lo sguardo infuocato del suo amico, che non prometteva nulla di buono.

«Roxy...» Ray la guardò di sbieco, ammonendola «Tutto bene,

Andy. Anzi, ti ringrazio.»

Lui annuì, si infilò le chiavi in tasca e mise due bicchieri puliti sul bancone, nei quali si affrettò subito a versare del vino bianco fresco.

Roxy rise e poi si voltò verso le sue amiche, che la stavano osservando divertite. Le raggiunse, salutandole e baciandole tutte e tre.

«Che ci fate qui?»

«Rebecca ci ha spiegato che avevi bisogno di passare una serata in nostra compagnia e che il povero Ray era... diciamo... piuttosto disperato.» Kim fece una piccola smorfia, poi bevve un sorso dal suo bicchiere, strizzandole l'occhio.

«Sul serio?» Roxy guardò veloce Reb, poi spostò lo sguardo su Ray, che stava parlando con Andy e sorrideva tranquillo. «Hai detto *piuttosto disperato*?»

«E dai, Kim... hai esagerato, su.» Reb la colpì con una gomitata, ammonendola. «Non ho detto proprio... *così*.»

«E come hai detto, scusa?» Roxy incrociò le braccia al petto, un angolo delle sue labbra si curvò appena verso l'alto. «No, perché sarei piuttosto interessata all'argomento.»

«Dai, Roxy.» Tammy intervenne, si alzò in piedi e la prese sottobraccio. «Consideralo un piccolo regalo che abbiamo voluto farti tutti noi. Una serata durante la quale non devi pensare a nulla, solo a rilassarti e divertirti. Anche se si sente la mancanza di Eve, non c'è dubbio, ma ci saremo noi tre, Ray e Andy. Vedrai che sarà divertente.»

Roxy si guardò intorno, mancava un'altra persona.

«Il tuo ragazzo?» aggrottò le sopracciglia, guardando Tammy con aria interrogativa. Non che le dispiacesse che lui non ci fosse, anzi. Non lo sopportava.

«Oh, lui...» Tamara si schiarì la voce, prese il suo calice di vino bianco e ne bevve un sorso. «Lui non poteva venire stasera.»

Roxy si voltò a guardare Reb e Kim che osservavano pensierose Tammy. Era molto strano, negli ultimi tempi era sempre uscita solo con lui, non si era quasi più fatta vedere.

«Va tutto bene, Tammy?» Reb la prese per un braccio, con dolcezza. «Avete problemi, tu e lui?»

«No, no» lei sfilò subito il braccio dalla presa con un gesto secco. «È solo che...»

«Ehi, ragazze!» Ray arrivò in quel momento, interrompendola. «Va bene che ho promesso di dividerla un po' con voi, ma reclamo la mia parte, ora.»

Roxy scoppiò a ridere con le altre, piegando la testa di lato, in modo di permettere a suo marito di posarle un bacio sul collo. Ray la abbracciò da dietro, premette il bacino contro il suo e le fece sentire molto bene quanto già la desiderava.

«Divertiti, bellezza.» la sua voce calda le solleticò l'orecchio, un brivido bollente le partì dalla nuca e le attraversò tutta la schiena, finendo dritto al centro del suo ventre. «Ma tra poche ore saremo solo io e te... e lo saremo come non lo siamo da un po'. *Fidati.*»

Lei deglutì, non sapendo che replicare. La passionalità e l'ardore di Ray la spiazzavano sempre, anche dopo tanti anni. Era un uomo che le faceva sentire bene quanto la desiderasse e quanto la amasse, ogni volta che facevano l'amore.

All'improvviso le note incalzanti di *Fly away* di *Lenny Kravitz* fendettero l'aria. Le sue amiche si alzarono subito in piedi, muovendosi a tempo di musica. Roxy si voltò verso Andy, che dal bancone le osservava ridendo. Sapeva che era una delle sue canzoni preferite, l'aveva messa apposta.

Si girò a guardare Ray, che la contemplava estasiato. Vedere quella luce brillare negli occhi di Roxy era la cosa più bella che potesse mai desiderare, la consapevolezza di averla resa felice quella sera, era un traguardo che lui aveva raggiunto.

Sorrise.

«Vai, bellezza. Divertiti con loro, ma stai attenta che ti osservo.» la baciò sulle labbra, veloce. Poi si sciolse dal suo abbraccio e prima di voltarsi e tornare da Andy, vide Roxy regalargli il più bello dei suoi sorrisi.

«Grazie, Ray. Ti adoro.»

Lui annuì, tornò da Andy e si appoggiò al bancone, guardandolo con un sorriso ironico.

«Che cosa sei disposto a fare quando sei innamorato.» prese il suo calice di vino, ne bevve un sorso e prese un corn dog infilato su uno stecchino. Lo addentò vorace, mentre masticava notò che Andy non staccava gli occhi di dosso alle ragazze. Deglutì e fece un sorriso appena accennato. «Certo che lo sai, vero? Tu fai ben di peggio.»

Andy si voltò verso di lui, prese un panno e iniziò a pulire il bancone, togliendo i bicchieri sporchi con indifferenza.

«Almeno quel tipo non è venuto stasera...» Andy alzò lo sguardo verso Tammy che ballava felice. «Quando è con lui non mi piace, ha un'espressione sul viso chc...»

«Cosa vorresti dire?»

«Non lo so. So solo che quel ragazzo con cui si è messa ha qualcosa che non mi torna.» guardò Ray, serio. «E ti giuro che se dovesse farle del male, io...»

«Stai calmo, Andy. Non fare pazzie nella maniera più assoluta, sappiamo entrambi cosa potresti fare.» Ray lo guardò serio, gli prese un polso per attirare la sua attenzione. «Nemmeno a me piace quel tipo e devo dirti la verità, non piace a nessuno. Ma sono affari di Tammy e non dobbiamo intrometterci nelle sue cose. È una ragazza sensibile, ma è sveglia e noi dobbiamo fidarci di lei.»

«Lo so.» Andy serrò la mascella, sfilò il polso dalla mano di

Ray e ricominciò a pulire.

«Certo che lo sai, tutti lo sappiamo. È la prima storia importante che ha, sembra che comunque le cose vadano bene tra di loro. Non le hai mai detto di essere innamorato di lei e ora cosa pretendi? Che lei di punto in bianco lo lasci e si metta con te?»

«Sarebbe bello, sì.» Andy si mise a ridere, buttò il panno nel lavandino e aprì il rubinetto per risciacquarlo. «Ma impossibile.»

«Perché?»

«Una come lei, con uno come me? Non si è mai visto... Ray, non raccontiamoci cose che sono fuori dal mondo. In più ci sono tredici anni di differenza, tra me e lei.»

«E allora?» Ray si sporse in avanti. «Ha venticinque anni, Andy. Tu, trentotto. Non è un abisso e tu lo sai. E poi che significa *uno come me*? Non fare il coglione, va bene?»

«Non sono un coglione.» Andy quasi ruggì, incrociò le braccia al petto rivelando i suoi muscoli guizzanti che svettavano sotto le maniche della maglietta.

«Spero non sia per il colore della tua pelle.» Ray strinse appena gli occhi, guardandolo fisso.

«Forse. Ma anche per il mio passato, non credi? Un po' *scomodo*.»

«Ah, se parlate di passato scomodo eccomi qui, presente.» la voce di Jack arrivò alle spalle di Ray, in modo simultaneo una mano possente lo colpì al centro della schiena «Come butta?»

«Al solito. Come mai da queste parti?» Ray si voltò a guardarlo, incuriosito. Capitava di rado che lui frequentasse il Green, amava *altri locali*.

«Ero stufo delle solite persone, tutto qui.» fece un cenno con la testa ad Andy, che capì al volo. Prese un bicchiere e gli versò all'istante una birra chiara alla spina che si affrettò a posare sul bancone davanti a lui.

Jack afferrò subito il boccale e ne bevve un lungo sorso, chiudendo gli occhi. Quando lo riposò sul piano davanti a lui notò, poco distante, un cestino con delle noccioline. Allungò il braccio e lo attirò vicino a sé, iniziando a mangiarle in silenzio.

«Jack! Che ci fai qui?» Roxy gli arrivò alle spalle, prese il calice di vino che aveva lasciato lì e ne bevve un po'.

«Avevo voglia di aria nuova.» le sorrise, continuando a masticare. «E tu, invece?»

«Chiedilo a Ray» gli strizzò l'occhio, poi tornò a ballare con le ragazze, al centro della pista ormai affollata.

I tre uomini le osservarono, erano tutte e quattro bellissime. Sorridenti, felici, libere. Era davvero raro vedere un gruppo così affiatato: sempre leali le une verso le altre, sincere, oneste. Crude, a volte, come solo le vere amiche sanno essere.

«Ah, donne...» Ray scosse la testa, come rassegnato.

«*Le donne sono fatte per essere amate, non per essere comprese.*» Jack sorrise a entrambi. «Strano che sia proprio io a dire una cosa del genere, vero?»

«Infatti non è tua, è di Oscar Wilde.» Andy lo colpì su una spalla, con tono amichevole.

«Già. Che come me, non amava certo le donne.» si girò e fece l'occhiolino a entrambi, scoppiarono a ridere. «Anzi, ho invaso anche troppo la *vostra* serata, credo che me ne andrò a casa.»

«No, perché?» Ray si sporse verso di lui. «Noi ci fermiamo ancora un'oretta, non di più. Mangiamo qualcosa poi andiamo a casa, puoi restare.»

«No, grazie.» lui scosse la testa, infilò le mani in tasca ed estrasse una banconota per Andy. Gliela appoggiò sul bancone, vuotò il boccale di birra in un sorso, salutò entrambi e se ne andò, infilandosi silenzioso nella notte che ormai scendeva sulle strade di Chicago.

«Mi dispiace molto per lui.» Andy riempì di nuovo il bicchiere di Ray, poi si voltò verso una cameriera che gli portava un vassoio con altri stuzzichini. «So che ha sofferto parecchio.»

«Purtroppo sì. È un bravo ragazzo, con un cuore grande. Era da poco andato a vivere con il suo compagno, poi ha scoperto che lui lo tradiva. Un classico.» Ray prese un piccolo sandwich di pollo, gli tolse lo stecchino e lo gettò nel cestino a fianco. «Ma lui non si è ancora ripreso, nonostante sia già passato un anno.»

Andy si rabbuiò. Stette un attimo in silenzio mentre sistemava tovagliolini e piattini vuoti a fianco di quelli carichi di leccornie.

«Dobbiamo trovargli qualcuno, allora.» si voltò verso Ray, sorrise.

Lui annuì, masticando con gusto.

«Di chi state parlando?» le ragazze arrivarono tutte insieme, ma fu la voce di Reb a sovrastare le altre «A chi dovete trovare qualcuno? Non a me, spero!»

«Oh, so io chi ci vorrebbe per Reb!» Kim intervenne subito, agitando le mani «Un poliziotto come lei, poco ma sicuro. Agenda sempre a portata di mano, orologio sincronizzato con il suo, capello corto, senza barba, ben vestito e immacolato. Calendario con tutti gli impegni programmati, giorno per giorno. Il lunedì la palestra, il martedì la piscina...»

«Una palla, insomma.» Roxy commentò con tono sarcastico mentre addentava un corn dog, dopo averlo intinto nella senape. «Ma del resto...»

Scoppiarono tutti a ridere, mentre Rebecca li guardava con gli occhi spalancati. «Che stronzi che siete.»

Un paio di ore dopo, Roxy osservava le luci di Chicago sfrecciare oltre il finestrino dell'Audi di suo marito. Era assorta, appoggiata alla sua spalla mentre lui guidava sicuro in mezzo al traffico serale.

Sorrise, ripensando alle bellissime ore che aveva appena passato con le sue amiche e con lui. Ray sapeva molto bene cosa le serviva per rilassarsi e distendere i nervi. Le bastava poco, alla fine: una serata con la giusta compagnia, un bicchiere di vino, qualcosa di buono da mangiare e un po' di musica.

Cose semplici.

C'era solo una cosa che mancava per coronare la serata, ma che era certa che tra poco avrebbe avuto.

Sorrise languida e passò una mano sulla coscia tesa di Ray, assaporando i suoi muscoli possenti che si percepivano anche sotto la stoffa pesante dei jeans.

«Grazie, amore mio.» glielo disse con voce roca, carica di desiderio, ma anche di pura gratitudine.

Lui fece un lieve sospiro, tolse la mano dal volante e le passò il braccio intorno alle spalle. Con le dita le sfiorò la guancia, delicato.

«Te lo meriti, Roxy. *Ce lo meritiamo entrambi.*» spostò di nuovo il braccio, per accingersi a voltare. Erano arrivati a casa. «Stiamo passando un periodo difficile, come credo che passino tante coppie, prima o poi. Non dobbiamo perdere di vista noi stessi, siamo la cosa più importante, l'unica che conta.»

Ray fermò l'auto mentre lei si sollevava dalla sua spalla e si voltava a guardarlo. Lo amava moltissimo, nonostante tutto quello che stava accadendo intorno a loro.

«Hai ragione, non dobbiamo e non possiamo farlo.» gli prese il volto tra le mani, lo baciò con tenerezza. Quando si scostò da lui, i suoi occhi azzurri le trasmettevano passione, desiderio e un amore incondizionato, senza riserve. Le si strinse il cuore, il ventre, tutto il suo corpo rispose a *lui.* «Andiamo.»

Scesero entrambi dalla macchina, a passi veloci lasciarono il parcheggio sotterraneo ed entrarono nell'atrio dove si trovava l'ascensore. Premettero il pulsante quasi simultaneamente, mentre le loro mani correvano ovunque sui loro corpi e le loro bocche si cercavano l'una con l'altra.

Quando si aprirono le porte Ray la spinse dentro, premette il tasto del loro piano e grato del fatto che non ci fosse nessuno, la premette contro la parete. Voleva che sentisse quanto la desiderava, voleva che capisse quanto aveva bisogno di *lei*.

La baciò di nuovo, ancora... e le strinse un seno con forza, strappandole un gemito soffocato.

Non poteva più aspettare.

Le infilò una mano tra le gambe, come per prendere quello che era suo di diritto, soltanto suo.

«Cazzo, quanto ci mette quest'ascensore stasera?» Ray se lo chiese quasi con rabbia, con frustrazione. Gli sembrava di non arrivare più.

Roxy scoppiò a ridere sulle sue labbra, si aggrappò alle sue spalle e spinse i fianchi contro la sua mano, come per invitarlo a stringere ancora più forte.

Il campanello li avvertì che erano arrivati, si precipitarono fuori in corridoio e aprirono subito la porta, entrando in casa. Ray la richiuse alle loro spalle con un colpo secco, con la mano girò subito la chiave come per lasciare il resto del mondo fuori.

«Via tutti.» avanzò verso di lei, famelico. «Sei solo mia ora. Finalmente.»

«Ray, aspetta un secondo, devo andare in bagno a...»

«Scordatelo.» Lui con lentezza scosse la testa. «Tu non vai da nessuna parte.»

«Sono stata fuori tutto il giorno, dammi il tempo di...»

«No.» con un passo fu davanti a lei, la spinse contro il muro e iniziò a sfilarle la maglia. «Non me ne frega un cazzo, Roxy. Sei mia moglie e non mi interessa se sei fuori da tutto il giorno. Ci faremo un bagno insieme. Ma dopo.»

Lei sorrise, si leccò le labbra e alzò le braccia verso l'alto, per agevolarlo. Lui abbassò lo sguardo sui suoi seni, coperti da quel reggiseno di pizzo nero che aveva visto nel suo ufficio.

Con le dita abbassò entrambe le coppe, facendoli uscire. I suoi capezzoli induriti svettavano verso l'alto, erano un richiamo per la sua bocca, per la sua lingua. Per i suoi denti.

Si abbassò e ne prese uno tra le labbra, succhiò avido finché non la sentì gemere, al limite della sopportazione. Roxy inarcò la schiena contro di lui, per offrirsi sempre di più, per continuare all'infinito quella dolce tortura.

«Dimmi, Roxy. Dove vorresti andare, eh?» lui si drizzò con la schiena, la prese per le spalle e la fece voltare, portò entrambe le mani sul suo ventre e con un gesto veloce le slacciò i jeans, abbassandoglieli subito insieme agli slip in pizzo.

Ammirò estasiato il suo fondoschiena perfetto, le sue cosce fasciate dalle autoreggenti, la sua schiena alzarsi e abbassarsi per i profondi sospiri. In attesa.

Le accarezzò una natica con dolcezza, mentre con l'altra mano si sbottonava i pantaloni. Chiuse gli occhi per un attimo mentre assaporava la sua pelle morbida, tracciando con le dita una linea immaginaria in quella piccola piega dove iniziavano le sue lunghe gambe.

Con entrambe le mani si abbassò i pantaloni insieme ai boxer, che gli ricaddero fino alle ginocchia.

Prese Roxy per i fianchi, indietreggiò di un paio di passi e la trascinò con sé, facendola piegare leggermente.

«Dove vorresti andare, dimmi.» la voce roca di Ray fece perdere la testa a Roxy.

Si aggrappò con le unghie al muro, spinse i fianchi contro di lui. Strinse i denti per non gridare, quando sentì il suo membro eretto stuzzicare la sommità fradicia delle sue cosce.

«Non voglio andare da nessuna parte. Ti prego...» lo supplicò, mentre cercava di andargli incontro, anche se lui si spostava sempre. Lo sentì ridere in modo sommesso.

«E fai bene, amore mio.» con un colpo secco entrò dentro di lei, scivolando nel suo calore.

Roxy non riuscì più a trattenere il grido che aveva soffocato prima e che in quel momento uscì come una liberazione dalla sua gola. Si fermarono, in preda a profondi sospiri. Assaporarono entrambi la sensazione di completezza e di pienezza che stavano provando insieme.

La mano di Ray percorse leggera tutta la schiena di Roxy, come se stesse dipingendo ogni piccolo muscolo e ogni vena che la attraversavano.

«Dio mio quanto sei bella.» strinse i denti, si ritrasse appena e affondò di nuovo, con forza. La sentì gemere forte, con profonda soddisfazione le mise una mano sulla spalla per ancorarsi a lei, poi, di nuovo.

Uscì e affondò, sempre più potente.

Colpo su colpo, la possedeva con forza, con passione.

Era adorazione. Era lussuria. Era piacere sfrenato.

Roxy si abbandonò a tutta quella miriade di sensazioni che lui le stava facendo provare. Ray conosceva il suo corpo, sapeva quando fermarsi, giusto prima di quel momento in cui tutto esplodeva.

E lo fece.

Si fermò, ondeggiando lento dentro di lei, per poi riprendere con affondi sempre più forti.

Ormai lei sentiva il suo corpo cedere, non poteva più sopportare oltre.

Stava bruciando *dentro.*

Bruciava il suo corpo, bruciava la sua mente.

«Ray, ti prego... ti prego!» si aggrappò ancora più forte con le mani al muro, il corpo in tensione. Strinse i denti ancora di più, per sopportare, per trattenersi. Ma ormai era al limite.

«Dimmi che sei mia, Roxy.» lui rallentò il ritmo di nuovo, esasperandola. «Dimmi che sei mia e ti faccio venire.»

«Sono tua Ray... lo sono sempre stata e lo sarò sempre. *Solo tua.*»

Ray la ammirò in preda all'estasi, la sua pelle morbida e candida, la schiena piegata appena in avanti e stesa di fronte ai suoi occhi. Le sue natiche che si muovevano sotto i suoi affondi.

Spostò entrambe le mani sui suoi fianchi, mentre sentiva il corpo di sua moglie entrare in tensione e il suo orgasmo avvicinarsi. Sentì anche il suo ventre stringersi, sapeva che anche per lui il momento era vicino.

«E allora sii mia. Ancora.» glielo sussurrò appena, con voce roca e sensuale.

E lei esplose. Si lasciò andare a un orgasmo che le invase tutto il corpo. Lo sentì sulla pelle, sulle cosce, sui seni.

Sentì Ray svuotarsi dentro di lei, con due spinte forti, mentre il suo ringhio feroce le arrivava alle orecchie e le faceva perdere la ragione.

Le cedettero le gambe e Ray con prontezza la sostenne, piegando le sue e inginocchiandosi a terra. La fece sedere sulle sue cosce e appoggiare la schiena contro il suo forte torace. Lei abbandonò la testa nell'incavo del suo collo.

Si voltò verso di lui, sorridendogli.

«Ti amo, Ray.»

Lui sorrise, con tenerezza, riuscendo a cancellare per un attimo tutto quello che era accaduto in quegli ultimi giorni.

«Lo so.»

Accese la luce nella stanza, si guardò intorno con attenzione e con la mente tornò a tanti anni prima.

Il letto in fondo, composto solo da una rete e un materasso.

Il comodino modesto, in legno scuro.

Una piccola abat-jour.

Le pareti bianche, immacolate.

Nessun quadro, nessuna foto.

Gli unici mobili erano solo un tavolo in legno a fianco e un armadio sulla parete opposta.

Tutto come allora, come tanti anni fa.

Aveva ricostruito la stanza alla perfezione, identica a "quell'altra".

Camminò pensieroso, mancava ancora un po' alla data fissata, ma la ragazzina che aveva scelto per questa volta sembrava già invaghita di lui, avrebbe forse dovuto accelerare i tempi.

Non voleva commettere errori.

Se lei si fosse attaccata troppo avrebbe potuto scoprire qualcosa e tutto sarebbe saltato.

Si avvicinò all'armadio, aprì il cassetto in basso e controllò con attenzione.

C'erano ancora due lenzuola, bianche e immacolate.

Uno era per la piccola Marie, che sembrava non desiderasse altro.

L'altro...

L'altro era per LEI.

10.

Steve era da poco arrivato in ufficio quando sentì la voce squillante di Roxy che arrivava dal corridoio.

«Buongiorno, Mary!»

«Buongiorno!» la segretaria le rispose con entusiasmo.

Il tono compiaciuto che aveva lo riportò con la mente al giorno precedente, intuiva che il merito di quel buonumore mattutino fosse di quel fortunato bastardo del marito. Attese qualche minuto, ma non riuscì a resistere. Di slancio uscì dalla porta e si diresse verso di lei, non appena entrò nel suo ufficio non poté fare a meno di punzecchiarla.

«Ehi, buongiorno! Non si usa più salutare?»

Roxy era dietro la scrivania, chinata in avanti verso un cassetto aperto. Lo richiuse, si drizzò con la schiena e si voltò verso di lui.

«Scusami, hai ragione.» gli sorrise, chiuse il cassetto e camminò sinuosa nella sua direzione. «Ero soprappensiero stamattina. Continuo a rimuginare sul fatto dell'inchiostro, delle lettere incise sul petto di quelle povere ragazzine. Del prete cattolico.»

Steve la guardò affascinato: era splendida, in un tailleur bianco che le fasciava il corpo. Sotto portava un top nero e le scarpe nere con il tacco altissimo le slanciavano le lunghe gambe. Si soffermò sul suo volto, che emanava luce. I suoi occhi brillavano.

«Sei in forma smagliante, stamattina. Pronta a buttarti a capofitto nelle indagini e piena di energia.» le fece un sorriso tirato, incrociò le braccia al petto. «Chissà come mai.»

Lei sorrise, ripensando alla serata precedente trascorsa con

Ray.

E alla notte.

E a quella mattina.

Non aveva dormito quasi nulla, ma non si era mai sentita meglio.

Era proprio il caso di chiederselo: *chissà come mai.*

Guardò in viso Steve che la stava fissando serio. Non si poteva dire la stessa cosa di lui: capelli appena scompigliati, barba lunga e un'ombra leggera sotto gli occhi.

«Sì, mi sento piena di energia. Tu, invece?»

Lui si passò una mano sul volto, sentendosi colto in fallo. Non aveva dormito per nulla, si era rigirato nel letto chiedendosi cosa diavolo stessero facendo lei e Jones. E quella mattina, vedendola così raggiante, non aveva dubbi in proposito.

«Ah, non preoccuparti per me.» le sorrise accattivante. «Un po' di mal di testa, dovuto al troppo lavoro. Niente di che.»

«Sicuro?» lei piegò appena la testa di lato, cercando di intuire se le stesse dicendo la verità o meno.

«Sicuro.» fece un sospiro, poi si infilò le mani nelle tasche. «Ci mettiamo al lavoro?»

«Certo che sì.» Roxy annuì decisa.

Si avviarono insieme nell'ufficio di Steve, che ormai era il teatro delle loro indagini.

«Mary, puoi essere così gentile da portarci due caffè, per favore? Entrambi decaffeinati, uno con panna e zucchero, l'altro nero e amaro.» Roxy glielo chiese con gentilezza, non era solita domandare quel genere di servizio alla sua segretaria. «Scusami tanto, ma ci mettiamo subito al lavoro.»

Mary le sorrise comprensiva. Era talmente felice di vederla così luminosa e bella che non le importava cosa le chiedeva quel giorno. Sapeva bene che il merito era di Ray e che questo poteva significare solo che le cose andavano *molto bene* tra loro.

«Non preoccuparti, Roxy. Lo faccio volentieri.» si alzò subito, dirigendosi in sala ristoro mentre loro entravano nell'ufficio di Steve.

«Da dove pensavi di iniziare?» lui si sedette al suo posto, mentre Roxy prendeva la sedia di fronte alla scrivania e la spostava al suo fianco, facendola scivolare sulle ruote.

«Non so dirti perché, ma non riesco a non pensare a quell'inchiostro. Abbiamo in rete la scheda dell'analisi che hanno fatto alla scientifica?»

«Sì.» Steve prese subito il mouse e si affrettò ad entrare nel sistema. Trovò quello che cercava dopo pochi minuti. «Vediamo, eccola qui.»

Ingrandì il referto sullo schermo, mentre percepiva che Roxy si sedeva al suo fianco. Gli sembrò quasi di sentire il rumore dei suoi collant che sfregavano mentre accavallava le gambe, la stoffa della gonna che si tendeva contro le sue cosce. Le sue narici si riempirono del suo profumo, un'essenza di sapone mischiata a qualcosa di esotico che non riusciva a decifrare.

Ma che sul suo corpo stava avendo un effetto devastante.

«Allora, ripetimi quello che abbiamo già letto fino allo sfinimento.» la voce di lei gli era vicina in un modo terribile. Steve deglutì, nervoso, cercando di concentrarsi il più possibile su quanto stava leggendo sul monitor.

«Dunque, come sappiamo si tratta di una miscela di galle di quercia, solfato di ferro e gomma arabica.» si schiarì la voce. «Anche le percentuali indicate e le sostanze utilizzate sono identiche a quelle che risultarono dai nostri esami, a Washington.»

«Si tratta di *inchiostro ferro gallico*.»

«Sì, un inchiostro utilizzato nel medioevo, molto antico.»

«Questo cosa ci porta a pensare?» Roxy si alzò in piedi, di scatto. Girò intorno alla scrivania e passeggiò nella stanza, pensierosa. «Cosa accomuna inchiostro medievale, lettere incise e...un prete?»

«Antichi manoscritti.» Steve si appoggiò allo schienale della poltrona, incrociando le braccia al petto. Un movimento sulla porta lo fece voltare, Mary era entrata con le loro tazze di caffè fumanti. La ringraziarono entrambi, prese subito la sua e ne bevve un sorso. Ci voleva.

«Appunto, antichi manoscritti.» Roxy aggrottò la fronte. «Un insegnante di religione? Un professore di letteratura antica in una scuola cattolica?»

«O semplicemente un bastardo che costringeva le sue vittime a scrivere all'infinito, come si usava in passato nei collegi, per esempio.»

«Punizioni.»

«Esatto.» Steve si passò una mano tra i capelli, irritato. «Le possibilità sono infinite, l'elenco dei nominativi dell'inchiesta di Washington è interminabile. E oltretutto non siamo ancora arrivati a chi diavolo sia l'assassino, purtroppo.»

Roxy sospirò. Vedere Steve così demoralizzato non le piaceva affatto.

«Possiamo indagare finché vogliamo sul suo passato, ma non abbiamo idea di come sia fatto e di come si chiami, Roxy. Anche se dovessimo trovare diversi pretiche corrispondono a queste caratteristiche come ci comporteremo? Che possiamo domandar loro per arrivare a lui? Non abbiamo nulla in mano.»

«Abbiamo quelle lettere che ci ha fatto trovare finora»

«Non sappiamo nemmeno se si tratti del nome o del cognome, Roxy. Ho già guardato, sono troppi. Troppi.» Steve scosse la testa, si alzò in piedi. La rabbia iniziava a farsi strada dentro di lui, il senso di frustrazione lo stava divorando.

E poi la notte insonne appena passata aveva lasciato il segno. Pensarla in compagnia del marito e rivederla quella mattina così splendida e solare... lo faceva rodere dalla gelosia e questo non andava bene. Doveva concentrarsi sul caso, ritrovare il controllo di se stesso.

Aveva una sua vita, aveva una compagna, era un brillante avvocato.

Non poteva perdere la testa per una donna in quel modo. Oltretutto per una donna che non era *sua.*

«Ho bisogno di prendere una boccata d'aria.» si alzò in piedi, la guardò negli occhi. «Torno subito.»

Senza attendere oltre lasciò l'ufficio e si avviò fuori, andando in fretta verso l'ascensore.

Si aprirono le porte, fece appena in tempo ad entrare prima di vedere Roxy dall'altra parte, che non riusciva a raggiungerlo in tempo. Il suo volto era preoccupato, i suoi occhi indagatori.

Quando le porte si richiusero e lui iniziò a scendere, sentì già entrare più ossigeno nei suoi polmoni, nonostante fosse al chiuso. Più i piani scorrevano verso il basso più gli sembrava di riacquistare vigore, più si avvicinava all'uscita più sentiva che si stava riprendendo.

Quando si aprirono le porte scorrevoli scivolò fuori e a grandi passi attraversò l'ingresso.

Non appena uscì in strada inspirò più volte.

Non era certo un'aria pura, quella di Chicago, ma in quel momento gli sembrava quasi che lo fosse.

Passarono alcuni minuti, si infilò le mani in tasca e si spostò di lato, verso il muro, per permettere alle persone di passare in modo agevole sul marciapiede.

Una mano gli si appoggiò sulla spalla, delicata. Non gli occorreva voltarsi, sapeva già di chi fosse.

«Steve, che ti succede?»

Si voltò e si perse in quei magnifici occhi d'argento, accarezzò con lo sguardo quella bocca appena dischiusa e rosea. Sorrise.

«Nulla, Roxy.» scosse la testa e la guardò in modo ironico. «Ho dormito male e poco stanotte. Ormai ho una certa età, accuso il colpo.»

«Non dire sciocchezze» lo guardò comprensiva. «Sei teso, questo caso è davvero complesso e capisco che tu stia rivivendo qualcosa che ti ha lasciato il segno un anno fa. Non deve essere facile.»

«Sì, non è facile.»

«Poi sei qui, distante dalla tua famiglia.» Roxy arricciò appena le labbra. «Deve essere ancora più dura.»

Steve pensò che sapeva bene di *cosa* aveva bisogno. O meglio di *chi.*

Ed era proprio lì, davanti a lui, non a miglia di distanza. Sorrise burlandosi di se stesso e alzò lo sguardo verso l'alto. Lei gli prese un braccio, stringendoglielo appena.

Non poté più resistere.

Il contatto con quella mano, la forza leggera con cui circondava il suo muscolo in tensione sul braccio, quel suo maledetto profumo che gli riempì le narici di nuovo. Senza pensarci due volte si sciolse dalla sua stretta e l'afferrò per le spalle, stringendola a sé.

Affondò il volto nell'incavo del suo collo, accarezzò la sua schiena e con le mani scese fino in fondo, sopra i glutei. Si aggrappò con forza alla sua giacca per non scendere ancora, per non assaporare la pienezza delle sue forme.

Si scoprì eccitato in un modo sconvolgente, ma non gliene importava nulla. Aveva bisogno di quel momento, di quel contatto, di quella pelle e di quell'odore.

Voleva farli suoi per pochi minuti, voleva calmare quella fame che aveva dentro e che gli stava divorando l'anima.

«Steve, smettila... ti prego.» la voce di lei era roca, quasi sofferente. Era certo che anche lei lo desiderava, era sicuro che anche lei stesse provando una miriade di sensazioni in quel preciso istante. Le stesse che provava lui.

«Ti supplico, Roxy» glielo sussurrò sulla pelle del collo, scatenandole una miriade di brividi nella schiena. «Lasciami qui con te un solo istante, per favore.»

Lei comprese che doveva assecondarlo, in fondo non le stava chiedendo nulla di strano. Era un collega con cui stava lavorando a un caso davvero difficile e stava solo vivendo un momento di sconforto.

Era solo un abbraccio, niente di più.

Era solo una parentesi di cui lui e forse anche lei, avevano bisogno, per poi rientrare ritemprati e pronti ad affrontare le indagini e la lunga giornata che si prospettava.

Il giorno dopo era ormai mattina quando Roxy sentì la chiave infilarsi nella serratura e scattare. La porta si aprì, mentre lei finiva di ritoccarsi la matita nera sulle palpebre. Sorrise, pensando a Ray che entrava in casa e si guardava intorno, per cercarla.

Si erano sentiti diverse volte al telefono durante la giornata precedente, avevano scherzato e sembrava che fosse tornata tra loro quell'armonia che non sentivano più da tanto tempo.

«Arrivo, amore!» alzò la voce, per attirare la sua attenzione. Si aspettava di veder la porta del bagno aprirsi, ma nulla.

Aggrottò le sopracciglia, di solito appena entrato andava a salutarla, non era da lui non farlo. Ma forse era solo molto stanco, del resto aveva fatto il doppio turno in ospedale.

Rimise il tappo alla matita e la ripose nella busta, prese il mascara e ritoccò anche quello. Si osservò per un attimo allo specchio, ritrovandosi più luminosa e bella. Quel giorno aveva optato per un pantalone nero, stretto, sopra il quale aveva indossato una camicia di seta bianca, smanicata. Avrebbe abbinato la giacca coordinata, lunga fino a metà coscia, che ancora giaceva ai piedi del letto. Si raccolse i capelli, cercando di capire come intendeva acconciarli, ma con quell'abbigliamento pensò che stavano meglio sciolti.

Si compiacque del suo aspetto: la chioma morbida, il trucco leggero, le gote un po' arrossate.

Per un attimo il pensiero corse a come l'avrebbe guardata Steve, quel giorno. A come i suoi occhi l'avrebbero studiata, come faceva ogni mattina.

Non che le importasse più di tanto, in realtà, ma doveva ammettere che le faceva piacere lo sguardo di un uomo sulla pelle.

Si spruzzò un po' di profumo e aprì la porta del bagno, dirigendosi in cucina. Vide Ray di spalle, che guardava fuori dalla finestra. Aveva le braccia conserte, immobile.

Sul tavolo, il giornale del mattino.

«Amore, bentornato.» lo raggiunse in fretta e lo abbracciò da dietro. «Mi sei mancato.»

«Certo, come no...» con un gesto secco lui si allontanò in fretta, sciogliendosi dal suo abbraccio. Lo vide dirigersi verso il bollitore del caffè, prendere una tazza di ceramica e riempirla con la bevanda calda.

«Ehi, che succede?»

«Dimmelo tu, Roxy.» alzò lo sguardo verso di lei, era glaciale.

«Cosa devo dirti, non capisco.» si avvicinò a suo marito, che si allontanò di nuovo. Quel gesto la spiazzò. «Parlami, Ray. Dimmi cosa...»

Con un movimento improvviso lui prese il giornale dal tavolo e glielo scagliò sul petto, con forza. Roxy lo trattenne con le mani, sorpresa.

«Io non devo dirti proprio niente, cazzo.» si voltò e se ne andò in camera, lasciando lì la tazza di caffè fumante e lei come inebetita.

Abbassò lo sguardo sul titolo in prima pagina e si sentì morire.

PROCURA DI CHICAGO DI NUOVO NELLA BUFERA
Anziché indagare sul caso del serial killer, i due avvocati proseguono con gli incontri amorosi

Le foto sotto il titolo ritraevano lei e Steve, abbracciati, davanti all'ingresso del Palazzo di giustizia. A fianco, una foto in primo piano di Ray e una della fidanzata di Steve, Natalie.

Roxy si portò una mano alle labbra. Come aveva fatto a essere così stupida?

Era dalla conferenza stampa che non la disturbavano più, ma doveva intuire che comunque le giravano sempre intorno, come aveva potuto commettere un simile errore?

Sollevò lo sguardo, cercando Ray.

Appoggiò il giornale sul tavolo, poi si diresse verso la camera.

Non appena entrò lo vide che si stava spogliando, ormai era solo in boxer e maglietta.

«Ray.»

«Lasciami stare, Roxy.»

Non poteva *lasciarlo stare*, non voleva farlo.

Avanzò cercando di avvicinarsi, ma lui la ignorò e la spostò di lato, dirigendosi verso la cabina armadio.

«Ray, ascoltami.» lo seguì, decisa a chiarire la situazione.

Doveva spiegargli in quale contesto era avvenuta, doveva fargli capire che non era come pensava.

Lui non le rispose e lei lo osservò mentre estraeva da un cassetto un paio di pantaloni morbidi blu della tuta e una t-shirt azzurra.

«Ray...»

«Cazzo, Roxy!» si voltò verso di lei, furente. Scagliò a terra i vestiti, a grandi passi la raggiunse, fermandosi a pochi centimetri dal suo viso. «Dopo la serata passata insieme e il modo in cui abbiamo fatto l'amore, ti getti subito tra le sue braccia?»

«Non è come pensi, Ray.»

«Scusa?» lui aggrottò le sopracciglia. «Non è come penso, dici? Non prendermi per il culo, fammi il favore.»

«Davvero, non è come pensi.» lo prese per un polso, cercando di trattenerlo. «Era distrutto, era...»

«Non me ne frega un cazzo se era distrutto, chiaro?» si divincolò, spingendola da parte e oltrepassando oltre.

Uscì dalla camera e si diresse in cucina, prese il giornale e lo gettò con forza nel cestino della carta. Si appoggiò al bancone, fece lunghi e profondi sospiri. Doveva calmarsi, ma la rabbia che aveva dentro glielo impediva.

La sentì arrivare, alle sue spalle. Si girò a guardarla, furente.

«Sai come cazzo ho visto quel giornale?» fece una risata sprezzante. «L'ho visto nella sala d'aspetto del pronto soccorso, questa mattina. Qualcuno lo aveva abbandonato lì, capisci? Ho visto la *mia* foto, porca puttana!»

Lei si sentì morire. Immaginava la situazione, i colleghi, i pazienti.

Ray era un personaggio conosciuto nell'ospedale, era un medico responsabile del pronto soccorso. Non aveva idea di quello che poteva scatenare quel gesto, ma ora ne era consapevole.

«Scusami.»

«Non mi interessano le tue scuse.» lui si mise le mani nei capelli, li tirò con forza, per non esplodere. «Non mi interessa cosa pensano gli altri, non me ne frega niente ormai!»

Lei lo guardò con aria interrogativa.

«Voglio solo sapere cosa diavolo c'è tra te e lui. E soprattutto cosa provi per lui.» serrò le mascelle, poi la voce gli uscì come un sibilo «Perché... ti giuro... che dopo le ore che avevamo passato insieme, vedere una cosa simile mi ha fatto davvero *molto male*, Roxy.»

Lei serrò le labbra.

Aveva bisogno di tempo per spiegargli come stavano le cose. Doveva dirgli che Steve era solo un collega, che non c'era nulla tra di loro. Ma non ne aveva.

«Ray, dobbiamo parlare.»

«Oh, ottimo.» lui fece una risata sarcastica, incrociò le braccia al petto e la fissò in viso, duro. «Siamo già a questo punto, allora? *Dobbiamo parlare*?»

«No, non è come pensi... dobbiamo affrontare l'argomento, parlarne in modo approfondito e io...» guardò l'orologio, tesa. «Non ho tempo, ora.»

Lui fece un'espressione sprezzante e annuì appena con il capo.

Non aveva tempo.

Non aveva tempo per loro due, non aveva tempo per lui.

«Come preferisci, Roxy.» sbuffò dal naso, insofferente. Non sopportava la situazione che si era creata, non poteva credere che stesse succedendo davvero a loro.

«Non è *come preferisco*. Devo andare al lavoro e sto facendo tardi.» si avvicinò, gli mise una mano su un braccio, sentendolo irrigidirsi sotto le sue dita. «Possiamo parlare stasera? Ti prometto che chiariremo tutto.»

«Stasera lavoro, turno di notte...» le sorrise sprezzante. «Vai in ufficio, non voglio farti arrivare tardi.»

Lei fece una lieve smorfia, non voleva andarsene così. Si avvicinò, cercò di accarezzargli il viso con delicatezza, ma lui si ritrasse.

I suoi occhi azzurri trasudavano rabbia.

Dolore.

Delusione.

«Lasciami stare, Roxy. Ne parleremo domani» sorrise, prese la tazza di caffè con una mano e la oltrepassò, dirigendosi verso il divano.

Si sedette, appoggiando la schiena e incrociando le gambe.

La fissò in maniera intensa.

Nonostante gli anni passati insieme la vedeva ancora bellissima e speciale. Forse ancora di più di quando si erano conosciuti all'università. Roxy era parte della sua vita, era un *pezzo* di lui. Era come l'ossigeno, non poteva farne a meno.

E il pensiero di perderla era un'ipotesi che non poteva nemmeno contemplare.

Avrebbe potuto morirne.

«Sì, certo...domani.» lei fece un sorriso triste, prese la borsetta e si avviò in camera, per prendere la giacca. Una volta infilata, uscì dalla stanza e si voltò a osservare per un attimo Ray, che teso come la corda di un violino la guardava uscire.

Gli fece un cenno con la mano, al quale lui non rispose. Si voltò e aprì la porta, uscendo in corridoio.

Quando se la richiuse alle spalle fece un lungo sospiro.

Sembrava stesse andando tutto bene finalmente, ma ora la situazione era precipitata all'improvviso.

Le pareva di essere stata catapultata in un incubo.

E la colpa era solo sua.

L'ingresso che Roxy fece in ufficio quella mattina non era solare e pieno di energia come il giorno precedente. Assorta nei suoi pensieri, quasi non notò Mary che la salutava e per poco non si scontrò con Steve, in piedi davanti alla sua porta.

Entrò nel suo ufficio e posò la borsa accanto alla sedia, accese il pc e lo guardò con un'espressione assorta mentre si avviava.

Il rumore di una tazza sulla scrivania la fece quasi sobbalzare. Alzò lo sguardo e si trovò davanti Steve che la fissava con un sorriso.

«Ho fatto bene a prenderti un caffè.» sorseggiò il suo con calma. «Nel tuo ho messo tanta panna e zucchero e credo sia stata un'ottima idea.»

Roxy sollevò appena un angolo della bocca, poi fissò la tazza davanti a lei. Era fumante, l'aspetto era ottimo. La prese e ne bevve un sorso, era proprio quello che le ci voleva.

«Grazie, Steve.»

«Figurati.» lui alzò le spalle, con indifferenza. «È un piacere. E poi dovevo farmi perdonare per la giornataccia di ieri, ho combinato un vero casino.»

«Non preoccuparti, non c'è problema.» lei si rabbuiò, ripensando all'abbraccio tra di loro e all'articolo di quella mattina. Aveva ben altre questioni da risolvere che gestire un collega esaurito.

«Invece sì, dal momento che io ho già dovuto affrontare una Natalie inviperita al telefono.» lui posò la tazza e si sedette davanti a lei. «A te invece... com'è andata?»

«Ah, ti riferisci a quello. Più o meno come a te» Roxy alzò gli occhi al cielo. «Maledetti giornalisti.»

«Già.» Steve si grattò il mento, pensieroso. Moriva dalla voglia di sapere se lei e suo marito avevano litigato, se si era incrinato qualcosa dopo quella maledetta notte che avevano passato insieme e durante la quale lui non aveva chiuso occhio.

In fondo in fondo, si augurava di sì.

Lei si sedette alla sua scrivania, si appoggiò allo schienale e lo fissò seria.

«Da dove pensiamo di cominciare oggi?» cambiò discorso, schiarendosi la voce. «Il tempo passa e il nostro killer è probabile che si stia preparando per uccidere di nuovo. Dobbiamo fare di tutto per trovarlo, Steve.»

«Lo so.» lui strinse gli occhi e serrò le labbra. «Iniziamo dai nominativi dell'inchiesta di Boston. Cerchiamo di capire chi di loro esercitava negli anni precedenti e chi si occupava soprattutto di manoscritti antichi... oppure insegnava in qualche scuola.»

«Sono tanti. Lo sai, vero?»

«Sono moltissimi. Ma almeno è un punto di partenza.»

Roxy si sporse in avanti, appoggiò la tazza sul tavolo e iniziò a giocarci, pensierosa. Il caso che stavano seguendo, la pressione che sentiva. Quei maledetti giornalisti, la situazione improvvisamente precipitata con Ray... e non aveva nemmeno avuto il tempo di parlargli per cercare di chiarire.

Quella sera sarebbe rientrata a casa e come al solito non lo avrebbe trovato. Si sarebbe sentita sola, senza nessuno con cui parlare o sfogarsi sulla giornata trascorsa. Senza nessuno con cui rilassarsi.

Aveva sempre amato il silenzio, non le era mai dispiaciuto rientrare a casa e non trovare Ray. Ne approfittava per farsi un bagno, mangiare qualcosa davanti alla televisione o leggere un libro. Quando poi lui rientrava era ancora più bello vedersi.

Ma negli ultimi tempi tutto questo le andava stretto: i silenzi erano diventati assordanti, le luci soffuse della casa erano diventate buio e i momenti di solitudine non erano più un vizio da concedersi, ma una cosa dalla quale voleva fuggire.

«Roxy, tutto bene?» la voce di Steve la distolse dai suoi pensieri.

«Sì, tutto bene. Stavo solo pensando ai prossimi passi da fare, a come muoverci.» mentì. «Avanti, iniziamo. Forza.»

Lui scosse la testa appena, aveva il sospetto che non fossero quelli i suoi pensieri, ma preferì non indagare. Anche se una lieve sensazione di soddisfazione gli attraversò lo stomaco, facendolo sentire meglio.

«Ottimo.» si alzò in piedi. «Vuoi che lavoriamo qui oggi? In realtà è più grande il tuo ufficio, stiamo più comodi.»

«Va bene, come preferisci.» Roxy si alzò in piedi per spostare appena la sua sedia e permettere a lui di avvicinarsi con la sua.

Steve non perse tempo: contemplò il suo corpo, fasciato da quegli stupendi pantaloni e quella camicetta di seta bianca morbida, che svettava sotto la giacca aperta. Poteva intravedere la curva dei suoi seni, belli pieni. E avrebbe potuto giurarci, davvero sodi.

Ammirò i suoi capelli sciolti, che le ricadevano sulla schiena e sulle spalle. Non riuscì a resistere.

«Complimenti per il tuo abito stamattina. E anche i capelli.»

«Oh» lei drizzò la schiena, lo guardò sorpresa. «Grazie, io...»

«Hai preso la prima cosa che ti è capitata? Non mi dire.» lui rise, le strizzò l'occhio e si sistemò accanto a lei con la sedia.

«No, non proprio.» sorrise imbarazzata, si sedette e accavallò le gambe. Si era vestita e truccata con cura e c'era stato un momento in cui si era chiesta cosa lui ne avrebbe pensato. Ma non si aspettava certo un'affermazione così diretta.

«Beh, complimenti di nuovo. Sei bellissima.» la sua voce roca le arrivò dritto al ventre. Il suo corpo si tese come la corda di un violino, con molta difficoltà evitò di voltarsi verso di lui e guardarlo.

«Grazie.» si schiarì la voce. «Iniziamo.»

Entrò nel sistema, dopo pochi istanti visualizzarono l'elenco delle persone coinvolte nell'inchiesta. Erano davvero tanti: preti, vescovi, cardinali.

Quando uscì l'articolo del Boston Globe si parlava di circa settanta preti solo nella città di Boston. Dopo quel giorno arrivarono centinaia di telefonate, la cosa era ben più grave di quello che sembrava, i preti coinvolti alla fine furono circa duecentocinquanta.

«Come faremo a trovare un qualsiasi indizio che possa aiutarci? I numeri sono troppo grandi, l'inchiesta si è allargata assumendo proporzioni inimmaginabili.» Roxy si voltò verso Steve. «Non abbiamo nemmeno la certezza che il nostro killer sia tra le vittime che hanno denunciato gli abusi.»

«No, certo. Ma abbiamo degli elementi su cui possiamo indagare. Indizi che ci ha fornito lui.» Steve prese un block-notes e una matita, iniziò a scrivere. «Allora, vediamo. Le rose bianche che dipinge di nero utilizzando questo inchiostro antico, ferro gallico. Le lettere incise sul petto delle vittime, come una sorta di segno indelebile.»

«L'abuso, che li marchia per tutta la vita.»

«Esatto.» Steve annuì, continuando poi a scrivere. «Il lenzuolo bianco di cotone, nel quale avvolge le vittime.»

«Come a volerle cullare, come a volerle proteggere.»

Steve annuì.

«Lo credo anch'io.» aggrottò la fronte, pensieroso. Per alcuni secondi fissò lo schermo del computer in silenzio, ragionando su tutti gli elementi che avevano a disposizione. «Dobbiamo cercare un prete che aveva a che fare con la scrittura antica. E in qualche modo credo c'entrino anche i fiori, forse proprio le rose.»

«Un appassionato di giardinaggio. Di testi antichi.» Roxy strinse appena gli occhi. «O forse un insegnante di letteratura o botanica.»

«Credo sia la strada giusta, sì.» lui annuì soddisfatto. Sentiva il suo istinto dargli ragione, sentiva il brivido che conosceva bene attraversargli la schiena, quello che gli sussurrava che si stavano avvicinando a quel bastardo.

«Opterei di più per la letteratura antica. Un insegnante, un bibliotecario, un custode di testi medioevali. La rosa ha un ruolo più marginale in tutto il quadro e per di più è coperta dall'inchiostro. Come se la sua bellezza venisse oscurata da tutto il resto.»

«Forse le coltivava soltanto.» Steve azzardò l'ipotesi. «Forse era un amante dei fiori, magari li ha usati come espediente per attirare vittime innocenti e abusare di loro.»

Roxy sentì un senso di disgusto salirle dallo stomaco. Pensò a quelle povere vittime, a bambini o ragazzini attratti da un uomo che rappresentava la solidarietà, la purezza e trasmetteva loro sicurezza. Li accoglieva e...

«Dobbiamo trovarlo, Roxy.» Steve strinse i pugni con forza, per non picchiarli sulla scrivania. «Non posso pensare a quello che può ancora fare, sta per uccidere di nuovo e noi...»

«E noi dobbiamo metterci al lavoro, subito.» lei drizzò la schiena, lo guardò dritto negli occhi, decisa «Iniziamo, avanti. Ci aspettano lunghe ricerche, la lista dei nomi è infinita e ancora non abbiamo deciso da che parte cominciare.»

«Direi di iniziare contattando i giornalisti che seguirono il caso. Che ne dici?» Steve le rubò il mouse e si mise alla ricerca dell'articolo pubblicato dal Boston Globe nel gennaio 2002. «Loro sapranno di sicuro darci qualche dritta, sono in gamba. E subito dopo ci riaggiorneremo con l'FBI, sentiremo a che punto sono loro con le indagini e cercheremo di coordinarci.»

Lei annuì, spostandosi appena per permettergli di trovare quello che stava cercando. Si sentiva più decisa, ottimista. Stavano finalmente partendo da qualcosa di concreto e ci sarebbero voluti giorni per avere almeno qualche elemento su cui lavorare, ma questa volta il suo istinto le diceva che erano sulla strada giusta.

«Eccoli qui.» i nomi di chi aveva scritto l'articolo apparvero sullo schermo. Steve prese subito il telefono, chiamò il centralino della Procura. «Chiamatemi il Boston Globe, per favore. Subito.»

11.

Il tempo passava e ormai era giunto il momento di agire.

Non era sicuro sull'ultima candidata, quella Marie non gliela raccontava giusta.

Era molto presa da lui, se l'era ritrovata più volte intorno.

Ma era sveglia, forse troppo.

Temeva che questa volta qualcosa non sarebbe andato per il verso giusto, temeva che quella ragazza lo avrebbe messo nei guai.

Aveva studiato la situazione nei minimi dettagli, aveva valutato la prospettiva di un possibile fallimento da ogni angolazione possibile. L'istinto gli diceva che era la candidata giusta, ma la ragione gli diceva di aspettare ancora.

Ma purtroppo non poteva farlo.

Aprì il cassetto dell'armadio e prese il lenzuolo candido, lo appoggiò sul letto con delicatezza. Accarezzò la stoffa, gustò sotto le dita il piacere di quella ruvidità, di quel candore. Si guardò intorno, cercando il contenitore dell'inchiostro.

Ne aveva a sufficienza per le ultime due vittime, in fondo ne bastava poco.

Chiuse gli occhi e assaporò il momento, era quasi giunto a fornire un indizio importante: con le ultime due lettere avrebbe regalato a quel Marshall il nome del suo carnefice.

Colui che lo aveva sedotto, ammaliato.

Colui che lo aveva indotto a fidarsi di lui, gli aveva fatto credere che lo avrebbe portato via da quella merda dove aveva vissuto fino a quel momento.

Ripensò a sua madre, una prostituta di basso rango. Se n'era andata, chissà dove. Non sapeva nemmeno se era ancora viva.

Ripensò a quella feccia di suo padre. Un alcolizzato, morto troppo giovane per essere identificato come tale.

Ripensò a "lui". A quello che credeva il suo salvatore.

Quello che non aveva esitato, comunque, ad abbandonarlo, nonostante tutto quello che lui aveva fatto per renderlo felice.

Come tutti, del resto.

Doveva pagarla, fino in fondo.

Doveva pagare quello che gli aveva fatto sopportare: le notti in quel letto dove gli chiedeva di fare cose, quando gli chiedeva di renderlo felice, quando gli prometteva che non lo avrebbe abbandonato mai.

Le sue mani, ovunque.

Le richieste che gli faceva.

I silenzi che gli chiedeva di non infrangere.

Per poi lasciarlo lì, solo.

Avrebbe pagato.

Eccome se lo avrebbe fatto.

Da quando aveva iniziato il turno, quella mattina, il telefono suonava incessante.

Ray sollevò la testa dalla cartella che aveva tra le mani, studiò l'accettazione del pronto soccorso. Erano tutti indaffarati, non poteva fargliene una colpa.

Ma chissà perché oggi sembrava si fosse scatenato il finimondo.

«Che giornata.» riportò lo sguardo sulla cartella, scosse la testa e cercò di concentrarsi sul prossimo paziente.

«Hai ragione, oggi qui dentro sembra ci sia il caos.» la voce profonda che lo raggiunse quasi lo fece sobbalzare. Non l'aveva sentito arrivare, ma d'altronde il suo amico Max era così: silenzioso, burbero. Tagliente.

Eccezionale.

«Che ci fai qui?»

«Al lavoro, come te.» gli sorrise, anche se sembrava teso. «Che abbiamo?»

«Niente che ti riguardi, dottor Price.» Ray richiuse la cartella, osservandolo serio. «Ferita d'arma da taglio a un avambraccio. Metterò qualche punto e la manderò a casa, nulla di grave.»

«Mmh.» lui mugugnò qualcosa, poi si infilò le mani nelle tasche del camice e abbassò lo sguardo.

Ray aggrottò le sopracciglia.

Era passato molto tempo da quella maledetta sera in cui Eve era stata ricoverata per quella ferita d'arma da fuoco, si stava riprendendo bene. Le cose tra lei e Max erano precipitate, purtroppo, ma Ray era fiducioso. Lo guardò comprensivo.

«Max, cerca di non dare le cose troppo per scontate. Conosci Eve come la conosco io... e sai che se si è comportata in un certo modo con te... è perché era sincera. I sentimenti che diceva di provare sono veri, credimi.»

«E allora forse tu sai perché cazzo mi ha lasciato.» Max lo fissò truce, il suo viso assunse un'espressione molto dura. «Non riesco a capacitarmi del suo comportamento, non riesco a credere di essermi potuto fidare in quel modo di una persona che mi stava solamente prendendo per il culo.»

«Sai che non è così.»

«Lo dici tu. Ma d'altronde è tua sorella, quindi...»

«Ehi, ferma tutto.» Ray si sentì punto sul vivo. «Sai benissimo che non ho mai approvato certi suoi comportamenti, ma la conosco molto bene. Ti ho già detto più volte quello che penso.»

Lui annuì, pensieroso.

«Sì, me lo hai già detto. Ci rifletterò su, poi prenderò una decisione sul mio e sul suo futuro.» alzò lo sguardo verso di lui, deciso. «E sarà la migliore, fidati.»

Ray annuì, facendogli un sorriso.

Vedere il suo migliore amico e sua sorella insieme lo aveva reso felice, sperava con tutto il cuore che le cose si sarebbero sistemate tra loro. Conosceva molto bene Max e sapeva che era un uomo davvero serio e onesto. Si era divertito parecchio da ragazzo, ma ora era una persona con la testa ben piantata sulle spalle e di sani principi.

Sua sorella Eve, invece... scosse la testa, soffocando una risata.

«Siete proprio due strani soggetti, voi due.» prese la cartella e colpì Max sul torace. «Ora scusa, amico, ma devo tornare al mio lavoro.»

«Sì, certo. Liquidami pure così.» Max si infilò le mani in tasca, poi gli fece un cenno col mento, provocatorio. «E tu che mi dici, eh?»

Ray scosse la testa, con sguardo interrogativo.

«Li leggo anch'io i giornali, sai?» inarcò un sopracciglio, perplesso. «Che diavolo sta combinando Roxy?»

«Ah, ti riferisci a quello.»

«Già, mi riferisco a quello.» incrociò le braccia al petto. «Io sarei fuori dalla grazia di Dio, non so come faccia tu a rimanere così calmo.»

Ray si rabbuiò, lo fissò truce. «Non lo sono affatto, Max. Fidati.»

«Capisco.» fece un sospiro, facendo un cenno di resa con la mano. «Meglio non toccare l'argomento.»

«Meglio, sì.»

Max fece una smorfia, quasi disgustata. «Certo che noi due siamo davvero fortunati con le donne in questo periodo, vero?» scosse la testa. «Capisco scegliere donne forti, ma ti giuro che tua sorella mi sta davvero mettendo alla prova. A volte mi domando chi diavolo me l'ha fatto fare.»

Ray lo guardò, sorrise.

«Dimmi che te lo chiedi anche tu, Ray. Dimmi che almeno una volta ti sei chiesto perché diavolo hai scelto proprio una come Roxy.»

«No, mai.»

«Ah!» Max fece un gesto con la mano. «Sei proprio senza speranza, Raymond Jones!» Scosse la testa e si diresse verso gli ascensori per andare in reparto.

«Anche tu, ormai, Price!» Ray non poté resistere. «Sei senza speranza, fidati! Ci sei dentro fino al collo, credimi!»

Max lo ignorò, con la sua grande mole si fece strada in mezzo agli altri e salì in ascensore.

Ray sorrise, osservando il suo amico che se ne andava. Sarebbe stato fantastico averlo come cognato, anche se lui era sempre stato allergico al matrimonio. Era stato tanto tempo con la sua ex, Lisa, ma alla fine questa sua avversione per il grande passo era stata la causa della loro rottura.

Chissà, se le cose si fossero sistemate tra di loro... forse con Eve avrebbe potuto capitolare.

Ripensò un attimo a Max e a sua sorella, *sposati*.

No, non era possibile.

Scosse la testa, immaginandoli come lui e Roxy.

Si rabbuiò, all'improvviso.

Lui e Roxy.

Le cose non andavano affatto bene con lei.

Da quella serata al Green, dopo il giro sull'Harley di Andy, era passata una vita.

Lei faceva sempre tardi, impegnata in quelle dannate ricerche per scovare quel prete che sembrava fosse la causa del comportamento efferato del killer di Chicago.

Non avevano più avuto occasione di parlare, si vedevano a

malapena. Con questi ritmi il loro appartamento sembrava la stanza di un albergo e la cosa lo innervosiva sempre di più.

Roxy aveva accettato quell'incarico di vice procuratore con entusiasmo, ma prima di farlo ne aveva parlato con lui. Avevano deciso insieme ed erano entrambi felici che le fosse capitata un'occasione simile.

Ma ora gli si stava ritorcendo contro.

La loro vita di coppia ne stava risentendo, i dissapori dovuti alle loro divergenze di opinione sul fatto di avere un bambino erano stati solo l'inizio; ora la loro crisi stava diventando davvero molto più profonda.

Tutto si stava sommando: la distanza tra loro, la mancanza di dialogo. Il diventare genitori, passato ormai in secondo piano, Stephen Marshall che ci provava con lei in maniera spudorata.

In quegli ultimi giorni i vari quotidiani avevano pubblicato diverse foto di loro due, insinuando la relazione che li legava. Ritratti insieme fuori dalla procura, in una caffetteria o in un bistrot a pranzare.

Lei rideva sempre con Marshall. Mentre con lui, ormai, non lo faceva più.

Fece un lungo sospiro, mentre ripensava a quello che stava perdendo.

Lei gli aveva promesso che avrebbero parlato, ma alla fine non l'avevano più fatto.

C'era sempre qualche impegno che subentrava: turni di lavoro, commissioni. Aveva sempre fretta e mai tempo per lui. Rientrava a orari improponibili, teneva riunioni interminabili.

E lui si sentiva come impotente, mentre assisteva a tutto questo.

Come uno spettatore, testimone di uno sfacelo che si stava compiendo sotto i suoi occhi. Ma lui non era uno spettatore, lui era un *protagonista* della storia.

E se non voleva perderla doveva combattere, a tutti i costi.

Doveva accettare che aveva un rivale... e che quel rivale stava guadagnando terreno.

Anche se era un'ipotesi che non aveva mai contemplato, era successo.

Quindi, non gli restava che una cosa da fare: riprendere ciò che era suo.

E doveva farlo in fretta.

«Questa sera avremo una riunione con Bryan Powell e George Murphy, dell'FBI. Voglio che ci siate entrambi, sia tu che Steve.» la voce perentoria di Mark le arrivò all'improvviso, Roxy alzò la testa e lo guardò, sulla porta del suo ufficio.

«D'accordo. A che ora?»

«Non lo so. Bryan arriva da New York, ha partecipato a una conferenza sulla psichiatria criminale. È stato assente alcuni giorni, vuole essere ragguagliato sugli ultimi elementi. George ci aggiornerà su quanto hanno scoperto loro al Quartier Generale.»

Roxy annuì mentre osservava Mark che si allontanava dal suo ufficio, probabilmente per avvisare Steve.

Fece una smorfia, questa riunione non ci voleva.

Sarebbe voluta tornare a casa presto, quella sera, sapeva che Ray rientrava per cena e dovevano parlare, glielo aveva promesso.

Ma tutto sembrava andare storto in quel periodo.

Solo al lavoro sembrava che le cose iniziassero a girare per il verso giusto.

«Ehi, sembra che anche stasera faremo tardi.» la voce bassa di

Steve attirò la sua attenzione. Alzò lo sguardo e lo vide entrare nel suo ufficio. Si era tolto la giacca, aveva la cravatta allentata. Si passò le mani tra i capelli, sembrava nervoso.

«Così Mark ha già avvisato anche te.» lei sorrise, si appoggiò con i gomiti alla scrivania e si sporse in avanti. «Da quando abbiamo iniziato queste ricerche è ormai diventata una prassi.»

«Sì, ma io inizio a essere un po' stanco. Ho voglia di una serata tranquilla, magari davanti a una buona bottiglia di vino e a una bistecca.» le sorrise, accattivante, mentre si sedeva sulla sedia di fronte a lei. «E magari anche con una buona compagnia.»

«Steve.» lei scosse la testa, divertita. «Lo sai che non accadrà mai.»

«Lo so che non riuscirò mai a strapparti un invito a cena. Ma io ci provo, sai mai che trovo la serata giusta.» le strizzò l'occhio, divertito.

«Ragazzi.» la voce di Mark li interruppe arrivando alle loro spalle. «Mi ha avvisato Bryan poco fa, l'aereo è in ritardo. Arriverà a Chicago verso le nove, preparatevi a fare *molto tardi*. Domattina voglio fare una conferenza stampa, avvisare la popolazione. Il killer sta per colpire di nuovo, quindi è indispensabile che ci troviamo tutti prima di domani.»

Annuirono entrambi e senza aspettare una risposta lui si allontanò, lasciandoli soli.

«Ma fa sempre così?» Steve lo indicò con la testa, divertito. «Si aspetta che tutti facciano comunque sempre quello che lui dice?»

«È in gamba.» Roxy rise divertita. «*Deve* farlo. Ha in mano la procura, la sta gestendo in modo impeccabile.»

Lui annuì, ripensando alla situazione che era abituato a vivere a Washington.

Il suo capo, il procuratore Paul Russel, era più anziano di

Mark. Aveva forse più esperienza e un organico molto più affiatato, quindi era molto più morbido. Ma la situazione ce l'aveva comunque sotto controllo.

Erano due gestioni diverse, ma Mark stava dimostrando di essere anche lui un procuratore serio e molto professionale.

«Sì, su questo non c'è dubbio.» Steve strinse gli occhi, osservò Roxy per un attimo. «Anche questa sera dovremo adattarci a cenare qui in ufficio, allora.»

«È evidente.» lei sembrava quasi infastidita dalla situazione. «Faremo come ci chiede, per forza.»

Steve la guardò, voleva riportare il sorriso su quelle labbra. Sapeva che non sarebbe stato facile, ma voleva farlo. Adorava vederla ridere, ma negli ultimi giorni sembrava davvero molto difficile.

«Avanti, dimmi il tuo piatto preferito.»

Lei lo guardò incuriosita. «Che hai intenzione di fare, Steve?»

«Non preoccuparti. Dimmi il tuo piatto preferito.» le sorrise con dolcezza. «Vedrò di esaudire la tua richiesta.»

Lei lo guardò, pensierosa. Si morse il labbro e gli fece un sorriso di sfida. «Granchi.»

«Wow.» lui spalancò gli occhi. «Donna di poche pretese.»

«Ho gusti difficili, sì.»

«Mmh, buono a sapersi.» la guardò sensuale, poi si alzò in piedi. «Nel frattempo, vedrò cosa posso fare per esaudire la tua richiesta.»

«Non credo ci riuscirai.»

«Tu dici?» si appoggiò con le mani alla scrivania, avvicinandosi a lei. «Spero che tu non mi stia sfidando, Roxy. Perché io *adoro* le sfide.»

Lei rise, scuotendo la testa, poi si abbandonò allo schienale della poltrona e incrociò le braccia al petto, sulla difensiva. «Non ti sto sfidando, Stephen Marshall. Perché so che perderesti e a me non piace affatto vincere facile.»

Lui sfoderò un sorriso smagliante, si sollevò dal tavolo e si infilò le mani in tasca.

«Ah, Roxy, Roxy...» le voltò le spalle e lasciò l'ufficio, fermandosi un attimo prima di uscire. Si girò verso di lei, la osservò a lungo. «Attenta. Potresti farti male.»

Uscì, lasciandola stupefatta.

Farsi male?

Beh, si sbagliava di grosso. Lei non era affatto interessata a sfidarlo, aveva solo risposto per le rime, non aveva resistito.

Quell'uomo la intrigava, la affascinava. Ma la cosa si chiudeva lì.

Era solo la prima volta in tutta la sua vita che qualcuno, oltre al suo compagno, fosse interessato a lei e per questo ne era incuriosita.

Solo per questo.

Non desiderava altro, non cercava altro.

L'unica cosa che desiderava in quel momento... era che le cose con Ray ritornassero alla normalità. Voleva parlare, voleva chiarire.

Ma anche quella sera non avrebbero avuto occasione, anche quella sera era costretta a far tardi.

Sconsolata, prese il cellulare e gli inviò un messaggio.

Sapeva che stava lavorando, non voleva disturbarlo.

Lo scrisse con mani tremanti, lui non l'avrebbe presa bene.

ROXY: Ciao... anche stasera mi tocca far tardi. Mark ha indetto una riunione, ma non riusciremo a farla prima delle nove. Tu se puoi aspettami... spero di non tornare a notte fonda.

La risposta non tardò ad arrivare: dopo pochissimi secondi il segnale di un messaggio le fece prendere subito il telefono per leggere.

RAY: Ottimo.

Solo una parola, nient'altro. Delusa, appoggiò il cellulare sulla scrivania, si rimise a fissare lo schermo del pc pensierosa.

Lei non stava certo facendo nulla per recuperare il loro rapporto, ma lui ancora meno. Sembrava non gli importasse, sembrava che avesse ormai dato per scontato che le cose sarebbero andate avanti così per sempre tra loro.

Ma quella non era la vita che si era scelta.

Lei voleva un uomo accanto che fosse passionale, che sapesse guardare con ottimismo alla vita, nonostante le difficoltà. Voleva il Ray che aveva sposato, non quello che stava diventando ora.

«Eccomi qui.» Steve entrò di gran carriera nel suo ufficio, si sedette di fronte a lei e le sorrise trionfante. «Avrai la tua cena a base di granchio.»

Roxy spalancò la bocca, incredula «Non posso crederci.»

«Meglio per te che non hai scommesso.» lui le fece un'espressione beffarda e subito dopo, indifferente, si sporse verso di lei. «Allora, aggiornami sulle tue ricerche. A che punto sei arrivata?»

Roxy scosse la testa, riportando l'attenzione sulle indagini.

«Come avevamo già visto, dopo l'inchiesta del Boston Globe siamo a 249 uomini di chiesa accusati di molestie sessuali. Molti di loro risalgono a date troppo lontane per attribuirli al nostro killer: secondo il parere di Bryan ha un'età che spazia dai venticinque ai trentacinque anni.»

«Anch'io l'ho notato. Tanti di loro sono casi avvenuti negli anni settanta e ottanta, il killer non era ancora nato o era troppo piccolo per subire violenze.»

«Perfetto. Quindi mi sono concentrata su preti che esercitavano principalmente negli anni novanta o addirittura nel duemila.»

«E cos'hai scoperto?»

«Ho tra le mani circa centocinquanta preti.» Roxy serrò le labbra. «Tra i quali ho già iniziato a cercare informazioni sulla loro attività.»

«Molto bene.»

«Tu, Steve?»

«Io mi sono concentrato sui centri di cura, quelli dove vengono inviati i preti che hanno commesso questi crimini per affrontare un'adeguata terapia di recupero. Ce ne sono veramente tanti, dobbiamo provare a confrontare i nominativi di cui entrambi siamo in possesso e incrociarli. Faremo un'ulteriore scrematura e ridurremo le persone su cui indagare.»

«Certo.» Roxy annuì, decisa. «Iniziamo subito.»

Si misero al lavoro, confrontando le persone che erano emerse in entrambe le investigazioni. Scoprirono che il numero si riduceva in maniera notevole e che alcuni di loro avevano poi abbandonato la Chiesa.

«Non pensi che dovremmo concentrarci su queste persone?» Roxy si voltò verso Steve, pensierosa. «Se il nostro killer è a caccia del suo molestatore è perché non l'ha trovato. Senza dubbio ha investigato per conto suo, non credi?»

«Sicuro.» Steve annuì, aggrottando le sopracciglia. «Deve per forza aver indagato. Non l'ha trovato perché ha lasciato la Chiesa, quindi ha iniziato questa crociata di omicidi per attirare l'attenzione su di sé e farlo uscire allo scoperto.»

Roxy annuì, poi spostò lo sguardo sulla porta d'ingresso del suo ufficio. Mary la stava osservando pensierosa. «Mary, ti serve qualcosa?»

«No, Roxy... io vado a casa, voi vi fermate?»

«Sì, abbiamo in programma una riunione più tardi, con Mark.» le sorrise. «Grazie, ci vediamo domattina.»

Lei annuì, poi mentre si voltava per andarsene la vide sobbalzare. Si fece da parte, per far passare il ragazzo che consegnava la loro cena.

«Marshall?» un ragazzo sui trent'anni, ben curato e con profondi occhi neri entrò nell'ufficio di Roxy.

«Sì, certo.» Steve si alzò in piedi andandogli incontro, ma lui fece un gesto di cortesia.

«Lasci, faccio io.» entrò con lentezza, posò il pacco sulla scrivania di Roxy. Sorrise a entrambi, molto educato e gentile, gli porse la ricevuta del ristorante. «Sono ottanta dollari.»

«Tieni, ragazzo.» Steve prese il portafogli dalla tasca posteriore dei pantaloni e gli porse il denaro. «Sei stato molto gentile a venire fino qui di sopra. Quando ho chiamato mi hanno detto che sarei dovuto scendere.»

«Non c'è problema, l'ho fatto volentieri. Ho molto rispetto per il vostro lavoro, mi sono sentito in dovere di farvi questo piacere.»

Roxy gli sorrise compiaciuta. Lo guardò in viso, era un ragazzo davvero molto bello e con un magnifico sorriso. Il modo in cui si comportava era educato, il modo di esprimersi denotava intelligenza. Forse faceva quel lavoro per pagarsi gli studi, chissà.

«Quanti anni hai?» era curiosa, anche se non erano di certo affari suoi decise di chiedere comunque.

«Trenta.» le sorrise. «Ora scusate, ma mi aspettano altre consegne. Buon lavoro.»

Li salutò con un gesto veloce, uscì dall'ufficio oltrepassando Mary che era ancora sulla porta.

«Che gentile.» Roxy prese il pacco con le pietanze e due bottigliette d'acqua. «Non tutti sono disposti a fare gesti simili per nulla.»

«Già... e ti confesso che è davvero molto strano.» Steve si sedette di nuovo, aiutandola a scartare l'involucro. «Quando ho chiamato il ristorante, mi hanno detto in maniera molto drastica che il ragazzo delle consegne si sarebbe fermato all'ingresso.»

Lei sollevò le spalle, noncurante. «Meglio così, non credi?»

«Certo...» Steve aggrottò le sopracciglia, non del tutto convinto.

«Allora io me ne vado, buon appetito.» Mary li salutò dalla porta con un cenno della mano.

Risposero entrambi al saluto, concentrandosi poi sulla cena. Roxy estrasse i due contenitori che contenevano i granchi, Steve si occupò di sgomberare la scrivania dalle carte.

«Come mai hai deciso di fare questa pazzia?» lo osservò cauta, indecisa se avere o no la risposta.

«Consideralo come un invito a cena.» la guardò con un'espressione d'intesa.

«Abbiamo mangiato altre volte in ufficio, non è un invito a cena.» Roxy scosse la testa. «E non avresti dovuto spendere quella cifra.»

Lui le sorrise mentre le prendeva dalle mani uno dei due contenitori. «Non preoccuparti per la cifra. E fai come me, Roxy: goditi questa *cena* e *accontentati.*»

Lei aprì la bottiglietta d'acqua, bevendone un sorso. Inarcò un sopracciglio, certa che in realtà non fosse così. Steve non era un uomo che si *accontentava*, su questo avrebbe potuto davvero scommettere.

Alcune ore più tardi, la riunione tra lei, Steve, Mark, Bryan e George era finalmente in pieno svolgimento.

«Allora, la conferenza stampa di domani voglio che verta su due punti: il primo è che le indagini stanno procedendo e dobbiamo far capire che ci stiamo avvicinando sempre di più a lui. Il secondo è che i cittadini devono essere messi in stato d'allerta.»

«Cioè?» Roxy non riusciva a capire cosa intendesse Mark.

«Voglio che le ragazze che hanno un'età che oscilla tra i tredici e sedici anni prestino particolare attenzione agli sconosciuti che le avvicinano. E anche alle persone conosciute. Voglio che vengano dotate dai genitori di mezzi di autodifesa come spray al peperoncino o teaser elettrici.» si schiarì la voce. «Voglio che quel bastardo senta il nostro fiato sul collo.»

«Non temi che possa andarsene dalla città?» Steve intervenne, dubbioso.

«No.» Mark si voltò verso Bryan, che fino ad allora aveva ascoltato in silenzio. «Bryan, vuoi ripetere quello che ci siamo detti questa mattina al telefono, per favore?»

«Certo» esordì, sistemandosi meglio sulla sedia. «Il fatto che tu sia qui, Stephen... e il fatto che abbia iniziato comunque il suo *rito* qui a Chicago... sono già due garanzie. L'unica cosa che vuole è portarlo a termine e con te poi c'è in atto una specie di *sfida.*»

«Una *sfida*?» Steve era quasi incredulo.

«L'ha già fatta franca una volta, con te. Non intende certo lasciarsi sfuggire l'occasione di dimostrarti di nuovo che lui è più forte.»

Roxy sbottò, scuotendo la testa incredula. «Non posso pensare che ci sia in atto una sfida e non posso tollerare che questa sfida si giochi sulla pelle di quelle povere ragazze.»

«Lui non la vede così, Roxy» Bryan le sorrise teso. «Abbiamo di fronte una persona disturbata. Ha subito abusi da piccolo, non prova dispiacere nei confronti delle sue vittime. Sono solo pedine che gli servono per raggiungere i suoi scopi e trovare liberazione nella vendetta.»

«E quali sarebbero i suoi scopi?» Steve intervenne, spazientito. Pensare di far parte di questa fitta ragnatela d'orrore non gli piaceva affatto.

«Arrivare al suo carnefice.» George Murphy, dell'FBI, intervenne sarcastico. «Portarci da lui, farcelo arrestare.»

«Da questo punto di vista come procedono le indagini, George?» Mark si rivolse proprio a lui, per avere ragguagli.

«Al momento stiamo analizzando tutta la documentazione dell'inchiesta di Boston, che ha coinvolto anche altri stati. Ci stiamo coordinando con Steve e Roxy, che indagano solo sulla città di Boston. Noi abbiamo spaziato altrove, ma la mole di lavoro è davvero importante. Non arriveremo a qualcosa se non tra diverse settimane.»

«Sono troppe.» Mark scosse la testa. «Dobbiamo ottenere dei risultati prima, molto prima. Mi aspetto, da un momento all'altro, che mi informino che hanno trovato un nuovo cadavere.»

Roxy sospirò.

Era il terrore che provava anche lei ed era una possibilità concreta. Più passavano i giorni, più si avvicinava il momento in cui avrebbe colpito ancora.

«Voi cosa avete trovato?» Mark si stava rivolgendo ora a lei, riportandola alla realtà.

«Abbiamo fatto una scrematura sui nominativi che abbiamo» guardò tutti in viso, uno per uno. «Io e Steve stiamo restringendo le indagini, concentrandoci sull'età dei preti e sugli anni in cui sono stati accusati. Partendo dal presupposto che il nostro killer ha tra i venticinque e i trentacinque anni, abbiamo escluso a priori quelli che hanno commesso abusi fino agli anni novanta.»

Bryan le fece un cenno di approvazione, annuendo con il capo.

«Qualcuno di loro, però, potrebbe averli commessi ed essere stato spostato. Poi, in seguito, averli commessi di nuovo e non essere stato accusato. Ci avete pensato?» George intervenne, grattandosi il mento.

«Sì, abbiamo controllato.» Steve intervenne. «Per ogni prete accusato, fin dagli anni sessanta, abbiamo verificato il decorso successivo, escludendo quelli che non hanno più esercitato o che sono finiti nei centri di cura.»

«Di che cifra stiamo parlando?»

«Centocinquanta, George» Roxy lo guardò in viso. «All'incirca.»

«Merda.» lui si passò una mano tra i capelli «Sono tanti.»

«Sì, sono tanti. Ma domani inizieremo a verificare chi di loro ha qualcosa a che fare con la letteratura antica o con i fiori. I giornalisti del Boston Globe si sono offerti di aiutarci nel caso avessimo la necessità di reperire informazioni in loco.» Lei voleva trasmettere ottimismo, anche se sapeva che tutto il lavoro svolto fino a quel momento era solo l'antipasto di quello che li aspettava.

«Molto bene, allora.» Mark si alzò in piedi, controllò nervoso l'orologio. «Per oggi è tutto, domattina puntuali per la conferenza stampa delle nove, vi voglio tutti qui in Procura. Dobbiamo dimostrare che stiamo lavorando al caso tutti insieme, quel bastardo deve capire che gli stiamo addosso.»

Tutti si alzarono, imitando Mark.

Si salutarono e si diedero appuntamento per l'indomani, decisi e risoluti. Mark, Bryan e George si avviarono subito verso gli ascensori, Roxy andò in ufficio, prese la borsetta e spense le luci. Lei e Steve si apprestavano per ultimi a lasciare la Procura, avviandosi verso l'ascensore.

Premette il pulsante per chiamarlo, mentre piegava la testa da un lato all'altro per sgranchire i muscoli tesi del collo.

«Stanca?» la voce di Steve era morbida. Comprensiva.

«Sì.» si girò a guardarlo. «Tu?»

«Molto.» sorrise. «Sono giorni davvero impegnativi e spero che possano condurci a qualcosa.»

In quel momento il campanello li avvisò che l'ascensore era arrivato, entrambi entrarono e premettero il pulsante che li avrebbe condotti nel parcheggio sotterraneo.

Roxy si appoggiò con la schiena alla parete, era stanca, distrutta. E il pensiero di tornare a casa da Ray le stava divorando lo stomaco. Non aveva più voglia di parlare, di affrontare nessun argomento spinoso con lui.

Avrebbe voluto solo andarsene via.

Alzò gli occhi e si accorse che Steve la stava fissando. I suoi occhi azzurri erano intensi, una luce inconfondibile brillava in quei laghi ghiacciati.

Era desiderio.

Si sentì avvampare, riportò subito lo sguardo a terra, in attesa che l'ascensore giungesse a destinazione. Voleva fuggire via, certo. E ora, soprattutto da lì.

Si aspettò una sua parola, un suo commento, ma lui non aprì bocca.

Non appena le porte si aprirono si precipitò fuori, a grandi passi si avviò verso la sua auto parcheggiata, senza voltarsi indietro. Il rumore dei suoi tacchi riecheggiava nell'ampio spazio vuoto, ormai non c'era più nessuna macchina in sosta. Soltanto le loro.

Sentì lui che le camminava dietro di lei, con passi lunghi e decisi.

Arrivò alla sua auto, in maniera febbrile aprì la borsa e ci infilò una mano dentro, alla ricerca delle chiavi.

«Roxy.» la voce roca di lui, alle spalle, la bloccò all'istante.

«Che cosa vuoi, Steve?» le mani le tremavano.

«Voltati, ti prego.»

«No.» scosse la testa, chiudendo gli occhi. «Non chiedermelo.»

«Perché?» lo sentì avvicinarsi, piano. Le posò una mano forte sulla vita, la attirò a sé. «Hai paura che cerchi di baciarti? O forse hai paura di come reagiresti tu?»

Si abbandonò contro il suo torace, percependo chiara la sua erezione che le premeva contro i glutei. Chiuse gli occhi, voleva che il tempo si fermasse.

Era piacevole, ma il terrore di quello che avrebbe potuto accadere le bloccava le gambe e le braccia.

Le bloccava il respiro.

«Steve, non farlo...»

«Non fare cosa?» con una mano le spostò di lato i capelli, avvicinò la bocca al suo collo.

Roxy sentì il suo fiato caldo sulla pelle, le labbra che le sfioravano il lobo dell'orecchio.

«Non fare...cosa? Dimmi.» le parlò di nuovo, facendola rabbrividire. Si scoprì eccitata, il suo corpo reagiva in modo sconvolgente a quel tocco, a quel respiro.

Sentì il suo naso appoggiarsi sul collo, inspirare piano.

«Non puoi dirmi di non farlo.» la sua voce era incrinata dal desiderio, la voleva come non aveva mai voluto nessuna prima. «Mi trattengo tutto il giorno, continuando a guardarti soltanto, a respirare il tuo profumo, a lasciarmi cullare dalla tua voce.»

Roxy serrò le labbra e strinse le cosce con forza, come per cancellare il desiderio che le stava divorando il ventre.

«Ti desidero da impazzire, ti voglio...» lui mosse il volto, accarezzandola con il naso e facendole percepire appena il tocco delle sue labbra. «Non posso fermarmi, non chiedermelo. Anche tu mi vuoi, lo sento, lo vedo ogni giorno. Mi desideri, smettiamola di combattere questa attrazione che ci lega, che chi ha legato fin dal primo istante.»

Con la mano Steve scivolò verso l'alto, piano. Non poteva resistere, doveva toccarla. Si avvicinò a un suo seno mentre apriva la bocca e le posava un bacio umido alla base del collo.

Fu il segnale che scosse Roxy nel profondo.

Spalancò gli occhi non appena sentì la sua mano muoversi e la sua lingua calda sulla pelle. Si divincolò, sgusciando via dalla sua presa e voltandosi poi verso di lui, seria e decisa.

«Steve, non fare mai più nulla del genere.» lo guardò negli occhi, trovando smarrimento in quelli di lui. «Mi dispiace se ti sei messo in testa idee strane, scusami. Sei un bell'uomo, attraente. In gamba, un avvocato fantastico. Ci accomunano molte cose, anch'io *lo so*, credimi. Ma io sono sposata. Ho scelto Ray anni fa, lo amavo e lo amo ancora. E non lo tradirò mai.»

«Anche a costo di rinunciare a qualcosa che desideri davvero?» la domanda gli uscì così, bruciante. Sapeva che lei lo voleva, lo sentiva. Non poteva lasciarla andar via così.

«Io amo Ray.» serrò le labbra, guardandolo ancora più seria. «Questa è l'unica cosa che conta e che tu devi sapere.»

Senza dirgli altro salì in auto, mise in moto e fece manovra, allontanandosi più in fretta che poteva da lì.

Guidò veloce, non sapendo dove stava andando.

Il tumulto di sensazioni che aveva provato tra le sue braccia l'avevano sconvolta e nello stesso tempo era delusa da se stessa.

Non capiva come poteva provare attrazione in quel modo per un altro uomo.

Suo marito l'amava, lei lo amava ed era sempre stato tutto perfetto e magnifico tra loro. Negli ultimi tempi avevano problemi, era vero, come li avevano tutti, del resto.

Ma era sicura che li avrebbero risolti.

Pensò a quando sarebbe rientrata a casa, avrebbe rivisto Ray e l'avrebbe abbracciato, rifugiandosi tra le sue braccia forti e sicure. Avrebbero parlato, avrebbero chiarito...

Le lacrime iniziarono ad affiorare nei suoi occhi.

Ray, l'uomo che amava e che aveva sempre amato. Era stata tra le braccia di un altro, lo aveva desiderato. Si sentiva in colpa, si sentiva distrutta da tutto questo.

Perché stava accadendo a lei?

Perché stava accadendo a loro?

Erano sempre stati una coppia favolosa, in armonia, felici. E ora tutto stava precipitando e Steve si stava infilando piano piano in quella crepa che incrinava il loro rapporto.

Dovette fermarsi, le lacrime le impedivano di vedere la strada. Accostò a lato, si lasciò andare a un pianto a dirotto che la svuotava dentro, pulendola da tutta l'amarezza e la rabbia accumulata.

Ripensò a suo marito, si guardò la fede di platino che portava al dito e quel meraviglioso solitario che lui le aveva regalato quando le aveva chiesto di sposarlo.

Ripensò a quei momenti, ripensò al loro matrimonio.

A quanto entrambi ci credevano e sempre ci avevano creduto.

Ma in quel momento, le sembrava fosse passata un'eternità da allora.

In quel momento non sapeva più a cosa credere.

Era tardi, la sera era fresca.

Josh uscì sul patio, scese i pochi gradini che lo separavano dal giardino e si avviò con lentezza verso il grande cespuglio di rose bianche

che aveva davanti a casa.

Sotto la luce della luna i boccioli più belli sembravano risplendere ancora di più, doveva solo sceglierne uno, ormai.

Lo avrebbe reciso presto, poi tutto avrebbe avuto inizio di nuovo, per la penultima volta.

Mancavano due lettere a formare il nome di quel bastardo e ormai c'era quasi arrivato, bastava poco.

Presto Marie si sarebbe concessa a lui e lo avrebbe aiutato a portare avanti la sua causa.

Poi avrebbe proseguito, per l'ultimo atto finale.

Sorrise, ripensando al pomeriggio appena trascorso.

Quando aveva visto arrivare il ragazzo con la cena d'asporto aveva immaginato che era per loro: lo facevano spesso, ultimamente.

Forse credevano che lavorare fino a tardi li aiutasse a trovarlo.

Illusi.

Era più vicino a loro di quanto credessero.

Ed entrare lì dentro era stato così facile.

Era bastato dare qualcosa in più a quel ragazzo ed era riuscito a entrare al suo posto. Lo avevano fatto passare, d'altronde non indossava niente di particolare, si era persino fatto dare il cappellino e la giacca, riportandoglieli subito dopo.

Era salito di sopra, entrato nel loro ufficio e si era trovato davanti proprio Marshall.

Aveva dovuto trattenersi per non ridere di gusto davanti a lui, ma quello stupido si sarebbe infuriato e avrebbe rovinato tutto.

Ma quando aveva visto LEI gli si era fermato il respiro.

L'aveva già vista sui giornali, ma vedersela lì davanti e così vicino era tutta un'altra cosa.

Dire che era bella, era davvero riduttivo.

I suoi occhi, il suo sorriso.

La sua voce delicata.

Si chinò, annusando un bocciolo di rosa appena schiuso.

Il suo profumo.

12.

Quando Roxy arrivò in ufficio la mattina seguente, desiderò essere in qualsiasi altro posto al mondo, tranne che lì.

Entrò senza salutare Mary, posò la borsetta sulla sedia in pelle e si appoggiò con la schiena al muro. Non aveva voglia di vedere Steve, non aveva voglia di parlare con nessuno.

La sera precedente era arrivata a casa in pessime condizioni, aveva pianto a lungo in macchina prima di salire. Appena entrata non si era stupita del fatto che le luci fossero spente e che Ray fosse già a letto, d'altronde era molto tardi. Non sapeva se stesse dormendo o meno, era andata in bagno a farsi una doccia bollente e poi aveva indossato solo una canotta leggera e un paio di slip.

Era scivolata sotto le lenzuola, al buio.

Sentiva il respiro regolare di suo marito alle sue spalle. Sembrava dormisse e si augurava con tutto il cuore che fosse davvero così.

Non poteva affrontarlo, non in quel momento. Sentiva ancora il nodo in gola, il senso di colpa per aver desiderato un uomo che non fosse lui solo poche ore prima. Aveva chiuso gli occhi, esausta.

Quando li aveva riaperti, lui era già uscito.

Si era preparata come un automa ed era andata al lavoro, arrivando fino a lì non sapeva come.

Fece un profondo sospiro, guardò il suo ufficio a lungo, con attenzione.

Ma davvero valeva la pena concentrarsi così tanto su quel caso e soprattutto sull'incarico di vice procuratore? Tutto quello che aveva davanti in quel momento e che le si prospettava per il futuro, valeva davvero così tanto fino al punto di mettere in gioco tutta la sua vita? Valeva la sua serenità con Ray e l'amore che provavano l'uno per l'altra?

La carriera, il prestigio, era davvero importante conquistarli?

E poi, a che prezzo?

Fece un sospiro spazientito, chiedendosi se aveva dato la giusta importanza alle cose.

«È permesso?» la voce di Steve la riportò alla realtà.

Girò la testa appena, guardandolo in attesa sulla porta.

«Buongiorno, Roxy.» lui avanzò piano, si richiuse la porta alle spalle e la guardò serio.

«Buongiorno...» la voce le uscì tremante, temeva quello che lui avrebbe potuto fare o dire. Sperava non osasse riportare a galla gli avvenimenti della sera precedente, non aveva nessuna voglia di parlarne.

«Senti, ieri sera...»

«Steve, non ne voglio parlare.» lo interruppe subito, troncando il discorso.

«Invece dobbiamo farlo, Roxy.» lui avanzò di qualche passo, fermandosi davanti a lei. Solo la scrivania li divideva. «Lavoreremo insieme credo ancora per un po' e dobbiamo chiarire quello che è successo ieri sera. Non voglio ci siano delle incomprensioni. Il nostro obiettivo principale è prendere quel criminale e non dobbiamo essere distratti da altro, non devono esserci ombre, tra di noi.»

Lei annuì, su quello gli dava ragione.

Ma restava il fatto che non aveva comunque voglia di parlare.

«Lo so, Steve. Stai tranquillo che non accadrà, non intendo lasciarmi distrarre da nulla.» si schiarì la voce, spostò la sedia e si sedette guardandolo con attenzione. «Avanti, proseguiamo il nostro lavoro, ma se non ti dispiace vorrei svolgerlo qui per conto mio oggi.»

«Certo, come non detto.» lui fece una risata sarcastica. «Non ci sono ombre, vero? Il tuo atteggiamento ne è la prova, complimenti.»

«Perché voglio lavorare da sola?» lei lo guardò incredula. «Come ti permetti anche solo di credere di essere al centro dei miei pensieri? Ho ben altre cose per la testa e che non ti riguardano affatto!»

«Non mi importa dei tuoi problemi o di quello che hai per la testa!» lui si appoggiò con le mani al piano in legno, sporgendosi verso di lei. «Io *devo* parlare con te, *ho bisogno* di chiarire cosa è successo ieri sera! E lo faremo!»

Roxy si alzò in piedi, fronteggiandolo.

«Non osare dirmi quello che devo o non devo fare.» la sua voce era sibilante, irata. «Non provarci, Steve. Ti ho già detto ieri sera cosa devi sapere e il discorso si chiude qui.»

«No.»

«No?»

«No. Non si chiude qui, Roxy. Perché io ti voglio e ti desidero come mai ho desiderato una donna prima d'ora, chiaro? E sono disposto a tutto per averti.» si avvicinò a lei, al suo volto, sporgendosi ancora di più in avanti. «Ma la tua reazione nel parcheggio mi ha fatto capire quanto questa cosa ti ferisca e ti disorienti. E io non voglio che tu stia così.»

Lei aggrottò le sopracciglia. Non capiva dove voleva arrivare.

«Perciò non ti farò pressioni, non succederà più quello che è accaduto ieri sera...» le fece un sorriso tirato, drizzandosi con la schiena e allontanandosi da lei. «Te lo prometto.»

Nell'udire quelle parole, la tensione che provava fino a poco prima si allentò, i muscoli le si sciolsero. Lui era stato fin troppo chiaro e Roxy aveva già capito da tempo cosa lui provasse nei suoi confronti.

«Lo apprezzo molto, Steve...» fece un sospiro frustrato, si mise una mano su una guancia, si sentiva avvampare. «Ma comunque oggi intendo lavorare da sola, come avevo detto prima. Non mi sento bene e vorrei sbrigarmi e finire il prima possibile per andare a casa.»

«D'accordo» lui annuì, le sorrise con calore. «L'importante è che tutto questo non sia a causa mia.»

Roxy scosse la testa rassegnata, quell'uomo era incredibile. Si sedette di nuovo e lo guardò, sorridendogli con affetto.

«Non è per te, davvero. Voglio solo stare tranquilla.»

«Va bene. Se ti serve qualcosa, basta che mi fai uno squillo e arrivo subito.» si congedò, avviandosi verso la porta. «Non farti scrupoli.»

«Grazie.» gli sorrise, lo guardò mentre apriva la porta e usciva in corridoio.

Dopo pochi attimi entrò Mary, con un'espressione corrucciata in viso.

«Tutto bene, Roxy?»

«Sì, certo. Perché me lo chiedi?»

«Ho sentito che avete alzato la voce, credevo fosse successo qualcosa...» la guardò preoccupata.

«Nulla, niente di che.» Lei scosse la testa. «Questo dannato caso ci sta facendo impazzire, tutti quanti.»

Mary le sorrise comprensiva. «Stavo andando a prendere un caffè per me, ne vuoi uno?»

«Grazie, molto volentieri.»

La sua segretaria le fece un cenno con il capo, poi uscì subito dal suo ufficio, dirigendosi verso la sala ristoro.

Roxy si abbandonò contro lo schienale della poltrona, chiudendo gli occhi. Doveva concentrarsi, recuperare le energie e mettersi al lavoro.

Voleva prenderlo, chiudere il caso e ritornare alla sua vita di sempre.

Lei avrebbe fatto pace con Ray e sarebbero presto ritornati la coppia che erano sempre stata. Steve sarebbe rientrato nella sua Washington, a casa sua, con la sua Natalie.

Se la ricordò ancora, quel giorno che l'avevano incontrata al parco: una donna di classe, con lunghi capelli biondi e occhi verdi. Un corpo da urlo, vestiti alla moda. Trasudava denaro, potere.

Scosse la testa ripensando alla serata trascorsa con Ray, giorni prima.

I giubbotti di pelle, la moto. La birra in riva al lago. La serata al Green con i loro amici, tra cui mancavano solo Eve e Max per cause di forza maggiore.

Ripensò proprio a loro, che ultimamente ne avevano passate parecchie.

Ora Eve stava meglio ed era tornata a casa, ma dopo poco tempo si erano lasciati.

La vita era proprio strana: nonostante tutto quello che avevano passato, Eve e Max erano rimasti uniti. Ma ora che le cose si erano sistemate ed era tutto finito, sua cognata aveva interrotto la loro relazione.

Sorrise, constatando che per lei e Ray era l'esatto contrario. Nel momento di difficoltà che stavano vivendo, il loro rapporto, anziché rafforzarsi, si stava incrinando.

«Ecco qui, un bel decaffeinato come piace a te.» Mary entrò, posando la tazza fumante davanti a lei insieme a un muffin al cioccolato che la fece sorridere mesta. «Mi sono permessa di portarti anche questo, credo che tu ne abbia bisogno. La conferenza stampa è tra un quarto d'ora.»

Già, la conferenza stampa.

Roxy se n'era quasi dimenticata, presa com'era da tutto il resto.

E questo non andava affatto bene.

Ray si avvicinò allo schermo in sala d'attesa.

Tutti si erano fermati un momento ad osservare la televisione, la Procura di Chicago aveva incontrato i giornalisti per spiegare a che punto erano le indagini sul serial killer che stava terrorizzando la città.

Vide Mark, serio, tra Roxy e Stephen Marshall. A lato di entrambi, due uomini che non conosceva. Uno dei due aveva il distintivo dell'FBI attaccato al collo, evidentemente era a capo delle indagini. L'altro era un uomo distinto, con capelli grigi e un paio di occhiali dalla montatura leggera. Pensò che forse era lo psichiatra, quel medico di cui Roxy gli aveva parlato più volte.

Spostò lo sguardo su di lei. La vide tesa, sciupata.

Aggrottò le sopracciglia. Conosceva bene sua moglie e il suo viso non trasmetteva nulla di buono. Forse poteva darla a bere agli altri, ma non a lui.

Ascoltò con attenzione le parole di Mark Davis, che deciso stava spiegando i fatti.

«Si tratta di un maschio bianco, caucasico. Riteniamo che la sua età si aggiri intorno ai trent'anni, con ogni probabilità è una persona che ha subito un qualche trauma in età infantile.» si schiarì la voce. «Chiediamo a ogni cittadino di Chicago di prestare attenzione alle persone che corrispondono alla descrizione, soprattutto quelle che non si conoscono da troppo tempo. Chiediamo a tutti i genitori di ragazze che hanno un'età che oscilla dai tredici ai sedici anni di munire le proprie figlie di mezzi di difesa, come teaser elettrici o spray al peperoncino. In ogni caso e sottolineo *in ogni caso,* se chiunque dovesse accorgersi di qualche movimento strano o qualche sconosciuto che si aggira intorno a luoghi dove si intrattengono adolescenti è pregato di chiamare subito il Quartier Generale dell'FBI o la Procura di Chicago, i numeri stanno passando in sovraimpressione sullo schermo.»

«Non credete di seminare il panico in città, in questo modo?» un giornalista intervenne tagliente. «Se voi aveste fatto il vostro lavoro, anziché dedicarvi ai vostri interessi, non saremmo certo in questa situazione, non crede?»

Ray osservò Roxy, la vide impallidire e irrigidirsi. Quello scaltro di Steve non fece alcun movimento, ascoltò imperterrito la domanda e non batté ciglio.

Se stava provando un qualsiasi tipo di emozione, in quel momento di certo non lo dava a vedere.

Doveva ammettere che era davvero bravo nel suo lavoro e questa cosa ne era la riprova.

«I nostri avvocati stanno svolgendo il loro lavoro nel migliore dei modi, su questo garantisco io in prima persona e l'FBI sta studiando tutte le piste possibili. Abbiamo a che fare con un criminale spietato, calcolatore. Non dobbiamo trovarci impreparati di fronte a nulla.» Serrò le labbra, fissò le telecamere deciso. «Sappiate che siamo già sulle sue tracce e presto lo prenderemo.»

«Procuratore Davis!» i giornalisti iniziarono a chiamarlo, ma lui salutò tutti con un gesto e abbandonò la postazione insieme ai suoi collaboratori. Ray osservò sua moglie, in mezzo a quegli uomini, dirigersi verso l'uscita della stanza. Vide Steve che le si avvicinava, sentì il sangue salirgli al cervello. Non osò toccarla, per fortuna. Aveva almeno un briciolo di sale in zucca.

«Spero proprio che lo prendano presto.» una donna sulla cinquantina si avvicinò a lui, gli fece un sorriso timido. «Sa, dottore... ho una figlia di quindici anni e sono qui con lei in questo momento, si è fratturata un polso.»

Ray le sorrise. «Vedrà che lo prenderanno.»

Lei alzò le spalle, fece un gesto di noncuranza e un'espressione di compassione le si dipinse sul volto tirato. «Ogni giorno, da quando quel maledetto ha iniziato a colpire nella nostra città, temo per lei...» le tremarono le labbra mentre parlava «L'accompagno a scuola, la vado a prendere. Le ho proibito di uscire con i compagni finché le cose non si sistemeranno. Le ho intimato di non fidarsi degli sconosciuti, ma chissà se quest'uomo lo è. Magari è il nostro vicino di casa e noi non lo sappiamo nemmeno.»

«Sì, lo so.» Ray le passò con affetto una mano su una spalla, per rincuorarla. «Dobbiamo essere fiduciosi. Gli avvocati e gli agenti dell'FBI stanno facendo del loro meglio. Sono tutte persone in gamba, molto qualificate. Cerchiamo di non abbandonare le speranze.»

«Certo...» la donna gli sorrise mesta. «Se solo la smettessero, quei due, di pensare ai fatti loro e indagassero davvero! Dormiremmo sonni più tranquilli tutti quanti.»

La donna se ne andò, voltandogli le spalle.

Quei due, aveva detto.

Sua moglie e Marshall.

Ray fece un lungo sospiro.

Dove diavolo stavano scivolando lui e Roxy?

Verso la fine?

«Maledetti bastardi!» Josh diede una forte manata sul tavolo.

Aveva ascoltato la conferenza stampa mentre si preparava per andare al lavoro. Con il risultato che si era davvero infuriato.

Dicevano di essere sulle sue tracce, quegli stronzi.

Stupidi idioti!

Nessuno era sulle sue tracce, era solo un bluff.

Non sarebbero mai arrivati a lui, MAI.

E con quell'atteggiamento lo stavano facendo infuriare, lui rischiava di perdere la testa e commettere degli errori.

Come la sera precedente, quando si era presentato in Procura.

Ora entrambi lo avevano visto e temeva che avrebbero potuto riconoscerlo. Oltretutto quel coglione di Marshall lo aveva visto per la seconda volta, dopo che al Millennium Park lui lo aveva urtato.

Ma era talmente preso da se stesso da non averlo riconosciuto.

Che idiota!

Iniziò a ridere piano, mentre si abbottonava la camicia.

Ancora qualche giorno, poi avrebbe preso Marie.

Oggi l'avrebbe incontrata al lavoro, ne era certo. Voleva provare ad avvicinarla ancora di più, era necessario iniziare a preparare il terreno per il sequestro.

Ripensò alla stanza di sotto: l'inchiostro era pronto, il lenzuolo anche. Le cinghie per assicurarla al letto erano belle strette, ogni minimo dettaglio era ben studiato e preparato alla perfezione.

La stanza accanto era ben fornita di sapone e di spazzole, avrebbe lavato il corpo in modo accurato, come faceva sempre.

Aveva tutto quello che gli serviva e niente sarebbe andato storto. Doveva solo stare tranquillo.

Mancava solo una cosa: scegliere quel bocciolo perfetto.

Quello da recidere.

Poi sarebbe arrivato il momento.

«Ehi, credo di aver trovato qualcosa di interessante.» Steve entrò a passo spedito nell'ufficio di Roxy, si diresse verso di lei e le indicò il pc. «Entra nel sistema, negli archivi dell'inchiesta di Boston.»

Lei lo fece subito, incuriosita.

«Digita come chiave di ricerca "preti restauratori".»

Il sistema iniziò a elaborare, dopo alcuni secondi le uscirono quattro nominativi, sullo schermo.

Father Michael Morgan, deceduto nel 1975
Father Abraham Nelson, dimesso nel 2010
Father Jeremia O'Connelly, in carica a Londra dal 2014
Father William Carter, dimesso nel 2001

«Non noti nulla?» Steve le pose la domanda con un tono incalzante, era elettrizzato.

Roxy lesse con attenzione i nominativi di tutti, poi capì subito.

«Steve! Father Abraham Nelson. Le lettere ottenute finora... M, A, A, H, A.» si voltò a guardarlo, stupefatta. «Coincidono alla perfezione con il suo nome di battesimo.»

«Esatto.» annuì deciso. Le indicò di nuovo lo schermo. «Rifai la ricerca, questa volta su di lui.»

Roxy avviò la ricerca, mentre il sistema elaborava i dati e la piccola clessidra ruotava su se stessa, sentì l'adrenalina riempirle le vene.

Uno spiraglio di luce in un oceano di buio, ecco cos'era quel nome.

Uscirono i risultati, spalancò la bocca.

Non era possibile.

Father Abraham Nelson, nato a Boston nel 1945.
Dal 1990 al 2000 Arcidiocesi di Boston
Dal 2000 al 2003 Arcidiocesi di Portland
Dal 2003 al 2007 Diocesi di San Diego
Dal 2007 al 2010 Diocesi di Cleveland
Dal 2010 dimesso

«E da allora? Non si hanno più notizie?» Roxy si voltò a guardare Steve, che a braccia conserte fissava lo schermo del pc serio.

«Nessuna notizia, sembra scomparso.» lui scosse la testa. «Ma sai qual è la cosa più sconcertante di tutte?»

Lei lo guardò, in attesa.

«Ho parlato con i giornalisti che seguirono l'inchiesta di Boston. Mi hanno informato che un prete resta in media presso una diocesi circa sette o otto anni...» fece un sorriso beffardo. «Il nostro uomo venne trasferito da una parte all'altra degli Stati Uniti ogni due o tre anni. Non lo trovi strano?»

Roxy si sentì rabbrividire. «No, non lo trovo strano, comprendo invece con certezza che quest'uomo abusava dei bambini che frequentavano la sua parrocchia.»

«Esatto.» Steve annuì con un'espressione grave sul volto. «È lui, Roxy. Quest'uomo può farci arrivare al nostro killer.»

Lei sentì un brivido di eccitazione percorrerle la schiena.

Non avevano idea di dove fosse finito quel prete, non avevano idea di chi e cosa cercare.

Ma finalmente, dopo quella che sembrava un'eternità, avevano almeno qualcosa da cui partire.

«Da dove vuoi iniziare?» guardò Steve con attenzione.

«Comincerei dal suo primo incarico, durato ben dieci anni, a Boston.» prese una sedia e si sedette accanto a lei, con indifferenza. Ricordava bene quello che gli aveva detto quella mattina: non voleva averlo intorno. Ma con queste ultime novità non voleva darle ascolto, almeno per ora.

«Sono tanti per un incarico. Soprattutto dopo l'informazione che ti hanno dato i giornalisti del Boston Globe.»

«Appunto, voglio capire qual era la sua mansione. Predicava già o svolgeva altri lavori? Forse la scrittura c'entra qualcosa, non credi?»

«Lo penso anch'io, Steve.» Roxy strinse gli occhi, riflettendo sulle nuove informazioni di cui erano entrati in possesso. «Abbiamo per caso una lista delle sue vittime o comunque di famiglie che gli hanno fatto causa in quegli anni?»

«Certo, l'ho già fatta inviare a te e a me per posta elettronica...» annuì soddisfatto. «Dovrebbe arrivare tra pochi minuti, ma ti annuncio già che è piuttosto *corposa*.»

Roxy fece una smorfia. La attendevano nuove e lunghe indagini ancora. Si lasciò sfuggire un sospiro, l'unica cosa che voleva era che quel dannato caso venisse risolto, che il killer fosse messo in prigione e che Steve se ne tornasse nella sua Washington.

Quindi avrebbe dovuto concentrarsi per far sì che ciò avvenisse il prima possibile.

«Problemi?»

«No, certo che no.» scosse la testa, decisa.

La bustina che lampeggiava in fondo allo schermo, a destra, l'avvisò che era appena arrivata un'e-mail. Aprì subito il programma, era proprio il messaggio dal Boston Globe che conteneva un allegato. Quando lo visualizzò per poco non si sentì male: 32 famiglie avevano denunciato abusi sessuali da parte di quell'uomo nella sola città di Boston e con tutti quanti aveva patteggiato, quindi non si poteva entrare nei termini dell'accordo, non si potevano conoscere i fatti nei dettagli.

«Accidenti, Steve.»

«Già. Mi avevano anticipato che era solo una lista di nominativi e che non mi potevano fornire nient'altro. Non so nemmeno che età avessero i bambini durante i fatti.»

«Significa che dovremo contattarli uno per uno.»

«Per forza...» annuì lui. «Cercheremo i numeri di telefono e li chiameremo, spiegando la situazione. Mi auguro che abitino ancora tutti lì e che riusciremo a trovarli. Ma soprattutto mi auguro che possano aiutarci.»

«Nel frattempo, dobbiamo dare una risposta anche al quesito più importante.» Roxy si appoggiò alla poltrona e si voltò a guardarlo. «Dove può essere finito padre Abraham Nelson?»

Steve si rabbuiò.

«Non ne ho la più pallida idea.» Prese il mouse e cliccò due volte sull'icona per il lancio della stampa del documento. «Non ci resta che metterci subito al lavoro quindi.»

I due fogli uscirono, li afferrò al volo e con una matita ne cancellò metà in uno e i rimanenti nell'altro.

«Dividiamoceli, Roxy.» porse a lei una delle due copie. «In questo modo procederemo più in fretta.»

Si alzò dalla sedia e osservò a lungo l'elenco di nomi.

«Non sarà facile.» Roxy prese il suo, guardò le sedici persone indicate, tutti nomi maschili. «È probabile che siano i capifamiglia. Se si tratta di denunce per molestie, le vittime erano per forza minorenni.»

«Certo, non ci sono dubbi.» concordò, poi si voltò a guardarla. «Buon lavoro, Roxy. Ti lascio alle tue ricerche, io mi concentro sulle mie.»

«Grazie.» Gli fece un sorriso, grata del fatto che la lasciava sola di nuovo. Era stata chiara al mattino ed era compiaciuta del fatto che lui avesse capito. «Buon lavoro anche a te.»

Le fece un cenno con la testa e uscì, tornando nel suo ufficio. Non appena entrato, si sedette alla scrivania ed entrò nel sistema.

Sentì il telefono vibrare, guardò il display, era di nuovo Natalie. Sollevò gli occhi al cielo prima di rispondere alla chiamata. Era l'ennesima volta quel giorno.

«Ciao, Natalie.»

«Ho visto la conferenza stampa, bravi.»

«Grazie.» Si schiarì la voce. «Dimmi tutto, ti serve qualcosa?»

«Non mi serve nulla, ti ho chiamato per sentire la tua voce. Non ti basta?» sentì la sua incrinata mentre pronunciava quelle parole. «Prima ti bastava... Ci cercavamo in continuazione, ogni istante del giorno. Mi manca tutto questo, Steve...mi manca *come eravamo*.»

Lui sospirò.

Da quando aveva incontrato Roxy si era incrinato qualcosa tra lui e Natalie, non c'erano dubbi ormai. Il rapporto tra loro, già precario e poggiato su basi non troppo solide, aveva subito un duro colpo.

Non poteva più mentire a se stesso e quella mattina non lo aveva fatto nemmeno con Roxy: si stava innamorando di lei, la desiderava a tal punto che, se solo lei avesse fatto un cenno, avrebbe subito troncato la relazione con Natalie.

Ma detestava veder soffrire la sua ragazza.

Quindi fu sincero con se stesso e con Roxy, ma non con lei.

«Anche a me manca, tesoro.» si passò una mano tra i capelli, nervoso. «Ma questo caso, davvero, mi sta uccidendo. Lavoriamo tutto il giorno e spesso mi porto dati da analizzare anche in hotel la sera.»

«Lo so, amore... sei stanco e provato, ti capisco. Ma vederti con lei in televisione, mi ha messo una certa inquietudine addosso. Scusami.»

«Natalie...»

«Non avrei dovuto chiamarti, perdonami. Ti ho disturbato, non volevo. Ti lascio al tuo lavoro, io...»

«Aspetta, per favore.» la interruppe appena in tempo, per non farla riattaccare.

Lei era una donna che qualsiasi uomo avrebbe voluto al proprio fianco. Bella e di successo, con un padre in politica, potente. Che avrebbe potuto far fare al genero una carriera strepitosa.

Forse era solo colpa sua, forse pretendeva troppo e non voleva accontentarsi.

Si sentì in colpa nei suoi confronti, in fondo lei lo adorava e gliel'aveva sempre dimostrato.

Le voleva bene, tanto.

E non voleva farla soffrire.

«Dimmi...» sentì la sua flebile voce in attesa, come adorante. Sorrise.

«Che ne diresti se questo weekend io tornassi a casa? Potremmo passare qualche giorno insieme e recuperare un po' del tempo perduto. Ho bisogno di staccare in fondo, di rilassarmi.»

«Oh, Steve!» il suo tono triste era scomparso, la sua voce era tornata squillante. «Sarebbe fantastico!»

«Dai, allora oggi prenoto il volo. In fondo si tratta di un viaggio di un paio d'ore, se dovessi trovare un aereo per sabato mattina presto, riuscirei a essere lì in tempo per pranzo e avremmo il sabato e buona parte della domenica tutta per noi.»

«Amore, non potresti farmi un regalo più grande... Organizzo subito qualcosa per sabato sera, che vuoi fare? Hanno aperto un locale nuovo, i nostri amici contavano di andarci, che ne pensi?»

«Per me va bene, decidi tu.» scosse la testa rassegnato. Comunque alla fine decideva sempre lei, tanto valeva dargliela vinta subito.

«Dio, Steve, ti amo...» era commossa. «Davvero, non sai quanto questo mi renda felice.»

«Lo so, invece.» si grattò il mento, osservò il computer e il foglio davanti a lui che attendeva. «Senti, tesoro... io ora devo tornare al lavoro, mi dispiace.»

«Certo, certo. Non preoccuparti, ci sentiamo stasera quando rientri in albergo, così mi dirai a che ora arriverai sabato. Mi organizzo per venirti a prendere all'aeroporto.»

«Ottimo.»

«Ah, visto che tornerai per un paio di giorni, dovremo per forza infilarci un pranzo con i miei. Preferisci sabato o domenica?»

«Sabato.» Non aveva dubbi, voleva che accadesse subito, in modo da non pensarci più.

«Va bene, li avviso in modo che mamma ti prepari qualcosa che ti piace.»

«Perfetto...» annuì. «A stasera, tesoro.»

«A stasera... un bacio, amore mio.»

«Anche a te.» interruppe la comunicazione, appoggiò il telefono sul tavolo e si passò una mano sul volto.

Che diavolo di situazione.

Stare con Natalie era bello, piacevole. Sotto tanti punti di vista. Ma la sua mente era altrove, il suo corpo desiderava *altro*.

Ed era lì a fianco, nell'ufficio accanto al suo. Avrebbe voluto andare da lei, subito. Chiudere a chiave la porta e prenderla quasi con la forza, buttare a terra tutte le carte che ricoprivano il suo tavolo e mettercela sopra.

Le avrebbe alzato subito quella gonna, allargato le cosce e strappato gli slip a morsi.

E l'avrebbe fatta sua.

Eccome se l'avrebbe fatta sua.

Il suo corpo stava reagendo a quel pensiero, il desiderio stava salendo dal suo ventre.

La sua erezione premeva contro i pantaloni e desiderava con tutto se stesso che lei la circondasse con le sue mani e con ogni altre parte del suo corpo.

Chiuse gli occhi e serrò le mascelle con forza.

Tornò con la mente alla sera precedente, nel parcheggio sotterraneo della procura. Respirare il suo odore, accarezzare la sua pelle, assaggiarne il sapore.

Erano state sensazioni indimenticabili, che avrebbe voluto poter ripetere quella mattina stessa. E andare anche *oltre*.

Purtroppo lei era fuggita la sera prima e quella mattina si era dimostrata fredda e distaccata, ma lui non l'aveva bevuta. Roxy forse era agitata, era confusa. Ma non era affatto distaccata.

E poteva significare solo una cosa: anche lei lo desiderava, ma stava combattendo contro quella che *doveva essere*, non contro quella che *voleva essere.*

Se solo avesse ascoltato il suo istinto... Steve era certo che sarebbe finita tra le sue braccia.

Ma lei non voleva farlo e per questo non c'erano molti rimedi.

Poteva studiare qualsiasi strategia, cercare di conquistarla in qualsiasi modo, ma Roxy era stata chiara: amava suo marito e non lo avrebbe tradito.

Si sentiva sconfitto, frustrato.

E tutto questo non portava a nulla di buono, lo distraeva dal suo lavoro e gli faceva perdere la concentrazione.

Forse era stata un'ottima idea, alla fine, tornare a casa per qualche giorno.

Perlomeno avrebbe capito alcune cose.

Per esempio, chi *voleva essere* lui.

«A che punto siamo, con le indagini?» diverse ore dopo la voce di Mark lo fece voltare verso la porta, mentre riattaccava il telefono. Lo vide entrare e sedersi di fronte a lui.

«Insomma, speravo in qualcosa di meglio.» voltò la stampa verso di lui, dove svettavano i sedici nominativi su cui stava svolgendo le sue ricerche. «Di tutte queste persone sono riuscito a trovarne solo quattro, finora. Due di loro dicono di non sapere nulla, non ricordano. Temo non vogliano immischiarsi in questa storia e rivangare un passato terrificante che li ha segnati nel profondo.»

«Probabile...» incrociò le braccia a petto. «Gli altri due?»

«Gli altri due sono i padri di due vittime, allora erano ragazzini di undici e dodici anni. Sono stati entrambi molestati da padre Nelson, nel novantasei. Mi hanno spiegato che il prete, durante il suo operato nell'arcidiocesi, ha svolto i primi cinque anni a restaurare manoscritti antichi presso la Biblioteca di Boston, poi ha iniziato a praticare diversi tipi di attività benefiche: frequentava orfanotrofi, case di cura. Prestava soccorso alle persone bisognose, ai mendicanti.»

«Un prete modello, insomma.»

«Sì. Bazzicava soprattutto dalle parti di Dorchester, dove la vita era davvero difficile.» Steve si alzò in piedi per sgranchirsi le gambe, era inchiodato su quella poltrona da ore.

Fece il giro della scrivania mentre Mark lo seguiva con lo sguardo. Arrivò alla finestra e si voltò verso di lui, infilandosi le mani in tasca. «Capisci, Mark? Andava in zone malfamate, cercava persone che avessero bisogno di aiuto, li induceva a fidarsi di lui.»

«E poi?»

«E poi mi hanno detto che portava i ragazzi in Chiesa, con la scusa di aiutarli. Gli chiedeva di assisterlo durante le funzioni, li faceva pulire, tenere in ordine l'altare e i posti a sedere...» sbuffò dal naso, irritato. «In cambio teneva loro lezioni gratuite per farli migliorare a scuola. A *casa sua*.»

«Immagino.» Mark fece una smorfia sarcastica.

«E indovina cosa c'era nel giardino di casa sua, che tutti gli invidiavano e che lui teneva con particolare cura?»

«Un roseto.» Mentre pronunciava quelle due parole, Mark si sentì rabbrividire. Perché dentro di lui sapeva che era così.

«Esatto. Rose bianche.» Steve scosse la testa. «Il nostro serial killer è una delle sue vittime, ormai non abbiamo dubbi. La cosa più difficile sarà trovarlo.»

«Purtroppo ho paura di sì.»

«Roxy? Ha trovato qualcosa?» Steve era curioso, non l'aveva vista per tutto il pomeriggio.

«Non so, quando sono passato non era nel suo ufficio.» Mark si alzò in piedi. «Vieni, andiamo a chiederglielo, magari ci prendiamo un caffè insieme.»

Si alzarono entrambi, avviandosi fuori in corridoio. Non appena giunsero davanti alla porta, notarono che lei ancora non c'era. Si voltarono verso Mary.

«Roxy?» Mark non aspettò nemmeno un minuto.

«È scesa giù, in archivio. Ha detto che voleva controllare alcune cose e le servivano dei documenti.»

Steve aggrottò le sopracciglia, era molto strano. Forse aveva trovato una pista e aveva deciso di seguirla, ma era davvero insolito che non lo avesse avvertito.

Proprio in quel momento si voltarono e la videro avanzare in corridoio con in mano un paio di pesanti fascicoli, lo sguardo trionfante.

Steve non poté trattenere un sorriso luminoso. Adorava quella donna, poi quando la vedeva così soddisfatta, di riflesso assaporava anche lui la sensazione di trionfo che lei trasmetteva.

«Che abbiamo?» Mark era impaziente, si spostò di lato per farla entrare nel suo ufficio. Tutti e tre avanzarono, lui richiuse la porta alle loro spalle e lei appoggiò i pesanti faldoni sulla sua scrivania.

«Le nostre ricerche impossibili sono finite. Sono riuscita a risalire ai due avvocati che seguirono le cause in tribunale, quelli che difesero padre Abraham Nelson. Li ho contattati al telefono, spiegando che non intendiamo far causa a lui, ma che stiamo indagando su un altro caso. Si sono dimostrati disponibili a collaborare, confermandomi che sono andati a patteggiare... e indicandomi le date dei processi. Di più non hanno potuto fare, hanno firmato degli accordi.»

«Hai ottenuto i documenti relativi alle udienze?» Steve era stupefatto.

«Certo!» Lei annuì, un grande sorriso le illuminava il volto. «Abbiamo nomi, date, età delle vittime. Con un piccolo sforzo riusciremo a rintracciare tutti.»

«E con un po' di fortuna» Mark si infilò le mani in tasca, guardando entrambi deciso. «È probabile che scopriremo che tra loro c'è il nostro assassino.»

13.

«Come ci sei riuscita?» Steve osservava ammirato le due pile di documenti che erano sul tavolo di Roxy. Mark era uscito, incitandoli a lavorare e dicendogli di mettersi subito a studiare tutti quegli incartamenti.

«Non è stato facile, ho avuto una buona dose di fortuna: sono riuscita a parlare con una madre delle vittime. Vivono ancora a Boston, compreso il figlio. Le ho spiegato il caso che stiamo seguendo, le ho detto che è probabile che il killer sia uno dei bambini violentati da Padre Abraham.» Roxy gli sorrise. «Mi ha fornito il nome del suo legale, l'ho chiamato e l'ho convinto a dirmi i nomi dei due avvocati che fecero da difensore a Padre Abraham. Fanno parte di un rinomato studio di Boston, ho provato a chiamarli. Dopo diversi tentativi sono riuscita a parlare con loro, gli ho spiegato la situazione e si sono decisi a fornirmi almeno le date dei processi. A quel punto, avendo i cognomi delle vittime, il nome dell'accusato e le date delle udienze mi sono precipitata giù in archivio. Abbiamo contattato la procura di Boston, la quale ha allertato subito quattro impiegati per andare in cerca dei fascicoli. Li hanno passati nello scanner e inviati via e-mail al nostro archivio. Li abbiamo stampati ed eccoli qui.»

Roxy posò una mano sulla pila di carte sul tavolo, come se fosse stata una passeggiata.

Sotto le sue dita c'erano trentadue fascicoli piuttosto corposi, che riportavano immagini e varie testimonianze di quegli anni. Avrebbero potuto conoscere meglio tutte le vittime, sapere chi erano e provare a rintracciarle. Avrebbero conosciuto la storia di quel prete e da lì, forse, risalire al killer.

«Sei magnifica.» Steve era stupefatto, in un pomeriggio era riuscita a dare una svolta determinante alle indagini. Ora avevano davvero tanto materiale davanti a loro e tanti dati da elaborare. Si alzò in piedi e prese il primo fascicolo, lo aprì.

Si trattava di un bambino di nove anni.

Era stato sedotto da quel bastardo, costretto a *fare cose* per compiacerlo. Il solo pensiero gli causò un moto di disgusto, che a forza riuscì a reprimere.

Sfogliò le carte, c'era una cartella medica e un profilo psicologico del bambino. Non c'era nessun dubbio sugli abusi che aveva subito. Ma lui era stato fortunato: la sua famiglia lo aveva difeso e con ogni probabilità fatto curare.

Steve si rabbuiò.

Forse per il killer che stavano cercando di scovare le cose non erano andate in quel modo.

Forse non aveva una famiglia alle spalle che lo aveva difeso, si era ritrovato solo e senza l'opportunità di far condannare quel bastardo.

«Hai pensato che il nostro killer potrebbe non essere tra questi fascicoli?» Steve osservò serio Roxy, si sedette di fronte a lei e corrugò la fronte.

«Ci ho pensato, certo.»

«Forse scopriremo che abbiamo fatto tanta fatica per reperire questi documenti e che alla fine non serviranno a nulla.»

«Non credo sarà così.» Roxy si sporse in avanti, appoggiò i gomiti sul tavolo e gli sorrise. «Io penso che con ogni probabilità il nostro killer non sarà tra queste vittime. Penso più che lui sia stata una vittima che non ha avuto il coraggio o l'opportunità di parlare, a suo tempo.»

«E per questo vuole scovarlo e fargliela pagare. Perché non ha potuto farlo prima.»

«Giusto.» Lei prese il primo fascicolo, lo mise davanti a sé e lo osservò con attenzione. Alzò il viso e guardò Steve. «Proprio per questo dobbiamo contattarli tutti. Possono aiutarci a rintracciare chi non è in questi fascicoli, possono aiutarci a rintracciare Padre Abraham.»

«Dubito che lui ci fornirà i nomi di vittime che non l'hanno denunciato, non credi?»

«Beh, questo lo vedremo.» Lei fece un cenno con la testa verso i fascicoli, a lato. «Avanti, vice procuratore Marshall. Cosa aspetti?»

«Agli ordini!» Le strizzò l'occhio. «Ne prendo un po' e vado nel mio ufficio.»

«No, non importa.» Roxy gli sorrise appena, quest'ultima svolta l'aveva messa di buonumore, vedeva la risoluzione del caso e la vedeva anche piuttosto vicina. «Se vuoi puoi stare qui, questa scrivania è abbastanza grande da ospitare entrambi.»

«Come preferisci. Grazie.» Le sorrise, prese il primo fascicolo e osservò a lungo la scrivania.

Roxy aveva ragione, era davvero grande.

Ma l'idea che aveva lui in mente in quel momento... non riguardava certo quei fascicoli, riguardava *altro*. Sollevò gli occhi e accarezzò con lo sguardo la bellissima donna davanti a lui.

La sua idea riguardava lui e lei, lì sopra.

«Allora, tutto pronto per domani?» Ray guardò Max, davanti a lui. Il suo amico stava mescolando con lentezza il caffè che aveva in mano, assorto. Gli diede una gomitata leggera, per attirare la sua attenzione. Lui sollevò lo sguardo di scatto, una scintilla spazientita gli balenò nei grandi occhi azzurri.

«Ti ho chiesto se per domani è tutto pronto, Max.» gli sorrise beffardo. «Sei teso, forse?»

«Io? Mi hai mai visto teso, per caso?»

«Certo che no, Maximilian Price alias *Mister Perfezione*, come ti ha sempre chiamato mia sorella. Tu non perdi mai la pazienza, tu non ti irriti mai. Tu non *sbagli mai*.»

«E piantala.» lui scosse la testa, bevve veloce l'ultimo sorso di caffè e buttò il bicchiere di carta nel cestino a lato. «Che stronzo, che sei. Anche tu sapevi questa storia del soprannome e non me l'hai mai detto.»

«E rischiare di litigare con quella pazza di Eve?» Ray trattenne una risata. «Non ci penso nemmeno.»

Max rise, si infilò le mani nelle tasche del camice bianco e fece un lungo sospiro. «Questa mattina, appena mi sono svegliato, mi sono chiesto se la scelta che ho fatto fosse quella giusta. Sto rischiando parecchio, Ray. Ma sento che è giusto così, più continuo a chiedermelo... più l'istinto mi dice che sto andando nella giusta direzione.»

«Sarà un bel cambiamento per te, non c'è dubbio. Non vedo l'ora di vedere gli sviluppi.»

Max si voltò a guardarlo, inarcando un sopracciglio. Ray sorrise di nuovo mentre finiva il caffè e anche lui buttò il bicchiere nel cestino. «Mi auguro che tu abbia mantenuto il segreto, con lei. So di potermi fidare di te, ma te lo chiedo per essere sicuro.»

«L'ho fatto. Non le ho detto nulla e lei non immagina certo quello che l'aspetta domani. Anzi, a dire la verità non l'ho nemmeno detto a Roxy.»

«Cosa?» Max lo guardò accigliato. «Quindi a tua moglie, nonché sua cognata e sua migliore amica non hai detto nulla? E perché?»

«Forse perché io e *mia moglie* non ci rivolgiamo quasi la parola?» Ray serrò le labbra, guardò Max negli occhi e fece un ringhio. «Sta sempre e solo in ufficio, Max. A casa non parliamo più, sembriamo due estranei. Quel maledetto articolo che la ritraeva abbracciata a *quello* mi ha fatto andare su tutte le furie... e sai benissimo che ne sono seguiti tanti altri, dopo.»

«Ray, sono giornalisti. Ci stanno marciando sopra, vogliono solo fare notizia...» lo guardò serio. «Dovresti fidarti di più di tua moglie, sai? Lei ti ama, di questo credo tu sia certo.»

«Lo sono, sì.»

«E allora cerca di darle una possibilità, prova ad ascoltarla. Forse ha una spiegazione per tutto questo, forse ha bisogno di aprirsi con te e di parlare con te di tante cose e ora non ne ha l'opportunità. Credo se lo meriti, è una brava persona.»

Lui annuì.

La era, certo. Ray non aveva dubbi.

Come non aveva dubbi sul fatto che lei lo amasse.

Ma la situazione che ruotava intorno a loro in quel momento stava incrinando tutte le sue certezze. Aveva una gran voglia di vederci chiaro in tutta quella storia, ma non sapeva come.

«È solo che vorrei sapere se...»

«Cosa?» Max lo ammonì subito. «Cosa vuoi sapere? Devi fidarti e basta, vuoi torturarti sul milione di domande che ti poni? Chiedendoti per esempio cosa lei stia facendo in questo momento, se sia con lui o no...»

Ray rise.

«Lascia perdere, fidati.» Max gli appoggiò una mano su una spalla, la strinse con forza. «Roxy ti ama, te lo dico di nuovo. Ed è una gran donna.»

«Sì.»

«Pensa che patata bollente mi ritrovo io tra le mani con tua sorella, invece!» Scosse la testa, spalancando gli occhi. «Guarda cosa mi tocca fare, per riuscire a ottenere qualcosa!»

Entrambi scoppiarono a ridere, dimenticando per un attimo tutte le amarezze che avevano vissuto negli ultimi giorni.

«Certo che io e te, eh...» Max rise. «Le situazioni facili, mai.»

«Ah, fratello!» Ray picchiò con forza una mano su un braccio di Max. «Le situazioni facili sono per le persone facili, ricordalo.»

«Ottimo...» annuì compiaciuto. «Me ne ricorderò, allora.»

«Bene.» Ray si lisciò la divisa verde del pronto soccorso, diede un'occhiata veloce all'orologio. «Ora devo andare, Max. Ci si vede.»

«Sì, certo.»

«Non vedo l'ora sia domani sera...» gli strizzò l'occhio.

«Per vedere la faccia di tua sorella?» lui rise compiaciuto.

«No, no... la tua.» Si mise a ridere, poi con un cenno di saluto lo lasciò lì a fissarlo, con un'espressione inebetita.

Se tutto fosse andato secondo i piani, l'indomani la faccia di Max sarebbe stata la migliore.

Insieme a quella di Eve, naturalmente.

«La ringrazio di cuore, davvero.» Roxy fece una pausa, guardò Steve e gli sorrise. «Le prometto che lo prenderemo, ci siamo vicini. Buona serata anche a lei, grazie.»

Riattaccò il telefono.

«Allora?» Steve era impaziente.

«Suo figlio è stato violentato da Padre Abraham. Gli hanno fatto causa, arrivando alla fine a patteggiare, come gli altri.» Si schiarì la voce, chiudendo la cartella da dove aveva attinto il numero di telefono. «Sai, certe cose, in determinati ambienti... se si riesce a tenerle nascoste è meglio.»

«Si vergognano.»

«Certo. Non comprendono che sono loro le vittime. Ma mi rendo conto che non sia facile affrontare tutto questo.»

«Già.» Steve prese un altro fascicolo e glielo porse. «Che altro hai scoperto?»

«Mi ha detto che conosce praticamente tutti i bambini che hanno subito abusi da lui, lei allora era un'insegnante della scuola dove andavano la maggior parte dei ragazzi del quartiere. Ricorda molto bene che alcuni avevano una famiglia talmente disagiata alle spalle che era come se fossero orfani.» Roxy fece una smorfia prima di proseguire. «E su quei bambini si è accanito in modo particolare, forse perché sapeva che, anche se lo avessero scoperto, nessuna madre o nessun padre lo avrebbero affrontato.»

«O forse perché si trattava di ragazzini già deboli e provati da una vita difficile, non credi? Più fragili, più disposti a credere in lui, a credere che *tutte le sue azioni* fossero a fin di bene.»

«E forse il nostro killer è uno di loro.»

Steve osservò i vari fascicoli già esaminati, erano più della metà. Erano riusciti a parlare con tutti e il suo istinto gli suggeriva che era proprio così. Il killer non era affatto in quell'elenco.

«Ormai ne ho quasi la certezza, Roxy.» Si mise un dito sulle labbra, fissandola pensieroso. «Che ne dici se da adesso in avanti cerchiamo di indagare anche in quel senso?»

«Spiegati...» lei aggrottò le sopracciglia, lo fissò con attenzione.

«Proviamo a chiedere se sanno di altri ragazzi che magari non vivono più lì o se ne sono andati, di vittime che sono state affidate agli assistenti sociali.»

«Giusto, hai ragione. Se partiamo dal presupposto che il nostro killer non è fra loro, dobbiamo cercare di capire che strada hanno seguito le vittime come lui.»

«Bravissima.» Lui riprese i vecchi fascicoli già esaminati. «Tu inizia con i nuovi, io ricontatto quelli già sentiti, ponendo solo qualche domanda su altre possibili vittime che non parteciparono alla causa.»

Lei annuì felice. Gli fece un sorriso radioso, poi alzò la cornetta e compose il primo numero di telefono.

Steve la ammirò estasiato: era bastato poco per illuminarla, era bastata una svolta nelle indagini per farla reagire. Non c'erano dubbi che per Roxy il lavoro giocava un ruolo davvero importante nella sua vita.

E lui sentiva di farne parte, ora.

Quella sintonia che li legava e che li rendeva così tanto simili era il suo punto di forza e se voleva arrivare a lei doveva giocarsi il tutto per tutto.

«Buongiorno, parlo con la famiglia Wright?» Roxy sorrise appena guardandolo. «La chiamo dalla Procura di Chicago, sono il vice procuratore Jones. Mi scusi se la disturbo...»

Steve abbassò lo sguardo, cercando di concentrarsi sul suo lavoro.

Sfogliò le varie pagine, guardò i casi che le riempivano.

Era un vero strazio, c'erano persino foto che ritraevano le piccole vittime. Sguardi angosciati, pelle diafana. Labbra sempre piegate, come in procinto di incrinarsi in un pianto disperato.

Chissà se il killer aveva vissuto tutto quell'orrore.

Pensò che forse aveva vissuto anche peggio, visto quello che stava facendo ora alle sue vittime.

Annusò l'aria, sapeva di buono.

Adorava quell'odore, che sentiva sempre nelle narici tutto il giorno.

Anche quando tornava a casa rimaneva lì, non se ne andava mai.

Odore di libri.

Prese un volume, la copertina era un po' usurata.

Lo aprì, facendo vibrare le pagine nell'aria.

La carta era spessa e ruvida, di un colore giallognolo, come intriso dal tempo che era trascorso.

L'inchiostro, ferro gallico.

Riconosceva subito le caratteristiche, a un primo sguardo.

Sorrise, ripensando ai momenti in cui lui gli aveva insegnato tante cose, in cui lui gli aveva insegnato il restauro e come ricreare quell'inchiostro particolare.

Era stato un bel periodo della sua vita, l'unico.

Era durato solo un mese, trascorso il quale lui aveva iniziato a chiedere in cambio "cose".

Lo sguardo di Josh si fece truce, dilatò le narici per respirare meglio.

Aveva fatto tutto quello che lui gli aveva chiesto, tutto...

Eppure quando era stato il momento, aveva scelto di darlo via, come uno straccio vecchio.

Si era ritrovato catapultato in una città nuova, in una casa sconosciuta, circondato da una famiglia che aveva fatto di tutto per crescerlo e proteggerlo, ma della quale a lui non era mai importato nulla.

Li odiava.

Tutti.

Non appena aveva compiuto la maggiore età se n'era andato di casa, accompagnato dalle lacrime di quella che osava definirsi "sua madre".

Come se avesse mai contato qualcosa.

Lui ce l'aveva una madre, ma non aveva idea di dove fosse e con tutta sincerità non gliene importava niente.

A lui interessava soltanto una persona: Padre Abraham Nelson.

Lo aveva cercato ovunque, ripartendo proprio da Boston.

Nessuno lo aveva riconosciuto, quando aveva fatto ritorno lì. Erano passati troppi anni da quando se n'era andato. Da ragazzo povero, magro e sciupato, si era trasformato in un uomo bello e curato.

Del resto, Abraham glielo aveva sempre detto, lo ricordava ogni giorno.

«Josh, Dio ti ha dato il dono della bellezza e ti ha condotto a me.»

Ora voleva che la sua bellezza lo conducesse a lui, di nuovo.

La utilizzava per irretire quelle sciocche ragazzine, aveva studiato una tecnica per non lasciare mai traccia di sé, non voleva che le forze dell'ordine lo trovassero prima che lui avesse compiuto la sua missione.

Possedeva prima la loro mente, poi il loro corpo.

Poi regalava loro la pace.

Era facile.

Il loro collo giovane era esile e sottile, bastava solo una piccola pressione per rompere il loro respiro.

In quella vasca con oli profumati le lavava in maniera accurata, poi incideva la lettera sul loro giovane petto florido.

Le sistemava sul lenzuolo bianco, le mani in grembo.

Tra le dita, il bocciolo di rosa bianca, dipinto di nero.

Come a voler cancellare la loro innocenza, che lui si era preso.

Come Abraham aveva preso la sua.

E poi le abbandonava, come Abraham aveva fatto con lui.

Non riuscì a trattenere un gemito di dolore, mentre ripensava a quel maledetto giorno.

Josh era sull'auto che si allontanava e lo guardava con gli occhi spalancati, incredulo. Speranzoso di vederlo correre verso di lui, di sentirlo implorare di fermare la macchina.

Ma il suo salvatore aveva incontrato una donna sul marciapiede, l'aveva salutata e si era messo a parlare con lei. Josh non sapeva nemmeno chi fosse.

Come se nulla stesse accadendo, aveva voltato le spalle alla strada e se n'era andato via con lei.

Come se lo avesse già dimenticato.

Digrignò i denti, incollerito.

Con un gesto secco chiuse forte il libro e lo rimise a posto, facendolo quasi cadere.

«Ehi, attenzione. Quello è un libro antico, rischi di rovinarlo.»

Riconobbe subito la voce, era Marie.

Chiuse gli occhi e cercò di recuperare la calma, fece un profondo sospiro. Si stampò in viso un sorriso caldo e si voltò verso di lei.

«Ciao, Marie.»

«Josh... tutto bene?»

«Sì, certo. Perché?»

«Ti ho visto un po' teso, il modo in cui hai messo via quel libro...»

«Non sono affari tuoi, Marie.» La voce gli uscì lugubre e grave, la ragazza spalancò gli occhi e fece un passo indietro.

Si maledisse, dal tanto stupido che era stato.

Mancava poco al giorno che aveva fissato, con quell'atteggiamento rischiava di mandare tutto a monte, doveva calmarsi.

«Scusami, cara...» fece un'espressione rammaricata. «Non ho avuto una buona giornata, oggi.»

«Oh, mi dispiace.» notò che lei si rilassava a quelle parole.

Sorrise.

«Nei prossimi giorni tenterò di farmi perdonare» da grave il suo tono diventò sensuale, accattivante. «Anche se temo sarà difficile, con una ragazza come te.»

«Ma che dici?» Marie arrossì in maniera visibile. «Basta poco per farsi perdonare.»

«Un gelato insieme?» piegò la testa di lato. «Ma non qui. Fuori, facciamo una passeggiata.»

Lei spalancò la bocca, incredula. «Mi stai chiedendo di uscire con te?»

«Certo. A me farebbe molto piacere e sono sincero... volevo chiedertelo da tanto.»

Lei si morse il labbro, sembrava ci stesse pensando su. «D'accordo, io...va bene. Ma solo un gelato, ok?»

«Solo un gelato.» Josh sollevò un angolo della bocca compiaciuto. «Te lo prometto.»

Erano passate diverse ore da quando avevano iniziato a esaminare i vari casi.

Il buio stava ormai scendendo su Chicago, le luci della città iniziavano a splendere. Roxy guardò fuori dalla finestra, non aveva nemmeno idea di che ora fosse.

Non sentiva più neanche la fame da diverse ore.

Erano concentrati sul loro lavoro, più sentivano persone che raccontavano le varie vicissitudini dei figli, più si aggiungevano pezzi alla personalità di quel prete.

Come avevano sospettato si approfittava di ragazzini con situazioni precarie, di povertà e di malattia. Alcuni di loro avevano comunque famiglie solide alle spalle che erano riuscite a intuire che qualcosa non andava ed erano intervenute.

Altri, purtroppo, avevano genitori scapestrati o addirittura erano soli.

Vagavano spesso in strada, rischiando di finire in cattive compagnie.

Lui diceva di *salvarli*.

Ma dopo che erano stati *salvati* da lui, erano finiti nella droga, nell'alcool. Alcuni erano addirittura morti, purtroppo.

Scosse la testa, disgustata.

La voce lugubre di Steve, all'improvviso la fece voltare subito verso di lui.

«Ne è sicuro?» Roxy sollevò lo sguardo, lo vide impallidire

mentre ascoltava il suo interlocutore dall'altra parte della cornetta. «Come lo avete saputo?»

Gli fece un gesto di interrogazione con la mano, per capire che stava succedendo, ma lui le rispose negando con il capo. Ascoltava attento la persona che gli stava spiegando alcune cose al telefono e si comprendeva con chiarezza che non voleva perdersi nemmeno una parola.

«Questo cambia tutto, purtroppo.» Lui strinse le labbra mentre continuava ad ascoltare.

Passarono alcuni secondi che sembrarono eterni, poi lo vide fare un sorriso di circostanza.

«La ringrazio davvero, è stato molto gentile. Buona serata, a tutti voi. Grazie.» Steve riattaccò il telefono, poi si passò una mano sul viso, frustrato.

Non poteva essere vero. Saltava tutto. Tutta la pista che stavano seguendo da ore era inutile.

«Steve.»

La voce di Roxy lo riportò alla realtà. Si appoggiò allo schienale della poltrona, inerme, lasciando ricadere le mani sulle cosce tese.

«Steve, ti prego...» lo guardò seria. «Dimmi che succede.»

«Roxy, non abbiamo più nulla in mano.» Scosse la testa e indicò con il volto le carte davanti a loro. «Tutto lavoro sprecato.»

«Che significa, cos'hai saputo?» si stava agitando, non poteva credere che avevano buttato via ore di lavoro.

«Padre Abraham Nelson.» Si sporse in avanti, posando i gomiti sulle ginocchia. «È morto l'anno scorso.»

Fu come una doccia ghiacciata.

Roxy spalancò gli occhi, non poteva crederci.

Non poteva essere vero.

«Come... morto?»

«Morto. Un infarto.» Steve fece una risata sarcastica. «Non se n'è nemmeno accorto, pensa. Ha avuto decisamente una morte migliore di quella che si meritava.»

«Ma come l'hai saputo?»

«Il padre di una delle vittime.» Steve si schiarì la voce. «Fu costretto ad accettare il patteggiamento, mi ha spiegato che in quel periodo la moglie era ammalata e non aveva i soldi per curarsi. Quella somma proposta fu come un miracolo per loro e decisero di accettare. Ma lui non se lo perdonò mai.»

«E quindi?»

«Quindi mosse mari e monti e lo seguì in tutti i suoi spostamenti. Lo seguì passo per passo, quando veniva trasferito, da una diocesi all'altra, fino al trasferimento finale, a Cleveland.»

«Sì, ricordo i documenti che lo provano. Ma in seguito, se ne sono perse le tracce.»

«Esatto.» Steve sorrise. «Ma questo signore non intendeva lasciar perdere e nel frattempo, siccome era riuscito a trovare un lavoro e la loro situazione economica si era stabilizzata, assunse un investigatore privato, che scoprì che Padre Abraham si era trasferito a Dover.»

«Addirittura a Dover? Era vicino a Boston, quindi.»

«Sì. Non poteva rientrare in quella città, quindi ha scelto un luogo comunque vicino. L'uomo con cui ho parlato mi ha confessato di essersi recato a casa sua e di avergli intimato di non provare ad avvicinarsi alla loro comunità. Gli disse che non ne avrebbe fatto parola con nessuno, ma che lo avrebbe tenuto d'occhio.»

«E cosa accadde?»

«Padre Abrahm accettò il compromesso. Rimase lì, nella sua nuova casa con tanto di roseto.» Steve fece una smorfia disgustata. «A finire i suoi giorni. Fino all'anno scorso, quando un infarto lo colse all'improvviso e morì praticamente sul colpo.»

«Dio mio.» Roxy si abbandonò sulla poltrona. «È tutto inutile, allora.»

«No, non è inutile.» Steve alzò la voce, la guardò deciso. «Abbiamo i contatti con le famiglie delle vittime, li abbiamo ormai chiamati quasi tutti. Tra loro c'è qualcuno che sa chi è il nostro killer, dobbiamo solo farcelo arrivare. Ho già diversi nomi di altri ragazzi molestati, ma la maggior parte sono deceduti o sono in case di cura, purtroppo.»

«Sì, questo anch'io.» Roxy gli sorrise con calore. «Mi piace, nonostante tutto questo, sentirti così positivo.»

Steve la guardò soddisfatto.

«È anche merito tuo, grazie a te ho voglia di andare avanti, tu mi dai lo stimolo per tirar fuori il meglio di me stesso.»

Lei socchiuse le labbra, lasciandosi andare a un lieve sospiro. Quelle parole l'avevano colpita nel profondo, non c'era il minimo dubbio.

«Senti, che ne dici di chiudere tutto ormai?» Steve guardò l'orologio. «Riprenderemo lunedì, riposati e decisi.»

«Certo, si è fatto anche molto tardi.» La mente le corse a Ray, che con ogni probabilità era a casa, che l'aspettava.

«Io poi domattina mi devo svegliare piuttosto presto, ho un aereo da prendere.» Steve si alzò in piedi, si aggiustò la cravatta. «Quindi sarà meglio che vada a riposarmi.»

«Ah sì?» Roxy era incuriosita. «E dove devi andare?»

«Roxy...» lui si fece serio. «Ovvio che vado a Washington. Passerò un paio di giorni a casa.»

Quell'affermazione fu come un colpo allo stomaco per lei. Rivisse per un attimo ciò che era accaduto nel parcheggio la sera prima. E ora lui era pronto a correre dalla sua fidanzata.

Era proprio un bel soggetto, niente da dire.

Si rabbuiò.

«Tornerò domenica, nel primo pomeriggio.» Le sorrise, piegando la testa di lato. «Fidati, lunedì sarò in forma, ci rimetteremo subito al lavoro.»

«Certo.»

«Vado nel mio ufficio a prendere alcune cose. Scendiamo insieme?» La guardò, con aria interrogativa. Gli era sembrato di vedere un lampo di irritazione nel suo sguardo e questo gli faceva davvero piacere. Stava a significare che il suo viaggio a Washington non era passato del tutto inosservato.

«Va bene, ti aspetto in corridoio.» Roxy sollevò lo sguardo mentre spegneva il computer. Gli fece un sorriso tirato, lo osservò con attenzione mentre usciva e si incamminava in corridoio.

Maledisse se stessa per quello che aveva provato pochi istanti prima, per aver ripensato alla sera precedente e a quello che era successo tra loro.

Per essersi irritata sul fatto che lui andava a*casa*.

Non aveva nessun diritto di provarlo, nessuno.

Ray guardò l'orologio, irritato.

Di nuovo tardi, di nuovo un'ora improponibile.

Osservò la cena, ormai raffreddata, sul tavolo.

Aveva una voglia tremenda di prendere il contenuto dei piatti e gettarlo nell'immondizia.

Nessuna notizia, nessuna telefonata.

Nessun messaggio.

Nervoso, iniziò a camminare avanti e indietro nella stanza, sperando di sentire da un momento all'altro la chiave nella serratura.

Ormai non potevano più aspettare, non c'era tempo. Dovevano parlare o le cose rischiavano di diventare davvero gravi. E irrisolvibili.

Non voleva trovarsi a un punto di non ritorno.

Voleva ritrovare sua moglie, voleva ritrovare il loro rapporto.

Voleva che ritrovassero il loro essere "*noi*".

Si passò una mano tra i capelli, stava iniziando a irritarsi.

Proprio in quel momento il rumore della chiave nella serratura lo riportò in vita.

Si girò di colpo, vide la porta aprirsi e sua moglie entrare, travolta dalla stanchezza.

«Ciao.» la salutò, voltandosi verso di lei.

Roxy sollevò lo sguardo, lo vide in mezzo alla stanza, statuario, che la osservava serio.

«Ciao...» fu l'unica parola che riuscì a dire. Appoggiò la borsa e andò in camera per infilarsi qualcosa di comodo.

Era stata una giornata estenuante, si sentiva a pezzi fisicamente e moralmente.

Si tolse i vestiti eleganti e indossò una canotta e un paio di pantaloni morbidi. Si legò i capelli in una coda alta e si avviò in sala da pranzo, a piedi nudi.

Ray si era seduto su una sedia, aveva appoggiato i gomiti alle ginocchia ed era piegato in avanti, lo sguardo fisso sul pavimento.

Roxy corse con gli occhi al tavolo, vide che la cena era pronta. C'era un contenitore con pollo fritto, che con ogni probabilità si era raffreddato e un altro con patate dolci al cartoccio.

Si sentì in colpa, era certa che lui avesse preparato tutto e poi si fosse messo lì ad aspettarla.

Si avvicinò a Ray, con passi silenziosi.

«Scusami se ho fatto tardi.»

«Roxy.» Lui alzò la testa e drizzò la schiena, guardandola dritto negli occhi. «Ormai sono abituato.»

«Mi dispiace, io... non vedo l'ora che questo caso finisca, Ray.»

«Già, immagino...» il suo tono era sprezzante. Si alzò in piedi, si sedette a tavola e la guardò, serio. «Avrei fame, se non ti dispiace.»

«Non mi dispiace, anzi...» si sedette al suo fianco, prese un pezzo di pollo e lo mise nel piatto, constatando che in effetti era freddo.

Ray iniziò a mangiare in silenzio, poi aprì una bottiglia di vino bianco. Ne versò un po' nel suo bicchiere, poi fece cenno a Roxy, nel caso che anche lei ne volesse. Acconsentì e lui gliene versò una dose generosa.

«Ogni giorno, Roxy...» posò la bottiglia sul tavolo e si voltò a guardarla. «Ogni dannato giorno mi chiedo come diavolo tu faccia a non ritornare a casa a un'ora decente.»

«Ray, stiamo indagando, il caso è complesso.»

«Lo so, conosco questo caso. Fino a poco tempo fa mi raccontavi tutto, ero più aggiornato io sulle indagini di quanto lo fossero in Procura.» Bevve un sorso di vino, poi posò il bicchiere sul tavolo. «Ora non so più nulla. Quello che conosco è perché lo apprendo dai giornali, non mi racconti più niente. Vedo solo *te e lui*, sulla carta stampata.»

«Senti, Steve non è niente per me...»

«Raccontalo a qualcun altro, Roxy.» La fissò serio. «È come se tu stessi vivendo una seconda vita, di cui io non faccio parte. Hai ritmi tuoi, orari tuoi. Impegni tuoi, di cui io non sono nemmeno a conoscenza.»

«Non è così.»

«Ah, no?» Lui sorrise sarcastico, piegando la testa di lato. «Raccontami del perché ieri sera sei tornata a un'ora assurda. Raccontami del perché sei scivolata a letto in silenzio, raccontami del perché non mi hai cercato come facevi una volta, sotto le lenzuola.»

Lei impallidì. Ripensò agli avvenimenti della sera precedente, del parcheggio sotterraneo. Di quello che era accaduto con Steve.

«Sai cosa c'è, Roxy? C'è che io sono stanco. Molto stanco.» Si alzò in piedi, buttò il tovagliolo a fianco del piatto con un gesto morbido. «E credo che ora andrò a dormire. Mi è passata la fame.»

«Ma come?» Roxy lo guardò, allibita. Non le aveva nemmeno dato il tempo di spiegare, si era chiuso a riccio senza darle l'opportunità di chiarire. «Non mangi? Hai preparato tutto, scusa se ho fatto tardi, ti prego. Ti spiegherò tutto, le indagini, a che punto siamo. Ti prego, Ray. Resta qui.»

Lui scosse la testa, amareggiato.

«Non mi va. Scusa.» Spostò la sedia e si allontanò. Prima di arrivare in camera da letto si voltò verso di lei, come se all'improvviso avesse ricordato qualcosa. «Ah, tieniti libera per domani sera. Appuntamento al Green, si tratta di Eve e Max. Domani ti spiegherò i dettagli. Ma so già che questa volta sarai puntuale, dal momento che non si tratta di me.»

«Ray...»

La sua risposta non arrivò. L'unica cosa che vide furono le sue spalle possenti, che scomparivano in camera da letto.

Guardò il tavolo davanti a lei, nemmeno lei aveva più voglia di mangiare.

Il loro appartamento, che una volta aveva tanto amato, la circondava in un abbraccio gelido.

Buio e silenzioso.

Ancora una volta c'era solo una cosa che desiderava.

Andarsene via.

14.

Roxy si sistemò nervosamente il top bianco senza spalline. Si lisciò la gonna e corse con lo sguardo a Ray che era appena entrato nel locale.

Stava parlando con Eve, sembrava sereno e divertito. Scherzava con lei e Dominic, il suo collega.

Ma a lei non era sfuggito lo sguardo di suo marito, lo conosceva bene.

Appena arrivato l'aveva cercata subito, guardandosi intorno.

E l'aveva trovata in un istante.

Nonostante le luci soffuse aveva visto con chiarezza la luce nei suoi occhi: gelida, ammonitrice.

Si morse il labbro e attese, sapeva che sarebbe andato da lei non appena avesse potuto.

E così accadde.

Roxy guardò Reb, di fronte a lei, come per avvertirla. La sua amica si voltò per capire cosa succedeva e in un attimo tornò con lo sguardo su di loro.

«Marito incazzato a ore due...» lanciò un'occhiata d'intesa a Kim e Tammy. «Credo ci convenga allontanarci, forza.»

Si dileguarono tutte e tre all'istante e dopo solo un attimo Roxy sentì la presa di Ray intorno al suo polso. Non stringeva affatto, ma era salda e decisa.

«Vedo che questa sera non hai fatto tardi, vero?» la osservò, da capo a piedi. Si era messa il completo bianco corto senza spalline, quello che lui adorava. Le sue gambe, lunghe e affusolate, terminavano in quel magnifico paio di scarpe con il tacco a spillo color cipria. La guardò in viso, si era truccata appena e aveva raccolto i capelli in un'acconciatura morbida che lasciava ricadere qualche ciocca scura sulle spalle. Era magnifica. Serrò le labbra, era ancora indispettito. «Vedo che hai anche avuto il tempo di prepararti.»

«Ho scelto il tuo vestito preferito, Ray. Ti piace?» gli sorrise appena, poi subito dopo la voce le si ruppe in gola. «Senti... è sabato, oggi. Certo che ho avuto il tempo di prepararmi, non sono andata al lavoro.»

Lui abbassò lo sguardo. Sapeva che lei aveva ragione, ma la rabbia e la gelosia che lo rodevano da settimane non lo facevano ragionare con lucidità.

«Forse avresti preferito che ci fosse stato anche qualcun altro, stasera. Vero?»

«Non dire così.» Roxy scosse la testa, sconsolata. «Ti prego, non possiamo per un attimo dimenticare tutto e lasciarci andare a una serata con i nostri amici? Sono convinta che ne abbiamo bisogno, entrambi. Sono convinta che...»

«Sei convinta, eh?» lui sbuffò dal naso. «Beata te. Io non sono più convinto di nulla negli ultimi tempi. Non so più nulla, Roxy.»

«Io so che siamo qui stasera. Io e te. Noi.» scivolò via dalla sua mano, liberandosi il polso. Gli accarezzò un braccio, lo strinse con dolcezza. «Ti prego, Ray. Pensiamo a stare insieme, stasera. E basta.»

«Non starai per caso cercando di sedurmi, vero?» lui inarcò un sopracciglio.

«Cosa intendi, scusa?» fece un'espressione innocente, che non prometteva nulla di buono.

«Sai cosa intendo. Il vestito, le scarpe.» le fece un cenno con il mento. «Tutto questo parlare di noi due, *insieme*. La carezza che mi stai facendo sul braccio.»

«No, io...» Roxy allontanò subito la mano da lui.

«Perché... sappi che sta funzionando.» Ray si avvicinò a lei, le passò una mano dietro la nuca, attirandola a sé. «Sai che quando si tratta di te... io sono davvero molto facile da convincere.»

Lei guardò le labbra di suo marito che si avvicinavano alle sue. Chiuse gli occhi, socchiuse appena la bocca e rimase in attesa di quel contatto che da troppo tempo le mancava.

Quando finalmente avvenne, il suo corpo rispose subito a quelle sensazioni ben note: la barba appena cresciuta che la solleticava, le labbra tese che si plasmavano sulle sue.

La lingua di lui, che accarezzò subito la sua.

Spalancò la bocca e aderì con il corpo a quello di Ray, premendo i seni contro il suo torace. Spinse con il bacino contro il suo, sentì la mano di lui scenderle lungo la schiena.

Lui l'attirò a sé con forza, voleva sentirla di nuovo sua, come ~~la~~ era sempre stata fino a prima che arrivasse quello stronzo. Al pensiero di quel bastardo, Ray si irrigidì e si allontanò da Roxy.

La vide con il respiro accelerato, le gote arrossate. Gli occhi erano lucidi, brillavano come due diamanti, in preda al desiderio.

«Non credere che si possa risolvere tutto in questo modo, Roxy...» la guardò serio. La desiderava da impazzire e Dio solo sapeva quanto l'amava e la rivoleva tutta per lui. «Dobbiamo parlare in maniera seria di tutto quello che ci sta succedendo e tu lo sai meglio di me.»

«Sì...» lei annuì, sussurrando appena. «Ma questa sera è di Max. È di Eve e Max. E voglio che sia tutto perfetto e che loro siano sereni. Cerchiamo di esserlo anche noi, per quanto sia possibile. Poi arrivati a casa parleremo, te lo prometto.»

«Certo, come no.» Lui fece una smorfia divertita, vista l'atmosfera di quella sera... sperava proprio di non dover *parlare*, una volta giunti a casa. Le accarezzò una guancia, con delicatezza.

«Vieni, andiamo a prendere qualcosa da bere. Cerchiamo di iniziare questa benedetta serata come si deve.»

Si avviarono insieme al bancone da Andy, Ray le cinse la vita con un braccio.

Roxy adorava stargli così vicino, si sentiva amata e protetta. Con lui al suo fianco era come se fosse certa del fatto che non le sarebbe mai capitato nulla, che tutto sarebbe sempre andato bene.

Negli ultimi tempi si erano allontanati ed era convinta che fosse questo il motivo di tutta questa distanza che si era creata tra di loro. Aveva portato con sé tanta sofferenza, tanti dubbi e incertezze.

Avrebbe fatto qualsiasi cosa per cancellare tutto quanto.

Si appoggiarono al banco e un Andy, sorridente, venne verso di loro.

«Che vi servo, ragazzi?»

«Direi che stasera abbiamo tanto per cui brindare, no?» Ray si voltò a guardare sua moglie, finalmente sorridente tra le sue braccia dopo tanto tempo. «Calici puliti e una bottiglia di vino, grazie.»

Il rumore del tappo che svettava verso l'alto diede il via a una serata che aveva ottime prospettive di riuscita. La compagnia era ottima, la tensione si era allentata tra loro ed era sabato sera. Roxy si voltò a lato, vide Max entrare di soppiatto, alle spalle di Eve.

Sorrise.

La festa era cominciata, finalmente.

Roxy addentò un piccolo sandwich, bevve un altro sorso di champagne e posò il bicchiere sul bancone. Incrociò lo sguardo di Andy, che le sorrise. Si guardò intorno e cercò di esaminare la situazione.

Eve e Max se n'erano andati già da un pezzo.

Dominic ci stava provando in maniera spudorata con Kim.

Tammy e Reb stavano parlando con Ray in maniera fitta.

A grandi passi si avviò verso di loro, curiosa.

«Vedi, te l'avevo detto.» Reb guardò Ray, che la fissava con un'espressione corrucciata.

«Ma non percepite nulla se perdete la causa?» lui guardò Tammy, che scosse la testa.

«No, non percepiamo nulla. I miei genitori, io e mio fratello abbiamo aperto questo studio legale dove ci occupiamo proprio di persone che non possono permettersi un avvocato. Li difendiamo, ma se perdiamo la causa non percepiamo nulla.»

«E se la vincete?» Ray era incuriosito.

«Prendiamo l'uno per cento della cifra che loro incassano come risarcimento.» Tammy sorrise, alzò le spalle con un gesto noncurante. «Siamo i difensori dei deboli. Sai come sono fatti i miei genitori.»

«Sì, conosco.» Ray si mise a ridere. «Difensori dei diritti civili, democratici. Moderni, mente aperta.»

«Come è giusto che sia.» Roxy intervenne, inserendosi nella discussione. «Quello che fanno i tuoi genitori è davvero ammirevole, Tammy.»

«Certo, anch'io sono d'accordo.» Ray si avvicinò a Roxy, circondandole la vita con un braccio. «Dico solo che non è facile, in un mondo come il nostro. Spesso ci si trova a difendere persone sole contro grandi studi legali. Battaglie davvero difficili da vincere.»

Roxy non poté fare a meno di pensare a quei bambini, vittime di Padre Abraham. Era la stessa situazione: lo accusavano di molestie, mettendosi in mano ad avvocati che accettavano di difenderli, anche se rischiavano di non veder pagati i loro onorari. Dall'altra parte, la Chiesa, che aveva studi legali potenti e importanti che li difendevano. Ogni volta si finiva con l'arrivare a un accordo.

«Che vergogna.» Roxy non poté trattenersi. «Il sistema non è giusto. Solo chi ha la disponibilità economica può permettersi un avvocato con i cosiddetti. Uno che porti avanti le cause anche più difficili. Certo, ci sono quelli d'ufficio, ma...»

«Per questo io e la mia famiglia abbiamo creato il nostro studio.» Tammy sorrise, poi si voltò a osservare Andy, al bancone. Ci fu come un gesto d'intesa tra i due e lei sembrò quasi arrossire. «Scusatemi, a dopo.»

Si voltò e si diresse verso di lui mentre gli altri la osservavano incuriositi.

«Dite che... finalmente... quei due...» Reb si voltò a guardare Roxy e Ray, con un'espressione speranzosa.

«No, non credo.» Ray scosse la testa. «Ti assicuro che se stesse succedendo qualcosa tra loro, io lo saprei di sicuro.»

«Però è strano che il suo ragazzo non ci sia stasera.» Roxy si guardò intorno. «Quando sono insieme non le toglie gli occhi di dosso.»

«E pure le mani.» Reb fece un'espressione disgustata. «Non mi è mai piaciuto quel tipo. L'ho anche detto a Tammy, ma lei sta vivendo la sua prima storia *diciamo importante* ed è nel suo mondo. Non mi ha nemmeno ascoltata.»

Roxy arricciò le sopracciglia mentre osservava Tammy e Andy parlare al bancone. Lei si era seduta su uno sgabello, aveva appoggiato il gomito sul bancone e il mento sulla mano. Sorrideva mentre lui le parlava. E persino Andy rideva, i suoi denti bianchissimi svettavano sulla sua pelle di cioccolato.

«Sono davvero stupendi, insieme. Non credete?» Roxy si voltò a osservare Ray e Reb, che annuirono entrambi.

«Penso che...» la voce di Reb fu interrotta dal suono del suo cellulare. Lo prese dalla tasca e guardò il numero aggrottando la fronte. Rispose subito. «Agente Butler.»

Roxy la guardò, se rispondeva così si trattava della centrale. Rabbrividì per un attimo, pensando al fatto che forse il killer era entrato in azione. Con sgomento la guardò negli occhi, in attesa di capire di cosa si trattava. La vide alterarsi.

«Come... non c'è nessuno in servizio?» fece una pausa. «Certo, lo so che si tratta di sabato sera, ma i colleghi di turno... dove diavolo sono?»

Roxy rimase in attesa, con il cuore che iniziava a correre veloce.

«E io, in una serata libera, secondo te devo mollare tutto e correre lì per andare al Thompson hotel dove un milionario non è stato attento ai suoi oggetti e ha subito un furto in stanza?» spalancò la bocca, irritata. «Non mi interessa se è un magnate dell'industria della carne, può essere chiunque! Chiami i colleghi in servizio, non me!»

In quel momento la musica iniziò, Andy aveva deciso che era arrivato il momento di dare il via alla serata. La canzone di *Lorde, Disclosure*, iniziò con prepotenza, invadendo l'aria.

Reb si mise un dito sull'orecchio libero, con un'espressione infastidita si allontanò dirigendosi fuori dal locale per continuare la conversazione con il suo interlocutore.

Roxy la osservò allontanarsi, felice del fatto che non si trattava del killer, ma di ben altra cosa.

Sentì all'improvviso le mani di Ray passarle con lentezza sui fianchi. Lo sentì spostarsi dietro di lei, appoggiare il bacino ai suoi glutei.

«Sembra che siamo rimasti da soli, moglie...» il suo alito tiepido le solleticò l'orecchio, facendola fremere subito. «Che ne dici di un ballo con tuo marito?»

Lei si guardò intorno, le persone iniziavano ad affollare la pista, la musica sensuale della canzone stava trascinando tutti in una danza lenta e morbida. Sentì Ray muoversi dietro di lei, il suo torace contro la schiena, i suoi fianchi che premevano.

Chiuse gli occhi e si lasciò andare, prendendogli le mani e spostandogliele davanti.

Lui assaporò il suo ventre piatto, salì fino all'attaccatura dei suoi seni, tentato dal prenderli in mano e stringerli fino a farla gridare.

Deglutì, riportandole sui suoi fianchi e guidandoli poi in un movimento lento contro di lui. Afferrò le sue cosce morbide, moriva dalla voglia di fargliele aprire da un momento all'altro.

«Cazzo, Roxy. Andiamo a casa.» La voce gli uscì rabbiosa, non poteva più resistere.

La sentì ridere piano, mentre lo prendeva per i polsi e lo guidava di nuovo sul davanti, facendogli sfiorare la gonna.

Fu allora che Ray li sentì.

Dei piccoli ganci al centro delle cosce. Immaginò subito di che si trattava, digrignò i denti.

«Che diavolo ti sei messa?»

«Dovrai scoprirlo, Ray. Andiamo a casa, forza.» Si voltò a guardarlo con un sorriso lascivo.

«Lo avevo capito, sai... che stasera avresti cercato di sedurmi.» Ray serrò le labbra. «Ma ormai sei arrivata a un punto tale... che non ho più intenzione di andare a casa. Non ce la farei.»

La prese per un polso e la trascinò via dalla pista mentre lei lo seguiva incredula.

«Che hai intenzione di fare, Ray?»

Senza risponderle si infilò nel bagno delle donne ed entrò nel primo libero, chiudendo subito a chiave la porta. Erano piccole stanze, chiuse fino in alto, il volume della musica avrebbe fatto il resto. Nessuno li avrebbe sentiti.

«Dimmelo tu che ho intenzione di fare...» la guardò famelico, appoggiata contro il muro. Si chinò davanti a lei piegando le gambe e con lentezza iniziò a sollevarle la gonna. Si accorse in quell'istante che portava le calze color panna. Erano leggere e sottili, sembrava quasi che non le avesse. Sorrise. «Per ora voglio scoprire cosa nascondi qui sotto.»

La prima cosa che vide fu il pizzo delle autoreggenti. Candido, alto, decorato.

Sollevò ancora il vestito, con accurata lentezza. Sentì un gemito strozzato uscire dalle labbra di Roxy, che lo stava osservando estasiata.

«Non puoi stuzzicarmi così, bellezza.» La guardò, piegando la testa e leccandosi le labbra. «Sai cosa ti aspetta, dopo.»

Riportò la sua attenzione sulle cosce di sua moglie, appena dischiuse e tremanti davanti a lui.

Sollevò ancora, arrivando alla fine delle calze. Al centro, svettavano due piccoli fermagli, ricoperti da una striscia di raso bianca.

Gli si mozzò il respiro.

Sollevò di nuovo, seguendo con lo sguardo la fettuccia di raso che proseguiva verso l'alto. Sempre di più. Ma non appena arrivò alla sommità delle cosce, qualcos'altro attirò la sua attenzione.

Roxy indossava uno striminzito slip di pizzo, bianco e trasparente.

«Dio mio, tu vuoi diventare vedova molto giovane.»

Lei si mise a ridere di gusto, ma quando sentì i denti di Ray afferrare la sua pelle attraverso la stoffa dello slip, la voce le morì in gola. Le mani di lui sollevarono la gonna fino sopra i suoi fianchi, con un gesto secco. Poi corsero sui suoi glutei, scoprendoli nudi.

Ray fece un gemito sonoro, mentre divorava affamato la sommità delle sue cosce.

Persino il perizoma si era messa! Era ovvio che lo voleva morto.

Si staccò da lei, sollevando lo sguardo.

«Avevi studiato tutto, vero? Sapevi che saremmo arrivati a questo...» le sorrise, indicando con un cenno della testa quello che gli svettava davanti.

Lei si morse un labbro.

«Diciamo che ci contavo.» La voce le uscì roca. Poteva sentire il suo respiro contro la pelle, mentre la osservava con quello sguardo bramoso.

Ray tolse una mano dalle sue natiche e le accarezzò una coscia, lento. Arrivò al suo perizoma, davanti. Infilò una mano tra le sue cosce e con due dita lo scostò di lato.

«Sei un'inguaribile ottimista.» Si gettò con la bocca sulla sua pelle scoperta, affondando la lingua in lei.

Roxy lo afferrò per i capelli, cercando di trattenere un grido. Divaricò appena le gambe, per permettergli di baciarla, gustarla e assaporarla. Adorava le sue labbra lì, adorava la sua lingua *lì*.

Voleva non smettesse mai, voleva che quel momento potesse durare in eterno.

Non c'erano incomprensioni, in quegli istanti, non c'erano litigi e gelosie.

Non c'era nessuno.

C'erano solo loro due.

Gemette forte, piegando una gamba e divaricandola ancora di più. Puntò il piede fasciato dalla scarpa con il tacco a spillo contro il muro, fece forza per mantenersi in equilibrio.

Sentì Ray fare un gemito soddisfatto e mentre la sua lingua continuava a danzare, avvertì le sue dita farsi strada e accompagnarla. Piegò la testa all'indietro e inarcò la schiena, aggrappandosi ai suoi capelli con le unghie e cercando di trattenere la sua testa, mentre iniziava a tremare.

Sentì il piacere incendiarle il ventre, sentì l'orgasmo che stava iniziando a divorarle l'anima.

«Roxy?» La voce di Reb, seguita da un lieve bussare, la riportò alla realtà. «Sei qui?»

«Ehm, sì!» la sua risposta fu quasi un grido disperato.

Ray rise annuendo con la testa, mentre era ancora concentrato sul suo piacere.

«Hai finito? Ti devo parlare.» Reb sembrava impaziente.

«Oh, io... no, non ancora!» Roxy abbassò lo sguardo, Ray non accennava a smettere.

«Ti aspetto.»

Quelle parole raffreddarono l'ambiente in un istante. Ray sollevò la testa e la guardò con un'espressione interrogativa, proprio mentre Roxy toglieva le mani dai suoi capelli.

Fece una smorfia, che fece anche lui. Ma di certo non potevano proseguire, viste le circostanze.

Con un dito le rimise a posto il perizoma, con delicatezza le abbassò di nuovo la gonna, lisciandogliela appena per far sparire le pieghe.

Si sporse verso di lei, le diede un bacio sulle labbra, solleticandole con la lingua. Roxy sentì il suo sapore, non poté fare a meno di lasciarsi andare a un gemito frustrato.

Lui le sorrise, le sistemò una ciocca di capelli dietro l'orecchio e fece un cenno con la testa verso la porta.

«Avanti, vai. Io resto qui.»

Roxy annuì, aprì la porta e uscì dal bagno, trovandosi davanti una Reb piuttosto seccata.

«Che succede, Reb?»

«Succede che mi tocca rientrare in servizio, per la miseria.»

«Sul serio?» Roxy la osservò curiosa. «Che è successo?»

«Devo andare a fare un sopralluogo al Thompson hotel, hanno telefonato in centrale. Sembra che un magnate dell'industria della carne, che alloggia lì, abbia subito un furto...» incrociò le braccia al petto, strinse gli occhi. «Una specie di cowboy che ha denunciato la scomparsa del suo pc. Sembra contenesse informazioni preziose.»

«Mi dispiace, Reb. Ma gli altri tuoi colleghi che dovevano essere in servizio?»

«Lopez e Martinez sono intervenuti sul luogo di un incidente, Randall è ammalato e il suo partner, Whites, mi ha chiamato. Mi ha chiesto se posso andare con lui sul posto.» Fece un sorriso amaro. «Mi tocca, lui mi ha fatto diversi favori in passato e non posso esimermi dall'aiutarlo.»

«Ti capisco.» Roxy si schiarì la voce, sistemandosi i capelli con fare nervoso.

All'improvviso una ragazza entrò in bagno, fece per utilizzare quello alle spalle di Roxy, ma lei si spostò decisa contro la porta.

«È occupato.» Le fece un sorriso tirato, che lei ricambiò. Senza dire altro, entrò in quello vicino, che era libero.

Si voltò verso Reb, che la stava osservando stupefatta.

«Non dirmi che lì dentro c'è Ray.»

«Se ti dicessi di no... non sarebbe molto bello, non credi? Significherebbe che c'è qualcun altro...» le sorrise, ironica.

Reb la osservò con attenzione. Capelli scompigliati, gote arrossate. La gonna spiegazzata.

«Oh, Roxy...» si mise una mano davanti alla bocca per non scoppiare a ridere. «Ha intenzione di rimanere lì dentro per tutta la sera?»

La porta si aprì all'improvviso e un Ray con un sorriso smagliante e innocente si presentò al loro cospetto. Si sistemò i pantaloni, la maglietta e guardò Roxy in viso.

«Andiamo?» Le strizzò l'occhio, poi si voltò verso Reb. «Mi dispiace per la tua serata.»

«Non importa...» lei sollevò le spalle, con noncuranza, poi sorrise a entrambi. «Vedervi così è la cosa più bella che potesse capitarmi questa sera.»

«Grazie.» Roxy la abbracciò, baciandola su entrambe le guance. «Vedrai che farai in un attimo, in fondo si tratta solo di un furto.»

«Sì... e di un cowboy.» Ray intervenne. «Attenzione, sono tipi poco raccomandabili.»

«Figurati, un cowboy magnate dell'industria della carne. È riuscito a farsi rubare il pc mentre stava dormendo in hotel. Già me lo immagino, stile Ben Cartwright di Bonanza... Solo meno sveglio del grande Ben, certo.» Strizzò l'occhio a entrambi. «Credo che Roxy abbia ragione, me la sbrigherò in men che non si dica.»

Uscirono dal bagno, presero borsette e giacche e si avviarono insieme verso l'uscita del Green. Mentre attraversavano la sala fecero un cenno di saluto a Andy che stava continuando la sua fitta conversazione con Tammy e a Dominic e Kim, immersi in una chiacchierata piena di risate e bicchieri vuoti.

Roxy aggrottò le sopracciglia.

Non conosceva molto bene Dominic, ma Kim sì. Se pensava di vincere facile, con lei si sbagliava di grosso. Sorrise compiaciuta, girandosi poi verso Ray.

«Io sono venuta con la mia macchina, tu?»

«Io ero con Dominic, sulla sua auto.» Le mise un braccio intorno alla spalle, attirandola a sé. «Mi daresti un passaggio, bellezza?»

«Certo.» Gli sorrise, con calore. Si voltò poi verso Reb. «Devo accompagnarti al Thompson hotel?»

«No, certo che no. Whites passerà a prendermi qui. Anzi, credo sia già arrivato.»

Uscirono dal locale e l'auto scura in attesa davanti a loro sul ciglio della strada dimostrò che Reb aveva ragione. Appoggiato vi era un uomo distinto, con le braccia incrociate e un distintivo al collo.

«Ehi, Whites!» Reb si avviò verso di lui veloce, salutò con un cenno Ray e Roxy e salì a bordo.

Partirono in fretta, mentre loro si avviavano con lentezza verso la Bmw di Roxy.

«Hai freddo?» Ray la abbracciò con tenerezza. «L'aria è umida, stasera.»

«Sto bene.» Roxy si strinse nel copri spalle che aveva portato, accoccolandosi nel calore della pelle di lui.

Arrivarono subito alla macchina, salirono a bordo e partirono in velocità verso casa.

Era caduto di nuovo il silenzio tra di loro, un silenzio strano e scomodo.

«Senti Ray, io...»

«Ssh, zitta.» Lui si voltò verso di lei, con un dito sollevò il bordo della gonna, arrivando a scoprire il pizzo delle calze e il gancetto che le sosteneva. «Hai ragione tu, ora non è il caso di parlare. Godiamoci questa serata, cerchiamo di ritrovarci partendo da qui. Domani parleremo. D'accordo?»

«D'accordo...» lei sorrise, annuendo. Con la coda dell'occhio osservò il suo dito che giocava con il raso, in maniera istintiva strinse le cosce.

«Mmh, Roxy, Roxy...» la voce di Ray era roca, sensuale. «Ma come ti è venuto in mente di indossare qualcosa del genere? Tu lo sai che ti aspetta a casa ora, vero?»

Lei deglutì, senza rispondere.

«Vero che lo sai, Roxy?»

«Sì...» la voce le uscì come un sussurro tra le labbra. Sapeva cosa l'aspettava. Una notte in bianco, tanto per cominciare. Il resto, era da vedere.

«Voglio che ti spogli per me, dopo.» Le sollevò ancora un po' la stoffa morbida, svelando la sua pelle rosea che contrastava contro il candore delle calze. «Lo farai?»

«Oddio, sì.» Roxy si morse il labbro, premette sull'acceleratore e arrivò in fretta al loro palazzo.

Davanti all'ingresso c'era un piccolo capannello di giornalisti e fotografi, il che non poteva che significare che non avrebbero avuto sorprese i giorni successivi.

Ormai c'era da preoccuparsi per la loro *non presenza*, piuttosto che per la loro *presenza*.

Sorrise mentre entrava nel parcheggio sotterraneo sorvegliato dalle guardie. Li salutarono entrambi con un cenno e li fecero passare, richiudendo subito la sbarra dietro di loro.

Parcheggiò l'auto e scese subito, si avviarono in silenzio verso l'ingresso e poi in ascensore. Il cuore le batteva in maniera furiosa, il respiro era corto. La sensazione bruciante di quello che l'aspettava la costrinse ad appoggiarsi alla parete dell'ascensore, di fronte a Ray.

Mentre salivano rimasero solo a guardarsi.

Ray con le mani infilate nelle tasche e un atteggiamento rilassato ma compiaciuto. La accarezzava con lo sguardo su ogni centimetro della pelle, su ogni piega del vestito. Si soffermò tra le sue cosce, nella scollatura del suo top senza spalline. La guardò in viso contemplando le sue labbra appena dischiuse. Si leccò le sue, lento e sensuale.

Roxy si sentiva ardere.

Questo era l'effetto che aveva Ray su di lei: possedeva il suo corpo non solo usando il proprio, ma usando la mente. Un gioco di sguardi, di parole, di respiri, di battiti. Sotto le sue mani si sentiva come creta, da plasmare come meglio lui credeva.

Era disposta a tutto, per lui.

Il campanello dell'ascensore li avvisò che erano giunti al loro piano e senza dire nulla lui uscì, seguito da Roxy. Arrivarono alla porta e fu proprio Ray ad aprire. Scivolò dentro, senza attendere, si diresse in salone e prese un bicchiere dal mobile scuro e lucido.

Non accese le luci, lo splendore di una Chicago illuminata entrava dalle ampie vetrate, regalando una naturale luce soffusa tutta intorno a loro.

Roxy chiuse la porta, appoggiò la borsetta a fianco e fece per togliersi le scarpe.

«Quelle tienile, per favore.» la voce di lui le arrivò morbida e roca.

Lo guardò mentre prendeva la bottiglia dello scotch, se ne versava una dose generosa nel bicchiere tumbler basso e la rimetteva a posto. Si tolse la giacca, si sedette sul divano e incrociò le gambe, appoggiando la caviglia sul ginocchio.

Bevve un piccolo sorso, poi le fece un gesto eloquente.

«Avanti, bellezza. Fammi vedere quello che sai fare.»

Roxy sorrise languida. Avanzò con passi lenti e studiati, si diresse subito verso lo stereo.

Scelse la canzone *Glory Box*, dei *Portishead*. Lenta e sensuale, era il preludio della notte che avrebbero passato insieme.

Quando le prime note riempirono l'aria, lei si mise davanti a Ray e si sciolse i capelli, lasciandoli ricadere morbidi sulle spalle. Mosse la testa con lentezza, per liberarli dall'acconciatura.

Lo guardò con intensità, sapeva alla perfezione che già quel gesto aveva incendiato il suo desiderio.

Passò con le mani dietro la schiena, abbassò la zip del top, lasciandolo ricadere a terra.

La guepiere che indossava sotto era in pizzo bianco, con il reggiseno a balconcino. Vide Ray sorridere e bere un altro sorso di liquore, mentre la osservava correre con le dita alla zip della gonna.

Aprì anche quella, facendo poi scivolare l'indumento a terra, che spostò con la punta della scarpa.

Si fermò immobile davanti a lui, in piedi, sotto il suo sguardo famelico.

Ray la ammirava, la studiava.

Si beveva con gli occhi ogni centimetro di quella stoffa trasparente, pregustava già il momento in cui avrebbe preso tra le mani i suoi seni, che sotto il pizzo si rivelavano in modo sublime.

Il bustino decorato terminava all'inizio dei fianchi, da dove partivano due strisce di raso davanti e due dietro che erano fissate alle calze autoreggenti. Sotto, Roxy indossava solo il perizoma bianco di pizzo che lui aveva già avuto modo di ammirare da vicino.

Si leccò le labbra, non poteva più resistere. «Vieni qui, moglie.»

«Solo se me lo chiedi per favore, *marito...*» lei lo guardò sensuale.

«Per favore, amore mio. Potresti venire qui, sulle mie ginocchia?» Lui la guardò e bevve l'ultimo sorso di scotch, poi posò il bicchiere davanti a lui, sul tavolino.

Roxy annuì appena, compiaciuta. Avanzò verso di lui, in modo da accontentarlo.

E in modo da accontentare se stessa.

Lui la desiderava, ma anche lei lo voleva con tutto il suo corpo, la sua mente e il suo cuore. La distanza che si era creata tra loro l'aveva fatta sentire smarrita, sola.

In quel momento era tutto chiaro: il suo posto era al fianco di Ray e non aveva dubbi. Anche nonostante le incertezze che aveva potuto avere negli ultimi tempi.

Fu un lampo soltanto, ma il pensiero corse a Steve, a Washington. Era un bene che se ne fosse andato anche per un weekend, lo sentiva lontano ed era come se non facesse più parte della sua vita. Sembrava quasi fosse diventato un estraneo.

Invece, il volto dell'uomo che aveva davanti e che nella penombra della stanza la osservava estasiato, era il volto dell'uomo che amava. Familiare, caldo. Sincero.

Si posizionò davanti a lui e gli sorrise, aprendo le gambe e salendogli sopra a cavalcioni. Gli prese il volto tra le mani, gli posò un bacio sulle labbra con estrema dolcezza.

«Vedi, basta chiedere nel giusto modo. Si ottiene sempre tutto.»

«Sicura?» Lui inarcò un sopracciglio. «Dici che se lo chiedo nel giusto modo otterrò *qualsiasi cosa* da te?»

«Tipo?» Roxy lo osservò curiosa.

«Tipo non so... una cosa a tre, con un'altra donna...»

«Ray!» lo colpì sul torace, forte.

Lui scoppiò a ridere, le prese un polso per fermarla. Di colpo diventò serio, le passò una mano dietro la nuca.

«Tu sei tutta la mia vita, Roxy. Amo te, voglio stare solo con te. Voglio fare l'amore con te per il resto della mia vita e ti resterò accanto sempre, a tutti i costi.» Le sorrise. «Ti amo da morire.»

Avvicinò le labbra alle sue, baciandola con passione. Le aprì le labbra con la lingua, incontrando subito la sua e le mise una mano in fondo alla schiena, attirandola verso di lui.

A gambe spalancate Roxy arrivò a toccare la sua erezione, che spingeva contro i pantaloni. Iniziò a ondeggiare i fianchi, strofinando la sommità delle sue cosce contro il suo inguine.

Lo sentì ansimare nella sua bocca, sapevano entrambi che non avrebbero resistito a lungo.

Con un gesto veloce Ray abbassò le coppe dell'intimo e liberò i suoi seni, gettandovisi sopra subito, famelico. Succhiò i suoi capezzoli avido, stuzzicandoli con la lingua e stringendole entrambi i seni con le mani.

Lei si aggrappò alle sue spalle, inarcandosi indietro per potergli offrire meglio tutto quello che poteva.

«Dio mio, Ray...» sentì le sue labbra umide, la sua lingua bollente sulla pelle. Le sue mani forti che la possedevano e la stringevano.

All'improvviso si drizzò con la schiena, gli prese il volto con le mani e lo staccò dal suo petto, coprendogli le labbra con le sue. Lo baciò in profondità, assaporò la sua bocca che sapeva della sua pelle, si gustò il contatto della sua nudità contro di lui.

Con le mani corse verso il basso, alla cintura dei suoi pantaloni.

La sganciò e abbassò anche la zip, liberando la sua erezione che svettava prepotente verso di lei. La strinse tra le mani, mentre Ray con un dito le scostava di lato il perizoma.

Lo guidò dentro di sé, lo sentì entrare fino in fondo. Si lasciarono andare entrambi a un gemito lungo e roco, abbracciandosi stretti l'uno all'altra.

«Cazzo, Roxy...» lui ansimava mentre la stringeva. «Quanto mi sei mancata.»

«Anche tu, amore mio. Anche tu...» si chinò verso di lui e lo baciò di nuovo.

Iniziò a muoversi lenta, mentre le mani di entrambi esploravano, accarezzavano e stringevano. I baci profondi che si regalavano erano uno specchio della danza che stavano compiendo i loro sessi uniti, i gemiti che accompagnavano i loro movimenti lenti erano una musica che, sensuale, li stava stringendo nelle sue spire.

«Ray, voglio toccarti, voglio sentirti mio...» con un gesto veloce Roxy gli sfilò la maglia dalla testa, trovando il suo torace forte e possente davanti a lei. Lo strinse forte a sé, in modo da baciare la sua pelle con i suoi seni nudi.

«Dio mio, Roxy... non resisto...» la guardò smarrito, comprendendo che non riusciva più ad andare oltre. Infilò una mano tra loro, andando a stuzzicarla proprio laggiù, dove una fiamma bollente li stava bruciando.

Roxy strinse i denti. Quel tocco, unito al fatto di averlo dentro di lei, la fecero esplodere subito in un orgasmo, che la scosse dalla testa ai piedi. Piegò il capo all'indietro e si lasciò andare a un lungo gemito di piacere che le attraversò ogni fibra del suo corpo.

Era il segnale che lui attendeva, per lasciarsi andare. Spinse forte in alto il bacino una e due volte, si abbandonò all'indietro sullo schienale del divano, svuotandosi completamente dentro di lei.

Non smise di stuzzicarla con le dita, mentre spingeva ancora e ancora e mentre la sentiva tremare tra le sue braccia.

Ma dopo pochi istanti il solo rumore che sentirono fu quello dei loro sospiri.

Profondi.

Lunghi.

Roxy si drizzò con la schiena, lo guardò e si abbandonò su di lui mentre il suo cuore batteva in maniera furiosa. Ray la circondò con le braccia, poi con un gesto atletico e veloce la fece ruotare su di un fianco, coricandola sul divano e stendendosi sopra di lei.

«Via questa roba.» Uscì da lei e si mise in ginocchio tra le sue gambe aperte, ammirandola nel suo splendore.

Le sganciò il reggicalze, le tolse le scarpe, le sfilò le calze e la guepiere, poi le sfilò con un gesto fulmineo il perizoma, ammirandola finalmente nuda davanti a lui. Sorrise, mentre si toglieva pantaloni e boxer in un gesto solo e li gettava a terra, insieme alle scarpe e ai calzini.

«Questa *roba*, hai detto?» lei gli sorrise ironica. «Se non sbaglio fino a poco fa...»

«Tu sei magnifica così...» si coricò di nuovo sopra di lei, assaporando i loro corpi nudi in contatto in ogni centimetro di pelle. Le passò un dito con dolcezza sul mento, sulle labbra morbide.

Lei lo morse, all'improvviso.

«Ehi!» La guardò, ammonendola. «Poi dici a me che devo essere gentile, vero?»

Roxy si mise a ridere, vedendolo così indispettito. Ma il lampo fiammeggiante che vide nei suoi occhi la fece tornare subito seria. «Ray. Non...»

«Ahi, ahi, Roxy.» La prese per i polsi, incrociandoli sopra le sue braccia «Cosa ti meriteresti, ora? Dimmi.»

Lo guardò, seria. Lo osservò scendere con il viso sui suoi seni, poi un improvviso morso le fece fare un piccolo urlo.

«Ray!» di nuovo, un altro morso. «Ray, ti prego!»

Cercò di divincolarsi, ma lui era più forte, lo era sempre stato. Iniziò a ridere mentre sentì che anche lui rideva.

Ray si alzò in ginocchio, la prese e se la caricò sulle spalle, alzandosi poi in piedi. Fece tutto con facilità, come se stesse sollevando un fuscello.

«Che vuoi fare?» Roxy rise, ma una sonora sculacciata la zittì subito.

Senza risponderle si avviò in camera da letto, la posò con delicatezza sulle lenzuola candide e la fece voltare prona, in modo da avere i suoi glutei arrossati verso di lui.

Si chinò, iniziò a baciarli con dolcezza e le accarezzò le cosce, gustandosi la sua pelle morbida. Con un tocco gentile gliele divaricò, avvicinandosi con il viso alla loro sommità.

«Ho intenzione di prendermi cura di te, stanotte. Non voglio pensare ad altro e non voglio nemmeno che lo faccia tu.»

Roxy si voltò a guardarlo mentre si chinava sulla sua pelle. Il contatto con la sua bocca le fece chiudere gli occhi e la ben familiare fiamma di desiderio si riaccese dentro di lei, all'istante.

Non avrebbe pensato a nient'altro quella notte.

Ne era certa.

Washington D.C.

La notte fuori dalla finestra non gli trasmetteva nulla di buono.

Era buia, silenziosa.

Strano per una città come Washington.

Un senso di inquietudine si stava facendo largo al centro del suo petto, sentiva che stava per accadere qualcosa, o era già accaduto.

Steve incrociò le braccia sul torace nudo, si sedette sullo schienale del divano e incrociò le caviglie, pensieroso. Sperava sopra ogni cosa che il killer non avesse colpito proprio quella notte.

Ma sperava anche che *lei* stesse pensando a *lui*.

Nello stesso modo in cui *lui* stava pensando a *lei*.

Nel preciso istante che l'aereo era decollato da Chicago aveva già sentito la sua mancanza... e questo non andava bene. In ogni luogo in cui era stato quel giorno gli era parso di vedere qualcuno che le somigliasse, gli era parso di sentire un profumo simile al suo: con il cuore in tumulto si era voltato, aveva guardato meglio, rimanendo deluso un attimo dopo.

Si sentiva un ragazzino.

Sorrise sarcastico, la sua fidanzata stava dormendo nella stanza a fianco, dopo una notte di sesso sfrenato passata insieme.

Nella *loro casa*.

Non sapeva più cosa voleva, non riusciva più a capire cosa intendeva scegliere per se stesso e per il suo futuro. Questa lontananza forzata da Roxy non faceva altro che aumentare la sua confusione su tutto, ma non su quello che provava per lei.

Stava diventando sempre più forte, sempre più intenso.

Sempre più *amore*.

Scosse la testa, fece un lungo sospiro.

Una mano esile si appoggiò sulla sua spalla, facendolo quasi trasalire. Si voltò e incontrò due occhi verdi che lo fissavano, tristi.

«Steve, che ti succede?»

«Nulla, Nat...» le fece una carezza sui capelli. «Torna a letto.»

«Non torno a letto.» Si posizionò davanti a lui, seria. «Non ho nessuna intenzione di tornare a letto e far finta di nulla. Sei cambiato, Steve, non credere che non me ne sia accorta.»

«Sono solo stanco e provato da questo caso, davvero. Te l'ho già spiegato, mi pare.»

«Certo, me l'hai spiegato...» gli fece un sorriso sarcastico. «... ma purtroppo io non ti credo.»

Lui la guardò, studiandola. «Che cosa stai dicendo, Nat?»

«Sto dicendo che c'è qualcos'altro che ti impensierisce e non vuoi parlarmene. Purtroppo penso che si tratti di quell'avvocato che lavora con te, quella Roxanne. O mi sbaglio, per caso?»

Lui deglutì. Non voleva che uscisse, non ora. Si sentì smarrito e l'unica cosa possibile da fare era mentire.

«No, lei non c'entra...» scosse la testa, si alzò in piedi e prese tra le braccia Natalie. «Ti prego, scusami. Ti assicuro che si tratta del caso, non c'è nient'altro. Davvero.»

Lei si scostò appena, lo guardò negli occhi adorante.

«Se lo dici tu, amore...»

«Te lo assicuro, tesoro. Vieni...» la prese per mano, con dolcezza. «Torniamo a letto, ora.»

Natalie annuì, si lasciò prendere e condurre in camera, passiva.

Prima di entrare, però, Steve si voltò di nuovo, dando un'ultima occhiata alla notte silenziosa.

Avrebbe dato qualsiasi cosa per sapere cosa stesse facendo lei in quel momento.

15.

«Pronta la colazione.»

Roxy aprì gli occhi, la luce del giorno la accecò per un attimo. Li sbatté più volte, per abituarsi, poi si girò verso l'uomo al suo fianco. Gli sorrise, si stirò le membra allungandosi più che poté nel letto e si lasciò sfuggire un leggero brontolio.

«Buongiorno.» Ray rise, appoggiandosi sul gomito e osservandola con attenzione. «È davvero incredibile quanto tu sia bella la mattina appena sveglia.»

«Non scherzare...» lei fece una buffa smorfia, poi si strofinò gli occhi. «Piuttosto... parliamo di cose serie: hai detto la parola *colazione*? Ho una fame da lupi.»

«Ci credo.» Le fece una lieve carezza. «Dopo quello che abbiamo passato stanotte, bellezza... avrai certamente bisogno di recuperare le forze.»

Lei rise di gusto, ripensando alla notte appena trascorsa. Aveva perso il conto delle volte che avevano fatto l'amore, dei numerosi orgasmi che si erano regalati a vicenda.

Aveva perso il conto delle parole sussurrate, gridate, mormorate.

Ed era stato bellissimo.

Vide Ray scendere dal letto, sporgersi verso il comodino e subito dopo voltarsi di nuovo verso di lei, con un vassoio in mano.

«Mmh, colazione a letto stamattina? Dottor Jones, vuoi davvero viziarmi, allora.»

«In realtà volevo viziare entrambi oggi. Purtroppo, subito dopo pranzo dovrò andare al lavoro e sono di turno fino a stasera tardi.» Sistemò il vassoio sulle lenzuola, poi si sedette di fronte a lei, a gambe incrociate.

Roxy si drizzò con la schiena, sistemò due cuscini alle sue spalle e ci si appoggiò in posizione comoda. Ammirò il vassoio e tutto quello che Ray aveva preparato: uova con bacon croccante, pancake con sciroppo d'acero, succo d'arancia e tanto caffè. A fianco, zucchero e un barattolino di panna.

«Wow, che meraviglia. Sei andato sul tradizionale, a quanto vedo.»

«Ti conosco abbastanza da sapere che non ami le cose raffinate, anzi. Al contrario.» Le versò un po' di succo d'arancia e le porse il bicchiere. «Tieni, amore.»

«Grazie.» Roxy lo prese e lo portò subito alle labbra, gustando la bevanda fresca e dolce. «A che ora ti sei alzato per preparare tutto questo?»

«Ah, non preoccuparti...» Ray scrollò le spalle noncurante, versò un po' di succo anche per lui e ne bevve un sorso. «...sai che non dormo mai tanto, l'ho fatto volentieri.»

Roxy appoggiò il bicchiere, prese il suo piatto e se lo mise in grembo, con la forchetta tagliò un pezzo di pancake, prese un po' di uova e bacon e si mise in bocca subito il boccone. Sorrise mentre masticava.

Era squisito.

«Allora, parliamo un po', moglie.» Ray la guardò sorridendo mentre si apprestava a mangiare.

Roxy sentì un brivido percorrerle la schiena, finì di masticare con calma, poi deglutì.

«Da dove vuoi iniziare, Ray?» Lei lo osservò con circospezione, posò la forchetta sul piatto, in attesa.

«Non ho nessuna intenzione di parlare di Marshall, se è questo che intendi. Almeno non ora.» La guardò, serio. «Ma vorrei tanto che tu mi parlassi un po' del caso che state seguendo. Vorrei mi raccontassi come procedono le indagini e a che punto siete.»

Lei sorrise. Aveva sempre amato parlare del suo lavoro con lui, renderlo partecipe. A causa di quello che era successo in ufficio e fuori dall'ufficio con Steve, in quell'ultimo periodo erano venuti a mancare anche quei momenti.

Dovevano recuperare.

«Allora, vediamo...» riprese la forchetta soddisfatta, infilando di nuovo pancake, uova e bacon. «Abbiamo trovato un prete di Boston, che risponde a tutte le caratteristiche che ci aspettavamo: coltivava rose, si occupava di manoscritti antichi, ne era un restauratore. E soprattutto è stato accusato di ben trentadue casi di abusi su bambini.»

«Che bastardo.» Ray impallidì.

«Già. Ha patteggiato con tutti, poi è stato trasferito in altre diocesi e arcidiocesi, più volte. Proprio venerdì abbiamo scoperto che è morto l'anno scorso, purtroppo.» Si portò il boccone alle labbra, addentandolo subito.

«Merda. E ora, come farete? Cercherete tra le sue vittime se per caso c'è il killer?»

«Più o meno.» Roxy fece un segno eloquente con la mano mentre finiva di masticare. «Abbiamo il forte sospetto, invece, che il nostro uomo non sia tra le vittime, anzi. Abbiamo scoperto che ci furono tanti altri casi, a Boston, mai denunciati. Ma si trattava per la maggior parte di bambini orfani, o quasi. Famiglie disastrate, genitori alcolizzati o tossicodipendenti.»

«E come pensate di procedere?» Ray aggrottò le sopracciglia. «Sarà difficile risalire a tutti.»

«Sì, sarà molto difficile. Anche perché la maggior parte di loro ha trovato sfogo e oblio in brutte strade. Molti sono morti, per alcolismo, droga. Alcuni – i più fortunati – sono finiti in centri di recupero o in case di cura.» Roxy infilò di nuovo con la forchetta un boccone di quella gustosa colazione. «Al momento stiamo contattando tutti, si sono dimostrati molto disponibili a collaborare. Stiamo cercando di farci dare tutte le informazioni che possono darci e per ora siamo abbastanza soddisfatti.»

«Intanto il tempo passa, però.» Lui fece un'espressione preoccupata. «Non avete paura che tra poco potrebbe colpire ancora?»

«Ne abbiamo la certezza, purtroppo. Anche perché le lettere che ci ha fornito fanno parte della parola *Abraham*, il nome del suo violentatore. Ne mancano due: la *B* e la *R*. E se non riuscissimo a prenderlo...»

«...ancora due vittime, poi scomparirà di nuovo.» Ray la interruppe, completando la sua frase. Posò la forchetta sul piatto e la guardò deciso. «Dovete informare le autorità nazionali, Roxy.»

«Già fatto, l'FBI è allertato e sanno del caso, lo stanno seguendo loro. Credo che se non dovessimo riuscire a prenderlo si coordineranno con le principali procure dello stato, in attesa che colpisca ancora.» Sconsolata, lasciò cadere la forchetta, poi guardò Ray in viso. «Non voglio che accada, Ray. Non voglio che sfugga di nuovo alla giustizia. Per questo mi fermo in ufficio fino a tardi, per questo lavoro senza sosta e non riesco a pensare ad altro. Ormai è diventata una battaglia personale.»

«Ti capisco, amore» Le sorrise. «E scusa se non ho partecipato al caso come ho fatto in passato, scusa se non ti sono stato vicino. Sapevo che stavo sbagliando, ma io...»

«No, Ray.» Roxy spostò il piatto di lato, prese il vassoio e il piatto di Ray e spostò anch'essi. Si alzò dalla sua posizione, salendogli in braccio e rannicchiandosi contro di lui. «Avevi i tuoi motivi, d'accordo?»

Lui scosse la testa, le baciò la fronte e la strinse al suo torace. Avvertiva la pressione che stava attraversando Roxy, la frustrazione di non essere ancora riusciti nemmeno ad avvicinarsi a quell'uomo. Sentiva il senso di colpa per la prossima vittima che le divorava il ventre. Comprese che la sua gelosia e i suoi timori, al momento, erano una cosa secondaria. Doveva starle vicino, doveva farle capire che lui era al suo fianco.

«Non avevo *i miei motivi*. Ho sbagliato.»

«No, non hai sbagliato.» Roxy sollevò la testa, guardandolo con amore. «Ho preferito che tu abbia tirato fuori tutto, piuttosto che tenerlo dentro. Preferisco mille volte litigare con te... piuttosto che allontanarci come stavamo facendo.»

«Tutto questo finirà, prima o poi.»

«È questa l'unica cosa che dobbiamo pensare. Prima o poi finirà e spero proprio che finirà presto. Significherebbe che l'abbiamo preso.»

«Sì.» Le fece un sorriso ironico. «E *quel Marshall* se ne tornerà a casa sua.»

«Già...» lei gli sorrise. «Tornerà da dove è venuto e tutto questo sarà solo un brutto ricordo.»

Ray abbassò lo sguardo, vide il suo corpo raggomitolato contro il suo, sentì il profumo della sua pelle, la morbidezza dei suoi capelli. Ammirò i suoi capezzoli eretti che spingevano contro la canotta di seta leggera.

«Tutto questo? Spero non proprio *tutto.*» Le pizzicò un capezzolo con le dita, strappandole un gridolino di sorpresa.

«Ray!»

Con una mossa fulminea si coricò sul letto, trascinandola sopra di lui. Le prese la canotta e gliela sfilò tirandola verso l'alto, scoprendole la pelle rosea. Si voltò di fianco, invertendo le posizioni e trascinandola sotto di lui, poi si sollevò e le sfilò subito gli slip, aprendole poi le cosce e posizionandosi nel mezzo.

«Mi piace come ci stiamo ritrovando, sai?» Si chinò a baciarle un seno, succhiando la pelle setosa che circondava la sua aurea scura. «E a te?»

«Anche a me piace, Ray.» Lo prese per i capelli, costringendolo a sollevare la testa per guardarla. «E per favore, facciamo in modo di continuare a farlo. D'accordo?»

Lui annuì, poi le sorrise.

«Ora lasciami continuare quello che avevo iniziato, bellezza...» si divincolò, scivolando via dalla sua stretta. Chinò di nuovo la testa, mordicchiandola appena.

La risata cristallina di Roxy risuonò in tutto l'appartamento e Ray pensò che era la musica più bella che avesse mai ascoltato. Si fece una promessa: da quel giorno in poi voleva sentirla sempre, ogni singolo istante che era con lei.

Se Roxy era felice il resto non era più un problema, per nessuno dei due.

Nemmeno Marshall lo era più.

«Ci vediamo stasera, allora.» Ray si sporse verso Roxy, dandole un bacio leggero. «Non aspettarmi per cena, mangio qualcosa al lavoro. Farò troppo tardi.»

«Va bene, ti aspetterò sveglia comunque...» gli sorrise, languida.

«Fai come credi, ma se dovessi arrivare a casa che stai dormendo... troverò un modo per svegliarti, puoi scommetterci.» Le strizzò l'occhio, poi le diede una pacca sul sedere e aprì la porta. «A più tardi, bellezza.»

«A più tardi, amore.» Roxy gli mandò un bacio con le dita, stette sulla porta finché lui non entrò in ascensore, salutandolo poi con la mano.

Rientrò in casa con il sorriso, richiuse la porta alle sue spalle e poi si guardò intorno.

Il sorriso le si spense subito.

Ray se n'era andato, come aveva fatto tante altre volte, certo.

Andava al lavoro, come anche lei, del resto.

Ma la casa in, quel momento, era vuota senza di lui.

I pavimenti lucidi splendevano sotto la luce del sole che entrava dalle finestre, tutto quello che la circondava era bello e solare.

Ma ora lo sentiva *freddo*.

Freddo e silenzioso.

Andò in camera da letto, persino il rumore dei suoi piedi nudi sul pavimento le arrivava attutito, come spento.

Si fermò a guardarsi davanti allo specchio, l'immagine era in effetti quella di una donna felice.

I capelli morbidi le ricadevano sulle spalle e la sua pelle risplendeva, grazie al bagno che avevano fatto lei e Ray insieme poche ore prima.

Era stato miracoloso, il profumo di sandalo si sentiva ancora nell'aria.

Le sue gote erano ancora arrossate, gli occhi risplendevano come argento, illuminati da una luce particolare. Abbassò lo sguardo.

Indossava un paio di pantaloni della tuta e una maglietta di cotone semplice.

Ma i suoi capezzoli spingevano contro la stoffa, la sua pelle era solleticata dalla morbidezza degli indumenti.

Era ancora eccitata, dopo aver fatto l'amore con Ray si sentiva sempre così: le sue mani era come se la marchiassero, la sua bocca e la sua lingua le lasciavano un segno indelebile.

Le sue parole d'amore le rimanevano impresse nella mente, per ore e ore.

Avrebbe dovuto essere felice, aveva un uomo che l'amava,

aveva un lavoro stupendo che aveva sempre desiderato.

Una casa meravigliosa.

Eppure, le mancava *qualcosa.*

Non riusciva a comprendere cosa fosse, ma le creava una sensazione di disagio alla bocca dello stomaco che non la faceva quasi respirare.

Sentì il cuore che accelerava, le mani le iniziarono a tremare.

Aveva bisogno di uscire, non poteva stare lì dentro rinchiusa tutto il giorno, sola in una prigione dorata.

Ecco come si sentiva.

Indossò un paio di jeans chiari sdruciti, si infilò degli stivaletti in pelle e si tolse la canottiera, indossando un reggiseno e una maglietta scura a maniche lunghe aderente.

Si raccolse i capelli in una coda di cavallo bassa, prese un cappellino da baseball e degli occhiali scuri, cercando di camuffarsi più che poteva. Si mise a tracolla la borsa e uscì di casa, precipitandosi quasi in strada.

Non appena uscì dal palazzo ignorò il gruppetto di fotografi che stavano appollaiati lì sotto. A piedi, si allontanò con calma.

Aveva bisogno di fare una passeggiata, di schiarirsi le idee sui pensieri che le avevano affollato la mente davanti a quello specchio.

Come poteva non essere contenta della vita che aveva, come?

Tante persone non erano fortunate come lei. Non le mancava nulla, nulla.

Scosse la testa, continuando a camminare.

Senza accorgersene fece diversi isolati, era domenica ed era ora di pranzo. Non c'erano molte persone che affollavano i marciapiedi e si riusciva a passeggiare in modo agevole.

Alzò lo sguardo e si bloccò di colpo.

Era arrivata, non sapeva come, davanti al palazzo di giustizia.

Si infilò le mani nelle tasche dei jeans e osservò perplessa la struttura scura e lucente che si stagliava contro il cielo.

Lei lavorava *proprio lì*.

Come poteva non essere contenta di questo?

Era il simbolo della giustizia, del governo.

Dei diritti civili.

Tutte cose in cui lei aveva sempre creduto, per cui aveva sempre lottato e fatto sacrifici.

Era arrivata al suo sogno a soli trentadue anni.

Cosa poteva volere di più? Cosa *non andava*, ancora?

«Wow. Vedo che abbiamo avuto la stessa idea.»

Si voltò di colpo e vide Steve davanti a lei. Indossava una maglietta blu e un paio di jeans, come lei. Ai piedi, un paio di scarpe da tennis.

E un paio di occhiali scuri, come lei.

«Che ci fai qui?» Sorpresa e un po' euforica, lo guardò. «Non dovevi essere a Washington?»

«Te l'avevo detto che sarei rientrato domenica, nel primo pomeriggio.»

«Già, è vero.» Roxy sorrise appena, imbarazzata.

«Dicevo, poco fa, che abbiamo avuto la stessa idea.» Steve indicò con la testa il palazzo di fianco a loro. «La nostra sintonia è sempre molto forte, a quanto vedo.»

«Sì, in realtà io ero solo uscita per una passeggiata, mi sono ritrovata qui davanti senza accorgermene.» Si sentì avvampare, imbarazzata dalle sue parole.

«Come me, Roxy. Anch'io ero solo uscito per una passeggiata.»

La sua voce profonda iniziò a scavarle dentro, le sembrava fosse un'eternità che non la sentiva. Voleva togliersi da quella situazione, voleva allontanarsi dalla strada. Odiava il fatto che qualcuno avrebbe potuto riconoscerli e l'indomani sarebbe apparsa una bella foto con il solito commento imbarazzante sui giornali.

«Buona passeggiata, allora. Io dovrei rientrare.» Gli fece un cenno di saluto, impaziente.

«E dai, no.» Steve allungò una mano e la prese per un braccio con dolcezza, cercando di trattenerla. «Ci siamo appena incontrati, non hai voglia di fare quattro chiacchiere insieme?»

«Steve...» lei si guardò intorno, come sui carboni ardenti. «Non voglio che qualcuno ci fotografi, non voglio vedere di nuovo una foto di noi due sul giornale.»

«Questo non lo voglio nemmeno io.»

«Allora...»

«...allora andiamo da qualche parte a bere un caffè, no? Troviamo un locale un po' appartato, dove ci sia una saletta interna, magari. Dove possiamo parlare un po' in santa pace.»

La proposta la allettava molto, voleva parlare anche lei con lui. Voleva provare a ragionare sulle prossime mosse, su come arrivare al nome del loro serial killer.

Ma andare con lui, *appartati*, a bere un caffè... Dio mio, se Ray lo avesse saputo...

«Senti, non so, io...»

«E dai, Roxy. Non ti ho mica invitato a cena, ti ho chiesto di bere un caffè insieme, nulla di più.»

Lei sorrise, poi pensò che in effetti non c'era nulla di male. Erano due colleghi che si incontravano fuori dal lavoro e che stavano seguendo un caso importante.

Si trattava solo di quattro chiacchiere e un caffè, poi sarebbe tornata a casa.

«D'accordo, ma che sia solo un caffè, va bene?»

«Certo, promesso.» Lui si fece una croce sul cuore, poi entusiasta le indicò la strada, davanti a loro. «Andiamo, troviamo questo locale appartato.»

Camminarono per un paio di isolati, chiacchierando del più e del meno: Steve le raccontò del suo viaggio, del locale in cui era stato con alcuni amici sabato sera. Del pranzo con i genitori di Natalie, interminabile.

Roxy gli disse soltanto che era uscita la sera precedente con alcuni amici. Non entrò nel dettaglio della serata, in fondo quello che c'era tra Eve e Max erano fatti che non lo riguardavano e quello che c'era stato tra lei e Ray lo riguardava ancora meno.

Trovarono un locale, finalmente, che piacque a entrambi.

Entrarono e videro che c'erano grandi vetrate che davano sulla strada, ma un tavolino sul fondo sembrava piuttosto al riparo da sguardi indiscreti. Si accomodarono lì, ordinarono un paio di caffè e si tolsero gli occhiali scuri.

Lui la osservò con intensità, la luce che le brillava negli occhi era stupefacente.

«Mi sei mancata, sai?» Non fu in grado di resistere, doveva dirglielo. «Ti ho pensato, mentre ero a Washington.»

«Steve...» lei si tolse anche il cappellino, lo fissò con uno sguardo ammonitore. «Per favore, no.»

«Perché? Sai cosa provo per te, non te l'ho certo tenuto nascosto.» Le fece un sorriso amaro. «Ho voglia di dirtelo, Roxy. Voglio giocarmi tutto quanto per arrivare a te.»

«È stato un errore venire qui, scusami.» Lei fece per alzarsi in piedi, ma lui la bloccò con un gesto.

«Aspetta, non andar via, ti prego. Siediti, prometto che non toccherò più l'argomento.»

Lo guardò sospettosa, sapeva che avrebbe tentato di nuovo, ma decise di provare a dargli una possibilità. Si sedette con lentezza, seria.

«Alla prossima frase che dirai su *questo argomento* mi alzerò e uscirò da quella porta, all'istante.»

«D'accordo, promesso.»

Le sorrise scostandosi di lato, per permettere alla cameriera di poggiare i loro caffè sul tavolino. Le porse dieci dollari e quella se ne andò, portandogli subito il suo resto un attimo dopo.

«Sai a cosa pensavo questa mattina in aereo?» Steve bevve un sorso della bevanda calda, sorseggiandolo appena. Doveva riportare il discorso su binari sicuri, se voleva che lei non se ne andasse. E il lavoro era l'unico che conosceva.

«A cosa?»

«Al fatto che potrei contattare Malcom Finney, il papà di quel ragazzo che subì gli abusi da Padre Abraham. Quello che assunse l'investigatore privato.»

«E a che scopo, scusa?»

«Potrebbe fornirmi informazioni utili. Sono certo che sappia di più lui sulla vita di quel prete di chiunque altro. Magari è in possesso di informazioni che riguardano tutti i ragazzi che lui ha aiutato, forse può sapere qualcosa che noi ignoriamo.»

«Hai ragione.» Roxy sorseggiò il caffè, pensierosa. «Fallo. Contattalo, domani mattina. Chiedigli di aiutarti a trovare il nostro killer, sono sicura che lo farà.»

«Lo farò.» Steve annuì con un sorriso. Subito dopo si schiarì la voce. «Roxy, ascolta. Devo confessarti una cosa.»

Lei tremò, in attesa di quello che aveva da dirle.

«Sarebbe?» Finse indifferenza, anchc sc cra combattuta tra la curiosità e la paura di sapere.

«Questa mattina, mentre ero in aeroporto... ti ho comprato una cosa...» le sorrise, quasi imbarazzato.

«Come?»

«Sì, un ricordo di Washington. Per te.»

«Un ricordo di Washington?» Lo guardò stupefatta mentre estraeva dalla tasca dei pantaloni un piccolo involucro di carta.

«Non è nulla di che, solo un pensiero.» Scosse la testa mentre glielo consegnava. «È che quando l'ho vista... il suo colore mi ha ricordato i tuoi occhi.»

Roxy si sentì attraversare da un brivido languido a quelle parole. Mossa dalla curiosità aprì il piccolo pacchetto e una collana in argento si mostrò a lei in tutta la sua bellezza. Come ciondolo c'era una perla grigia, lucente.

«Oh, Steve.» Sollevò gli occhi verso di lui, mortificata, ma anche grata. «Scusami, ma davvero non posso accettarlo.»

«Sapevo che avresti detto così.» Rise, guardandola pieno di affetto. «È costata davvero pochi dollari, te lo giuro. È solo un pensiero, niente di che. Per favore, accettala.»

Roxy la guardò con attenzione, in effetti era chiaro che non era un oggetto di valore. Ma l'accettarla l'avrebbe messa in una posizione davvero scomoda. Alzò lo sguardo verso di lui, che la osservava supplicante.

«Ti prego. È una cosa di poco conto, davvero. Confesso che ho speso di più per questi due caffè.»

Lei si mise a ridere, poi gli rivolse uno sguardo affettuoso. «D'accordo, va bene.»

Il viso di lui si illuminò, pieno di gioia. «Permetti?» Steve era entusiasta, voleva mettergliela lui, voleva che la indossasse subito.

Roxy annuì, porgendogli il piccolo oggetto e voltandosi di spalle.

Lui la aprì, gliela fece passare davanti e mentre lei spostava di lato la coda, gliela agganciò sul collo, lasciandola cadere. Approfittò di quella vicinanza per sfiorarle la pelle, assaporò quel breve contatto come se fosse il piacere più sublime al mondo.

Non appena avvertì le sue dita sfiorarla, Roxy si allontanò, voltandosi di nuovo verso di lui e toccandosi il ciondolo che le appoggiava sul torace.

«È bellissima, Steve. Grazie.»

«Sì, è bellissima.» La guardò, ammirando come si intonava quella perla al suo viso. «Era perfetta per te, non ho resistito. E per fortuna non l'ho fatto.»

Roxy sorrise, pensando al gesto di Steve.

Aveva pensato a lei mentre era lontano e questa ne era la prova.

La cosa la lusingava, certo.

Ma non prometteva nulla di buono.

Dal giorno seguente si ripromise di girargli al largo, il più possibile.

Proprio ora che si stava ritrovando con Ray, non voleva rischiare nulla.

Con le mani lisciò il lenzuolo di cotone sul letto.

Ormai era giunto il momento, non poteva più aspettare.

Il giorno seguente si sarebbe incontrato con Marie, avevano appuntamento nel pomeriggio, fuori dalla biblioteca.

La ragazza credeva ancora che sarebbero andati a piedi, ma lui si era già preparato. Sarebbe giunto sul luogo dell'appuntamento con l'auto noleggiata, con una scusa l'avrebbe fatta salire.

Poi tutto avrebbe avuto inizio.

Per la penultima volta.

Sentiva già il ben noto brivido d'eccitazione attraversargli il corpo, ancora poche ore e tutto si sarebbe compiuto.

Controllò la stanza, guardandosi intorno.

Il letto era pulito, ordinato.

Il lenzuolo bianco che lo ricopriva e il cuscino che vi aveva steso sopra erano perfetti.

L'inchiostro, pronto.

I lacci, fissati alla testiera e alla pediera, ben saldi.

Aprì il cassetto e prese il lenzuolo piegato e ben stirato, il penultimo che avrebbe utilizzato.

Lo posò sulla scrivania e lo accarezzò con la mano, con accurata lentezza.

Sarebbe stato l'ultimo giaciglio, per lei, l'ultimo abbraccio che l'avrebbe ricondotta a casa.

Con calma e freddezza uscì dalla stanza, dirigendosi nel piccolo bagno a fianco.

La vasca era pronta, ben pulita e disinfettata.

I teli per asciugarle il corpo ben impilati, lì a fianco.

Una dose generosa di detergente era sistemata sul bordo, in attesa di essere utilizzata al momento opportuno. La spazzola per sfregarle la pelle con cura, pronta.

Sorrise, mentre con lunghi passi si dirigeva verso l'esterno.

Salì le scale piano, avviandosi di sopra.

Uscì dalla porta d'ingresso e andò in giardino, vicino al bel roseto che da settimane stava curando.

Aveva cercato a lungo la casa adatta e quando aveva visto quella non ci aveva pensato due volte, l'aveva presa subito in affitto.

Il grande cespuglio di rose bianche davanti all'ingresso faceva proprio al caso suo.

Prese la forbice e si infilò i guanti in pelle che lasciava sempre lì a fianco, su una piccola cassetta di legno nascosta alla vista degli estranei.

Li guardò uno a uno, nella loro purezza e bellezza: ogni bocciolo era una storia a sé, come ogni persona che lui sceglieva.

Li toccò con delicatezza, accarezzandoli piano.

Marie era di una bellezza piuttosto prorompente, gli serviva un fiore che la rispecchiasse: un bocciolo non ancora schiuso, come era lei, ma ricco di petali.

Dopo alcuni minuti lo trovò, in mezzo alle spine delle altre rose. Sembrava quasi che gli altri fiori volessero proteggerlo, ma lui sapeva che era inutile.

Una volta scelto, non c'era via di scampo.

Per nessuno di loro.

Scese con le mani in basso, in mezzo ai rovi. Nel farlo il bordo della camicia si sollevò e una spina gli procurò un piccolo graffio, facendolo imprecare.

Strinse i denti e lo raggiunse, lo recise con la forbice e lo prese con una mano, tirandolo fuori dal cespuglio.

Lo osservò ammirato.

Marie poteva combattere, come aveva fatto il suo bocciolo.

Tutti quanti potevano farlo.

Ma lui otteneva sempre tutto quello che voleva.

Sempre.

16.

«Altro caffè?» Ray le fece un sorriso mentre prendeva la sua tazza di ceramica e si avvicinava al bancone della cucina.

«No, grazie.» Roxy guardò l'orologio nervosa, si stava facendo tardi. Una nuova settimana stava per iniziare, ricca di indagini e piena di speranza.

«D'accordo.» Posò entrambe le tazze nel lavandino e aprì il rubinetto, in modo da bagnarle con un po' d'acqua. «Devi scappare, vero?»

«Sì, Ray.» Roxy si avviò verso l'ingresso e prese la borsetta. «Voglio finire di contattare i familiari dei ragazzi che hanno subito abusi da Padre Abraham, a Boston. E il tempo stringe.»

Ray si voltò e vide davanti a lui sua moglie in tutta la sua bellezza. In un perfetto tailleur grigio, capelli raccolti sulla nuca, trucco curato. Un paio di scarpe nere con il tacco a spillo ai piedi, che le slanciavano le splendide gambe.

«Vai, tesoro. Tra poco uscirò anch'io per andare in ospedale.» Mise le due tazze in lavastoviglie e si asciugò le mani, poi avanzò verso di lei. Le mise le braccia intorno alla vita, stringendola a sé.

«Buon lavoro, allora...» lei gli sorrise, porgendogli le labbra per un bacio veloce, che lui le diede subito.

«Anche a te, amore mio.» Nell'allontanarsi da lei lo sguardo gli cadde su quel ciondolo che portava al collo, una perla grigia molto lucente. Lo prese tra le dita, incuriosito. «Che bello. E questo da dove spunta?»

«Oh, io...» lei si schiarì la voce. «Ieri pomeriggio ho fatto una passeggiata, l'ho comprato da un ambulante, lungo la strada.»

«È davvero molto carino.» Ray aggrottò le sopracciglia. Si vedeva che era un oggetto di poco conto, sembrava bigiotteria in effetti. Alzò lo sguardo e la fissò a lungo in viso, cercando di leggere le sue emozioni. La sua risposta gli era sembrata strana.

Lei si divincolò con dolcezza, guardò di nuovo l'orologio. «Scusami, tesoro. Devo proprio andare.»

«Certo, certo.» Ray la baciò di nuovo sulle labbra, poi la guardò raggiungere la porta. «A stasera, d'accordo?»

«Sì, ciao.» Roxy gli fece un cenno con la mano, poi aprì la porta e se la richiuse alle spalle, sparendo dalla sua vista.

Ray strinse gli occhi.

C'era qualcosa di insolito, ma non capiva davvero cosa.

Udì il rumore dell'ascensore che arrivava la piano e la porta richiudersi subito dopo. Roxy era andata, qualunque cosa fosse l'avrebbero chiarita quella stessa sera.

Alzò le spalle e si diresse in camera da letto, per prepararsi per il lavoro.

Il fatto era che lui non immaginava di certo in che tumulto di emozioni si trovasse Roxy in quel momento.

Perché solo quando era salita in ascensore aveva ripreso a respirare e il suo cuore aveva ricominciato a battere. Non capiva come diavolo aveva potuto mentirgli. Avrebbe dovuto dirgli la verità e cioè che quel ciondolo gliel'aveva regalato Steve, ma lui avrebbe frainteso tutto.

E sarebbe accaduto il finimondo.

Era meglio tacere, di sicuro, Ray non lo avrebbe mai saputo.

In fondo nessuno poteva averli visti, si erano tolti dalla strada e avevano trovato quella caffetteria, all'interno della quale non c'erano persone con in mano macchine fotografiche.

E anche se c'era quell'enorme vetrata che dava sulla strada, nessuno poteva averli visti, il tavolino che avevano scelto era piuttosto appartato.

Roxy raggiunse in fretta il seminterrato, salì sull'auto e uscì dal parcheggio, dirigendosi in Procura. Smise di pensare a quella collana e si sforzò di essere ottimista riguardo a lei e Ray: sentiva che sarebbe andato tutto bene d'ora in avanti.

Avevano parlato, avevano fatto l'amore in modo appassionato, come non facevano da tempo.

Si stavano ritrovando.

Sorrise.

Non c'era nulla da temere.

Mentre cercava di farsi largo tra il traffico del mattino pensò a tutte le cose che doveva fare quel giorno e alle persone che doveva chiamare. Sperava con tutto il cuore di arrivare a qualcosa entro sera, le ore passavano e il suo istinto le diceva che il killer era sul punto di colpire di nuovo.

Si augurava che Steve riuscisse a ottenere qualcosa da quel tale, Finney. Sembrava collaborare e aveva dato la sua disponibilità a prestare il suo aiuto in qualsiasi modo.

Forse era davvero la strada giusta da seguire.

Piena di energie e quasi euforica parcheggiò l'auto sotto la procura e salì subito in ascensore, arrivando in un attimo in ufficio. A grandi passi attraversò il corridoio, incrociando lo sguardo con una Mary seria e assorta.

«Buongiorno, Mary.» le sorrise, ricevendo per fortuna indietro un'espressione serena da parte della donna.

«Buongiorno, Roxy.» Si alzò in piedi e la seguì all'interno del suo ufficio. «Steve è già arrivato, sta facendo alcune telefonate. È passato Mark, dicendo che doveva recarsi in tribunale per un incontro con il giudice Gerard.»

«A che proposito?» Roxy la guardò curiosa.

«Per un caso di furto che c'è stato l'altra sera. La persona derubata è di un altro stato e il giudice l'ha chiamato per coordinarsi con le forze di polizia del posto e l'altra procura.»

«Ah.» Roxy ripensò a sabato sera, a quando Reb era stata chiamata in servizio proprio per un caso di furto. Si domandò se era proprio il suo caso di cui si parlava, da allora non l'aveva più sentita. «Ha lasciato detto quando tornerà?»

«Purtroppo no.» Mary scosse la testa, mortificata.

«Non importa.» Alzò lo sguardo e le sorrise mentre si chinava ad accendere il computer e appoggiava la borsa alla sedia. «Hai detto che Steve è già arrivato?»

«Sì.»

«Bene, sento a che punto è con le sue ricerche e poi ci mettiamo al lavoro.» Uscirono insieme dall'ufficio. «Oggi non passarmi telefonate, per favore. A meno che non si tratti di Ray.»

«D'accordo.» La donna le fece un gran sorriso, poi raggiunse la sua postazione.

Non appena arrivata sulla porta dell'ufficio di Steve, Roxy rimase a fissarlo per alcuni minuti mentre parlava al telefono. Era chiaro che si era messo al lavoro da diverso tempo: la giacca appoggiata sulla sedia, la cravatta allentata e le maniche della camicia arrotolate fino al gomito, come era solito fare. Sorrise con tenerezza, guardando tutte le carte sparse sul suo tavolo.

Prima ancora che lei decidesse di bussare alla porta, lui avvertì la sua presenza e si girò di scatto. Con un gran sorriso le fece cenno di entrare, indicandole la poltrona davanti a lui.

«La ringrazio moltissimo, signor Finney. Ci è di grande aiuto. Mi faccia sapere, non appena avrà qualche informazione. Mi chiami pure anche sul cellulare se non mi trova in ufficio, a qualsiasi ora.» Rimase in attesa mentre la guardava con forte intensità. «Grazie di nuovo, buona giornata a lei.»

Riattaccò, senza staccarle gli occhi di dosso. Il suo sguardo trasmetteva elettricità, passione e adrenalina che scorreva nelle vene. Era eccitato, si sentiva forte e potente e lo si poteva vedere con chiarezza dai suoi occhi magnetici.

«Allora?» Roxy si schiarì la voce, cercando di interrompere quel contatto visivo che le stava facendo provare uno strano languore.

«Allora ci siamo, Roxy.» Lui le sorrise trionfante. «Ho fatto una lunga chiacchierata con il nostro signor Malcolm Finney. Mi ha detto che ha già tante informazioni sulle vittime che non hanno denunciato Padre Abraham, le radunerà tutte e me le farà avere quanto prima. Gli ho spiegato che temiamo che il killer colpisca di nuovo, mi ha detto che si metterà al lavoro oggi stesso.»

«Ti ha già anticipato qualcosa?»

«Sì...» lui annuì con lentezza. «...mi ha già spiegato che moltissimi dei ragazzi coinvolti sono finiti su cattive strade, come abbiamo già saputo noi. Molti sono morti, molti sono finiti in case di cura, pochi sono stati recuperati, ne è certo. Ma... tutti quelli che si sono salvati e hanno iniziato una vita normale... risiedono tutti a Boston, purtroppo.»

«Oh mio Dio. Abbiamo sbagliato tutto allora. Il nostro killer non è tra di loro.» Lei si lasciò andare a un sospiro rassegnato, accasciandosi sulla poltrona.

«No.» Le sorrise. «Si ricorda con chiarezza di un ragazzo, all'epoca aveva circa dieci anni, non ha saputo dirmi con precisione. Ti parlo della fine degli anni novanta, più o meno il novantasei o novantasette.»

«Se aveva dieci anni nel novantasei...» Roxy lo fissò incredula.

«Più o meno è sulla trentina, ora.»

«Steve...» lei si portò una mano alla bocca, non poteva crederci. «È lui?»

«Credo di sì. Mi ha raccontato che il ragazzo in questione aveva solo la madre, che era una prostituta. Il padre era morto quando lui era piccolo e vivevano in condizioni di povertà spaventose. Padre Abraham lo prese sotto la sua ala e gli offrì asilo a casa sua.»

«Cioè il ragazzo andò a vivere a casa di quell'uomo?»

«Sì.» Steve annuì, con un'espressione grave. «Finney mi ha raccontato che abitarono insieme diverso tempo e il ragazzo in questione fece un cambiamento senza precedenti: iniziò a studiare, si tenne curato e pulito, aiutava durante le funzioni in chiesa e soprattutto andava con il prete in biblioteca, ad aiutarlo durante le sue opere di restauro.»

Roxy spalancò gli occhi.

Le lettere, l'inchiostro.

Era lui, non c'era il minimo dubbio, ormai.

«Ma successe qualcosa, dopo un po' di tempo.» Steve si sporse in avanti, appoggiandosi con i gomiti sul tavolo. «Poco prima che scoppiasse lo scandalo pedofilia, il ragazzo venne dato in affidamento. Una famiglia di Washington lo prese con lui e sembra che alla fine lo adottarono.»

«Washington? Steve... è proprio da dove ha iniziato lui a uccidere.»

«Esatto...» lui annuì. «... ma non è tutto. Il giorno in cui lui lasciò Boston insieme alla famiglia che lo aveva preso in affidamento... fu una vera tragedia. Il ragazzo non voleva andarsene e tutta la comunità ebbe l'impressione che Padre Abraham, al contrario, volesse disfarsene. Mi ha detto che ricorda molto bene quel giorno. Fu una scena straziante.»

Si guardarono a lungo per alcuni minuti. Nessuno dei due sapeva cosa dire, sembrava così assurdo essere arrivati a lui in quel modo. Ma l'istinto di entrambi non mentiva, *sapevano che era LUI.*

«Abbiamo il nome?» Roxy ebbe quasi timore a chiederlo.

«Purtroppo non ancora, ma lo avremo presto. Finney non ricorda con precisione, ma è sicuro che nelle carte che ha messo da parte ci sia la storia di quel ragazzo. E soprattutto è convinto che ci sia anche il nome della famiglia che l'ha adottato.»

Roxy fece un sospiro rilassato. Erano vicini, molto vicini.

«Hai detto che si metterà subito al lavoro...» soddisfatta, lo guardò in viso.

«Infatti.» Steve aggrottò le sopracciglia, preoccupato. «Speriamo solo di non arrivare troppo tardi.»

Ferma, davanti all'Harold Washington Library, la ragazza si guardò intorno, nervosa e impaziente. Osservò di nuovo l'orologio, ma non era ancora l'ora che lui le aveva detto.

Rise, non le era mai capitato di avere un appuntamento con un ragazzo così bello e soprattutto così grande. Se stava aspettando era solo colpa sua, era arrivata in anticipo di quindici minuti.

«Ciao, è molto che aspetti?» la voce profonda che la raggiunse alle spalle la fece quasi sobbalzare.

Si girò, con gli occhi spalancati e una mano sul petto.

«Josh! Mi hai spaventata.» sorrise imbarazzata.

«Scusami. È che sono riuscito a liberarmi un po' prima al lavoro e ti ho visto qui... ti ho raggiunto subito.» Le allungò una mano, per afferrare la sua. «Vieni?»

Lei la prese, trovandola morbida e calda. Con il cuore in tumulto la strinse, facendosi guidare da lui. Camminarono per alcuni isolati, sorridendo tranquilli e chiacchierando del più e del meno.

«Dove sarebbe questa gelateria?» Marie era curiosa, le sembrava strano camminare tanto per un gelato. Non che le dispiacesse, ma ne avevano già passate un paio e si era chiesta come mai non si erano fer-

mati.

Josh non rispose, entrò in un vicolo stretto dove erano parcheggiate alcune auto, poi si voltò a guardarla.

«Non è vicina, dobbiamo raggiungerla in auto.» Le sorrise, calmo. «Ma ti assicuro che ne vale la pena.»

Lei si ritrasse, osservando il vicolo e le macchine parcheggiate. Era una stradina stretta, nascosta. Non ci passava nessuno.

«Non so se ho voglia di fare così tanta strada, sai?» Sciolse la mano da quella di lui, che non fece resistenza. Lo osservò attenta, esaminando la sua espressione e la situazione in cui si trovava.

«Ehi, non c'è problema.» Josh sollevò entrambe le mani verso l'alto, in segno di resa. «Non fa nulla. Se non ti va di venire, pazienza.»

«Va bene.» lei infilò le mani in tasca, stringendosi nelle spalle.

«Mi sarebbe piaciuto davvero uscire con te. Sei una ragazza intelligente, bella e credo anche molto sensibile. Ma resterà un sogno...» le sorrise, avvicinandosi alla sua auto. «Grazie lo stesso, ci vediamo.»

Lei aprì la bocca incredula.

Non voleva che lui se ne andasse così, le piaceva molto e non era una stupida ragazzina che temeva di salire su un'auto.

Era giorno e con ogni probabilità erano stati visti da molte persone, non c'era nulla di cui aver paura.

Ma lui se ne stava andando e sembrava facesse sul serio.

«Aspetta, Josh...» con voce tremante fece un passo verso di lui.

«Sì?» Lui si voltò a guardarla incuriosito.

«Ho cambiato idea...» gli sorrise. «... vengo volentieri con te a mangiare un gelato, anche se è lontano.»

Lui annuì compiaciuto.

«Ottimo...» aprì l'auto, invitandola a salire a bordo. «Andiamo, allora.»

Marie lo raggiunse, aprì la portiera e si sistemò sul sedile anteriore, allacciandosi la cintura.

Non fece nemmeno in tempo a capire quello che stava succedendo: un panno con un forte odore dolciastro le venne premuto sul viso, dopodiché non sentì più nulla.

Fu solo buio.

Quando riaprì gli occhi non comprese dove si trovava.

Sentiva una musica in sottofondo, sembrava musica classica.

Non capiva cosa fosse, la testa le scoppiava.

Provò a muoversi, provò a urlare.

Fu inutile.

Aveva qualcosa di appiccicoso sulla bocca, guardò verso l'alto.

I polsi erano immobilizzati, legati al letto.

Provò a muovere le gambe, ma non ci fu nulla da fare. Anche quelle erano ben fissate al letto con delle cinghie.

Tirò in maniera convulsa, con tutta la forza che aveva, mentre le lacrime iniziavano ad annebbiarle la vista.

Cercò di gridare, ma le uscì solo un ringhio sordo che le morì in gola.

Iniziò a respirare in maniera affannosa, provò di nuovo a gridare.

«È inutile che ti agiti.» La voce di lui era bassa, atona.

Con gli occhi cercò di scrutare nella penombra, per vederlo.

Quando lo notò, in fondo ai piedi del letto, un brivido gelido di terrore le attraversò tutto il corpo.

Il suo sguardo era terrificante, il suo sorriso di una malvagità mai vista.

Cercò di gridare di nuovo.

«Che ti ho detto?» Il suo grido la fece sobbalzare. «È inutile, piantala!»

Marie iniziò a tremare in maniera incontrollabile.

Tremava di terrore, tremava per l'odore di morte che le invadeva le narici.

Lo osservò, mentre girava intorno a lei con lentezza e la guardava con intensità.

Indossava un paio di pantaloni neri e una maglietta nera, il suo sguardo era crudeltà pura. Non aveva niente a che vedere con il Josh che aveva conosciuto lei in biblioteca, il ragazzo buono e timido che l'aveva avvicinata per consigliarle alcuni libri da leggere.

L'uomo che aveva di fronte era il male, quello che non conosce limiti e regole.

Capì all'improvviso di chi si trattava e pianse. Pianse tutte le lacrime che aveva, perché comprese in quell'istante a cosa stava andando incontro.

«Ssh...» lui si chinò, le passò una mano sulla guancia umida. «Non temere. Dopo troverai la pace.»

Lei lo guardò con occhi disperati.

Avrebbe voluto implorarlo di risparmiarla, di avere pietà di lei.

Si appellò al suo Dio, pregò dentro di sé affinché avvenisse un miracolo.

Ma quando lui iniziò a togliersi la maglietta e salì sul letto sopra di lei, Marie capì che non avrebbe avuto scampo.

Era finita.

Sarebbe accaduto tutto quello che aveva visto con terrore alla televisione, quello che LUI aveva fatto alle altre ragazze. Ragazze che, come lei, avevano l'unica colpa di essersi fidate di uno sconosciuto, ragazze che fino a poche ore prima della loro morte ridevano felici, proprio come lei.

Le passò davanti tutta la sua vita, mentre lui prendeva un coltello affilato e le recideva la maglietta.

Pensò ai suoi genitori, mentre lui le tagliava il reggiseno sul davanti, denudando il suo petto innocente.

Pensò a Dio e a quello che l'attendeva, mentre lui con uno strappo deciso le toglieva il crocifisso d'argento che portava al collo.

«Sono tutte menzogne queste!» Glielo fece dondolare davanti al viso, con lentezza. «Lo sai, vero?»

Lei negò con decisione, la fede in quel momento era l'unica cosa che le rimaneva e ci si stava aggrappando con le unghie e con i denti.

Josh sorrise, gettando la collana a terra.

«Uomini di Dio! O meglio, si definiscono tali...» infilò il coltello nei suoi pantaloni di cotone leggeri, con decisione fece un lungo strappo lungo la coscia, aprendoli. «E poi ti portano all'inferno.»

Continuò con l'altra gamba, in modo da aprirli e poterli scostare di lato, senza farla sollevare. Si alzò appena e infilò il coltello sotto il bordo del suo slip di cotone, facendogli fare la stessa fine.

Si alzò in piedi e spostò tutti gli indumenti da sotto il suo corpo, gettandoli a terra.

La ammirò in tutta la sua candida bellezza, scossa dal tremore della paura.

I suoi seni erano belli e prosperosi, nonostante la giovane età. I suoi capezzoli rosei svettavano verso l'alto, appena inturgiditi. Il suo sesso giovane e quasi glabro si apriva a lui in tutto il suo splendore.

«Hai paura, vero?» La sua voce era un sibilo. Si sbottonò i pantaloni, abbassandoli appena. «Conosco quella sensazione, la conosco bene. È la stessa che ho provato io, tanti anni fa. Sai, io avevo nove anni, la prima volta che accadde.»

Le salì sopra, sistemandosi tra le sue gambe aperte in ginocchio. Abbassò del tutto i pantaloni, non indossava biancheria intima. Estrasse dalla tasca un preservativo e lo aprì, infilandoselo subito sul membro eretto. Si abbassò, con lentezza e calma studiata, guidando la punta della sua erezione contro la sua femminilità, fino a quel momento con ogni probabilità inviolata.

«Ma io ti farò un regalo, dolce Marie.» Le posò un bacio sulle labbra coperte dal nastro adesivo. Guardò a lungo i suoi occhi, pieni di terrore e colmi di lacrime. «Non lascerò che tu viva nel dolore, come è suc-

cesso a me. Troverai la pace.»

Con un colpo secco entrò dentro di lei e l'urlo che uscì dalla gola della ragazza squarciò l'aria.

Si isolò dal resto del mondo, muovendosi in modo concitato.

La sentiva gridare, gridare, ma era come se la sua voce provenisse da lontano, da un mondo di cui lui non era più parte.

Le mani di Josh corsero alla sua gola, premette con forza con i pollici mentre spingeva ancora.

E ancora.

Poi, fu l'oblio.

Per alcuni lunghi minuti non seppe più dov'era.

C'era solo la sua pelle, c'era quella di lei. C'era il sangue, che testimoniava che si era preso la sua innocenza. C'erano le sue mani, attorno al suo esile collo.

C'erano gli occhi di lei.

Spalancati.

Vitrei.

Si scosse, ritornando alla realtà e a quello che era appena accaduto. Uscì dalla ragazza, si mise in ginocchio tra le sue gambe e osservò il suo corpo senza vita.

Tutto si era compiuto, ancora una volta.

Per la penultima volta.

«Roxy!» Mary entrò concitata nel suo ufficio, senza bussare. Le fece fare un balzo sulla sedia.

«Che succede?» Si voltò a guardarla, preoccupata.

L'urlo attirò anche Steve, che si precipitò lì e le guardò serio.

«L'agente Murphy, sulla uno...» le indicò il telefono.

«Oh, no... passamelo subito!» Si voltò verso l'apparecchio, mettendo subito la mano sulla cornetta.

Mary si precipitò fuori, dopo pochissimi istanti si sentì lo squillo. Lei alzò immediatamente per rispondere.

«Vice procuratore Jones.»

«Buonasera, sono l'agente Murphy, FBI.»

«Mi dica.» La voce di Roxy era quasi incrinata, sapeva cosa l'aspettava.

«Marie Fisher, di sedici anni...» si schiarì la voce, nervoso. «... i genitori hanno appena denunciato la scomparsa.»

«Dio mio, no.» Roxy si mise le mani tra i capelli, sollevò lo sguardo verso Steve, che capì tutto e imprecò sottovoce.

«Purtroppo sì. È uscita nel primo pomeriggio, da allora non si hanno più notizie.»

«Cosa pensate di fare?»

«Abbiamo già chiamato tutti gli agenti in servizio e ci stiamo avvalendo anche della collaborazione della polizia. Stiamo perlustrando tutte le strade, ma ormai sta scendendo la sera... speriamo di riuscire a trovarla viva.»

«Capisco...» lei annuì, poi chiuse gli occhi. Era sconvolta. «La prego, teneteci aggiornati.»

«Certo, non mancheremo. A presto.»

«A presto, agente.» Roxy riattaccò il telefono, poi si voltò verso Steve. «Una ragazza di sedici anni, Marie Fisher. I genitori hanno appena denunciato la scomparsa.»

«Cazzo!» Steve non riuscì a trattenersi, diede una forte manata sulla porta che sbatté con violenza contro il muro e lasciò il suo ufficio.

Roxy lo sentì entrare nel suo e chiudere la porta con violenza. Il rumore sordo la fece sobbalzare, mentre le lacrime iniziavano a solcarle le guance.

Non era sconforto, era rabbia.

Lacrime di rabbia che bruciavano, che facevano male. Strinse i pugni, si alzò in piedi e corse fuori, incrociando lo sguardo di Mary sconvolto.

Spalancò la porta dell'ufficio di Steve, trovandolo che passeggiava nervoso nella stanza.

«Porca puttana!» Imprecò furioso. «Non siamo riusciti a fermarlo, ancora un giorno o due e Finney mi avrebbe dato il suo nome, bastava solo un giorno!»

Roxy si asciugò le guance, avanzò verso di lui.

«Steve, sapevamo che sarebbe potuto accadere... ma vedrai, riusciremo a fermarlo.» Cercò di prenderlo per un braccio, ma lui si divincolò e andò verso la finestra.

«Roxy!» Scosse la testa, appoggiandosi con le mani al davanzale. «Tu non hai idea di quanto io mi sia sentito impotente, a Washington! Di quanta rabbia io abbia provato nel veder morire tutte quelle ragazze sotto i miei occhi... e oggi scopro che ce l'ho a portata di mano, qui. E che anche a Washington era a portata di mano, viveva addirittura lì con la famiglia.»

Lei fece un sospiro, poi lui si voltò.

«Tu non sai, Roxy, quanto io mi senta ancora più impotente, ora. Di quanta rabbia io abbia dentro. Era a un soffio, un dannato soffio, cazzo!» Si prese la testa con le mani, disperato. «E noi non siamo arrivati in tempo!»

«Ce la faremo, Steve.» Lo guardò seria, cercando di trasmettere forza a entrambi. Una forza che in quel momento mancava anche a lei.

«Dobbiamo per forza, Roxy. Non voglio più vedere morire nessun altro, non voglio.»

«E dobbiamo anche essere ottimisti, forse si tratta solo di un caso di persona scomparsa, forse non c'entra nulla con il nostro uomo...» gli sorrise mesta, incrociando le braccia al petto.

«Forse.» Lui fece un sospiro stizzito. «Ma entrambi sappiamo che non è così, vero?»

Si sgranchì il collo indolenzito, finì di asciugarsi con l'asciugamano morbido e lo buttò nei panni da lavare. Si guardò nello specchio appannato, con una mano cancellò l'umidità per vedersi il viso.

Era stanco, i segni sotto gli occhi lo dimostravano.

Lo era ogni volta.

Si sistemò i capelli umidi, pettinandoli all'indietro, poi si infilò la tuta protettiva monouso, i guanti e la cuffia in plastica. Mise la mascherina e si diresse nel seminterrato, dove la dolce Marie lo stava aspettando.

Quando arrivò nel bagno la guardò, adagiata nella vasca bianca.

La sua pelle pallida si confondeva con il candore della ceramica, le ombre nere intorno al collo svettavano su tutto il resto, insieme ai corti capelli corvini.

Josh li osservò con attenzione, avevano bisogno di una bella sistemata.

Aprì l'acqua calda, versando un po' di sapone all'interno.

Contemplò il livello del liquido salire piano piano, restò inginocchiato a fianco mentre le lambiva il corpo, mentre il suo volto veniva ricoperto dalla schiuma e dal liquido.

Quando la vasca fu quasi colma, chiuse il rubinetto e immerse le mani ricoperte dai guanti dentro l'acqua, per lavarla in maniera accurata.

Le massaggiò il corpo. Le lavò i seni, il sesso e le cosce.

Le insaponò i capelli e li risciacquò più volte, con accurata lentezza.

Lei era in pace, ora... e lui provava quasi invidia.

La guardò con attenzione, osservò quello che era solo un corpo.

E per lui era solo un mezzo per arrivare ai suoi scopi.

Per lanciare il suo messaggio.

Terminò di lavarla in modo meccanico, tolse il tappo e fece scendere tutta l'acqua, poi con un doccino la risciacquò di nuovo, togliendole qualsiasi traccia residua.

Stese un asciugamano in terra, prese il corpo e ce lo distese sopra, asciugandolo poi in modo accurato. Nessun indizio doveva restare su di lei, su questo non poteva commettere errori.

Era un'operazione lunga e meticolosa, ma era l'unico modo per continuare ad agire indisturbato.

Osservò i suoi occhi chiusi, la sua bocca ormai violacea e la sua pelle candida.

Prese un pettine e iniziò a passarlo tra i suoi folti capelli neri, ripeté l'operazione più e più volte, fino a che furono ben sistemati all'indietro.

Si alzò in piedi, per ammirare il lavoro appena finito. Era meravigliosa, mancava solo l'atto conclusivo e poi avrebbe portato fuori il corpo per farlo trovare alle autorità.

Mancava quello che lui preferiva: il "suo tocco".

Sorrise compiaciuto, poi la sollevò e la portò in camera, sistemandola sul letto, dove poco prima aveva aperto il lenzuolo di cotone bianco che sarebbe servito per avvolgerla.

Prese il coltellino affilato, si mise su di lei a cavalcioni e con maestria incise sul suo petto florido la penultima lettera, quella che avrebbe fatto intuire il nome di "lui".

B.

Si sollevò da lei, prese con delicatezza il bocciolo che aveva scelto e che aveva ricoperto dall'inchiostro ferro gallico e glielo sistemò tra le mani, rinchiudendole poi sopra il suo grembo.

Si drizzò in piedi, ammirandola come un pittore ammira la sua opera d'arte.

Inclinò la testa di lato.

Splendida.

Le avvolse il lenzuolo intorno, legandola con la corda e fissandola bene, con stretti nodi.

La sollevò di peso e con fatica raggiunse il garage dalla porta interna. Aprì il baule dell'auto e la sistemò all'interno, richiudendolo subito dopo.

Era tutto pronto.

Tornò in casa, si tolse la tuta monouso e la gettò via, insieme alla mascherina, alla cuffia e ai guanti.

Si fece di nuovo una doccia veloce, si infilò un paio di boxer e una maglietta di cotone. Prese una tuta da ginnastica blu scura dall'armadio e se la infilò subito, tirandosi su il cappuccio.

Si guardò allo specchio.

Magnifico, stava tutto andando alla perfezione.

Ora l'avrebbe portata via e poi avrebbe iniziato a prepararsi per l'ultimo tassello.

L'ultima lettera.

R.

«Ray, potresti fermarti per un doppio turno stasera?» Il primario del pronto soccorso lo guardò implorante. «Due colleghi sono andati a casa, si sono già fermati entrambi ieri.»

«D'accordo...» sospirò, rassegnato. «...mi fermo.»

«Grazie, so che su di te posso sempre contare.» Gli fece un cenno con la mano, mentre si allontanava. «Prometto che me ne ricorderò!»

«Si certo, come no.» Ray lo disse sottovoce e a denti stretti mentre gli sorrideva e lo guardava allontanarsi da lui. Una volta che fu lontano piegò la testa all'indietro, sbuffando sonoramente.

Era stanco e voleva andare a casa da Roxy, ma quella sera non era possibile, avrebbe dovuto fermarsi anche durante la notte.

Doveva avvisarla.

Prese il telefono dalla tasca, compose il numero del suo cellulare.

Suonò più volte, nessuna risposta.

Ray aggrottò le sopracciglia, poi compose subito il numero della Procura, preoccupato.

«Procura di Chicago, buonasera.»

«Sono il dottor Raymond Jones. Cercavo il vice procuratore Jones, grazie.»

«Oh, dottor Jones, aspetti un minuto. Gliela passo.»

Una fastidiosa musichetta d'attesa prese il posto della voce della centralinista. Quando si interruppe Ray si aspettava di ascoltare la voce di sua moglie, ma non era così.

Si trattava di Mary.

«Ray.»

«Mary. Che succede, dov'è Roxy?»

«Purtroppo hanno appena denunciato la scomparsa di una ragazza, siamo in contatto con l'FBI e la polizia, che stanno effettuando le ricerche... scusa, ma qui è un disastro, non so nemmeno dove sia Roxy in questo momento.» La voce della donna era rotta dall'emozione, Ray comprese in pieno che la cosa era grave.

«Come sta Roxy?»

«Era sconvolta, Ray...» si schiarì la voce. «Lei e Steve sono continuamente al telefono, hanno attivato più uffici, io non so cosa succederà stasera... spero solo che la trovino in tempo.»

Lui annuì, dispiaciuto.

«Senti, puoi farmi un favore, se ti ricordi?»

«Certo, Ray. Dimmi.»

«Puoi dire a Roxy che io mi devo fermare in ospedale? Non rientrerò stanotte, quindi ci vedremo domani mattina a casa.»

«Ma sicuro, non preoccuparti. Ci penso io, stai tranquillo.»

«Ti ringrazio, Mary.»

«Figurati. Ciao, Ray.»

«Ciao... e in bocca al lupo. Mi auguro di cuore che la trovino.»

«Sì, anch'io.» Mary riattaccò, interrompendo la comunicazione.

Ray si infilò il telefono in tasca, poi guardò l'orologio pensieroso. Se doveva fermarsi, tanto valeva mangiare qualcosa ormai. Esaminò la sala d'attesa del pronto soccorso, sembrava tutto tranquillo.

«John, io mi assento per una pausa.» Fece cenno all'infermiere, in accettazione. «Vado in sala ristoro, d'accordo?»

«Certo, dottor Jones. Se ho bisogno la chiamo.»

Ray annuì, si diresse verso la sala ristoro e inserì la chiavetta nel distributore automatico. Prese un sandwich di pollo e una bottiglia d'acqua, si sedette al tavolino e sollevò le gambe, appoggiandole sulla sedia che aveva a fianco.

Scartò il sandwich e lo addentò affamato, pensando al fatto che non aveva nemmeno sentito la voce di Roxy. Gli mancava da morire, soprattutto ora che avevano ritrovato la loro sintonia.

Gli cadde lo sguardo su una poltroncina, c'era appoggiato il Chicago Tribune di quel giorno, che non aveva ancora letto.

Lo prese e lo mise sul tavolo, aprendolo in prima pagina mentre addentava di nuovo il sandwich.

Quello che vide per poco non gli fece sputare tutto.

Masticò veloce e deglutì, poi posò la sua cena sul tavolo e si mise seduto, sporgendosi in avanti per leggere meglio.

INCONTRO SEGRETO TRA I DUE VICE PROCURATORI
Continua la love story tra Roxanne Jones e Stephen Marshall.

Ora anche regali, per la coppia più discussa di Chicago.

Osservò le foto, ritraevano Roxy e Steve davanti alla procura. L'articolo spiegava che l'incontro era avvenuto domenica pomeriggio, quando Roxy gli aveva detto di essere uscita per una passeggiata.

Entrambi portavano gli occhiali scuri, Roxy indossava anche un cappellino, ma erano *loro*.

Si riconoscevano benissimo.

Le foto proseguivano, il servizio spiegava che erano andati in un bar e si erano appartati. Ray si avvicinò meglio per capire le immagini e quello che vide gli fece esplodere una tale rabbia ~~tale~~ dentro... che non riuscì a tenere a freno.

Le mani iniziarono a tremargli, come le labbra.

Si vedeva con chiarezza Steve che le infilava al collo quella collana.

La stessa collana che quella mattina lei gli aveva detto di aver comprato da un ambulante.

Gli aveva mentito.

Gli.

Aveva.

Mentito.

Si alzò in piedi, iniziò a camminare in tutta la stanza, dove per fortuna era solo. Si prese i capelli con le mani, tirandoli e ringhiando allo stesso tempo.

Se solo avesse avuto davanti quel bastardo in quel momento... non si sarebbe certo tenuto a freno. Un pugno dritto sul naso non gliel'avrebbe tolto nessuno.

E Roxy?

Roxy lo aveva deluso, di nuovo.

Si voltò verso il giornale e lo appallottolò, veloce.

«Cazzo!» lo prese e lo scagliò contro il muro, con una rabbia che gli stava divorando lo stomaco.

Ora voleva proprio vedere come diavolo gli avrebbe spiegato tutto questo sua moglie.

17.

Quando Roxy rientrò a casa, quella sera, le sembrava di avere tutto il mondo sulle spalle.

Aprì la porta e la richiuse subito, come per provare ad alleggerire quel peso, ma fu inutile. Il silenzio che c'era in quell'appartamento vuoto non la aiutava di certo e la mancanza di Ray la schiacciava al suolo.

Fece un profondo sospiro, appoggiò la borsa sul tavolino d'ingresso e si sfilò subito le scarpe, camminando poi verso la cucina.

Aprì il frigorifero, ma in realtà non aveva nemmeno fame. Guardò all'interno cosa c'era e niente risvegliava il suo stomaco: verdure, formaggi, persino del bacon e delle uova, che altro non fecero che ricordarle la colazione che le aveva cucinato lui.

Fece una smorfia e richiuse lo sportello.

L'unica cosa di cui aveva voglia in quel momento era un bagno caldo, quindi tornò sui suoi passi e andò verso il bagno. Prese il cellulare, voleva provare a vedere se Ray si era liberato.

Aveva tentato diverse volte di chiamarlo, sia sul cellulare che in ospedale, ma nulla di fatto: il cellulare sempre spento, al centralino del pronto soccorso le avevano risposto che era sempre impegnato.

Mary le aveva riferito il suo messaggio, quindi non era preoccupata, ma sentiva la mancanza della sua voce, della sua presenza e delle sue braccia intorno a lei. Quelle braccia che sapevano proteggerla, confortarla e tenerla al sicuro da tutto quell'orrore che la circondava.

Mentre aprì l'acqua della vasca ripensò alla povera Marie Fisher, in quel momento era probabile che fosse nelle mani di quello sporco assassino. I ragazzi dell'FBI e della polizia la stavano cercando ovunque, ma ancora nulla di fatto. Le avevano garantito che se avessero avuto novità l'avrebbero chiamata anche nel cuore della notte.

Guardò il cellulare: nessuna chiamata al momento e nessun messaggio, quindi andò in camera da letto per spogliarsi. Provò di nuovo a chiamare Ray, ma il suo cellulare risultava ancora spento. Decise di non provare di nuovo in pronto soccorso, era certa che quando si fosse liberato l'avrebbe chiamata lui di sicuro.

Appoggiò il telefono sul comodino e lo mise sotto carica, alzando il volume della suoneria, nel caso qualcuno provasse a contattarla. Si spogliò, prese la biancheria intima pulita, un paio di pantaloncini e una canotta e si avviò in bagno.

Si sedette sul bordo della vasca, immerse una mano nell'acqua per controllare la temperatura. Era perfetta. Vi versò all'interno una dose abbondante di bagnoschiuma al sandalo e attese che fu colma, poi vi si immerse.

Chiuse gli occhi, piegando la testa all'indietro e appoggiando la nuca sul bordo. Il calore dell'acqua le penetrava la pelle, ammorbidendo le sue membra tese e indolenzite. Era una sensazione dolce, piacevole, le faceva quasi dimenticare tutto quello che era accaduto quel giorno e la rilassava come se la stesse cullando.

In quel preciso istante il suo telefono squillò, riportandola alla realtà.

Spalancò gli occhi e uscì dalla vasca, si circondò il corpo umido e arrossato con un telo morbido e corse in camera, prendendo subito l'apparecchio per rispondere.

Quando vide chi era, un brivido gelido le attraversò la schiena: immaginava già cosa le avrebbe detto.

Steve.

«Pronto?» La sua voce tremava, in attesa.

«Roxy.» Quella di Steve era bassa, lugubre. «Brutte notizie.»

«Mio Dio... dimmi.»

«L'hanno trovata. Avvolta nel lenzuolo bianco, solito rituale. Era fuori città, in una zona isolata. Sulla sponda del lago.»

Lei si mise una mano sulla bocca, chiuse gli occhi.

«Mi dispiace... mi ha appena chiamato l'agente Murphy, vista l'ora non ha voluto disturbare te.»

«Certo.» Lei scosse la testa, angosciata.

«Domattina ci aspetta il coroner, ci vediamo in ufficio e andremo là insieme a Mark, siamo già d'accordo.»

«Va bene, a domani allora.» Non riuscì a proseguire la conversazione, non ne aveva la forza.

«A domani. Cerca di dormire, se puoi.» Lui si schiarì la voce. «Almeno tu.»

Steve riattaccò, interrompendo la comunicazione.

Entrambi erano sconvolti, sapevano che erano a un soffio dallo scoprire l'identità del killer e non erano arrivati in tempo nemmeno quella volta. Si sentivano colpevoli della morte di quella ragazza, come se fossero stati *complici* di quel bastardo.

Roxy appoggiò il cellulare sul comodino, le gambe non la ressero più. Si lasciò cadere sul letto, seduta. Si piegò in avanti e si coprì il volto con le mani, scoppiando in un pianto a dirotto.

Si sentiva inutile.

Sola.

Avrebbe voluto Ray al suo fianco in quel momento, ma lui non c'era e non riusciva nemmeno a raggiungerlo.

Si sentiva distante da lui.

Di nuovo.

Quando Ray rientrò a casa quella mattina, era certo di non trovarla.

Finito il turno aveva girato per le strade di Chicago con lentezza, per darle tempo di uscire.

Era troppo arrabbiato, troppo deluso e non voleva parlarle. Non ora.

Soprattutto dopo che aveva sentito il notiziario alla radio, dove dicevano che il killer aveva colpito di nuovo. Aveva acceso il telefono e gli erano arrivati tutti gli avvisi di chiamata di lei dalla sera precedente. Lo aveva cercato, forse anche lei aveva visto il giornale e aveva di sicuro intuito quanto lui fosse infuriato.

Poi, sul tardi, gli aveva inviato un messaggio, dove lo avvisava di quanto accaduto e lo informava che la mattina seguente sarebbe uscita presto. Freddo e conciso.

Si richiuse la porta alle spalle, posò il telefono e le chiavi sul tavolino e andò in cucina per accendere la macchina del caffè. Aprì il frigorifero, esaminandolo con attenzione. Fece una smorfia: Roxy non aveva mangiato nulla la sera prima. Era tutto intatto, come lui l'aveva lasciato.

Lo richiuse piano, pensieroso.

Forse era stato troppo duro con lei, forse era un momento in cui certe cose *non andavano chiarite.* C'era ben di peggio da affrontare, ora.

Quella povera ragazza aveva ricevuto qualcosa di *peggio* di una menzogna o un tradimento.

Sorrise mesto, andò in camera a spogliarsi e rifletté sul da farsi.

Innanzitutto gli serviva una bella dormita, poi avrebbe deciso come e quando affrontare Roxy.

Ma prima o poi avrebbe dovuto farlo.

«Notizie da Malcom Finney?» Roxy guardò Steve che, seduto al suo fianco nell'ufficio di Mark, fissava il vuoto pensieroso.

«No, nessuna...» si voltò verso di lei, parlando sottovoce per non disturbare Mark che stava finendo una telefonata. «Ho provato a contattarlo questa mattina mentre venivo in ufficio, ma niente. Telefono irraggiungibile.»

Lei fece una smorfia.

«Ottimo, Bryan. Ci vedremo direttamente all'obitorio, allora. Facciamo tra circa mezz'ora?» Mark fece una pausa, guardando entrambi i suoi collaboratori negli occhi. «Perfetto. A tra poco, allora. Ciao.» Riattaccò il telefono e si alzò subito in piedi, esortandoli a fare altrettanto con un gesto della mano. «Andiamo, il medico legale ci aspetta. Hanno terminato l'autopsia, l'agente Murphy è già sul posto, Bryan ci raggiungerà direttamente là.»

Roxy e Steve si alzarono in piedi seguendolo fuori, ma lei si fermò un attimo da Mary, lasciandoli andare avanti.

«Mary, se chiama Ray avvisami.» Si sporse verso di lei, parlando sottovoce. «Non riesco a parlargli da ieri sera, non so cosa sia accaduto, temo che...»

«Roxy, non volevo fartelo vedere, visto il momento... ma credo che il motivo sia questo.» Con un'espressione mesta si chinò e aprì un cassetto, sfilando un giornale e mettendoglielo davanti sul tavolo.

Era la copia del Chicago Tribune del giorno precedente. Non appena Roxy lesse il titolo e vide le fotografie impallidì all'istante.

Pensò subito che se c'era una persona stupida e idiota sulla terra, quella era lei.

Ma come aveva potuto mentirgli su quella collana, come aveva potuto? Scosse la testa, rassegnata. Stavolta non sapeva proprio come avrebbe fatto a giustificarsi.

«Mi dispiace, io non volevo mostrartela, ma...»

«Mary, hai fatto bene.» Si drizzò con la schiena, cercando di mostrare una sicurezza e un autocontrollo che in quel momento non aveva affatto. «Almeno ora conosco il perché del suo comportamento.»

Mary la guardò dispiaciuta, Roxy le sorrise.

«Grazie. Ci vediamo più tardi...» si voltò e si allontanò in fretta, cercando di mantenere la calma. Non bastava quello che le stava succedendo sul lavoro, ora anche la sua vita personale rischiava di crollare. Non poteva permetterlo, doveva prendere in mano la situazione.

Raggiunse Mark e Steve che l'aspettavano davanti all'ascensore, già in attesa e con le porte aperte. Scivolò dentro con loro mentre Steve la guardava preoccupato e la accompagnava con una mano appoggiata sulla schiena.

«Tutto bene?» Aggrottò le sopracciglia mentre la osservava. Era trafelata, aveva una strana luce angosciata negli occhi.

«Sì, tutto bene...» lei annuì, abbassando poi subito lo sguardo sul pavimento.

Lui serrò le labbra poco convinto. Ebbe l'impressione che lei stesse mentendo e più tardi avrebbe cercato di approfondire.

Arrivarono presto nel parcheggio sotterraneo, con l'auto di Steve andarono tutti e tre all'obitorio. Lui guidò nel traffico con maestria e in poco tempo giunsero a destinazione, trovando subito Bryan Powell che li aspettava sull'ingresso. Scesero dall'auto e gli andarono incontro, entrando tutti insieme.

«Eccoci qui di nuovo, purtroppo...» lo psichiatra li guardò tutti, salutandoli con un gesto del capo.

«Già. E secondo i dati in nostro possesso... credo che avremo solo un'altra possibilità, dopo di che tutto sarà perduto.» Mark si voltò a guardarlo mentre a grandi passi si avviavano verso le stanze delle autopsie. «Dobbiamo prenderlo ora, non possiamo perdere altro tempo, Bryan.»

«Lo so. Ma a questo punto... per riuscire a prenderlo... lui dovrebbe commettere un errore e credetemi, sarà quasi impossibile che accada.»

«Siamo in possesso di informazioni che potrebbero avvicinarci a lui, Bryan». Steve intervenne nella conversazione. «Attendiamo ulteriori sviluppi, abbiamo un informatore che potrebbe fornirci nome e cognome del nostro killer.»

«Non lo sapevo.» Bryan si fermò, guardandolo curioso.

Erano giunti a destinazione, Mark aprì la porta e fece segno a tutti di entrare.

«È una novità emersa da poco, dopo ti aggiorneremo.» Steve lo guardò serio, poi entrarono tutti all'interno della fredda stanza dove la dottoressa Alisya Cronwell li attendeva.

Li accolse insieme all'agente Murphy che era già sul posto.

Il silenzio ovattato che regnava in quell'ambiente li avvolgeva, l'odore caratteristico che riempiva le loro narici era ormai come un dolore che li accompagnava sempre.

Il corpo di Marie Fisher, completamente nudo e già esaminato in modo accurato, era davanti a loro, sul suo giaciglio d'acciaio.

«Buongiorno, anche se per me non lo è di certo.» La dottoressa Cronwell fece un sorriso amaro a tutti i presenti che la osservavano incuriositi. «Devo ancora andare a dormire, ho passato la notte in bianco, qui dentro, a esaminare il corpo della povera Marie.»

Gli sguardi di tutti percorsero il corpo della vittima, esaminando ogni piccolo dettaglio.

I lividi ai polsi e alle caviglie, quelli sulle cosce.

Quelli scuri, sul collo.

La lettera *B*, incisa sul suo giovane petto.

Il pallore di morte che aveva sul viso, le labbra violacee.

«Niente di nuovo nel modus operandi?» Bryan intervenne subito, voleva capire se era cambiato qualcosa. «Noto dei lividi maggiori, rispetto alle volte precedenti. O sbaglio?»

«Non sbagli, Bryan.» Alisya prese tra le dita un polso della ragazza, indicandoglielo. «Come vedi è stata legata più stretta, rispetto alle altre.»

«Forse temeva fuggisse?» Roxy azzardò l'ipotesi.

«O forse sta diventando più violento.» Bryan guardò la dottoressa in viso, serio. «Anche i lividi sulle cosce sono più marcati.»

«Esatto...» lei annuì. «... ho esaminato il corpo con cura e l'atto sessuale è stato molto violento. Più del solito.»

Bryan annuì, pensieroso.

«E ha commesso un errore, questa volta.» Alisya li guardò con un sorriso, agitando una busta trasparente con all'interno il bocciolo di rosa nera, ormai quasi del tutto sfogliato. «Presto avremo il suo DNA.»

«Cosa?» Mark saltò sull'attenti, quasi insieme agli altri. «Com'è possibile?»

«Con ogni probabilità, nel reciderlo si è ferito. Il bocciolo era piuttosto ricco e i petali stretti. Non si è accorto che una sua goccia di sangue è finita dentro il fiore e si è intrufolata in profondità. Quando ha immerso la rosa nell'inchiostro la goccia si era ormai seccata ed è rimasta lì, come in attesa.»

«In attesa di essere scoperta da noi.» L'agente Murphy si fece avanti, con un sorriso soddisfatto. «Quelli della scientifica lo stanno già esaminando, siamo tutti al lavoro. Vi giuro che lo prenderemo, questa volta.»

«Sempre che il suo DNA sia nel database...» la voce di Steve era gelida, anche se decisa. «Ma non perdiamoci d'animo, almeno una cosa è certa: avremo informazioni su di lui.»

«Sì, le avremo.» Alisya annuì decisa. «E nel giro di qualche giorno.»

«Se non sarà nel database?» Roxy era preoccupata, anche in possesso di quel dato non era sicuro che lo avrebbero trovato.

«Se non ci sarà... allora batteremo a tappeto tutti i posti che lei frequentava...» l'agente Murphy incrociò le braccia al petto e alzò il mento, deciso. «La scuola, ogni locale. Il giardino dietro casa, il cinema dove era solita andare, la piscina o la palestra che frequentava.»

Roxy iniziò a pensare, la mente le girava in maniera vorticosa. Si concentrò su tutte le vittime, su quello che avevano in comune.

Età, religione, forse gusti. Studi.

Erano studentesse.

Fu un lampo.

«La biblioteca...» le uscì senza pensarci troppo, come se stesse riflettendo ad alta voce.

Tutti si voltarono verso di lei, Steve spalancò la bocca.

«Cazzo.» La guardò, quasi estasiato. «Hai ragione, sono tutte studentesse. Oltre ad andare al parco a studiare frequentano con ogni probabilità una biblioteca di Chicago.»

«Già...» lei annuì, mentre uno spiraglio di luce si apriva davanti a loro.

«Sì, ma dobbiamo aspettare.» L'agente Murphy intervenne. «Se iniziamo a prelevare campioni al personale di tutte le biblioteche di Chicago ora, rischiamo che lui si dia alla fuga prima del tempo. Dobbiamo prima avere in mano il risultato del DNA e in seguito battere a tappeto tutte le strutture.»

«Nel frattempo...» Mark si voltò verso di loro. «... cercate di scoprire dai familiari delle vittime in che biblioteca si recavano le ragazze a studiare o a fare ricerche e tu, Steve, fai lo stesso lavoro su Washington. Una volta individuate, facciamo subito una ricerca tra il personale, per capire se abbiamo un dipendente che ha lavorato in entrambe.»

«Sì.» Steve annuì deciso, era elettrizzato.

Non si trattava più di ipotesi, ora c'erano dei dati certi.

C'era il DNA dell'assassino, c'era forse un'ipotesi di ricerca più approfondita. Erano vicini, se lo sentiva. E non resisteva più, voleva andare subito a indagare.

«Che aspettiamo, allora?» Si rivolse a Mark, poi guardò Roxy, che gli stava sorridendo.

L'avrebbe presa tra le braccia e baciata, anche davanti a tutti. Era stata lei ad avere l'intuizione, lei a dare una svolta alle indagini.

Come sempre.

«Certo, andiamo.» La voce di Mark arrivò decisa, salutarono tutti e si avviarono veloci verso l'uscita, oltrepassandola e trovandosi in strada.

«Tenetemi aggiornato, per favore.» Bryan si schiarì la voce nervoso. «Sta diventando pericoloso, è probabile che senta la pressione dei media o dell'FBI e temo che faccia qualcosa di terribile.»

«Non mancheremo, tranquillo.» Mark si voltò a dargli la mano, gliela strinse con forza. «A presto, Bryan.»

«A presto.» Li salutò e li guardò andarsene tutti e tre mentre salivano in auto.

Si infilò le mani in tasca, pensieroso. Il nome *ABRAHAM* era quasi completato e mancava proprio quella lettera, la *R*. Strinse gli occhi guardando Roxy salire sull'auto, in tutta la sua bellezza.

Che fosse solo una coincidenza?

O il killer aveva *scelto* di tenere proprio quella lettera per ultima?

L'agente Murphy arrivò proprio in quel momento al suo fianco, si accese una sigaretta e respirò una boccata di fumo con lentezza. Si voltò verso Bryan, notando che era assorto.

«Tutto bene, dottore?»

«Diciamo di sì, agente Murphy.»

«Che succede?»

«Non so, un'intuizione forse. Istinto. Ma spero di sbagliarmi.»

«Ho qualcosa, Steve.» Roxy entrò a passo deciso nel suo ufficio. «Sono riuscita a parlare con i genitori di tre delle vittime di Chicago. Tutte e tre frequentavano la Harold Washington Library.»

«Come mai non ce ne siamo accorti prima?» Lui si appoggiò allo schienale della poltrona, guardandola perplesso. Avevano analizzato tutti gli indizi, studiato le loro abitudini, tutto. Come era potuto sfuggire un dato del genere?

«Perché solo una di loro aveva una regolare tessera.» Roxy si sedette davanti a lui, accavallò le gambe in posizione rilassata. «Le altre due, no. Frequentavano la biblioteca in modo occasionale solo per fare ricerche, è probabile che il nostro killer le abbia adescate lì e poi abbia stretto una specie di amicizia con loro.»

«Forse notava particolari che le riguardavano. Quello che leggevano, i reparti della biblioteca dove effettuavano ricerche. Qualcosa nel loro aspetto...» lui si drizzò, aprendo un file nel sistema. «Sai, ho notato una cosa. Tutte le vittime non avevano gioielli. Mi sono permesso di contattare i genitori di Marie, anche se è appena successo. Mi sono scusato con loro, ma più di chiunque altro credo che in questo momento vogliano che si trovi l'assassino.»

«E quindi?»

«Mi hanno confermato che Marie portava una collana con un piccolo crocifisso d'oro bianco. Era della nonna.»

«Dici che il nostro killer...»

«Guarda i loro gioielli, forse. Catene o anelli, che facciano intuire il loro essere cattoliche. Poi le avvicina, attacca discorso e fa amicizia. In questo modo conosce le loro abitudini, o forse le segue.»

«E poi di questi gioielli ne fa dei... *trofei*?» Roxy inorridì al solo pensiero.

«È probabile.» Steve si schiarì la voce. «Ho anche delle novità da Washington. Ho parlato con i genitori di due delle vittime, finora.»

«Che hai scoperto?»

«Entrambe frequentavano la Library of Congress di Washington.» Fece una smorfia nervosa. «E non mi serve chiedere ad altri, fidati. Ricordo alla perfezione che tutte le vittime la frequentavano.»

«E perché non avete indagato, allora?» Roxy lo guardò stupefatta. Aveva appena puntato il dito contro la Procura di Chicago pochi minuti prima e ora scopriva che anche loro avevano commesso lo stesso errore.

«Perché la maggior parte degli abitanti di Washington la frequenta, Roxy. Non lo avevamo ritenuto un indizio degno di nota, allora.»

«Capisco.» Roxy sorrise appena. «In più dopo la sesta vittima sparì, quindi...»

«Già.» Steve si rabbuiò.

«Ma ora siamo vicini a lui, Steve. Sento che possiamo farcela, lo troveremo.» gli sorrise, tentando di riportare il buonumore tra loro.

«Sì, ho anch'io questa sensazione. E tutto grazie a te, Roxy.»

«Grazie a *noi*. Non dimenticare che stiamo lavorando insieme.»

«Sì, ma l'intuizione è stata tua, anche questa volta.» La guardò, con un'espressione indecifrabile «Vorrei sdebitarmi.»

Lei avvertì un tuffo al cuore. «In che senso, Steve?»

«Vorrei invitarti fuori a cena. Una cena di lavoro, credimi.» Alzò le mani, come per rassicurarla sul fatto che fosse un gesto innocente. «Un modo per sdebitarmi e per celebrare i nuovi indizi che sono emersi.»

Lei abbassò lo sguardo, pensierosa.

Non era proprio il caso, no. Soprattutto dopo che aveva visto la copia del Chicago Tribune del giorno precedente. Dopo il ritrovamento del cadavere della povera Marie e tutte queste svolte che si stavano succedendo l'una dopo l'altra, certo, anche lei avrebbe avuto bisogno di uno stacco.

Invece l'aspettava una lite furibonda con Ray, una volta giunta a casa.

Alzò gli occhi, lo guardò dispiaciuta.

«Mi dispiace, Steve. Non posso.»

«Lo immaginavo.» Lui annuì, con un sorriso stanco. «Ma io andrò comunque a cena fuori stasera. Ho voglia di un buon vino e di cucina italiana e in più non mi va di chiudermi in hotel come al solito.»

Nemmeno a lei andava di andare incontro alla serata che l'aspettava, ma purtroppo doveva farlo. Si alzò in piedi, lo guardò con dolcezza.

«Buona serata, allora.»

«Che sia bella anche la tua, Roxy.» Lui le sorrise mentre la osservava voltargli le spalle e uscire dal suo ufficio.

Il sorriso gli morì all'istante sulle labbra, non appena lei scomparve dalla sua vista.

Non aveva nessuna intenzione di gettare la spugna proprio in quel momento: l'aveva osservata, aveva intuito che c'era qualcosa che non andava e voleva giocarsi il tutto per tutto.

Dentro di lui era certo che questa volta l'avrebbe spuntata.

Prese il cellulare e senza attendere oltre le inviò un messaggio.

STEVE: Sicura che non ti andrebbe un piatto di fettuccine agli scampi, stasera? Vino ottimo, compagnia piacevole. Non puoi rifiutare.

La risposta tardò pochi secondi.

ROXY: Non posso, davvero.

STEVE: Però ti piacerebbe...dimmi la verità.

Steve attese qualche minuto, che sembrò eterno. La risposta di lei gli fece ribollire il sangue.

ROXY: Sì.

Non appena premette il tasto invio, Roxy si pentì subito, ma ormai il danno era fatto.

La verità non era che voleva uscire con *lui*, la verità era che voleva fuggire da *Ray*.

Era troppo, tutto.

La pressione, la stanchezza.

La prospettiva di un litigio.

Il senso del dovere verso il lavoro, verso la famiglia.

La voglia e il bisogno di evasione, di stacco da tutto...e tutti.

Fece un lungo sospiro e guardò l'orologio, alla fine si era fatto tardi. Anche se avesse atteso ancora, quel momento sarebbe arrivato comunque e non serviva a nulla rimandare.

Meglio affrontare subito suo marito e cercare di chiarire, anche se la vedeva difficile questa volta.

Prese la borsa, salutò Mary e fece capolino nell'ufficio di Steve.

«Scusami, io vado a casa.»

Lui alzò la testa dalle sue carte perplesso. Guardò l'orologio, era piuttosto tardi, ma gli uffici brulicavano ancora di persone.

«Tutto bene?» La osservò, studiando il suo aspetto: era tesa, sembrava nervosa.

«Sì, tutto bene. Sono solo un po' stanca, la giornata mi ha provato un po'...» gli sorrise, facendo un cenno con la mano per salutarlo. «A domani, Steve.»

«A domani...» la guardò mentre si allontanava da lui. Il commento gli uscì sottovoce, mesto. «O a più tardi, speriamo.»

Roxy non lo sentì, quando lui lo pronunciò era arrivata già agli ascensori, a passo spedito. Aveva pensato di nuovo al suo invito e proprio per questo si era allontanata per mettere più distanza possibile tra loro.

Salì in ascensore, cercando di dimenticarlo.

Arrivò al parcheggio e salì in auto, provandoci di nuovo.

Ma quella tentazione era sempre lì, nella sua testa.

Non voleva andarsene.

Arrivò a casa e vide di nuovo la ressa dei giornalisti, accalcati vicino all'ingresso del parcheggio che scattavano foto e l'abbagliavano con i continui flash. Entrò a tutta velocità all'interno del sotterraneo, le guardie la salutarono e richiusero subito la sbarra.

Parcheggiò l'auto, come un automa scese e sentì il telefono suonare, di nuovo.

Lo estrasse dalla borsa con le mani tremanti e quando lesse il messaggio non poté fare a meno di sorridere.

STEVE: Altrimenti fettuccine al ragù e filetto alla griglia. Una bottiglia di Chianti e magari un dolce al cioccolato.

Gli rispose subito.

ROXY: Smettila.

STEVE: Ti sto tentando, lo so. Dimmi la verità.

ROXY: Non posso...

Lei rimase ad attendere una risposta che non arrivò. Quasi delusa, rimise il cellulare nella borsa e iniziò a camminare, avviandosi verso l'ascensore. Una volta salita non poté fare a meno di pensare cos'era successo lì dentro con Ray, solo poco tempo prima.

Sembrava fosse passata un'eternità.

Arrivata al piano aprì la porta e la richiuse subito alle sue spalle.

Il silenzio l'avvolse, il buio la ammutolì.

Sentì un rumore provenire dalla camera da letto. Si voltò e vide uscire Ray, che la osservava truce.

«Bentornata.»

«Grazie.» Appoggiò la borsa a fianco e lo guardò, in attesa.

«Penso che noi due dovremmo finalmente parlare, non credi?» Lui si schiarì la voce, si infilò le mani in tasca e la osservò serio. «So che hai avuto una giornata pesante, so tutto quello che è successo. Ho visto il notiziario e letto i giornali.»

«Sì... l'ho avuta...» in cuor suo lei sperò che suo marito rinunciasse ad affrontare l'argomento, ma a malincuore capì che non era affatto così.

«Purtroppo per te ho letto anche i giornali di ieri...» la sua voce era gelida, ma nonostante quello sotto sotto si sentiva la rabbia. Una rabbia che lo stava divorando.

«Ray, ti prego...» avanzò verso di lui, facendo un passo timoroso. Lui si allontanò.

«Ti prego un cazzo, Roxy.» Aveva un'espressione disgustata sul volto. «Mi hai mentito. Non ci sono scuse, non ci sono giustificazioni. Il tuo lavoro, il mio, il bambino che io vorrei e tu no... non c'è più nulla a cui puoi aggrapparti. Questa è tutta un'altra storia.»

«Hai ragione, non ho scuse.»

«Perché l'hai fatto?» Lui scosse la testa, amareggiato. «Perché mi hai mentito, si può sapere? Non è mai accaduto prima d'ora, mai.»

«Non lo so.»

«Scusa?» Ray alzò la voce. «*Non lo sai*?»

«Forse avevo paura di una tua reazione esagerata! Lui non conta niente, Ray, quella stupida collana non conta niente, va bene?» Sentì le lacrime salirle agli occhi, stava cedendo, stava crollando. «E avevo ragione, guardati!»

«Roxy! Se tu mi avessi detto la verità a tempo debito, io non starei così ora! Ma non capisci? Sono *infuriato* perché mi hai mentito, non perché quel coglione ti ha regalato una cazzo di collana!» Si mise le mani nei capelli, poi la lasciò lì, avviandosi in salone.

Lei si tolse le scarpe e lo seguì, raggiungendolo subito. Si era fermato davanti alla finestra, appoggiandosi con le mani sul bordo del davanzale. Respirava in modo affannoso, si vedeva che era in uno stato spaventoso.

«Ray, davvero, non conta nulla.»

Lui si voltò di scatto, facendola sobbalzare.

«E allora perché la porti ancora al collo, si può sapere?» I suoi occhi erano fiammeggianti, la vena sul collo era gonfia e pulsava, Roxy non lo aveva mai visto così.

Con un gesto secco se la tolse, corse in cucina e la gettò nell'immondizia.

«Va bene così? Sei contento, ora?» Alzò la voce, tornando verso di lui. «Sono stata una stupida, ho sbagliato, d'accordo? Ti ho mentito per paura di ferirti, non pensando alle conseguenze...

ma ti giuro, Ray, non avrei mai voluto arrivare a tutto questo. Io amo te, non mi importa nulla di lui, credimi!»

«Beh, avresti dovuto pensarci prima.» La guardò serio. «Sai cosa mi ha fatto davvero tanto male, Roxy? È che mi hai mentito e l'hai fatto con una tale facilità... che non ho potuto fare a meno di chiedermi quante altre volte sia successo.»

Lei si sentì gelare.

«Ray, non l'ho mai fatto, prima. Te lo giuro.» Lo guardò sconvolta. Se veniva a mancare la fiducia, tra loro, veniva a mancare tutto.

«Me lo *giuri*?» Le fece un sorriso ironico. «Pensi che questo cambi qualcosa?»

Lo guardò a bocca aperta, non poteva credere alle sue parole.

«Roxy.» Lui serrò le labbra, camminando verso di lei. La sua voce era bassa, calma. Fu questo a spaventarla davvero. «Mi hai guardato negli occhi, dicendomi che l'avevi comprata da un ambulante. E invece te l'aveva regalata *lui*. Dimmi...cosa posso pensare, io, ora?»

«Devi pensare che sono tua moglie, Ray. E che ho sbagliato e ti chiedo di perdonarmi.» Lo guardò a lungo, specchiandosi nei suoi gelidi occhi azzurri. «Ti prometto che non accadrà più.»

Lui fece un sorriso appena accennato, sbuffando con il naso. Scosse la testa, poi senza dirle nulla si avviò in camera, lasciandola lì da sola.

Lei sbatté gli occhi più volte, poi a grandi passi lo raggiunse subito. «Ray.»

«Basta, Roxy. Non voglio più parlarne.» Iniziò a sfilarsi i pantaloni della tuta e la maglietta, rimanendo in boxer. «Me ne vado a letto.»

«Questo è il tuo modo per affrontare la cosa? Questa è la *tua risposta*?» Ora fu lei ad alzare la voce, raggiungendolo a fianco del letto. «Che significa *non voglio più parlarne*?»

«Significa quello che ho detto!» Si voltò verso di lei, furente. «Non riesco a crederti, va bene? È questo che vuoi sentirti dire?»

«Non riesci a credermi?» Si sentì mancare.

«No...» si chinò a spostare le coperte, voltandole le spalle. «Non riesco a crederti.»

«Guardami in faccia, quando mi dici certe cose, Ray.» Roxy lo esortò a voltarsi, voleva guardarlo negli occhi.

Lui lo fece con lentezza e quando i suoi occhi incontrarono quelli della moglie erano ghiaccio puro.

«A me non serve guardarti in faccia, Roxy. Io non ti ho mai mentito.»

Le sue parole furono come una doccia gelata per lei. Lo guardò voltarsi di nuovo e stendersi a letto, in quel momento capì che il terribile errore che aveva commesso aveva segnato il loro rapporto.

Si era rotto qualcosa ed era qualcosa di molto grave.

Ma lei non aveva la forza di affrontare una cosa del genere, non in quel momento.

Non in quel momento in cui aveva tante altre cose da affrontare, troppe.

Il suono del cellulare le scosse le membra, risvegliandola da un senso di torpore che la stava immobilizzando. Si voltò e andò nell'ingresso, prese la borsetta ed estrasse il telefono. La bustina dei messaggi lampeggiava. Con un gesto del pollice aprì il menù.

STEVE: Alle otto, ristorante "La Pergola". Ho riservato un tavolo per due, nascosto. Io ti aspetterò anche tutta la notte, se vorrai venire.

Fece un profondo sospiro.

Il suo dito non voleva muoversi, non voleva mandare quel messaggio.

Ma la verità era che ne aveva abbastanza.

Di Ray, della sua gelosia.

Del bambino che ancora una volta le aveva rinfacciato.

Del suo lavoro che la stava risucchiando.

Di quell'appartamento, sempre buio, vuoto e silenzioso.

Di Steve. Dello sforzo continuo che faceva ogni giorno, per soffocare le emozioni che lui le scatenava.

Smise di pensare.

Agì.

ROXY: Ci sarò.

Chiuse il telefono e lo rimise nella borsa.

Come mossa da uno stato febbrile andò in camera, si diresse verso la cabina armadio e accese la luce. Fece scorrere i vestiti, uno a uno, finché trovò quello che le sembrava più adatto. Lo appese, ammirandolo in tutta la sua bellezza, poi scelse le scarpe, sistemandole sotto.

Aprì un cassetto e prese un completo intimo in pizzo nero, un paio di autoreggenti e si avviò verso il bagno, richiudendosi subito la porta alle spalle.

Ray la osservò con la coda dell'occhio compiere tutto quanto, poi non appena sentì scattare la serratura si alzò in piedi e raggiunse la cabina armadio.

Entrò e quando vide il vestito appeso digrignò i denti.

Conosceva bene quell'abito, era uno dei preferiti di Roxy.

Era un tubino nero corto, in pizzo, senza spalline. La parte sotto, coprente, le arrivava a metà coscia, mentre il pizzo proseguiva fino ad appena sopra il ginocchio.

Abbassò lo sguardo e vide un paio di scarpe in vernice nera, con il tacco a spillo.

Fece un sorriso sarcastico.

A grandi passi andò verso la sua borsetta ed estrasse il suo cellulare. Non aveva mai sentito il bisogno fino a quel momento di controllarla, ma ora doveva farlo.

Inserì il pin e controllò l'ultimo messaggio arrivato, per poco non sbatté il telefono contro il muro quando vide che era di quel bastardo. Ma la cosa peggiore era che lei aveva accettato. Lesse i precedenti, la tampinava da ore.

E lei alla fine aveva ceduto.

Rimise il cellulare nella sua borsa, doveva mantenere la calma.

Passeggiò lungo il corridoio, poi quando sentì l'acqua della doccia chiudersi tornò a coricarsi a letto, facendo finta di nulla.

La porta si aprì, Roxy uscì avvolta in un asciugamano, i capelli umidi pettinati indietro. Andò nella cabina armadio per prendere l'abito e le scarpe, aprì il portagioie e prese un paio di piccoli orecchini con brillanti.

Scivolò in bagno senza far rumore e mentre si metteva l'eyeliner, il mascara e il rossetto rosso continuò a chiedersi che diavolo stava facendo.

Si infilò il reggiseno senza spalline in pizzo nero, il perizoma coordinato e le autoreggenti, continuando a chiederselo.

Si asciugò i capelli, ripetendosi che era ancora in tempo, che poteva fermarsi. Non era troppo tardi.

Ma le sue mani andavano avanti da sole, il suo corpo si muoveva.

Come se quella sera si fosse staccato dalla mente.

Come se non fosse più padrona di quello che faceva, come se non avesse più freni.

Si infilò il vestito e le scarpe, poi si guardò allo specchio.

Sei ancora in tempo, Roxy. Fermati. Se esci da quella porta non tornerai più indietro.

Deglutì, ripensando a tutto quello che era accaduto quel giorno.

Senza riflettere uscì dal bagno, trovando Ray seduto sul letto che la guardava nella penombra.

Aveva le braccia incrociate, serio.

La studiò da capo a piedi, soffermandosi sul suo volto e guardandola negli occhi.

«Dove vai?» La sua voce era grave. Quasi accusatoria.

«Esco...» lei tremò appena.

«E con chi?» Un angolo delle labbra di lui si curvò verso l'alto, in attesa.

«Con le ragazze.»

Quella frase fu come una mazzata, per Ray. La guardò a lungo, come in attesa di un ripensamento, come sperando che finisse tutta quella farsa. Non faceva parte di loro, non stava accadendo davvero.

«Divertiti.» Fu l'unica parola che riuscì a dire, anche se avrebbe voluto fermarla. Ma a questo punto era lei che si doveva scontrare con le sue scelte. Spettava solo a lei, *scegliere*.

«Buonanotte, Ray.» Si voltò, prese la borsa e mise la mano sulla maniglia della porta. Attese, sperando di sentire la voce di lui che cancellasse tutto. Ma non ci fu nulla. Solo il silenzio la accompagnò mentre apriva la porta e la richiudeva alle sue spalle.

Il rumore sordo fece scattare in piedi Ray, che si infilò un paio di jeans e una maglietta. Si mise le scarpe, prese il portafogli, il cellulare e le chiavi della macchina.

Attese una decina di minuti, in modo da darle vantaggio.

Voleva giungere indisturbato, scegliere il posto migliore per osservare quello che sarebbe accaduto.

Guardò l'orologio.

Era giunto il momento di andare, aveva un appuntamento.

Ristorante "La Pergola", alle otto.

Non poteva certo mancare.

18.

Non appena Roxy entrò nel locale l'atmosfera calda dell'Italia l'avvolse.

Il personale sorridente e gentile la guidò subito al suo tavolo, una musica dolce in sottofondo l'accompagnò mentre percorreva i passi che la separavano da Steve.

Le luci erano soffuse, i colori caldi.

Il locale era molto lussuoso: cristalli e argenteria risplendevano su tavoli appartati, illuminati solo da poche candele e con rose rosse al centro. Tovaglie di lino bordeaux e coprimacchia panna completavano il tutto, legno e velluto ricoprivano le comode poltroncine destinate ai commensali.

Quando incrociò lo sguardo di Steve rimase ammaliata dalla sua bellezza: indossava un completo grigio scuro, camicia chiara e cravatta grigio perla. Insieme alla sua carnagione olivastra, al pizzetto argenteo, ai capelli brizzolati e agli occhi azzurri era una combinazione da capogiro.

Non appena la vide le rivolse un sorriso smagliante e si alzò in piedi, porgendole la mano con il palmo rivolto verso l'alto. Roxy posò la sua, esile, in quella di lui, grande e forte.

«Sei un incanto...» la attirò a sé con dolcezza, posandole un leggero bacio sulla guancia. «Accomodati.»

Roxy si voltò verso il loro tavolo, rotondo e ben apparecchiato. Un unico divano era su un lato, i piatti erano vicini.

Si sarebbe dovuta sedere lì, al suo fianco.

Deglutì, fece un passo e scivolò sul velluto, accomodandosi.

Lui le si sedette subito accanto, voltandosi a osservarla estasiato.

Il vestito di pizzo nero le fasciava il corpo, i capelli le ricadevano morbidi sulle spalle.

Quelle labbra rosse attendevano solo di essere baciate.

Sorrise nervoso, giocherellando con il bicchiere di cristallo.

«Perché alla fine hai deciso di venire?» La guardò con intensità.

«Non lo so, a dire il vero.» Lei serrò le labbra. «L'ho fatto senza pensarci troppo.»

«Forse perché lo desideravi, in fondo. Non credi?»

Roxy annuì, distogliendo lo sguardo da lui imbarazzata. Non riusciva a sostenere quegli occhi che la divoravano famelici, quella bocca sensuale che sorrideva appena, scoprendo i denti bianchissimi.

Quel collo muscoloso e forte dalla pelle ambrata, che spuntava dalla camicia bianca.

Il cameriere giunse in quell'istante, versò a entrambi del vino bianco frizzante.

«Avete già deciso cosa ordinare?» L'uomo in divisa si rivolse a Steve, che gli sorrise compiaciuto.

«Non ancora. Può portarci due menù, per favore?»

«Certo, arrivano subito.» Fece un leggero inchino e sparì, ripresentandosi dopo pochi attimi con due libretti dalla copertina in pelle pregiata.

Roxy prese subito il suo, felice di pensare a qualcos'altro che non fosse la sua presenza lì quella sera. Non la comprendeva nemmeno lei, quindi riuscire a spiegarlo a lui era piuttosto difficile.

«Cosa preferisci mangiare, carne o pesce?» Steve attirò la sua attenzione, ponendole la domanda con voce morbida.

«Stasera pesce.» Lei gli sorrise, guardandolo un attimo, poi riportò l'attenzione sul menù.

«Ottimo, piace molto anche a me.»

Si concentrarono entrambi sulle pietanze, non sapendo che, poco distante, qualcuno stava osservando ogni loro movimento.

Appena entrato, Ray si era sistemato al bancone, aveva ordinato un calice di vino rosso e si era seduto su uno sgabello. Aveva scelto una posizione ottimale per osservarli, per studiare ogni loro movimento. Si portò il bicchiere alle labbra, assaggiò il vino invecchiato e profumato.

Non riusciva a credere di essere lì e soprattutto di essere in grado di star fermo e mantenere la calma. Tutto il suo corpo gli gridava di andare da quell'uomo e rompergli la sua bella faccia a suon di pugni, ma quello che interessava a lui ora era sua moglie. Voleva capire fino a che punto potesse arrivare, voleva capire se poteva fidarsi di lei, *di nuovo.*

Li osservò ridere, fare l'ordinazione al cameriere e parlare fitto tra di loro. Il morso della gelosia gli rodeva l'anima e lo stomaco, gli stava bruciando la mente.

Sapeva che non sarebbe riuscito a resistere a lungo in quella situazione.

Avrebbe dato tutto per poter sentire i loro discorsi, ma era meglio così, almeno per il momento. Doveva tenersi alla larga, o non avrebbe risposto delle sue azioni.

Soprattutto in quell'istante, quando vide quel bastardo toccare i capelli di sua moglie e sistemarle una ciocca dietro l'orecchio.

«Il motivo per cui sei qui, Roxy, non importa. Sappi solo che ho aspettato questo momento da quando ti ho visto per la prima volta.» Steve le sorrise, riprendendo il discorso interrotto in precedenza. «Sei una donna meravigliosa. Bellissima, in gamba nel tuo lavoro. Intelligente, piena di spirito e brillante.»

«Grazie, io...» si sentì quasi imbarazzata, mentre lui le sussurrava quelle parole. Non tanto per il tono o le frasi stesse, ma per lo sguardo che le accompagnava. Gli occhi di lui erano diventati appena più scuri e brillavano, le labbra si muovevano con lentezza. Il profumo della pelle di Steve le entrava nelle narici, inebriandola.

«Non nasconderti. Credo che tu dovresti essere un po' più consapevole di quello che sei.»

«E cosa sarei, secondo te?» Lei si voltò a guardarlo, con una luce di sfida negli occhi.

Lui rise di gusto.

«Sei esattamente questo.» Le fece un cenno con la testa, nella sua direzione. «Una donna forte, sicura di te. Una donna dedita alla carriera, un bravissimo avvocato. Sei nata per fare questo mestiere, Roxy, sei nata per avere al tuo fianco un uomo che conosca le tue potenzialità e le spinga a crescere, non che le soffochi.»

«Un uomo come te, vero?» Gli sorrise, ironica.

«Sì.» Lui diventò serio, passandole il pollice sulla guancia e poi sul labbro inferiore. Ne seguì il contorno, guardandolo ammirato. «Un uomo come me.»

Roxy si sentiva quasi ipnotizzata da quella voce sensuale. Ricordò l'episodio nel suo ufficio, quando le aveva solleticato il collo con il suo respiro. Ricordò l'episodio nel parcheggio della Procura, quando la sua lingua sulla pelle le aveva lasciato una scia infuocata.

Sentì il desiderio per quell'uomo crescere dentro di lei, sentì la sua pelle chiamarlo, voleva essere toccata.

Più in profondità.

Come in modo meccanico dischiuse appena le labbra, permettendo a lui di infilare la punta del pollice nella bocca. Lo sentì toccarle il bordo dei denti, lo sentì arrivare alla lingua. Lo vide chiudere gli occhi, come per gustare il momento. Era quasi sul punto di circondare il suo dito con le labbra, quando sentì qualcuno schiarirsi la voce dietro di lei.

Si voltò di colpo, trovandosi davanti il cameriere con i loro primi, imbarazzato.

«Fettuccine agli scampi, per due.» Posò il piatto davanti a lei, poi l'altro davanti a Steve. «Buon appetito, signori.»

Si allontanò subito con discrezione, Roxy abbassò lo sguardo sul suo piatto e si concentrò sul cibo. Si sentiva avvampare, era consapevole del fatto che, se avesse continuato su quella strada, presto avrebbe perso il controllo.

Con la coda dell'occhio osservò Steve che si accingeva a mangiare con lentezza.

Il cuore le stava battendo a un ritmo forsennato, a fatica riuscì a tenere salda la forchetta tra le mani. Arrotolò la pasta con maestria, l'assaggiò rimanendo stupefatta dal sapore intenso e dal profumo che sprigionava. Era un'esplosione sensuale di aromi.

Poco distante Ray la osservava mangiare, anche se la vedeva di spalle. Conosceva Roxy meglio di chiunque altro, sapeva cosa stava facendo anche solo dal modo in cui piegava la testa.

O meglio, a quel punto *credeva di conoscerla.*

Gli ultimi sviluppi in quel senso avevano ribaltato tutte le sue certezze.

«Le serve altro, signore?» Il barista si rivolse a lui ritirando il bicchiere vuoto, lo osservò curioso. «Desidera mangiare?»

«No, grazie.» Ray si voltò, mettendolo a fuoco. «Me ne dia un altro, per favore.»

Posò una banconota da dieci dollari sul bancone per pagare il precedente e attese che il barista gli versò un'altra dose di quel buon vino. Ne bevve subito un sorso, avido, mentre non riusciva a staccare gli occhi dal tavolo d'angolo, dove in quel momento era arrivato il cameriere.

«Desiderate qualcos'altro, signori?» Il ragazzo ritirò i piatti vuoti, facendo loro un sorriso.

«Io sono a posto così, grazie. Era una porzione abbondante.» Roxy si voltò verso Steve. «E tu?»

«Anch'io.»

«Posso stuzzicare il vostro palato con un dolce?» L'uomo propose una lista di dessert di loro produzione, che entrambi rifiutarono.

«Solo un caffè espresso decaffeinato, per me, grazie.» Steve si voltò verso Roxy. «Lo prendi anche tu?»

«Sì, quello lo prendo anch'io, volentieri.»

«Benissimo, arrivano subito.» Si allontanò veloce, lasciandoli soli di nuovo.

Un silenzio imbarazzante calò su entrambi, quasi ridicolo. Roxy sollevò lo sguardo verso Steve, notando che lui la osservava con forte intensità, poi lo riabbassò.

All'improvviso, il tocco leggero del dito di lui sul suo avambraccio catturò la sua attenzione.

Lo guardò partire dal polso e risalire piano, fino al gomito. Si fermò un attimo, poi salì di nuovo più su, arrivando fino alla spalla.

«Dio mio, che pelle che hai, Roxy.» La sua voce era roca, mentre dalla spalla il dito continuava la sua carezza infuocata, fin sul collo.

Arrivò a stuzzicarla dietro l'orecchio, la vide socchiudere gli occhi e piegare la testa appena, per assaporare il suo tocco. Si mosse sulla poltrona impaziente, ormai la sua erezione rischiava di esplodergli nei pantaloni, non resisteva più.

Le infilò una mano dietro la nuca, accarezzandole l'attaccatura dei capelli. Ammirò estasiato la sua bocca, il suo profilo. Le sue ciglia che sbattevano appena, le palpebre socchiuse.

Avvicinò le labbra alla morbidezza della sua pelle, dove quella sera di giorni prima era solo riuscito ad assaggiarne un piccolo lembo. Azzardò un bacio sul collo e questa volta non incontrò resistenza.

Trionfante, aprì le labbra e le stuzzicò la pelle con la lingua, con i denti, sentendo contro l'orecchio un impercettibile gemito di lei.

A Roxy si era fermato il respiro.

La sua bocca bollente la stava stuzzicando e lei non riusciva a respingerlo.

Non questa volta.

Cercò di ordinare al suo corpo di farlo, cercò di ordinare alle sue mani di fermarlo.

Nessuna parte di lei rispondeva.

Anzi, qualcuna sì.

I suoi capezzoli rispondevano, inturgiditi, spingevano contro il pizzo del reggiseno e contro la stoffa dell'abito.

Il suo ventre, che stava bruciando di desiderio, per cercare un po' di sollievo strinse le cosce con tutta la forza che aveva.

La sua voce, che le usciva tra le labbra in gemiti sommessi.

Sentì la mano di Steve passarle dietro la schiena, solleticarle la pelle nuda. L'altra corse sotto il tavolo, un dito si infilò sotto il bordo del vestito, intrufolandosi e accarezzandole una coscia.

Lui si staccò da lei, in preda a un desiderio mai provato prima. Attese che Roxy aprisse gli occhi, poi la guardò a lungo in quelle perle che brillavano come tizzoni ardenti.

«Andiamo da me, in hotel. Ti prego.»

Lei smise di respirare.

Lo osservò per un attimo: i suoi occhi, le sue labbra.

Non pensò, non riuscì a pensare.

«Sì.»

Il sorriso che le rivolse Steve fu talmente bello e adorante da farle perdere il contatto con la realtà. Un attimo dopo le labbra di lui erano sulle sue, la sua lingua si era già fatta strada e danzava con la sua in un bacio profondo, lento e appassionato. Roxy gli passò una mano dietro la nuca, rispose al bacio con tutta la passione che aveva e con tutto il desiderio che le bruciava dentro.

Non importava più nulla in quel momento.

Erano loro due.

Loro soltanto.

Mentre osservava la scena, Ray riuscì a mantenere la calma.

Attese qualche minuto, come inebetito. Non credeva ai suoi occhi.

Poi, all'improvviso, decise che aveva visto abbastanza.

Si alzò in piedi, posò altri dieci dollari sul bancone e ringraziò il barista, congedandosi.

«Aspetti!» Il ragazzo gli porse un invito su un foglio di carta del locale. «Dopodomani ci sarà una cena a base di prodotti tipici regionali. Non manchi, mi raccomando.»

Ray lesse la locandina. Era colorata, con tanto di bandierina italiana in un angolo.

In quel momento gli sembrò la cosa più ridicola che avesse mai visto in tutta la sua vita.

Rise appena, piegando il foglio e infilandoselo in tasca.

«Vedrò di non mancare, grazie.» Gli rivolse un sorriso di plastica, voltò le spalle a quella che era stata la più brutta serata della sua vita e se ne andò lontano da quel posto.

Con passi lenti uscì in strada e camminò verso la sua auto che aveva lasciato lontano di proposito. L'aria umida della sera gli entrava nelle ossa, le auto in strada gli sfrecciavano accanto veloci.

La sua mente era vuota.

Non sentiva rumori, non vedeva luci.

Si accorse di essere arrivato alla sua macchina solo perché il marciapiede era finito e ricordava di averla parcheggiata in una via laterale. La vide subito, premette il telecomando e salì a bordo, mettendosi seduto al posto di guida.

Rimase lì, non sapendo nemmeno lui a cosa stesse pensando.

Doveva decidere cosa fare, ma in quel momento non ne aveva la più pallida idea.

Passarono minuti, forse ore. Non seppe dirlo con precisione.

Poi, all'improvviso, come se si fosse risvegliato da un torpore, girò la chiavetta dell'accensione e mise in moto.

Guidò verso casa e più si avvicinava, più comprendeva qual era la cosa giusta da fare.

Ma più si rendeva conto che era *l'unica cosa* da fare, più cercava dentro di sé il *coraggio* per farla.

Entrò nel parcheggio, si infilò nel suo posto e scese dall'auto, salendo subito di sopra.

In ascensore si materializzò davanti a lui l'immagine di Roxy che baciava quello stronzo.

Non riusciva a togliersela dalla testa e forse non l'avrebbe fatto mai.

Ricordava ogni dettaglio: il modo in cui si erano avvicinati, il modo in cui lei aveva risposto.

Non lo avrebbe dimenticato *mai*, di questo ne era certo.

Non appena l'ascensore arrivò al piano, uscì e si diresse verso il suo appartamento. Aprì la porta, entrò e se la richiuse alle spalle con un tonfo.

Si guardò intorno, fece un profondo sospiro e iniziò quello

che *doveva* fare.

Andò nella cabina armadio, aprì uno sportello sul fondo e tirò fuori due borsoni di pelle e una valigia. Li buttò sul letto, li aprì e iniziò a riempirli con lentezza. Raccolse tutto quello che era suo, dagli abiti al rasoio elettrico, dalle scarpe al suo deodorante.

Non voleva lasciare lì nulla, non voleva tornare in quell'appartamento se non dopo lungo tempo.

Credeva di provare tristezza nel fare un gesto simile, ma la verità era che in quel momento non provava nulla. Il suo cuore era come se si fosse spento, la sua anima era come se fosse in un'altra dimensione.

Si sentiva un automa, in grado di fare gesti decisi e stabiliti senza provare nessuna emozione.

Si guardò intorno e capì di aver finito: aveva preso tutto quello che gli serviva.

Chiuse tutti e tre i bagagli e li prese, avviandosi verso la porta, poi li posò a terra, guardandosi intorno un'ultima volta.

La loro casa, quella che avevano scelto insieme.

Pieni di aspettative, pieni di speranze.

Con il desiderio di riempirla di bambini, di risate, di amore.

Scosse la testa, aprì la porta per uscire, ma lo sguardo gli cadde sul tavolo da pranzo.

Rifletté per un attimo.

Si infilò le mani in tasca, estrasse il volantino che gli aveva dato il barista quella sera.

Pensò un momento, poi prese una penna e si diresse verso il tavolo, scrisse proprio lì sopra due righe e lo abbandonò lì, tornando verso la porta.

Quando la aprì, non si voltò più indietro.

La richiuse alle sue spalle, dando il suo addio a Roxy e al suo matrimonio.

Quando Andy vide entrare Ray in quello stato si chiese cosa fosse successo, anche se in fondo in fondo lo intuiva. Ma sperava tanto di sbagliarsi.

Senza nemmeno salutare lo vide sedersi di fronte a lui, su uno sgabello. Lo guardò in viso, era una maschera di pietra.

Le note di *Unforgiven II* dei *Metallica* fendevano l'aria del locale, quella sera non molto affollato.

«Potresti cambiare canzone, per favore?» Ray glielo chiese con voce bassa, atona.

«Certo.» Andò verso lo stereo e guardò nei cd che aveva. Sorrise mentre inserì uno dei suoi gruppi preferiti e premette il tasto per l'avvio del brano.

Tornò da Ray e quando le prime note di *Boys don't cry* dei *Cure* fendettero l'aria, lo vide voltarsi verso di lui e inarcare un sopracciglio. Lo raggiunse con un sorriso ironico.

«Dai, almeno questa è allegra.» Andy sollevò appena le spalle. «Che ti servo, stasera?»

«Qualcosa di forte.»

«Capito.» Andy si voltò verso i bicchieri, prese un tumbler basso e lo riempì di ghiaccio. Subito dopo, vi versò dentro una dose generosa di Jack Daniel's.

Ray lo prese e lo sorseggiò appena, poi lo posò di nuovo sul bancone.

«Allora, mi dici che succede?» Andy si sporse in avanti, appoggiandosi con i gomiti.

Ray fece un sorriso mesto, sollevò lo sguardo su di lui e attese un po' prima di parlare. Quando lo fece, ad Andy non sembrò vero di udire quelle parole.

«Succede che è finita, amico mio. Me ne sono appena andato di casa, ho i bagagli in macchina.»

«Che hai fatto? Non posso crederci.»

«Nemmeno io potevo credere che lei arrivasse a tradirmi, un giorno. Ma l'ha fatto...» bevve un altro sorso di liquore, posando di nuovo il bicchiere e giocandoci poi nervoso. «L'ho vista con i miei occhi baciarlo, Andy. Mi ha mentito dicendo che usciva con le ragazze e invece è uscita con lui. L'ha baciato nel ristorante, davanti a tutti, incurante del fatto che chiunque potesse vederla.»

«Scusa, ma...» Andy si drizzò con la schiena. «Tu eri lì?»

«Sì.» Ray alzò il volto e lo guardò dritto in faccia. «Ero lì, ho visto il messaggio che le ha mandato lui e sapevo il nome del ristorante dove si sarebbero incontrati. Sono andato là e sono rimasto a osservare quello che facevano.»

«E il locale è ancora in piedi?»

Ray fece un sorriso sarcastico. «Non ho fatto nulla, Andy. Me ne sono andato.»

«Come?» Era incredulo. «Vuoi dire che non sei andato a gonfiarlo e a riprenderti tua moglie? Come diavolo hai fatto, Ray?»

«Tu non capisci, io...» scosse la testa. «L'ho già persa, Andy. Che dovevo fare? Andare al loro tavolo, buttarlo per aria e rovinare la bella faccia di quello stronzo? Certo che avrei voluto farlo, cosa credi?» Fece un sospiro. «Ma questo non avrebbe di sicuro migliorato le cose tra me e lei. Quell'uomo non stava andando contro la volontà di Roxy, capisci?»

«Hai gettato la spugna, Ray. Non avresti dovuto.»

«Non ho gettato la spugna.» Bevve un altro sorso e vuotò il bicchiere mentre Andy prendeva di nuovo la bottiglia e ne approfittava per posargli accanto un cestino colmo di noccioline. «Solo mi sono reso conto che non faccio più parte della sua vita.

Non come vorrei, almeno. So che mi ama, so che è probabile che soffrirà quando tornerà a casa. Ma io non me la sentivo più di andare avanti in quel modo, soprattutto non dopo quello che ho visto stasera.»

«E quindi? Cosa pensi di fare, ora?»

«Troverò una sistemazione, intanto.» Gli sorrise mesto. «E ho già una vaga idea in merito. Poi, tutto quello che verrà dopo, sarà una scelta di Roxy, a questo punto.»

«E tu accetterai passivo tutto quello che lei deciderà? Non capisco, scusami.»

«No, certo.» Drizzò le spalle, cercando di mostrare un po' di sicurezza. «Se e quando capirà di aver sbagliato e tornerà da me...vedremo.»

«Vedrete *cosa*?»

«Vedrò *io* se ci sono le condizioni per riprovare, Andy.» Bevve di nuovo un sorso di liquore, posando poi ancora il bicchiere sul banco. «Vedi, Roxy è tutta la mia vita. La amo più di me stesso, non posso pensare di vivere senza di lei. Siamo uniti, siamo innamorati, siamo complici e amici. O meglio, a questo punto... *lo eravamo*. Il pensiero di perderla è una cosa che non posso nemmeno contemplare, ma il pensiero di averla accanto a me infelice... è ben peggiore.»

Andy annuì, ora comprendeva.

Conosceva bene la sensazione di amare qualcuno e sapere dentro di sé di non essere in grado di dargli la felicità che meritava. Sorrise. «Scusami. Ho accusato te di aver gettato la spugna quando io...»

«Con Tammy non ci hai mai nemmeno provato, quindi...»

«Ehm...» lui sorrise, voltandosi dall'altra parte a pulire con indifferenza un piano in acciaio.

«Andy, che significa?» Ray aveva un leggero tono divertito nella voce.

«Diciamo che su quel fronte si sta muovendo qualcosa.» Glielo disse di getto, era la prima persona con cui ne parlava. «Ma vorrei che tu non ne facessi parola con nessuno.»

«Di cosa non deve parlare con nessuno?» La voce di Jack arrivò alle loro spalle, con un gran baccano spostò uno sgabello e si sedette in modo plateale.

Andy si voltò a guardarlo, si incupì subito.

«Che diavolo hai combinato?» Lo indicò con la testa, serio.

«Nulla, Andy.» Jack gli fece un sorriso strafottente. «Mi prepareresti un caffè, per favore? Tra poco monto per il turno di notte in ambulanza.»

Ray si sporse verso di lui incuriosito, non appena vide il suo labbro inferiore tumefatto si alzò in piedi per guardare meglio e capire le sue condizioni.

«Ma che cazzo...» si avvicinò, lo toccò appena con le dita. Jack si allontanò subito, dolorante.

«Dottor Jones, non si preoccupi.» Gli strizzò l'occhio. «Mi sono già medicato, va tutto bene. Sono solo il solito coglione.»

Andy incrociò le braccia al petto, Ray fece altrettanto. Rimasero in attesa di spiegazioni, senza fiatare.

Jack li guardò entrambi, poi sbottò seccato.

«Mi sono innamorato di nuovo come uno stupido, va bene? E vi giuro che sono convinto al cento per cento che lui sia quello giusto, ve lo giuro.» Li guardò, con la voce quasi spezzata. «Lo vedo dai suoi occhi, da come mi guarda. Lo sento come risponde la sua pelle alla mia vicinanza, so che è attratto da me.»

«Ma?» Ray aveva quasi timore a chiederlo.

«Ma... lui si proclama eterosessuale.» Jack si schiarì la voce, abbassando lo sguardo. «È fidanzato, con una ragazza. Hanno già fissato la data del matrimonio.»

Andy si fece cupo, sbuffò dal naso irritato.

Ray volle vederci chiaro. «E tu che hai fatto per meritare quel gancio che ti ha spaccato il labbro?» Gli mise un dito sotto il mento, sollevandogli la testa. Lo guardò a lungo, in attesa di una risposta.

«Stasera ci siamo incontrati e io... l'ho baciato.» Mentre pronunciava quelle parole Jack non riuscì a non fare una smorfia. «E lui... ha risposto così.»

«Cazzo, Jack!» Andy non riuscì a trattenersi. «Ti avevo detto di...»

«Merda.» Ray si voltò verso di lui, di scatto. «È qualcuno che conosciamo?»

Andy aveva un'espressione seccata sul viso. Serrò la mascella, prese una tazza e versò il caffè a Jack, posandoglielo davanti.

«Non lo conosciamo tutti, ma qualcuno di noi sì.» Si voltò verso Jack. «E vista la situazione, sarebbe meglio non parlarne troppo, non credi?»

Jack annuì, prese la tazza e se la rigirò tra le mani. Di colpo si accorse di quanto era strano vedere lì Ray da solo a quell'ora, quindi si voltò verso di lui con aria interrogativa.

«E tu che ci fai qui da solo, stasera?»

Ray gli sorrise. «Tra me e te, non so a chi dei due sia andata peggio, amico...» si sistemò sul suo sgabello prendendo di nuovo il bicchiere e bevendo ancora un sorso. Lo posò sul banco, poi si girò verso il ragazzo. «Tra me e Roxy è finita, me ne sono appena andato di casa.»

«Balle.» Jack spalancò la bocca, incredulo.

«Vallo a dire ai miei bagagli in auto...» guardò Andy serio, mentre gli spingeva davanti il cestino con le noccioline. Fece segno di no con la testa, ma lui gli rispose con uno sguardo alterato.

«Ray, hai almeno mangiato qualcosa stasera?»

«Certo, come no.» Ray rise, nervoso.

«Lorna!» La ragazza si voltò subito verso di loro, rispondendo ad Andy. «Prepara un Green Sandwich per Ray, che sia bello farcito.»

«D'accordo, arriva all'istante.» Fece loro un sorriso e andò nel retro, allontanandosi ancheggiando.

«Andy, non credo che riuscirò a mangiare qualcosa.» Ray lo avvertì, guardandolo serio. «Lascia perdere.»

«Se vuoi continuare a bere qui stasera, dovrai farlo. Altrimenti per me passerai direttamente all'acqua minerale e non credo che tu ne abbia voglia...» con un'espressione di scherno si allontanò da loro per servire un altro cliente. «L'alternativa è il bar all'angolo, più avanti.»

Ray scosse la testa rassegnato mentre Jack, alle sue spalle, rideva sotto i baffi.

Avrebbe mangiato, certo. Anche perché l'idea di spostarsi in un altro locale non gli piaceva affatto. Aveva bisogno di amici quella sera.

Amici veri.

Al resto, avrebbe pensato il giorno dopo.

Quando Roxy infilò la chiave nella serratura di casa, era da poco passata l'una di notte.

Trattenne il fiato mentre varcava la soglia, piano piano richiuse la porta alle sue spalle.

Si tolse le scarpe senza fare rumore e camminò con lentezza nell'appartamento, raggiungendo la camera da letto.

Mentre tornava a casa, aveva capito che lei e Ray avrebbero dovuto parlare prima possibile, la situazione andava affrontata, ormai.

Dovevano chiarire tutto e parlare di quello che era accaduto quella notte.

Quando entrò nella camera sbatté gli occhi più volte, pensando che la luce della luna che filtrava dalle finestre la stesse ingannando, ma non fu così. Si rese conto subito che il letto era vuoto.

Accese la luce, mentre il respiro le si mozzava in gola.

Guardò con orrore il letto sfatto, le lenzuola spostate in gran fretta e lasciate lì.

Tremante, aprì il primo cassetto del mobile a fianco, trovandolo vuoto.

Si mise una mano sulla bocca, per soffocare un grido di orrore.

Iniziò a correre in tutta la casa.

Aprì la cabina armadio, trovando vuota la parte di Ray.

Tutti i cassetti, tutti gli sportelli dove lui teneva le sue cose.

Tutti vuoti.

Corse in bagno, aveva preso tutto quanto e se l'era portato via.

Accese tutte le luci dell'appartamento, il buio e il silenzio la stavano soffocando.

«Ray!» Corse in cucina, trovando vuota anche quella. «Ray!»

Si fermò al centro del salone.

Aveva il fiato corto, non sapeva che fare.

Se n'era andato, l'aveva lasciata.

Si guardò intorno, cercando di capire, cercando qualsiasi cosa.

Lo sguardo le cadde sul tavolo da pranzo, sul biglietto scritto a mano e gettato lì.

La penna che aveva usato era ancora di fianco al pezzo di carta.

Si avvicinò tremando, terrorizzata da quello che vi avrebbe

trovato scritto.

Lo prese tra le mani e lesse la calligrafia di suo marito, mentre le lacrime le annebbiavano lo sguardo.

Stasera ho capito che non sono riuscito a darti tutto quello di cui tu avevi bisogno.

Mi dispiace solo che sia accaduto in questo modo.

Credo di non averlo mai meritato.

Addio.

Ray

Un singhiozzo sordo le uscì dal petto, soffocandole quasi il respiro.

Voltò il biglietto, come in un gesto meccanico.

Con angoscia vide che era una pubblicità de “La Pergola”.

Fu allora che comprese.

Lui era là, aveva visto tutto.

Sapeva già dove stava andando quando l’aveva vista uscire quella sera, con ogni probabilità aveva letto il messaggio di Steve quando lei era sotto la doccia.

Se lo ricordò, seduto sul letto che la osservava vestita di tutto punto, non le aveva detto nulla.

Le aveva detto solo *divertiti.*

Capì in quell’istante il male che gli aveva fatto. Il dolore che aveva causato a suo marito, l’orribile menzogna che si era insinuata tra di loro.

Cercando di soffocare il pianto in cui stava per scoppiare, si fece forza e andò verso la borsetta. Prese il cellulare e lo chiamò subito, dopo alcuni squilli lui rifiutò la chiamata.

Crollò a terra in ginocchio, abbandonandosi alla disperazione.

Pianse tutte le lacrime che aveva, anche se sapeva che sarebbe servito a poco.

Era lei la causa di tutto.

Era stata la sua insicurezza, la sua indecisione.

Aveva rovinato tutto.

Si era rovinata, con le sue stesse mani.

Ray vide la chiamata di Roxy e guardò l'ora: l'una e un quarto di notte.

Ne aveva passate di ore con quello.

Rifiutò la chiamata con un gesto secco e spense il telefono, in modo da non avere più nulla a che fare con tutto quello che riguardava lei e quel bastardo.

Si rimise il cellulare in tasca e guardò Andy che stava sistemando il locale.

Non c'era più nessuno, Jack se n'era andato da un pezzo e stavano chiudendo. Si alzò da quello sgabello che era stato la sua casa per tutta la sera e andò verso Andy. Gli porse una banconota da cinquanta dollari, ma lui sollevò le mani, senza prenderla.

«Stai scherzando, spero.» Ray gliela porse di nuovo. «Ho quasi scolato una bottiglia di Jack Daniel's.»

«Con tutto quello che avete fatto tu e Eve per me, credi che io accetti da te soldi per averti fatto solo un po' di terapia stasera?» Gli sorrise sarcastico. «Lo metterò in conto, basta che mi prometti che penserai a un modo per riprenderti tua moglie.»

«Certo, lo farò.» Lui annuì, mettendo in tasca la banconota e salutandolo con una pacca sulla spalla. «Grazie, amico.»

Andy gli fece un cenno con la testa, invitandolo a lasciare il locale. Mentre lo guardava allontanarsi aggrottò le sopracciglia, pensando che la vita era davvero imprevedibile. Mai e poi mai avrebbe immaginato di assistere alla fine del matrimonio di Ray e Roxy. Erano sempre stati una coppia invidiabile, una coppia modello. Non riusciva a spiegarsi cos'era potuto accadere.

Ray uscì in quell'istante, camminando lento sul marciapiede arrivò alla sua auto.

Era notte fonda, o andava in hotel o, come aveva già pensato di fare, andava da sua sorella Eve e Max. Ma non poteva presentarsi a quell'ora della notte, in più entrambi si sarebbero dovuti svegliare tra poche ore per andare al lavoro e non voleva costringerli a sopportare inutili chiacchierate che nemmeno lui aveva voglia di fare.

Aveva anche chiamato il Mercy, prima, sotto suggerimento di Jack. Aveva avvisato che non si sentiva bene e che per un paio di giorni non sarebbe andato al lavoro. Aveva bisogno di isolarsi e liberare la mente da tutti i pensieri folli che la stavano divorando, prima di tornare ai suoi ritmi.

Raggiunse la sua auto e vi salì sopra, accese il motore e partì verso il lago, intenzionato a fare due passi per riflettere sul da farsi.

La cosa che gli sembrava più strana, di tutta quella serata assurda, era il fatto che non provava nulla.

Era come se il suo cuore si fosse spento, era come se tutto non fosse mai accaduto.

Sembrava solo un incubo, dal quale sapeva che presto si sarebbe risvegliato.

Guidò lungo la costa, piano, in modo da avvicinarsi anche a casa di Eve, a Winnetka. Lo separavano dalla sua destinazione ventidue miglia e forse lungo la strada avrebbe trovato un luogo ideale dove fermarsi un po'.

Dopo alcuni minuti trovò uno spiazzo dove poteva parcheggiare l'auto. A fianco c'era una piccola panchina in pietra, si fermò e scese, attendendo l'alba davanti al lago Michigan.

In tutte quelle ore da solo ripensò alla sua vita con Roxy, alla fatica che aveva fatto per conquistarla. Al suo sguardo quando l'aveva baciata per la prima volta, ai suoi occhi quando avevano fatto l'amore.

Ripensò a quando le aveva regalato l'anello, chiedendole di sposarlo. Era rimasta sorpresa, ma dopo un attimo era in braccio a lui che lo stava baciando, incurante del ristorante dove si trovavano e fregandosene delle persone che li osservavano.

Si sentì piccolo, ripensando al ristorante che aveva scelto allora per farle la proposta di matrimonio.

Era un locale carino, ma non aveva niente a che fare con il posto lussuoso in cui l'aveva portata Marshall quella notte.

Forse si era lasciata abbagliare da quello sfarzo in cui quel dannato avvocato era abituato a vivere, o forse, in fondo in fondo, lui non aveva mai conosciuto davvero sua moglie.

L'aveva sempre creduta una persona semplice, una persona a cui bastava davvero poco per essere felice. Una persona che non amava il lusso e l'eccesso.

Ripensò a tutti i momenti felici e anche a quelli meno felici passati insieme ed era una bella fetta di vita. Una fetta davvero lunga e importante, dalla quale aveva sempre creduto che non si sarebbe mai separato.

Beh, si era sbagliato.

Sulla scia di quei pensieri arrivò un pallido giorno, spuntò il sole e i suoi raggi iniziarono a brillare sullo specchio d'acqua che aveva davanti.

Attese ancora un po', in modo di dar tempo a Eve e Max di allontanarsi da casa e andare al lavoro. Non aveva voglia di dare spiegazioni, non aveva voglia di parlare con nessuno.

Quando pensò che era arrivato il momento, salì in macchina e partì verso la loro casa, trovandola subito.

Eve e Max gli avevano dato una copia delle chiavi in caso di emergenza e in quel momento pensò che avevano proprio fatto bene. Con il telecomando aprì il cancello automatico ed entrò nel cortile, parcheggiò l'auto e scese, scaricando subito i bagagli.

Con passo pesante andò verso il portico, li sistemò dietro una colonna e si sedette sui gradini, in attesa. Sapeva che con ogni probabilità sarebbe trascorso molto tempo prima del loro arrivo, ma non gli importava.

Voleva solo stare da solo e non pensare a nulla.

A nulla.

Chiuse gli occhi, respirando in modo regolare e cercando di cancellare dalla sua mente le immagini della sera precedente.

Sentì il suo respiro regolare, il suo cuore battere calmo.

Ma imprevedibile, fu in quel momento che arrivò.

Lo investì come un treno, facendolo precipitare nel vuoto. Ray spalancò gli occhi annaspando, cercò di alzarsi in piedi, ma era come bloccato.

Vedeva tutto il mondo intorno a lui fermo, le foglie e i fiori di quel giardino muoversi appena, accarezzati dal vento.

E lui stava precipitando.

Sempre più giù, in un vuoto senza fine.

Cadeva, mentre un dolore sordo gli invadeva il petto.

La consapevolezza della perdita di lei, del fatto che era finita.

Per sempre.

Si aggrappò con le unghie per cercare di fermare quella corsa, per tornare a respirare.

Ma solo quando il buio lo invase e lo trascinò con sé, la sua caduta si arrestò.

E fu allora che lo sentì.

Proprio lì, al centro del petto.

Crac.

Qualcosa gli si era rotto dentro.

Qualcosa che in quel preciso istante comprese che non si sarebbe aggiustato mai più.

Qualcosa che, anche se fosse guarito, avrebbe lasciato una cicatrice profonda e indelebile.

E lui non sarebbe più stato lo stesso uomo.

Mai più.

Ricominciò a respirare, piano piano.

E arrivarono le lacrime.

Quell'onda tremenda che lo aveva appena travolto doveva trovare uno sfogo, doveva uscire. E lo fece in quel modo.

Pianse come un bambino, abbandonandosi alla disperazione più cieca e nera.

Pianse finché non ebbe più lacrime, pianse con la consapevolezza di averla persa.

Non era più sua, non lo sarebbe più stata.

Era di un altro, ora.

E lui avrebbe solo dovuto farsi forza e riuscire a voltare pagina.

Cercando di sopravvivere.

19.

«Buongiorno, Roxy.» La voce di Mary le arrivò attutita, come se provenisse da un altro pianeta.

Roxy le fece un cenno con la testa, entrò subito in ufficio e richiuse la porta alle sue spalle.

Quella mattina non voleva vedere nessuno e non voleva parlare con nessuno.

Un lieve bussare la informò subito che era impossibile che si avverassero le sue speranze.

«Avanti...» rassegnata, si chinò a sistemare la borsa, senza degnare di uno sguardo la persona che era appena entrata.

«Roxy...» la voce dolce e preoccupata della sua segretaria la costrinse a voltarsi verso di lei.

Non riuscì a resistere, gli occhi le si riempirono di lacrime.

«Oh, cara.» Mary chiuse la porta e corse da lei, prendendola fra le braccia. «È andata male con Ray, vero? Non ha preso molto bene quell'articolo.»

«No...» la sua voce era rotta dall'emozione, cercava di trattenersi.

«Sono solo giornalisti, vedrai che se proverai a parlargli...»

«Mary.» Roxy si staccò da lei, la guardò negli occhi. «Se n'è andato.»

«Come *se n'è andato*?»

«Hai capito bene. Ha fatto le valige e mi ha lasciata.» Roxy si sedette sulla poltrona, abbandonandosi all'indietro con aria stanca. «Non ho chiuso occhio, stanotte. Non so dove sia, ho provato a chiamarlo, ma ha staccato il telefono.»

«Hai provato a chiedere a Eve?»

«Non voglio farlo. Spero solo che si faccia sentire al più presto, non voglio far preoccupare Eve e Max. Sono andati a vivere insieme da poco, non mi sento di coinvolgerli in tutto questo.»

«Roxy, lei è sua sorella. Appena lo verrà a sapere ne sarà coinvolta per forza.»

Appena lo verrà a sapere mi ucciderà, vorrai dire.

«Già.»

«Senti, vuoi che ti porti qualcosa? Un caffè, un donuts, un muffin?»

«No, grazie.» Roxy soffocò un senso di nausea che le salì alla gola, il solo pensiero di mandare giù qualcosa la faceva inorridire. «Casomai più tardi, va bene?»

«Sei pallida, ragazza mia.» Mary le sorrise con dolcezza. «Cerca di riguardarti, mi raccomando. So che non dev'essere un momento facile, ma cerca di mangiare e di mantenerti in forze. E soprattutto di dormire, qui devi essere decisa e pronta ad affrontare le indagini, lo sai. Ormai ci siamo.»

«Sì, ormai ci siamo.» Roxy fece un sospiro, pensando che quella era l'unica nota positiva di quel momento. Guardò Mary, curiosa. «Steve è già arrivato?»

«Sì, certo. È nel suo ufficio, quando sono arrivata io era già qui. Sta lavorando in maniera forsennata, credo sia in contatto con Washington.»

«Bene.» Roxy si alzò in piedi per raggiungerlo. Premette il tasto di accensione del suo pc, in modo da risparmiare tempo e uscì con Mary dal suo ufficio, avviandosi poi da sola in quello di Steve.

Quando fu sulla porta, si accorse che lui era al telefono.

Lui si voltò, notando il movimento con la coda dell'occhio e appena la vide le sfoderò un sorriso smagliante. Con un gesto le fece cenno di entrare.

«Come possono dirti che consegneranno quei dati tra una settimana?»

Roxy si sedette di fronte a lui, con calma. Accavallò le gambe e rimase in attesa.

«Devono darceli prima, Paul. So che si tratta di dipendenti della Library of Congress di Washington, so che sono una marea di dati e so che sto chiedendo informazioni su persone che lavorarono lì un anno fa...» fece una pausa, poi Roxy lo vide spalancare la bocca, scioccato. «Non vogliono perdere tempo a cercarli? Che ce li diano tutti e li cercheremo noi, per la miseria!»

Roxy aggrottò le sopracciglia, quella telefonata non prometteva nulla di buono.

«Va bene, allora li cercheremo noi. Tra quanto ce li daranno?» Lo vide annuire con un leggero sorriso. «Due giorni possono andar bene. Non uno di più. Grazie, Paul. A più tardi.»

Appoggiò la cornetta con un gesto plateale, chiudendo la comunicazione.

«Problemi con Washington?» Roxy lo guardò preoccupata.

«Sì, ma sembra siano risolti ora...» lui la studiò con attenzione, sembrava sciupata, pallida. «Ti senti bene?»

«Sì, sono solo un po' stanca.»

Steve le fece un sorriso, poi la guardò con dolcezza. Non si erano nemmeno salutati ancora.

«Buongiorno, Roxy.» La sua voce calda la avvolse in un tenero abbraccio.

«Buongiorno, Steve.» Lei lo guardò per un attimo, poi si alzò in piedi. «Scusami, ma ora devo proprio andare, bisogna che mi rimetta al lavoro. Desideravo solo sapere a che punto erano le indagini sui dati di Washington, per questo sono venuta qui.»

«D'accordo, certo.» Steve la osservò perplesso. «Come preferisci.»

«Bene. A più tardi, Steve.» Gli voltò le spalle e fece per uscire dal suo ufficio, ma la voce di lui la fermò sulla porta.

«Roxy...» si schiarì la voce, costringendola a voltarsi «...è così che sarà tra di noi, ora? Tu che ti comporti in questo modo e io che non ne comprendo il motivo? Ieri sera...»

«Ti prego, Steve.» Lo fermò con un gesto della mano. «Non ora, per favore. Non mi sento bene, ho dormito male. Ti assicuro che non si tratta di te o di me, né di quello che è successo ieri sera tra di noi.»

«Se lo dici tu...» lui la guardò con attenzione, cauto.

«È così, davvero. Dammi solo un attimo, ho bisogno di riprendermi.» Gli sorrise con sincerità. «Va bene?»

«Va bene.» Lui annuì, fiducioso. La osservò uscire dal suo ufficio, ma qualcosa non tornava.

Non tornava per niente.

Roxy si precipitò in corridoio, a grandi passi si rimise alla sua scrivania. Di nuovo, per l'ennesima volta quella mattina, prese il cellulare e compose il numero di Ray.

Irraggiungibile.

Imprecò a denti stretti, dando una manata sul tavolo stizzita.

Le aveva lasciato quel biglietto la sera prima, le aveva detto *addio* in quel modo e poi era sparito.

Come poteva comportarsi così? Prima o poi avrebbero dovuto vedersi e parlare, doveva spiegargli, doveva...

«Roxy, tutto bene?» Mark entrò nel suo ufficio e si richiuse la porta alle spalle.

«Sì, va tutto bene...» lo guardò, innervosita. «Ho solo dormito male stanotte.»

«Forse hai mangiato qualcosa di pesante ieri sera. Potrebbe essere.»

«Certo, come no.» Roxy sollevò gli occhi al cielo, ci mancava anche questa. «Mi cercavi, hai bisogno di qualcosa?»

«Volevo solo fare il punto della situazione con te, capire come muoverci. Steve è concentrato su Washington e aspetta Malcolm Finney, speriamo con un nome, finalmente. L'FBI attende i risultati del test sul DNA, credo saranno disponibili tra qualche giorno. Tu? Come ti stai muovendo?»

«Io ho già contattato alcuni familiari delle vittime di Chicago, non tutti ancora. Ma quelli che ho contattato io mi hanno confermato che tutte le ragazze frequentavano la Harold Washington Library. Non ho bisogno di contattare gli altri, pensavo di sentire direttamente loro per chiedere un elenco del personale.»

«Va bene. Ma presta attenzione, se lui lavora in quel posto non sappiamo che mansione svolga. Cerca di far sì che la cosa rimanga piuttosto segreta.»

«Hai ragione, ma conosco solo un modo per farlo...» lei fece una smorfia, capì che Mark la voleva spingere proprio in quella direzione. «Devo recarmi sul posto e parlare con un dirigente.»

«Esatto, Roxy.» Si mise le mani in tasca, osservandola con attenzione. «Ma non ho nessuna intenzione di mandarti là da sola. Verrà con te un agente, si comporterà in modo da non essere scoperto.»

«Perché?» Era perplessa, non era mai capitato prima che Mark le affiancasse qualcuno.

«Ragiona. Non sappiamo chi sia lui, ma se scopre chi sei tu, invece... rischiamo di mandare tutto a monte o di scatenare un disastro.»

«D'accordo...» lei annuì, accettando di buon grado la proposta. Aveva senso, in effetti.

«Ho sentito l'agente Murphy stamattina presto e abbiamo proprio parlato di questo. Lo richiamerò subito e gli dirò di mandare un suo uomo qui.» Le fece un sorriso di circostanza, poi si avviò verso la porta del suo ufficio. «Preparati, che non appena arriva vi recherete là, telefonerò io in direzione per fissare un appuntamento.»

«Certo, nessun problema.» Rispose al cenno di saluto che le fece lui mentre usciva. «Ciao, Mark. A più tardi.»

Lo guardò uscire, poi cercò di concentrarsi sul suo lavoro. Mise in ordine le carte che aveva sul tavolo, provando a sistemare anche tutti i dati di cui erano in possesso. Le ci vollero diversi minuti per dividere le cartelle e i vari dossier e lo fece senza pensare ad altro, senza ricadere nella spirale di angoscia con cui stava convivendo dalla sera prima.

Una volta sistemato il tutto, pensò di riguardare i casi, in attesa dell'arrivo dell'agente dell'FBI che le avevano assegnato.

Aprì la cartella di Casey Morgan, la vittima precedente a Marie Fisher. Si concentrò sulla sua foto, notando un piccolo particolare.

Aveva una catenina d'oro al collo, nella fotografia che avevano consegnato i genitori alle autorità. Sfogliò il dossier, arrivando alle foto del cadavere.

Nessuna collana.

Tornò sull'immagine della ragazza, avvicinò il volto per vedere bene di cosa si trattava. Non aveva dubbi, era un piccolo crocifisso.

Sorrise, ripensando alle supposizioni di Steve. Aveva ragione anche su questo, doveva ammettere che il suo intuito era davvero micidiale.

A questo punto era probabile che, quando fossero riusciti ad arrestarlo, avrebbero trovato anche tutti gli oggetti che aveva conservato delle vittime. Forse avrebbero anche potuto restituirli alle famiglie.

«Buongiorno, vice procuratore Jones.» Una voce maschile ben nota le fece sollevare la testa di scatto.

«Dominic! Che ci fai, qui?»

«Ti accompagnerò in biblioteca, non te l'hanno anticipato?» La guardò perplesso mentre entrava nel suo ufficio.

«Allora sei tu l'agente che mi è stato assegnato!» Roxy gli sorrise, alzandosi e andandogli incontro. Lo abbracciò e lo baciò su entrambe le guance. Era dalla sera della festa al Green che non lo vedeva, quella organizzata da Max. «Quanto tempo è passato? Alcune settimane dall'ultima volta che ci siamo visti?»

«Più o meno, sì.» Lui si grattò il mento, solleticando la barba incolta. «Come stai?»

«Insomma, dai...» lei ondeggiò appena la testa, cercando di soffocare il groppo che aveva in gola e di non crollare davanti a lui. «Ho vissuto momenti migliori.»

«Mmh. Anch'io...» aggrottò la fronte, pensieroso.

«Non è che per caso c'entra una mia cara amica bionda, con la quale ti ho visto parlare fitto fitto l'ultima volta che ci siamo visti?» Roxy provò ad azzardare, facendo un sorriso ironico.

«Lasciamo stare, guarda.» Nic sembrò quasi impallidire. «Mi sta facendo sputare sangue.»

«Addirittura?» Roxy spalancò gli occhi. Conosceva la fama di Nic: aveva più ragazze che capelli in testa. Sapeva che Kim era una ragazza tosta, ma fino a quel punto non avrebbe mai creduto.

«Già...» lui incrociò le braccia al petto, osservandola con un'espressione di sfida. «E non provare a dire che me lo merito.»

«Io?» Roxy alzò le mani, con un gesto di resa e un sorriso ironico. «Non mi permetterei mai.»

«Meglio per te, ragazza.» Lui annuì appena. «Che ne dici, ci avviamo in biblioteca?»

«Certo, subito.» Lei prese la borsa e lo seguì fuori dal suo ufficio, sorridente.

Mentre scendevano nel parcheggio pensò che quella mattina le ci voleva proprio uno come Nic. Era allegro, a volte sfacciato e divertente. E soprattutto non sapeva nulla di quello che stava accadendo tra lei e Ray.

La sua compagnia, anche se lavorativa, le avrebbe regalato almeno un paio d'ore di serenità e le avrebbe permesso di non pensare a tutto il resto.

Presero l'auto di lui, uscirono dal parcheggio e si avviarono verso l'Harold Washington Library, che distava diversi isolati. Roxy non poté fare a meno di osservare la città che brulicava sui marciapiedi, chiedendosi se Ray fosse tra quella moltitudine di persone.

«Come hai intenzione di procedere?» La voce di Nic la riportò alla realtà. «Pensi di qualificarti oppure manterrai l'anonimato?»

«Mark ha già preparato il terreno, fissandomi un appuntamento. Mi qualificherò solamente negli uffici della direzione, in modo di essere certa che il nostro killer non possa capire chi siamo.»

«Hai pensato che potrebbe vederti?»

«Sinceramente, no.» Roxy fece una smorfia, quella era un'eventualità su cui non aveva riflettuto.

«La tua foto è stata su tutti i giornali, sa chi sei. Se li hai... faresti meglio a indossare subito un paio di occhiali scuri, cercando almeno di camuffarti un po'.»

«Hai ragione...» aggrottò le sopracciglia, aprendo subito la borsa. Per fortuna li aveva, li indossò e abbassò il paralume, specchiandosi per controllare il risultato.

«Stai accanto a me, una volta entrati e piega la testa verso il basso. Cercheremo di scivolare dentro indisturbati, speriamo che non ci notino troppo.» Lui si schiarì la voce. «E speriamo soprattutto di uscire da quel posto con qualcosa di concreto in mano.»

Lei annuì, mentre vide che erano arrivati davanti al grande edificio rosso che ospitava la biblioteca di Chicago. E lì dentro, con ogni probabilità c'era il serial killer che stava terrorizzando la città.

Nic parcheggiò sul ciglio della strada, scesero entrambi e si diressero all'interno, dirigendosi subito al box informazioni nell'atrio centrale.

Roxy si guardò intorno: la moltitudine di persone che andavano e venivano da quell'edificio era impressionante, non era difficile immaginare perché quell'uomo scegliesse posti come quello per reclutare le sue vittime. Non osò immaginare com'era la biblioteca di Washington, dove si era mosso un anno prima.

Fece come le aveva detto Nic, camminò al suo fianco mentre lui le teneva una mano sulla schiena. Abbassò lo sguardo, indossando gli occhiali scuri e cercando di farsi notare il meno possibile.

Si fermarono davanti al bancone in marmo grigio chiaro, un uomo sorridente chiese subito di cosa avevano bisogno.

«Sono Roxanne Jones, ho appuntamento con il direttore.» Lo guardò, alzando la testa.

Lui annuì e si mise a consultare subito il computer che aveva a fianco, in attesa di conferma. Dopo pochi secondi alzò lo sguardo e le sorrise.

«Certo, signora Jones, vi sta aspettando. Decimo piano, accomodatevi.» Con un gesto indicò loro gli ascensori. «Buona giornata.»

«Anche a lei, grazie.» Entrambi si diressero dove lui li aveva indirizzati, con calma.

Continuarono a guardarsi intorno, ma le persone che andavano e venivano in quel posto sembravano ignorarli. Si fermarono davanti alle porte dell'ascensore, premettero il pulsante per chiamarlo e rimasero in attesa, immobili.

«Sembra stia andando bene.» Il sussurro di Nic era speranzoso. «Il decimo piano è chiuso al pubblico, dubito che il nostro uomo lavori lì. Se utilizza questo luogo per reclutare le vittime deve svolgere una mansione che lo faccia stare a contatto con le persone, non credi?»

«Già...» lei si voltò a guardare l'uomo al banco informazioni. Incurante di loro, si era rivolto a un'altra persona che stava chiedendo qualcosa. «Speriamo solo che non sia lui, gli ho dovuto dare il mio nome.»

«Non credo.» Nic si voltò a osservarlo, studiandolo con cura. «Come potrebbe avvicinare le vittime e chiacchierare con loro? E poi non ci siamo con l'età, quell'uomo è di certo oltre la quarantina.»

«Sì, hai ragione.» Lei sospirò, maledicendosi per non aver notato quel particolare. Era troppo tesa, agitata.

Il suono dell'ascensore li avvertì che era arrivato, le porte si aprirono ed entrambi scivolarono dentro, diretti verso l'alto.

Che diavolo ci faceva, lei, lì?

Josh la osservò entrare nell'ascensore con quell'uomo che ignorava chi fosse. Conosceva bene Marshall e conosceva bene il marito, Raymond Jones. Non era nessuno dei due.

Un poliziotto? Un collega?

Molto probabile.

Ma il fatto che fossero arrivati lì significava solo che le indagini avevano subito una svolta.

Oppure che lui aveva commesso un errore.

Rimase ad osservare l'ascensore che saliva, i piani che percorreva.

Come immaginava, era giunto al decimo piano e questo significava che l'ipotesi che fossero vicini a identificarlo era sempre più concreta.

Sentiva l'agitazione crescere dentro di lui, sentiva una forza sovrumana soffocargli la gola, come se qualcuno gli stesse premendo con violenza le mani sul collo.

Doveva calmarsi.

Iniziò a respirare con lentezza, riempiendo i polmoni di ossigeno e poi rilasciandolo piano.

Voleva con tutto se stesso andare a chiedere al box informazioni chi diavolo fosse quell'uomo e perché si trovavano lì entrambi. Voleva con tutto se stesso sapere qualcosa di più.

Ma se lo avesse fatto avrebbe attirato l'attenzione su di sé e questo non andava bene.

Non andava bene per niente.

Ma forse qualcosa poteva fare.

Si schiarì la voce, strinse tra le mani i fascicoli che doveva sistemare e si diresse verso Karl, che poco prima aveva proprio parlato con lei.

Arrivò al banco mentre il collega stava finendo di parlare con una donna anziana, dandole indicazioni su dove era meglio cercare libri e documenti di diritto romano. Attese, simulando la tranquillità in persona, mentre dentro di lui stava bruciando d'impazienza.

Non appena il collega finì si voltò verso di lui.

«Ehi, Josh. Che abbiamo, qui?» osservò i fascicoli curioso.

«Devo consegnare questi testi antichi al sesto piano, sezione di storia. Non è che potresti vedere se lì dietro hai un contenitore o qualcosa dove li posso inserire, mi sono già caduti due volte...» lo guardò implorante. «Scusa, ma ho il terrore che mi cadano in ascensore e finiscano, sai, nella fessura del pavimento. Andrebbero perduti loro e soprattutto lo sarei io.»

«Guarda, solo perché sei tu.» Karl gli sorrise in modo amichevole.

«Sei sempre gentile e lavori qui da poco, ti posso capire. Ma quando ti affidano certi compiti devi imparare a premunirti.»

«Hai ragione, ti prometto che questa sarà l'ultima volta.» Josh abbassò lo sguardo, fingendo imbarazzo.

«Aspetta qui, se arriva qualcuno spiegagli che torno subito. Vedo se riesco a trovare qualcosa.» Gli strizzò l'occhio e scivolò via allontanandosi.

Josh sapeva che aveva poco tempo, si sporse sul box e girò appena lo schermo del computer. Con gli occhi cercò in maniera febbrile il nome che tanto agognava, trovandolo quasi all'istante.

ROXANNE JONES
Appuntamento in direzione.
Arriverà accompagnata da una persona, farli passare subito.

Fece una smorfia, risistemando il video e rimettendosi dritto.

Era come temeva, purtroppo. Quell'appuntamento preso all'improvviso era quasi una certezza.

Pensò sul da farsi, tamburellando con le dita sul bancone in marmo gelido.

«Eccomi qui...» la voce di Karl lo raggiunse, facendolo voltare. Teneva tra le mani un contenitore rigido di cartone, perfetto per i suoi fascicoli. «Ma hai promesso, mi raccomando. Mi auguro che questa sia stata davvero l'ultima volta.»

Lui lo guardò, serio.

«La sarà, fidati.» Si allontanò da lui, senza ringraziarlo e senza degnarlo di uno sguardo.

Non gliene importava nulla, perché vista la situazione non avrebbe più messo piede lì dentro. Doveva accorciare i tempi e andarsene in fretta da quella città o rischiava che prima o poi sarebbero arrivati a lui.

Ma prima, doveva prepararsi per l'ultimo atto e lo avrebbe fatto quella sera stessa.

L'ultima rosa.

L'ultima lettera.

L'ultima scelta.

«Prego, accomodatevi.» La voce profonda di un uomo li accompagnò mentre facevano il loro ingresso in un ampio ufficio. Una grande vetrata che dava sulla città lo rendeva molto luminoso, i colori erano chiari, a parte una grossa libreria in legno massiccio scuro che riempiva un'intera parete.

«Buongiorno, sono il vice procuratore Roxanne Jones.» Roxy si avviò decisa verso l'uomo che stava facendo il giro della scrivania in cristallo e le andava incontro porgendole la mano. Lo osservò, distinto nel suo abito scuro, pensò che aveva circa una sessantina d'anni. La prese, stringendola con vigore. «Lui è l'agente Dominic Baker.»

«Molto piacere, io mi chiamo Adam Johnson, sono il direttore della Harold Washington Library...» strinse la mano anche di Nic, con un sorriso cordiale. «...avanti, ditemi pure come posso esservi utile, il procuratore Mark Davis mi ha solo accennato che avevate bisogno di rivolgermi alcune domande. Prego, sedetevi pure.»

Indicò loro le sedie in pelle scura poste davanti alla sua scrivania. Fece il giro e si accomodò sulla sua poltrona, appoggiandosi allo schienale.

«Innanzitutto le devo chiedere di mantenere il segreto su tutto quello che ci diremo, è indispensabile per il buon andamento delle indagini.» Roxy drizzò la schiena, guardandolo seria. «Qualsiasi documento che le chiederò dovrà essere fornito direttamente da lei o da persone di fiducia che lavora~~no~~ qui da molti anni e su cui lei non ha dubbi in proposito.»

«Certo.» Lui annuì. «Glielo garantisco.»

«Non vogliamo seminare il panico e non vogliamo soprattutto che la persona su cui stiamo indagando lo scopra.»

«Si tratta di *lui*, vero?» Adam aggrottò la fronte, drizzandosi attento. «Il killer che sta terrorizzando la città.»

«Sì.» Roxy annuì.

«Ditemi tutto.»

«Crediamo lavori qui, signor Johnson. Alcuni indizi che abbiamo raccolto ci fanno pensare questo e siamo piuttosto sicuri...» lei fece un sospiro. «...ma abbiamo bisogno di tempo per averne la certezza.»

«Va bene.» Lui annuì. «Ditemi cosa posso fare per aiutarvi nel frattempo.»

«Avrei bisogno di un elenco dei dipendenti. Vogliamo restringere il campo, ci servono i nominativi di quelle persone che lavorano qui da non più di un anno.»

«Certo, posso fornirvelo. Mi serve un attimo per elaborare i dati nel sistema, ma posso fare delle ricerche che vi forniscano solo i nominativi di persone che siano state assunte non più di un anno fa e che lavorino ancora qui, se volete.»

«Mmh.» Nic intervenne. «Potrebbe essersi già licenziato da poco, Roxy. In fin dei conti, secondo i nostri calcoli, abbiamo ancora poche settimane a disposizione, poi scomparirà.»

«È vero...» lei annuì, concordando sulla sua tesi. «Direi allora di fornire anche i nominativi di persone che non lavorano più qui, potrebbero esserci utili.»

«Bene.» Adam sollevò il ricevitore, compose subito un numero interno. «Clarisse, può venire subito nel mio ufficio, per favore? Grazie.» Riattaccò, guardandoli entrambi con soddisfazione. «Clarisse Hamilton è la responsabile delle risorse umane, vi fornirà tutte le informazioni necessarie senza che nessun altro venga coinvolto.»

«Ottimo.» Un lieve bussare fece voltare Roxy, che vide la porta aprirsi ed entrare una donna di mezz'età, vestita con un tailleur rosso fuoco e capelli corvini raccolti in uno stretto chignon dietro la nuca.

Camminò spedita verso di loro, fermandosi davanti alla scrivania e rivolgendo un sorriso a tutti.

«Buongiorno. Mi ha chiamato, Adam?»

«Sì, dovrebbe fornire l'elenco dei nostri dipendenti assunti da un anno a questa parte, senza distinguere quelli ancora in forze o no, a questi signori...» indicò entrambi, facendo le presentazioni «...lei è il vice procuratore Jones e lui è l'agente Baker.»

«Piacere, Clarisse Hamilton.» Strinse la mano a entrambi con molta cordialità. «Ci vorrà qualche ora per elaborare tutto, preferite aspettare oppure posso mandarveli per e-mail?»

«Per e-mail sarebbe perfetto.» Roxy le sorrise, infilando poi la mano nella borsetta ed estraendo un biglietto da visita. «Questi sono i miei recapiti e il mio indirizzo personale dell'ufficio.»

«Prima possibile vi invieremo tutto» Adam intervenne, poi si rivolse alla sua collaboratrice. «Devo solo chiederle un grande favore, Clarisse. Nessuno deve essere a conoscenza di tutto questo, mi raccomando. Stretto riserbo su questi dati e sul loro invio. Conto sulla sua discrezione.»

«Può fidarsi di me, lo sa...» lei annuì seria. «Entrerò nel sistema con il mio userid personale, nessuno vedrà che dati sto elaborando. Li spedirò non appena pronti.»

«La ringrazio di cuore.» Roxy si alzò in piedi per congedarsi, seguita subito da Nic. Si voltò verso il direttore, sorridendogli con calore. «Grazie della collaborazione, state rendendo un grande servizio alla vostra città e alla giustizia.»

«Non serve che mi ringrazi, Roxanne.» La guardò serio. «Prendetelo e basta.»

Diverse ore dopo essere rientrata dal suo viaggio in città con Dominic, Roxy sollevò la testa per la prima volta dalla sua scrivania. Si massaggiò il collo indolenzito, mentre con lo sguardo correva alla finestra del suo ufficio.

La sera era ormai scesa e Chicago stava per essere avvolta dalla notte.

Di Ray ancora nessuna notizia.

Guardò il cellulare sul suo tavolo, nessun messaggio, nessuna chiamata.

Da nessuno.

Chissà se qualcuno sapeva dov'era e non parlava, chissà se...

«Stanca?» La voce profonda di Steve la fece voltare di colpo. Era sulla porta del suo ufficio, immobile. La osservava cauto, da quella mattina si erano a malapena parlati e lei non aveva fatto altro che arrampicarsi su una miriade di scuse per non fermarsi nemmeno un momento con lui.

«Abbastanza.» Gli fece un sorriso tirato. «È da quando ho ricevuto i dati da Clarisse Hamilton che non mi fermo un attimo. Sono veramente tantissimi nominativi, li sto analizzando uno a uno per cercare di suddividerli almeno in base all'età.»

«Mi ero offerto di aiutarti, se solo tu avessi voluto.»

«No, non importa.» Lei scosse la testa, con lentezza. «Sono più di duecento persone, ma con calma credo che in un paio di giorni riuscirò già ad avere qualche dato. Tu, notizie da Washington?»

«Ancora nulla, spero mi arrivi qualcosa domani.»

«Bene...» lei fece un lungo sospiro, riportando lo sguardo sul suo computer.

«Senti, se sei stanca potremmo andare...» la frase di lui fu interrotta dal suono del cellulare di Roxy.

Lei lo prese subito e quando vide chi era il cuore le si fermò.

Eve.

«Puoi scusarmi, Steve?» Lo guardò, in attesa che lui uscisse.

«Certo, tranquilla...» lui fece una smorfia, poi uscì dal suo ufficio chiudendo la porta alle sue spalle.

Roxy rispose subito.

«Pronto, Eve?»

«Ciao, Roxy...» la sentì schiarirsi la voce, tesa. «Volevo solo informarti che Ray è qui. Mi sembrava doveroso dirtelo.»

«Oh, mio Dio! Sia ringraziato il cielo.» Si mise una mano sulla bocca, per non scoppiare a piangere «Come sta?»

«Come vuoi che stia, Roxy? Sta di merda.»

Lei si morse il labbro. Che domanda idiota che aveva fatto.

«Scusami. Io... intendevo se sta bene, fisicamente. Ero preoccupata.» Fece un lungo sospiro. «Immagino come possa stare per il resto.»

«Oh, no... tu non immagini nemmeno come sta davvero. È distrutto!» La voce di Eve iniziava ad alterarsi. «Ma si può sapere che cazzo ti è saltato in testa?»

«Eve, aspetta, tu non capisci...»

«Io capisco eccome, invece! Ti ha visto, Roxy... ha visto che baciavi quel tipo, ha assistito a tutto! Non c'è niente da capire, è ben chiaro quello che è accaduto.»

«Eve, io non volevo...»

«Tu non volevi? Dovevi pensarci prima, sai? Ray non ti ha mai fatto mancare nulla, ti adora e ti ama, cazzo! È un uomo meraviglioso, Roxy... e non lo dico perché è mio fratello. Lo è davvero e lo sai anche tu. Guarda come lo hai ripagato.»

«Mi dispiace...»

«Certo, immagino quanto ti dispiaccia, sul serio. So che anche tu lo ami, so cosa provi e immagino che tu stia soffrendo forse anche più di lui.» La sentì sbuffare dall'altra parte della cornetta. «Non so perché diavolo tu abbia fatto una cazzata simile, ma posso dirti una cosa, per ora: non cercarlo, perché lui al momento non vuole né vederti, né sentirti.»

«No, Eve... ti prego, fammici parlare...» la voce le si incrinò, ormai non riusciva più a tenere a freno le lacrime. «Ho bisogno di spiegargli, di...»

«No, per favore. Non insistere.» Eve stette un attimo in silenzio, poi riprese a parlare. «Dagli tempo. È troppo deluso, troppo arrabbiato ora. Non riuscireste a parlare nel modo giusto, non potreste chiarirvi. Fagli passare un po' di tempo da solo, lascia che sbollisca un po'. Credimi, è meglio.»

Roxy sapeva che Eve voleva bene a entrambi e se gli aveva parlato in quel modo, era perché era davvero meglio così. Ray doveva essere in uno stato tremendo e la colpa era solo sua.

«D'accordo, va bene...» deglutì, ricacciando indietro le lacrime. «Ma ti prego, fammi sapere come sta, tienimi aggiornata su di lui...»

«Certo, su questo non mancherò.»

«Grazie. Buonanotte, Eve.»

«Notte.» Eve riattaccò, chiudendo la comunicazione. Posò il telefono sul tavolino accanto al divano, si sistemò meglio sui cuscini e fissò la sua caviglia ingessata.

Sentì la voce di Max provenire dalla cucina, seguita a ruota da quella di Ray, molto alterata.

«Ehi!» Alzò la voce per chiamarli. «Quanto ci vuole, per la mia acqua?»

Solo il silenzio seguì le sue parole, dopo pochi secondi vide

Max entrare dalla porta con una bottiglietta d'acqua e un paio di compresse in mano.

«La tua acqua e il tuo antidolorifico, da prendere *subito*.» Le porse tutto, fissandola autoritario.

«D'accordo, *Mister Perfezione*» Gli strizzò l'occhio e si gettò in bocca entrambe le compresse, ingoiandole con un sorso d'acqua. Deglutì e poi aprì la bocca, mostrandogli la lingua.

Max alzò gli occhi al cielo, scuotendo la testa.

«Finita, la tua telefonata?» La voce bassa di Ray le fece subito cambiare espressione, si piegò appena per osservarlo mentre li raggiungeva in salotto. Max si spostò di lato, sedendosi sulla poltrona accanto a lei.

«Sì, finita.» Lo guardò attenta mentre posava la bottiglietta a terra, di fianco al divano.

«Non avresti dovuto farlo, non era necessario.» Ray si sedette sull'altra poltrona, teso come la corda di un violino. Non voleva che Eve la chiamasse, non voleva sapere nulla. Il dolore che aveva provato era troppo grande, troppo forte.

Troppo, rispetto a qualsiasi altro dolore che avesse mai provato prima.

E ogni volta che il pensiero correva a lei riaffiorava, improvviso.

«Ray, non sapeva dov'eri. Non aveva notizie di te da ieri sera, mi sembrava doveroso farle almeno sapere che sei qui. O no?»

«Non mi importa più nulla.» Ray la guardò con un ghigno. «Come a lei non è importato nulla di me e del nostro matrimonio.»

«Senti, ora cerca di calmarti.» Max intervenne, sapeva dove sarebbero andati a parare. Avevano appena finito di discutere due minuti prima. «Non puoi certo continuare a macinare questa rabbia e rimuginare su ieri sera. Ti distruggerai, in questo modo.»

«Voi non capite.»

«Non è vero, Ray. Anch'io mi sono lasciato con Eve, so cosa significa. Entrambi lo sappiamo.»

«Voi non capite cosa voglia dire vedere la donna che ami tra le braccia di un altro!» Lui scosse la testa, i suoi occhi erano fiammeggianti. «Io sono un medico, ho giurato di salvare vite. Ma vi confesso che se ieri sera avessi messo le mani su quel bastardo... l'avrei ammazzato.»

«Hai fatto bene ad andartene, allora.» Max lo rassicurò, voleva che capisse che lui era dalla sua parte in questa situazione. Si era comportato come era giusto, non avrebbe potuto fare altrimenti.

«Per chi, per me o per quello stronzo?» Ray sorrise sarcastico.

«Per te, non ho il minimo dubbio.» Max gli sorrise. «Ho ancora un vago ricordo di quello che combinavamo io e te insieme al liceo e poi all'università, Ray. Ti saresti messo nei guai.»

Lui sorrise appena. Anche lui ricordava... e molto bene.

Si era calmato solo dopo aver conosciuto Roxy.

Fece un sospiro lungo e rassegnato.

«Non avrei mai pensato che potesse finire in questo modo, sai?» Sollevò lo sguardo verso Max. «E mi dispiace di essere piombato qui, ma non sapevo dove altro andare.»

«Hai fatto bene, invece.» Eve gli sorrise ironica. «Oppure avresti potuto andare da mamma e papà.»

«Ma nemmeno se me lo avessero chiesto, lo avrei fatto!» Ray inorridì al solo pensiero. Non osava nemmeno immaginare le mille domande a cui sarebbe stato sottoposto.

«Non disturbi affatto, Ray.» Max si alzò in piedi, guardandolo serio. «Al piano di sopra c'è una stanza già pronta, puoi sistemarti lì con le tue cose. Se vuoi andare, intanto io inizio a occuparmi della cena. Che dite?»

Si osservarono tutti, Eve fece un sorriso compiaciuto.

«Questo sì che si chiama parlare...» guardò Max, strizzandogli l'occhio. «Bistecche?»

«Le abbiamo, certo.» Max annuì.

«Insalata?» Eve gli fece un sorriso immaginandolo ai fornelli. Adorava osservarlo mentre cucinava.

Lui annuì, di nuovo.

«Vino?» La voce seria di Ray fece voltare entrambi, che annuirono insieme. «Ottimo, io sono a posto.»

Senza dire altro si alzò dalla poltrona e prese i suoi bagagli, dirigendosi al piano di sopra.

Eve e Max lo seguirono con lo sguardo, osservandolo salire con lentezza e sparire nel reparto notte.

«Ma si può sapere che diavolo ha combinato Roxy?» Max si rivolse subito a Eve non appena il suo amico scomparve dalla sua vista. «Com'è potuta succedere una cosa simile?»

«Non ne ho idea, purtroppo. Avevo poco tempo a disposizione e ho preferito non chiederle nulla...» aggrottò la fronte, perplessa. «Ma non appena la sentirò di nuovo, proverò a parlarle. Era davvero disperata. Troppo, per una che ha perso la testa per un altro.»

Josh si guardò intorno, la luce della luna piena illuminava il suo giardino come se fosse giorno.

Il cespuglio di rose bianche risplendeva sotto i suoi raggi, quella notte.

Quella notte più di altre.

Aveva riflettuto tutto il giorno sul da farsi e aveva compreso che era venuto il momento di agire.

Non poteva attendere ancora, non più.

Anche perché, se lo avesse fatto ora, li avrebbe stupiti. Di certo non se lo aspettavano, non erano ancora passate le solite tre settimane.

Si mise i guanti, avanzò verso quei boccioli che sotto le sue cure erano diventati perfetti.

Li osservò uno a uno, con attenzione.

Ed eccolo lì, all'improvviso lo vide.

Era meraviglioso, appena schiuso e ricco.

Si distingueva dagli altri nella sua bellezza.

Proprio come si distingueva lei.

Lo prese con delicatezza e lo recise con un colpo secco.

Poi, piano piano, tornò dentro casa, si richiuse la porta alle spalle e scese nel seminterrato.

Aprì la porta della stanza, si guardò intorno.

Tutto era al suo posto, pronto.

Domani il cerchio si sarebbe chiuso.

20.

Mentre si controllava nello specchio dell'ingresso, Roxy pensò che quel giorno sarebbe stato meglio fingersi malata e rimanere a casa a riposarsi.

Aveva passato di nuovo una notte in bianco, a rigirarsi nel letto continuando a pensare a Ray. Il saperlo lontano e arrabbiato e il terrore di averlo perso per sempre, non le avevano fatto chiudere occhio, se non per pochi minuti e con un sonno tormentato da incubi.

Si era truccata con cura per cancellare quelle profonde occhiaie che le segnavano il viso e aveva indossato un tailleur nero con una morbida camicia di seta bianca. Si infilò le scarpe nere di vernice e si diede un'ultima occhiata, passandosi le mani sui capelli tirati indietro, acconciati in uno strettissimo chignon.

La solita immagine perfetta che riusciva a cucirsi addosso ogni giorno.

Ma dentro, si sentiva in pezzi.

Come se le fosse passato sopra un autotreno, come se non dormisse da giorni. Cosa che in realtà era vera. Fece una smorfia e si preparò ad affrontare la giornata in procura.

Perlomeno, forse oggi avrebbero avuto delle risposte.

Innanzitutto aspettavano i dati da Washington, che avrebbero finalmente potuto incrociare con quelli che le aveva spedito Clarisse Hamilton e forse arrivare già a un nome quel giorno stesso.

A breve sarebbero dovuti arrivare anche i risultati dell'esame del DNA, effettuato sulla goccia di sangue trovata all'interno della rosa che era sul cadavere della povera Marie.

E poi c'era sempre Malcolm Finney, che ancora non aveva dato informazioni sul ragazzo che era stato dato in affidamento e tolto a Padre Abraham.

Tanti elementi su cui lavorare e ancora un po' di tempo a disposizione.

Sorrise, pensando che la soluzione di quel maledetto caso era vicina e una volta concluso, avrebbe potuto riprendere in mano la sua vita e provare a riparare ai suoi errori.

Iniziando da Ray.

Prese fiduciosa la borsetta e si avviò fuori, aprì la porta e la richiuse subito alle sue spalle.

Scese in fretta nel parcheggio sotterraneo del suo palazzo, affrontò il solito capannello di giornalisti dai quali le guardie la tennero lontana con grande professionalità e si avviò con l'auto in strada, affrontando il traffico.

Era strano scendere nel parcheggio e non trovare l'auto di Ray di fianco alla sua.

Era ancora più strano rientrare a casa dal lavoro e non trovarla già lì.

Ma quello che era davvero terribile era affrontare tutta la sera e la notte da sola.

Le mancava da impazzire e sapeva che lui stava soffrendo.

E la colpa era solo sua.

Deglutì, entrò nel parcheggio sotterraneo della procura e si fermò con l'auto nel primo posto libero. Ma, mentre stava per scendere, sentì un lieve urto che la fece sobbalzare.

Guardò nello specchietto: un idiota le aveva toccato la macchina. Sbuffò e alzò gli occhi al cielo, scendendo veloce e chiudendo la portiera.

Ci mancava solo questa.

«Ma che succede?» Si sporse in avanti per controllare la sua

BMW. Una berlina era ferma dietro la sua, con ogni probabilità l'aveva appena urtata, sperava senza gravi danni.

Vide la portiera aprirsi e incrociò lo sguardo di un giovane piuttosto carino che le stava sorridendo in modo timido. Alzò le mani in segno di scuse, andando verso di lei.

«Mi perdoni, è tutta colpa mia.» Lo vide scuotere la testa, amareggiato. «Mi sono distratto, mi è suonato il telefono e sono finito contro la sua auto.»

«Non importa, capita.» Roxy gli sorrise, aggrottando subito le sopracciglia. «Ma noi due non ci siamo già visti?»

«Non credo, no. È la prima volta che vengo qui.» Si avvicinò ancora, guardando la sua macchina. «Le ho causato molti danni?»

Roxy si chinò per osservare bene il paraurti. Non aveva nessun segno, forse un piccolo graffio soltanto.

«Sembra nulla di grave, puoi stare tranquillo.»

«Certo. Anche tu.»

Non si accorse di nulla.

Sentì solo il caratteristico odore dolciastro del cloroformio che le invadeva le narici. Un panno morbido premeva con forza contro la sua bocca e il suo naso. Cercò di lottare, ma a causa della sua debolezza e della forza di quel ragazzo fu tutto inutile.

Il buio la avvolse quasi subito.

Steve osservò l'orologio, preoccupato.

Era strano che Roxy non fosse ancora arrivata, molto strano. Si alzò dalla sua scrivania e andò in corridoio, verso Mary.

«Nessuna notizia da parte di Roxy?»

«Nulla... e sto iniziando a preoccuparmi.» Mary aggrottò la fronte, pensierosa. «Ho provato diverse volte a chiamarla sul cellulare, suona, ma non mi risponde. Anche a casa, nulla.»

«Ancora più strano...» lui si guardò intorno, si infilò le mani in tasca e andò verso l'ufficio di Mark. Appena arrivò, bussò delicatamente alla porta, anche se era aperta.

«Avanti, Steve. Entra pure.»

«Sai nulla di Roxy?»

«Perché?»

«Non è ancora arrivata in ufficio, non ti sembra insolito?» Si fermò davanti alla sua scrivania, serio. «Mary l'ha chiamata diverse volte, sembra che non risponda né sul cellulare, né al telefono di casa.»

Mark spalancò gli occhi, poi si alzò in piedi e lo guardò deciso.

«Quando sono arrivato qui, un'ora fa, ho visto la sua auto. Era giù nel parcheggio, Steve.»

«Sei sicuro?» Un brivido di terrore gli percorse tutta la spina dorsale.

«Sicurissimo.»

Steve non attese oltre.

Si mise a correre verso l'ascensore. Schiacciò il tasto come un pazzo, non appena si spalancarono le porte si precipitò dentro e premette il tasto del piano dove si trovava il parcheggio. Mentre scendeva camminava avanti e indietro, in preda a una furia senza limiti. Aveva un brutto presentimento e non voleva che fosse così.

Non poteva essere andata in quel modo.

Non appena le porte si aprirono corse fuori, diretto verso il posto dove lei parcheggiava di solito l'auto. Era occupato da un fuoristrada, ma lui si guardò intorno, a lungo. In un primo momento non la vide, poi, poco distante, eccola.

La sua Bmw X5 era là, a una decina di auto di distanza.

Il cuore iniziò a martellargli nel petto, senza esitare si mise a correre di nuovo. Arrivò in un attimo, la esaminò in modo accurato.

Era certo che fosse la sua.

Provò ad aprire la portiera e lo fece con facilità.

Non era stata chiusa a chiave.

Esaminò con lo sguardo l'interno, sul sedile del passeggero c'era la sua borsetta.

«Merda!» Si tuffò dentro e la prese, rovistò al suo interno e trovò il cellulare che aprì subito.

Dieci chiamate senza risposta, tutte dalla Procura.

«Sporco bastardo!» gridò, mentre in tutta fretta si dirigeva di nuovo verso l'ascensore. Si fermò al primo piano, dove c'erano gli agenti della sicurezza.

Uscì inferocito, andandogli dritto incontro.

«Chi cazzo vi ha insegnato a fare il vostro lavoro, eh?» Non rispondeva più di se stesso, gridava e gesticolava con in mano la borsa di Roxy. «Hanno sequestrato il vice procuratore Jones, proprio qui, nel parcheggio sotterraneo! Dove diavolo eravate, voi?»

«Ehi, stia calmo» Un agente in divisa si diresse verso di lui, per cercare di farlo smettere di gridare. «Stanno tutti osservando, non vorrà seminare il panico nel palazzo.»

Steve lo guardò, poi osservò le persone che si erano fermate incuriosite.

Alcune mormoravano tra loro, si guardavano preoccupate.

«Dobbiamo trovarla, subito.» Gli parlò a voce bassa, sconvolto. «L'ha presa lui, ne sono certo.»

«Andiamo in sala registrazione, dove ci sono i video con le telecamere. Cercheremo di scoprire cos'è accaduto.» Mentre gli faceva strada, l'agente si rivolse a un collega: «Chiama subito il procuratore Davis, digli di scendere immediatamente.»

L'altro annuì, dirigendosi verso il banco dell'accettazione, mentre il fiume di persone che si era fermato per osservarli riprendeva a muoversi nella hall.

«Si calmi, ora.» A grandi passi condusse Steve in una stanza dove c'erano gli addetti alla sorveglianza. «Se vogliamo trovarla... dobbiamo mantenere la lucidità.»

«Questo lo so, ma in questo caso mi è davvero molto difficile, mi creda.» Iniziò a sentire l'angoscia e il terrore di perderla salirgli dalla bocca dello stomaco, fino in gola.

«Beh, cerchi di riuscirci.» Entrarono in una stanza buia, dove diversi schermi mostravano tutto quello che stava accadendo in quel momento, dentro e fuori dalla procura. «E ora, mettiamoci al lavoro.»

Avanzarono a grandi passi, avvicinandosi subito ai due addetti alla sorveglianza.

«A che ora dovrebbe essere arrivata?» L'uomo si girò verso Steve, per avere almeno qualche indicazione.

«Da circa un'ora e mezza, forse due...» si passò le mani tra i capelli, nervoso.

Si allentò il nodo della cravatta per respirare meglio, non riusciva a credere che stesse capitando davvero, non poteva essere. Non osava immaginarla nelle mani di quel criminale bastardo.

«Controlla subito le registrazioni dentro il parcheggio in quella fascia di orario.» L'agente si avvicinò a un collega, esortandolo a eseguire subito quanto gli aveva chiesto.

L'uomo iniziò ad andare a ritroso, le immagini si susseguivano al contrario in un grande schermo davanti a loro. Si concentrarono su quanto accadeva, su tutte le macchine che entravano e uscivano.

Un rumore fece voltare Steve, vide Mark entrare nella stanza preoccupato e dirigersi veloce verso il gruppo di uomini davanti agli schermi.

«Allora? Sono sceso subito, appena mi hanno chiamato.» Lo osservò, preoccupato. «Abbiamo qualche traccia?»

«Non lo so, stanno cercando...» Steve gli fece un cenno con la testa verso lo schermo, entrambi si misero a osservare con attenzione.

Steve strinse gli occhi, cercando di catturare ogni più piccolo movimento e qualsiasi indizio che lo portasse a lei. Esaminò attento ogni auto, ogni persona scorrere veloce davanti a lui, finché ci fu un lampo.

«Aspetta, fermo!» Al suo ordine l'operatore si bloccò subito. «Ora vai avanti, piano.»

Tutti si misero a osservare, poi all'improvviso videro l'auto di Roxy che entrava in quel momento nel parcheggio.

«Eccola, cazzo.» Steve strinse i denti, terrorizzato da quello che avrebbero visto tra poco.

Le immagini si susseguivano nelle telecamere. Cercarono, spostandosi da una all'altra, di esaminare ogni suo movimento. La videro parcheggiare e dopo pochissimi secondi videro che una berlina si avvicinava a lei, colpendola piano contro il paraurti.

La videro scendere, parlare con un uomo che sembrava piuttosto giovane.

Steve sentì i capelli rizzarsi sulla testa, in attesa di capire cosa stava per accadere.

Erano tutti in silenzio, solo i loro respiri si udivano in maniera distinta.

La videro chinarsi e subito dopo lo fece anche l'uomo. Le immagini non erano chiare, ma si intuiva che la stava trattenendo e per pochi attimi lei aveva fatto resistenza.

Poi si era accasciata, forse priva di sensi.

Il respiro gli si mozzò in gola nel momento in cui lo vide aprire la portiera posteriore e infilarla dentro a peso morto, coprendola poi con un telo scuro. L'uomo richiuse la portiera e si drizzò con calma, poi si voltò e risalì in macchina, uscendo dal parcheggio indisturbato.

«Com'è potuto succedere?» La voce di Mark era alterata. «Com'è potuta accadere una cosa simile, volete spiegarmelo?»

«Non so, noi non ci siamo accorti...» L'operatore cercava di giustificarsi, ma nemmeno lui trovava le parole.

«Riusciamo a vedere il numero di targa, almeno?» Steve cercò di mantenere la calma. Non sapeva che farsene delle loro spiegazioni e delle scuse campate in aria, quello che contava ora era ritrovarla.

«Prova a tornare indietro con le immagini.» L'agente che era di sorveglianza all'ingresso esortò il suo collega, che eseguì subito il comando.

Tornarono indietro, si soffermarono più volte, poi avanti e di nuovo indietro. Alla fine, riuscirono a individuare la targa. L'immagine era sfuocata, alcuni numeri non si distinguevano bene.

«Possiamo fare qualcosa di meglio?» Mark si avvicinò un po' allo schermo, per cercare di capire almeno qualcosa. «Si vedono solo due lettere, con quelle arriviamo a poco.»

«Aspetta...» la voce di Steve fendette l'aria, gelida. «Vai avanti, soffermati su di lui. Voglio il momento in cui si gira, appena prima di risalire in auto.»

Steve oltrepassò tutti, si avvicinò ai video, osservando tutte le immagini al rallentatore. Quando il viso di quell'uomo fu abbastanza chiaro alzò la mano.

«Stop! Fermati qui.» Strinse gli occhi e piegò la testa, osservandolo con attenzione.

Guardò quel volto, quel naso. I capelli.
Aveva qualcosa di familiare.
Era giovane.
Di colpo, ricordò.
Ricordò bene e tutto.
Si voltò verso gli altri, con gli occhi sbarrati.
«Cazzo.» Si mise le mani nei capelli, sconvolto «Ho già visto quest'uomo.»
«Dove?» L'agente di sorveglianza lo guardò, poi spostò l'attenzione sullo schermo.
«Qui, poco tempo fa... e un pomeriggio, al Millennium Park.» Scosse la testa, incredulo. «Ci seguiva da allora. Aveva pianificato tutto da tempo. Aveva messo gli occhi su di lei.»
«L'ha riconosciuta ieri, in biblioteca.» La voce di Mark era bassa, grave. «L'ha vista e ha capito che stavamo arrivando a lui, per questo ha agito subito.»
«Era già pronto.» Steve annuì guardando Mark. Poi si girò verso gli addetti alla sorveglianza «Ci sono anche telecamere nell'ingresso, vero? E in ascensore.»
«Ovunque, certo...» annuì l'operatore.
«E abbiamo le registrazioni?» Steve si voltò a guardare Mark, che intuì subito cosa aveva in mente.
«Sì, le abbiamo.»
«Allora risaliamo al giorno prima della conferenza stampa, alla sera. Ho ordinato una cena, ci è stata consegnata in ufficio.» Si voltò verso lo schermo, indicando l'uomo con il dito indice puntato. «Fu lui a consegnarla, ne sono certo.»
«Presto, allora. Cerchiamo un fotogramma che lo ritragga e inviamolo subito alla Harold Washington Library, riusciremo a risalire a lui.» L'agente diede ordine ai suoi colleghi, che eseguirono subito. Poi si voltò verso Mark e Steve. «Nel frattempo,

chiamo subito l'FBI e li informo di quello che è accaduto.»

Entrambi annuirono.

«Avvisatemi non appena ci saranno nuovi elementi, noi intanto cerchiamo di indagare su quelli in nostro possesso e soprattutto faremo pressioni su Washington e sul tuo contatto a Boston.» Si voltò verso Steve, deciso. «Non voglio tralasciare nulla, nessun elemento. Voglio riportarla a casa, sana e salva.»

«Lo voglio anch'io, Mark. Più di ogni altra cosa.» Steve lo guardò serio. «Andiamo.»

Si congedarono e uscirono dalla stanza, mentre tutti gli addetti alla sorveglianza si mettevano al lavoro. Si infilarono in ascensore, non appena arrivati si precipitarono fuori, correndo subito nei loro uffici.

Mary li guardò sconvolta. Dal loro modo di fare capì subito che qualcosa non andava. Si alzò in piedi e seguì Steve, che si stava precipitando alla scrivania e aveva già in mano il telefono.

«Che succede, Steve? Dov'è Roxy?»

«Mary, purtroppo è nelle sue mani.» Lui si girò a guardarla mentre finiva di comporre il numero. «Sembra incredibile, ma l'ha sequestrata nel parcheggio della procura, questa mattina. Abbiamo visto i filmati.»

«Oh, mio Dio...» lei si portò la mano alla bocca, soffocando un singhiozzo.

«Credo che tu debba avvisare la sua famiglia.» Si voltò, sentendo il segnale di linea libera. Dopo soli due squilli gli rispose la procura di Washington. «Ciao, sono Steve. Abbiamo un problema molto grosso, qui.»

Mary si allontanò per lasciarlo lavorare, tornò barcollando alla sua postazione. Pensò a Roxy, osservò il suo ufficio vuoto. La immaginò con orrore nelle mani di quello sporco assassino, chiuse gli occhi e una lacrima le rigò una guancia.

Non era giusto.

Era una brava persona, aveva sempre lottato contro tutto questo. Era la sua vita.

Non poteva accadere davvero, non stava succedendo a lei.

Di colpo, pensò a Ray.

Doveva avvisarlo, immediatamente.

Prese il telefono e l'agenda, cercò il suo numero di cellulare.

Provò a chiamarlo, ma era spento.

Tentò in ospedale, non poteva andare troppo per il sottile in un caso come quello.

«Pronto soccorso del Mercy Hospital, posso aiutarla?» Un ragazzo le rispose con un tono cordiale.

«Sì, mi scusi... cercavo il dottor Jones...» la voce le uscì tremante.

«No, il dottor Jones non c'è. Non si sente bene, starà a casa per un paio di giorni. È successo qualcosa?» Purtroppo lui si era accorto del suo tono ed era chiaro che si era allarmato.

«No, no...» si schiarì la voce, cercando di ritrovare un po' di sicurezza. «Non si preoccupi, proverò a rintracciarlo io, non è niente di urgente. Grazie.»

«Si figuri, buongiorno.»

«Buongiorno.» Mary riattaccò sfogliando l'agenda con le dita che le tremavano, nemmeno lei a quel punto sapeva cosa cercare.

Tornò al numero di Ray, dove si trovava anche quello di Roxy. Sotto c'erano alcuni numeri di telefono di emergenza, compreso quello dei suoi genitori, ma non se la sentiva di chiamarli per dar loro quella notizia. Un altro numero, invece, catturò la sua attenzione e sperava tanto di trovarlo libero.

Lo compose subito.

«Pronto?» La voce di donna che le rispose dall'altra parte era incuriosita.

«Evangeline?»

«Sì, sono io... Chi parla?»

«Grazie al cielo... sono Mary, la segretaria di Roxy.» Il groppo che aveva in gola non la faceva quasi parlare, ma doveva riuscire a dirle tutto. «Purtroppo è accaduta una cosa, devo darti una brutta notizia.»

Eve ascoltò quello che le diceva la donna, ma non riusciva a credere alle sue parole. Le sembrava impossibile, le sembrava un incubo quello che stava accadendo.

La ringraziò come un automa, poi riattaccò il telefono.

Pensò pochi secondi, poi con tutto il fiato che aveva in gola gridò.

«Ray!» Lo sentì muoversi al piano di sopra. «Ray! Corri giù, subito!»

Udì i suoi passi frettolosi, la porta della sua camera sbattere forte.

«Che succede?» Allarmato, si precipitò giù dalle scale, correndo verso di lei.

La guardò in viso, era sconvolta.

«Che succede, Eve?» Vederla con quell'espressione e ammutolita non fece altro che allarmarlo ancora di più. «Parlami, che è successo?»

«Mio Dio, Roxy è...»

Lui aggrottò la fronte.

«Che stai dicendo?»

«Ray, Roxy è stata sequestrata.»

Lui spalancò gli occhi, incredulo. Vi fu un attimo in cui gli sembrò di non essere in quella stanza, ma da tutt'altra parte, come se non fosse lui a vivere tutto quello che stava accadendo.

«Che stai dicendo?»

«Il killer, il caso che stava seguendo... è arrivata in procura stamattina, quell'uomo l'ha sequestrata. Mi ha appena chiamato Mary, per avvisarmi.»

Smise di respirare. Fece qualche passo indietro, accasciandosi sulla poltrona di fronte a lei. Non riusciva a parlare, non riusciva a connettere.

Non sapeva che fare.

Aveva solo l'immagine di lei davanti agli occhi.

Nella mente.

Ed era in mano a quel bastardo, ora.

Una furia senza precedenti iniziò a salirgli dalla bocca dello stomaco.

«Come cazzo è potuto accadere? Come?» Gridò come un pazzo, dando sfogo a tutta la sua rabbia. «Con tutti i sistemi di controllo che hanno là dentro... come diavolo hanno permesso che accadesse questo?»

«Non lo so, voglio vederci chiaro.» Eve era pallida, ma cercò di prendere in mano la situazione. «Chiamo in ufficio, voglio parlare con chi sta seguendo il caso.»

«Io vado in città...» lui si alzò in piedi, fece per andare di sopra.

«E dove vuoi andare? In giro a cercarla non sapendo nemmeno dove?» Eve lo fermò con un grido, immobilizzata com'era su quel divano. «Siediti qui e aspetta che io faccia un paio di telefonate e vediamo di fare qualcosa di intelligente se riusciamo. D'accordo?»

Lui annuì, serrò le mascelle e sbuffò aria dal naso, sedendosi di nuovo. Si strinse convulsamente i pantaloni della tuta sulle cosce, come se volesse strapparli.

Era arrabbiato con Roxy, se n'era andato di casa.

L'aveva lasciata e forse era davvero finita, tra loro.

Ma nonostante quello, lei era *la sua vita.*

Il pensiero di saperla sola, terrorizzata e ad affrontare una cosa orribile come quella, lo stava divorando dentro, lo stava mangiando vivo. Si concentrò su sua sorella che stava componendo il numero del Quartier Generale dell'FBI. Aveva ragione Eve, non aveva senso muoversi ora, senza sapere dove andare.

Sorrise sarcastico, una mezza idea ce l'aveva, in effetti.

Sarebbe potuto andare in procura, c'era di certo qualcuno su cui poteva sfogare la sua rabbia, finalmente.

«Buongiorno, sono l'agente Jones. Voglio parlare subito con chi sta seguendo il caso del killer di Chicago, passatemi l'ufficio di competenza.» Guardò Ray, davanti a lei. Gli occhi di suo fratello erano fiammeggianti, in attesa di notizie. Il suono della linea libera la fece drizzare sull'attenti.

«Pronto?» riconobbe subito la voce.

«Nic, sei tu?»

«Eve... sì.» Lui abbassò la voce, intuiva il motivo della sua telefonata. «Come l'hai saputo?»

«Mi hanno chiamata dalla procura, informandomi di cos'era successo. Ti hanno assegnato al caso?»

«Sì, è sotto la direzione dell'agente Murphy. Lui si è già diretto là, vogliono esaminare i filmati. Sembra che abbiano scoperto che quel bastardo le stava dietro da tempo.»

«Cazzo.»

«Già. Io sono rimasto qui, in attesa di novità. Insieme ad altri colleghi siamo pronti a intervenire nel caso ci chiamino.»

«Ottimo.» Lei si schiarì la voce, guardò Ray seduto di fronte. «Al momento, ci sono novità?»

«Purtroppo, nessuna...» lui fece un sospiro. «Ma ti prometto che non appena verrò informato di qualcosa, tu sarai la prima a saperlo.»

«Grazie.»

«Scherzi?» Lui fece un sospiro. «A dopo.»

«A dopo, ciao.» Eve riattaccò, guardando suo fratello con una smorfia. «Nessuna novità al momento, Ray. Ma c'è Dominic che sta seguendo il caso, ci terrà informati.»

Lui la guardò serio, mentre continuava a torturarsi le mani impaziente.

«Non posso stare qui fermo, Eve. Devo fare qualcosa.» Lo vide scuotere la testa. «Non posso pensare di perderla in questo modo, non dopo tutto quello che è accaduto...»

«Stai calmo, Ray.» Lo guardò comprensiva, cercando di non lasciar trapelare l'ansia che le serrava la gola. «Dobbiamo attendere e non appena ci saranno novità saremo i primi a saperlo. In quel momento decideremo il da farsi, va bene?»

«Tu non capisci... io la amo, nonostante tutto quello che ha fatto. Nonostante i suoi errori, nonostante sia stata tra le braccia di un altro. E nonostante anche i miei, di errori.» Le parlava con la voce incrinata, gli occhi disperati. «La amo con tutto me stesso e non posso pensare di perderla così, non posso pensare che le accada qualcosa!»

«Ray...»

«Non riuscirei a sopportarlo!» Si piegò in avanti, coprendosi il volto con le mani. Poi all'improvviso scattò in piedi, dirigendosi verso la porta.

«Dove vai?» Eve provò a voltarsi, allarmata.

«Esco fuori in giardino, ho bisogno d'aria.» La voce di lui era rotta dal dolore, Eve sentì la porta richiudersi forte alle sue spalle.

Fece un sospiro e fissò il telefono con tristezza, augurandosi di sentirlo squillare presto. Fino ad allora sperava di riuscire a tenere buono Ray, in modo da convincerlo a non fare qualche sciocchezza.

Osservò l'orologio, tra qualche ora sarebbe tornato anche

Max, per fortuna.

Inchiodata su quel divano, immobile, si sentiva inutile, almeno il suo arrivo l'avrebbe aiutata a gestire Ray. Nel frattempo, doveva avvisarlo.

E doveva chiamare anche i genitori di Roxy.

«Che significa che non abbiamo immagini nitide?» Steve era incredulo. «Con tutti i sistemi avanzati che abbiamo qui, non siamo in grado di avere un'immagine chiara del suo volto?»

«Purtroppo no...» l'agente Murphy lo fissò serio. «Sapeva quello che faceva... e molto bene. La sera che è venuto qui a consegnarvi la cena, ha offerto dei soldi al ragazzo, qui... fuori dalla procura, dando sempre le spalle alle telecamere. Ha oltrepassato i controlli e si è diretto in ascensore, guardando sempre verso il basso. Non ci sono inquadrature del suo viso, è impossibile riconoscerlo in questo modo.»

«Beh, io lo ricordo molto bene!» Steve diede una manata sul tavolo. «Chiamate qualcuno, facciamo subito un identikit.»

«Non c'è tempo, Steve.» Mark intervenne. «È questione di ore, ormai, lo sai anche tu. Non sappiamo nemmeno con certezza se lei sia ancora...»

«Non dirlo.» Si alzò in piedi e gli puntò un dito contro. «Non dirlo nemmeno per scherzo! È ancora viva, capito? È ancora viva! E vederti gettare la spugna in questo modo mi fa incazzare a morte, credimi!»

«Non sto gettando la spugna, al contrario.» Lui scosse la testa. «Voglio che ci concentriamo su altri elementi, non che perdiamo tempo a fare un identikit e magari nel momento in cui lo andremo a mostrare a Clarisse Hamilton sarà con ogni probabilità troppo tardi.»

Steve annuì. Sapeva che Mark aveva ragione, ma stare lì fermi serviva a ben poco.

«Cosa conti di fare?»

«I dati da Washington? Abbiamo novità?»

«Dovrebbero arrivare da un momento all'altro, poi potremo confrontarli con quelli di Chicago.» Steve deglutì. «Farò una ricerca con il sistema, per avere dei riscontri sui nominativi. Speriamo solo che non abbia cambiato nome.»

«Già. Finney?»

«Sono riuscito a rintracciarlo poco fa, dice che forse entro sera saprà dirmi qualcosa di più. Aveva consegnato tutti i documenti all'investigatore privato che aveva seguito Padre Abraham ed è fuori città, purtroppo.»

«Stasera sarà tardi.» Mark si abbandonò sulla poltrona, distrutto. «Sembra che, oltre al tempo, anche la fortuna sia contro di noi.»

«Non dobbiamo abbatterci, attendiamo i dati da Washington e cerchiamo di essere ottimisti, forse a breve avremo qualche notizia...» l'agente Murphy li osservò deciso. «I miei uomini sono pronti a intervenire, aspettano solo il mio via. Poi si precipiteranno ad arrestare quel bastardo.»

«Se dovesse ucciderla, se dovesse accaderle qualcosa, io...» Steve scosse la testa, amareggiato.

«Non accadrà.» Mark si sporse in avanti sul tavolo. «Vedrai che presto arriverà qualcosa di concreto.»

«Speriamo. Vorrei solo...» la voce di Steve venne interrotta da un bussare deciso alla porta.

«Avanti!» Mark esortò ad aprire chiunque fosse.

Una Mary trafelata e sorridente li osservò tutti e tre.

«Sono arrivati i dati da Washington.»

Steve non attese oltre, si alzò in piedi e corse nel suo ufficio, seguito da Mark e dall'agente George Murphy.

Aprì il file contenente i dati di Chicago, poi quelli di Washington. Si trattava di centinaia di nominativi. Lanciò la ricerca con il sistema, premendo con forza sul tasto come per dargli maggiore vigore.

Il programma iniziò a girare, i minuti passavano lenti.

Tutti e tre gli uomini fissavano il computer, come inebetiti.

Dopo un tempo che sembrava infinito, il risultato apparve loro davanti.

Una sola persona aveva lavorato in entrambi gli edifici e aveva finalmente un nome e un cognome.

Josh Adams.

L'agente Murphy prese il cellulare dalla tasca, per avvertire i suoi.

Steve, con il cuore in gola, prese il biglietto da visita di Clarisse Hamilton e compose il suo numero privato.

«Buongiorno, signora Hamilton. Sono un collega di Roxanne Jones, il vice procuratore di Chicago. Vi siete incontrate ieri.»

«Certo, ricordo. Mi dica.»

«Ho il nome di un uomo che è alle vostre dipendenze, vorrei sapere il suo indirizzo.»

Il suono del telefono la fece sobbalzare.

Ray si voltò a guardarla, Max era arrivato da poco ed era già al corrente della situazione, si alzò in piedi e si avvicinò.

Eve controllò il numero, era Dominic. Rispose subito, senza nemmeno salutarlo.

«Dimmi tutto.»

«Ci hanno appena avvisati, abbiamo l'indirizzo del nostro uomo, Eve.»

Lei fece un profondo sospiro di sollievo. «Ti stai preparando per intervenire?»

«Sì.» Lui scostò il telefono un attimo dall'orecchio per indossare il giubbino antiproiettile. «Ray come sta?»

«Come vuoi che stia, è qui davanti a me.» Guardò suo fratello che avanzava verso di lei con gli occhi sbarrati.

«Ho pensato che, se mi promette di non fare stronzate, forse avrebbe piacere ad avere questo indirizzo.»

«Spara, garantisco io per lui.»

«Monticello Avenue, all'angolo con Rosemont Avenue.» Nic riattaccò subito, senza dire altro.

Eve richiuse il cellulare, fissò suo fratello negli occhi, con durezza.

«Ray, ora tocca a te. Ma devi promettermi di non fare cazzate, ne va della vita di Roxy.»

«Prometto che non ne farò. La sua vita conta più della mia, lo sai.»

«Monticello Avenue...» si schiarì la voce «...all'angolo con Rosemont Avenue.»

«Grazie.» Fu un sussurro, quello che gli uscì.

Dopo alcuni attimi era già in auto che usciva da casa di sua sorella.

Lo separavano ventidue miglia dalla città, sperava solo di arrivare prima possibile.

21.

Quando Roxy aprì gli occhi, sentì solo un forte mal di testa.

Non riusciva a comprendere né dov'era, né cosa fosse successo.

Cercò di abituarsi alla luce, ma dovette sbattere più volte le palpebre per riuscirci.

Un senso di nausea le arrivò dalla bocca dello stomaco e si accorse solo in quell'istante di avere le labbra sigillate con del nastro adesivo.

Spalancò gli occhi, sentendosi soffocare. Cercò di muoversi, ma si rese conto di essere bloccata, mani e piedi, in quello che sembrava un letto.

Sentì i conati salire, aumentare sempre di più e quando credeva di soffocare una mano le strappò via il nastro dalle labbra, causandole un dolore tremendo.

Le scivolò poi dietro la nuca, facendola piegare di lato e aiutandola a liberarsi.

Riversò tutto quello che aveva nello stomaco in un contenitore di plastica, di fianco al letto.

Tossì più volte, riuscendo finalmente a respirare di nuovo. Si guardò intorno e incontrò due gelidi occhi scuri che la fissavano.

«Ci tengo che tu rimanga in vita, sai?» L'uomo che era davanti a lei fece una lieve smorfia e si alzò in piedi. «Non voglio certo farti morire soffocata in quel modo, mi servi.»

Le voltò le spalle e si allontanò, dirigendosi nel bagno a fianco.

Gettò il contenuto della bacinella nello scarico e tirò lo sciacquone, poi la posò nel lavandino facendoci scorrere all'interno un po' d'acqua per ripulirla.

«Chi sei?» Roxy lo chiamò con un tono di voce alto, per farsi sentire.

Josh sorrise sadico, poi chiuse il rubinetto e tornò nella stanza da letto dove l'aveva immobilizzata.

«Come se tu non lo sapessi...» piegò la testa di lato, avanzando con lentezza verso di lei. «Sai benissimo chi sono, vice procuratore Roxanne Parker Jones.»

Aveva un sorriso diabolico, la osservava con lentezza da capo a piedi.

«Sei lui, vero? Il killer che stiamo cercando.»

«Bingo...» lui annuì, si fermò accanto al letto e si infilò le mani nelle tasche dei jeans neri. «Quindi immagini quello che ti aspetta, vero?»

Roxy deglutì.

Lo immaginava, certo.

E la cosa indispensabile era prendere tempo, cercare di rallentare il folle rituale che quel criminale effettuava ogni volta e che ora intendeva fare con lei.

Con ogni probabilità avevano già scoperto la sua scomparsa e le telecamere nel parcheggio sotterraneo della Procura avevano ripreso tutto.

Sapeva che la stavano cercando, ma era anche consapevole che non avevano molti elementi a disposizione.

Ma lei poteva fornir loro un vantaggio, che era vitale in questo caso.

Poteva dar loro *tempo.*

«So cosa mi aspetta...» gli fece un sorriso debole «...ma non riesco a capire perché tu abbia *scelto me.* Ho molti più anni delle tue vittime e in più non hai atteso il tempo necessario. Che è successo?»

Lui si lasciò andare in una risata sarcastica, piegando la testa all'indietro.

Dopo pochi attimi la riportò in avanti, posando lo sguardo famelico su di lei.

«Vediamo, Roxy...» si chinò, piegando le gambe e guardandola in viso, serio. «Innanzitutto, sono un po' arrabbiato con te. Con la tua visita in biblioteca di ieri, mi hai costretto ad anticipare le mie mosse e so molto bene che quando uno come me modifica qualcosa nel proprio *stile* è sempre molto rischioso. Dovrò andarmene domani stesso da qui, se non stasera, a causa tua.»

Lei serrò le labbra, continuando ad ascoltarlo.

«E poi...» le scostò la giacca nera, scoprendo la delicata camicia di seta bianca che le copriva il petto florido che si alzava e si abbassava in maniera ritmica «...sei davvero molto bella, questo dovresti saperlo.»

Si leccò le labbra mentre la osservava.

Con la punta del dito indice percorse i suoi bottoncini di madreperla, arrivando fino al bordo della gonna del tailleur. Corse più in basso, accarezzando le sue cosce e sentendo sotto lo strato di stoffa la striscia di pizzo delle calze autoreggenti.

«Uhm, che donna di classe...» le labbra gli si piegarono in un sorriso, mentre con soddisfazione scivolava fino al bordo della gonna, alzandola appena. Vide spuntare un pizzo ricco e decorato, nero. Si lasciò scappare un lieve mugolio soddisfatto. «Ma da te non mi sarei aspettato niente di diverso, vice procuratore. Devo ammetterlo.»

Con entrambe le mani le prese i lati della gonna, sollevandogliela fino sui fianchi con forza.

Ammirò il suo corpo, con famelica bramosia.

Era una donna splendida, con cosce ben tornite e il ventre

piatto. Ammirò il suo slip di raso bianco, non vedeva l'ora di strapparglielo ed essere dentro di lei.

«Bellissima...» si leccò le labbra mentre la guardava pieno di desiderio.

«È per questo che ha abusato di te, vero?» Roxy gli parlò, cercando di mantenere la voce ferma, non voleva fargli sentire il terrore che le stava attraversando il corpo. «Perché eri bello. Cosa ti diceva, che era colpa tua e del tuo aspetto se lui si sentiva attratto da te?»

Josh alzò gli occhi di scatto, guardandola furente.

«Come osi parlare di lui?» Si avvicinò con la voce ridotta a un sibilo, le prese il volto con le mani e le strinse forte le guance, costringendola a guardarlo. «Non provare di nuovo a nominarlo!»

Con un gesto secco le lasciò il viso e si alzò da letto, andando verso la finestra.

Si appoggiò al tavolino con entrambe le mani, respirando a pieni polmoni.

Doveva calmarsi o rischiava di farsi prendere la mano e commettere degli errori.

Aveva tutto il tempo che voleva, non potevano risalire a lui.

«So che stai cercando di fare...» sorrise, poi si voltò verso di lei. «Vuoi farmi innervosire, speri che io commetta degli errori. Ma non ci riuscirai, credimi.»

«Voglio parlarti, non farti innervosire.» La sua voce assunse un tono compassionevole. «Cerca di ragionare, non è in questo modo che lo troverai.»

Lui scoppiò a ridere.

«Farmi parlare? E a che scopo?» Di colpo diventò serio. «Non serve parlare, non c'è nulla da dire. Tra poco tutto si consumerà e tutto sarà compiuto.»

La guardò per un attimo solo, poi si tolse la maglietta scura, rimanendo a torso nudo.

Aveva un fisico prestante, muscoloso. Era un bell'uomo e lo sapeva.

Ma negli occhi di lei non vide il desiderio che aveva visto nelle altre ragazze quando le aveva avvicinate. Negli occhi di quella donna c'era il vuoto.

Un vuoto che non riusciva a decifrare.

«Ti prego, parlami...» la voce di lei gli scosse le membra, irritandolo di nuovo.

Doveva metterla a tacere, subito.

Si voltò e prese il rotolo di nastro adesivo, ne strappò un pezzo e andò verso di lei con una calma terrificante.

«Ti supplico, non farlo.» Roxy capì in quell'istante che lui aveva deciso, non c'era più nulla da dire o da fare che potesse fermarlo.

«Non voglio sentire la tua voce mentre sarò dentro di te. Anzi, a pensarci bene non voglio sentirla più.» Si avvicinò e glielo attaccò sulle labbra, lasciandole il naso libero per respirare. «Se dovessi sentirti male di nuovo te lo toglierò subito, stai tranquilla. Come ti dicevo, ho bisogno di averti viva e ricettiva.»

Si alzò ammirandola di nuovo, notando che non tremava nemmeno.

Lo stava guardando negli occhi, seria, in attesa della sua prossima mossa.

Lui si voltò verso il tavolo a fianco e prese il coltellino affilato che utilizzava sempre. Lo sollevò in aria, ammirando la lama splendere sotto i raggi del sole che filtravano dalla finestra.

Abbassò gli occhi verso di lei, stesa sul letto.

Non un cenno, non un tentennamento.

«Sono sbalordito, Roxy.» Si sbottonò i jeans, per allentare la tensione della sua erezione contro i pantaloni. «Bellissima e coraggiosa. Mi domando cosa mai ci abbia trovato una come te in quello stronzo di Marshall.»

Lei lo guardò mentre le divaricava le gambe e saliva sul letto, sistemandosi in ginocchio tra le sue cosce aperte.

Si sedette sui talloni e rimase a osservarla, rigirandosi il coltellino tra le mani.

«È un gran coglione, non te ne sei accorta?» Scosse la testa con un'espressione di scherno. «Possibile che una donna in gamba come te si sia fatta ammaliare dalla sua bellezza esteriore? Ho fatto ricerche su di lui, sai?»

Si piegò in avanti, coricandosi sopra di lei e sostenendosi sui gomiti.

Roxy era immobile in quella posizione, faceva lunghi e profondi respiri, cercando di mantenere la calma. Sentiva il suo membro rigido premerle tra le cosce e provava disgusto per quello sporco e crudele assassino di fronte a lei.

Ma non doveva crollare, non ora.

«Sai che si è trovato una bella fidanzata ricca, si è sistemato a casa sua e il paparino di lei gli sta spianando la strada per la carriera politica?» Rise sarcastico. «Facile, non credi?»

Con la punta del coltello le accarezzò una guancia, scendendo fin sotto alla gola. Lei non rispose, spalancò appena gli occhi e sentì pungerle la pelle.

«Non credi?» Lui alzò la voce, spaventandola e facendola sussultare.

Roxy annuì con la testa, lui sostituì la punta del coltello con le sue dita.

«Mi hai chiesto perché ho *scelto te*... e io ti ho risposto che l'ho fatto per la tua bellezza.» Le sorrise, quasi con tenerezza. «Non è solo per questo. Sai, durante le settimane che ho trascorso qui, ho visto la tua foto sui giornali e sono rimasto molto colpito dal tuo ruolo in Procura. Sei in gamba e hai ottenuto un posto di prestigio già in giovane età e in mezzo a un mondo di uomini in carriera. Ti ho ammirato fin dal primo istante e ho deciso che l'onore di chiudere il cerchio sarebbe stato tuo.»

Roxy spalancò gli occhi.

«Sì...» lui annuì, con uno sguardo terrificante. «Era stabilito fin dall'inizio, come la perfetta conclusione di tutto. Ti ho seguito, ti ho osservato. So tutte le tue abitudini, so dove abiti. So dove lavora tuo marito, il dottor Raymond Jones.»

Ray.

Il pensiero di lui e che un giorno il criminale che era davanti a lei potesse toccarlo, la mandò nella disperazione più nera.

In quel momento il terrore la invase e Roxy crollò.

Chiuse gli occhi, sperando che qualcuno la trovasse, sperando che tutto avesse finalmente una fine. Le lacrime le solcarono le guance, bagnando le lenzuola di quel letto che aveva già visto tante morti.

Troppe.

«Eccolo qui, il tuo punto debole, vero?» Josh le passò la punta del coltello sul collo, scendendo fino alla camicetta. La infilò sotto il primo bottone, facendolo saltare. «Il tuo caro Ray.»

Roxy non poté trattenere un singhiozzo.

Lui sorrise trionfante, la soddisfazione di aver piegato una donna come lei era inebriante, con impazienza fece saltare un altro bottone.

Poi un altro.

E un altro ancora.

La camicetta morbida e leggera le scivolò lungo i fianchi, rivelando un reggiseno in raso bianco che le copriva il petto pieno e prosperoso.

«Ah, non vedo l'ora di vederti. Voglio assaporare la tua carne, voglio violarti. So che non sarà affatto come possedere quelle innocenti e caste ragazzine, ma vedrai che troverò un modo per renderlo indimenticabile.» Le posò un bacio leggero sul nastro adesivo, anche attraverso lo spesso materiale lei poté sentire la pressione delle sue labbra.

Si scostò, disgustata.

Josh sorrise, poi infilò la punta del coltello tra le coppe del reggiseno, con un taglio netto recise l'indumento che si aprì, rivelando la sua pelle rosea.

Ammirò soddisfatto il paradiso che aveva davanti: non aveva mai visto seni così pieni e sodi.

I capezzoli scuri erano grandi e duri, li stuzzicò con la punta della lama, sentendo un gemito di orrore uscire dalla gola di lei.

Roxy ora tremava, sentiva il freddo della morte arrivare quasi a sfiorarla con le sue dita gelide, sentiva la pelle di quello schifoso toccare la sua, il suo alito caldo avvicinarsi ai suoi seni.

Cercò di divincolarsi, ma fu inutile.

Con gli arti bloccati e schiacciata dal peso del suo corpo possente, poteva fare ben poco.

Fu troppo, tutto.

Non riuscì più a trattenersi, iniziò a piangere.

La disperazione la strinse nelle sue spire, ora non cercava più di prendere tempo, ora era troppo tardi.

Sentì la mano di lui stringerle un seno, il pollice stuzzicarle il capezzolo con ruvidità e forza.

Cercò di gridare, ma il nastro sulle labbra le impediva di fare qualsiasi suono che non fosse un disperato rantolo.

Avvertì il suo peso schiacciarla di più, l'altra mano scendere verso le sue gambe. Comprese quello che stava per accadere, con tutta la forza che aveva cercò di sfuggire al suo tocco, all'inevitabile.

Le sue dita si insinuarono sotto i suoi slip e quando Josh arrivò a solleticare la sua soffice peluria chiuse gli occhi, estasiato.

Ma il metallo freddo che si appoggiò all'improvviso sulla sua nuca, lo immobilizzò subito.

«Allontanati da lei.» La voce alterata di un uomo squarciò il buio della stanza.

Roxy spalancò gli occhi, incrociò quelli verdi di un agente in tenuta anti sommossa.

Lo riconobbe subito e i suoi occhi si riempirono di lacrime.

«Allontanati. Ho. Detto.» Lui spinse la pistola ancora di più contro la sua nuca. «O giuro che ti faccio saltare la testa.»

Josh si sollevò da Roxy, poi alzò le mani.

Aveva ancora il coltello in una.

«Gettalo a terra. Subito!» L'agente non esitò, vide l'arma cadere e poi guardò la donna seminuda stesa sul letto. «Roxy, stai bene?»

Lei annuì, nonostante le lacrime poteva vedere chiaro in volto il suo salvatore.

Nic.

«Li ho trovati! Giù, nel seminterrato!» Nic gridò subito, mentre puntando ancora la pistola sulla nuca di Josh lo faceva allontanare dal letto, portandolo con la faccia al muro. Gli bloccò le mani, assicurandosi che non si muovesse.

Quello che accadde dopo fu tutto molto confuso e veloce.

Roxy si accorse soltanto che arrivarono alcuni agenti, uno di loro le liberò i polsi e le caviglie, l'altro le tolse con delicatezza il nastro dalle labbra.

Si sentiva come una bambola di pezza, non avvertiva nulla, non aveva sensibilità.

Tutti i suoi sensi... era come se si fossero spenti.

Un paio di occhi azzurri che le andarono incontro, familiari, la fecero risvegliare da quel torpore.

«Roxy, mio Dio!» Steve le abbassò la gonna, si tolse la giacca e gliela gettò subito addosso per coprirla, poi la prese tra le braccia. «Stai bene?»

«Sì...» la voce le uscì a malapena mentre si lasciava cullare da quell'abbraccio possente e vigoroso.

«Aspetta, vieni.» Lui si allontanò giusto per toglierle un attimo la sua giacca.

Con delicatezza le richiuse la camicia di seta sul seno nudo e poi le abbottonò la giacca che aveva indossato quella mattina, per assicurarsi che non si scoprisse di nuovo.

Le sollevò un braccio e poi l'altro, infilandole sopra di nuovo la sua.

Senza il minimo sforzo la sollevò tra le braccia e la portò fuori, dove proprio in quell'istante stava giungendo un'ambulanza che andava dritto verso di loro. Il veicolo si fermò di colpo, si aprirono gli sportelli e scesero un paio di infermieri che le andarono subito incontro per prenderla, ma lei si aggrappò alle spalle di Steve, come per sentirsi al sicuro.

«La porto io, non preoccupatevi.» Fece per salire sull'ambulanza, ma lei lo fermò subito, tirandolo per una manica della camicia.

«Non voglio andare all'ospedale.»

«Perché?» Lui la guardò, preoccupato. «Devono controllare come stai, Roxy.»

«Sto bene, Steve. Non mi ha violentata, non mi ha fatto del male fisico.» Gli sorrise, debole. «L'unica cosa di cui ho bisogno in questo momento... è vederlo uscire da quella casa con le manette ai polsi. Solo dopo andremo all'ospedale. Te lo prometto.»

Lui annuì, la posò sul retro dell'ambulanza e fece spazio agli infermieri che iniziarono a visitarla.

La osservò ammirato mentre le provavano la pressione e le facevano domande a cui lei rispondeva. Si vedeva con chiarezza che era sconvolta, ma la sua forza e il suo coraggio erano degni di lei.

Era una gran donna.

Ed era proprio per questo che lui l'amava.

Aveva temuto di perderla, aveva temuto che quel pazzo le facesse del male.

Aveva temuto che morisse.

E ora era lì, davanti a lui.

Con i capelli scompigliati, il trucco rovinato.

I vestiti strappati.

Ma nonostante quello, giurò che non era mai stata così bella.

Lei lo guardò un attimo, con gratitudine.

«Ti va qualcosa di caldo?» Lui le sorrise. «Te lo vado a prendere volentieri, se vuoi.»

«Grazie... un the caldo mi aiuterebbe un po', sì.» Roxy lo osservò.

Quell'uomo davanti a lei era corso sulla scena di un crimine anche se non poteva e si era introdotto in casa di quel pazzo criminale con gli agenti in missione, anche se non avrebbe dovuto farlo.

Ed era stato lui a portarla fuori da quell'orrore.

Lo guardò mentre la osservava, con un'espressione serena sul viso.

«Vado e torno, ci metto un attimo.» Steve le strizzò l'occhio, poi scomparve subito dalla sua vista.

Ray capì di essere arrivato quando vide decine di persone che accorrevano in un'unica direzione.

Poi vide i giornalisti, vide le auto della polizia.

Parcheggiò la macchina nel primo buco libero e si mise a correre anche lui dove stavano correndo tutti. Urtò alcune persone, senza curarsi di chiedere scusa.

Corse finché non aveva più fiato, corse per capire cos'era successo.

Forse tutta quella folla era un segnale positivo, forse l'avevano trovata e stava bene.

Forse era ancora viva e lui avrebbe potuto stringerla e portarla a casa, finalmente.

Avrebbero parlato e avrebbero chiarito tutto.

Dio, sì che l'avrebbero fatto.

Quando vide le persone accalcate in mezzo alla strada, capì di essere arrivato.

Cercò di farsi largo tra i curiosi, diede gomitate, chiese permesso mentre spingeva e si faceva spazio.

Ma tutti erano pressati e accalcati, in attesa di veder uscire quel criminale.

Finalmente, con un grande sforzo, riuscì ad arrivare alle transenne che aveva sistemato la polizia per tener lontano i curiosi. Con gli occhi si mise in cerca febbrile di un qualche indizio, di un volto noto. Di qualcuno che potesse dirgli qualcosa.

Poi vide l'ambulanza e seduta sul bordo, circondata da una coperta termica, c'era *lei*.

Sola e rannicchiata su se stessa, guardava verso la casa, in attesa di qualcosa o qualcuno.

Gli si mozzò il respiro nel vederla sana e salva, per poco non si mise a urlare dalla gioia. Cercò di spostare una transenna per passare e correrle incontro, ma un poliziotto lo bloccò subito.

«Si fermi, non può passare.»

«È mia moglie!» Gliela indicò, l'uomo si voltò e capì subito.

«Prego, passi pure!» Spostò subito la transenna per agevolargli il passaggio, ma dopo due passi Ray fu costretto a bloccarsi, rimanendo pietrificato sull'asfalto.

La vide sorridere con calore, mentre Steve Marshall le porgeva un bicchiere di cartone, con una bevanda calda. Li osservò mentre lei lo prendeva tra le mani e ne beveva un sorso.

Gli disse qualcosa, fece un sorriso e lui le rispose.

Risero insieme.

Poi quello stronzo le si sedette accanto e le passò un braccio intorno alle spalle.

Roxy si appoggiò a lui con la testa, in posizione rilassata.

Fu come se qualcuno gli piantasse un pugnale infuocato nel cuore.

La vide bere di nuovo, mentre lui le dava un bacio sui capelli.

Si sentì franare la terra sotto i piedi e quella sensazione di precipitare nel vuoto tornò a prenderlo, di nuovo.

Fece un profondo respiro per non soccombere, per non riprovare di nuovo quella cupa disperazione.

Chiuse gli occhi, poi li riaprì. Fu in quel momento che gli occhi di Roxy lo videro.

Si guardarono entrambi per alcuni istanti, lei drizzò la schiena e dischiuse le labbra.

Non poteva credere che lui fosse lì.

Lo vedeva davanti a lei, in piedi. A pochi metri. Ma non ci credeva.

Fece per alzarsi, ma Steve la bloccò subito.

«Ehi, dove credi di andare?» Le accarezzò la schiena con dolcezza. «Stai seduta, o rischi di sentirti male.»

Roxy non riuscì a parlare, la voce non voleva uscirle dalla gola.

Guardò Ray, che le sorrideva con tristezza e le faceva un cenno con la testa.

Vederla viva era per lui una gioia immensa, ma vederla con lui, in quel modo, gli aveva dato il colpo di grazia.

Si mise le mani in tasca, rassegnato.

Si sentì fuori posto, andare da lei in quel momento avrebbe solo aggiunto tensione al suo stato e lei non ne aveva affatto bisogno.

Fu così che prese la sua decisione.

Le sorrise di nuovo, con dolcezza.

Le sussurrò un *ti amo*, a fior di labbra.

Poi le voltò le spalle e se ne andò via.

Davanti a lei fu come se si aprisse un baratro.

Il vuoto che si creò, quando lui se ne andò da lì, la fece alzare in piedi di scatto e tutto le girò attorno, in modo vorticoso. Il bicchiere di the bollente le cadde a terra, si aggrappò a Steve che si alzò in piedi per sorreggerla.

«Che diavolo mi combini, Roxy?» La prese per la vita, cercando di farla sedere di nuovo.

«No, tu non capisci, tu non...» indicò verso il punto dove Ray era scomparso, ma sentì una nausea improvvisa e spaventosa arrivarle dallo stomaco.

Si mise una mano davanti alla bocca e guardò Steve, inorridita. Lui con un gesto chiamò subito un infermiere dietro a loro, sull'ambulanza. Le porse un contenitore, dove lei riversò tutto quello che aveva, anche se ormai era quasi nulla.

Steve la prese tra le braccia, le porse un telo pulito che gli aveva consegnato l'infermiere e la sollevò, coricandola sulla lettiga all'interno dell'ambulanza.

«Sei proprio testarda, vero?» Le sorrise, accarezzandole la fronte. «Ti avevo detto di non alzarti, perché non mi hai ascoltato?»

«Dovevo... c'era...» la sua voce fu interrotta da un forte schiamazzo che proveniva dall'esterno del veicolo, Steve si voltò incuriosito.

«Steve.» Lo prese per la manica della camicia, costringendolo a voltarsi verso di lei. La sua voce era roca e debole. «Lo stanno portando fuori, vero?»

Lui annuì soltanto.

«Voglio vederlo, fammi alzare.» Lei cercò di sollevarsi, ma l'infermiere intervenne subito spingendola giù di nuovo.

«Signora, la prego. Deve stare distesa.»

«Non possiamo spingere la lettiga un po' più avanti e alzare lo schienale, in modo che lei possa vedere cosa accade fuori?» Steve lo guardò serio, cercando di fargli comprendere l'importanza della situazione.

Lo seguivano da tanto, aveva ucciso molte ragazzine innocenti.

Assistere al momento dell'arresto era un atto dovuto.

A lui e a Roxy.

«Sì, certo. Questo sì.» La spinse con delicatezza sul bordo, poi piegò in avanti lo schienale del lettino, permettendole di guardare fuori. «Come si sente, riesce a stare in questa posizione?»

«Mi sento bene, grazie. Ce la faccio.» Roxy sorrise all'infermiere per rassicurarlo.

Corse con lo sguardo all'ingresso di quella piccola villetta, uscirono diversi agenti in tenuta anti sommossa, alcuni poliziotti e anche l'agente Murphy.

Roxy vide anche Dominic, che con un'espressione trionfante portava fuori dalla casa, insieme a un collega, il famigerato Josh Adams, il killer che aveva terrorizzato ben due città.

Osservò le manette che aveva ai polsi, guardò il suo volto impassibile.

Lo fecero salire in auto, poi partirono a sirene spiegate verso il Quartier Generale.

«Dovremo dirgli che Padre Abraham è morto.» Roxy pronunciò quelle parole, mentre la folla davanti a lei si dileguava con lentezza.

«Sì, e non oso immaginare come la prenderà.» Steve aggrottò le sopracciglia, concentrandosi anche lui sullo spazio che si stava aprendo davanti a loro.

«Guarda...» lei gli fece un cenno con la testa, verso l'ingresso della casa.

Il magnifico cespuglio di rose bianche che c'era davanti a loro racchiudeva tutta la sofferenza a cui quell'uomo aveva sottoposto le sue vittime.

E forse anche quella a cui era stato sottoposto lui, da piccolo.

«La ringrazio, buonasera.» Roxy salutò l'infermiera del Saint Joseph che l'aveva accompagnata all'auto in sedia a rotelle. Si alzò in piedi e barcollando prese il braccio che Steve le porgeva.

«Mi raccomando, deve stare a riposo per qualche giorno.» La ragazza le sorrise, riprendendo la sedia e voltandosi per tornare dentro. «Ha avuto un brutto choc ed è molto debole. Prima di riprendere a lavorare ha bisogno di rimettersi in forze. Buona serata.»

«Certo, lo farò.» Roxy annuì e appoggiata al braccio di Steve si accinse a sedersi in macchina, mentre lui le apriva la portiera.

«Me lo prometti che lo farai? Ti riposerai come si deve e recupererai le forze?» Steve si chinò verso di lei, guardandola con un sorriso tenero.

«Te lo prometto. Per qualche giorno non mi vedrai in ufficio, te lo garantisco.» Ricambiò il sorriso, ma lo vide rabbuiarsi.

Senza replicare, lui chiuse la portiera, poi fece il giro della macchina e salì anche lui, chiudendo la sua con un gesto secco.

Attese prima di mettere in moto, si voltò a guardarla.

«Roxy, domani io tornerò a Washington.»

«Come, così presto?» Lei lo guardò con aria interrogativa, aggrottando la fronte.

«Sì, mi hanno chiamato dalla procura, hanno bisogno che rientri prima possibile, ho un grosso caso da seguire, un'inchiesta che riguarda la finanza, sembra si parli di spionaggio industriale.»

Roxy fece un sospiro.

«Ti dispiace, vero? Dimmi la verità, sentirai la mia mancanza.» Lui la guardò con dolcezza, piegando appena la testa.

«Steve, io...»

«Lascia stare, ho scherzato.» Con una mano le fece un gesto noncurante, girandosi e mettendo poi in moto. «Vista la giornata appena passata, consentimi almeno questo.»

«Ma certo.» Lo guardò guidare nel traffico, in religioso silenzio.

Le dispiaceva davvero che lui se ne andasse, ma sentiva dentro di sé che era giusto così.

Lui aveva la sua vita a Washington, lei aveva la sua vita lì.

Aveva il suo matrimonio che stava crollando.

Aveva il suo lavoro, che era tutta la sua vita.

Doveva riflettere su entrambi.

Gli ultimi avvenimenti le avevano mosso qualcosa dentro.

Aveva molta confusione in testa e non sapeva davvero come venirne a capo.

Forse, quei giorni che le si prospettavano a casa erano davvero quello che le ci voleva. In solitudine avrebbe riflettuto a lungo ed era certa che avrebbe preso la decisione migliore su ogni cosa.

Per se stessa e per le persone che amava.

Si voltò verso Steve.

«A che ora hai l'aereo?»

«Domattina presto, intanto che ti visitavano ho telefonato in aeroporto e ho prenotato il volo.»

«Allora dobbiamo salutarci ora, Steve.»

«Sì...» la risposta gli morì in gola, al solo pensiero di non rivederla mai più.

Quando aveva parlato, poche ore prima, con il suo procuratore di Washington, aveva pensato che era stato il destino a scegliere per lui. Gli aveva dato la spinta che gli serviva per mettere una pietra sopra a tutto quello che era successo in quelle ultime settimane e a voltare pagina.

«Mi chiamerai, ogni tanto... vero?» Roxy glielo chiese quasi con timore. Dentro di sé sapeva che con ogni probabilità lui non l'avrebbe mai fatto.

«Ma certo che ti chiamerò.» Steve allargò un braccio, circondandole le spalle e attirandola a sé «Puoi contarci che lo farò, Roxy.»

Guidò con lentezza in quella posizione, stringendosela al cuore e respirando il profumo dei suoi capelli. Desiderava che quel momento durasse in eterno, avrebbe voluto non doversene andare.

Avrebbe voluto che lei partisse con lui.

Ma nessuna di quelle cose era possibile e lui lo sapeva bene.

E anche se si era accorto della mancanza di Ray quel giorno, non aveva comunque osato chiedere o sperare in un loro futuro insieme.

Dentro di lui sapeva cosa provava Roxy.

Arrivò davanti al palazzo dove abitava lei, seguendo le sue indicazioni. Accostò a lato e spense il motore. La vide sorridere in un modo strano mentre guardava l'ingresso.

«Che succede?» la guardò, con aria interrogativa.

«I giornalisti.» Lei scosse la testa. «Finalmente se ne sono andati, spero per sempre.»

«Lo spero anch'io.» Le prese le mani, con dolcezza. «Vuoi che ti accompagni di sopra?»

«No, grazie. Mi sento molto meglio, entrerò dall'ingresso principale, qui davanti. L'ascensore è subito dentro.»

«D'accordo.» Lui la guardò, osservandole gli occhi, le labbra.

Ammirò la sua pelle morbida, ogni ciocca ribelle che le ricadeva sul viso.

Cercò di imprimersi ogni dettaglio nella mente, ogni emozione che lei gli aveva regalato.

Non voleva dimenticare nulla.

E soprattutto non rimpiangeva nulla.

«Allora arrivederci, Steve.» Lei gli sorrise. «Ti auguro tanta fortuna, sei un uomo in gamba.»

«Ciao, Roxy...» la guardò con intensità, cercando di tenere a freno tutti i sentimenti che provava e che rischiavano di esplodere dentro di lui.

Lei fece una piccola smorfia, si sporse in avanti e gli posò un bacio a fior di labbra, delicato.

Fu solo un attimo, durò un istante.

Steve chiuse gli occhi e in quel preciso momento capì che non l'avrebbe dimenticata.

Mai.

L'incontro con quella donna aveva segnato la sua vita e aveva forse cambiato anche la sua visione di parecchie cose, comprese le *scelte* che aveva fatto fino ad allora.

«Addio...» lei si voltò e scese dall'auto, girandogli le spalle senza più voltarsi indietro.

Entrò nel palazzo, chiudendo la porta e avanzando con passi lenti nell'atrio.

Albert le venne incontro, abbracciandola.

Alcuni vicini, che erano lì all'ingresso, le chiesero come stava, felici di vederla in piedi e sana e salva.

Tutti avevano visto il notiziario e finalmente le espressioni che la circondavano erano piene di sorrisi.

Salutò tutti con gentilezza e salì in casa, desiderando solo fare un bagno per togliersi di dosso tutto quello che era successo quel giorno.

Sentiva ancora la punta di quel coltello, sentiva ancora il suo alito sulla pelle, la sua voce.

Aprì la porta e la richiuse con un tonfo alle spalle, si spogliò mentre si avviava in bagno, rimanendo in biancheria intima e lasciando i vestiti sparsi per tutto l'atrio.

Aprì l'acqua e attese che la vasca si riempisse, mentre lo faceva tornò in casa, guardandosi intorno.

La sera stava scendendo come sempre, il buio stava per circondare la città.

Lì c'era solo il silenzio ad avvolgerla e per la prima volta, dopo tanto tempo, si sentiva al sicuro e protetta, anche se da sola in quella grande casa vuota.

A piedi nudi camminò nell'appartamento e andò in cucina, aprì il frigorifero e prese una bottiglia d'acqua, bevendone subito un generoso sorso.

La richiuse, la ripose dentro e lo sguardo le cadde di nuovo su quelle uova.

Con la mente ritornò a quel giorno, a quella colazione a letto che le aveva preparato Ray.

Ai discorsi fatti, alle risate.

A come avevano fatto l'amore subito dopo.

Un nodo le strinse la gola mentre ripensava al sorriso triste che le aveva rivolto poco prima, in strada.

Se n'era andato, con l'espressione di un uomo che aveva rinunciato.

Lo sentiva lontano, distante e non era da lui comportarsi in quel modo.

Era come se fosse cambiato, come se qualcosa si fosse spezzato.

E il Ray che lei aveva sempre conosciuto e amato fosse scomparso.

Per sempre.

22.

Aprì la porta dell'appartamento, forzando la serratura.

Sorrise soddisfatto, era stato facile.

La luce debole del mattino filtrava dalle finestre, l'appartamento lussuoso era avvolto in una penombra che sembrava quasi irreale.

Richiuse piano la porta alle sue spalle, con attenzione e lentezza avanzò nel corridoio.

Si guardò intorno, per studiare l'ambiente: a sinistra, una grande sala da pranzo e un ampio salotto, a destra c'erano tre porte, di cui una sola aperta.

Si sistemò i guanti in pelle, tirandoli appena, poi si avviò verso quella porta.

Come immaginava era la stanza da letto, dove lei stava ancora riposando.

Entrò, stando attento a non fare rumore, piano piano si avvicinò alla donna che stava cercando.

Dormiva su un fianco, il lenzuolo candido le fasciava il bellissimo corpo, i capelli scuri erano sparsi sul cuscino. Si chinò al suo fianco ad osservarla, come aveva fatto nella sua stanza prima che arrivasse quello stronzo di poliziotto a portargliela via.

Ammirò con avidità le sue labbra piene dischiuse, le sue lunghe ciglia che tremavano appena.

La sua pelle risplendeva rosea.

Si avvicinò e inspirò il suo profumo. Odorava di fiori esotici, di biancheria pulita.

Con due dita le prese una ciocca di capelli, scostandogliela dal viso.

Lei fece un debole gemito, poi aprì gli occhi. Lo sguardo cupo e sadico che si trovò di fronte non lasciava dubbi su chi fosse quell'uomo.

Josh Adams era tornato.

«Credevi di avermi fermato, vero? E invece eccomi qui, Roxy. Sono venuto a finire il mio lavoro.»

Gridò, gridò più forte che poteva.

Spalancò gli occhi e si drizzò sul letto mentre il grido le moriva in gola.

Era stato un sogno, uno spaventoso e inquietante sogno.

Roxy ansimava, ancora stretta nella morsa della paura.

Era stato talmente reale da sembrare vero, gli occhi malvagi di lui le erano entrati dentro, risvegliando l'orrore che aveva provato legata in quel letto.

Tornò con la mente a quei momenti passati in quella casa, a quel coltello che la sfiorava, a quelle dita che la toccavano. Il disgusto per quell'uomo, misto al terrore, riaffiorò nel suo stomaco.

Si mise una mano davanti alla bocca, sudando freddo.

Poi con uno scatto scese dal letto, si precipitò in bagno e riversò quel poco che conteneva nello scarico del water. Scossa da potenti conati si mise a piangere, sperando che quella sensazione rivoltante e terribile smettesse presto.

Piano piano per fortuna accadde, la nausea cessò e lei riprese a respirare.

Si accasciò sul pavimento, appoggiandosi alla vasca da bagno a fianco. Sentì sotto la pelle il gelo delle mattonelle di ceramica, piegò le ginocchia al petto e le circondò con le braccia, tremando ancora.

Si chiese se la sua vita d'ora in avanti sarebbe sempre stata così.

Se i suoi sogni sarebbero stati tormentati da quell'uomo, se il suo stomaco avesse continuato a ribellarsi all'infinito. In ospedale le avevano detto che per diversi giorni avrebbe dovuto stare a riposo, ma il pensiero di passarli in quelle condizioni stava già diventando insopportabile.

E non era nemmeno passato un giorno.

Sospirò asciugandosi le lacrime con il dorso della mano e a fatica si rimise in piedi.

Un lieve capogiro la fece barcollare, si aggrappò al lavandino per sostenersi e in quel mentre lo sguardo le corse allo specchio davanti a lei.

Stentò a riconoscersi.

Era pallida, profonde occhiaie nere le solcavano le guance.

I capelli scompigliati le circondavano il volto, le labbra tremavano.

Era distrutta, sconvolta e disperata.

E si sentiva *sola*.

La sera precedente aveva sentito sua madre, per rassicurarla sul fatto che stava bene. Lei aveva iniziato a farle domande su Ray, con un tono brusco Roxy aveva troncato la conversazione.

Ormai era chiaro che qualcosa sapevano anche loro e prima o poi avrebbe dovuto dare spiegazioni su quello che stava accadendo, ma al momento non se la sentiva.

Non aveva voglia di parlare con nessuno, nemmeno con Eve. Appena rientrata a casa, il giorno prima, le aveva mandato solo un messaggio, dicendole che stava bene e che era a casa.

Lei le aveva risposto che ne era felice e che sperava di poterla vedere e sentire presto.

Una lacrima le solcò il viso, di nuovo.

Si sentiva perduta e la verità era che le mancava Ray, da impazzire.

Aveva bisogno delle sue braccia...del suo sorriso.

Delle sue parole... che sapevano sempre confortarla, farla ridere e farla emozionare.

Della sua bocca...che, quando si apriva in quel sorriso accattivante, aveva il potere di trasformare un giorno storto in una magnifica giornata.

Delle sue carezze, dei suoi baci.

Aveva bisogno del suo amore, che l'aveva sempre completata e che voleva ~~che~~ continuasse a farlo.

Ma era consapevole che sarebbe stato difficile tornare com'erano prima.

Il comportamento che lei aveva avuto, il male che gli aveva fatto e gli errori che aveva commesso erano stati imperdonabili.

Il modo in cui lui l'aveva guardata, davanti a quella casa, ne era stato la prova: era finita tra loro.

Si aggrappò al lavandino con forza per non cadere, di nuovo un forte capogiro le fece quasi perdere l'equilibrio.

Cercò di respirare in modo regolare, cercò di ricacciare indietro le lacrime.

Ora doveva farsi forza e cercare di rimettersi in sesto, era indispensabile.

Le ci vollero alcuni minuti per riprendersi, poi, quando si guardò di nuovo allo specchio, rivolse a se stessa un'espressione ammonitrice.

«Avanti, Roxy...» aprì il rubinetto, facendo scorrere un po' di acqua fresca e sorridendo debole. «Cerca di essere forte. Non è da te comportarti in questo modo.»

Si chinò e si sciacquò il viso, tamponandolo poi con un asciugamano morbido.

Prese spazzolino e dentifricio e si lavò i denti a fatica, ogni volta che inseriva le setole in bocca lo stomaco le si rivoltava.

Si risciacquò bene e si avviò con calma in cucina, aprì il frigorifero, ma senza trovare nulla di appetitoso. Guardò la macchina del caffè, ancora peggio.

Scosse la testa, rassegnata. Doveva sforzarsi di mangiare qualcosa, o non avrebbe recuperato le forze.

Allungò una mano e prese le uova, posandole subito dopo con una smorfia.

Si guardò intorno con attenzione, poi finalmente trovò quello che faceva al caso suo.

Marmellata di lamponi.

Pane da toast.

Sorrise, prese un paio di fette di pane e le infilò nel tostapane. Prese il vasetto della marmellata e lo appoggiò sul tavolo, poi prese anche un bicchiere e del succo d'arancia.

Quando il tostapane suonò, estrasse le due fette e le coprì con un velo leggero di marmellata, mordendone una subito dopo.

Mentre masticava con lentezza, sentì di nuovo quel senso di nausea, strano e insolito.

Deglutì a fatica, posò la fetta sul piatto di porcellana che aveva preparato e aggrottò la fronte.

Non si sentiva bene, per niente. E non era dovuto allo choc, non era dovuto a tutto quello che era successo il giorno precedente.

Scosse la testa, anche se era presto voleva chiamare la dottoressa Sharp.

Era stata visitata in ospedale, certo e le avevano confermato che stava bene. Ma un controllo più accurato, in un caso come questo, non le avrebbe fatto male di certo.

Si pulì la bocca con un tovagliolino e si avviò in salotto, prese il telefono cordless e la sua agenda. Cercò il numero, trovandolo subito. Lo compose in fretta e mentre suonava sfogliò curiosa la sua agenda, guardando se, per quei giorni di forzato riposo, aveva preso degli appuntamenti.

Nulla di particolare, solo riunioni di lavoro e udienze in tribunale, per le quali qualcuno in procura l'avrebbe di certo sostituita.

Andò indietro di qualche giorno e quando trovò un cerchio rosso intorno alla data di due giorni prima rimase pietrificata.

Guardò di nuovo, poi di nuovo.

Non era possibile.

Non attese nemmeno che lo studio della dottoressa rispondesse, riattaccò subito.

Fissò con la bocca spalancata il giorno in questione.

Aveva un ritardo.

Un ritardo di due giorni.

E questo non era possibile, lei faceva con regolarità l'iniezione anticoncezionale e...

Si mise una mano sulla fronte, ricordando l'ultima visita dal suo ginecologo, un anno prima.

«Allora, siamo a posto anche per quest'anno.» Le aveva fatto una visita accurata, praticato l'iniezione anticoncezionale e controllato i risultati dei suoi esami clinici.

L'aveva poi invitata a rivestirsi con un gesto gentile.

Lei si era spostata dietro il paravento, mentre lui si era accomodato di nuovo alla scrivania per compilare la sua cartella medica.

«Direi che va tutto bene, Roxy...» aveva fatto una pausa. «Sei in ottima forma, come sempre. Tu e Ray non avete ancora parlato di avere un figlio?»

Lei si era sentita gelare, aveva finito di infilarsi il tailleur, si era abbottonata la giacca e si era infilata le scarpe, uscendo subito dopo da dietro il paravento.

Si era seduta di fronte a lui, accavallando le gambe.

«Ne abbiamo parlato, certo...» si era schiarita la voce. «E lui lo vorrebbe.»

Il medico aveva alzato la testa dalle sue carte, guardandola incuriosito.

«E tu?»

«Io no.»

Lui aveva stretto appena gli occhi, aveva posato la penna sul tavolo e si era rilassato contro lo schienale della poltrona. «Perché?»

«Perché non è ancora il momento, per me. Ho un lavoro impegnativo, ho fatto un salto importante a livello di carriera e una gravidanza ora sarebbe... un problema.»

«Un problema...» lui aveva inarcato un sopracciglio, facendo poi un lieve sorriso. «Tu e Ray siete sposati da quanto? Dieci anni?»

«Nove...» lei aveva annuito.

«Tu hai trentun anni, lui trentasei.» Si era sporto in avanti, guardandola serio. «L'iniezione che ti ho fatto ora durerà un anno, dopodiché... se vorrai, dovrai farne un'altra, per un altro anno. Sai molto bene come funziona.»

«Sì, certo.»

«Facciamo una cosa: prenditi quest'anno che ti si prospetta davanti per pensarci e se vorrai rifarla l'anno prossimo io sarò qui, è ovvio.»

«Io non credo che cambierò idea.» Lei aveva scosso la testa, decisa. «Ho troppi progetti, troppi sogni ancora da realizzare.»

«Come credi.»

«Perché devo sentirmi in difetto se per ora non voglio un figlio?»

«Non sto dicendo questo.» Lui l'aveva guardata comprensivo. «Ti sto solo dicendo che tra un'iniezione e l'altra passa un anno, quindi pensaci bene prima di rifarla. Tutto qui. Parlane con Ray, valutate insieme cosa fare.»

«Beh, credo non ci siano dubbi al riguardo.» Lei si era alzata in piedi, prendendo la borsetta. «Non servirà nemmeno che me lo ricordi,

dottore. Tra meno di un anno mi troverà qui da lei a rifare di nuovo la mia cara iniezione.»

«Va bene, se ti vedrò tra un anno faremo quello che credi. Ma se non ti vedrò, saprò il perché...» le aveva sorriso, strizzandole l'occhio. «Pensaci.»

Come gli aveva chiesto lei, lui non gliel'aveva ricordato.

Roxy sbatté gli occhi più volte, girò le pagine della sua agenda andando indietro con i giorni, con le settimane.

Fino a che arrivò al giorno in cui avrebbe dovuto chiamare il suo ginecologo.

Era due mesi prima.

Si abbandonò sulla sedia, accasciandosi su se stessa.

Restò lì, come inebetita, per un momento che sembrò durare un'eternità. Si chiese cosa avrebbe dovuto fare, si chiese se aveva davvero voglia di avere conferma di quello che sospettava o no.

Sì, ne aveva.

Si alzò e si diresse subito in camera da letto. Con impazienza si sfilò i pantaloncini e la canotta, si mise un reggiseno e una maglietta e prese un paio di pantaloni della tuta, infilandoseli subito.

Corse all'ingresso, si infilò un paio di scarpe da tennis e prese la borsetta, guardandosi allo specchio.

Diavolo, non poteva uscire in quello stato.

Corse in bagno, prese un elastico e si legò i capelli scompigliati in una coda di cavallo alta, poi si diresse verso la porta e la aprì subito, uscendo e chiudendosela alle spalle.

Scese giù in ascensore, fino all'ingresso.

Una volta arrivata si infilò un paio di occhiali da sole scuri e uscì fuori in strada, incamminandosi sul marciapiede.

Dopo diversi isolati trovò una farmacia dove non era mai stata, entrò e con indifferenza chiese alla commessa un test di gravidanza. Mentre lei apriva i cassetti per cercare quello che le aveva chiesto, continuava a domandarsi come diavolo aveva fatto a dimenticarsi di chiamare il ginecologo.

Era segnato sull'agenda. Non era mai successo, mai.

Ma in realtà, mai prima d'ora era stata sottoposta a una pressione simile, mai prima d'ora il suo lavoro l'aveva risucchiata tanto.

E a causa di questo aveva anche abbandonato la sua vita, si era allontanata da ciò che amava, troppo concentrata sul dovere e troppo concentrata sulle sue aspirazioni.

Troppo concentrata su se stessa.

La commessa tornò da lei in quell'istante e le porse una confezione rettangolare di cartone.

«All'interno ce ne sono due.» Le sorrise. «Legga bene le istruzioni, è semplice.»

«La ringrazio.» Roxy le annuì, seria.

Pagò, lo infilò nella borsetta e uscì di corsa, tornando con il cuore in tumulto nel suo appartamento.

Mentre saliva con l'ascensore, le sembrava di non arrivare mai, il tempo pareva quasi che scorresse più lento, quel giorno. Aprì la borsa ed estrasse la scatola contenente il test, lo guardò a lungo.

Se prima aveva dubbi sul fatto di avere una risposta o no, ora non ne aveva più.

Voleva una certezza e la voleva subito.

Non appena entrata si tolse le scarpe, aprì la confezione e lesse le istruzioni all'interno.

Due linee, positivo.

Una linea, negativo.

Cinque minuti la separavano da quel risultato.

Andò subito in bagno, raccolse i campioni di urina seguendo le istruzioni del bugiardino e poi richiuse i due stick con un colpo secco.

Li osservò entrambi, fece un lungo sospiro e si avviò in salone. Mentre passava prese il cellulare dalla sua borsa, mise i campioni sul tavolo e a fianco vi sistemò il telefonino, caricando la sveglia con l'allarme a cinque minuti dopo.

Poi si allontanò di qualche passo, rimanendo a fissare il tavolo.

E ora?

Se non avesse trovato qualcosa da fare all'istante, l'attesa che le si prospettava davanti sarebbe stata la più dura e tremenda di tutta la sua vita.

Si schiarì la voce e si guardò intorno.

Doveva trovare un modo per distrarsi, si voltò e andò in salotto, fermandosi davanti alla libreria in legno scuro, che rivestiva tutta la parete.

La maggior parte erano trattati di medicina o di legge. Si mise le mani sui fianchi, sbuffò sonoramente.

Continuò a cercare, guardando verso il basso.

All'improvviso, un volume in pelle marrone piuttosto corposo attirò la sua attenzione. Sentì il cuore gonfiarsi di tristezza, ma cercando di ignorarlo piegò le gambe e lo tirò, sfilandolo dagli altri.

Lo prese e se lo strinse al petto mentre andava verso il divano e ci si sedeva sopra. Se lo mise sulle gambe, accarezzò con lentezza la copertina, piena di ricordi.

Fece un profondo sospiro e lo aprì.

La prima foto ritraeva lei e Ray su una moto. Lui stava facendo una linguaccia, lei era stretta a lui e rideva felice. Ricordava bene quell'episodio: stavano per andare a cena in un ristorante e fu Max a scattarla.

Roxy rise, mentre le lacrime le riempivano gli occhi.

L'aveva scattata con una scusa, dicendo loro che su quella moto sembravano chissà quale coppia famosa. Ma la verità era che il loro amico aveva voluto immortalare quel momento, per regalare loro un ricordo che sarebbe stato indelebile.

Perché lui sapeva.

Ray quella sera le avrebbe chiesto di sposarlo. Nel taschino di quella giacca di pelle c'era l'anello con solitario che Roxy portava ancora al dito. Si guardò la mano, lo osservò, ricordando ogni singolo momento di quella cena e poi di quella notte.

Quanto erano felici, quanto lo erano stati dopo.

Quanto, forse, lo sarebbero stati ancora.

Fece un profondo respiro e sfogliò le pagine, dove c'erano immortalati tanti momenti della loro vita insieme. In spiaggia sul lago, con tutti i loro amici. Lei e Eve, quando durante una fiera si erano sfidate a un tiro a segno e lei l'aveva battuta. Rise di gusto, ammirando quella foto con sua cognata inviperita e lei raggiante con un'enorme peluche in mano.

Foto di tante vigilie di Natale passate insieme.

Di capodanni, di feste di laurea.

Scorci di vita, di felicità.

Di amore.

Continuò a sfogliare le pagine, fin quando giunse alla fine, a quella foto che ritraeva lei e Ray il giorno del loro matrimonio.

Il bacio che si erano scambiati dopo quella promessa.

Quella promessa in cui entrambi credevano e che era stata infranta.

Quella casa che avevano acquistato, pensando di viverci felici *insieme* e che adesso era vuota e desolata. Curata nei particolari, sempre in ordine. Illuminata in quel momento dai raggi del sole che entravano dalle finestre, come sempre, che facevano splendere i cristalli e i pavimenti lucidi.

Ma a che scopo, ora?

Roxy non poté fare a meno di chiederselo.

La sveglia del cellulare la riportò alla realtà, facendole chiudere di colpo il libro che aveva adagiato sulle gambe.

Respirò a fondo, mentre il suono dell'allarme incessante non smetteva, aumentando d'intensità.

Prese il coraggio a due mani, appoggiò il volume a fianco e si alzò in piedi, dirigendosi verso il tavolo. Guardò il telefono, con un dito sfiorò lo schermo e interruppe quel suono fastidioso.

Spostò lo sguardo, osservando i due stick.

Due linee.

Su entrambi.

Li prese in mano e li guardò incredula, rimanendo per qualche secondo immobile.

Senza provare nulla, senza capire cosa stava accadendo.

Poi realizzò.

Aveva una vita dentro di lei.

Li posò di nuovo sul tavolo e si passò le mani tremanti sul ventre, sfiorando la sua pelle.

Si guardò intorno, osservando la sua casa.

E all'improvviso, come se la sua vita fosse un insieme di tessere di un puzzle mischiate, tutto tornò al suo posto, tutto si incastrò alla perfezione.

Vide la luce che entrava dalle finestre, che non faceva più solo risplendere l'appartamento, ma regalava calore e vita.

Sentì pianti notturni, sentì i passi veloci di qualcuno che accorrevano nella cameretta a fianco.

Vide pannolini sporchi, pappe.

Vide non più una moto, ma un passeggino.

Ma oltre a questo sentì risate.

Vide giocattoli sparsi per la casa, vide un allegro disordine.

Sentì nelle narici il profumo della pelle di un bambino, la morbidezza dei suoi teneri capelli.

Le sue manine, che le stringevano il dito indice.

Le sue piccole labbra, attaccate al suo seno.

E immaginò la mano di un uomo che le accarezzava il capo, scendendo poi su quello di suo figlio con dolcezza. Una mano forte, che amava e che conosceva molto bene.

La mano di Ray.

Capì in quell'istante che quel senso di vuoto che aveva sempre sentito in quella casa era dovuto a quello che le mancava, non a quello che aveva già. Ed era inutile cercare di riempirlo con un lavoro importante, con responsabilità che erano troppo per lei e che non facevano altro che schiacciarla.

Comprese che lei amava la giustizia e che la sua vocazione era quella di farla rispettare, ma la sua famiglia era molto più importante. E che avrebbe potuto occuparsi di entrambi.

L'uomo che amava e ora il loro bambino erano più importanti.

Si sedette sulla sedia, scoppiando in lacrime.

Lo aveva perso, lo aveva ferito e lo aveva deluso.

Conosceva Ray, sapeva che farsi perdonare da lui sarebbe stato molto difficile.

Ma doveva farlo e prima di riuscirci doveva cominciare da se stessa.

E perdonarsi dopo il male che gli aveva fatto, lo sarebbe stato ancora di più.

Maximilian Price aveva appena terminato il turno, soddisfatto del suo lavoro come sempre.

Si infilò la maglietta con un sorriso e poi chiuse l'armadietto, pensando che finalmente sarebbe tornato a casa.

Il suono del suo cellulare lo fece sorridere, sicuramente si trattava di Eve. La sua ragazza non riusciva proprio a stargli lontana.

Con un'espressione beffarda lo prese e lo sfilò dal taschino, ma quando vide il nome sul display spalancò gli occhi stupefatto.

Roxy.

Rispose subito.

«Pronto?»

«Ciao, Max. Ti disturbo?» Aveva la voce lieve, quasi incrinata.

«No, figurati. Ho finito ora il turno, stavo per uscire dall'ospedale. Ti senti bene?»

«Diciamo di sì...» lei fece una pausa. «Avrei bisogno di un favore, da parte tua.»

«Dimmi tutto.»

«Potresti venire qui a casa mia? Dovrei parlarti.»

Lui rimase un po' sorpreso, trovando piuttosto strana la sua richiesta. Ma si trattava di Roxy e se gli chiedeva un favore lo avrebbe fatto volentieri, nonostante tutto.

«Certo, il tempo di uscire dall'ospedale e arrivare lì.»

«Va bene, ti aspetto.»

«D'accordo, a tra poco. Ciao, Roxy.»

«E... Max?»

«Dimmi.»

«Non dire niente a Eve e Ray, per favore.»

«Certo.» Lui corrugò la fronte, ancora più sospettoso. «Come preferisci. Arrivo subito.»

«Grazie, a tra poco.» Lei riattaccò, interrompendo la comunicazione.

Lui si infilò di nuovo il telefono in tasca, poi uscì spedito dall'ospedale.

Conosceva bene Roxy, la conosceva dall'università.

E se gli aveva chiesto di andare da lei era perché si trattava di qualcosa di importante. Il fatto che dovesse tenere all'oscuro Eve e Ray non gli piaceva affatto, ma voleva darle il beneficio del dubbio.

Anche perché sperava con tutto se stesso che le cose tra lei e Ray si sistemassero e ora, forse, era arrivato il momento.

Uscì nel parcheggio e salì in auto, guidò veloce verso casa sua. Una volta arrivato accostò davanti al palazzo ed entrò dall'ingresso principale, salutando con un cenno il portiere.

Prese l'ascensore e premette il tasto del suo piano, poi attese impaziente.

Una volta giunto di sopra si diresse con ampie falcate davanti alla porta di casa, suonò il campanello e dopo pochi secondi la porta si aprì.

Ma l'immagine di Roxy davanti a lui, non era certo quella che si aspettava.

Era pallida, sciupata. Indossava una maglietta e un paio di pantaloni della tuta, il volto era tirato.

«Ciao, Max. Grazie per essere venuto, entra...» si spostò di lato, lasciandolo passare.

«Ciao Roxy.» Si voltò a guardarla, mentre lei richiudeva la porta e avanzava con lentezza verso la cucina. «Come ti senti?»

«Meglio, diciamo...» si voltò verso di lui facendo un debole sorriso. «Ho bisogno di riposo, devo riprendermi e starò a casa per un po' dal lavoro. Prendi un caffè? È decaffeinato.»

«Sì, grazie.» Lui la seguì, entrando con lei in cucina e sedendosi al tavolo mentre la osservava preparare il bollitore e mettere una tazza di ceramica sul tavolo. «Tu non lo prendi?»

«No, non mi va...» scosse la testa, guardando il caffè che si scaldava.

«Che succede, Roxy? Perché mi hai fatto venire qui?»

«Ho bisogno che mi accompagni a casa tua, devo parlare con Ray...» si voltò e lo guardò seria, con un'espressione che non ammetteva repliche.

«Non ci penso nemmeno, lui non vuole vederti. Se faccio una cosa del genere quello mi ammazza.»

Lei sorrise, mentre spegneva il bollitore e prendeva la caraffa colma, versandogliene una dose generosa nella tazza.

«Ammazzerà me, fidati.» Lo guardò con un guizzo negli occhi grigi, poi rimise a posto la caraffa e si sedette di fronte a lui.

«Ti vedo decisa.» Max le studiò il volto, segnato dalla terribile esperienza appena passata. «E sono molto felice per questo. In realtà non mi importa cosa sia successo tra di voi, non mi interessa di *quell'altro*. Ciò che conta è che affrontiate la cosa e che cerchiate di chiarirvi. Non ho mai visto due persone innamorate come voi e so che la crisi non risparmia nessuno, ma mi auguro che torniate insieme.»

«Me lo auguro anch'io, Max.» Gli sorrise, con calore. «Per questo ho bisogno che mi accompagni da lui. Non dirgli che ci sono anch'io, altrimenti non si farebbe trovare. Ho bisogno di affrontarlo e riuscire a spiegargli tutto... e posso contare solo sul fattore sorpresa.»

«E perché vuoi che sia io ad accompagnarti?» Max la guardò perplesso.

«Non mi sento ancora molto bene, ci sono più di venti miglia per arrivare a casa tua, credo non sia il caso che io mi metta alla guida.»

«Capisco...» lui annuì, poi le fece un sorriso ironico, per sdrammatizzare. «E se dovesse andar male, Roxy? Se lui non volesse parlarti o se comunque ti dicesse che è finita? Come faresti poi a tornare a casa? Eve non può portarti, ha una caviglia ingessata. Dubito che Ray lo farà.»

Lei sorrise, poi gli occhi le si riempirono all'improvviso di lacrime.

Max diventò serio, sentendosi un vero coglione. «Scusami, io non volevo...»

«No, non è per quello che hai detto tu.» Roxy si asciugò le lacrime. «È che diversi giorni fa una persona mi ha detto che sono *un'inguaribile ottimista.*»

«Ray?»

«Sì. La sera che tu hai fatto la festa al Green per Eve.» Lei ricordò il particolare momento, quando erano chiusi in quel bagno. Le sfuggì un sorriso ironico. «Ho fatto alcuni conti, sai? Quella sera io sono rimasta incinta, Max.»

Lui spalancò la bocca.

«Aspetti un bambino?» Gli occhi gli si illuminarono, era felicissimo. «Appena Ray lo saprà...»

«No, Max...» lei lo guardò con un'espressione dura, in volto. «Non voglio che lo sappia. Voglio parlargli e farmi perdonare da lui, come io sto cercando di farlo con me stessa. Voglio che torni da me perché mi ama, perché *sceglie me*. Non perché si sente in obbligo di farlo.»

Lui le sorrise con calore. La osservò qualche minuto, bellissima e forte come era sempre stata, nonostante l'aspetto fragile che aveva in quel momento.

«D'accordo, andiamo allora. Che stiamo aspettando?» Si alzò in piedi, guardandola con un'espressione trionfante stampata sul volto. «Non vedo l'ora di vedere la sua faccia.»

Due ore di ritardo.

Stephen Marshall sospirò spazientito mentre le pesanti ruote dell'aereo si staccavano dall'asfalto della pista dell'aeroporto di Chicago.

Guardò fuori dal finestrino, sistemandosi meglio sulla poltrona in pelle della business class, mentre vedeva la terra che si allontanava e lui lasciava per sempre quella città.

Quella città dove aveva finalmente arrestato quel bastardo, dove finalmente avevano messo fine a quegli orribili omicidi.

Aveva sentito Mark, quella mattina, voleva notizie sull'arresto e sull'interrogatorio.

Lo aveva informato che Josh Adams era stato messo in isolamento, anche se Steve pensò sarebbe stato meglio sbatterlo in mezzo agli altri, lì avrebbe ricevuto il trattamento che si meritava. Quelli come lui, che facevano cose di quel genere a ragazzine o addirittura a bambini, non erano mai i benvenuti tra i detenuti. Nemmeno tra chi aveva commesso i crimini più gravi.

Pazienza.

Una volta concluso il processo sarebbe comunque stato condannato e Steve era certo che avrebbe avuto quello che si meritava. Il risultato dell'esame sul DNA sarebbe stato positivo e in più a casa sua avevano trovato, come sospettavano, tutti gli oggetti che aveva sequestrato alle vittime: collane, braccialetti. Persino quelli delle vittime di Washington.

Non aveva possibilità di riuscire a spuntarla.

Anche perché, nonostante le sevizie che aveva subito da Padre Abraham, Josh Adams era pieno di cattiveria. Era malvagio e provava piacere nel commettere quei crimini efferati.

Steve lo aveva visto dal suo volto, dalla sua espressione.

Dai suoi occhi.

Ricordò Roxy distesa su quel letto, seminuda.

Ricordò lo sguardo di quel bastardo quando lui era entrato nella stanza, che la stava ancora divorando nonostante quell'agente lo tenesse sotto tiro.

Si era affrettato a coprirla, subito. E in pochi secondi l'aveva portata fuori di lì.

Scosse la testa, disgustato.

La nota positiva era che Mark gli aveva riferito che lo avevano informato della morte del suo stupratore, Padre Abraham.

E lui non l'aveva presa molto bene.

Avevano dovuto sedarlo, per riuscire a calmare la sua furia.

Steve sperò con tutto se stesso che quella furia lo divorasse dentro, finché avesse avuto anche solo un soffio di vita da vivere.

Un suono familiare lo avvisò che potevano slacciarsi le cinture e lui lo fece subito, sistemandosi meglio sul sedile e lisciandosi la cravatta.

Si appoggiò alla poltrona rilassato, guardando la terra sotto di lui, lontana. Pensieroso, si passò un dito sulle labbra, ricordando per un attimo quelle della donna che si era appena lasciato alle spalle.

Roxy.

Ritornò con la mente a quella notte, a quando dopo aver lasciato il ristorante italiano si erano ritrovati davanti al suo albergo.

Lui stava quasi per entrare, ma all'improvviso si era accorto che lei non era al suo fianco.

Si era voltato, l'aveva guardata con apprensione. Temeva che sarebbe successo.

Roxy stava guardando la costruzione, con il volto rivolto verso l'alto.

Lui era tornato sui suoi passi, le si era avvicinato con delicatezza, prendendole una mano.

«Tesoro, andiamo?»

Era come se lei fosse in un altro posto, in quel momento, in un'altra dimensione. La vide scuotersi, poi voltarsi verso di lui.

«Steve, mi dispiace...» aveva scosso la testa, con uno sguardo triste.

«No, Roxy... ti prego.» Non poteva credere di essere arrivato fino lì e ora lei si stava tirando indietro.

«Non rendere tutto più difficile. Lo è anche per me.» Aveva sfilato la mano dalla sua, allontanandosi di un passo.

«Dio mio, no...» lui aveva provato ad avvicinarsi ancora, ma lei era indietreggiata.

«Non posso farlo, Steve.»

«Perché? So che mi desideri, so che anche tu...»

«Io amo mio marito, Steve. Amo Ray.» Roxy lo aveva guardato con dolcezza. «Non posso fargli una cosa simile e soprattutto non posso farla a me stessa.»

«Roxy, io mi sono innamorato di te. Ti amo.» Lo aveva detto così, senza pensarci.

Lei aveva chiuso gli occhi per un momento, poi li aveva riaperti e dentro c'era tutta la disperazione di quello che stava provando.

«Ti giuro che è difficile anche per me, ma amo troppo Ray...» si era avvicinata a lui, gli occhi lucidi. Gli aveva fatto una carezza lieve, sulla guancia. «Se puoi, ti prego... perdonami.»

«Perdonarti?» Lui aveva scosso la testa, incredulo «Non c'è niente da perdonare.»

L'aveva abbracciata di slancio.

Aveva cercato di assaporare quel momento, l'unico in cui avrebbe potuto stringerla a sé. Poi, dopo alcuni attimi, l'aveva lasciata libera dal suo abbraccio, l'aveva guardata in viso e le aveva sorriso.

«Vai, ora.» Si era infilato le mani in tasca, guardandola salire sulla sua macchina, con la quale era giunta là dal ristorante.

Le aveva fatto un cenno di saluto, poi mentre la guardava allonta-

narsi solo un pensiero gli era nato nella mente: quel dannato stronzo di Jones era davvero fortunato.

Era riuscito a strapparle un bacio, in quel ristorante.

Soltanto quello.

E lo avrebbe ricordato per sempre.

Si era innamorato di lei e il fatto di averle voltato le spalle, rinunciando a lottare per averla, gli provocava un dolore al centro del petto che non avrebbe mai voluto provare.

Ma tutto questo gli aveva fatto capire molte cose e durante la notte appena trascorsa, passata in bianco, aveva preso delle decisioni su se stesso e sulle persone che facevano parte della sua vita.

Appena arrivato a Washington, avrebbe chiamato Natalie. Sarebbero andati a casa e avrebbero parlato, le avrebbe detto che la loro storia era finita.

Le dispiaceva causarle un dolore, ma era chiaro, dopo quello che era accaduto a Chicago, che lui non l'amava. E non aveva senso andare avanti ancora.

Né per lui, né per lei.

E di conseguenza, la sua futura carriera politica avrebbe subito un bell'arresto.

Anzi, non sarebbe mai più iniziata.

E questo era un bene.

Poi, l'indomani avrebbe parlato con Paul, il suo procuratore.

Voleva diventare procuratore lui stesso, con il tempo.

Adorava il suo ruolo, adorava lavorare in quel modo. Era la vita che aveva sempre voluto per lui, era la vita che aveva *scelto*, tanti anni prima.

Il resto sarebbe venuto da solo.

«Siamo quasi arrivati, sai? Manca poco.» Max si voltò a guardare Roxy, che immersa nei suoi pensieri osservava il paesaggio fuori dal finestrino sfrecciare veloce.

Era talmente assorta che non gli rispose, per cercare di alleggerire l'atmosfera lui accese la radio.

Le note di *Stay* di *Rhianna* scaldarono l'atmosfera, preparando il terreno per quello che attendeva Roxy una volta arrivati a casa.

Il lago li aveva accompagnati durante tutto il viaggio, cullata da quella dolce musica lei ammirò le sue onde brillare sotto il sole. Sperava tanto che Ray avrebbe capito e che l'avrebbe soprattutto ascoltata.

Doveva spiegargli.

Doveva avere l'opportunità di salvare quello che li legava, che li aveva sempre legati.

Il loro amore.

«Eccoci qui...» la voce profonda di Max la riportò alla realtà, scuotendola.

Vide la grande casa davanti a loro, vide il cancello automatico aprirsi.

Lui parcheggiò nel cortile, insieme scesero dall'auto e si avviarono verso l'ingresso.

Max aprì la pesante porta in legno ed entrò all'interno, trovando subito Eve seduta sul divano che si voltò a guardarlo.

«Finalmente sei...» sbarrò gli occhi incredula, trovandosi di fronte anche Roxy, al fianco di Max.

«Dov'è Ray?» Lui la guardò serio, mettendosi davanti alle labbra il dito indice, per suggerirle di non farsi sentire da lui.

«È fuori, in giardino. Sul retro.» Guardò Roxy, stupita di vederla lì con loro. La osservò con attenzione da capo a piedi, per esaminare il suo stato. «Come stai?»

«Sto bene...» lei le sorrise e si avvicinò, si piegò sulle ginocchia e l'abbracciò stretta. «È bello vederti, Eve.»

«Lo è anche per me.» La ragazza la strinse forte. Poi si allontanò e la guardò in viso, con gli occhi che brillavano. «Che ci fai, qui? Sai che lui non vuole vederti.»

«Beh, non mi importa. Dovrà farlo.» Le sorrise. «Perché io sono venuta per riportarmelo a casa e non intendo andarmene senza di lui.»

Eve le sorrise, solare. «Dio mio, ce ne hai messo di tempo. Temevo non lo avresti mai fatto.» Le prese una mano, stringendogliela con forza. «Avanti, esci passando dalla vetrata laggiù. È in giardino.»

Roxy si voltò, si alzò in piedi e si diresse con lentezza verso la vetrata. La aprì piano, cercando di non fare rumore.

Guardò il grande giardino, che si apriva davanti a lei verso il lago.

Nel mezzo, di spalle, seduto su una poltroncina, c'era suo marito.

23.

Ray sentì un rumore alle sue spalle.

Chiuse gli occhi, un profumo ben noto gli invase le narici.

«Che diavolo ci fai qui?» Non gli serviva voltarsi per sapere chi era. «Non voglio vederti e non ho più niente da dirti. Torna da lui.»

Roxy si fermò, sorpresa.

Ma del resto non avrebbe dovuto esserlo, lui aveva sempre detto di *sentirla*, avrebbe dovuto immaginare che la sua presenza non sarebbe passata inosservata a lungo.

Deglutì e fece alcuni passi, gli camminò a fianco e si mise di fronte a lui.

Lo osservò, studiando il suo viso, la sua espressione. Stava guardando un punto lontano, alle sue spalle. Era seduto su una poltroncina in legno intrecciato, indossava un paio di jeans chiari e una maglietta scura. La barba era lunga, i capelli scompigliati. I lineamenti tesi.

«Ray.» Lo chiamò, per esortarlo a guardarla in viso.

«Vattene, ho detto.» Lui non si scompose.

«Ray, per favore... guardami.»

Lui non rispose.

Continuava a fissare il lago, le gambe incrociate e le braccia conserte.

Non un muscolo si mosse in lui, non fece nemmeno un cenno.

«Ray, ti prego.» Roxy si piegò sulle gambe, cercando di mettersi alla sua altezza per guardarlo meglio. «Dobbiamo parlare, ho bisogno che tu mi guardi.»

Lui fece un sorriso sarcastico, ma non distolse gli occhi dal lago.

«Ray...» gli posò una mano con delicatezza su un ginocchio, lui lo scostò subito e la guardò in viso.

Lei si sentì morire.

I suoi occhi sparavano fiamme. C'era dentro tutto il dolore, la rabbia, la delusione che suo marito doveva aver provato in quegli ultimi orribili giorni.

«Non toccarmi, Roxy.» Strinse gli occhi, la sua voce era quasi un sibilo. «Devi starmi lontana, è meglio.»

«Ti prego, non fare così. Dobbiamo parlare, ci sono delle cose che devo dirti...»

«Non voglio saperle...» lui scosse la testa. «Non sono ancora pronto per affrontare certi discorsi, lo faremo quando sarà il momento. Ora vattene via.»

Si voltò di nuovo, guardando sempre verso il lago e ignorandola.

Per lei fu un duro colpo.

Comprese di aver davanti un muro insormontabile, comprese che farsi almeno ascoltare da lui sarebbe già stata una battaglia difficile da vincere.

Ma non aveva intenzione di cedere, non questa volta.

«No.» Si drizzò in piedi, fissandolo seria. «Non ci penso nemmeno ad andarmene.»

Lui sollevò lo sguardo verso di lei, sorpreso.

«No?» Si alzò in piedi, poi le sorrise serafico. «Beh, allora me ne vado io, non scomodarti.»

La spinse di lato e la oltrepassò, dirigendosi verso il lago.

Roxy spalancò la bocca, stupefatta.

Senza pensarci un secondo si mise a correre, raggiungendolo subito. Lo prese per un braccio, costringendolo a voltarsi.

«Non pensare di andartene così, chiaro?»

Lui si voltò, furente. Con un gesto secco sfilò il braccio dalla sua mano e la guardò inviperito.

«Come ti permetti di dirmi quello che devo o non devo fare?»

«Ho solo bisogno che mi ascolti, va bene? Poi deciderai tu cosa vuoi fare, Ray.»

«Certo.» Lui rise, sarcastico. «Le scelte le devono sempre fare gli altri, vero Roxy? A te capitano le cose e gli altri si devono *adattare*, giusto?»

«Non è così, Ray.» Lei scosse la testa.

«Ah no?» Lui si sporse appena in avanti, avvicinando il volto al suo. «Il tuo lavoro, i tuoi impegni, le tue ambizioni, i tuoi tempi. Sempre e solo te, sempre. Dimmi se sbaglio.»

Lei si morse il labbro, guardandolo con tristezza. Sapeva che lui aveva ragione.

«Non sbagli.»

«E allora cosa rimane da dire? Niente.» Si incamminò di nuovo verso la spiaggia lambita dalle acque del lago, veloce.

Di nuovo, Roxy gli corse dietro.

Doveva fermarlo, doveva costringerlo ad ascoltarla. Non aveva intenzione di cedere, non ora. Per la prima volta aveva nella mente ben chiare le scelte che aveva fatto, aveva preso coscienza dei suoi tremendi errori e doveva tentare il tutto per tutto per riprendersi il suo uomo.

«Aspetta, ti prego!» Lo raggiunse ancora, trafelata.

La stanchezza che risucchiava il suo corpo in quegli ultimi giorni si stava facendo sentire. Lo guardò con il respiro corto.

«Per favore, non farmi almeno correre... non mi sento ancora molto bene.» Si toccò la fronte, deglutì nervosa. «Se vuoi gridarmi contro e insultarmi, fallo pure. Ma facciamolo da fermi o al massimo camminiamo soltanto.»

Lui serrò le labbra, guardandola con attenzione. Aveva il volto segnato dalla brutta esperienza appena vissuta, era pallida e con le occhiaie. Non doveva essere stato facile per lei venire fin lì, di questo doveva dargliene atto.

Scosse la testa.

«Torna a casa, Roxy.» Si infilò le mani in tasca, facendo un passo indietro. «Riprenditi e pensa alla tua vita. Quando sarò pronto ad affrontare il discorso ti chiamerò io e parleremo. Te lo prometto.»

Il suo tono non ammetteva repliche. Era pacato, ma deciso.

Le voltò le spalle senza attendere una risposta poi si incamminò nella sabbia, lungo il lago.

Lei rimase pietrificata, osservandolo mentre si allontanava.

Non poteva lasciarlo andare, ma non poteva nemmeno corrergli dietro. Non ce l'avrebbe fatta.

Era andata fino a lì, intenzionata a riportarlo a casa, nonostante le sue difficoltà fisiche e le conseguenze della giornata passata nelle mani di quello sporco assassino.

Non poteva rinunciare.

E il fatto di essere ignorata in quel modo la fece imbestialire.

«Ray!» Gridò con tutto il fiato che aveva in gola. Lo vide fermarsi, poi riprendere a camminare.

Iniziò a camminare anche lei, seguendolo.

Il terrore di perderlo, misto alla rabbia che le stava salendo dalla bocca dello stomaco, la fecero sbottare.

«Raymond Jones, fermati!» Continuò a camminare, mentre lui avanzava ancora e si allontanava da lei, accelerando l'andatura. «Non vuoi parlarmi, bene! Devo pensare che sei un codardo, uno che non ha il coraggio di affrontare le situazioni, allora!»

Lui si bloccò, poi si girò con lentezza verso di lei. Nonostante la distanza Roxy poté vedere con chiarezza la rabbia e lo stupore che c'erano nel suo sguardo.

Lo aveva fatto incazzare di brutto, bene. Era quello che voleva, a quel punto.

Lui si incamminò verso di lei deciso, più si avvicinava più si arrabbiava. Come osava dare a lui del codardo? Lei che si era gettata fra le braccia di un altro senza avere il coraggio di parlare con lui di quello che stava accadendo?

Quando la raggiunse era quasi accecato dal tumulto di sentimenti che lo stavano divorando. Perché ora stava affiorando tutto: la gelosia, la rabbia, l'insicurezza, la sfiducia.

«Come ti permetti di darmi del codardo? Proprio tu!» sbottò, portandosi a pochi centimetri dal suo viso. «Tu, che non hai esitato a tradirmi!»

«Come ti permetti *tu* di voltarmi le spalle!» Roxy gli puntò il dito contro, accusandolo. «Cazzo, non ti sto chiedendo nulla, Ray! Solo di ascoltarmi, chiaro?»

«Non voglio farlo!» Il suo grido disperato colpì Roxy in faccia come uno schiaffo violento.

Lo guardò negli occhi, che rispecchiavano un baratro profondo. Fece un sospiro, cercando di trovare il coraggio per affrontare tutto quanto. «Devi farlo, Ray. Ti prego. Devo dirti delle cose importanti, che potrebbero...»

Non riuscì a finire, perché lui la prese con forza per le spalle e la spinse contro un albero dietro di loro. Le prese la coda di cavallo, tirandola con forza e costringendola a guardarlo in viso.

La sovrastava in tutta la sua altezza, la schiacciava con il suo fisico possente. La guardava con un'intensità talmente violenta, da farle quasi temere cosa sarebbe accaduto di lì a poco.

I respiri di lui erano brevi, profondi. Il cuore sembrava scoppiarle nel petto.

Ray la guardò a lungo, aveva davanti quegli occhi grigi spalancati, che lui amava tanto. La bocca, quella che era sempre stata sua, appena dischiusa. Il profumo della sua pelle gli fece perdere la testa.

Ma la verità era che lei non era più *sua* e non la sarebbe mai più stata. Anche se la voleva ancora, con tutto se stesso.

«Roxy, ho il terrore di ascoltarti, chiaro?» Le parole gli uscirono quasi come un ringhio. «Non voglio provare quel vuoto che ho provato vedendoti con lui, non voglio pensare di nuovo a tutto quello che ci è successo. Voglio solo provare a dimenticare... e basta.»

«Ray...» gli occhi di Roxy si riempirono di lacrime, la bocca iniziò a tremarle mentre lo guardava in viso. «Mi dispiace... mi dispiace tanto...»

Il volto di sua moglie era una maschera di dolore. Ray sentì un male al centro del petto che rischiava di inghiottirlo e risucchiarlo via. Fece un singhiozzo, poi posò la fronte contro la sua.

Subito dopo, cercò le sue labbra.

Il bacio che le diede fu rabbioso, profondo e divorante.

Uniti entrambi nella disperazione di quello che era accaduto, nella consapevolezza di una frattura profonda nel loro rapporto e nella loro vita. Una frattura che forse non si sarebbe mai più risanata.

Roxy si aggrappò alle sue forti braccia con le unghie, rispose al bacio con tutto il trasporto e l'amore che aveva. Risentire il suo sapore, la sua pelle, le sue labbra e la sua lingua, era~~no~~ come ossigeno per il suo corpo e per il suo cuore.

Ray la prese per il capelli, con forza riuscì a piegarla. Entrambi si ritrovarono inginocchiati sulla sabbia, stretti in un abbraccio pieno di angoscia. La baciò come se volesse entrarle dentro, come se volesse portarla via da tutto quello che li aveva distrutti. Le morse le labbra, poi esplorò di nuovo la sua bocca, a fondo. Finché si sentì svuotato, persino del respiro.

Si staccò da lei, la guardò a lungo negli occhi e poi le fece un sorriso triste.

«Addio, Roxy. Sii felice.» Le accarezzò una guancia, poi fece per alzarsi.

Ma le dita di lei si erano ancorate alla sua maglietta, lo stavano trattenendo con tenacia. Non aveva nessuna intenzione di lasciarlo andar via, l'avrebbe ascoltata, ora.

A qualsiasi costo.

«Rimettiti giù, Ray.» Alzò lo sguardo su di lui, decisa.

«Lasciami...» lui cercò di sfilare la maglietta dalla sua mano, ma lei la stringeva con una forza spaventosa. Le nocche erano bianche per lo sforzo, la vide tremare. «Roxy, smettila.»

«Rimettiti giù!» Gridò, stanca e frustrata. «Stupido bambino che non sei altro, sei solo capace di piangere su te stesso e non vuoi affrontare le cose! Pensi di risolverle, in questo modo?»

Lui inarcò un sopracciglio, stupito.

«Perché, c'è qualcosa da risolvere?» Si chinò di nuovo, inginocchiandosi davanti a lei e prendendole il polso, riuscendo questa volta a strapparle via la maglietta di mano. «*Ti ho visto*, Roxy! Te ne sei dimenticata, forse?»

«No, non l'ho dimenticato. Ma devo spiegarti come sono andate realmente le cose, devo...»

«Ah!» lui sbottò, facendo una risata sarcastica. «Non c'è niente da spiegare, niente! Mi hai mentito, più di una volta. Sei uscita con lui, vi ho visti sai? Ti sei accorta che non ero a casa solo quando sei rientrata... ed era ben oltre l'una di notte. Ti ho vista anche ieri, tra le sue braccia, su quell'ambulanza.»

«Non è come pensi, Ray.» Roxy scosse la testa.

«Mi hai preso per uno stupido?» Lui si avvicinò al suo viso, furente. Si alzò in piedi, allontanandosi di un passo da lei. «Perché sei venuta qui, perché vuoi continuare a torturarmi? Ho visto con i miei occhi, non puoi dirmi che non è andata in quel modo.»

«Ti giuro, Ray... devo spiegarti come sono andate le cose, non è come pensi. Te lo giuro.»

«Ma la vuoi smettere?» Serrò le mascelle e i pugni, rischiava di perdere il controllo. «Vattene a casa, torna da lui! Non mi interessa parlarti, non mi interessa sapere cosa devi dirmi! Non voglio sapere nulla, basta!»

Si voltò e si allontanò di nuovo da lei spedito, sperando che questo bastasse.

Non serviva che lei gli confermasse che era finita, non aveva voglia di sentirlo. Aveva visto il sorriso che lei aveva rivolto a quell'uomo quando era seduta su quell'ambulanza, e gli era bastato. L'aveva vista baciarlo, in che modo si era abbandonata a lui sul divano di quel ristorante. Conosceva molto bene sua moglie e...

Una mano gli afferrò un polso, stringendo forte. Si voltò e lei lo stava guardando, con il respiro corto. Era affannata, troppo. La guardò preoccupato.

«Ti prego, Ray... devi ascoltarmi.» La sentì afflosciarsi, si girò di scatto e la sostenne appena in tempo.

«Ma che ti succede?» Le toccò la fronte, era sudata. «Si può sapere che diavolo hai?»

Lei si aggrappò alle sue spalle, cercando di sostenersi per ritrovare l'equilibrio. Gli sorrise.

«Ti avevo chiesto di non correre.» Fece un profondo respiro. «Purtroppo non ho dormito molto negli ultimi tempi, sto mangiando poco e se aggiungi quello che è successo ieri con quello schifoso assassino...»

Lui fece un'espressione mesta.

Non aveva voglia di ascoltarla, perché sapeva già cosa gli avrebbe detto. Ed era la sua sentenza di morte. Ma continuare a scappare non sarebbe servito a nulla e con lei in quelle condizioni ora si sentiva anche in colpa.

E pure stupido.

«Sei un'incosciente, Roxy...» scosse la testa, amareggiato «... oltre che stronza.»

«Già...» lei annuì, con una smorfia. «Stronza è dire poco.»

«Avanti.» Ray fece un respiro profondo, riempiendo i polmoni di ossigeno. «Sentiamo, parla. Facciamola finita una volta per tutte.»

Alle sue parole il cuore di Roxy si riempì di gioia. Gioia e speranza. Ora doveva affrontarlo e riuscire a spiegargli tutto, sperando nel suo perdono.

«Grazie...» deglutì, nervosa, poi si sciolse dall'abbraccio che la stava sostenendo.

Si sentiva un po' più stabile, perlomeno fisicamente.

Lui non rispose, le fece solo un cenno con la testa, per esortarla a cominciare.

«Non voglio parlare ora di tutto quello che mi ha portato a quanto è accaduto. Non voglio parlare di quello che ci ha allontanati, Ray, non voglio parlare dei problemi di lavoro, delle nostre discussioni e incomprensioni. Perché ormai è successo e non servirebbe a nulla, solo ad attribuire colpe a chi non ne ha. Cioè tu.» Si schiarì la voce, poi continuò. «La verità è che io mi sono persa. Non sapevo più chi fossi, non sapevo più in che direzione far andare la mia vita. Ho perso di vista tutto quello che avevo intorno di bello, tutto quello che mi rendeva felice. Sentivo solo un vuoto dentro... e non capivo a cosa fosse dovuto. E l'errore più grande è stato non parlartene mai, confidando sul fatto che lo avrei superato da sola.»

Lui incrociò le braccia al petto, continuando ad ascoltarla in silenzio.

«Ma io non sono sola. Non si tratta di me, non si è mai trattato di me. Si tratta di *noi.* Siamo una famiglia, siamo una cosa sola, noi due... lo siamo sempre stati. Questo nuovo lavoro e questo caso che ho seguito, mi hanno allontanato da te e dal nostro essere uniti sempre, oltre ogni cosa...» lo guardò seria, preparandosi ad affrontare la spina più dolorosa e velenosa. «E Steve è arrivato proprio in quel momento.»

Ray serrò le mascelle, cercando di mantenere la calma.

«Si è insinuato nella mia vita, ha riempito quegli spazi che io credevo fossero vuoti. Mi ha adulata, mi ha fatto sentire desiderata, mi ha fatto provare il brivido del distacco dalla realtà. Da quella realtà che mi stava schiacciando.» Sospirò, soffocando le emozioni che stavano per esploderle dentro. «Ho cercato con tutta me stessa di aggrapparmi a te, Ray. Te lo giuro, ci ho provato... ma l'attrazione che provavo comunque per lui era innegabile, e...»

«Eh no, cazzo!» Lui sbottò, furente. «Questo non voglio proprio ascoltarlo, Roxy!»

«E invece devi...» avanzò verso di lui, avvicinandosi appena. «Perché è importante. Ti prego, dammi una possibilità... per favore.»

Lui alzò gli occhi al cielo, cercando di deglutire la bile che gli stava salendo in gola. Non riusciva a dimenticare le mani di quell'uomo su di lei, la bocca di quel bastardo sulla sua.

Rifletté per alcuni secondi, indeciso se andarsene o stare lì a sentirla.

E a quel punto capì che se non l'avesse ascoltata, avrebbe commesso un errore. Se non le avesse dato la possibilità di parlare lo avrebbe rimpianto per tutta la vita. Perché non sapere cosa lei gli avrebbe detto sarebbe stato molto peggio.

Abbassò lo sguardo, tornando su di lei e preparandosi ad

ascoltarla.

«Vai avanti.» La sua voce era atona, priva di emozione.

Roxy cercò di prendere coraggio e ricominciò a spiegargli.

«Dicevo... che comunque lui *sapeva* che non mi era indifferente. E intuiva che ero disorientata, che mi stavo facendo soggiogare dal suo fascino, influenzata anche dalla pressione a cui eravamo sottoposti con quel caso.» Aggrottò la fronte, ricordando la situazione. «Non gli faccio una colpa di aver cercato di sfruttare la situazione, di aver approfittato della mia debolezza. Fatto sta che lo ha fatto. E io ero stanca delle nostre liti, Ray. Stanca e frustrata. Il suo invito a cena, quel giorno, è arrivato in un momento particolare, in un momento *perfetto.*»

Lo guardò negli occhi, con intensità.

«E io ho commesso l'errore più grande della mia vita: ho *scelto* di fuggire da noi. Ho scelto di non affrontare quello che ci stava accadendo, ho scelto di dimenticare. E l'ho fatto nel modo più sbagliato che potessi fare e ti assicuro che sto ancora cercando di perdonarmi. Non so se ci riuscirò, ma voglio provarci.» Strinse le labbra appena, in una smorfia. «Quella sera, quella maledetta sera, andai con lui in quel ristorante, parlammo di tante cose. Poi lui mi baciò. Mi chiese di andare con lui in hotel e io... io accettai.»

Ray la guardò pieno di dolore. «Roxy, non puoi farmi questo, non voglio che tu mi racconti queste cose, mi stai distruggendo... ma non te ne rendi conto?»

«Devo dirtele, Ray!» Lei gridò, mentre gli occhi le si riempivano di lacrime. «Ho bisogno che mi ascolti, vorrei che tu capissi!»

Lui si mise le mani tra i capelli, scuotendo la testa. Se li tirò forte, cercando di coprire con quel dolore quello che invece lo stava mangiando vivo dentro.

«Ti prego, fammi finire... ti prego.» Roxy lo supplicava, davanti a lui.

Annuì appena, serrando le labbra.

«Andammo al suo hotel, dopo cena, ognuno con la propria auto. Scesi dalla mia, lo attesi davanti all'ingresso e guardai la costruzione, alzando gli occhi verso l'alto. Io ero lì davanti, impietrita... in quel momento capii che se avessi compiuto quel passo e fossi entrata lì dentro sarebbe cambiato tutto.» Allungò una mano verso di lui, prendendogli un polso con delicatezza e costringendolo a togliere le mani dai suoi capelli, smettendola di tirarli. «Sarei cambiata io, avrei perso me stessa per sempre e avrei perso te. Il pensiero di perderti mi fece quasi crollare il mondo addosso e mi resi conto del terribile errore che stavo per commettere. Mi resi conto del male che stavo per fare a me e all'uomo che amavo, più della mia vita.»

Lui la guardò, ascoltando ogni sua singola parola, senza muovere un muscolo.

«Gli dissi che non volevo più farlo. Mi tirai indietro, Ray, non andai con lui, non passammo la notte insieme.» Gli fece un debole sorriso. «Gli chiesi di perdonarmi, perché sapevo di avergli dato delle speranze e la verità era che lui non ne aveva mai avute. Non provo nulla per lui, se non una profonda stima, un affetto che si è trasformato in amicizia e purtroppo un'attrazione fisica dovuta al suo aspetto, ma che si è spenta in quel preciso istante.»

Ray non comprendeva le sue parole, qualcosa non tornava.

«E perché mi hai telefonato solo dopo l'una di notte?» La guardò serio, con un'espressione indagatrice. «Sono passate ore da quando vi ho visto al ristorante.»

«Dopo che me ne sono andata da lui, ho guidato a lungo, arrivando fino in fondo a Randolph Street, dove la sera che siamo usciti insieme con la moto di Andy ci siamo fermati a bere una birra. Ho spento la macchina e sono rimasta lì a osservare il lago per ore, a pensare a noi, a come risolvere la nostra crisi. Perché di questo si tratta.» Gli sorrise con dolcezza. «Non mi sono accorta del tempo che passava e quando sono rientrata a casa ho visto che te n'eri andato.»

Lui rimase a fissarla serio, per un tempo che sembrava infinito. Poi con lentezza fece scivolare via il polso dalla sua mano, la guardò piegando appena la testa. Fece un sorriso.

«Mi dispiace, Roxy, ma non ti credo.»

«Come?» Lei spalancò la bocca, sentendosi franare il terreno sotto i piedi. «È la verità, Ray, te lo giuro!» Lo vide voltarle le spalle e allontanarsi, di nuovo.

«Ray! Ti prego, ascoltami... È la verità, non è successo nulla tra di noi a parte quel bacio!» Gridava, per cercare di riportarlo indietro da lei. «Ti scongiuro, credimi... Io amo te, ti prego di perdonarmi, ho commesso un gravissimo errore, so che ti ho ferito e non accadrà mai più, te lo giuro...»

Disperata e scossa dai singhiozzi lo vide continuare ad allontanarsi e si lasciò cadere sulla sabbia. Ci aveva provato, lo aveva rincorso, afferrato, perso e poi ripreso. Gli aveva confessato tutto, aveva cercato di avere una seconda possibilità.

Ma era stato inutile.

Ray la sentiva piangere disperata mentre si allontanava e a ogni passo si sentiva morire dentro. Si fermò un attimo, facendo un profondo respiro. Ripensò a quella chiacchierata avuta con Max, giorni prima.

«Dovresti fidarti di più di tua moglie, sai? Lei ti ama, di questo credo tu sia certo.»

«Lo sono, sì.»

«E allora cerca di darle una possibilità, prova ad ascoltarla. Forse ha una spiegazione per tutto questo, forse ha bisogno di aprirsi con te e di parlare con te di tante cose e ora non ne ha l'opportunità. Credo se lo meriti, è una brava persona.»

Aveva ragione Max.

Alla fine era tutta una questione di fiducia e basta.

Alla fine doveva solo *scegliere* se crederle o no.

Se fidarsi di nuovo di lei e voltare pagina, provando a costruire qualcosa di nuovo insieme, oppure no.

Roxy non riusciva a smettere di piangere, consapevole di essere lei la causa di tutto quanto. Del dolore di Ray, della delusione di Steve, di tutto il dispiacere che aveva fatto provare a tutti.

Stava cercando di perdonarsi, ma ora era diventato molto difficile.

Alzò lo sguardo, gli occhi annebbiati dalle lacrime.

Vide che Ray si era fermato, forse stava pensando di darle un'altra possibilità. Cessò di respirare, nell'attesa di capire cosa avrebbe fatto. Sbatté gli occhi più volte, per riuscire a vedere meglio ogni suo movimento, sperando di vederlo voltarsi verso di lei e raggiungerla.

Ma quando lo vide riprendere a camminare nella sabbia e allontanarsi, la disperazione più profonda e devastante le dilaniò il cuore.

Lo aveva perso, se n'era andato.

Aveva scelto di voltarle le spalle.

E dopo il modo in cui lei lo aveva supplicato, il modo in cui gli aveva chiesto di ascoltarla e di perdonarla, lui aveva comunque deciso di non crederle.

Si strinse il ventre, circondandosi con le braccia. Si piegò in avanti, come per calmare il dolore che la stava divorando. Come per riempire il vuoto che la stava inghiottendo.

Rimase lì a piangere, non seppe per quanto tempo.

Fino a quando si accorse di non avere più lacrime.

A fatica si alzò in piedi, guardando la spiaggia che si stagliava davanti a lei.

Di Ray nemmeno l'ombra, non sapeva dove fosse andato e cosa avesse fatto.

Sapeva solo che le loro strade si erano divise.

Fece un profondo sospiro e a forza tornò a casa di Eve e Max. Camminò lungo la sponda del lago, guardando le sue acque senza vederle realmente, come se lei si trovasse lì, ma la sua mente fosse altrove.

Quando vide la casa in mattoni rossi e il suo verde giardino si incamminò, notando che al centro del prato c'era Max in piedi, con le mani in tasca. Serio.

Si avvicinò a lui con lentezza, con un sorriso mesto sulle labbra.

«Ray dov'è?» Max glielo chiese subito, fuori dai denti. L'espressione di Roxy lasciava intendere cosa fosse accaduto.

«Non lo so.» Lei scosse la testa. «Potresti portarmi a casa, per favore?»

Lui serrò le labbra, assumendo un'espressione dura sul volto. «Mi dispiace, Roxy. Vedrai che...»

«No, Max...» gli sorrise triste. «È finita, non ho dubbi su questo. Se n'è andato, non mi ha creduto. La fiducia che ha sempre riposto in me è crollata e non posso dargli torto. Gli ho mentito, mi ha visto con i suoi occhi tra le braccia di un altro e questo è quello che mi merito.»

«Non devi essere così dura con te stessa. Hai sbagliato e l'hai ammesso, magari aspetta un po' e poi prova a parlargli di nuovo.»

«Non posso farlo, Max. Devo pensare a me stessa e non solo.» Con una mano si accarezzò il ventre. Non era più solo una questione sua o di lei e Ray. C'era qualcun altro che meritava molte più attenzioni, ora.

«Gliel'hai detto?» Max aggrottò le sopracciglia.

«No... e devi giurarmi che non lo farai nemmeno tu.» Lo guardò con un'espressione dura sul volto. «Ti ho già spiegato che non voglio che torni da me per il bambino, se un domani deciderà di tornare... dovrà farlo perché mi ama.»

«Ma Roxy, prima o poi verrà a saperlo. Non puoi tenerglielo nascosto.»

«E invece ora è l'unica cosa che mi sembra giusta fare.» Si avvicinò a lui, lo guardò seria in viso. «Devo capire come andare avanti, devo ricostruirmi una vita, Max. E devo farlo per me e per lui.»

«O lei...» lui le sorrise.

«Già. O lei.»

La guardò con comprensione e tristezza. Mai avrebbe pensato di vivere un momento simile e di esserne testimone. Ray e Roxy si erano lasciati, era finita. Le circondò le spalle con un braccio, dirigendosi verso casa con lei.

«Vieni.» Si chinò e la guardò con tenerezza. «Ti porto a casa io, andiamo.»

Entrarono in casa e spiegarono a Eve quanto era accaduto. Roxy la informò della gravidanza, con l'espressa richiesta di non dirlo a Ray.

Aveva bisogno di tempo, aveva bisogno di capire cosa fare.

Una volta presa una decisone, li avrebbe informati.

Salutò Eve con un forte abbraccio e con qualche lacrima, poi salì in macchina con Max, diretti verso Chicago.

«Mi dispiace farti tornare a casa mia, Max. Scusami, credevo che sarebbe andata bene.»

«A dir la verità ti trovo molto debilitata, non credo saresti comunque riuscita a guidare fino a casa mia, Roxy.» Si voltò a osservarla, pallida e magra. «Ti prego, cerca di prenderti un po' cura di te stessa. Riposati, magari vai dal medico e stai qualche giorno a casa dal lavoro.»

«Lo farò, Max...» annuì, senza troppa convinzione.

«Non farmi stare in pensiero, va bene?» Le fece una carezza sui capelli. «Mi raccomando.»

Lei annuì.

Senza che potesse fermarle, le sue labbra iniziarono a tremare, di nuovo sentì le lacrime affiorare ai suoi occhi. Fece un respiro cercando di essere forte, cercando di ricacciarle indietro.

«Mi aveva detto che sono *un'inguaribile ottimista.*» Scosse la testa, rassegnata. «Aggiungerei una *stupida e inguaribile ottimista.*»

«Non dire così, forse le cose si aggiusteranno.»

«Non credo, Max. Questa volta no...» si voltò a guardare il paesaggio oltre il finestrino, mentre lui guidava con calma.

Sarebbe arrivata a casa, si sarebbe riposata per qualche giorno e avrebbe recuperato le forze. E durante quel periodo avrebbe deciso cosa fare di tutto il resto.

Ma quando rimise piede nel suo appartamento, sola, non era preparata al tumulto di sensazioni che la investirono.

Era uscita convinta di tornare con Ray, invece le cose non erano andate affatto come si aspettava. Guardò i due test di gravidanza positivi che erano rimasti sul tavolo, pronti per essere mostrati a lui.

Camminò per tutta la casa, guardandosi intorno.

Non avrebbe più avuto lo stesso significato rimanere lì, non dopo tutto quello che era accaduto.

Ripensò al suo matrimonio, distrutto.

Al bambino che stava arrivando.

Al suo lavoro.

A Steve.

Doveva voltare pagina, ricominciare da capo.

E in quel momento gli venne in mente solo una persona da cui ripartire.

Prese il telefono e cercò il numero in rubrica, premette il tasto e fece la telefonata.

Quando sentì la sua voce dall'altra parte della cornetta deglutì e fece un respiro, pronta a spiegare tutto.

«Ciao. Sono Roxy, scusa se ti disturbo. Hai un minuto?»

24.

Tre mesi dopo

Ray sorseggiò pensieroso il caffè, continuando a osservare i due documenti davanti a lui.

Uno era la richiesta di separazione che aveva fatto redigere al suo avvocato.

L'altro era un contratto per l'acquisto di un appartamento, in centro a Chicago.

Prese la penna a sfera davanti a lui sul tavolo.

Sia lo studio legale che l'agenzia immobiliare attendevano solo la sua firma, poi sarebbe iniziata la sua nuova vita.

Posò la tazza davanti a lui, si chinò in avanti e si preparò per firmare.

La mano tremava, nonostante tutto. Nonostante quei tre mesi trascorsi lontano da lei, nonostante il dolore che piano piano si stava affievolendo. Nonostante la voglia di ricominciare.

Fece un profondo respiro, prese coraggio.

In fin dei conti si trattava solo di qualche firma, pochi minuti e tutto sarebbe finito.

Roxy avrebbe ricevuto le carte tramite il suo avvocato e con ogni probabilità avrebbe firmato.

Cercò di convincersi che era la cosa giusta da fare.

L'unica.

«Fanculo!» Buttò con forza la penna sul tavolo, si alzò in piedi e si mise le mani tra i capelli. «Ma perché diavolo deve essere così difficile?»

Un rumore alle sue spalle lo fece voltare.

«Perché la ami.» Max avanzò piano nella stanza, con le mani in tasca e guardandolo serio. «La ami ancora, Ray... e lo sai anche tu.»

Lui scosse la testa, poi guardò in alto verso il soffitto. Fece un sospiro spazientito.

«Non lo so più, Max. Questo periodo lontano da lei è stato durissimo, ma ho bisogno di chiudere in maniera definitiva o non riuscirò mai a voltare pagina.» Riabbassò di nuovo lo sguardo, posando gli occhi nei suoi. «Sono stanco di stare così, sono stanco di sentirmi ancora legato a lei. Se non do un taglio drastico a tutto, rischio di non uscirne mai più.»

«Chiudere in maniera definitiva e soprattutto *in questo modo...* è un passo davvero importante, Ray. Non sai nemmeno cosa provi ancora per lei, forse è presto. Non credi?»

«Che intendi quando dici *in questo modo*?» Ray lo guardò, aggrottando la fronte.

«Tramite avvocati, senza nemmeno parlarne tra di voi.» Alzò le spalle, per cercare di spiegargli il suo punto di vista senza tradire la fiducia di Roxy. «In fin dei conti siete stati fidanzati a lungo e sposati per molto tempo. Dieci anni.»

«Dieci anni, sì. Tra due settimane.» Ray strinse gli occhi, poi si voltò a guardare di nuovo quei documenti sul tavolo.

«Non avere fretta, Ray.»

«Voglio liberarvi della mia presenza, Max. Vivo a casa vostra da tre mesi e non mi sembra giusto, per voi e per me stesso.» Si avvicinò al tavolo, prese tra le mani il contratto che aveva stilato l'agenzia immobiliare, lo guardò nel dettaglio. «Questo appartamento va bene, ho bisogno del mio spazio e voi del vostro ed è un'occasione. Non posso lasciarmelo sfuggire.»

«Te lo ripeto, non avere fretta.» Max gli sorrise. «Pensaci bene e forse sarebbe meglio che ne parlassi prima con lei.»

Ray lo guardò in viso, serio. «Vorresti che io la chiamassi?»

«Dopo così tanto tempo insieme forse sarebbe il caso, non credi?» Fece spallucce. «Non credo che nonostante tutto si meriti di apprendere la tua decisione di separarti dalla lettera di un avvocato.»

Ray si rabbuiò. Max aveva ragione, non era giusto e soprattutto non era corretto. Ma non sapeva se si sentiva pronto a parlarle, a sentire la sua voce.

«Ci penserò, d'accordo?» Lo guardò con un mezzo sorriso. «Grazie, Max.»

«Non ringraziarmi...» lui rispose al sorriso, poi gli fece un gesto di saluto con la mano. «Ora io vado al lavoro, Ray, turno di pomeriggio. Più tardi dovrebbe rientrare Eve. Ci vediamo dopo.»

«Ciao, Max...» lo salutò di rimando, osservandolo mentre usciva e lo lasciava da solo, immerso nei suoi pensieri.

Pensò a quello che gli aveva detto, pensò a quei documenti. Si immaginò la reazione di Roxy mentre li riceveva per posta. Aggrottò la fronte, pensando se fosse stata lei a farlo.

Lui si sarebbe infuriato. A morte.

Scosse la testa, senza pensarci due volte prese il cellulare e compose il suo numero. Prima si sarebbe tolto quel dente, prima avrebbe iniziato la sua nuova vita.

Irraggiungibile.

Chiuse la chiamata, incuriosito riprovò. Di nuovo irraggiungibile.

Guardò un attimo il vuoto, pensieroso. Strano che a quell'ora non fosse raggiungibile. Avrebbe dovuto essere al lavoro e in genere teneva sempre il telefono acceso.

Senza pensarci troppo chiamò a casa, ma il telefono squillò

diverse volte, senza nessun esito.

Sbuffò spazientito.

Preoccupato.

Voleva vederci chiaro e nemmeno lui sapeva il perché.

Restava solo una cosa da fare, quindi compose il numero della procura.

«Procura di Chicago, buongiorno.» La centralinista rispose con la sua solita voce gentile.

«Sono il dottor Raymond Jones. Avrei bisogno di parlare con il vice procuratore Roxanne Jones, può passarmela, per favore?»

«Oh...» fu come se la ragazza al telefono fosse sorpresa di sentirlo. «Attenda un secondo, per favore.»

Il cuore di Ray fece un balzo nel petto. Di lì a poco avrebbe sentito la sua voce dopo tanto tempo. Ma la donna che gli rispose non era affatto Roxy.

«Ray?» Era Mary, la sua segretaria.

«Ciao, Mary. Potresti passarmi Roxy, per favore? Dovrei parlarle.» Era agitato, sperava solo che non trasparisse dalla sua voce.

«Ma come... non lo sai?» La donna aveva un tono sorpreso, un po' inquieto.

«Cosa... non so?» Ray sentì i capelli rizzarsi sulla nuca. La preoccupazione e il sospetto di poco prima ora erano una certezza: era accaduto qualcosa.

«Roxy non è in ufficio, Ray. E non viene da un po'.»

«Che significa?»

«Ha preso dell'aspettativa, non so se e quando rientrerà.»

La sua affermazione fu come uno schiaffo in pieno viso. Che diavolo stava succedendo?

«Da quando?» Ray non riusciva a capire.

«Sono tre mesi che non viene al lavoro, Ray. E non so dirti dove sia, non sappiamo nulla.»

Rimase ammutolito, non seppe cosa pensare. Sparita, così, da un giorno all'altro? Era impossibile.

A meno che... strinse gli occhi, mentre un pensiero inquietante gli stava divorando la mente.

«Ti ringrazio, Mary. A presto.» Tagliò corto, deciso ad arrivarci in fondo a quel punto.

«Figurati, Ray. Fammi sapere, mi raccomando.»

«Certo, ciao.» Riattaccò veloce, si infilò il telefono in tasca, prese le chiavi dell'auto e uscì di corsa, salendo in macchina e precipitandosi in città.

Mentre guidava veloce sentiva la rabbia che saliva, convulsamente strinse le mani sul volante, per cercare di calmarsi. Sperava che non fosse come intuiva e cioè che mentre lui si stava crogiolando nel dolore lei aveva raggiunto il caro Steve a Washington.

Non poteva essere così, non poteva. E lui, come uno stupido, che si era fatto degli scrupoli sul fatto di fargli arrivare i documenti della separazione tramite l'avvocato!

Era solo un ingenuo coglione, questa era la verità.

Gli sembrò di divorare la strada mentre raggiungeva il suo appartamento.

Appena giunto si infilò nel parcheggio sotterraneo, scese dall'auto ed estrasse le chiavi, entrò subito all'interno del palazzo e salì in ascensore.

Quando arrivò al suo piano, raggiunse la porta di casa sua e infilò le chiavi nella serratura.

Entrò all'interno e quello che vide fu un duro colpo.

L'appartamento era vuoto.

C'era polvere sui mobili, segno che nessuno abitava più lì da tempo. Andò in camera, nella cabina armadio. Tutto vuoto. In bagno, nulla.

Tornò nella zona giorno, in cucina era tutto stato svuotato. Il frigorifero spento.

Si guardò intorno, serio e con il cuore rotto.

Se n'era andata alla fine.

Strinse le mascelle, pensando al da farsi.

Ormai era giunto fino a lì, voleva capire e arrivare in fondo a quella storia.

Pensò di chiamare Marshall, facendosi dare il numero da Mary, ma lo tenne come ultima opzione. Pensò di chiedere ai genitori di Roxy, ma decise di accantonare anche quell'ipotesi per il momento. Forse poteva riuscire a scoprire qualcosa da solo.

Gli venne un'idea.

L'unica persona che poteva sapere qualcosa in più era Albert, il portiere. La posta veniva consegnata a lui, se Roxy aveva cambiato indirizzo lui lo sapeva di certo e forse lo avrebbe convinto a darglielo.

Uscì dall'appartamento e si precipitò di nuovo di sotto, fermandosi questa volta in portineria.

Quando Albert lo vide gli sorrise compiaciuto.

«Dottor Jones, che bello vederla!» Gli andò incontro, porgendogli la mano. «Come va?»

«Sto bene, grazie...» lui gli strinse la mano di rimando, sorridendo. «Ha un minuto per me?»

«Certo, mi dica.» Si spostarono a lato, evitando le persone che entravano e uscivano.

«So che è al corrente della situazione tra me e mia moglie.»

«Purtroppo sì e mi dispiace tanto» Si rabbuiò in volto. «Ma non mi chieda informazioni che non posso darle, dottore. La signora mi ha chiesto discrezione.»

Ray era già soddisfatto. Con quell'affermazione gli aveva appena confermato che era al corrente di dove fosse Roxy.

«No, Albert. Non le chiedo di infrangere le regole, non voglio crearle problemi.» Ray si schiarì la voce. «È solo che io devo parlare con lei, ho bisogno di incontrarla. E non so come fare, nessuno sa dove sia andata.»

Lui sospirò, rassegnato.

Si guardò intorno e poi lo prese per un braccio, appartandosi in un angolo.

«Non posso dirle dove sia andata, anche se conosco il suo indirizzo...» gli fece un sorriso tirato «...ma posso dirle che la vedo spesso.»

Ray si illuminò a quella notizia. Era evidente che abitava ancora a Chicago, forse si era sbagliato sul conto di Marshall.

«E quando la vede, in genere?» Si avvicinò all'uomo, abbassando il tono di voce. «Questo può dirmelo?»

L'uomo sorrise con calore, annuendo con il capo. «Tutte le mattine verso le dieci passa di qui, per controllare se c'è della posta. Sa, io gliela tengo da parte.»

«Quindi se io dovessi capitare qui per caso domani intorno a quell'ora, dovrei trovarla. Vero?» Ray lo guardò, sperando in una risposta affermativa.

«Sì.»

«Grazie. Era quello che avevo bisogno di sentire.» Diede una leggera pacca sulla spalla del portiere, sorridendogli grato. «A domani, Albert.»

La mattina seguente Roxy stava facendo la sua passeggiata quotidiana.

Il suo ginecologo le aveva detto che se voleva tenersi in forma doveva fare sempre un po' di movimento, altrimenti rischiava di salire troppo con il peso. E lei approfittava di questo per fare due passi ogni giorno, facendo le commissioni che la tenevano impegnata.

Entrò nel suo vecchio palazzo, specchiandosi per un attimo nella vetrata dell'ingresso. Era proprio cambiata. Sorrise, mentre guardava la donna che lo specchio le rifletteva: una morbida coda di cavallo alta, una giaccone sportivo pesante e un paio di pantaloni sportivi. Non capiva perché, ma fin dalle prime settimane non era più riuscita ad indossare i jeans. Non poteva sopportare i bottoni. Si guardò gli scarponi che indossava, sorridendo. Ricordò le sue Jimmy Choo e le sue Loboutin con il tacco a spillo. Le avrebbe calzate di nuovo, prima o poi.

Spinse la porta ed entrò, sorridendo subito ad Albert.

«Buongiorno. È arrivato qualcosa, per posta?» Si levò i guanti e li mise in tasca, sfregandosi poi le mani. Ormai era novembre e a Chicago il freddo iniziava a farsi sentire sul serio.

«Un paio di lettere, signora Jones.» L'uomo le porse due buste, che lei si affrettò a prendere.

«E una visita...» una voce emerse dal fondo del corridoio, una voce maschile che le fece fermare il cuore. Ray era davanti a lei, la fissava con un'espressione truce.

Si voltò verso Albert, che aveva abbassato lo sguardo. Si sentiva in colpa quell'uomo, era ovvio. Ma non ne aveva.

«Non preoccuparti, Albert. Va bene così.» In maniera istintiva si coprì il ventre con le braccia, poi alzò gli occhi verso l'uomo che la stava guardando serio. «Che cosa vuoi, Ray?»

«Devo parlarti.» Aveva una voce bassa e seria, quasi lugubre.

«Mi dispiace.» Lei scosse la testa, con un sorriso triste. «Ma io non ho niente da dirti.»

Gli voltò le spalle e lasciò l'atrio della portineria, terrorizzata dal fatto che lui potesse accorgersi del suo stato. Camminò in fretta, sperando che lui non la inseguisse, sperando che lui non avesse scoperto dove abitava.

Ma era una speranza vana e in cuor suo, lo sapeva.

Una mano forte le afferrò un polso e bastò solo il contatto con la pelle di lui per capire chi fosse.

«Fermati, Roxy.» La costrinse a voltarsi. «Mi spieghi che diavolo sta succedendo?»

«Non abito più lì, mi sembra chiaro no?» Cercò di sfilare il polso dalla sua stretta, ma fu inutile. «E lasciami, Ray. Mi stai facendo male.»

Lui mollò subito la presa, poi la guardò serio, un muscolo guizzò sulla sua mascella contratta. «Perché te ne sei andata?»

«Non mi andava più di stare lì, va bene?» Si strinse nelle spalle. «Troppi ricordi e troppo grande per una persona sola.»

Lui strinse gli occhi. «E il lavoro? Perché l'aspettativa?»

Lei sospirò. «Sto prendendo delle decisioni che riguardano il mio futuro, sto valutando alcune proposte.»

«Che tipo di proposte?»

«Non è più affar tuo, Ray. Non lo è più dal momento in cui hai deciso di non credermi.» Lo guardò in viso, amareggiata. «Da quel giorno a Winnetka, sulla spiaggia. Da quando mi hai lasciata lì da sola e te ne sei andato.»

Lui si rabbuiò. «Non dirmi che ora sono io il cattivo, eh?»

«No, non preoccuparti. La cattiva sono io e ogni giorno che passa ne pago le conseguenze, fidati.»

«Che significa, Roxy?»

«Significa che ogni dannato giorno, quando mi alzo la mattina e mi ritrovo sola, mi maledico per essere andata a cena in quel maledetto ristorante, va bene? È stato l'errore più grande della mia vita, oltre a quello di averti mentito più volte...» inspirò, in cerca di ossigeno per riuscire a parlare. Lo aveva davanti e non le sembrava ancora vero. Doveva dirgli tutto quello che provava. «E ho affrontato le conseguenze delle mie scelte, Ray. Le affronto ogni giorno e cerco di conviverci, provando a perdonarmi per il male che ti ho fatto. Ma ti assicuro che l'averti perso è una punizione più che sufficiente.»

Lui non rispose, la osservò soltanto. Si mise le mani in tasca, continuando a guardarla.

Roxy non riusciva a capire cosa gli stesse passando per la testa, cosa avesse intenzione di dirle. E soprattutto perché l'aveva cercata.

«Ray...» aggrottò le sopracciglia. «Perché sei venuto a cercarmi?»

I lineamenti del viso di lui si contrassero all'improvviso. E quello non era un bene, Roxy lo sapeva.

«Ho avviato le pratiche per la separazione, Roxy.» Glielo disse così, senza troppi preamboli. «Ma prima di procedere in via definitiva volevo parlartene a voce.»

Lei strinse le labbra, cercando di soffocare il tumulto di emozioni che la stavano travolgendo. Erano su un marciapiede, in mezzo alle persone che passavano dirette chissà dove. E lui glielo diceva così, come se le stesse chiedendo del tempo. Scosse la testa, poi lo guardò piena di tristezza.

«Fai quello che credi, Ray, per me va bene tutto.» Si voltò, fece per andarsene. Ma di nuovo una mano forte l'afferrò per un braccio, bloccandola.

«Aspetta, Roxy.» La voce di Ray era rotta dall'emozione, lei si voltò incuriosita. «Io vorrei parlarne con te, non voglio andare avanti se tu...»

Si bloccò all'improvviso, lo sguardo gli cadde sul ventre di Roxy. Nel tirarle il polso il giaccone che portava si era aperto. Spalancò gli occhi, non poteva credere a quello che stava vedendo.

Roxy abbassò lo sguardo, vide che lui si era accorto del suo ventre appena prominente. Si liberò dalla sua stretta e cercò di richiudere la giacca, ma lui la bloccò all'istante. Lasciò che lui aprisse, che contemplasse il suo stato. Lo guardò in viso, sperando in una scintilla di gioia. Ma si sbagliava.

Quando Ray incrociò di nuovo lo sguardo con lei, gli occhi erano ridotti a due fessure.

«Con lui sì e con me no, vero?» La sua voce era un sibilo. «Hai aspettato che mi levassi dai coglioni o è successo prima?»

«Che diavolo stai dicendo, Ray?» Roxy era talmente incredula per quello che lui le aveva appena detto, che non poteva pensare che dicesse sul serio.

«Lo sa, lui?»

«Ma lui chi?»

«Steve, il padre. Lo sa?» La guardava disgustato, non riusciva a credere che quell'uomo si fosse preso anche quello.

«Sei impazzito?» Roxy sentì la rabbia salirle alla testa, doveva calmarsi. «Ma come osi dirmi una cosa simile? È tuo figlio, Ray! Tuo figlio!»

«Sì, certo...» lui fece una risata sarcastica.

Lei scosse la testa, guardandolo rassegnata.

«Tanto non conta nulla quello che io ti dico, vero? Hai scelto di non credermi, hai scelto di gettare la spugna e non tentare di ricostruire qualcosa insieme.» Lo guardò da capo a piedi, sconcertata. «Io non sono mai andata a letto con Stephen Marshall, mai! Quello che porto in grembo è tuo figlio e te lo giuro, va bene?»

«E perché non me l'avresti detto, allora? Sentiamo.» Ray incrociò le braccia al petto, in attesa di sentire la nuova scusa che avrebbe tirato fuori.

«Tu non vuoi la verità, Ray. Tu vuoi solo la tua verità, solo quello che vuoi sentire.» Roxy si abbottonò di nuovo il giaccone, sistemandosi poi la stoffa sul ventre. «Ma mi dispiace, io posso dirti solo la verità, niente di più. Sei tu che devi decidere se vuoi credermi o no.»

Senza che lui potesse replicare, gli voltò le spalle incamminandosi lungo il marciapiede, sparendo piano piano dalla sua vista.

Ray non sapeva più che pensare, tutta la situazione si era ribaltata. Aveva davanti una donna forte, una che non voleva scendere a compromessi. Una che non accettava le mezze misure.

Dopo tanto tempo aveva finalmente davanti la Roxy che aveva conosciuto e della quale si era innamorato quando era un ragazzo. Fece un sospiro e comprese che aveva molte cose su cui riflettere.

E molte spiegazioni da farsi dare, da qualcuno che conosceva molto bene.

Quando Max rientrò a casa quella sera, si accorse che c'era qualcosa di strano nell'aria.

Silenzio.

Eve era già a casa e da quando Ray abitava lì con loro era impossibile che ci fosse silenzio. Posò le chiavi sul tavolino dell'ingresso e si avviò in salotto, sentendo la legna nel camino scoppiettare. Quando entrò vide Eve e Ray seduti sul divano. Lui fissava il fuoco, assorto, lei invece alzò lo sguardo non appena Max fece il suo ingresso nella stanza.

«Buonasera.» Guardò la sua ragazza e il fratello più volte. «Che succede?»

«Lo sa, Max. Sa del bambino.» Eve gli fece una smorfia. «Siediti qui, per favore.»

Max imprecò sottovoce, sapeva che quel momento prima o poi sarebbe arrivato. Fece quello che gli aveva chiesto Eve, si sedette al suo fianco e poi si voltò verso Ray.

«Ray...»

«Perché non me l'avete detto?» Lui si voltò a guardarlo, con una strana espressione sul viso. «Avevo il diritto di sapere che Roxy aspettava mio figlio, non credi?»

Il cuore di Max sorrise. La sua domanda gli lasciava intendere che le credeva, finalmente. E questo era già qualcosa.

«Mi ha chiesto di non farlo, Ray.» Si sporse in avanti, appoggiando i gomiti sulle ginocchia. «Me l'ha fatto giurare, dicendomi che una volta che avrebbe deciso il da farsi si sarebbe fatta sentire lei.»

«Scusa? *Il da farsi*? Che cazzo significa, non voleva tenerlo?»

«No, questo no.» Max si schiarì la voce. «Senti, Ray, vi eravate appena lasciati. Lei è venuta qui tentando il tutto per tutto, tentando di farsi ascoltare da te. Voleva che tu tornassi con lei non perché ti sentivi obbligato, ma perché l'amavi.»

Ray chiuse gli occhi, ripensando con dolore a quel giorno. Era incinta, era sopravvissuta a una tentata violenza e nonostante tutto era venuta lì da lui, per sistemare le cose, per spiegargli. Senza sotterfugi, senza tentativi di riconquistarlo in modo scorretto.

Fece un sospiro, chiedendosi a questo punto cosa era giusto fare.

Roxy era una donna forte e quello che gli aveva detto quel giorno, con ogni probabilità, era la nuda e cruda verità.

«Dove alloggia, lo sapete?» Si voltò verso di loro, guardandoli entrambi.

Max guardò Eve, lei sospirò rassegnata.

«Sta a casa di Reb. Lei ha lasciato la città, sta seguendo un caso in Montana e starà via un po' di tempo. L'ha ospitata da lei.» Lo guardò preoccupata. «Ray, rifletti su quello che hai scoperto oggi e su quello che ti abbiamo detto noi stasera. Rifletticі, prima di prendere decisioni da cui non potrai tornare indietro.»

«Certo...» lui annuì, poi si alzò in piedi e si voltò a guardarli. «Lo farò, stai tranquilla. Grazie, ragazzi. Buonanotte.»

Voltò loro le spalle e senza attendere oltre andò di sopra, in quella che da poco più di tre mesi era la sua camera. Il giorno dopo si sarebbe dovuto alzare presto, aveva il turno di mattina ed era necessario che si coricasse e riposasse a sufficienza.

Finito il lavoro avrebbe pensato al da farsi.

E forse, agito di conseguenza.

Era ormai sera quando Ray bussò alla porta dell'appartamento di Reb. Sentì un rumore all'interno, segno che Roxy si stava muovendo. Con ogni probabilità lo stava guardando dallo spioncino.

A conferma di quello, sentì la serratura scattare e vide la porta aprirsi davanti a lui.

«Ciao, Ray.» Lei lo guardò con attenzione. «Che ci fai qui?»

«Credo che noi due dobbiamo parlare, Roxy. Da persone adulte e consapevoli di quanto ci è successo.» La guardò, indossava una tuta da ginnastica che evidenziava ancora di più il suo stato. «Posso entrare?»

«Certo, vieni.» Lei si scostò di lato, facendolo accomodare all'interno, poi richiuse la porta alle sue spalle.

Ray si fermò al centro della stanza, si guardò intorno. L'appartamento era piccolo, ben tenuto ed essenziale. Osservò Roxy con la coda dell'occhio che gli passava accanto.

«Mi stavo facendo un the, vuoi?» Lo guardò mentre andava in cucina.

«Un the?» Lui le chiese conferma, quasi inorridito. La vide uscire con il bollitore in una mano e due tazze nell'altra. Posò tutto sul tavolo, davanti a lui.

«È deteinato...» lo guardò seria, poi iniziò a versarlo nelle tazze. Tornò in cucina e poi ricomparve con zucchero, latte e succo di limone. «Prego, siediti.»

Lui fece quanto lei gli aveva chiesto, poi accavallò le gambe e si schiarì la voce. Aveva pensato quasi tutta la notte e tutto il giorno al da farsi e aveva preso una decisione. Non sapeva come l'avrebbe presa lei, ma doveva parlargliene.

«Roxy, ho pensato a quanto ci siamo detti ieri.»

«E credo che tu ne abbia parlato anche con Eve e Max, dal momento che sei venuto qui. Solo loro e i miei genitori sapevano dove mi trovo e dubito che te l'abbia detto mia madre...» lei fece una smorfia, poi prese la sua tazza e ci versò dentro un po' di latte e una buona dose di zucchero. «Avanti, Ray. Dimmi perché sei venuto.»

Lui infilò una mano dentro la tasca della giacca, estrasse una busta bianca che mise sul tavolo. Poi alzò lo sguardo su di lei. «Mentre venivo qui, oggi, ho pensato che tra due settimane sarà il nostro anniversario di matrimonio, Roxy. Dieci anni.»

«Lo so.» Lei annuì, sentendo la morte nel cuore. Abbassò lo sguardo su quella busta, dentro di lei sapeva cosa conteneva. Non avrebbero festeggiato i dieci anni.

«Ho camminato a lungo, ho pensato a tutto quello che ci è successo. Alle bugie, alle incomprensioni. Al tuo tradimento. A tutti questi mesi lontani, al bambino...» abbassò lo sguardo sul suo ventre, poi si schiarì la voce e la guardò negli occhi. «Ho capito che tutto questo ci ha cambiato e noi non saremo mai più gli stessi, mai più. Io ho perso la fiducia in te, tu hai imparato a camminare senza di me, a quanto vedo. Stai facendo scelte importanti per il tuo futuro, da sola.»

Roxy sentì un nodo alla gola, che le impedì di replicare.

«Credo che ci sia solo un modo per ricominciare a vivere una nuova vita, non credi? Ce lo meritiamo entrambi.» Ray le spinse la busta davanti, facendole un cenno con la mano. «Ed è lì dentro. Aprila.»

Roxy scosse la testa. Non voleva vedere la richiesta di separazione, non voleva mettere la parola *fine* a tutto quello che avevano costruito insieme. Non voleva che il loro stupendo amore finisse in quel modo.

«Ti prego, aprila.» Lui le sorrise appena, spingendola di nuovo verso di lei.

Roxy prese la busta con le mani tremanti, la aprì ed estrasse i fogli contenuti all'interno. Sbatté gli occhi più volte, per mettere a fuoco quanto vi era scritto sopra.

Era di un'agenzia di viaggi.

Non era la separazione.

Lesse velocemente, era la prenotazione di un viaggio con partenza la settimana successiva.

Destinazione, la Polinesia Francese, per due settimane.

La prenotazione era per Raymond e Roxanne Jones.

Alzò gli occhi verso di lui, non capendo di cosa si trattasse.

«Che cosa significa, Ray?» Le mani le tremavano, le labbra anche.

«Significa che io ho fatto la mia scelta, Roxy. E questa volta ho scelto *noi.*» Le sorrise, alzandosi in piedi e chinandosi poi davanti a lei. Le sfilò i documenti dalle mani, poi gliele prese, stringendole tra le sue. «Ho scelto, nonostante tutto, di provare a ricominciare. Di provare a costruire qualcosa di nuovo, più forte di quello che avevamo prima e più importante. Ho scelto di crederti, nonostante le mie paure. Perché se c'è una cosa che non posso scegliere, in realtà, è smettere di amarti.»

Lei sorrise, gli occhi le si riempirono di lacrime.

«E tu, Roxy? Cosa scegli?»

«Io *scelgo te*, Ray. Come ho sempre fatto da quando mi sono innamorata di te. E come continuerò a fare sempre.»

«Non sarà facile, lo sai.» Ray la guardò serio, avvicinando il viso al suo. «Ma voglio fidarmi di noi due. E soprattutto voglio fidarmi del nostro amore.» Le posò una mano sul ventre, facendole una lieve carezza. Poi sollevò lo sguardo verso di lei, i suoi occhi azzurri erano appena velati.

Lei annuì, mentre lui le posava un delicato bacio sulla bocca. Dischiuse le labbra, invitandolo a ritrovarsi dopo mesi di lontananza, dopo settimane passate nel dolore.

Il suo sapore familiare la fece sentire a casa, le sue mani forti le fecero capire che non doveva più temere. Si staccò da lui, lo guardò negli occhi felice. Non sapeva cosa sarebbe accaduto d'ora in avanti, non sapeva quanto sarebbe stato difficile.

Ma una cosa era ben chiara e doveva dirgliela. Subito.

«Ti amo, Ray.»

Il sorriso che le restituì lui le fece capire che, anche se sarebbe stato difficile, avrebbero fatto in modo di superarlo. Sempre.

«Ti amo anch'io, Roxy.»

EPILOGO

Un mese dopo

«Quindi, come ti senti, Roxy?» Sua suocera la stava guardando con un sorriso estasiato stampato sul volto.

«Mi sento molto bene, Olivia.» Le sorrise, mentre Eve seguiva la conversazione attenta, seduta a tavola di fronte a loro. «Le due settimane di vacanza sono state magnifiche, mi ci voleva davvero.»

«E si vede, cara. La tua carnagione ha un colore splendido e la gravidanza vedo che sta procedendo bene. Diventeremo nonni, finalmente...» la donna le sorrise ancora di più, poi fece un cenno verso Eve, che la osservava con un sopracciglio inarcato. «Se devo aspettare quei due, invece... credo che morirò prima del tempo.»

«Mamma.» Eve la ammonì, seria.

«Ah, non preoccuparti, Eve. Va bene così.» Alzò le spalle, in segno di noncuranza. «L'importante è che siate felici voi due, il resto non conta. Vero, Estelle?»

La madre di Max si mise a ridere, complice. «Mio figlio purtroppo non è avvezzo a certe pratiche e lo sappiamo bene...» scosse la testa, in tono scherzoso. «Il fatto che abbia comunque preso la decisione di comprare questa casa e di stabilirsi qui con Eve è già davvero un buon traguardo per me. Lo vedo felice, sereno. Realizzato. E il merito è tutto tuo, ragazza mia.»

Eve arrossì imbarazzata e Roxy pensò che quel giorno era da

annotare sul calendario. Far arrossire *la rossa* non era certo una cosa facile. La madre di Max doveva avere un forte ascendente su di lei.

«Ah, ma io non ho fatto nulla, credimi.» Eve le sorrise. «È Max che è un uomo meraviglioso e non serve che io lo dica.»

«Ah, sarei un uomo meraviglioso, ora?» La voce profonda di Max irruppe nella stanza, facendo sobbalzare tutte quante. Rise, mentre portava un vassoio contenente un tacchino ripieno ben arrostito.

Lo posò sul tavolo, seguito a ruota da Ray e suo padre, che portarono alcuni contenitori di salse. Il padre di Max arrivò subito con il purè di patate dolci e l'insalata.

«Max, hai fatto un vero capolavoro!» Eve guardò le pietanze, sbalordita.

«Non è un vero giorno del ringraziamento, senza il tacchino. O no?» Il suo compagno si mise in piedi al suo fianco, preparandosi ad affettarlo. «Poi soprattutto quest'anno abbiamo di che ringraziare.»

«Altroché.» Ray lo disse con un sorriso, mentre si versava un po' di vino rosso nel bicchiere.

Prese la mano di Roxy e la strinse, poi la portò sul suo ventre insieme alla sua, accarezzandolo con dolcezza. Ogni giorno che passava si amavano sempre di più e il loro rapporto era diventato più saldo e più forte. Aveva rischiato di perderla per mano di quel criminale e per colpa dei loro errori. Non sarebbe più accaduto, mai più. Prese la sua mano e se la portò alle labbra, baciandole il palmo. Lei gli sorrise, accarezzandolo poi sulla guancia con dolcezza.

«Abbiamo Ray e Roxy, qui davanti a noi.» Max si schiarì la voce. «Sappiamo che sono passati attraverso un periodo piuttosto duro, ma sono ancora qui. E con una bella bambina in arrivo.»

«Giusto...» il padre di Ray, Edward, sollevò il calice, in segno di orgoglio. Già gongolava per la piccola nipotina che avrebbe stretto al petto tra qualche mese.

«E poi abbiamo Eve, che dopo tutti i guai che ha passato quest'anno e quelli che ha fatto passare alle persone che la amano, è ancora qui. Viva e vegeta.» Max la guardò serio.

«Max...» lei sollevò lo sguardo verso di lui, ammonendolo. Lui la ignorò.

«Abbiamo la mia promozione, al Mercy Hospital. Sono felicissimo di essere diventato primario di ortopedia e voi sapevate quanto io ci tenessi.» Sorrise, pieno di soddisfazione. «E poi abbiamo questa casa. Ho sempre desiderato vivere sul lago e lontano dal caos della città. E quando l'ho trovata mi sono innamorato all'istante, senza pensarci troppo ho venduto il mio appartamento e l'ho acquistata.»

Si guardò intorno, tutti gli stavano sorridendo. Si schiarì la voce, nervoso.

«E sono felice che voi siate qui, oggi, a celebrare la nostra prima festa del ringraziamento.» Si voltò verso Eve che lo osservava con circospetto. «Tesoro potresti alzarti, per favore? Vorrei fare un brindisi ai nostri ospiti.»

Lei sbarrò gli occhi ed esitò un attimo, poi esaudì il desiderio di Max. Le parve un po' insolito e strano, ma era orgoglioso di festeggiare tutti insieme e ci teneva in particolar modo a quella cena. Sorrise a tutti, assecondandolo.

All'improvviso Max la prese per le spalle, la voltò verso di lui con lentezza e poi si inginocchiò davanti a lei.

«Eve...»

Roxy spalancò gli occhi.

Tutti ammutolirono.

Ray per poco non si strozzò con il vino, iniziando a tossire.

Max si voltò verso di lui, fulminandolo con lo sguardo.

«Ray!» Roxy lo colpì con un gomito, esortandolo a smettere. Vide che era piegato su se stesso, si chinò a guardarlo preoccupata. Quando si sollevò, aveva gli occhi gonfi di lacrime. Stava ridendo.

«Ray! Smettila!» Roxy si chinò sussurrandoglielo sottovoce.

«Cazzo, non posso crederci!» Cercava di trattenersi, ma era inutile. «Non avrei mai pensato nella mia vita di vedere questo momento, Roxy!»

Anche a lei scappò un sorriso, che per fortuna riuscì a contenere.

Sollevò lo sguardo, Max si schiarì la voce, irritato. Diede un colpetto alla spalla di Ray, facendogli capire che doveva smetterla sul serio, ora. Lui fece un profondo respiro, poi si drizzò con la schiena.

Max lo stava guardando come se lo avesse voluto uccidere, poi i suoi lineamenti si distesero e tornò con gli occhi di nuovo sulla donna che aveva di fronte.

Eve lo guardava sgomenta. Gli occhi spalancati e le labbra serrate.

«Eve...» rise, con dolcezza «...qualche mese fa ti dissi che volevo che tu ti dessi una regolata. Che dovevi smetterla di farti del male e che non sapevo che altro fare per fartelo capire. Ti dissi che forse avrei dovuto sposarti e farti fare una marea di bambini per farti smettere e che ero disposto a farlo. Ricordi? Fu quando ti rompesti la caviglia.»

Eve annuì, seria.

«Mi dicesti che se era una proposta, beh, faceva schifo. Avevi ragione. Quindi vediamo di farla come si deve, non credi?»

Roxy si commosse, si mise una mano davanti alla bocca, per non scoppiare a piangere. Tutti erano in silenzio, a osservare quel meraviglioso gesto che si stava consumando in quella stanza.

Eve spalancò la bocca, non disse altro.

Max, rise.

«Beh, sono riuscito a farti stare zitta, è già un traguardo.» Tutti scoppiarono a ridere, mentre Eve gli sorrideva e inarcava un sopracciglio. Poi Max tornò serio. «Tu sai quanto io sia stato sempre allergico al matrimonio. Non mi sono mai voluto sposare, non ci ho mai pensato. Ho sempre creduto che non serve un pezzo di carta per dimostrarsi il proprio amore e non serve essere vincolati da una promessa per stare insieme. Io ti dono il mio amore ogni giorno e tu lo fai con me. Questo è già moltissimo.»

Lei annuì, senza parlare.

«Ma, poco prima che mi sequestrassero, ho visto questo, in una vetrina.» Infilò la mano in tasca ed estrasse un magnifico anello in oro bianco, con un brillante incastonato tra quattro supporti. Era splendido. «E che io sia dannato, rossa. Ma da quando l'ho visto... l'unica cosa che ho desiderato è stato infilartelo al dito e giurarti amore eterno, vincolandoti a essere mia per sempre.»

Fu come se il tempo si fosse fermato.

Ci furono alcuni attimi di silenzio, dove tutti rimasero in attesa.

«Sposami, ti prego.» Max guardò Eve, supplicandola.

Tutti si voltarono verso di lei, che sorpresa e ammutolita non aveva ancora detto nulla. Aprì la bocca, poi la richiuse. Si voltò a guardare Roxy, guardò suo fratello e tutte le persone presenti.

Poi si voltò verso Max.

«Sei pazzo.» Scosse la testa, sorridendo appena.

«A voler sposare te?» Lui rise, mentre si alzava in piedi e le prendeva la mano, infilandole l'anello. «Certo che sono pazzo.»

«Ehi, non ti ho detto di sì!» Finse di protestare, mentre lui le sorrideva estasiato.

«Ah, lo farai, credimi...» senza esitare lui la prese per i fianchi e la sollevò, sistemandola sulle sue spalle. «Scommetti?»

«Max, che fai?» Eve provò a protestare, mentre gli altri iniziavano a ridere di gusto. «Mettimi giù!»

«Non ci penso nemmeno!» Lui si voltò verso i presenti, strizzando loro l'occhio. «Fate come foste a casa vostra, io e Eve ci dobbiamo assentare un attimo.»

Se la sistemò meglio sulle spalle e fece loro un cenno di saluto, avviandosi su per le scale.

«Max!» Ray non resistette e lo applaudì un paio di volte, ridendo come un pazzo. «Sei un cavernicolo! E non preoccuparti per noi, ce la caveremo benissimo!» Si alzò in piedi e fece il giro intorno alla tavola, sistemandosi davanti al tacchino con soddisfazione.

Prese il coltello e il forchettone, infilzandolo e iniziando a tagliare la carne rosolata e croccante in superficie, ma morbida all'interno.

Sollevò lo sguardo verso Roxy, pensando che quello era il più bel giorno del ringraziamento che avesse mai vissuto in vita sua.

Ed era il primo, insieme a sua moglie e a sua figlia.

E sarebbe stato il primo di tanti altri.

FINE

Indice dei contenuti

RINGRAZIAMENTI

Questo romanzo non s'ha da fare.

Mi è capitato di ripetermelo spesso, nei lunghi mesi che hanno accompagnato la stesura di "Scelgo te", in quanto parlare del tradimento non è mai stato facile per me.

È una ferita che ho provato in passato e che mi ha segnato in maniera profonda.

Per questo mi sono detta che era ora di affrontare l'argomento, ormai gli anni sono passati e le ferite si rimarginano, con il tempo.

Ma le cicatrici restano.

Quindi ho iniziato con già molte difficoltà a scrivere una storia complessa, aggiungendo elementi di suspense come piace a me e cercando di caratterizzare i personaggi come meglio credevo. Ma più andavo avanti, più la storia diventava un peso. Più scorrevano le pagine e più non la sentivo mia.

Ho chiesto collaborazione alle mie beta, hanno seguito passo passo il mio lavoro, hanno discusso insieme a me e l'hanno analizzato.

E arrivata al quindicesimo capitolo... me l'hanno bocciato.

Pollice verso, giudizio negativo su tutta la linea.

Inutile dire che è stato un duro colpo, per me. Ho pensato diverse volte di gettare tutto al vento, di smettere con la scrittura. Sono passati giorni, settimane.

Ho riflettuto.

E ho deciso di ripartire da zero.

Ho svuotato la mente da tutti i consigli che mi erano stati dati finora, da tutte le dritte su come deve essere scritto un romanzo e mi sono messa con le dita sulla tastiera e il foglio bianco davanti.

E mi sono catapultata a qualche anno fa, quando scrivevo per emozionare e per divertirmi e basta, senza pensare a pubblicare le mie opere o al giudizio degli altri. Quando a parlare era il mio cuore.

E ho ricominciato da lì.

Ripartendo dall'inizio, riscrivendo una storia diversa e osando. Facendo...come mi ha detto qualcuno "volare alte le emozioni".

E quello che avete appena letto è ciò che ho creato.

Un romanzo che finalmente mi piace, che sento mio.

Un romanzo dove ho descritto il dolore che io stessa ho provato.

Un romanzo che ho sviluppato ridendo e piangendo, mentre le mie beta attendevano fiduciose.

Per questo i miei ringraziamenti più grandi e la mia dedica con il cuore è tutta per loro e le elencherò una a una.

Lara. La mia mentore, la mia fonte di ispirazione. Le nostre memorabili chiacchierate in chat, i nostri deliri notturni. Il tuo sostegno incondizionato e la tua fiducia in me sono stata la spinta che mi ha fatto andare avanti nonostante tutto e che mi ha convinto a non mollare. Mai. Ti devo tantissimo e se non fosse per te, lo sai... non sarei qui.

Silvia. La mia beta più temuta, la più critica e spudoratamente sincera. Quella che mi ha bastonato per bene quando ho scritto la prima versione e quella che mi ha detto grazie quando ho scritto l'ultima. Che mi ha emozionato nel suo giudizio finale, che mi ha toccato il cuore. Continua così, ti prego, non cambiare mai... Perché questo è quello che fa una vera beta.

Elena. La tua competenza, la tua dolcezza e il tuo sostegno. La tua vicinanza nonostante tutto e nonostante le difficoltà a cui ci sottopone la vita sono state un caldo abbraccio per me, che mi ha sostenuta e aiutata. Come quello che io regalo a te, ora. Tu sai.

Virna. La tua fiducia, il tuo calore e il tuo amore per i thriller sono sempre una grande carica. La nostra amicizia, nata da una passione comune per la lettura e sfociata poi in un grande affetto che ci ha unite, se possibile mi ha caricato ancora di più. So quanto ami questo romanzo – almeno quanto me – e grazie per le tue parole e le emozioni che mi hai regalato.

Federica... alla regia. La creatrice dei miei booktrailer, la mia consulente di musica, la mia piccolina con il viso dolce che ama i serial killer e il brivido... sei un cocktail da paura. Hai saputo catturare tutto il pathos che c'era in questa storia, lo hai trasformato in un video con un sottofondo musicale che parla da solo. Grazie di cuore per tutto... per la pazienza, per le dritte musicali, per i messaggi improvvisi che mi mettono al corrente che hai scoperto una nuova canzone e che potrebbe andar bene per i miei personaggi. Abbiamo iniziato un bel cammino insieme e proseguirà a lungo, sempre se tu reggerai ancora i miei deliri.

Deina... all'immagine. Una grande amica e artista di talento che ha realizzato le mie cover e che ha rivoluzionato tutto quanto insieme a me. Mi sei stata accanto sempre, anche quando ho cambiato idea non solo sulla storia, ma anche sulla copertina. La tua rosa nera è qualcosa di perfetto ed eccezionale: dolce, triste e inquietante allo stesso tempo. Magnifica. So che sono stata pesante e forse con il passare degli anni lo diventerò ancora di più, ma so anche che tu mi capirai... sei peggio di me!

E ora i consulenti tecnici. Importanti, basilari.

Un grande amico e medico, Luigi Santi, che mi ha aiutato a studiare e delineare il profilo di Josh. Un grande uomo, nato come contatto facebook e diventato ora amico e confidente, insieme alla moglie Ada. Le nostre illuminanti chiacchierate mi hanno spinto a creare il personaggio del mio serial killer, abbiamo studiato i vari dettagli insieme e mi hai spinto a osare, sempre. Ad andare oltre. Sappi che ci sto provando e ci proverò ogni giorno di più. Grazie di cuore, per tutto.

Moira Vailati, che ha curato la correzione bozze del romanzo. Sempre puntuale, attenta e una grande collaboratrice con cui ho già lavorato e con cui mi trovo benissimo. Una brava persona e molto competente, disponibile e paziente. E con cui lavorerò ancora.

Il mio grandissimo amico e scrittore di thriller Massimiliano Bellezza. Nonostante il grande affetto che ci lega c'è anche una profonda sincerità e i tuoi consigli sono stati preziosi per me, sempre. Sai quanto ti stimo e il tuo giudizio è un punto di riferimento per le mie opere. Ho fatto tesoro di ogni parola detta, di ogni discussione e scontro – raro – che abbiamo avuto. Sto cercando di migliorarmi grazie a te e lo sai. Non smetterò mai di esserti grata per questo.

Ma ci sono i consulenti affettivi, anche. Altrettanto importanti per la vita di un romanzo.

La mia famiglia prima di tutto. Mio marito Daniele e mia figlia Anna, che hanno sopportato a lungo le mie assenze, i miei sguardi nel vuoto, i miei silenzi e le mie lacrime. Che mi hanno spinto a non mollare mai, che mi hanno spronato ad andare avanti comunque standomi sempre accanto e avendo fiducia in me.

I miei genitori, soprattutto mia mamma che è la mia beta numero uno. Ha letto capitolo per capitolo della prima versione, lo ha criticato e alla fine l'ha bocciato pure lei. Ma ogni volta che leggeva un capitolo della nuova stesura il suo sorriso e il suo pollice alzato erano una spinta a proseguire, ogni giorno di più. Lei e mio papà sono uno dei punti fermi della mia vita, un sostegno. So che loro ci saranno sempre e comunque.

La mia amica Raffy Lombardo, con le sue idee strampalate e i nostri deliri in chat. Le risate, gli incontri che abbiamo avuto, le serate passate insieme a volte anche a consolarci e sostenerci a vicenda. Gli impegni spesso ci portano lontane, ma le amicizie quando sono forti non tremano mai. Ti voglio bene.

Il gruppo facebook "Oltre le nostre emozioni", di cui faccio parte da poco più di un anno. Un gruppo di poeti e scrittori, di anime che vanno appunto oltre e che mi hanno insegnato che vale sempre la pena osare. Chi in modo consapevole e chi no mi ha aiutato a leggermi dentro e a migliorare la mia scrittura: Asianne, Emanuele, Marianna, Biagio, Carla, Fiona, Katia, Xander, Orietta, Maria Angela, Gianluca, Vanna, Nunzia e Mattia. Siete persone stupende e anche se ogni tanto i miei impegni mi portano lontano da voi il mio cuore e la mia mente sono lì nel gruppo, lo sapete. Tornerò presto.

Le mie ragazze del bus. Che dirvi... vi devo tutto. L'affetto, l'amicizia che è nata con alcune e la stima reciproca sono ogni giorno un toccasana per andare avanti con i miei progetti. La mia voglia di stupirvi e di emozionarvi mi accompagna sempre e sto già architettando tante cose che so vi piaceranno... Arriverò presto, non temete.

E poi che dire, la grande comunità di facebook che mi circonda e mi sostiene ogni giorno. Tanti di loro sono partiti come conoscenti e diventati poi amici di vita e ogni giorno non manca mai un saluto o una battuta, un abbraccio virtuale o un sorriso. Grazie a tutti quanti per il sostegno, molti di voi sanno quanto sia importante per me.

E per finire, le mie lettrici e i miei lettori, a cui devo tutto e di più. Ogni commento lasciato, ogni saluto, ogni "grazie, mi hai fatto emozionare" sono una gioia. Scrivo per me in realtà, ma scrivo di riflesso soprattutto per voi. Sapere che riesco a trasmettervi le emozioni che provo durante la scrittura è la mia massima aspirazione e ogni sorriso che sono riuscita a regalarvi e anche ogni lacrima che vi ho fatto versare sono un sogno realizzato.

Grazie di cuore, a tutti voi.

Spero di continuare a farlo.

Printed by Amazon Italia Logistica S.r.l.
Torrazza Piemonte (TO), Italy

31232767R00294